Frederik Berger
Die Schwestern der Venus

Frederik Berger

Die Schwestern der Venus

Roman

rütten & loening

ISBN 978-3-352-00794-1

Rütten & Loening ist eine Marke der Aufbau Verlag GmbH & Co. KG

1. Auflage 2010

Einbandgestaltung morgen, Kai Dieterich
Druck und Binden CPI – Clausen & Bosse, Leck
Printed in Germany

www.aufbau-verlag.de

Für Sandro Pignatti,
der mich durch die Villa Farnesina führte
und ihren Genius Loci zum Leben erweckte,
mit Dank

In noi vive, e qui giace la divina
Beltà da morte anz' il suo tempo offesa.

In uns lebt, und hier liegt die göttliche
Schönheit, vom Tode vor ihrer Zeit niedergestreckt.

Michelangelo Buonarroti

TEIL I

1. Kapitel

Ein Gefühl lähmender Angst schreckte sie aus dem Schlaf. Regungslos lauschte sie, die Augen aufgerissen, doch die Dunkelheit im Raum blieb undurchdringlich. Neben ihr atmeten kaum hörbar ihre zwei Schwestern. Vom Zimmer ihrer Eltern drangen ein tiefer Seufzer und das Schnarchen ihres Vaters herüber. Sonst war es still. Warum sie aufgewacht war, wusste sie nicht, und warum die lähmende Angst sie überfallen hatte, noch weniger. Lauschte sie genauer, hörte sie ein untergründiges Rauschen, ein kaum auslotbares Geräusch, das sie nicht zum ersten Mal wahrnahm. Es hatte sie bisher nie beunruhigt, da Venedig auf Wasser stand, auf Tausenden von Eichenpfählen, durchzogen war von Kanälen – nein, da musste etwas anderes gewesen sein …

Francesca Ordeaschi, die lebenslustige und aufgeweckte Tochter des Krämers Ludovico Ordeaschi und seiner Frau Anna Maria, setzte sich kurz auf und ließ ihren Nacken dann wieder auf die Kissenrolle fallen. Sie fröstelte, der März des Jahres 1511 war kühl und regnerisch, die Stadt ächzte unter den Folgen des Krieges gegen die Liga von Cambrai, die Geschäfte gingen schlecht, sehr schlecht sogar, wie Francescas Vater täglich mit düsterer Stimme berichtete, er wisse nicht mehr, die nimmersatten Mäuler seiner Familie zu ernähren …

Plötzlich ein tiefes, fernes Rumpeln, begleitet von einem Knirschen und einem lauten Knacken, als stünden Holzbalken direkt vor dem Brechen.

Francesca flüsterte die Namen ihrer Schwestern. Auch sie waren wach. »Was ist das?«, fragte Caterina, die Ältere. »Ich habe Angst«, jammerte Camilla, die Jüngere. Der Vater schnarchte noch immer, aber die Mutter hatte ein Talglicht angezündet, man sah einen schwachen Lichtschein unter dem Türspalt hervorquellen.

Vorsichtig schob Francesca ihre Füße aus dem Bett und tastete sich zur Tür, öffnete sie. Mit wirren Haaren stand ihre Mutter in ihrem weißen Nachtkleid vor ihr, wie ein Gespenst.

»Was ist mit dir, kannst du nicht schlafen?«, fragte sie verärgert. »Das Schnarchen deines Vaters raubt mir den Schlaf …«

»Da war ein seltsames Geräusch …«, flüsterte Francesca.

»Du hast schlecht geträumt. Geh zurück ins Bett!«

Das Muttergespenst schwebte zu den Schwestern, die ihr die Arme entgegenstreckten, setzte sich zu ihnen, strich ihnen beruhigend über den Kopf, beachtete Francesca nicht weiter.

Und wieder das Rumpeln, diesmal lauter! Zugleich spürte Francesca ein Zittern an ihren nackten Füßen, dann bewegte sich der Boden schwindelerregend. Die Mutter schrie auf, Caterina und Camilla klammerten sich an sie, der Vater fuhr aus seinem Schnarchen hoch, und aus dem schmalen Kabuff nebenan hörte Francesca ihren kleinen Bruder aufweinen.

Noch bevor sie etwas sagen konnte, brach es über sie herein.

Zuerst ein ungeheures Poltern, Knirschen, Brechen, wie aus den Tiefen der Hölle aufsteigend, begleitet von einem erneuten Zittern des Bodens, des ganzen Hauses. Plötzlich schwankten Decken und Wände, und wie von Geisterhand gezogen, erschien ein schwarzer Riss quer über der Tür.

Die Mutter ließ das Talglicht fallen. Francesca hob es blitzschnell auf, bevor es erlosch, und stürzte die Treppe hinunter. Sie wollte ins Freie, wollte nicht begraben werden unter dem einstürzenden Haus, den schweren Balken, oder eingeschlossen, während sich Feuer ausbreitete, bei lebendem Leib verbrennen … und wieder ein Stoß, diesmal kurz und heftig, gefolgt von einem Krachen, Scheppern und Rattern, und erneut das tiefe Rumpeln, überlagert von klatschenden Geräuschen, die Becher und das einzige Muranoglas, das ihr Vater besaß, fielen von den Borden, Zinnteller schepperten zu Boden …

»Nur raus hier!«, hörte sie den Vater schreien, die Mutter rief nach Licht, und wieder ein Stoß, der so stark war, dass Francesca beinahe gefallen wäre. Auf der Gasse gellende Schreie und Rufen, ein Aufheulen, dem ein ungeheures Krachen folgte, als wäre das Haus nebenan eingestürzt, und dann tierisches Schmerzgebrüll.

Sie riss die Tür auf, die ins Freie führte, stürzte auf die Gasse. Über ihr stand der fast volle Mond am Himmel, unter ihm die Schornsteine mit ihren trichterförmigen Öffnungen, wie aufgerissene Münder, wankend, wie Baumstämme im Sturm, und nicht nur die Schornsteine wankten, die Häuser wankten wie betrunken, und vor ihr prasselten ganze Ladungen von Dachziegeln aufs Pflaster und zersplitterten in tausend Geschosse.

Francesca schaute sich nach ihrer Familie um, doch da sie niemand sah, rannte sie los, sprang über die Scherben, hielt geistesgegenwärtig ihre Hände über den Kopf, lief zickzack von der einen zur anderen Seite, stieß mit einem Nachbarn zusammen, der wie ein Ochse brüllte, er sank nieder, seine junge Frau versuchte ihn zu halten, über sein Gesicht lief Blut, in ein Auge hinein, die Nase entlang und in den Mund, er spie es aus und röchelte.

Als Francesca den Campo San Martino erreichte, hörte sie aus dem Krachen, Poltern, Beben und Knirschen heraus die Glocken: Alle Glocken der Stadt begannen gleichzeitig zu läuten, zu dröhnen, zu warnen vor dem Verderben, vor dem endgültigen Untergang der Stadt, die zusammenbrach und im Meer zu versinken drohte.

Trat jetzt ein, wovor die Wanderprediger seit Monaten auf allen Plätzen Venedigs mit heiseren Stimmen gewarnt hatten? Der Vater berichtete täglich von ihren fanatischen Predigten gegen das sündige Treiben in der Stadt. Sie selbst durfte nur zum Besuch der Kirche, ihrer Nonnenschule und in Begleitung ihrer Mutter auf die Straße, selten mit dem Vater zu seinen Geschäften, es ging um Sittsamkeit und Gefährdung. Dennoch stahl sie sich gelegentlich allein aus dem Haus, in ärmlicher Kleidung wie eine Bettlerin und nicht ohne ihr Gesicht zu beschmutzen, huschte neugierig durch die Gassen und über die Kanäle, beobachtete die Menschen, lauschte verstohlen ihren Unterhaltungen und genoss dabei den Kitzel des verbotenen Abenteuers.

Und wieder ein Erdstoß, tausendfaches Schreien, die Fassade der Chiesa San Martino wankte, der Heilige neigte sich von seinem Sockel und fiel, zuerst langsam, dann immer rascher und zerschmetterte einen Mann. Blut spritzte, der Kopf des Heiligen rollte über das Pflaster bis zu dem Brunnen in der Mitte des Campo.

Francesca rannte weiter, über den Ponte dei Penini, folgte den Menschentrauben, die alle zum Kai von San Marco zu drängen schienen. Tatsächlich tauchte plötzlich das schwarze Wasser der Lagune vor ihr auf, wild taumelten Boote und Gondeln in der Nähe des Ufers, ihre nassen Füße schmerzten, und bevor sie sich versah, warf eine Welle sie um. Ihr Schrei ging im Gurgeln unter, sie strampelte und schlug um sich, kämpfte gegen das an Land flutende Wasser, bis sie mühsam Halt fand, sich aufrichten wollte, und wieder riss ihr das zurückströmende Wasser die Füße vom Boden …

Zwei Hände griffen nach ihr, hielten sie fest. Sie schaute in das nasse Gesicht eines Mannes, der so alt war wie ihr Vater, vornehm gekleidet, mit einem seidenen, gefütterten Mantel und einem roten Barett auf dem Kopf – mit letzter Kraft klammerte sie sich an ihn.

Der Mann sagte etwas Beruhigendes, sie verstand ihn nicht, nur die sanfte, weiche Stimme hob sich ab vom Geschrei um sie herum. Er stützte sie, trug sie, dann wankte erneut der Boden, so dass der Mann mit ihr fast umgefallen wäre. Das Wasser schwappte hoch, spritzte und gurgelte, und wie auf Befehl verstummten alle Glocken der Stadt.

Die Menschen verstummten ebenfalls, als erwarteten sie, dass Gott zu ihnen spräche.

Noch einmal ein tiefes Grummeln, eine Säule krachte vor ihnen auf den Boden – nun schrien die Menschen wieder, riefen um Hilfe, manche rissen die Arme hoch, andere sackten einfach um. Überall lagen Tote in ihrem Blut, Verletzte, halb im Wasser, krochen über den Boden. Flammen leckten aus mehreren Fenstern, begleitet von aufbauschenden Wolken aus Rauch, der auch aus den Gassen quoll, in die Höhe schoss, den Mond verdunkelte und ihr den Atem nahm.

Dann nur noch Schwärze.

Als Francesca aus der Ohnmacht aufwachte, spürte sie ein sanftes Schaukeln. Ihr Kopf lag im Schoß des Mannes, der sie gehalten hatte. Sie befanden sich in einer Gondel, umgeben von anderen Gondeln, die sich alle auf dem Canale San Marco von der Kaimauer entfernt hatten, so dass sie keine herabstürzenden Teile erreichen konnten. Der Dogenpalast schien im Wirbel der Rauchschwaden zu tanzen, der Campanile neben ihm, dunkel gegen den Feuerschein abgesetzt, reckte sich wie eine drohende Faust in den Himmel. Den Mond konnte sie nicht mehr entdecken. Aus einem Palazzo in der Nähe des Dogenpalasts züngelten kleine Flammen, in einem Fenster waren Teile der tragenden Fassadensäulen eingeknickt.

Francesca musste husten, weil beißende Rauchschwaden über das Wasser zogen und ihr den Atem nahmen. Dann schielte sie nach oben, zu ihrem Retter, unter dessen Barett angegraute Haare hervorquollen. Eine scharfgeschnittene, überaus kräftige Adlernase harkte das Gesicht in zwei Teile, aber die großen, blassblauen Augen lagen sanft und beruhigend auf ihr, der Mund lächelte freundlich – zumindest schien es ihr so im flackernden, aber schwachen und rauchgeschwängerten Licht.

Er strich ihr übers Gesicht, flüsterte: »Du bist in Sicherheit, ich konnte uns retten. Ein schweres Erdbeben …«

Er musste husten, wie auch der Gondoliere, der mühsam das schaukelnde Boot zwischen anderen Booten hindurchzulavieren versuchte.

Sie erwiderte sein Lächeln, richtete sich auf. Als sie nach ihren brennenden Füßen schaute, bemerkte sie, dass sie notdürftig mit einem blutdurchtränkten Tuch umwickelt waren. Sie erinnerte sich jetzt, dass sie barfuß aus dem Haus gestürzt war. Ihr Retter hatte ihren Blick wahrgenommen und sagte: »Deine Fußsohlen sind von Schnittwunden übersät. Hast du Schmerzen?«

Sie schüttelte den Kopf, bewegte ihre Gelenke. Sonst schien sie unverletzt zu sein. Vorsichtig setzte sie sich auf die weiche Bank, dem Mann gegenüber, musterte ihn forschend. Dies durfte sich, wie ihr sofort einfiel, ein junges Mädchen nicht erlauben; doch in diesem Augenblick war ihr gleichgültig, was die strenge Mutter ihr beigebracht hatte.

Der Mann lächelte sie an, und sie lächelte zurück.

»Ihr habt mich gerettet«, flüsterte sie.

»Ich glaube schon«, antwortete er, noch immer lächelnd.

Dann schaute sie sich um und versuchte sich zu besinnen: Venedig war nicht im Orkus versunken, nicht in die Hölle hinabgerissen worden, nicht vom Meer überspült – ein Erdbeben hatte es heimgesucht, in diesem trüben und kalten März, in Zeiten, in denen gierige und gewaltbereite Männer wie hungrige Wölfe nach Beute suchten, ausgemergelte Kinder den Passanten ihre skelettdürren Finger entgegenstreckten, in denen Bettler wie Aasfliegen auf jedes edle Gewand flogen und aufgedunsene Tote morgens durch die Kanäle trieben. Ihr Vater berichtete immer wieder davon, wenn er verbittert nach Hause kam, weil er wieder nichts verkauft hatte, wenn er, der sonst so sanft war, auf alle Gauner der Stadt fluchte, auf das Geschmeiß des Adels, der noch immer Feste feiere, als stünde Venedig nicht das Wasser am Hals, auf die blutsaugerischen Geldverleiher, auf Krieg und Papst, auf den französischen König, auf Kaiser Maximilian, den Sultan und die ganze Welt.

Erst gestern war es zu einem solchen Ausbruch gekommen. Nach einer Weile fiel sein Poltern und Fluchen in sich zusammen, verpuffte im trüben Schweigen. Er ließ sich auf die Holzbank der Küche fallen, verbarg sein Gesicht. Nun baute sich die Mutter vor ihm auf, die Arme in die Seite gestemmt, und fuhr ihn an, er solle sich nicht so gehen lassen, solle arbeiten und kämpfen und Geld verdienen. »Wenn du nicht so viel Geld an deine Huren vergeudet hättest, ginge es uns heute besser.«

Er schaute müde auf. »Was verstehst du schon von Geschäften!«, stieß er verächtlich aus und zog Francesca, die neben ihm stand, an sich heran.

Dies schien die Mutter noch wütender zu machen. »Ja, du und dein Herzchen! Eines Tages werde ich gehen, und dann sieh zu, wie du dich und deine Lieblingstochter ernährst! Vielleicht wird *sie* dich sogar ernähren!«

Der Vater ließ Francesca los, stand auf und machte eine Bewegung, als wollte er die Mutter ohrfeigen. Mit einem verächtlichen Laut gab sie ihm einen Stoß, schnappte sich ihren weinenden Jüngsten und verzog sich.

Die Eltern stritten oft, aber dann hörte Francesca abends auch wieder das Bettgestell im Nebenraum knarzen, die Mutter kicherte, der Vater stöhnte, die Knarzgeräusche wurden regelmäßiger und heftiger, die Mutter stieß einen kurzen Schrei aus, unterdrückte den nächsten. Francesca konnte nicht einschlafen, wenn ihre Eltern sich liebten. Sie fühlte selbst ein Ziehen und Drängen, ein süßes, feuchtes Sehnen, ihre Hand wanderte an Stellen, an denen sie nichts zu suchen hatte, und diese Sünde, die sie nicht einmal zu beichten wagte, quälte sie. Aber dann fragte sie sich doch, wie es wäre, wenn ein schöner junger Mann – sie presste die Augenlider zusammen – zwischen ihre Schenkel glitte ... Der junge Maler aus der Nachbarschaft zum Beispiel, von dem sie nicht einmal den Namen kannte. Er hatte ihr einmal zugewinkt, als sie an einem heißen Tag auf der Fensterbank eine frische Meeresbrise genoss und sich dabei die Haare auskämmte. Zuerst hatte sie sein Winken betont übersehen, doch als er einen Stift in die Hand nahm und auf ein Stück Karton etwas zeichnete, hatte sie sich empört abwenden wollen. Dann blieb sie aber trotzig sitzen, lächelte ihm sogar zu.

Francesca wurde wieder in die Gegenwart zurückgerissen, als eine andere Gondel unsanft an ihre stieß und die beiden Gondolieri sich mit rüden Worten beschimpften. Noch immer brannten zahlreiche Häuser, auch hörte sie ein lautes Krachen, als das beschädigte Haus in der Nähe des Dogenpalast zuerst ein wenig nach unten sackte und dann langsam, schließlich immer schneller in sich zusammenstürzte. Ein vielstimmiger Aufschrei folgte.

Ihr Retter neben ihr lachte kurz auf, aber es steckte zugleich ein ratloses, kopfschüttelndes Erstaunen in diesem Lachen, er nestelte an seinem Wams und hielt plötzlich eine Goldmünze hoch, eine venezianische Zechine, drehte sie wie ein geschickter Gaukler zwischen Daumen und Mittelfinger, warf sie schließlich in hohem Bogen in die Luft.

Er fing die Münze nicht etwa auf, sondern ließ sie ins Wasser platschen, wo sie versank. Mehrere Gondolieri sprangen ihr sofort hinterher, und einem gelang es tatsächlich, sie aus dem schwarzen Grund des Kanals zu fischen.

»Behalte sie!«, rief ihm ihr Retter großzügig zu.

Der Palazzo am Ufer war jetzt lediglich ein in Rauch und Staub verhüllter Steinhaufen.

Francesca schien alles albtraumhaft, unwirklich – sie hockte auf dem weichen Sitz einer Gondel, und vor ihr saß dieser vornehme Mann in seiner kostbaren Kleidung, betrachtete sie unverwandt aus seinen milden, lebendigen Augen.

»Wen habe ich da retten dürfen?«, fragte er, so ruhig, als sei das ganze Erdbeben mit all seinen Toten und Bränden und schreienden Menschen nichts als ein übermütiges Karnevalsvergnügen.

»Ich heiße Francesca«, antwortete sie errötend, »Francesca Ordeaschi, mein Vater ist ein Händler, wir wohnen am Rande des Sestiere Castello.«

»Dann verbindet uns etwas«, antwortete ihr Retter. »Auch ich bin Händler, verleihe zudem ein wenig Geld. Mein Name ist Agostino Chigi, und ich komme aus Rom.«

2. Kapitel

Agostino Chigi, der reichste Bankherr und Fernhandelskaufmann Roms, Freund und Darlehensgeber von Papst Julius II., der ihm so zugetan war, dass Chigi seinen Namen mit dem Zusatz der

Papstfamilie *della Rovere* schmücken durfte, war nach Venedig gekommen, um bei seinem langjährigen Geschäftspartner Alessandro Franci hohe Außenstände einzutreiben, in der Hauptsache aber, um mit der Serenissima, die seit neuestem Bündnispartner des Papstes war, einen Vertrag zu schließen. Es ging um ein Darlehen in Höhe von zwanzigtausend Dukaten. Venedig hatte einen seiner schlimmsten Winter seit Menschengedenken hinter sich und benötigte für seine Verteidigung dringend Bargeld, um seine Condottieri und Söldner zu bezahlen. Chigi war in der Lage, der Stadt das Geld sofort auszuzahlen, aber natürlich benötigte er Sicherheiten, und außerdem knüpfte er die Gewährung des Darlehens an eine Bedingung.

Chigis Bedingung bestand darin, dem von ihm gepachteten und unter seiner Leitung gewonnenen Alaun, den man in erster Linie zum Färben von Tüchern und in der Glasherstellung benötigte und der in den päpstlichen Minen bei Tolfa nördlich von Rom abgebaut wurde, eine Monopolstellung in den westlichen Ländern Europas zu ermöglichen. Venedig spielte als Hauptumschlagsplatz des kleinasiatischen Alauns eine entscheidende Rolle und war so in der Lage, die Monopolstellung des päpstlichen Alauns zu sichern oder zu durchbrechen. Agostino Chigi war eigens vom Papst beauftragt worden, das Monopol unbedingt durchzusetzen. Eigene und päpstliche Interessen fielen somit in dem gemeinsamen Ziel zusammen, die Alaunpreise diktieren und hochhalten zu können.

Der komplizierte Darlehensvertrag lag im März 1511 zu Chigis Zufriedenheit vor, weitgehend ausgehandelt, allerdings noch nicht unterschrieben. Es gab Widerstände in der venezianischen Regierung und unter den wichtigen Familien der Stadt, von denen fünfzig eine Ausfallbürgschaft unterzeichnen sollten. Chigi wusste, dass die Serenissima mit ihrer verschlungenen Regierungsform aus den sich gegenseitig kontrollierenden Gremien der *Savi*, *Dieci* und *Pregadi* und dem überaus klugen Dogen Leonardo Loredan ein Geschäftspartner war, der sich selten übers Ohr hauen ließ. Im Gegenteil! Wie es dem Dogen gelungen war,

Papst Julius aus der antivenezianischen Liga von Cambrai herauszubrechen und auf die Seite der Serenissima zu ziehen, war ein Glanzstück diplomatischen Geschicks und vermutlich die Rettung der Stadt, der militärisch, ökonomisch und politisch das Wasser am Hals stand, wie man überall sehen und hören konnte.

Trotz dieser prekären Situation am Rande der Katastrophe und trotz des Luxusverbots luden Venedigs reiche Familien, die Grimani, Vendramin, Priuli, den römischen Geschäftspartner der Stadt zu pompösen Festen ein und taten so, als habe Venedig nicht fast seinen gesamten Festlandsbesitz verloren und könne seine Söldner wie zuvor bezahlen.

Die unaufdringliche, dadurch aber um so wirkungsvollere Überheblichkeit der Venezianer war dabei ebenso erstaunlich wie die Raffinesse ihrer gebildeten Kurtisanen, die durchaus mit den schönsten und klügsten Kurtisanen Roms konkurrieren konnten.

Chigi verbrachte den Abend vor dem Erdbeben in einem ausgewählten Kreis von Schönen, die ihn einlullten mit Lautenspiel und Taubenzungen, mit durchsichtigem Schleiertanz und betörend reimenden Versen – für einen unverschämt hohen Preis natürlich –, er musste den Krösus spielen, den Mann, der über unerschöpfliche Geldquellen verfügte, den Kenner von Kunst und weiblicher Wohlgestalt, von Gaumenfreuden und Liebesspiel. Dabei gab er sich bis zur Grenze des Genusses den Vergnügungen hin – mit einem Augenzwinkern, doch erschöpft erläuterte er Raffaele Befalù, seinem Stellvertreter und *fattore* in Venedig: »Alles geschieht im Dienste des Geschäfts, man muss in jeder Lebenslage seinen Mann stehen.« Dabei lachte er fröhlich und von sich selbst überzeugt, verließ schließlich gemeinsam mit Befalù das Haus der schönen Venusjüngerinnen und atmete auf. Endlich konnte er die schweren Räucherdüfte hinter sich lassen und sich noch ein wenig die Beine vertreten.

Während Befalù mit den Leibwächtern ein paar Schritte hinter ihm blieb, verglich Chigi die beiden venezianischen Kurtisanen mit Roms großer Imperia, *seiner* Imperia, und musste feststellen: Imperia blieb in ihrer Schönheit und Liebeskunst unübertroffen.

Seit er sie kannte, verhielt sie sich nach einem guten Mahl, kluger Konversation und einem aufreizenden Flötenspiel abwartend wie eine sprungbereite Katze und dann hungrig wie eine Löwin, raffiniert in ihrer Verführungstaktik, einfallsreich in ihrem Stellungsspiel und leidenschaftlich auf dem Höhepunkt. Er hatte sie kennengelernt, als sie sehr jung war; bald darauf brachte sie seine Tochter auf die Welt. Mittlerweile hatte sie ihr dreißigstes Lebensjahr erreicht und wurde von ihm noch immer besucht. Ja, es hatte sich eine tiefe Zuneigung zwischen ihnen entwickelt, obwohl langsam das Alter im Liebreiz der Venus durchschimmerte.

Als er, in Gedanken an Imperia noch immer die frische Nachtluft genießend, kräftig ausschritt, um endlich seine Unterkunft zu erreichen und ins Bett sinken zu können, brachte das Erdbeben, wie ein Donner aus nächtlichem Mondscheinhimmel, die Stadt ins Wanken.

Anfangs hatte er es nicht glauben wollen.

So richtig im Zentrum eines Bebens hatte er noch nie gestanden, trotz seiner weiten Reisen, und selbst als alles wackelte und wankte, ratschte und rumpelte, als die Heiligen von den Sockeln fielen und die Menschen schreiend durch die Gassen stolperten, schien ihm das Ganze wie ein aufwändiges Theater, wie ein Karnevalsfest mit Feuerwerk und allem Drum und Dran. Er glaubte, dass die Erdstöße der Stadt und ihren Menschen nicht wirklich etwas anhaben konnten. Und ihm schon gar nicht. Schon immer fühlte er sich als Glückspilz, der unter günstiger Sternenkonstellation geboren war. Allerdings würden die Folgen des Bebens den Abschluss seiner Geschäfte verzögern. Dies sah er voraus, und dies war misslich.

Seine Leibwache, die ihn vor desperaten Bettlern und gewaltbereiten Söldnern schützen sollte, stürzte in Panik davon, als die ersten Dachziegel wie Geschosse herniederprasselten. Die Menschen drängten und schoben ihn in ihrer Panik durch die Gassen, und tatsächlich gab es eine Reihe von Toten oder Verletzten in seiner Nähe. Dann kam ihm auch Befalù abhanden.

Als Chigi schließlich mit nassen Füßen, aber unverletzt am Kai des Canale San Marco landete, auf dessen heftigen Wellen die Gondeln tanzten, stieß er auf das Mädchen, das, in seinem leinenen Nachtkleid umherirrend, von heftig über die Mole schlagenden Wellen ergriffen wurde und zu ertrinken drohte. Jung und trotz der Ohnmacht von einer verlockenden Frische, sinnlich, ja, verführerisch mit prallen, festen Formen und dem üppigen Glanz wirrer Haare – er spürte die fesselnde Wirkung ihres Körpers sofort, als er sie festhielt und an sich zog, sie schließlich hochhob, um sie in Sicherheit zu bringen. Noch etwas anderes traf ihn, so dass sein Herz plötzlich auszusetzen schien und dann in heftiges Rasen geriet.

Das Mädchen auf den Armen, schleppte er sich durch die Wellen zum Kai und versprach einem Gondoliere eine ganze Zechine, kramte das glänzende Goldstück aus seinem Wams, und der Kerl mit zwei fehlenden Zähnen und einer Hakennase, dazu aschblonden Haaren, ließ sich nicht zweimal bitten, die Münze zu ergreifen und dem vornehmen Herrn die Ohnmächtige abzunehmen, um sie auf dem weich ausgeschlagenen Sitz niederzulegen.

Kaum hatte sich Chigi gesetzt, ruderte der Gondoliere hinaus auf den breiten Kanal, auf San Giorgio Maggiore zu, wo sie in Sicherheit waren und der Rauch sie weniger am Atmen hinderte.

Chigi bedeckte die junge Frau mit seinem pelzgefütterten Mantel und versorgte die blutenden Füße, bettete sie dann bequemer und legte ihren Kopf auf seinen Schoß. Heiliger Christophorus, dachte er, was widerfährt mir in dieser seltsamen Stadt! Es durchfuhr ihn so etwas wie ein heiliger Schauer, den er in seinem Leben bisher nur an drei entscheidenden Tagen gespürt hatte: Als er den ersten Pachtvertrag mit Papst Alexander VI. Borgia über die Weiderechte in der Hand hielt – dieser Pachtvertrag begründete seinen wirtschaftlichen Aufstieg. Als er das verwunschene Gelände entdeckte, auf dem er später seine *Villa suburbana*, seine *Chigiana deliziosa*, bauen würde. Und als er seiner Margherita zum ersten Mal begegnete und ihn unmissverständlich wie ein Blitz die Erleuchtung traf: Diese junge betörende

Frau muss einmal dein dir angetrautes Weib werden. Alle drei Ereignisse lagen lange zurück, blieben aber eingebrannt in sein Gedächtnis wie ein Brandmal.

Was ihn jetzt wie ein erneuter Blitz im Donnergetöse des Erdbebens getroffen hatte, war die Ähnlichkeit zwischen seiner Margherita und der von ihm geretteten jungen Frau.

Während Chigi auf die Bewusstlose starrte und nicht glauben wollte, was ihm da zugestoßen war, kam sie wieder zu sich. Chigi lächelte sie an und fragte nach ihrem Namen. Francesca hieß sie. Ein schöner Name, der einen mutigen und wilden, aber auch handfesten Charakter vermuten ließ. *Francesca* klang fast so schön wie *Margherita*. *Margherita* war in seinen Augen der schönste aller Frauennamen, magisch und geheimnisvoll, verführerisch, doch auch von unvergänglichem Trauerhauch umweht. *Francesca* klang bescheidener, weder so erinnerungsträchtig wie *Margherita* noch so auftrumpfend hochherrschaftlich und siegessicher wie *Imperia*.

Chigi unterdrückte einen wehmütigen Seufzer. Seine Margherita würde er nie vergessen, auch wenn ihr Tod im Kindbett bereits lange zurücklag. Ihr hatte er ewige Treue geschworen.

»Ich danke Euch, Ihr habt mir das Leben gerettet, Signore«, sagte Francesca, während sie sich aufsetzte und ihm erstaunlich ungehemmt in die Augen sah.

»Es war meine Pflicht als Christenmensch«, antwortete er. Charmant lächelnd fügte er an: »Und natürlich eine Freude.«

Jetzt lächelte auch sie, schwach zwar und ein wenig ängstlich – genau wie Margherita bei ihrer ersten Begegnung auf dem Ponte Sant'Angelo. Noch heute legte er nachts, wenn er sich unbeobachtet wähnte, eine rote Rose an die Stelle, an der ihn das Schicksal seiner ersten und einzigen wirklichen Liebe ereilt hatte.

Nun wurde ihm wieder die Situation bewusst, in der sie sich befanden. »Hast du keine Angst?«, fragte er sie. »Ich meine, vor dem Erdbeben – deine Eltern … Wo wohnst du?«

Obwohl in dem rötlichen Glimmerlicht ihre Haut rosig wirkte, meinte Chigi erkennen zu können, dass Francesca vor Schrecken erbleichte. »Meine Eltern, meine Geschwister …«, stammelte sie. »Ich bin einfach weggerannt. Ich glaubte, unser Haus würde zusammenbrechen, alles wankte und krachte …«

Sie begann zu zittern und konnte nicht weitersprechen, weil sie gleichzeitig auf das Ufer starren musste, an dessen Rand ein Palazzo in sich zusammensackte. Dies war wirklich ein seltsames Schauspiel.

Wie unter Zwang zog Chigi eine Zechine aus seinem Wams, hielt sie kurz hoch, drehte sie zwischen den Fingern – ein altes Kunststückchen, das er von seinem Vater gelernt hatte und mit dem er Margherita immer zum Lachen hatte bringen können. In hohem Bogen schnippste er sie ins Wasser.

Einige der Gondolieri hatten ihn beobachtet und sprangen, obwohl das Wasser eiskalt sein musste, der Münze hinterher. Einem gelang es sogar, sie zu greifen, was erstaunlich war, denn das schwere Gold sank rasch, aber es bestand kein Zweifel: Er hielt die Zechine triumphierend hoch. Natürlich überließ Chigi sie ihm.

Als Francesca, die ihren Blick nicht von dem eingestürzten Haus hatte lösen können, sich schließlich Chigi zuwandte, zitterte sie noch immer. Er setzte sich neben sie und legte den Arm um ihre Schulter, um sie zu wärmen und zu beruhigen. Ohne Scheu lehnte sie den Kopf an ihn. Als er ihr väterlich über die Wangen strich, schien sie sich stärker an ihn zu schmiegen. Er ergriff ihre Hand. Sie schaute kurz auf, sagte jedoch nichts, seufzte.

Kein Ring schmückte ihre schlanken Finger. Sie sahen nach Arbeit aus und waren ganz kalt. Als könnte er sie verbrennen, hauchte er vorsichtig seinen Atem über sie. Wie alt mochte die Nymphe wohl sein? Vermutlich so alt wie Margherita damals, ein wenig älter als sein Kurtisanentöchterchen heute. Ja, sie könnte seine Tochter sein, sogar seine Enkelin, hatte vermutlich nicht einmal das Heiratsalter erreicht: Sie begann erst, sich aus dem Knospenstadium zu schälen und die Blüte ihrer Weiblichkeit zu entfalten.

Ein Wink des Schicksals hatte Chigi in seinem tiefsten Inneren getroffen. Dies spürte er. Sollte die Wiedergeborene, die Wiederauferstandene in ihrer jungfräulichen Frische, in ihrem Glücksversprechen die Pforte seines Herzens erneut aufgestoßen und ihm eine überraschende, überwältigende Liebesbotschaft gesandt haben?

3. Kapitel

Vor Morgengrauen wachte Francesca auf. Noch immer schaukelte sie mit ihrem Retter in der Gondel vor dem Dogenpalast, hinter dem rötliche Rauchschwaden den Himmel bedrohlich erleuchteten. Er war wach, und als sie sich aufrichtete, lächelte er sie an und konnte die Augen nicht von ihr wenden, als sei sie die Madonna persönlich.

Sie spürte sich erröten, weil sie auf dem Schoß eines Fremden eingeschlafen war, weil sie noch immer das Nachthemd trug, in dem sie auf die Gasse gerannt und umhergeirrt war. Der Fremde hatte ihr allerdings seinen wärmenden Mantel umgelegt.

»Ich wohne am Rande des Castello-Viertels, in der Nähe des Arsenale«, sagte sie leise. »Könnt Ihr mich zu meinen Eltern und Geschwistern zurückbringen? Hoffentlich leben sie noch. Sie werden Angst um mich haben.«

Ihr Retter nickte, gab dem Gondoliere einen Wink, und mühsam bugsierte der Mann sein Gefährt durch das Dickicht der anderen Boote. Schattenhaft lag der Dogenpalast auf der linken Seite, hinter ihnen, ebenso schattenhaft, San Giorgio Maggiore. Langsam graute der Tag, nur noch der Morgenstern leuchtete am rauchigen Himmel.

Als die Sonne sich blutrot aus der Lagune erhob, gingen sie bei San Biagio an Land. Ihr Retter gab dem Gondoliere eine zweite Zechine und ließ sich von ihr in das Gewirr der Gassen führen. Weil sie an all den klagenden Verletzten und den stummen Toten vorbei über die Trümmern eilte und er nicht mitkam, streckte sie ihre Hand aus, um ihn zu ziehen. Tatsächlich nahm er die Hand, lachte kurz auf und hüpfte dann fast wie ein Jüngling über die Ziegel und Mauerbrocken.

Das Haus der Eltern war auf den ersten Blick unversehrt geblieben. Als Francesca über einen heruntergestürzten Balken zur Tür kletterte, verunsichert jetzt, als kehre sie von etwas Verbotenem zurück, stürzte auch schon der Vater aus der Tür, riss sie mit einem Schrei der Freude und Erleichterung an sich, ihm folgte die Mutter, den Kleinen auf dem Arm, hinter ihr Caterina und Camilla, alle mit verschmierten Gesichtern und staubiger Kleidung.

»Du lebst!« Dem Vater standen die Tränen in den Augen.

Dann fiel sein Blick auf ihren Retter, und er wurde ernst, ja, abweisend. Die Mutter stammelte: »Ihr bringt uns unsere Tochter?«

Signor Chigi erläuterte kurz, was geschehen war. Als er seinen Bericht beendet hatte, entstand eine Pause, in der alle schwiegen. Ihre Eltern erwarteten, dass er sich verabschiede, doch ihr Retter zögerte, suchte nach irgendwelchen Worten, ohne sie zu finden, und hatte es dann plötzlich eilig, die ärmliche Ecke der Stadt, in der sie wohnten, zu verlassen. Er deutete nur eine Abschiedsgeste an, sie vermochte sich nicht einmal bei ihm zu bedanken. Fast hätte er den pelzgefütterten Mantel vergessen. Sie rief ihm nach, er kehrte zurück, machte eine Geste, als wollte er ihr den Mantel schenken – doch da hatte sie ihn bereits ausgezogen und ihm gereicht. Die Mutter schrie auf, als sie ihre Tochter im Nachthemd sah, schrie »Ludovico, das Kind!« und »O Maria, hab Erbarmen, diese Schande!«

Rasch umfasste sie der Vater, als könnte er sie auf diese Weise verbergen. Jetzt verabschiedete ihr Retter sich mit einer Verbeugung und rief lächelnd: »Auf Wiedersehen. Bis bald.«

Sie lächelte zurück, wollte seine Worte wiederholen, doch ein kurzer Blick zu ihren Eltern ließ sie verstummen. Leichtfüßig stieg ihr Retter über die Trümmer. Als ihm ein verletzter, blutverkrusteter Mann den Arm entgegenstreckte, half er ihm auf die Beine, und obwohl der Verletzte seinen kostbaren Mantel beschmutzte, stützte er ihn.

Bis bald hatte er gesagt. Ob sie ihn wiedersehen würde?

Widerstrebend folgte sie dem Vater ins Haus. Hinter ihr rief die Mutter vorwurfsvoll: »Francesca, was bist du nur für eine Tochter! Lässt uns einfach im Stich, wir hätten alle tot sein können.«

Als sie sich in der warmen Küche niederließen, hörte die Mutter nicht auf zu zetern. »Macht sich einfach davon – und kommt mit einem wildfremden Mann zurück. Das fängt ja früh an …«

»Halt den Mund!«, fuhr der Vater sie an, nicht einmal laut. »Verbinde lieber ihre Füße neu!«

»Ja, du willst die Wahrheit nie hören. Sie springt einfach davon, im Nachthemd, und lässt sich von einem *vornehmen* Mann auflesen.«

»Er hat mir das Leben gerettet, Mamma!«

Die Mutter stieß einen Laut aus, als sei dies nichts Besonderes.

»Wir haben dich schon erschlagen gesehen, von einem herabfallenden Dachziegel oder einem Mauerteil«, flüsterte der Vater und drückte sie an sich.

Francescas Familie hatte keinen Grund zu klagen. Das Haus stand fest, mit ein paar Rissen, die der Vater am Tag nach dem Beben ausfugte. Er musste nicht einmal eine Wand oder Decke abstützen. Natürlich hatte es jede Menge Staub gegeben, Putz war heruntergebrochen, einige Dachziegel waren herabgesegelt, aber der Schornstein stand noch, und ein Feuer hatten sie auch verhindern können.

Am späten Nachmittag nach dem Beben – die Stadt blieb weiterhin ohne Glockengeläut – eilte die Mutter mit Caterina und Camilla zur Vesper, während der Kleine schlief. Francesca sollte zu Hause bleiben und dem Vater beim Aufräumen helfen.

Ihr war es recht, obwohl sie gerne zur Messe ging, weil sie dabei ihr enges Haus verlassen, fremde Menschen sehen und in der Kirche all die schönen Kurtisanen mit ihren reichen Verehrern beobachten konnte. Im Laden ihres Vaters gab es nicht viel zu tun, der Vater räumte wortlos auf, sie stand dabei oder ordnete eingestaubte Gegenstände in den Regalen.

Plötzlich fiel ihm ein von angelaufenem Silber eingefasster

Spiegel in die Hände, den er lange betrachtete. Francesca wollte ihm den Spiegel abnehmen, doch er gab ihn nicht her, und Tränen traten in seine Augen.

»Papa, was ist?«, fragte sie erschrocken.

Er reagierte nicht, blickte hilflos auf den Spiegel, blickte sie dann an, während ihm die Tränen über die Wangen liefen.

Ihr wurde ganz unheimlich, weil sie einen solchen Gefühlsausbruch von ihrem Vater nicht gewöhnt war. »Der Spiegel stammt von deiner …«, flüsterte er so leise, dass sie ihn kaum verstand.

»Von wem stammt er, Papa?«

»Von deiner … Großmutter«, sagte er mit ersterbender Stimme. »Von meiner Mutter, die … früh gestorben ist. Von uns gegangen.«

In diesem Augenblick wurde ihr wieder bewusst, wie sehr sie ihren Vater liebte.

Sie gab ihm einen Kuss auf die Wange und wollte ihm erneut den Spiegel aus der Hand nehmen, um ihn zu den anderen Waren ins Regal zu stellen. Der Vater umarmte sie jedoch heftig, mit einem aus tiefster Brust aufsteigenden Seufzer, und hielt sie noch eine Weile fest.

»Ich schenke ihn dir«, sagte er.

Obwohl der Spiegel am Rand bereits blind war, freute sie sich wie über ein wirklich kostbares Geschenk, und kaum war ihre Mutter mit den Geschwistern zurückgekehrt, zeigte sie ihn ihr ganz stolz. Sie konnte noch sehen, wie sich die Augen des Vaters vor Schreck weiteten, er eine Geste machte, als wollte er Francesca warnen.

Schon hatte die Mutter ihr den Spiegel entrissen und in den Kamin geworfen. Zum Glück brannte kein Feuer, und die Restasche fing ihn so weich auf, dass er nicht zerbrach.

»Was machst du da!«, empörte sich Francesca.

Die Miene des Vaters verdunkelte sich vor Zorn.

»Weg mit dem Dreck deiner …«, fuhr die Mutter ihn an, ohne auf Francesca zu achten.

Der Vater packte sie jedoch, stieß sie gegen ein Regal, so dass alle so säuberlich aufgereihten Waren zu Boden purzelten, und bevor sich die Mutter besinnen konnte, schlug er ihr ins Gesicht.

Einen Augenblick erstarrten alle.

Obwohl die Mutter sich häufig mit dem Vater stritt und dabei laut werden konnte, ihn sogar schon einmal mit einem Topf beworfen hatte, wischte sie sich diesmal über ihre Wange, als müsste sie die Spuren des Schlags entfernen, richtete ihre Haube und sagte mit vor gepresster Beherrschung zitternder Stimme: »Das machst du nicht noch einmal, sonst bist du mich los.«

Schon rumpelte sie die Treppe zu den Wohnräumen hoch.

Caterina und Camilla folgten ihr.

Der Vater kniete sich vor den Kamin und holte den Spiegel aus der Asche, reichte ihn Francesca, kommentierte aber mit keinem Wort das Geschehene.

»Was meinte Mamma …?«

»Schluss jetzt! Nimm den Spiegel und hilf deiner Mutter!«, schnitt er ihr die Frage ab.

In den nächsten Tagen besuchte die Mutter täglich die Morgenmesse, ohne ihre Kinder; Francesca hatte ihren kleinen Bruder zu beaufsichtigen und zu versorgen.

Wenn sie später das magere Essen richtete, betonte die Mutter: »Gott will uns strafen.« Dann hockten alle um den blankgescheuerten Tisch, löffelten Hirsebrei und kauten das salzarme Brot, das zwischen den Zähnen knirschte.

Am Sonntag gab es einen Hühnerschenkel und einen grätenreichen Fisch für die gesamte Familie, am Montag kam eine Suppe, nach deren Zutaten Francesca lieber nicht fragte, auf den Tisch. Mehr hungrig als satt, half sie anschließend der Mutter, die Küche aufzuräumen, und verschwand dann hoch in das Mädchenzimmer, während ihre Schwestern den Hof auskehrten.

Francesca setzte sich ans Fenster, schaute sehnsüchtig nach draußen, dachte an das Erdbeben und ihre Rettung und den reichen Mann aus Rom. Sie holte den Spiegel aus der Truhe und betrachtete sich. Früher hatte sie nie darüber nachgedacht, ob sie nun hübsch aussah oder nicht, aber seit einiger Zeit, seitdem der junge Maler sie gezeichnet hatte, fand sie sich viel hübscher als ihre Schwestern. Die Mutter war bereits alt und verhärmt, dunkle Warzen wuchsen in ihrem Gesicht, und ihr spitzes Kinn trat vor wie ein Genuesenschädel, wie man in Venedig sagte.

Francesca lächelte ihr Bild im Spiegel an, drehte den Kopf leicht zur Seite und pustete sich ein paar vorwitzige Strähnen aus der Stirn.

Ja, sie war hübscher als alle Mädchen, die sie kannte.

Eigentlich gehörte sie auch nicht in dieses verdreckte, enge und ärmliche Viertel, sondern in einen Palast. Zumindest in einen kleinen.

Mit kokett verzogener Schnute lächelte sie ihr Spiegelbild an.

So ähnlich hatte sie den Maler angelächelt, der sie, ohne sie zu fragen, porträtiert hatte. Eigentlich frech von ihm. Dennoch mochte sie ihn.

Sie mochte auch den reichen Römer. Von ihm würde sie sicher träumen. Ein Retter der Jungfrauen, hoch zu Ross … zumindest in einer Gondel …

»Kommst du Faulpelz jetzt mal runter und hilfst mir gefälligst beim Putzen!«, rief die Mutter laut und herrisch. Seit Tagen ging dies schon so, genauer: seit der väterlichen Ohrfeige. Obwohl die Wohnung längst vor Sauberkeit glänzte, wischte die Mutter weiter.

Bedächtig rutschte Francesca vom Fenstersitz und tappte noch bedächtiger die knarzende Treppe hinunter.

Ohne nach ihr zu schauen, fuhr die Mutter fort, den Lappen in den Wassereimer zu tauchen und, auf den Knien, über den nass glänzenden Boden zu schrubben.

Einen Stock tiefer hörte man den Vater einen Kunden aus dem Laden begleiten.

»Er wird uns verhungern lassen«, stieß die Mutter aus und warf den Lappen in den Eimer. Dann richtete sie sich auf, über ihren schmerzenden Rücken stöhnend, stützte eine Hand auf ihre Hüfte. »Dein Vater«, wandte sie sich an Francesca, »hätte reich sein können. Aber er hat sich immer wieder hereinlegen lassen – von Gaunern und Zinswucherern, die es nicht anders treiben als die Juden. Ehrliche Leute wie wir sind denen nicht gewachsen. Und jetzt hat Gott uns alle bestraft – zuerst mit dem Krieg und dem Gesindel, das er in die Stadt gespült hat, dann mit dem Erdbeben … Verstehst du? Der Patriarch hat es in San Marco verkündet, sie haben seine Worte in San Zanipolo, in der Morgenmesse, wiederholt, die Prediger lesen uns die Leviten: Venedig ist wie Sodom und Gomorrha, der Herr schickt Feuer und Schwefel.«

Eigentlich tat Francesca ihre Mutter leid, aber diese seit Tagen immer gleichen Redensarten gingen ihr auf die Nerven, insbesondere, wenn sie die übertriebene Putzwut unterstützen musste.

Sie verdrehte die Augen und wollte die Mutter darauf hinweisen, dass kein Feuer vom Himmel gefallen war, sondern die Erde gebebt hatte, verzichtete dann aber auf ihre Belehrung. Sie blieb allemal ohne Wirkung. Die Mutter rannte zu häufig in die Kirche und jammerte zu viel über die sündige Welt, über den Luxus der Reichen und den angeblichen Einfluss der Kurtisanen, die sie nur *aufgedonnerte Huren* nannte. Jedes Mal, wenn eine von ihnen am Haus vorbeiging, schüttete sie einen stinkenden Pisseimer aus dem Fenster, was Gezeter nach sich zog und das Geschäft des Vaters nicht gerade förderte.

Die Mutter wrang den Lappen aus und warf ihn Francesca zu. »Los, wisch die Treppe!« Francesca ließ den Lappen an sich abprallen und auf den Boden fallen. »Wenn es uns wie Sodom und Gomorrha geht«, antwortete sie, »dann ist es sinnlos, die Treppe zu wischen. Wir sollten stattdessen schleunigst die sündige Stadt verlassen.«

Die Mutter baute sich vor ihr auf, ihre Augen funkelten vor Ärger. »Du Nichtsnutz wirst auch einmal auf der Straße enden und vor jedem hergelaufenen Söldner die Beine breit machen«, stieß sie aus.

»Wen meinst du mit *auch*?« Francesca blieb ruhig, aber ihre Bemerkung klang natürlich schnippisch. Sie spürte wirklich keine Lust, auf den Knien herumzurutschen, sie musste an ihren Retter

Agostino Chigi denken und an die Gondelfahrt während des Bebens, an den duftenden Mantel mit dem weichen Pelz, an die Eleganz seiner mit Goldfäden bestickten Schuhe, das vornehme rote Barett und den weichen Schwung seiner Wimpern. Und an seine Stimme, die so klar und deutlich sprach.

»Du freche Göre du …«

»Wir könnten nach Rom gehen«, fuhr Francesca fort. »Dort gibt es keinen Krieg, und viele reiche Prälaten suchen Frauen, die ihnen den Boden wischen. Mittlerweile bin ich darin wie du eine Meisterin.« Mit dieser Bemerkung hatte sie eigentlich nur ihre Mutter ärgern wollen, ohne sich dabei viel zu denken.

Eine schallende Ohrfeige war die Antwort. Und gleich noch eine. Wie eine Furie schlug die Mutter zu. Nur durch einen Sprung zur Seite konnte sich Francesca in Sicherheit bringen, und während ihr kleiner Bruder in seinem Ställchen zu heulen begann, rannte sie die Treppe hoch in ihr Zimmer.

Ihre Mutter folgte ihr nicht, schrie ihr etwas Unverständliches nach. Dann hörte Francesca sie ebenfalls heulen.

Sie setzte sich wieder ans Fenster und betrachtete sich erneut im Spiegel. Ihre Wangen brannten, die Haare waren durcheinander, außerdem lange nicht gewaschen, und vermutlich roch sie nach fauligem Putzwasser und modrigen Wänden. Wie gern hätte sie sich Puder auf die Wangen gestreut, die Haare ausgekämmt und ein paar Tropfen Duftwasser auf ihrer Haut verteilt, wie die edlen Kurtisanen, denen die Mutter immer ihre Pisse auf den Kopf schütten wollte.

Während ihre Wangen nur noch rosig schimmerten, fuhr sie mit den Fingern über ihre Lippen, die sie ein wenig vorstülpte, strich über ihre langen dunklen Haare. Nicht einmal einen anständigen Kamm aus Holz besaß sie, von Elfenbein ganz zu schweigen. Der Vater hatte zwar eine Weile mit Luxusgütern für reiche Edeldamen und Kurtisanen gehandelt und dabei ordentlich verdient, aber seit Beginn des Krieges tauchten kaum noch Galane auf, die ihre Geliebten verwöhnen wollten, nicht einmal Kurtisanen.

Sehnsüchtig schaute sie nach draußen auf die Wand des Nachbarhauses, von der schon seit langem der Putz bröckelte und in der das Erdbeben lange Risse hinterlassen hatte. Seit dem Unglück hatte sie den Maler nicht mehr gesehen.

Abwechselnd schaute sie in den Spiegel und durch das zugige Fenster in die Ferne, auf die schmale Gasse und die Dächer mit den zahlreichen Schornsteinen, während sie hörte, wie der Vater jeden Passanten mit kriecherischer und zugleich krächzender Stimme ansprach, ohne etwas zu verkaufen.

Francesca hauchte über den Spiegel und wischte ihn sauber. Ihr Kinn war vielleicht ein wenig zu stark, aber längst nicht so vorstehend wie das ihrer Mutter. Ihre Augen waren dagegen schön geformt, tiefdunkelbraun und außergewöhnlich groß, sie beherrschten ihr Gesicht. Während die Mutter mausgraue Äugelchen hatte.

Als es dunkelte, träumte Francesca noch immer vor sich hin. Ja, sie sollten wirklich nach Rom ziehen. Signor Chigi hatte sie ahnen lassen, dass es eine andere Welt gab als die ihres schmalen, modernden Hauses, eine Welt vornehmer Seidenstoffe und warmer Pelze, eine Welt mit Ohrgehängen aus Gold und silbergefassten Perlen, eine Welt, in der die Frauen Zeit und Geld fanden, sich mit Salben und duftenden Tinkturen zu verwöhnen, in der sie nicht mit nassen Putzlumpen traktiert, sondern von einem Heer von Bediensteten umsorgt wurden. Und natürlich durften sie nach der Messe über die Piazza schlendern und huldvoll ihre Verehrer grüßen oder mit ihren Freundinnen plaudern, ja, sie durften sogar jungen Malern Modell sitzen, damit ihre Schönheit für immer der Nachwelt erhalten bliebe. Und keine sittenstrenge Mamma würde sich aufregen, wenn dabei das eine oder andere Scherzwort fiel.

Signor Chigi hatte ihr zudem gezeigt, dass es reiche Menschen voller Hilfsbereitschaft und Großzügigkeit gab, nicht nur Betrüger, wie ihr Vater meinte. Und alle schönen Frauen waren auch nicht nur sündige Kurtisanen, wie die Mutter glaubte. Überhaupt: Was war so schlimm am Gewerbe der Kurtisanen? Ihre Sünde?

Sündigten nicht auch die Priester, die Nonnen und Mönche in ihren Klöstern? Das wusste sogar sie. In der Nonnenschule, die sie besuchte, wurde so einiges hinter vorgehaltener Hand erzählt. Kurtisanen spielten Laute und sangen schöne Lieder. Wenn sie, die züchtige Francesca, jedoch einmal vor lauter Lebensfreude sang, wurde sie gleich von ihrer Mutter getadelt. Dabei hatte sie eine weiche, reine Stimme, dies hatte ihr einmal ihr Beichtvater gesagt, dem sie hatte vorsingen müssen.

Francesca fiel wieder der Traum der vergangenen Nacht ein, ein Traum, den sie in ähnlicher Form schon häufig geträumt hatte. Sie sah sich an der Hand einer schönen, warm und weich duftenden Frau über satten Marmorboden hüpfen, sah sich auf ihrem Arm, wie sie an ihren langen blonden Haaren zupfte und mit einer Stirnperle spielte. Die Frau sang dann, aber Francesca konnte nichts hören, als hätte sie die Ohren verstopft, die Frau winkte ihr und sang weiter – ein seltsamer Traum, aber klar und deutlich, als hätte sie ihn gestern erlebt.

Francescas Brust krampfte sich zusammen, und sie sah im Spiegel, wie Tränen über ihre Wangen liefen. Eine namenlose Traurigkeit umfing sie. Auslöser konnte allein der Traum sein. Der Traum von ihr als kleiner Prinzessin. Warum nur mussten sie so arm sein! Warum musste sie Putzlumpen schwingen oder auf ihren kleinen Bruder aufpassen, statt zu singen, über die Piazza San Marco zu schlendern und sich von schönen jungen Edelmännern oder auch von reichen Römern wie Signor Chigi grüßen zu lassen?

Verloren starrte sie nach draußen.

4. Kapitel

Das Erdbeben lag nun einige Wochen zurück, die meisten Schäden waren beseitigt oder notdürftig repariert. Einige Paläste hatte man eingerüstet, aber die Bautätigkeit lief nur schleppend voran, da das Geld fehlte.

Die Serenissima hatte zusätzliche Steuern erhoben, doch auch damit die allgemeine Not nicht behoben. Nicht einmal ihre eigenen Beamten konnte sie bezahlen. Den Papst hatte der Doge zwar aus der Allianz der Gegner herausbrechen können, die militärischen Auseinandersetzungen mit Ferrara waren allerdings ungünstig verlaufen, und Niccolò Orsini, der *capitano generale* der venezianischen Truppen, verlangte für sich und seine Söldner Zigtausende an Dukaten, die die finanzschwachen venezianischen Bankhäuser keineswegs allein aufbringen konnten.

Der Doge Leonardo Loredan bat Agostino Chigi zu sich, um noch einige offene Fragen des Vertragswerks zu verhandeln. Chigi ließ sich von Raffaele Befalù in den Dogenpalast begleiten und setzte sich mit ihm nach den Gesprächen auf eine Steinbank an der Piazza San Marco, um die augenblickliche Lage zu resümieren.

»In erster Linie geht es Venedig um das Darlehen von zwanzigtausend Dukaten, das ich jederzeit, selbst ohne die Einnahme der Franci-Schulden, bereitstellen kann«, erklärte Chigi. »Aber ohne Sicherheiten läuft nichts: Die Bürgschaften allein reichen mir nicht aus. Ich will Juwelen aus dem Schatz von San Marco im Wert von mindestens dreißigtausend Dukaten. Damit bin ich auf jeden Fall auf der sicheren Seite.«

Befalù nickte. »Loredan hat zugestimmt, wenn auch nur äußerst zähneknirschend. Ich glaube, die Serenissima hat noch nie den Schatz angerührt.«

»Einmal ist immer das erste Mal. Sie muss runter von ihrem Podest. Der zweite Punkt ist der Alaun, den die Stadt unbedingt für ihre Tuch- und Glasherstellung benötigt. Fünftausend *cantari* können wir liefern, Venedig zahlt in zwei Jahren zwanzig Dukaten pro *cantaro*, zwei Dukaten mehr als der augenblickliche Marktpreis. Auf diese Weise umgehen wir das Zinsverbot.«

»Wir müssen mit Widerstand rechnen, insbesondere bei den Familien der Bürgen und den Prokuratoren von San Marco«, erklärte Befalù.

Chigi sprang verärgert auf und setzte sich sofort wieder: »Die glauben doch nicht ernsthaft, ich gewähre ihnen eine Zahlungsfrist von zwei Jahren und leihe ihnen zwanzigtausend Dukaten ohne ausreichende Sicherheiten. Die Venezianer wollen etwas von mir, *ihnen* steht das Wasser am Hals, nicht mir. Wenn Kaiser Maximilian es ernst meint, campieren in ein paar Wochen deutsche Landsknechte vor San Marco. Die Stadt ist noch nie geplündert worden, das lässt sie in ihrer Überheblichkeit verharren. Aber sie soll sich nicht täuschen. Und die sturen Häupter der Adelsfamilien sollen an ihre Frauen und Töchter denken. So ein Landsknecht kann ziemlich grob werden.«

Befalù nickte.

»Überhaupt ist die Preisdifferenz lächerlich gering. Zehn Prozent in zwei Jahren!«, fuhr Chigi fort. »Die Herrn Pregadi sollen mal bei den hiesigen Juden, bei Scilocco und Konsorten, nachfragen. Mir ist viel wichtiger, dass unser Alaunmonopol langfristig nicht unterlaufen wird. Genauso sieht es Papst Julius. Er ist sogar willens, die Serenissima oder einzelne Familien zu exkommunizieren, wenn sie ihn in diesem Punkt betrügen.«

Befalù schwieg nachdenklich, obwohl ihn Chigi auffordernd anschaute. Nach einer Weile sagte er: »Irgendwie habe ich kein gutes Gefühl. Der Vertrag ist zu kompliziert und wird von Tag zu Tag komplizierter. Schon die Klausel zum halbjährigen Rücktrittsrecht zeigt, dass die Venezianer abspringen wollen, sobald sie einen Hoffnungsschimmer sehen. Ihr Stolz ist zutiefst getroffen: Sie müssen Geld von einem Römer annehmen, sollen die geheiligten Juwelen von San Marco antasten und drohen, ihre wirtschaftliche Entscheidungsfreiheit zu verlieren – das schmerzt.«

Chigi verzog sein Gesicht zu einer Miene der Verachtung. »Soll es sie schmerzen. Hier geht es um Geschäfte und darum, dass ein endgültiger Verlust der *terra ferma* oder gar eine Eroberung der Stadt viel schmerzhafter wäre. Mich schmerzt auch etwas: nämlich die Tatsache, dass sie mir zwar Honig um den Bart schmieren, mich aber zugleich für einen windigen Trickser halten. Dies spüre ich. Ihre Art der Herablassung lasse ich mir nicht einmal bei Papst Julius gefallen, und der hat ein anderes Format. Ich bin Agostino Chigi della Rovere, der reichste Mann Roms und neben Jakob Fugger einer der reichsten der Welt. Ich habe Papst Julius mit meinen Bestechungsdukaten verholfen, den Thron Petri zu besteigen …«

Befalùs leerer Blick ließ Chigi sich selbst unterbrechen. Er musste an dieser Stelle, vor seinem eigenen *fattore*, nicht seine Bedeutung herausstellen. Er schluckte, zwickte kurz seine Nasenspitze, kratzte sich hinterm Ohr und fuhr dann in sachlichem Ton fort: »Zumindest müssen wir keine Steuern zahlen, das habe ich durchgesetzt. Außerdem liefern wir Weizen und Salpeter in die Stadt. Die Menschen hungern. Schießpulver für die Flotte gibt es auch nicht. Also muss sofort bezahlt werden, vor Lieferung, und zwar ein guter Preis.«

»Die Priuli wollen vorschießen, die Vendramin schauen nach, ob sie vielleicht doch noch die eine oder andere Zechine in ihren Schatullen finden, und natürlich horten die reichen Familien genug Gold und Silber. Hinzu kommt, dass seit Monaten kein Tafelsilber mehr exportiert werden darf, es wird alles eingeschmolzen und zu Münzen geprägt.«

»Der Preis für Weizen ist explodiert, das sehe ich bei meinen täglichen Spaziergängen durch die Stadt, sogar die Kurtisanen jammern, dass die Gesetze gegen das Zurschaustellen von Luxus ihnen die Möglichkeit nehmen, sich schön genug in der Öffentlichkeit zu präsentieren. Die Stadt hat wirklich an Attraktion verloren.«

Chigi fing einen spöttischen Blick von Befalù auf, der ihn ärgerte. Sollte er sich etwa vor seinen eigenen Leuten wegen seiner Vergnügungen und speziellen Interessen Vorhaltungen anhören? Seine Zeit war zu kostbar, um sie mit weihrauchgeschwängerten Messebesuchen und dem Brüten über Vertragsklauseln zu verplempern. Für Details hatte er Befalù, das Entscheidende behielt er im Kopf, und Entscheidungen traf er rasch. Und um etwas zu entscheiden, brauchte er keine langen Zahlenkolonnen zusammenzurechnen. *Intuitio*, so nannten die Lateiner sein Erfolgsrezept.

Wichtiger als Zahlen waren ohnehin die weitgestreuten Kontakte, der gute Ruf, das Vertrauen, das man ihm entgegenbrachte, und das Wissen, was im Land und in den Köpfen der Menschen vor sich ging. Wichtig war sein Charme. Seine Freundlichkeit, die niemand mit Unterwürfigkeit verwechseln durfte. Sein offenkundiger Erfolg – auch bei weithin gepriesenen Frauen wie Imperia. Wichtig war sein Ruf als neuer Mäcenas, als Kunstkenner, der Roms fähigste und teuerste Künstler wie Raffaello Santi und Baldassare Peruzzi für sich arbeiten ließ, der eine Villa an das Ufer des Tiber baute, die ihresgleichen in ganz Italien suchte. Wichtig war nicht zuletzt seine Großzügigkeit: Er konnte mal fünfe gerade sein lassen. Wer unschuldig in Not geriet, durfte mit seiner Unterstützung rechnen. Wer ihm freiwillig etwas Gutes tat, den entlohnte er doppelt und dreifach. Auf diese Weise war er groß und reich geworden.

Chigi ließ seinen Blick über die Fassade des Dogenpalasts zum Eingangsportal von San Marco gleiten. Die Piazza wimmelte nicht nur von Tauben, sondern auch von Bettlern, Dienstboten, Händlern, Huren und zwielichtigen Figuren. Aufgeblasene Adlige unter schwarzen Baretten standen in Gruppen beisammen und palaverten, berichteten stolz wie die Laus auf dem Teller von ihren Gewinnen auf den Meeren des Ostens. Rümpften die Nase über die Fremden, die in ihrer Stadt wirklich arbeiteten. Oder intrigierten mit- und gegeneinander.

Er auf jeden Fall ließ sich von keinem Venezianer hereinlegen. Wer es versuchte, wie Franci, der musste es bereuen. Auf sein Betreiben hin hatte der Doge den Gauner ins Schuldgefängnis werfen lassen – da sollte er erst einmal schmoren und sich bei Wasser und Brot vor Augen führen, dass man einen Agostino Chigi lieber nicht um sein Geld brachte. Für die Serenissima würde also gelten: fünftausend *cantari* Alaun zu einem anständigen Preis und dann noch die Juwelen für das Darlehen. Dazu fünfzig Bürgen. Basta!

Chigi erhob sich erneut und vertrat sich die Beine. Er hasste Vertragsverhandlungen, die sich über Wochen und Monate hinzogen. Ursprünglich hatte er nicht ewig in einer Stadt bleiben wollen, die gegen Pest, Hunger und Verbrechen kämpfte – aber seit dem Erdbeben gab es etwas, was ihn hielt: die wiedergeborene Margherita. Francesca Ordeaschi. An deren Haus er bereits mehrfach vorbeigeschlendert war, nicht ohne ihren Vater freundlich zu grüßen. Einmal hatte er ihm eine wertlose Kleinigkeit abgekauft und sich dabei anteilnehmend nach Francescas Befinden erkundigt. Es gehe ihr gut, war die knappe Antwort. Ein andermal hatte er sogar Francesca im Fenster entdeckt, mit einem Spiegel in der Hand. Sie hatte ihn jedoch nicht gesehen.

Chigi winkte einen Wasserverkäufer herbei und ließ sich einen Becher reichen. Über die Piazza wurden Dutzende von Schweinen getrieben, die Räder von Lastkarren mahlten knirschend über den Marmorboden, ein Geräusch, das er nicht vertragen konnte. Als sich ihm eine Gruppe verkrüppelter Bettler von der einen und eine schmucke Kurtisane von der anderen Seite näherte, winkte er Befalù eine knappe Abschiedsgeste zu und brach auf.

»Nächsten Montag«, rief er ihm im Weggehen zu, »werden wir dem versammelten Collegio und den Prokuratoren von San Marco den Vertrag erläutern. Du wirst auf jede kritische Frage eine Antwort haben. Darauf verlasse ich mich.«

Die Kurtisane wollte ihm den Weg abschneiden, aber er war schneller, und sie blieb mit enttäuschter Miene zurück. Chigi schüttelte unwillig den Kopf. Alle hielten ihn offensichtlich für einen nimmersatten Hurenbock, dabei konnte ihn selbst allererste Ware zur Zeit nicht locken. Es war verrückt: Die Begegnung mit Francesca hatte ihm die Lust auf Kurtisanen genommen. Seit dem Erdbeben, seit der Nacht auf der Gondel ging ihm die wiederauferstandene Margherita nicht mehr aus dem Sinn, und er sehnte sich danach, sie wiederzusehen. Abends vor dem Einschlafen sah er sie verstärkt vor sich, fühlte sich an seine glücklichen Jahre erinnert und konnte die beiden jungen Frauen gar nicht mehr auseinanderhalten. Margherita war seit langem tot, daher wusste er nicht einmal, ob das Bild, das vor seinem inneren Auge stand, mehr der jungen Margherita oder Francesca entsprach. Letztlich war dies auch gleichgültig: In Gedanken an seine Angebetete verabschiedete er sich wie ein sehnsüchtiger Jüngling in Schlaf und Träume.

Tagsüber versuchte er sich abzulenken, indem er Bücher erwarb, die Werkstätten der Maler besuchte, die in Farben schwelgende Süße ihrer Madonnenfiguren bewunderte – aber gerade sie erinnerten ihn wieder an Margherita-Francesca. Sie schwebten vor ihm wie ein Glückspfand, ein zu Fleisch und Blut gewordenes Glücksversprechen, das man nicht aus den Augen lassen durfte, weil es sonst womöglich für immer verschwand.

Während er am Kai von San Marco entlangschlenderte, entschloss er sich, bei den Ordeaschi vorbeizuschauen. Er konnte ja wieder Vater Ordeaschi irgendetwas abkaufen, wollte dann aber darauf bestehen, Francesca persönlich begrüßen zu dürfen, um sich nach ihrem Befinden zu erkundigen – und auch, um zu prüfen, ob sich die überwältigende Ähnlichkeit zwischen ihr und seiner Margherita noch im Licht des Tages bestätigte.

5. Kapitel

Francesca hatte längst ihren Schwestern von dem reichen und vornehmen Signor Chigi erzählt und ihnen mehrfach haarklein den Ablauf der Rettung beschrieben. Auch heute wieder lagen die Mädchen gemeinsam auf dem breiten Bett von Caterina und Camilla und tuschelten kichernd und schwärmend. Francesca rief leise: »Er hätte mir beinahe seinen pelzgefütterten Mantel geschenkt. Er ist ein wirklicher *gentiluomo*, nicht so ein ärmlicher Krämer wie unserer Vater.«

»Jetzt übertreibst du aber, Francesca«, sagte Camilla, »unser Vater ist ein Kaufmann, kein Krämer.«

»Ja, aber Signor Chigi ist ein richtiger Kaufmann und reich dazu: Wie er schon geht und sich verbeugt und so klar die Worte spricht! Außerdem kümmert er sich um die Armen, ist ein echter Christ.«

»Du bist ja richtig in ihn verliebt«, bemerkte Caterina spitz. »Er hat dir den Kopf verdreht, dein Signore.«

»Das hat er nicht!« Francesca schlug spielerisch nach ihr. »Du bist gemein.«

»Aber er ist doch viel zu alt«, warf Camilla ein.

»Lieber ein älterer reicher Kaufmann als ein junger stinkender Bootsbauer«, sagte Francesca. »Ihr seid ja nur neidisch.«

»Aber ein klein wenig verliebt bist du schon«, rief Caterina. »Gib es zu!«

Francesca schwieg.

»Wenn das unsere Mutter wüsste! Und unser Vater«, sagte Camilla. »Außerdem habe ich dich beobachtet, wie du dem Maler schöne Augen gemacht hast. Das war noch vor dem Erdbeben.«

»Du bist wirklich gemein«, presste Francesca hervor und biss sich auf die Lippen.

»Dabei hat uns unsere Mutter immer eingebläut, die Augen niederzuschlagen, wenn wir einem Mann begegnen. Nur die Huren ...«

»Was weißt du schon von Huren!«, fuhr sie Francesca an. »Und außerdem geht dich gar nichts an, was ich tue.«

»Mich hat der Maler auch schon einmal angelächelt«, betonte Caterina.

»Und mich hat nach der Messe sogar ein junger Adliger angelächelt«, übertrumpfte sie Camilla.

»Signor Chigi war ein zweites Mal hier und hat sich nach mir erkundigt. Aber Papa hat mich nicht gerufen.« Francesca schaute traurig zu Boden.

»Danach haben sich die Eltern gestritten«, erklärte Caterina mit gewichtigem Augenaufschlag. »Das habe ich gehört.«

»Und was genau hast du gehört?«

In diesem Augenblick stand plötzlich ihre Mutter vor ihnen. Keines der Mädchen hatte ihr Hereinkommen gehört. Francesca zuckte regelrecht vor Schreck zusammen, Camilla versteckte ihr Gesicht hinter ihren Händen, Caterina wollte sogar protestieren, kam jedoch nicht zu Wort.

»Du hast Besuch, Francesca«, sagte die Mutter, zu ihrer großen Verwunderung nicht harsch und streng wie gewöhnlich, sondern freundlich, ja liebevoll. »Signor Chigi aus Rom. Er hat sich nach den Verletzungen an deinen Füßen erkundigt und möchte dir ein kleines Geschenk überreichen.«

Francesca schoss das Blut ins Gesicht. Camilla kicherte.

»Aber Papa …«, stotterte Francesca. »Er will doch nicht, dass …«

»Dein Vater ist unterwegs.« Nun klang die Mutter wieder streng. »Kämm dich und sieh zu, dass keine Flecken auf deinem Kleid zu sehen sind.«

Ihre Mutter trampelte die Treppe hinunter und rief Signor Chigi etwas zu, während Francesca vor Aufregung gar nicht wusste, was sie zuerst tun sollte. Schließlich kämmte Caterina sie, während Camilla, sich wiederholend, sang: »Ach, was bin ich verliebt, so verliebt!«

Francesca wäre auf der Treppe fast ausgerutscht, konnte sich gerade noch halten. Die Mutter lachte künstlich auf, und schon stand ihr Retter vor ihr, verbeugte sich knapp, nahm sogar ihre Hand, obwohl das nicht schicklich war, drückte sie kurz, schaute ihr dabei unverwandt in die Augen. Sein Blick war so prüfend, dass sie vor Scham die Augen niederschlug.

Mittlerweile waren auch die beiden Schwestern die Treppe heruntergekommen, knicksten vor Signor Chigi. Er begrüßte auch sie und strich Camilla über ihre blonden Haare.

»Ihr seid, Signora Ordeaschi, mit diesen drei hübschen Grazien wahrhaft gesegnet«, wandte er sich wieder an die Mutter.

»Drei Mädchen und nur ein Junge, das ist auch eine Last. Fragt meinen Mann.« Sie gab Caterina mit dem Kopf einen Wink und flüsterte: »Hol' den Kleinen!«

Auch ihn bewunderte Signor Chigi, obwohl sich der Junge, aus dem Schlaf gerissen, ungnädig zeigte. Darüber verärgert, befahl die Mutter Caterina, ihn wieder nach oben zu bringen.

Mit entschuldigendem Seufzen lächelte sie Signor Chigi an, schlug dann die Hände über dem Kopf zusammen. »O Gott, ich muss Euch doch einen Becher Wein anbieten. Wie konnte ich so unhöflich sein!«

Camilla musste einen irdenen Becher holen, Francesca einen

Krug. Sie goss ihrem Retter ein, nicht ohne erneut über und über rot zu werden.

Dann erhielt sie von ihm ein Geschenk: ein Buch!

»Ja, Francesca ist ein kluges Mädchen, sie kann lesen«, flötete die Mutter.

»Es ist eine Ausgabe des Märchens von *Amor und Psyche*, von Apuleius. Mein Lieblingsmärchen.« Signor Chigi lächelte, während Francesca vorsichtig das Buch aufschlug. Es war in Latein geschrieben. »Oh! Ich kann aber kein Latein«, stotterte sie.

»Dann musst du es wohl noch lernen – schon um mein Geschenk richtig würdigen zu können.« Er zwinkerte ihrer Mutter zu, die auf diese Bemerkung sogar einging: »Tja, wenn sie das könnte ...«

»Wo ein Wille ist, ist auch ein Weg«, sagte er.

»Wenn das so einfach wäre«, antwortete sie. »Mein Mann ...« Sie unterbrach sich selbst, warf einen kurzen Blick auf Francesca, dann auf Signor Chigi, der mit einem charmanten, geradezu vertraulichen Lächeln erklärte: »Wisst Ihr, Signora Ordeaschi, was man in Rom gern sagt: *Der Mann denkt, die Frau lenkt.*«

Nun überzog sogar ihre Mutter eine leichte Röte, und sie lachte verunsichert auf.

Francesca verstand die Welt nicht mehr. Ihre unwirsche und herrische Mutter, die so auf Sittsamkeit sah und die sich nach ihrer Rettung nicht übermäßig dankbar gezeigt hatte, ließ Signor Chigi nicht etwa abblitzen, sondern zeigte sich überfreundlich. Und sie, das Aschenputtel der Familie, wurde hofiert, erhielt sogar ein wertvolles Geschenk.

»Ich muss jetzt mal nach meinem Jungen sehen«, sagte die Mutter, winkte Camilla, sie zu begleiten, und plötzlich war Francesca mit ihrem vornehmen und so freigebigen Retter allein. Weil sie befürchtete, ihr Vater könnte unerwartet ins Zimmer treten und sie überraschen, zog sie sich aus dem Lichteinfall von Fenster und Tür zurück.

Aber nun wusste sie gar nicht mehr, wie sie sich verhalten sollte. Die sittenstrenge Mutter hatte sie mit einem nahezu fremden Mann alleingelassen! Bevor sie weiter nachdenken konnte, nahm Signor Chigi ihre Hände, zog sie an sich. Francesca stockte der Atem. »Wir müssen uns wiedersehen, allein, solange ich mich noch in Venedig aufhalte …«, sagte er rasch, drängend. »Weißt du, Francesca, dass du … nein, du weißt es nicht, es ist wie ein Wunder …«

Nun beugte er sich leicht nach vorne und hauchte ihr einen Kuss auf die Stirn.

Sie glühte. Aber sie hatte ihn gewähren lassen.

»Wann können wir uns wiedersehen?«, drängte er sie.

In ihrem Kopf arbeitete es fieberhaft, und in ihrem Körper tobte ein Sturm, die Erde schien erneut zu beben. »Meine Mutter geht regelmäßig zur Vesper nach San Zanipolo. Manchmal geht dann auch mein Vater weg. Aber die Nachbarn …«, flüsterte sie.

In diesen Augenblick hörte sie ihre Mutter laut räuspernd und geräuschvoll die Treppe herunterkommen.

Signor Chigi ging ihr entgegen, verabschiedete sich höflich, verbeugte sich noch einmal knapp vor Francesca, nicht ohne sie so gewinnend anzulächeln, wie noch nie ein Mann sie angelächelt hatte, und verließ das Haus.

Nachdenklich schaute ihre Mutter ihm nach, nahm kurz das Buch in die Hand und blätterte in ihm, schüttelte den Kopf. »Ich kann nicht lesen, nein, ich habe immer arbeiten müssen. Aber die Bilder sind schön.« Ein langer, nachdenklicher Blick lag nun auf Francesca. »Am besten gehst du mit dem Buch hoch in euer Zimmer und kommst heute nicht mehr herunter. Ich werde deinem Vater sagen, du fühltest dich nicht gut.«

Als Francesca auf ihrem Bett lag, setzten sich ihre Schwestern zu ihr.

»Ich habe es gewusst«, sagte Caterina.

»Ich aber auch«, echote Camilla.

»So alt ist er doch gar nicht«, sagte Caterina.

Francesca schüttelte nur den Kopf.

6. *Kapitel*

Am Tag nach der Erläuterung des Vertragswerk im Dogenpalast hörte Agostino Chigi von einem Beauftragten Loredans, unter den Prokuratoren von San Marco, die verantwortlich seien für den Schatz des Stadtheiligen, sei ein heftiger Streit darüber ausgebrochen, ob es überhaupt möglich sei, einen Teil der Juwelen als Sicherheit zu verpfänden und aus den Händen zu geben. Agostino Chigi möge sich doch bitte noch eine Weile gedulden, bis diese Frage geklärt sei und die Verhandlungen über die Vertragsbedingungen endgültig abgeschlossen werden könnten.

Chigi war keineswegs erfreut über diese weitere Verzögerung des Geschäfts, beschloss jedoch, das Beste daraus zu machen und den berühmtesten Maler der Stadt aufzusuchen, um möglicherweise das eine oder andere Gemälde zu erwerben oder in Auftrag zu geben. Ohne den Kauf venezianischer Kunstwerke wollte er ohnehin nicht nach Rom zurückkehren.

So begab er sich zur Werkstatt von Giovanni Bellini, nach dem Tod seines Bruders Gentile die Nummer eins unter Venedigs Malern. Der Meister begrüßte ihn mit einer freundlichen Geste, und sofort versammelten sich die Mitstreiter, Gesellen und Lehrlinge um ihn. Bellini zeigte ihm seine letzten Arbeiten, dann drängten sich die Jüngeren vor. Am meisten fiel Chigi ein hübscher Mann auf, der sich anfangs im Hintergrund gehalten hatte, ihm auf Aufforderung jedoch stolz seine Werke zeigte. Er hieß Sebastiano Luciani.

Im Augenblick arbeite er an einem *Urteil des Salomo*, erläuterte er, einem großen Format, es sei aber noch sehr unfertig.

Chigi ließ seine Augen über mehrere Bilder gleiten, und eine nackte, von der Seite gesehene Frauenfigur fiel ihm auf. Er trat näher: Sie wirkte etwas herb und nicht mehr jung.

»Und wer hat dieses Bild gemalt?«, fragte er Sebastiano.

Der junge Mann errötete: »Ich ebenfalls.«

Giovanni Bellini trat hinzu. »Unser junger Mann wagt etwas. Das muss man loben. Er hat viel bei Giorgio gelernt, mit dem er zusammenarbeitete. Giorgio, den wir hier nur Giorgione nennen, weil er uns alle an Kunst und revolutionärem Geist überragte, ist leider der Pest zum Opfer gefallen, ein unersetzlicher Verlust. Habt Ihr von ihm schon einmal gehört?«

»Ja doch, Raffaello Santi erwähnte ihn. Er soll gewagte Bilder geschaffen haben. Wisst Ihr, wo ich eins erwerben kann?«

Bellini schüttelte den Kopf. »Giorgione hat wenig gemalt, leider, nichts steht zum Verkauf. Aber unser junger Sebastiano hier könnte in seine Fußstapfen treten.«

Der Angesprochene lächelte geschmeichelt.

»An seiner *Ceres* gibt es einiges zu kritisieren«, fuhr Bellini fort und wies auf die Studie der Nackten. »Das Porträt einer jungen Frau jedoch, deren Name Sebastiano mir nicht verraten will, ist großartig. Wo hat du es versteckt?«, wandte er sich an ihn.

Sebastiano wurde tiefdunkelrot. »Sie hat keinen Namen, sie soll die Schönheit der Jugend darstellen, ist eine junge Venus.« Vor Unsicherheit geriet er ins Stottern.

Bellini warf Chigi einen vielsagenden Blick zu. »Zeig uns deine verführerische junge Venus, junger Mann, unser Besucher aus Rom ist ein Kenner junger … Liebesgöttinnen.«

Sebastiano kramte hinter einem Stapel von Heiligenbildern ein Holzbild hervor, wischte kurz mit seinem Ärmel den Staub ab und hielt es Chigi hin, nicht ohne seinen Kopf hinter dem Bild zu verstecken.

»Oh«, entfuhr es Chigi – denn er schaute einem jungen Mädchen ins Gesicht, das ihm durchaus vertraut erschien und seinen Blick auffordernd erwiderte.

»Habe ich zuviel versprochen?«, fragte Bellini. »Ich könnte diese Kokette nicht schöner auf Holz bannen. Gewagt, dieses Mädchen aus dem Volk, nicht wahr? Immerhin noch bekleidet. Vermutlich eine junge Kurtisane, die unserem Sebastiano ihre Gunst geschenkt hat.«

»Nein, sie stellt die Idealisierung der Schönheit dar«, widersprach Sebastiano leise.

»Vielleicht könnte man in ihr die Darstellung der *Psyche* aus

Apuleius' Märchen sehen«, warf Chigi zögernd ein. »Ich liebe dieses Märchen.« Er nahm das Bild Sebastiano aus der Hand, um es besser ins Licht zu halten. Er merkte selbst, wie seine Hände leicht zitterten, denn in der jungen Frau war ohne Zweifel Francesca abgebildet.

»Kennst du die *Metamorphosen* von Apuleius?«, fragte er. »Oder hast du von dem Märchen gehört, Sebastiano?«

»Verlangt nicht zuviel Bildung von meinen Gesellen, Signore, Sebastiano beherrscht kein Latein«, warf Bellini ein. »Ich glaube, er hat hier seine erste Liebe porträtiert und nur das eine oder andere an ihr verändert. Es steckt viel Gefühl in dem Bild, Herzblut, wenn Ihr versteht, was ich meine.«

Chigi hielt das Bild noch immer vor sich und konnte sich nicht abwenden. »Ich verstehe Euch sehr wohl, Maestro, Ihr trefft den Nagel auf den Kopf.« Dann blickte er Sebastiano, der unsicher lächelte, forschend ins Gesicht. Ein wirklich hübscher junger Mann, dachte Chigi. Man konnte verstehen, dass die junge Frau ihn verführen wollte. »Ich möchte das Bild kaufen«, erklärte er entschlossen.

»Ja, wenn das so ist …«, sagte Bellini grinsend.

»Es ist nicht käuflich«, antwortete Sebastiano kaum hörbar.

»Alles ist käuflich«, antwortete Chigi, nicht ohne ihn freundlich anzulächeln. Er durfte sich seine plötzliche Anspannung nicht anmerken lassen. Entschlossen drückte er Sebastiano das Bild in die Hand. »Ich werde dir einen guten Preis zahlen und deinem Meister noch einmal die gleiche Summe, und euch alle« – er zeigte auf die anderen Lehrlinge und Gesellen, die die Köpfe zusammensteckten und tuschelten, halb neidisch, halb erfreut – »lade ich in eine Taverne eurer Wahl ein, mit der gesamten Familie, den Freunden. Überleg dir gut, Sebastiano, ob dein Bild nicht doch verkäuflich ist.« Er gab Bellini die Hand. »Morgen komme ich wieder, Maestro, Ihr seid nicht nur ein großer Maler, sondern auch ein weiser Lehrer. Einigt euch, wieviel ihr haben wollt.«

Schon war er auf der Straße und marschierte direkt zur Piazza San Marco und zum Kai, von dem aus er sein nächstes Ziel finden würde, ohne sich in dem Gewirr venezianischer Gassen zu verirren – soeben war sein Entschluss gefallen, sich zum Haus der Ordeaschi zu begeben. Er musste den Stier bei den Hörnern packen.

7. Kapitel

Vor dem Haus der Ordeaschi angekommen, warf Agostino Chigi einen kurzen Blick hoch zu den geöffneten Fenstern und atmete tief durch. In dem kleinen dunklen Laden hörte er jemanden rumoren. Er räusperte sich vernehmlich. Schon trat der bereits grauhaarige und wenig gepflegte Ludovico Ordeaschi aus dem Halbdunkel und verbeugte sich nach einem Zeichen des Wiedererkennens gezwungen freundlich.

»Gott mit Ihnen, Messer Ordeaschi! Ich suche etwas Besonderes …« Chigi trat auf den Mann zu. »Darf ich eintreten?«

»Es ist ziemlich dunkel da drinnen.« Der Mann bewegte sich zögernd zur Seite. »Man muss heutzutage an allem sparen.«

»Eurer Tochter geht es gut?« Chigi verhielt sich betont leutselig. »Ein solches Erdbeben wirkt nach, nicht wahr? So etwas vergisst man nicht leicht, schon gar nicht als junger Mensch.«

»In der Tat«, knurrte Ordeaschi. »Jetzt kaufen die Leute schon gar nichts mehr, brauchen ihr Erspartes, um die Häuser wieder herzurichten oder den Juden Zinsen zu zahlen. Putzzement hätte man einlagern müssen, der ist jetzt gefragt, oder Stützbalken.«

»Da habt Ihr recht.« Chigi setzte sich im Laden auf einen Hocker und ließ seinen Blick über die halbleeren Regale gleiten. »Verkauft Ihr Schmuck?«

»Den findet Ihr bei den Goldschmieden. Aber jegliches Silber hat die Regierung vom Markt genommen, damit lässt sie Münzen schlagen. Der vermaledeite Krieg ruiniert uns.« Er grummelte weiter. »Die ganze Welt hat sich gegen uns verschworen, die ganze Welt gegen das kleine Venedig. Wenigstens der Papst steht jetzt auf unserer Seite.« Ordeaschis Blick irrte unstet über Chigi und seine eigenen Regale. »Hab' schon gehört, dass Ihr der Regierung ein Darlehen geben sollt – so was spricht sich herum. Unsere eigenen Geldleiher sind zu schwach auf der Brust. Nicht einmal die Juden … Aber wer will schon von den zinsgierigen Juden Geld nehmen! Na, wenigstens müssen sie jetzt die Stadt verlassen.«

Ordeaschi schien wenig Interesse an einem Geschäft zu entwickeln. Oder schöpfte er Verdacht, sein Besucher habe etwas anderes im Sinn? Wie hatte er wohl das Buchgeschenk aufgenommen – falls es nicht vor ihm verheimlicht worden war?

Chigi hatte seinen ersten Eindruck von Francesca bestätigt gefunden, so kurz sie sich begegnet waren. Sie ähnelte seiner Margherita auf eine erstaunliche Weise, aber auch darüber hinaus fand er sie reizend, mehr noch: begehrenswert. Es verging kein Tag, an dem er nicht sehnsüchtig an sie dachte – trotz seiner Einkaufsunternehmungen und der zähen Verhandlungen mit der Serenissima. Den Gedanken, sie in Venedig zurückzulassen und ihr nie wieder zu begegnen, fand er schmerzhaft, ja, unerträglich.

Aber was war zu tun?

Er hatte eine Weile geplant, Ordeaschi ohne Umwege einen Handel vorzuschlagen. Zugegeben einen ungewöhnlichen Handel. Ganz sachlich und geschäftsmäßig und zugleich voll menschlicher Wärme und Hilfsbereitschaft. *Do ut des*. Ich gebe dir etwas, damit du mir etwas gibst. Jeder würde einen Vorteil aus dem Handel ziehen.

Während Chigi in dem schummrigen Laden saß, kamen ihm jedoch Zweifel, ob der direkte Weg zu seinem Ziel erfolgversprechend sein würde. Besser war vermutlich ein kleiner Umweg.

»Ich suche eine kunstvoll eingefasste Perle«, erklärte er, »für die Stirn einer bezaubernden Frau. Erste Wahl.«

Ordeaschi schaute misstrauisch. »Warum geht Ihr nicht zum Goldschmied? Davon gibt es Hunderte in Venedig. Alles gute Leute. Auch genügend Fremde darunter.«

»Das könnte ich natürlich, aber ich dachte, Ihr kennt Euch auf dem venezianischen Markt gut aus, wisst, wer die schönsten Stücke herstellt – und natürlich könnt Ihr an der Vermittlung etwas verdienen.«

Chigi versuchte, in den Augen und in der Miene seines Gegenübers zu lesen, aber das Halbdunkel des Raums ließ ihn nicht erkennen, ob Ordeaschi noch misstrauischer wurde oder anbiss, ob seine Geldnot ihn dazu trieb, sich auf reine Vermittlungsgeschäfte einzulassen. Schließlich war kein Haken zu erkennen.

»Ohne Vorschuss gibt kein Goldschmied seine Ware aus der Hand.«

Chigi kramte seine Börse hervor und ließ ein paar Zechinen durch seine Finger gleiten. Beinahe hätte er eine zwischen Daumen und Mittelfinger kreisen lassen, sein altes Spielchen. Aber dies hätte nach Taschenspielertrick ausgesehen, und Chigi ging es um etwas sehr Ernsthaftes.

Vermutlich hatte dieser Kleinkrämer noch nicht sehr viele solcher Münzen in der Hand gehalten. Chigi meinte ein gieriges Glänzen in seinen Augen zu bemerken. Ja, der Fisch hatte den Köder geschluckt. Chigi hatte in seinem Leben bereits so viele Geschäfte abgewickelt, er wusste, wann bei seinem Gegenüber die Gier auf einen Gewinn den Verstand außer Kraft setzte.

»Ich gebe Euch drei Zechinen. Dies müsste reichen. Eine könnt Ihr behalten, die zwei anderen als Sicherheit für das Ausleihen des Schmucks verwenden. Ihr müsst wissen, ich schaue nicht auf den Soldo, wenn Ihr mir ein schönes Stück findet.« Als Ordeaschi nicht sogleich antwortete, fragte er nach: »Abgemacht?«

»Abgemacht.«

Chigi reichte dem Krämer die drei Goldmünzen, die dieser sofort in einer Tasche seines abgeschabten Kittels verschwinden ließ. Er erhob sich jedoch nicht, um zu gehen, sondern schaute Francescas Vater lange forschend an, ohne ein Wort zu sagen.

»Eure Geschäfte laufen nicht gut, oder?«, sagte er schließlich.

Ordeaschi brummte eine Antwort, die vermutlich Zustimmung signalisieren sollte.

»Ich will Euch ein weiteres Geschäft vorschlagen, an dem Ihr noch mehr verdienen könnt. Ja, es wird Euch und Eurer Familie Segen bringen, das schwöre ich Euch. Und Ihr wisst, dass ich als

Kaufmann, der den Namen des Papstes tragen darf, für Ehrlichkeit und Vertrauen stehe. Mein Name wiegt schwer in Rom.«

Das Misstrauen in Ordeaschis Miene hatte sich erneut vertieft, seine Augen blickten finster, doch zugleich drückte er etwas Gepeinigtes aus. »Ich kenne römische Kaufleute«, presste er hervor.

»Umso besser, dann wisst Ihr auch, dass wir nicht so verschrien sind wie die Florentiner, die als verschlagene Gauner gelten – im Gegensatz im Übrigen zu den Sienesern.« Er machte eine kurze Pause und sagte dann im bedeutsamen Ton: »Ich stamme aus Siena. Zog vor über fünfzehn Jahren nach Rom, wo ich mir durch ehrliche Arbeit mein Vermögen verdient habe.«

»Was bietet Ihr mir an?«

Einen kurzen Augenblick schoss ein warnendes Gefühl durch Chigis Kopf. Der Mann ist von Misstrauen zerfressen, dachte er, obwohl du ihm ja bisher nur Gutes getan hast. Du kannst ihn vermutlich bestechen, aber er wird sich dafür rächen wollen.

Gleichwohl konnte er nun nicht mehr zurück. Zu intensiv bedrängte ihn der Gedanke an Francesca, zu sehr hatte er Feuer gefangen.

»Ihr wisst«, sagte er betont langsam und mit weicher Stimme, »dass ich Eurer bezaubernden Tochter das Leben retten durfte. Eurer begabten Tochter – und sie ist begabt, dies spürt ein Mann wie ich. Ihr werdet mir zustimmen, Ihr und Eure Frau. Ich sehe, dass Francesca in der Nonnenschule ihre Begabung nicht so entfalten kann, wie sie sollte, und da ich eine Tochter in ihrem Alter habe, die ihr zudem ähnelt, ja wirklich, und da ich mich als Kaufmann häufig von meinen Gefühlen leiten lasse« – Chigi merkte, wie er ins Schwimmen geriet; hatte er vielleicht sogar zu viel verraten? Natürlich meinte er *von einem untrüglichen Gefühl* – »also, lieber Messer Ordeaschi, aus diesen Gründen möchte ich Euch vorschlagen, Eurer begabten Tochter in einem angesehenen römischen Kloster eine gediegene Ausbildung in Latein und den *artes liberales* angedeihen zu lassen. Ich werde für alle Kosten aufkommen und ihr dann, ist sie im heiratsfähigen Alter, eine ausreichende Mitgift ausstellen, so dass sie in die besten römischen – oder auch venezianischen – Familien einheiraten kann.«

Ordeaschi hatte ihm zugehört, ohne ihn zu unterbrechen. Dies war schon der halbe Erfolg.

»Warum Rom? Warum nicht Venedig?«, fragte er allerdings nicht ohne aggressiven Unterton.

»Nun, lieber Messer Ordeaschi, was man so über die venezianischen Klöster hört, ist nicht erhebend. Die reinsten Hurenhäuser sollen sie sein, versicherte mir erst kürzlich ein einflussreicher Mann aus der Regierung …«

»Und die römischen sind keine Hurenhäuser?« Ordeaschi klang regelrecht sarkastisch.

»Lieber Freund, ich will ehrlich sein. Ihr seid ein welterfahrener Mann, dem ich nichts vormachen kann. Natürlich gibt es in Rom Nonnenklöster zweifelhaften Rufs, doch Santa Maria in Campo Marzio hat einen lupenreinen Leumund, dort lebt meine eigene Tochter und wird auf ihr zukünftiges Leben als sittsame Ehefrau und Mutter vorbereitet. Der Heilige Vater hat ein strenges Auge auf das Kloster, und ich verrate Euch auch, warum, wenn Ihr mir Stillschweigen versprecht. Er selbst hat seine illegitime, doch zutiefst geliebte Tochter Felice dort aufwachsen und erziehen lassen. Dies sagt alles. Ihr habt sicherlich von Papst Julius gehört: ein Mann klarer moralischer Prinzipien, bis auf diesen kleinen Makel ein echter Nachfolger der Apostel. Nicht zufällig nennt ihn alle Welt *il terribile*: Im Kampf um die Reinheit des Glaubens und die Sitten seiner Schafe ist er *schrecklich energisch*.«

Wieder hatte ihn Ordeaschi nicht unterbrochen, und wieder verriet dessen Gesichtsausdruck nicht nur tiefgründiges Misstrauen, sondern eine ebenso untrennbare Mischung aus Gier und Hass.

»Ihr habt Alessandro Franci in den Schuldturm werfen lassen«, sagte er unvermutet.

»In der Tat«, antwortete Chigi gedehnt. »Woher wisst Ihr …«

»Ich bin zwar arm, habe aber meine Informanten.«

Der Mann hatte Erkundigungen eingezogen. Man sollte ihn nicht unterschätzen.

Chigi fing sich rasch. »Weil ich weiß, dass Ihr ein kluger, verantwortungsvoller Vater seid, habe ich Euch das Angebot unterbreitet. Alle haben etwas davon, selbst ich: nämlich das Gefühl, etwas Gutes zu tun.«

»Ich glaube nicht, dass Francesca ihre Mutter und ihre Geschwister verlassen will«, knurrte Ordeaschi in seinem verschliffenen, schwer verständlichen venezianischen Dialekt. »Sie liebt außerdem Venedig. In Rom wäre sie allein unter strengen Nonnen.«

»Nur kurze Zeit, verehrter *mercante*, und selbstverständlich würde ich Euch und Eurer gesamten Familie eine Reise nach Rom bezahlen, wo Ihr Euch überzeugen könntet, wie gut es Euer Augapfel Francesca getroffen hat.«

»Nach Rom bringen mich keine zehn Pferde.«

»Und wenn wir sie selbst fragen? Niemand soll gegen seinen Willen …«

»Nein! Wenn hier jemand entscheidet, dann der Vater.«

Bevor Chigi antworten konnte, rief Ordeaschi »Anna Maria!« die Stiege hoch, »komm mal runter!«

Seine Frau erschien. Als sie Chigi begrüßte, huschte ein vertrauliches Lächeln über ihr Gesicht. »Soll ich Francesca rufen? Sie ist oben. Das arme Mädchen hat viel geweint während der letzten Wochen – so knapp dem Tod entronnen. Und viel gebetet.«

»Seht Ihr«, wandte sich Chigi an Ordeaschi, »ein Ortswechsel würde ihr guttun. In Rom gibt es keine Erdbeben.« Er hatte sich nicht zurückhalten können, merkte selbst, dass seine Bemerkung zu drängend klang.

Ordeaschi hörte aber nicht auf ihn, sondern berichtete in knappen, verkürzten Sätzen seiner Frau von dem Angebot. Chigi schaute genau hin: Francescas Mutter schoss einen prüfenden Blick auf ihn ab. In ihrem Kopf schien es heftig zu arbeiten, während sie ihre Augen von ihm zu ihrem Mann und wieder zurück wandern ließ.

»Die ganze Familie wäre ihre Sorgen los«, konstatierte Chigi sachlich.

»Wir müssten natürlich mit Francesca darüber sprechen …«, sagte sie.

Sie war gewonnen, das spürte Chigi. Hatte sie ihn nicht auch bei seinem Besuch eine Weile mit Francesca allein gelassen? Die Frau wusste, dass sie Francesca ohnehin bald loswerden würde, offensichtlich war sie realistischer und konnte besser rechnen als ihr Mann.

»Nein!«, sagte Ordeaschi. »Unsere Nachbarn … Wir verkaufen unser Kind nicht!«

Seine Frau schien in Gezeter ausbrechen zu wollen, doch bevor sie etwas sagen konnte, wandte er sich an Chigi: »Ich sagte *nein*!« Seine Stimme zitterte.

»Nun, von *verkaufen* kann keine Rede sein, ich sehe, ich werde missverstanden. Es war ein gutgemeinter Vorschlag, aber selbstredend kann man niemandem zu seinem Glück zwingen. Am liebsten wäre mir natürlich, von Francesca selbst …«

»Nein!«, fauchte ihn Ordeaschi an.

»Ludovico!« Seine Frau schlug einen bittenden Ton an. »Denk doch mal nach!«

»Ich habe nachgedacht, sogar sehr gründlich. Da ist etwas faul. In ein venezianisches Kloster kann man sie stecken … Nein, auch das will ich nicht. Sie ist ein lebenslustiges Mädchen …«

»*Zu* lebenslustig!«, widersprach sie. »Ein Klosteraufenthalt würde ihr guttun – in jeder Beziehung.«

Ihr Mann schüttelte heftig den Kopf.

Chigi gelang es perfekt, seine verärgerte Enttäuschung zu verbergen. »Schlaft noch einmal darüber, lieber Messer Ordeaschi. Und selbstverständlich bleibt das Angebot zur Vermittlung des Schmucks bestehen. Ich wollte Francesca mit ihm eine Freude bereiten. – Madonna, der Herr sei mit Euch!« Er verbeugte er sich vor der Ordeaschi, die ihn bedauernd und zugleich bittend anschaute, und anschließend, allerdings knapper, vor ihrem Mann. Beim Heraustreten aus dem Krämerladen sagte er noch: »Ich treffe mich morgen mit Leonardo Loredan, Eurem Dogen, einem Mann, dessen Weitsicht und Weisheit ich bewundere. Ich werde ihm von der Not der fleißigen Kaufleute erzählen. Vielleicht hat er ja einen Auftrag für Euch.«

»Danke, danke!«, rief ihm die Ordeaschi nach.

8. Kapitel

Francesca erwachte abrupt und mit einem enttäuschten Stöhnen aus einem sinnlichen Traum. Ein Mann hatte ihr süße Versprechungen ins Ohr geflüstert, vermutlich der Römer. Oder war es der Maler, den sie kürzlich noch einmal an ihrem Haus hatte vorbeigehen sehen?

Die schwüle Sommerhitze, die auch nachts nicht weichen wollte, ließ sie schwitzen, und so strampelte sie die dünne Decke weg. Trotz der Hitze zwang ihre Mutter sie, ein Nachthemd zu tragen. Nacktheit würde zur Sünde einladen, hatte sie ihr erklärt, dabei schlief sie selber während der heißen Monate ohne jedes Kleidungsstück. Dies hatte Francesca einmal gesehen, als sie nachts, bei hellem Mondschein und geöffneten Fenstern wie Türen, in ihr Zimmer getappt war, vermutlich schlafwandelnd, denn sonst hätte sie dies nie gewagt. Vielleicht hatten die Eltern sie durch ihr Treiben angestachelt, denn als sie vor ihrem Bett stand, sah sie die erhobenen, gespreizten Knie der Mutter, den im Mondlicht mild leuchtenden Rücken des Vaters und die halbmondförmigen Rundungen seines Hinterteils – alles nackt.

Beide stöhnten sie so laut, zuckten und schüttelten sich, dass sie ihre Tochter nicht bemerkten, und so zog sich Francesca, nun gänzlich wach, leise zurück, kroch auf ihr Bett und lauschte dem abebbenden Geschehen nebenan.

Auch jetzt lauschte sie, die Eltern schliefen jedoch, wie sie am lauten Schnarchen ihres Vaters hören konnte. Er hatte am Abend zwei Karaffen Wein geleert, und seltsamerweise hatte ihn die Mutter nicht ausgeschimpft, wie sie es sonst tat, wenn er zuviel trank. Sie hatten sich nicht einmal gestritten, wie so häufig nach dem letzten Besuch von Signor Chigi.

Langsam dämmerte Francesca wieder weg. Doch da war etwas. Ein ungewohntes Geräusch, das sie fast körperlich spürte, allerdings ein anderes als damals zu Beginn des Erdbebens. Kein Rumpeln oder Knirschen, nein, jemand schien vorsichtig die Treppe hochzuschleichen …

Niemand in ihrer Familie schlich *vorsichtig* die Treppe hoch oder hinunter, selbst nachts nicht. Normalerweise ging aber nachts niemand die Treppe hinunter, jedes Zimmer hatte seinen Pott …

Doch da war etwas! Sie hatte sich die Geräusche nicht eingebildet! Oder sie im Traum gehört.

Angestrengt lauschte Francesca.

Jetzt vernahm sie nichts mehr. Nur noch ihr eigenes Atmen und den gleichmäßigen Atem ihrer Schwestern, die nachts kaum etwas wecken konnte. Ja, und das unterirdische Rauschen.

Unabweisbar legte sich der Schlaf wieder über sie, ließ sie abgleiten in bewusstlose Momente, in denen Traumbilder aufblitzten und verwischten, dann deutlicher wurden, sie sah kurz den Malergesellen vor sich, wie er ihr die Perle überreichte, die ihr Signor Chigi geschenkt hatte, mitsamt einem schön bebilderten Buch, das sie sogar lesen konnte, obwohl es in Latein geschrieben war. Sie gab ihm einen Kuss und tauchte wieder kurz aus dem Traum auf. Ihre Wangen waren heiß.

Gerade als sie sich das schweißgetränkte Nachthemd über den Kopf ziehen wollte, war das Geräusch wieder da. Diesmal ganz deutlich. Ein Knarzen der Treppe, unterdrückter Atem, ja, sogar Flüstern.

Sie wollte aufschreien, verschluckte jedoch den Schrei, hielt sich den Mund zu.

Es mussten Einbrecher sein … Seit dem Erdbeben und den Besuchen von Signor Chigi war der Vater zu Geld gekommen. Einmal hatte sie sogar eine glänzende Goldmünze in seiner Hand gesehen. Dabei verkaufte er nichts.

Vielleicht wollte ihr jemand die kostbare Perle stehlen. Oder den Spiegel, das Geschenk ihres Vaters.

Aber den Spiegel gab sie nicht freiwillig her, sie würde schreien, sich wehren …

Da öffnete sich die Tür … Im schwachen Licht des Mondes, das durchs Fenster fiel, erahnte sie eine schwarze Karnevalsmaske, nein, mehrere, sie sah das bewegte Weiß der Augen, griff hektisch nach dem Spiegel, der auf einem Schemel neben dem Bett stand – da wurde schon ihr Aufschrei erstickt durch ein Kissen, und mehrere Hände griffen nach ihr, packten fest zu, und ihr ganzes Strampeln nützte nichts, sie wurde aus dem Bett gezerrt.

Warum wachten Caterina und Camilla nicht auf? Und die Eltern? Sie stöhnte und bog ihren Körper, versuchte, mit dem Fuß einen der Maskierten zu treten …

Plötzlich eine heiße, flüsternde Stimme an ihrem Ohr: »Wenn du dich nicht wehrst, geschieht dir nichts.«

Noch einmal stöhnte sie auf und verspannte ihren Körper wie einen Bogen, aber nun schmerzten die sich in die Haut krallenden Griffe der Maskierten.

Wenn sie hätte schreien können, hätte sie geschrien.

Als ihr die Luft wegblieb, ergab sie sich in ihr Schicksal. Vorsichtig schleppten die drei Maskierten sie die Treppe hinunter. Bald waren sie in der Gasse vor dem Haus. Eine Kapuze wurde ihr über den Kopf gestülpt.

»Dir geschieht nichts, keine Angst«, hörte sie noch einmal. »Nur wenn du schreist, bist du geliefert.« Und sie spürte eine kalte Messerklinge am Hals.

Kurz darauf wurde sie in ein schwankendes Boot verfrachtet, vermutlich eine Gondel. Sie saß weich gepolstert. Noch immer hielt sie den Spiegel in der Hand.

Durch ihren Kopf rasten die Gedanken: Es ging weder um ihre Perle noch um den Spiegel und auch nicht um die Goldzechine ihres Vaters, es ging um sie – wurde sie etwa geraubt, um an die Türken verkauft zu werden, als Sklavin? Davon hatte sie schon mehrfach gehört. Manche Schiffsbesatzungen versuchten, auf diese Weise ihren Gewinn zu verbessern.

Eine Welle panischer Angst erfasste sie, so dass ihr ganzer Körper zu zittern begann, mehr noch, er schüttelte sich, sie begann zu wimmern …

Gefesselt worden war sie nicht, auch presste niemand mehr das Kissen an ihren Mund, sie könnte schreien … Dann schnitt man ihr jedoch die Kehle durch und warf sie in den Kanal. Und aus war es mit ihr.

Sie wollte aber leben!

Ihr Körper beruhigte sich langsam, das Zittern ließ nach.

Ja, sie wollte leben, ihre Träume erfüllen. Sie atmete tief ein und aus, ein zweites und ein drittes Mal. »Ich habe Durst«, flüsterte sie, und in der Tat reichte ihr jemand einen Ziegensack mit Wein. Gierig trank sie. Wollte noch mehr, trank weiter.

Bald darauf wurde sie ganz ruhig. Alles schien sich drehen zu wollen, und sie befürchtete schon, sich übergeben zu müssen, aber dann spürte sie sich fallen, nein, sanft hinabsegeln, ein schönes Gefühl, auch die Angst fiel von ihr ab …

Als Francesca erwachte, pochte und klopfte es schmerzhaft in ihren Schläfen, und ihr war übel. Durst hatte sie, verzehrenden Durst. Alles schwankte, Wellen plätscherten.

Es dauerte eine Weile, bis ihr klar wurde, dass sie nicht in ihrem eigenen Bett lag, dass sie sich auch nicht mehr in der Gondel befand, sondern in einem dunklen, wankenden Raum – auf einem Schiff!

Vorsichtig erhob sie sich. Sie war angekleidet mit einer weichen Tunika, ein seidener Umhang bedeckte ihre Schultern. Durch Ritzen fiel schwach ein wenig Tageslicht. Langsam tastete sie sich zu einem der schmalen Spalte, sah dunkles Holz, sich bewegende Körperteile. Holzmasten knarrten, Segel flatterten oder schienen sich zu blähen, und da war etwas, was nur das Meer sein konnte …

Endgültig wurde ihr klar, dass sie entführt worden war. Mitten aus Venedig entführt. Sie, ein junges, unwichtiges Mädchen, die Tochter eines armseligen Krämers.

Sollte sie wirklich als Sklavin an die Türken verkauft werden? Sie konnte es sich nicht vorstellen.

Verkrampft legte sie sich wieder auf die weich gepolsterte Pritsche, versuchte, sich zu entspannen und nachzudenken.

Eine ihrer Freundinnen, mit der sie während der letzten Jahre lesen und schreiben gelernt hatte, hatte einmal etwas von einem luxuriösen Haus erzählt, in denen die Konkubinen des Sultans sich aufhielten, mit Bädern, Marmor und schwarzen Dienern …

Aber *sie* doch nicht! Sie war viel zu jung, fast noch ein Kind, das sagte ihr Vater immer, *»mein Kind«*, sagte er, wenn er ihr abends seinen Gutenachtkuss gab und sie an sich drückte. Selbst wenn er manchmal grummelig vor Sorgen war und nicht zugelassen hatte, dass Signor Chigi sie begrüßte, ihren Vater liebte sie … Ihr fiel wieder der Spiegel ein; erschrocken schaute sie sich um, und tatsächlich, da lag er auf einer Truhe, nicht zerbrochen oder verschmutzt.

Sie nahm ihn und schaute sich im Halbdunkel an: Ihre Haare waren wirr, aber sonst hatte sich nichts an ihr verändert.

Es war seltsam. Obwohl sie offenkundig auf einem Schiff über das Meer segelte, spürte sie nicht einmal Angst. Eher Neugier und das prickelnde Gefühl, ein Abenteuer zu erleben …

Ihre Gedanken näherten sich zugleich einer Person, die sie gerettet hatte, als das Erdbeben sie verschlingen wollte, umkreisten den Mann mit dem roten Barett …

Als die Tür geöffnet wurde, erschrak sie nicht einmal mehr. Eine dunkelhäutige Frau brachte ihr etwas zu essen und klares, kühles Wasser, dazu einen Leuchter mit mehreren brennenden Kerzen, verzog sich wortlos wieder. Francesca legte den Spiegel zur Seite, stürzte einen Becher Wasser nach dem anderen herunter, merkte plötzlich, dass ihre Übelkeit verschwunden war, dass Hunger in ihr rumorte, sie stürzte sich aufs Essen, griff nach dem duftendem Brot, stippte ihren Finger in den süßen, weichen, goldgelben Honig und steckte ihn genüsslich in den Mund. Und dann verlockten da auch ein saftiger Schinken und eine würzige Wurst, Käsestücke und rundbackige Äpfel.

Gierig schlang sie Brot, Honig, Schinken, Wurst und Käse in sich hinein, biss, den Mund noch voll, in den Apfel.

Als sie nichts mehr in sich hineinstopfen konnte, ließ sie sich auf die Pritsche fallen. Längst glaubte sie nicht mehr, von Sklavenhändlern entführt worden zu sein, ihre Gedanken kreisten um Signor Chigi, ihren Retter. Er hatte ihr ein Buch und eine Perle geschenkt, einfach so, ohne besonderen Anlass. Die Mutter fand freundliche Worte für ihn, der Vater jedoch zeigte sich alles andere als dankbar, er wollte zudem nicht auf den großzügigen *banchiere* angesprochen werden. Es war seltsam, wie die Eltern sich verhielten.

Einmal hatte sie eine ihrer häufigen Streitereien überhört. Die Mutter bat den Vater um ein neues Kleid, was dieser ablehnte. Sie reagierte heftig, ohne dass Francesca ihre Worte im einzelnen verstand. Sie schlich hinzu, blieb hinter der Tür stehen. Die Mutter warf dem Vater »Du hast einen schweren Fehler begangen!« an den Kopf, der Vater fauchte zurück: »Ich weiß, was ich tue. Unsere Tochter …«

»*Unsere* Tochter … dass ich nicht lache …«

Das Gespräch erstarb, weil die Eltern bemerkten, dass Francesca lauschte.

Je mehr sie über diesen Streit und auch über Signor Chigi mit seinen Geschenken nachdachte, desto klarer drängte sich ihr auf, wer hinter dieser Entführung stehen musste.

Immer mehr wich ihre ängstliche Anspannung einer erregenden Neugier.

Sie musste wieder eingeschlafen sein, denn plötzlich stand ein Traumgespinst vor ihr: der Maler aus ihrer Nachbarschaft. Er lächelte ihr zu, und sie lächelte zurück. Ein schöner Traum umfing sie, und beinahe hätte sie ihm ihre Hand gereicht. Aber im Traum wollte man etwas tun und tat dann etwas ganz anderes oder fühlte sich gelähmt … Der hübsche Maler setzte sich und begann tatsächlich, mit einem Stift und Kohle auf einem Karton herumzustreichen.

»Was tust du da?«, wollte sie ihn fragen, und in der Tat hörte sie ihre Stimme genau dies sagen.

»Ich zeichne dich – was sonst?«, antwortete er und lächelte dieses so warme und sympathische Lächeln, mit dem er sie schon einmal umgarnt hatte.

»Wer bist du?«

»Ich bin Sebastiano Luciani, meist Bastiano genannt, habe bei dem großen Giorgio und bei Bellini gelernt, der den Dogenpalast ausmalt und alle bedeutenden Venezianer porträtiert hat. Jetzt befinde ich mich auf einem Schiff, das durch die Adria nach Süden segelt, und versuche, eine junge, hübsche Frau zu zeichnen.«

»Ich träume, nicht wahr?«, hörte sie sich sagen.

Er schüttelte den Kopf und lachte. »Deine Hand!«

»Was?«

»Halte mal deine Hand vor die Brust und spreize den Zeigefinger ab! So etwa. Wie ein V.« Er machte es ihr vor. »Ein V, das für *Venus* und *virtus*, die Tugend, steht.«

Francesca schaute ihre Hand an, dann den jungen Maler, die flackernden Kerzen und wieder den jungen Maler.

»Ich träume nicht«, sagte sie zu ihrem eigenen Erstaunen. Sie zwickte sich in ihren Schenkel, klopfte sich auf ihre Wange, zog an ihren Haaren. »Es tut weh.«

Bastiano musste lachen.

»Es kann gar nicht wahr sein«, sagte sie noch und starrte den Maler an. Zugleich überkam sie das sich verstärkende Gefühl, beobachtet zu werden. »Wir sind nicht allein«, flüsterte sie.

Bastiano schien ihre Worte nicht gehört zu haben, warf einen kurzen Blick auf sie, schaute dann prüfend auf seinen Karton, wischte mit der Kohle über eine Stelle.

»Ich muss träumen«, sagte sie erneut.

»Du bist in einen Glückstraum entführt worden, Francesca«, antwortete Bastiano leise, ohne aufzuschauen. »So etwas geschieht nicht alle Tage, du solltest dich freuen.«

»Aber doch nicht durch dich«, antwortete sie.

Er lachte hell auf. »Nein, nicht durch mich. Auch ich wurde in ein neues Leben entführt; und verführt – durch zu viele Dukaten.«

»Es muss ein Traum sein.«

9. Kapitel

Agostino Chigi spähte noch einmal kurz durch den Spalt in die Kajüte, in der der junge Maler Francesca zeichnete und ihr vorsichtig beizubringen versuchte, was mit ihr geschehen war; dann zog er leise seinen Kopf zurück. Er musste über Sebastianos Worte lächeln. Ja, Geld regierte die Welt, und mit goldglänzenden Dukaten und silberkühlen Scudi ließ sich alles kaufen: Päpste, Kaiser, Heere, Frauen, Liebe und großartige Maler; einzigartige Villen, unersetzbare Skulpturen, Ansehen und Ruhm.

Er hatte Bellinis erfolgreichem Gesellen das Bild der jungen Schönen für ein erkleckliches Sümmchen abgekauft und ihn dann sogar aufgefordert, ihm nach Rom zu folgen und dort zu helfen, zusammen mit Raffaello Santi seine Villa auszumalen. Der junge Mann benötigte eine Weile, sich von Bellini und Venedig zu trennen, doch als er erfuhr, dass vermutlich auch Signorina Francesca Ordeaschi in die Ewige Stadt reisen würde, um dort eine Erziehung wie die Mädchen der herzoglichen Familie Este aus Ferrara zu erhalten, ja, da brauchten die Dukaten welcher Herkunft auch immer nicht mehr zu glänzen. Seine Entscheidung war gefallen.

Agostino Chigi hatte recht behalten in der Annahme, dass die von Sebastiano gemalte junge Frau ein leicht idealisiertes Porträt der Francesca Ordeaschi war. Über die Hintergründe der Entstehung hüllte sich Sebastiano in Schweigen, was Chigi einen leichten Stich der Eifersucht versetzte. Entscheidend war, was er als Kunstkenner sofort erkannte: In Sebastiano Luciani schlummerte ein großes Talent der Menschendarstellung.

Unter vier Augen hatte Chigi sich mit Giovanni Bellini über dessen Gesellen unterhalten, und Bellini bestätigte ihm neidlos seine Einschätzung. »Bastiano ist überaus ehrgeizig und einfallsreich, handwerklich ausgereift und mit einem scharfsichtigen Blick für Menschen. Zudem ist er eine ehrliche Haut und gefühlvoll, kein Schaumschläger und Betrüger, nicht einmal übermäßig eingebildet, dafür sehr musikalisch. Als zwanzigjähriger Lautenspieler hat er sich den Zugang zu zahlreichen Palästen der Nobili verschafft. Manche Tochter – und ihre Mutter – werden sich wohl in ihn verguckt haben.« Bellini lachte gutmütig. »Gelegentlich unterliegt er sogar frommen Anwandlungen, wenn er natürlich auch den Verlockungen des Geldes leicht erliegt. Ich überlasse ihn Euch ungern, Signor Chigi, aber ich bin sicher, dass Rom ihm unauslöschlichen Ruhm bescheren wird.«

Von Francesca hatte Chigi dem Meister natürlich nichts erzählt.

Francesca aus ihrer Familie herauszuholen war schwierig gewesen, insbesondere nach dem *Nein* ihres Vaters. So richtig wurde Chigi nicht klug aus dem Krämer. Obwohl er ihn vor dem Bankrott durch eine hohe Provision gerettet hatte – Ordeaschi verschaffte ihm im Gegenzug netten Schmuck –, zeigte der Krämer nur gedämpften Dank. Erneut auf Francescas Ausbildung in Rom angesprochen, schien er selbst durch eine Art großzügiger Abfindung sein *Nein* nicht zurücknehmen zu wollen. Er liebe seine Tochter, wolle sie nicht an die Ferne verlieren, erklärte er.

Allerdings mischte sich seine Frau immer stärker ein, sie schien ihre älteste Tochter gern loswerden zu wollen. Was von einem gesunden Realitätssinn zeugte: Bald erreichte Francesca das Heiratsalter, die Eltern mussten einen Ehemann suchen, was bei den finanziellen Verhältnissen der Familie schwierig war, denn jeder Ehemann und seine Familie erwarteten eine ordentliche Mitgift. Sonst blieb nur ein Schiffsbauer vom Arsenale oder ein Gondoliere. Oder das Kloster – das allerdings auch eine Art Mitgift verlangte.

Als Chigi ein zweites und ein drittes Mal bei dem Krämer vorsprach, hörte er zwar noch ein *Nein*, doch wirkte es nicht mehr so entschieden. Die Lösung brachte eine Begegnung mit der

Ordeaschi im Halbdunkel von San Zanipolo, wo er sie nach einem Messebesuch abfing und mit ihr unbeobachtet sprechen konnte.

Dummerweise zogen sich die Verhandlungen mit der Serenissima noch bis in den Hochsommer hin, obwohl letztlich ein Vertrag unterzeichnet wurde, der bereits bis auf Einzelheiten im März ausgehandelt worden war: Das Darlehen von zwanzigtausend Dukaten wurde durch die Juwelen von San Marco und fünfzig Bürgschaften abgesichert, der Preis für ein *cantaro* Alaun betrug zwanzig Dukaten; außerdem verpflichtete sich Venedig, das päpstliche Alaunmonopol zu beachten und die kleinasiatischen Einfuhren zu unterbinden. Für den Fall, dass die Serenissima das Darlehen vorzeitig zurückzuzahlen in der Lage war, erhielt sie ein auf sechs Monate begrenztes Rücktrittsrecht vom Vertrag.

Als Chigi endlich sein Schiff startklar machte, wollte er nicht daran denken, wieviel sein mehr als halbjähriger Aufenthalt in Venedig gekostet hatte. Aber er hatte etwas mit Geld nicht Aufzuwiegendes gefunden: Francesca!

Er spähte noch einmal in die Kajüte, um einen kurzen Blick auf die bezaubernde junge Frau zu erhaschen. Er hatte sie zwar entführen lassen, ohne ihre Zustimmung einzuholen, doch in Wahrheit hatte sie *ihn* gefangengenommen. Was fesselte ihn so an ihr? In erster Linie ihre frappierende Ähnlichkeit mit seiner unvergessenen Margherita. Diese Ähnlichkeit hatte sein Feuer entzündet. Am Brennen hielt es ihre frische, natürliche, jungfräuliche Jugend, die Liebeswonnen versprach, welche sich von Imperias zu häufig genossenen erotischen Finessen wohltuend abhoben. Und natürlich versprach die junge Frau mit ihrer glatten, unverdorbenen Haut und den festen Formen nicht nur Liebeswonnen, sondern auch Nachkommen, Erben. Zudem galt es, ihren ursprünglichen, noch wenig verfeinerten Charakter zu formen – ein Geschöpf würde entstehen, so perfekt, wie das von Pygmalion geschaffene Kunstwerk.

Auch seine Margherita war noch jung und unschuldig gewesen, als er sich in sie verliebte: Wachs in seinen Händen. Doch dann starb sie im Kindbett, zusammen mit ihrem gemeinsamen Söhnchen, nach Qualen ohne Ende. Damals hatte er sich – und ihr – geschworen, nie wieder zu heiraten. Seine Treue zu ihr hatte bisher nie gewankt.

Hatte sich jetzt also eine neue Situation ergeben? Gedachte er, seinen Schwur zu brechen? Nun, eine geliebte Frau musste man nicht unbedingt heiraten, wenn man mit ihr zusammenlebte. Er wollte nichts von vorneherein ausschließen, nicht einmal den Bruch seines Treuegelöbnisses – doch kam es für ihn in absehbarer Zeit wirklich in Frage, die Tochter eines ärmlichen Krämers aus Venedig zu heiraten? Wie stand er in Rom da? Würde er sich nicht zum Gespött machen? Francesca musste doch nur den Mund öffnen: Ihr weicher, verschliffener venezianischer Dialekt fiele sofort auf.

Aber Italiens Adel würde auch eine Heirat mit Imperia, der Berühmtesten, der Schönsten aller Kurtisanen, als anrüchig betrachten: der *Kaiser der Dukaten* und die *Kaiserin der Liebe*! Das Geld des *banchiere* Agostino Chigi stank bekanntlich nicht, daher nahm man es auch gern, und die Liebe der Imperia duftete wie alle Rosen des Orients. Da mochten die Orsini-Colonna-Gonzaga-Este-Medici-Ehefrauen die Nase rümpfen, ihre Körper dufteten längst nicht so gut, und sie zeichneten sich häufig durch Hakennasen, Pferdehintern und Glupschaugen aus.

Wenn es um ein Darlehen für einen viel zu groß geratenen Palazzo, einen Feldzug und eine überhöhte Mitgift für ihre Töchter ging, umschmeichelte die Adelsbande ihren *banchiere*, als könnte er Dukaten scheißen, wiesen aber zugleich auf das kirchliche Zinsverbot hin und boten wertlosen Schrott oder Fälschungen als Sicherheiten. Natürlich konnte er über solche Spielchen nur lächeln. Heimlich lächeln. Nie verlor er seine Höflichkeit, flocht in jeden Satz *Eure Eminenz* und *Euer Gnaden* und *Hochwohlgeboren* ein, schmierte ihnen Lobhudeleien über ihre Hunde, Frauen, Kinder und Feldherrnkünste um die Ohren, ohne allerdings übertrieben oder gar kriecherisch zu wirken – nein, er hatte ein Händchen für den Umgangsstil mit den wirklichen und eingebildeten Adligen.

Dabei meinte er nicht, er sei einer von ihnen. Er vergaß seine Herkunft nicht: Er war kein Landbaron und auch kein städtischer Patrizier, er entstammte einer bodenständischen Geldverleiher- und Händlerfamilie aus Siena. Aber mittlerweile hatte sich seine Lage verändert: Er war in der Lage, Venedig ins Unglück zu stürzen, einem Papst zu verhelfen, den Stuhl Petri zu erklimmen, und die schönste Villa in Rom zu bauen, ausgeschmückt von den größten Künstlern Italiens. Er besaß also Macht, Einfluss und Substanz! Und was die Frauen anging, brauchte er sich um keine hochnäsigen Ansichten zu kümmern!

Chigi spazierte auf dem Schiffsdeck auf und ab, genoss die angenehme Brise des Meeres, ließ seinen Körper den wiegenden Bewegungen des Schiffs folgen. Schließlich blieb er am Bug stehen, dort, wo ihn Gischtspritzer kühlten, und schaute in die wankende Ferne. Die Sonne stand im Zenit, und das Meer glitzerte, wie von tausend Diamanten übersät. In der Ferne, gen Westen, begrenzte die schmale Linie der Küste den Horizont.

Endlich war er Venedigs schwüler und drückender Atmosphäre entkommen!

Er schloss die Augen und breitete seinen Arme aus, atmete tief ein, er hätte jubeln können vor Freude. Die Begeisterung, die ihn, einen immerhin alternden Mann, erfasst hatte, rief nach einem Auslass. Rom, die Ewige Stadt, winkte, seine wunderbare Villa, die ewig von ihm zeugen würde, erwartete ihn, und an seiner Seite stand eine Wiederauferstandene, die er in die Liebe einführen würde, die ganz für ihn da war – als seine Geliebte und, wer weiß, als die Mutter seiner Söhne.

Agostino Chigi glaubte in einem warmen Glücksschauer zu stehen.

Als ein heftiger Gischtregen sein Gesicht benässte, tauchte er aus seinen Tagträumen auf. Eins durfte natürlich nicht eintreten: dass sich Francesca als sperrig erwies, sich ihm mit aller Macht verweigerte.

Nachdenklich spazierte er in die Kajüte, die er für sich hatte einrichten lassen, um Francesca die Kapitänskajüte zu überlassen. Dort inspizierte er zum x-ten Male die Juwelen von San Marco, die ihm Loredan hatte übergeben müssen. *Anvertrauen*, wie er sich auszudrücken geruhte. Chigi ließ insbesondere eine Kette aus goldgefassten Edelsteinen durch seine Finger gleiten. Wie würde sie Francescas Hals schmücken? Ihren nackten Hals und die Brust, wie sie Eva vor dem Sündenfall stolz den Geschöpfen des Paradieses gezeigt hatte?

Eine solche Kette musste Francesca von der Ernsthaftigkeit seiner Zuneigung überzeugen, musste in ihr die jugendliche Liebesbereitschaft entfachen. Ja, so gut kannte er die Frauen: Edelsteine, Perlen, Gold, Seide, Samt und Brokat – da wurde jedes weibliche Herz schwach.

Als er die Kette durch seine Finger gleiten ließ und einen Smaragd streichelte, kam ihm zu Bewusstsein, dass er trotz der Bestechung ein großes Risiko eingegangen war. Er hatte eine junge Frau entführen lassen – nachts, mit sanfter Gewalt, gegen den Willen des Vaters. Zumindest gegen den geäußerten Willen. Dies war ein Verbrechen. *Über* dem Gesetz stand er nicht. Würde ihn Francescas Vater vor der Quarantia anzeigen, gäbe es Probleme. Selbst in Rom. Zumindest sein Ruf würde leiden.

Allerdings glaubte er nicht, dass Ordeaschi das Verschwinden seiner Tochter an die große Glocke hängen würde. Er hatte sich zwar geweigert, seine Tochter herzugeben, aber seine Frau hatte die Schatulle mit einer beträchtlichen Summe Goldndukaten gern genommen und schien froh, Francesca loszuwerden. Und eigentlich sah es so aus, als hätte sie die Hosen in dieser Ehe an.

Sie hatte sogar mit leiser Stimme darauf hingewiesen, dass sie nachts tief schlafe, ebenso wie ihre Töchter und ihr Mann, er schnarche zudem, dieses Schnarchen würde alles übertönen.

Klang dies nicht wie eine Aufforderung?

Klagte Francesca ihn allerdings an, sie mit Gewalt entführt zu haben, könnte er wirklich Schwierigkeiten entgegensehen.

Doch war dies wahrscheinlich? Er brauchte nur daran zu

denken, wie sie in der Gondel in seinen Armen gelegen hatte – nein, sie würde ihn nicht verraten. Allein dieser offene, ja, auffordernde Blick! Der junge Luciani hatte ihr Wesen in seinem Porträt traumwandlerisch richtig erfasst. War denn überhaupt vorstellbar, dass ein junges Mädchen, verwöhnt mit Schmuck und Schmeicheleien, sich *nicht* darüber freute, das Gefängnis einer ärmlichen Behausung in einem venezianischen Mietshaus eintauschen zu dürfen gegen eine Zukunft in Luxus und Freiheit?

Nein, dies war *nicht* vorstellbar.

Während Chigi über den schimmernden Smaragd strich, wurde Francescas Bild vor seinen Augen immer lebendiger, und er spürte ein mächtiges männliches Drängen. Er nahm das Geschmeide und ging zur Kajüte, aus der er Sebastiano und auch Francesca lachen hörte. Ein erneuter Stich der Eifersucht traf ihn. Sollte der junge Maler etwa ein Konkurrent sein? Dieser von ihm gekaufte Mann mit seinen weichen Gesichtszügen, vollen Lippen und einer klassischen Nase?

Die Edelsteine glänzten in Agostinos Hand.

Er rief Alaya, die Mohrin, die er eigens für Francesca gekauft hatte: Sie solle in die Kajüte gehen, Sebastiano auf seinen Befehl, nein, auf seinen Wunsch, dies klang freundlicher, herausrufen und dann Francesca die Halskette zeigen. »Du bittest das Mädchen, sie anzulegen, zusammen mit einem Kleid, das ich dir schon habe für sie hinlegen lassen. Und achte darauf, dass sich Francesca gänzlich entkleidet und du ihr *vor* dem Kleid die Kette anlegst. Verstehst du?«

Die Frau verstand ihn genau.

»Und schick den Maler in seine Kajüte. Er soll die Zeichnung vollenden.«

Als sich die Mohrin zur Tür begab, suchte Chigi wieder den Spalt auf, durch den er in die Kajüte spähen konnte, und beobachtete das Geschehen. Widerwillig verabschiedete sich der Maler von Francesca, die ihm noch zuwinkte. Und dann sah sie die Edelsteinkette. Selbst in dem schwachen Licht war das Leuchten ihrer Augen zu erkennen. Sie schöpfte offensichtlich keinen

Verdacht, als sie ihr Unterhemd ablegen sollte, um in eine neue, mit einer Goldborte verzierte Seidentunika zu schlüpfen.

»Vorher die Halskette«, flüsterte Agostino.

Das Unterhemd fiel, Francesca stand hüllenlos im sanften Dunkel der Kajüte.

Seine Männlichkeit drängte pochend. Er konnte gar nichts dagegen tun. Jetzt war der Zeitpunkt gekommen, in der sich Francesca für ihre Rettung, für das Geschenk bedanken musste – nicht durch Worte, durch Taten.

Entschlossen trat er in die Kajüte, schickte Alaya hinaus.

Rasch ließ Francesca die neue Tunika über ihren Körper gleiten. Einen Augenblick schien sie nicht zu wissen, was sie tun sollte, ihre Augen flackerten, die Hände bewegten sich fahrig, als müsse sie ihn abwehren. Doch dann setzte sie sich auf die Pritsche, richtete die Kette in ihrem Ausschnitt und lächelte ihn an.

Dieses Lächeln versetzte ihn in Wahnsinn.

Es war nicht einmal auffordernd, eher abwartend-freundlich, durchaus mit Angst durchmischt.

»Ich ahnte es«, sagte sie. »Hinter der Entführung konnte nur der reiche Römer stecken.«

Agostino trat einen Schritt auf sie zu. Sie war so jung und morgenschön, so verführerisch – sie musste sich ihm hingeben, ob sie wollte oder nicht. Er konnte sich nicht mehr beherrschen. Er musste sie haben. Jetzt!

10. Kapitel

Imperia, die *Kaiserin der Kurtisanen*, hatte bei gedämpftem Kerzenlicht und duftenden Räucherstäbchen Enea Piccolomini lange hingehalten: ihn mit Lautenspiel und schmalzigen Liebesversen in Stimmung gebracht, dann seine »Stimmung« hart werden lassen durch sanftes Flötenspiel, das bei Männern wie ihm nie seine Wirkung verfehlte. Nun war es Zeit, den Saum ihres sattroten Seidenkleids über ihre volle, feste linke Brust gleiten zu lassen, auffordernd mit der rosig angemalten Knospe zu spielen und schließlich die leise raschelnden Stoffe zwischen ihren Schenkeln zur Seite zu schieben.

Enea Piccolomini aus Siena, der Großneffe des gleichnamigen, in Rom noch immer verehrten Papstes, war dicklich, aber gemütlich, höflich und immer generös. Er hatte sein sich reckendes Hähnchen bereits freigelegt. Im Gegensatz zu Angelo drängte er ab einem gewissen Zeitpunkt immer, was Imperia darauf achten ließ, dass der kostbare Stoff nicht beschmutzt wurde. So entblößte sie nun mit raschen Handgriffen gänzlich ihre von allen Haaren sorgsam befreiten, satt und matt leuchtenden Schenkel.

Enea stöhnte auf, als sie seine hektischen Bewegungen ein wenig dämpfte und sein Zipfelchen zum Ziel geleitete. Kaum hatte sie es hineinschlüpfen lassen, legte sie ihren Kopf zurück, ließ seine Zunge mit ihren Rosenknospen spielen, schloss die Augen und stellte sich vor, Angelo beglücke sie.

Sie atmete heftiger, teils weil sie Enea zeigen wollte, was für ein erfolgreicher Liebhaber er sei, teils weil Angelos Bild ihre Lust anstachelte.

Enea stöhnte erneut auf und beschleunigte seine Bewegungen. Ein wenig behinderte sein Bauch den Weg in die Tiefen, doch Imperia störte sich nicht daran, denn Angelo verschaffte ihr den Genuss, den auch sie beim Liebesspiel verspüren wollte.

Nun war es erledigt, Enea bettete seinen nach Kamille duftenden Haarschopf auf ihre Brust, Imperias Finger glitten durch seine vermutlich künstlich gelegten Löckchen, während sie zugleich in Gedanken mit Angelos ausdauerndem Glücksbringer spielte, so dass die Nachwehen der Lust sie noch einmal über sanft wogende Wellen trugen.

Dann war Schluss, und sie schob Enea zur Seite.

Er tätschelte ihre Wangen, was sie nicht mochte, weil diese Geste so gönnerhaft wirkte. Aber sie war zärtlich gemeint, und so verzieh sie ihm, nahm seine Hand, führte sie über ihre prallen Brüste, über die runde Öffnung ihres Nabels. Angelo hätte sie jetzt angeregt, ihr mit seinen schlanken und geschickten Fingern noch ein wenig Freude zu bereiten, auch Agostino liebte es, ihre

Haut von allen Seiten zu streicheln und zu kneten und dann immer wieder hineinzugleiten in ihren kostbaren und teuren, in schwellenden Rosenlippen sich präsentierenden Venustempel.

Imperia seufzte tief. Enea ließ sich nicht anmerken, dass ihre Haut nicht mehr so glatt glänzte wie einst. Natürlich war er selbst kein Jüngling mehr, aber eine Kurtisane hatte ungeschmälert ihre Jugend zu behalten. Da dies nicht in der Natur der Dinge lag, musste sie alles tun, das Altern möglichst lange hinauszuzögern, viel schlafen, die Haare blondieren und mit Nesselsamen behandeln, die Zähne mit Rosmarinzweigen und pulverisiertem Marmor reinigen, die Augen in Rosenwasser baden, die Körperhaut mit einer Mixtur aus Öl, Hühnerfett und Mastixharz einsalben und die Brüste mit Eberfett pflegen, nicht zu wenig, aber auch nicht zu viel essen, gesundes Wasser trinken, nicht das brackige, das in Rom aus den Brunnen kam oder gar aus dem Tiber geschöpft wurde, sondern Wasser aus den Albaner oder Sabiner Bergen, kühles, wohlschmeckendes Nass.

Enea Piccolomini spitzte noch einmal seine Lippen in der Vertiefung ihres Busens, bevor er sich ankleidete. »Mein Angebot steht, liebste Imperia«, sagte er, als er sich das straff sitzende Wams zuknöpfte. »Ich weiß zwar, dass Chigi dein Favorit ist, und gegen seinen Reichtum bin ich eine arme sienesische Kirchenmaus, die vom Ruhm und von der Erbschaft des Papstgroßonkels lebt, aber für ein bequemes Leben in einem säulengeschmückten Haus im Borgo reicht es. Nein, ich untertreibe jetzt. Ich kann dir alles geben, was du benötigst.«

»Alles?« Sie räkelte sich kurz, bevor sie sich erhob und Bella, ihre Kammerfrau, herbeirief, damit sie ihr beim Ankleiden helfe.

Als Imperia wieder allein mit Enea war und im *salone* noch ein Glas schweren Rotweins aus seiner Heimat trank, fügte sie an, als habe sie ihr *Alles?* soeben erst geäußert: »Meine Jugend auch? Den Erhalt meiner Schönheit? Und glaubst du wirklich, du könntest Chigi ersetzen?«

Ihr Blick glitt über die Bodenteppiche, die sonst kaum eine ihrer Kolleginnen besaß, die Goldstofftapeten an den Wänden, die unterbrochen waren von Simsen, auf denen sich Vasen aus Alabaster, Porphyr und Serpentin reihten. Die meisten dieser Kostbarkeiten waren Geschenke von Agostino.

Angelo dagegen schenkte ihr meist nur die Liebe seines Körpers.

»Warst du schon einmal in Chigis neuer Villa am Ufer des Tiber, drüben vor den Toren Trasteveres?«, fragte sie und drehte ihren noch nackten Fuß. »Er will es allen zeigen, will sogar die Medici übertreffen. Innen sollen die Wände mit Fresken ausgemalt sein oder noch werden, wie die Räume im Vatikan. Aber schöner, *sinnlicher*.«

»Ich habe mir davon berichten lassen«, antwortete Enea knapp. »Chigi wird dich fallenlassen, das prophezeie ich dir, wenn …« Er unterbrach sich selbst und nippte an seinem Wein.

»Sprich es nur aus, Enea, *wenn du noch älter wirst*, wolltest du sagen. Aber vielleicht hat Agostino sein unstetes Leben satt und heiratet mich. Er ist seit langem Junggeselle und hat keine Erben. Ich kann durchaus weitere Kinder in die Welt setzen, Söhne.« Sie lächelte in spöttischer Wehmut. »Es sei denn, *du* heiratest mich.«

»Du würdest mich heiraten? Ist das dein Ernst?« Enea rutschte auf die Kante seines Stuhls und griff nach Imperias Hand.

»Wenn mich Chigi nicht heiratet, könnte ich dich heiraten. Es gibt nur wenige Männer, die sich mir gegenüber so großzügig zeigen wie du. Aber heiratet wirklich der Papstgroßneffe Piccolomini eine alternde Kurtisane? Was sagt Rom dazu? Und erst Siena?«

Sie sah, dass sich Enea nicht wohlfühlte. Sie wollte ihn weder auf den Arm nehmen noch verschrecken. Er war ihr lieb, weil er sie anbetete und sie nicht mit Allüren belästigte – außerdem war Angelo, ihr so unerbittlich verheirateter Angelo, seit langem nicht aufgetaucht, und Agostino Chigi hatte sie seit Beginn seiner Reise nach Venedig, die nun acht Monate zurücklag, nicht mehr gesehen. Er schien sie kaum zu vermissen. Gelegentlich traf der eine oder andere Brief ein. Er wimmelte nicht gerade vor Sehnsuchtssonetten, Liebesschwüren oder gar Heiratsanträgen, sondern berichtete von arroganten Adelsfamilien, dekorativ verspielten Häuserfronten, dem raffiniert taktierenden Dogen und dem komplizierten Vertrag. Ganz knapp war er während eines Erdbebens dem Tod entronnen. Lang und breit schilderte er, wie er den umstürzenden Säulen und Marmorfiguren, den herabsegelnden Dachziegeln und Bleiverblendungen entgangen war, indem er sich beherzt in eine Gondel rettete.

Dies war alles nett zu lesen, doch gefühlvolle Zeilen fehlten. Zu vermissen schien Agostino seine Imperia auf jeden Fall nicht.

Vermutlich vergnügte er sich mit venezianischen Kurtisanen, die es an Geschicklichkeit sicher mit den römischen aufnehmen konnten, zumal bei einem so reichen Kunden. Zudem gab es in Venedig tiefverschleierte orientalische Jungfrauen und schwarze Mädchen, denen heißes Blut nachgesagt wurde. Hoffentlich schleppte er nicht irgendwelche Krankheiten an. Von deutschen Händlern, die gern über Venedig nach Rom reisten, oder von reichen Pilgern hörte man so einiges. Auf eine unangenehme Kur oder einen entstellenden, stinkenden Ausschlag konnte sie wahrhaft verzichten, sie war froh, den *mal francese* zu Beginn ihrer Arbeit ohne allzu störende Narben und sonstige Folgen überstanden zu haben.

»Du bist abgelenkt, Imperia«, sagte Piccolomini. »Denkst du an Chigi oder an *ihn*, den gefeierten Reiter, den Schwarm aller Römerinnen?«

Fast wäre Imperia rot geworden. Sie schluckte und erklärte dann mit harter Stimme: »Ich denke daran, was du mir bieten kannst. Sogar meine *vigna*, meinen kleinen Weingarten an der Via Appia, habe ich selber bezahlen müssen.«

»Ich habe ein Grundstück im Borgo gekauft, um dir darauf ein Haus bauen zu können.«

Imperia lachte kurz und trocken auf.

»Ich werde alle Kosten übernehmen, sogar die Steuern, und du darfst dein Leben lang dort residieren. Allerbeste Lage, nahe am Vatikan, also zu einem Großteil deiner Kunden, auch die Via dei Banchi liegt nur ein paar Schritte über die Engelsbrücke entfernt.

Wenn du dich von deinem anstrengenden Nachtwerk ausruhen willst, kannst du das frische Windchen auf der Dachloggia genießen und dazu den Blick über die Dächer und Türme der Ewigen Stadt.«

»Was ist, wenn ich sterbe?«

»Dann fällt das Haus an mich oder meine Erben.«

»Und meine Töchter Lucrezia und Margherita gehen leer aus?«

»Um Margherita kann sich Chigi kümmern, er ist doch ihr Vater, nicht wahr? Und Lucrezia zahle ich dreihundert Dukaten. Davon kann sie sich ein neues Haus kaufen, in einer etwas bescheideneren Gegend.«

»Und was erwartest du von mir?«

»Deine Liebe.«

»Ach, Enea, meine Liebe ... Was ist die Liebe einer Kurtisane schon wert! Meinen Körper ... Einmal die Woche.« Sie schwenkte nachdenklich ihren Kopf. »Du bist ein träumender Petrarcaner. Nein, ein typischer Piccolomini. War nicht dein Papstonkel auch ein Dichter?«

»Großonkel, Liebste. Was hältst du von meinem Angebot?« Er beugte sich vor und führte ihre Hand an seinen Mund, küsste ihre Fingerspitzen. »*Zweimal* die Woche.«

»Du quetscht dein Bäuchlein ein, Enea, und dein Hähnchen bekommt keine Luft.«

»Sei ein wenig gefühlvoller, du Lilie unter den Dornen!«

»Ich werde über dein Angebot nachdenken, Enea, und jetzt darf ich dich verabschieden.« Sie erhob sich, gab ihm einen kleinen Nasenstüber. »Ich muss mich nach unserem anstrengenden Treffen ausruhen. Du warst so stürmisch.«

Sie milderte ihren Spott durch das bezauberndste Lächeln, das sie aufsetzen konnte, und drückte sein Gesicht noch einmal kurz auf ihre Brust. »Ich mag dich wirklich, Enea, du bist eine ehrliche Haut und ein Verehrer, der mir vermutlich noch im Alter erhalten bleibt. Und dies ist für eine Kurtisane von dreißig Jahren etwas wert.«

Als Piccolomini gegangen war, ließ sich Imperia von Bella ein mit Rosenöl angereichertes Bad richten und mit Jasminseife reinigen. Ihre Glieder entspannten sich im warmen Wasser, und ein wohliges Gefühl durchströmte sie. Sie schloss die Augen und sah erneut Angelo sich über sie beugen, ihren Angelo, die große Liebe ihres Lebens, die Todsünde einer Kurtisane.

Eine Kurtisane verliebe sich nicht, dies hatte ihre Mutter ihr häufig genug eingebläut. Ihre Mutter Diana, die selbst ihr halbes Leben ihren Körper verkauft hatte – zuerst als Straßenhure, dann als Stammkundin der deutschen Tavernen im Borgo mit etwas zahlungskräftigeren Kunden, später, als Paolo Trotti, der halbseidene vatikanische Sänger, in ihr Leben trat, als Kurtisane für die Schreiber und Archivare des Vatikans – und weiterhin für die Pilger aus aller Welt.

Ihre Mutter Diana Cognatis hatte sie, ihre Tochter, die ursprünglich Lucrezia hieß, schon früh als Nachfolgerin bestimmt, als Altersvorsorge, und Trotti hatte dann die ersten Schritte unternommen, durchaus gegen den Willen seiner »Stieftochter«, sie auf ihr Leben als Kurtisane vorzubereiten. Aber die Mutter griff ein.

Sie wollte eine gebildete, anspruchsvolle Kurtisane aus ihrer Tochter machen, alles andere war hungerleidende Schinderei. Und es war ihr gelungen. Unterricht im Lauten- und Flötenspiel, im Verseschmieden gaben ihre Verehrer, die typisch weiblichen Fertigkeiten des Berufs unterrichtete sie selbst – und darüber hinaus war Imperia ein Naturtalent. Sie war zudem begabt genug, neben der unumgänglichen Laute und neben der Flöte ein wenig die Handharfe zu spielen und die Anfangsgründe des Lateinischen zu beherrschen. Auf jeden Fall lagen immer lateinische Bücher auf den intarsiengeschmückten Anrichten ihres *salone*, besonders natürlich die *Ars Amatoria* von Ovid, darüber hinaus Liebesgedichte von Catull und Properz, die an Deutlichkeit nichts zu wünschen übrig ließen. Einen Sinnspruch aus einem dieser Gedichte hatte sie auf ihre Tapete in verschiedenen Buchstabengirlanden sticken lassen: *Mentula moechatur*, das Schwänzchen will huren.

Es hatte lange gedauert, bis sich Imperia von der Vormundschaft und Bevormundung ihrer Mutter und ihres Stiefvaters befreien konnte. Insbesondere in finanziellen Dingen hatte Trotti sie lange ausgenutzt, ja, regelrecht ausgebeutet. Allerdings war seit einigen Jahren Schluss damit, und auch von ihrer Mutter, die mittlerweile eine bösartige Klatschtante und zugleich eine geldgierige alte Vettel geworden war, ließ sie sich nichts mehr sagen.

Imperia rief Bella, warmes Wasser nachzugießen, und schob die Kerzenleuchter zur Seite. Zu deutlich erkannte man in dem hellen Licht die Sommersprossen auf den Armen und, schaute sie in den Spiegel, die Krähenfüße an den Augen. Sogar ein Ansatz von Doppelkinn bildete sich, und gegen die Grübchen der Orangenhaut am Übergang von ihrem weichgeschwungenen Hinterteil zu den nicht minder weichen Schenkeln half auf die Dauer nichts, nicht einmal Beten.

So wie ihre Mutter wollte Imperia auf keinen Fall enden. Und ihre Mutter war leider kein Einzelfall. Die meisten Kurtisanen »vererbten« ihren Beruf an ihre Töchter und verschrumpelten dann zu keifenden Kupplerinnen.

In diesem Punkt versprach Imperia sich und ihren Töchtern, sich anders zu verhalten. Ihre dreizehnjährige Tochter Lucrezia war zwar jetzt schon auffallend hübsch, sollte indes auf keinen Fall in ihre Fußstapfen treten. *Vestigia terrent* – soviel Latein beherrschte sie. Und die elfjährige Margherita? Sie sah Agostino so ähnlich, dass für sie als Mutter kein Zweifel an der Vaterschaft bestand. Einen Agostino Chigi als Vater zu haben zeugte von einem ungewöhnlichen Glück, selbst wenn man nicht legitimiert war. Vielleicht war Agostino ja sogar Lucrezias Vater, möglich wäre es. Imperia tippte allerdings eher auf den hochgeistigen Iacopo Sadoleto – oder vielleicht sogar auf Angelo.

Sie seufzte aus tiefer Brust. Angelo – immer wieder Angelo. Angelo del Bufalo, Roms bester Reiter, Sieger der Karnevalsrennen, Liebling aller Frauen, ein lässiger und zugleich ausdauernder Liebhaber, gar nicht einmal reich oder nur reich durch die Mitgift seiner Frau Francesca de Cupis und zudem verheiratet mit Kind.

Als Ehemann kam er also nicht in Frage. Es sei denn, seine Ehefrau starb. Aber noch lebte sie, und nachhelfen konnte man nicht, obwohl sie – so musste sich Imperia insgeheim zugestehen – gelegentlich daran dachte. Ein wenig *cantarella* in den Wein gemischt – und schon siechte die Donna dahin, und Angelo wäre frei, frei für sie, für seine Imperia.

Imperia erhob sich so schwungvoll, dass ein Schwall Wasser über den Rand der Wanne schwappte. Bella legte ihr angewärmte Badetücher über die Schultern, wickelte sie um den Leib und rubbelte ihn kräftig ab. Anschließend legte sich Imperia auf eine weiche Matratze und wurde von oben bis unten eingeölt und durchgeknetet. Über ihren Körper liefen kleine Schauer der Lust, so genoss sie die geschickte Massage ihrer Kammerfrau.

»Immer noch keine Nachricht von Chigi?«, fragte sie.

Bella schüttelte den Kopf, wusste gleichwohl zu berichten, dass in seiner *Villa suburbana* geschäftiges Treiben zu beobachten sei, und auch Imperias Mutter Diana habe berichtet …

»Wann war die alte Vettel da?«, fragte Imperia erbost.

»Vorhin, als ihr Besuch von Signor Piccolomini hattet. Ich schickte sie jedoch gleich wieder weg. Sie konnte aber nicht umhin, mir mitzuteilen, dass Chigi im Vatikan erwartet werde, vom Heiligen Vater persönlich, der, obwohl er erst kürzlich auf den Tod daniederlag, in seiner Ungeduld bereits einige arg unchristliche Flüche ausgestoßen habe. ›Es wird Zeit, dass Imperia Nägel mit Köpfen macht und den Geldsack endlich heiratet‹, hat sie noch gesagt.«

Imperia bekämpfte den Ärger, den ihr stets die Erwähnung und das Auftauchen ihrer Mutter bereiteten, indem sie versuchte, an Angelo zu denken, während Bellas geschickte Hände reichlich Öl zwischen ihren Schenkeln verteilten.

Angelo war ihre erste Liebe gewesen, der Mann, der sie entjungfert hatte, noch bevor sie Trotti in der Ecke eines Abstellraums erwischte. Er ging mit ihr unglaublich liebevoll und geschickt um, als Trotti im vatikanischen Chor seine Madrigale anstimmte und ihre Mutter Diana mit einem jüdischen Geldleiher jenseits des Ponte Sisto verhandelte, blieb seitdem ihre große Liebe – eine große Liebe jedoch heiratete man nicht. Schon gar nicht als Kurtisane. Dies gehörte zu den unumstößlichen Gesetzen des Lebens. Man heiratete Geld, Vermögen, Ansehen. Also sollte sie sich Angelo aus dem Sinn schlagen und ihren generösen und langjährigen Liebhaber Agostino Chigi ehelichen. Falls sich der seit langem verwitwete Vater ihrer Tochter darauf einließ.

Imperia beobachtete eine Fliege, die immer wieder an die bleigefassten Glasscheiben über den Fensterläden flog, dann eine kurze Runde durch das Zimmer summte, ihre Haare ansteuerte, von Bella verscheucht wurde und erneut begann, mit ihrem Kopf durch das Glas fliegen zu wollen.

Doch nur kurz konnte das dumme Tier sie von ihren Gedanken an Agostino ablenken.

Er hatte lange Zeit versucht, bei ihr das Alleinbesuchsrecht durchzusetzen, sie auf diese Weise zu seiner Konkubine zu machen. Aber darauf hatte sie sich nicht eingelassen, weil es ihre Freiheit zu sehr eingeschränkt und weil es sie von ihm abhängig gemacht hätte. Wollte er sie allein besitzen, musste er sie heiraten. Dies hatte sie Agostino klipp und klar erklärt – eigentlich eher scherzhaft, denn nie hatte sie ernsthaft an eine solche Möglichkeit gedacht. An seiner Reaktion merkte sie jedoch, dass ihm dieser Gedanke nicht abwegig erschien.

Er lächelte und sagte mit leiser Stimme: »Die Kaiserin der Kurtisanen und der Kaiser der Dukaten – nicht schlecht. Das hat Rom noch nicht gesehen. Ich schmücke mein Heim mit dem schönsten Juwel, das die Stadt zu bieten hat.«

Sie streckte ihre Arme aus und flüsterte: »Komm her, du Kaiser, und gib mir *dein* Juwel!«

Dann liebten sie sich so anhaltend und innig wie nie zuvor.

Als sie, Stunden später, noch immer engumschlungen beieinander lagen, flüsterte sie ihm ins Ohr: »So könnten wir uns bis in unser Alter lieben, du musst nur wollen. Stell dir vor: Wir beide als Philemon und Baucis!«

Er schien zu nicken.

Diese Liebesnacht lag noch gar nicht lange zurück. Ja, es war in der Tat die letzte Nacht vor seiner Abreise nach Venedig gewesen.

Du musst nur wollen, dachte sie erneut, bevor sie unter Bellas weichen Bewegungen, die fast Liebkosungen glichen, einschlief.

11. Kapitel

Francesca spürte, wie ihr die Angst in die Glieder kroch. Sie war die Gefangene ihres Retters, eingesperrt in eine dunkle Kajüte auf einem Schiff – und nun wollte dieser Retter, der ihr soeben eine Edelsteinkette hatte umlegen lassen, seinen Lohn abholen. Wollte ihr die Jungfräulichkeit nehmen. Freiwillig oder mit Gewalt.

Ihre Mutter hatte ihr immer wieder drastisch geschildert, was die Männer zu Raserei trieb: Jugend, Unschuld, Widerstand. Sie selbst hatte es wohl so erlebt und verallgemeinerte es auf alle Männer. Je jünger die Mädchen, desto besser. Und sie, Francesca, zählte erst dreizehn Jahre, obwohl sich ihr seit einiger Zeit der Busen mächtig wölbte und Haare den Zugang zu ihrer zartlippigen Unschuld verdeckten. Und natürlich ging es ihr alle vier Wochen nach der Art der Frauen.

Chigi, ihr Entführer, umrundete sie lächelnd und nahm ihr wortlos die Kette vom Hals. Eine Hand hielt die Edelsteine, die andere glitt tief hinab über ihre Brust, bis Francesca erschauerte und ganz steif wurde. Dann klickte er sorgfältig die Schließe zusammen und legte die Kette in eine Schatulle, flüsterte: »Der Schatz von San Marco. Venedig hat viele Schätze zu bieten.« Und sein Mund näherte sich ihrem Ohr, als wollte er es küssen. Er strich ihr jedoch nur väterlich über den Kopf und küsste ihren Scheitel. Deutete eigentlich nur einen Kuss an und erklärte: »Du brauchst keine Angst zu haben, ich werde dir nicht wehtun. Alles geschieht, um dich glücklich zu machen.«

Francesca fielen einige Märchen ein, die ihr Vater ihr früher einmal erzählt hatte, und während Chigi sich ihr gegenüber auf eine

Holzbank setzte, versuchte sie, ihre Gefühle zu ordnen, die nun zwischen Angst und Neugier schwankten.

Das hieß: Die Angst verlor sich zunehmend, und die Neugier auf den Fortgang des Abenteuers verstärkte sich. Dieser Mann, so war sie mittlerweile überzeugt, würde ihr tatsächlich keine Schmerzen zufügen. Und falls er sich wirklich nicht beherrschen konnte, dann musste sie ihn wohl ertragen. Doch schon dieser Gedanke löste in ihr einen heftigen Widerstand aus. Wenn ihr ein Mann die Unschuld nahm, dann sollte es freiwillig geschehen!

»Seit dem Erdbeben hast du meine Gedanken und Gefühle beherrscht«, erklärte er lächelnd, mit sanfter, ja, nahezu samtiger Stimme. »Daher nehme ich dich jetzt mit nach Rom, damit du dort in einem Kloster die Ausbildung erhalten kannst, die ein so reizendes Mädchen wie du verdient. Im ärmlichen Haushalt deiner Eltern wärst du nur verkümmert und irgendwann einmal an einen stinkenden Arbeiter vom Arsenale verhökert worden. Dies wollte ich verhindern.«

Francesca durchströmten so viele Gedanken gleichzeitig, dass sie schlucken musste, sich unwillkürlich an den Hals fasste, Chigi anstarrte, als käme sie soeben aus dem Irrenasyl.

Der Mann, der da so väterlich lächelnd vor ihr saß und vollmundig wie ein rundbäuchiger Beichtvater sprach, dieser Mann hatte sie entführen lassen. Aus dem Haus ihrer Eltern geraubt. Mit Gewalt. Und jetzt tat er so, als sei diese Entführung nicht allein zu ihrem Besten geschehen, sondern auch mit ihren Eltern abgesprochen.

Oder war sie das vielleicht sogar?

Aber dies ergab doch keinen Sinn. Dann hätte ihr Vater ihr alles erklärt …

»Ihr habt mich mit Gewalt entführt«, sagte sie stockend, mit belegter Stimme. »Dies ist ein Verbrechen. Mein Vater wird Euch vor der Quarantia verklagen.«

Chigi wurde ernst, und seine Augen wurden schmal. »Der Arm der venezianischen Gerichtsbarkeit reicht nicht bis auf mein

Schiff und schon gar nicht bis nach Rom, liebe Francesca, und dein Vater wird sich zweimal überlegen, ob er ohne Beweise ...«

Was wollte er mit seiner Bemerkung über ihren Vater andeuten? War doch alles ein abgekartetes Spiel?

»Und wenn ich Euch in Rom anklage? Auch dort gibt es Richter.«

Nun lachte Chigi, und Francesca kam sich naiv und dumm vor. Da er nichts sagte, rutschte sie auf ihrer Holzpritsche hin und her, erhob sich dann, versuchte, die Läden vor dem Fenster zu öffnen. Da es ihr nicht gelang, stand Chigi auf und half ihr, kam ihr dabei wieder so nahe, dass sie seinen Atem spürte. Und den sanften, zedernartigen Geruch seiner Kleidung. Oder seines Körpers. Dieser Mann pflegt sich wie eine Kurtisane, dachte sie, als er seine Hand auf ihre Schulter legte, dann ihren Leib umfasste und sie, hinter ihr stehend, vorsichtig an sich drückte.

Sie war erstarrt, schob ihn aber nicht weg. Es war auch nicht unangenehm, was er tat. Was würde sie tun, wenn Bastiano sie so umfassen würde, schoss ihr durch den Sinn. Bastiano war jung und gutaussehend, Chigi dagegen so alt wie ihr Vater, und diese große Adlernase ...

Als er sie fester an sich drückte, wurde ihr erneut schlagartig klar, worauf er hinsteuerte. Er umarmte sie ganz anders als auf der Gondel, damals, während des Erdbebens.

Vorsichtig versuchte sie sich zu befreien. »Und was soll ich im Kloster lernen?«

Er ließ sie jedoch nicht los. »Singen und Laute spielen, dichten, auch Latein – und natürlich, wie man sich als Frau schön und begehrenswert macht ...«

Er hatte ihr seine Lippen so genähert, dass sie ihr Ohr streiften, und im sanften Tonfall fuhr er fort: »Wie man einen Mann verführt und sich ihm hingibt.«

Nun küsste er ihre Ohren, ihre Nackenbeuge, eine Hand rutschte über ihren Bauchnabel nach oben, die andere nach unten ...

12. Kapitel

Agostino Chigi hatte sich vorgenommen, Francesca nicht durch eine verfrühte Annäherung zu verschrecken. Schließlich war sie aus ihrer Familie und Heimat gerissen worden, ohne gefragt worden zu sein, sie begann erst, ihre jugendlichen Knospen zu öffnen – und doch konnte er, ihren Körper in seinen Armen, sein männliches Drängen nicht mehr beherrschen.

Das Mädchen roch nach der Wärme eines Bettes und der Frische des Meeres zugleich, nach geteerten Schiffsplanken und etwas ganz anderem, das er nicht bestimmen konnte. Ihr Körper versteifte sich, floh jedoch nicht, blieb fest und intakt, noch nie wirklich berührt, bereit, eingeführt zu werden in die Kunst der Liebe. Welche Wonne musste es bereiten, wenn sich die Knospe unter seinen Händen und Lippen vorsichtig zu öffnen begann und ihn aufnahm …

In diesem Augenblick klopfte es kurz, aber entschieden, die Tür öffnete sich, und der Maler Luciani stand in der Kajüte. »Oh, Entschuldigung!«, brachte er heraus. »Ich wusste nicht … wollte Francesca die Zeichnung zeigen.«

Chigi hatte Francesca losgelassen, sich abrupt umgedreht. Am liebsten hätte er Luciani einen Tritt versetzt. Was erlaubte sich dieser gekaufte Pinsel!

»Raus!«, schrie er ihn an. »Raus!« Seine Stimme überschlug sich.

Sebastiano Luciani stellte die Zeichnung an die Wand, machte einen tiefen Diener, formulierte mit gespitzten Lippen und geziert ein »Ich bitte vielmals um Entschuldigung, Signore!« Sein Gesichtsaudruck zeigte indes nur mühsam unterdrückten spöttischen, ja, höhnischen Triumph. Und dann schien er Francesca auch noch zuzuzwinkern.

Als der Maler draußen war, fühlte sich Agostino, als wäre er ins kalte Wasser gestoßen worden. Ernüchtert und zugleich wütend.

Doch rasch beruhigte er sich. Vielleicht war diese Störung gut so … Er hatte Francesca wirklich nicht verschrecken wollen, hätte aber seine stürmischen Pferde kaum mehr zügeln können.

Sie hatte mittlerweile das Bild in die Hand genommen und betrachtete es, setzte sich dann wieder und hielt es wie einen Schild vor sich auf den Knien. Ihr Blick wich ihm nun nicht mehr aus, im Gegenteil, er verfolgte ihn abwartend, mehr noch: forschend.

»Was wollt Ihr eigentlich wirklich von mir?«, fragte sie. »Ich bin zwar noch jung, aber nicht so naiv, wie Ihr vielleicht glaubt.« Es klang herausfordernd und bestimmt.

»Nun, ich bin Roms reichster Fernhandelskaufmann und *banchiere*, ein Freund des Heiligen Vaters und der Pächter der päpstlichen Alaunminen von Tolfa, außerdem besitze ich die Pacht über die päpstlichen Weiderechte im nördlichen Lazio sowie über diverse Zolleinnahmen. Ich besitze zweihundert Unternehmungen, zwanzig Niederlassungen meines Hauses sind über ganz Europa verstreut, sind in Lyon und Paris und Antwerpen, Konstantinopel, sogar in London, wenn Euch die Namen etwas sagen. Ich handele mit fast allem, was Geld bringt, für mich fahren hundert Schiffe auf allen Meeren, und ich besitze sogar mit Porto Ercole einen eigenen Hafen. Aber ich langweile dich. Geschäfte sind für junge Frauen nicht interessant …«

»Wer sagt das?«, unterbrach sie ihn.

»Nun, die Frauen, die ich kenne …«

»Also, ich zumindest habe meinem Vater immer gern beim Verkauf geholfen. Und wenn ich an Euer Geschäftsimperium denke …« Sie klang regelrecht kess. Faszinierend kess.

Er machte eine Geste, als gestehe er ihr die ausgefallensten Interessen zu, fiel ihr gleichzeitig ins Wort: »Ich glaube, mein Reich der Kunst wird dich mehr faszinieren: Ich habe soeben von Roms erstem Baumeister und Maler Baldassare Peruzzi eine wunderbare Villa im Grünen bauen lassen, mit Räumen, für deren Ausstattung ich die berühmtesten Maler Italiens verpflichte, so den göttlichen Raffaello Santi. Zu dieser Villa gehört ein Park am Ufer des Tiber, mit Springbrunnen und Marmorstatuen, mit gepflegten Wiesen und Grotten, Lilien und Rosen überall, sogar mit teuren Tulpen, an denen ich mich allerdings in diesem Frühjahr nicht erfreuen durfte, mit Orangenbäumen und Oleander, Feigen und Granatäpfeln, Schirmpinien und Zypressen und mit einer Loggia direkt am Wasser. Und unser Sebastiano Luciani soll mir helfen, die Villa noch schöner zu gestalten. Er kann junge Mädchen so lebensecht gestalten, dass man sich sofort in sie verliebt.« Vor Begeisterung war er aufgesprungen.

»Und wie viele Kinder toben durch Eure so kostbar ausgemalte Villa?«, fragte sie.

Wo hatte sie nur diesen Ton gelernt?

Er musste kurz schlucken und wischte sich mit der Hand über den Hals, rieb sich dann die Nasenspitze und setzte sich wieder.

»Nun, Kinder … Warum fragst du?«

»In bin mit mehreren Geschwistern aufgewachsen. Wir bewohnen zwar keine Villa, aber dafür gab es viel Gelächter.«

»Das glaube ich. Leider …«

»… habt Ihr keine Kinder. Ich wusste es. Ein Mann, der Kinder hat, würde nie mit Gewalt eine junge Frau aus dem Kreis ihrer Familie entführen. Ein Mann, der seine Frau liebt, würde nie einer Mutter solch einen Schmerz zufügen. Und einem Vater das Liebste nehmen. Mit Geld kann man viel kaufen, aber keine Liebe. Kein glückliches Familienleben mit Freude und Schmerz, mit Lachen und Weinen.«

Chigi hatte sich mittlerweile gefangen und lauschte ihren Worten, beobachtete zugleich, *wie* sie sprach. Erneut wurde ihm bewusst: Er hatte das Mädchen unterschätzt. Sie schien jegliche Angst verloren zu haben, griff ihn sogar an. Und traf mit dem vermutlich geschönten Bild ihrer Familie traumsicher seinen wunden Punkt.

Dennoch liebte er sie, ja, mehr denn je.

»Wie kommt es, Signor Chigi, dass Ihr so reich seid, während mein Vater, der sein Leben lang geschuftet hat, arm geblieben ist? War Euer Vater schon reich, oder wart Ihr nur geschickter, *sehr viel* geschickter, habt Ihr vielleicht Eure Geschäftspartner übers Ohr gehauen und Euch im Vatikan mit allen Mitteln eingeschmeichelt?«

Chigi musste lachen über ihre naseweisen Formulierungen, sie ließ ihm aber keine Zeit zu antworten.

»Und was wird Eure Frau sagen, wenn Ihr ein Mädchen wie mich mitbringt?«

Chigi schüttelte den Kopf. Dieses Geschöpf entwaffnete ihn. Wie Margherita damals, als er sie kennenlernte.

»Meine Frau starb vor langen Jahren, aber meine Liebe zu ihr ist noch nicht erloschen.« Er sprach ruhig und ohne gefühligen Unterton.

Mit dieser Bemerkung hatte er Francesca für kurze Zeit aus dem Konzept gebracht.

»Das tut mir leid«, sagte sie leise, und sie meinte es ernst, das sah er.

Doch dann schoss sie wieder einen Blick auf ihn ab, den er zuvor noch nie beobachtet hatte. »Und wie heißt Eure Konkubine?«

Beinahe hätte er etwas Unvorsichtiges geäußert; stattdessen lachte er. Ein wenig zu laut und zu lange, das merkte er selbst.

»Ich habe auch keine Konkubine. Du scheinst dir ein völlig falsches Bild von mir zu machen, liebe Francesca.«

»Dann besucht Ihr sicherlich regelmäßig irgendwelche Kurtisanen. Reiche, teure, schöne Kurtisanen. Mit denen Ihr Euch schmücken könnt. Ihre Liebe lässt sich kaufen. Und wenn Ihr ihrer überdrüssig seid, dann werft Ihr sie weg wie eine ausgelutschte Artischocke. Wie heißt denn Eure Lieblingskurtisane? Vielleicht lerne ich sie ja einmal kennen, vielleicht kann ich etwas von ihr lernen – und über Euch das eine oder andere erfahren. Eins sage ich Euch: Ich lasse mich nicht einsperren, schon gar nicht in ein Kloster. Ich werde an den Heiligen Vater schreiben und ihm alles berichten.«

»Du führst hier eine ganz schön heiße Lippe, Signorina! Dir ist offensichtlich so einiges nicht klar.« Er wollte drohend wirken oder zumindest väterlich bestimmt, doch hörte er selbst, wie wenig überzeugend seine Worte klangen.

Nun schien sie ihn sogar auslachen zu wollen.

Aber nein, sie lachte nicht, sie versteckte ihr Gesicht hinter ihren Händen und brach in Weinen aus. Sie schluchzte heftig, ihr ganzer Körper zitterte, und die Tränen tropften auf den Boden.

TEIL II

13. Kapitel

Das Langersehnte trat endlich ein. Bevor ihr großzügigster Verehrer und Geliebter Agostino Chigi wieder nach Rom zurückkehrte, gelang es Imperia, ihren geliebten Angelo auf einen Abend einzuladen.

Sie glühte vor Anspannung. Ja, sie, die Kaiserin der Kurtisanen, seit über dreizehn Jahren im Geschäft und von Geld, Geist und Geistlichkeit Roms umschwärmt und verehrt, fühlte sich unsicher wie in den ersten Jahren ihrer Arbeit. Heute musste sie alles richtig machen, und dennoch spürte sie, dass nicht alles richtig zu machen war.

Der Tag hatte schon falsch begonnen. Ein Traum vor dem Aufwachen hatte sie so verwirrt, dass sie ihn gleich wieder vergessen wollte und vergaß. Das Einzige, was sie von ihm im Gedächtnis behalten hatte, war etwas weißlich Erbrochenes auf ihrem kostbaren Teppich. Erschrocken starrte sie auf ihn, um sich davon zu überzeugen, dass sie tatsächlich nur geträumt hatte.

Um auch dieses Detail zu vergessen, ließ sie sich von Bella ein Bad richten, aß eine Kleinigkeit und sang dann zur Laute ein von ihr selbst komponiertes Sonett über des Lebens Lust und Leid.

Die Folge war: Mitten im Spiel wurde sie von Rührung überwältigt, und die Tränen flossen. Ja, sie weinte, und eine tiefe Trauer ließ sie in einem Meer düsteren Blaus versinken. In der Tat *sah* sie ihre Trauer: in der Farbe Blau.

Kaum hatte sie sich wieder im Griff und sorgsam alle Tränenspuren getilgt, befahl sie Bella und einem ihrer Hausdiener, alles Blaue, was nicht gerade Teil von Teppich oder Tapete war, aus dem *salone* zu entfernen, natürlich auch aus dem Ankleideraum und dem Schlafzimmer mit seinem großen Bild, das eine nackte Frau zeigte, die gerade das kostbarste Teil eines ebenfalls nackten Mannes freilegte. Sie hatte es Raffaello Santi abgekauft, der behauptete, nicht er habe es gemalt, sondern sein Gehilfe Giulio. Es sei viel zu unanständig für seinen Geschmack. Wenn Nackte, dann mit Putten, pfeilschwingenden Eroten und Symbolen der Sünde. Teuer war das Gemälde dennoch gewesen.

Um sich abzulenken, nahm Imperia ihre Kanarienvögel aus dem Käfig, ließ sie auf ihrem Zeigefinger sitzen und sie mit spitzem Schnabel küssen. Lange Zeit hatte sie wie die meisten ihrer Kolleginnen und auch zahlreiche vornehme Damen einen Zwergspaniel besessen, aber nachdem ein bösartiger Jagdhund ihn vor ihren Augen auf offener Straße zerrissen hatte, verzichtete sie auf jeden weiteren Schoßhund.

Nachmittags spazierte sie trotz der Hitze durch die Via Giulia, plauderte mit ein paar Kolleginnen und ließ sich in einer Sänfte zu ihrer *vigna* an der Via Appia tragen, wo sie sich, im Schatten lauschiger Bäume und im Gesäusel lauen Winds, zu entspannen pflegte. Sie las in Ovids *Ars Amatoria*, legte das Buch allerdings sofort wieder weg, als sie auf die Verse stieß: »Weh mir Armen, bald wird schlaff von Runzeln der Körper, bald schwindet die Farbe vom schmucken Gesicht.«

Auf dem Rückweg schwitzte sie sehr. Ein kühles Bad brachte Erleichterung. Sie aß nur ein paar Häppchen und ein wenig frisches Obst. Für das intime Abendessen mit Angelo hatte sie als Vorspeise eine Pistazientorte mit Orangenscheiben und Datteln vorgesehen, dann Artischocken mit einer Schwanenpastete, anschließend ein mit Mandeln, Ingwer, Safran, Zimt und Zucker gewürztes Fischragout. Zum Schluss sollten gebackene Feigen mit Rosmarin serviert werden. Dazu natürlich den passenden Wein. Begonnen und beendet wurde das Mahl mit Malvasier, zum Fisch gab es Frascati und zu den Artischocken einen leichten Roten, den ihr Agostino einmal geschenkt hatte.

Als die Sonne sich senkte, ließ Imperia ihr Schlafgemach herrichten, mit Rosen- und Nelkenwasser bedufften. Mehrere Rosensträuße zierten ihre Vasen. Sie ließ sich von Bella massieren und anschließend einsalben, damit ihre Haut pfirsichweich wie die einer Jungfrau werde. Ihr Gesicht zu schminken übernahm sie selbst, die Augen wurden mit Rosenwasser gewaschen und Belladonna vergrößert, die Haare ausgekämmt und leicht geflochten, so dass sie mit wenigen Haargriffen zu öffnen waren. Natürlich durften weder das goldene Ohrgehänge fehlen noch die Halskette mit dem goldgefassten Diamanten, die Agostino ihr zu Margheritas Geburt überreicht hatte. Zuerst hatte sie noch einen Haarschleier aus Goldfäden tragen wollten, aber dann begnügte sie sich mit einer großen Perle, die sie über der Stirn, am Ende des Scheitels, befestigte. Dies war praktischer. Der Schleier riss zu leicht im Eifer einer heftigen Leidenschaft.

Ja, und dann kam Angelo, während draußen die Sonne ihre letzten Strahlen über die Dächer und Türme der Stadt schickte. Noch immer trug er seinen Reitkittel mit zweifarbigen Beinkleidern und Stiefeln. Er roch nach Pferd. Und nach Lederfett. Verbeugte sich mit einer Theatergeste, umarmte sie dann ebenso übertrieben und flüsterte ihr ins Ohr, seine Frau weile wegen der Septemberhitze in den Albaner Bergen, daher könne er die ganze Nacht bleiben.

»Oh, Angelo«, flüsterte sie, und beinahe hätte sie ihre Hand nicht zügeln können, seine Schamkapsel zu öffnen und den wartenden Panther hervorzulocken ... Sie wäre noch im *salone* umgesunken und hätte sich als Vorspeise zur Pistazientorte vernaschen lassen, das wäre süßer gewesen als jegliche Dattel.

»Lass dich anschauen«, sagte er und löste sich von ihr, hielt allerdings ihre Hand, als wollte er sie zum Tanz führen. »Du siehst göttinnengleich aus, von Jahr zu Jahr wirst du schöner, meine Angebetete, meine geliebte ... *Stute*.« Und mit einer gezierten, tänzelnden Bewegung verbeugte er sich.

Die Bezeichnung *Stute* versetzte Imperia einen leichten Stich. Aber dieser Mann mit seinem markanten Kinn, den entschlossenen und zugleich träumerischen Augen, dem vollen und welligen Haar, einem kraftbeherrschten Körper, der reiten konnte wie einst Alexander der Große, dieser Mann, der sie vor vielen Jahren ohne viel Aufhebens, aber zärtlich genommen und geliebt hatte, bis sie vor Erschöpfung nur noch stöhnen und weinen und vergehen konnte, dieser Mann ... nein, sie konnte nicht warten. Sie griff nach seiner prallen Schamkapsel, und während sie sie öffnete, griff er nach ihrem Hinterteil, zog dabei ihr rauschendes Seidenkleid hoch. Vorsichtshalber hatte sie außer Überkleid und Tunika nichts angezogen, was irgendwie hätte hinderlich sein können.

Sie sank hin, auf den weichen Teppich mit seinen Girlandenmustern, den Vögelchen und Pfauen, den Sphinxen und Sirenen. Angelo sollte sich seine süße Vorspeise holen, sie wusste, dass er zu mehreren Gängen aufgelegt war, ja, einmal hatte er sogar das aufgetragene Essen in sein Liebesspiel einbezogen, ihr die Süßspeise auf den Körper tropfen lassen, um sie dann sorgsam auf seine Art wieder zu entfernen – ohne Zitronenwasser und gewärmte Tücher.

Die dunkelrote Seide bauschte auf, bis Imperia nichts mehr sah. Auch dies liebte er: Sie blind zu machen. Dann wusste sie nicht, was er als Nächstes tun würde, alle Sinne waren aufs äußerste gespannt, die sorgsam von allen störenden Haaren befreiten Landschaften ihrer Haut, die rosigen und die weichen, die weißen und dunklen, warteten darauf, von ihm als Erste wie von der Morgensonne geküsst zu werden.

Ihr innerer Aufruhr ließ sie fast zerfließen und in Besinnungslosigkeit fallen, ihr Körper bog und wand sich, während seine Finger, seine Lippen, seine Zunge und schließlich auch der sprungbereite Panther den Weg ins Zentrum ihrer Lust fanden.

Sie schrie auf, mehrfach und ungehemmt, und schließlich wurde ihr schwarz vor Augen.

Als sie wieder zu sich kam, schaute sie in sein lächelndes Gesicht, sein Mund näherte sich ihren Lippen, und wieder versenkte er sich so tief in sie, dass ihr der Atem stockte.

Schließlich saßen sie dann doch wieder einigermaßen hergerichtet am Tisch, verzehrten die Pastete, tranken den leichten Rotwein, und Angelo zügelte seinen Hunger keineswegs. Mit vollem Mund erzählte er vom letzten Pferderennen und seinem Sieg, von einem Sprung, bei dem sich eine seiner Stuten – nein, nicht Cleo, sein Liebling – das Vorderbein gebrochen habe, während er mit blauen Flecken davongekommen sei. Und er entblößte sich soweit, ihr die Flecken zu zeigen.

Beinahe hätten sie ihr Essen unterbrechen müssen.

Als die letzte Feige verzehrt war, griff sie nach ihrer Flöte. Angelo lächelte sein spöttisches Lächeln, nahm ihre Sammlung römischer Liebesverse in die Hand, legte sie jedoch rasch wieder zur Seite und schaute sie erwartungsvoll an. Sie spielte eine süße Melodienfolge, ließ ihre Finger über die Löcher tanzen, und als sein Blick sich verschleierte, legte sie die Flöte zur Seite und bat Angelo, noch einen Schluck Wein zu nehmen und einen Augenblick zu warten.

Dieser Übergang von einem Teil des Abends zum nächsten wurde nur den besten Kunden gewährt – und Angelo, der kein Kunde war, der es sich längst abgewöhnt hatte, ihr etwas zu zahlen oder zu schenken. Außer sich selbst.

Sie verschwand im Ankleideraum, entkleidete sich komplett, verrieb noch ein Tröpfchen Ambraöl an Hals, Bauch und über ihrer rosigen Pflaume und ließ sich dann von Bella als einziges Kleidungsstück einen Pelzmantel aus weißem Fuchs umlegen. Einen solchen Mantel besaß unter ihren Kolleginnen allein sie, und er hatte fast den Preis eines Hauses gekostet. Wer anders als Agostino hatte ihn ihr schenken können.

»Fertig, bereit?«, fragte Bella.

Imperia musste sich setzen. »Wie sehe ich aus?«

»Ein wenig blass um die Nasenspitze. Ich habe schon nachhelfen müssen.« Bella schaute sie fragend an. »Nicht gut heute?«

»Doch.« Imperia schüttelte den Kopf. »Ich weiß nicht, was los ist. Er lässt mich ohnmächtig werden. Ich könnte zur Mörderin für ihn werden, verliere noch die letzte Gewalt über mich.«

»Na, dann ist ja gut, dass er nicht so häufig kommt.«

Scherzhaft schlug Imperia nach ihr. »Du wirst mir zu frech.« Dann überfiel sie wieder das Verlangen nach Angelo und zugleich die Angst, endgültig die Kontrolle über sich zu verlieren.

»Es wird schon«, ermunterte sie Bella und legte die letzte Locke um ihre Ohrmuschel.

Bellas Optimismus war ebenso fest wie ihre Brüste, die in glatten Rundungen aus ihrem Tunika-Ausschnitt quollen. Dieser Anblick irritierte Imperia jetzt. Vielleicht, weil Angelo einmal gewünscht hatte, mit ihnen beiden … Bella hatte wenig begeistert reagiert, sie selbst hatte dieses Ansinnen empört zurückgewiesen. Es gab nur *eine* Kurtisane im Haus. Wenn so etwas einriss, dann schleppte Angelo vielleicht noch einen Sänftenträger oder einen der herumlungernden *bravi* herbei, und sie sollten zu viert …

Nach einer kurzen Phase der Irritation öffnete und schloss Imperia den Pelz. Dann schickte sie Bella hinaus und nahm den Türgriff zum *salone* in die Hand. Sie schloss kurz die Augen, atmete mehrfach tief durch, um sich zu konzentrieren.

Jetzt musste der Abend auf seinen Höhepunkt zusteuern. Diesmal keine Explosion aller Sinne, sondern ein spannungsgeladenes Vorspiel und eine sich steigernde, zurückschraubende, sich erneut steigernde und schließlich auf den Höhepunkt zutreibende Liebe. Raserei, die in Harmonie ausklang. Eine Nacht voller Nähe und Wärme und wortlosen Verständnisses. Eine Nacht der Erlösung.

14. Kapitel

Der Wind stand nicht gut oder schlief gänzlich ein, und so dauerte die Seereise über die Adria länger als geplant. Francesca genoss sie von Tag zu Tag mehr, insbesondere, wenn die gleißende Sonne die Sinne zum Tanzen brachte und sie, begleitet von Bastiano und bewundert von Chigi, in lauter Freude singen ließ.

An die Entführung dachte Francesca nur noch wie an eine sich auflösende düstere Schattenwand, vor der sich der morgendliche Sonnenaufgang über dem Meer mit seinen blendend silbernen Bändern abzeichnete. Allerdings vermisste sie die Gespräche mit ihren Schwestern, auch ihr Vater und sein Gutenachtkuss fehlten ihr.

Bereits am zweiten Tag nach der Abreise aus Venedig hatte sie ihre Kajüte verlassen dürfen, um sich auf dem Deck die Beine zu vertreten, sich den frischen Wind um die Nase wehen zu lassen – und eben zu singen.

Spielte Bastiano nicht Laute, komponierte er für sie eine neue Melodie oder saß an der Reling auf einem Haufen Taue und zeichnete sie wie auch Chigi und die Matrosen. Sich mit ihr allein in der Kajüte aufzuhalten hatte Chigi ihm verboten. Chigi selbst hatte auf jede weitere Annäherung verzichtet, so dass sie bald gänzlich die Angst vor dem unfreiwilligen und gewaltsamen Verlust ihrer Unschuld verlor. Doch gab es Momente, da stellte er sich hinter sie an den Bug des Schiffes. Während sie die Arme ausbreitete, als könnte sie sich wie ein Vogel in die Lüfte schwingen, bettete er seinen Kopf auf ihre Schulter, so dass sich ihre Wangen sehr nahe kamen.

»Du bist noch so jung!«, flüsterte er ihr seufzend ins Ohr. »So jung«, wiederholte er, und es klang bewundernd. »Die Ewige Stadt wird dir die Augen für die Weite des Lebens öffnen. Sie wird dich wachsen und entfalten lassen. Dort wirst du dein Glück finden, mein kleiner Schmetterling.«

Während er so hinter ihr stand und gegen das Rauschen des durch das Wasser pflügenden Bugs anflüsterte, fühlte sie sich wieder geborgen, wie auf dem Canale San Marco während des Erdbebens. Und sie mochte ihn.

Von Tag zu Tag wurde sie neugieriger auf die Ewige Stadt.

Gelegentlich tauschte sie Botschaften des Einverständnisses mit Bastiano aus, wie Kinder, die unter der strengen Aufsicht eines Vaters spielen durften, sich aber immer wieder ihrer kleinen Geheimnisse versichern wollten.

In Ancona gingen sie an Land. Chigi heuerte eine herumlungernde Truppe *bravi* an, die seine Leibwächter verstärken sollte, denn die Überquerung des Apennins bei Fabriano war nicht nur mühsam, sondern auch wegen der Wegelagerer gefährlich.

Die Maulesel wurden bepackt, die Pferde gesattelt, und im ersten Licht brachen sie auf. Sie folgten dem Lauf des Esino und stiegen dann ins Walddunkel und hoch in die Berge. Zum ersten Mal in ihrem Leben sah Francesca diese düsteren, unwegsamen Gelände, in denen man sich leicht verirren konnte und in denen sich das Böse versteckte: Räuber, Wölfe, die Geister entmachteter, auf Rache sinnender Götter. Übernachtete man im Freien, halfen nur große Feuer und strenge Wacheinteilung. Die Nervosität, auch bei Chigi, stieg. Francesca rückte, während sie auf Tannenreisern zu schlafen versuchte, immer näher an ihn heran, und Bastiano schob sich in ihre Nähe.

Während der ersten Nacht im Wald schloss sie kaum ein Auge. Sie wähnte sich von Wölfen und Wegelagerern umringt, zugleich knackte und prasselte laut das Feuer. Die Flammen loderten in den Himmel und lenkten sie ab, lenkten ihren Blick ins Dunkel des Firmaments. Trotz der hellen Flammen konnte sie die Milchstraße sehen, dieses flimmernde Band von Seelenpünktchen – und als sie dann doch kurz einschlief, träumte sie von ihrer Mutter, aber nicht von ihrer richtigen, die in Venedig zur Messe ging, die Putzlumpen schwang, sich tagsüber mit dem Vater stritt und sich nachts mit ihm versöhnte, sondern von einer schwebenden Göttin in Schleier und Rosenduft.

Der Tag erhob sich mit Nebelschwaden, durch die erste Sonnenstrahlen brachen. Am Rande ihres Rastplatzes sah sie ein großes braunes Wesen grasen, neugierig herüberschauen und mit den Ohren zucken. Als einer der Leibwächter seinen Bogen anlegte, sprang es mit einem Satz ins Dickicht.

»Trottel!«, rief ihm Chigi zu.

Bald fanden sie ein Bächlein, aus dem sie mit Genuss tranken und in dem sie sich anschließend wuschen. Kleine silberne Fische blitzten durch die Schlieren und Wirbel des Wassers, und als ein paar der Männer sie – vergeblich – mit bloßen Händen fangen wollten, gab es viel Gelächter.

Die Luft in der Höhe war angenehm kühl und ebenso erfrischend wie eine Seebrise. Da Francesca noch nie in ihrem Leben geritten war, machte sie auf dem ihr zugewiesenen Maulesel eine wenig glückliche Figur, und ihr Hintern schmerzte höllisch. Zum Ausgleich wanderte sie lange Strecken zu Fuß. Neben oder halb hinter ihr Bastiano, dem es ähnlich erging. Als Chigi einmal hinter einen Baum trat, um Wasser abzuschlagen, sagte er leise:

»Er hat mir abermals verboten, ohne Aufsicht mit dir zusammen zu sein. Er ist eifersüchtig.«

Er zwinkerte ihr zu, sie zwinkerte zurück, und weil sie Bastiano mochte, vielleicht sogar mehr als Chigi, weil er viel jünger war, fuhr sie wie unabsichtlich über seine Hand, und ihre Finger berührten sich, hielten sich sogar in einem Augenblick süßen Erschauerns fest.

Dann lagen die gefährlichsten Wegstrecken hinter ihnen, es ging über Fabriano wieder abwärts in Richtung Foligno und Spoleto. Die spätsommerliche Hitze nahm zu. Sie zogen an abgeernteten Feldern vorbei und an Weinbergen, in denen pralle, schwere Trauben auf die Ernte warteten. Kleine Dörfer dämmerten vor sich hin, wurden dann aber plötzlich lebendig, als der Kaufmannszug zwischen den windschiefen Hütten und den angrenzenden Gemüsegärten hindurchzog, die Hühner gackernd zur Seite flatterten, die Schweine quiekend voranhoppelten. Kinder umsprangen sie, ihre Mütter versorgten sie mit frischem Obst und Brot sowie mit Fleisch, und das eine oder andere junge Mädchen warf ihnen sehnsüchtige Blicke zu, als die *bravi* pfiffen und eindeutige Gesten machten.

Die Anspannung der ersten Tage war gewichen, Francescas Hinterteil hatte sich nun besser an das Reiten gewöhnt, aber Hitze und Staub setzten ihnen allen zu, die Kehle brannte vor Trockenheit. Nicht überall fanden sie eine Herberge oder ein Kloster zum Übernachten, und so loderte nachts das Feuer, und es gab nichts anderes als trockenes Brot, Pökelfleisch, geräucherte Wurst und Wein, der den Durst nur unzureichend löschte.

Plötzlich geschah doch noch, womit mittlerweile niemand mehr rechnete. Als sie die waldreiche Strecke zwischen Spoleto und Terni durchquerten, brach aus einem verfallenen Bauernhof am Rande eines Gebirgshangs ein Truppe verwilderter Wesen in zerrissener Kleidung hervor. Kopf und Gesicht eingerahmt vom Bewuchs nie geschnittener und verfilzter Haare, brüllten sie wie hungrige Tiere und schwangen Messer, Sensen, Spieße und Mistgabeln. Francesca hielt das Ganze anfangs für eine Art Karnevalsscherz, für eine Begrüßung der besonderen, dörflich-groben Art, doch an Chigis Reaktion erkannte sie, dass es sich hier um alles andere als um Scherze handeln musste. Er warf den *bravi* und seinen Leibwächtern ein paar Befehle zu, und rasch stiegen die Leibwächter von ihren Pferden und bildeten mit ihnen als Schutzschild einen Kreis, in deren Mitte die Lasttiere, Sebastiano, Alaya und sie geschoben wurden. Auch Chigi war abgesprungen und zerrte das Maultier, das stets in seinem Schlepptau traben musste, weil es seine kostbarste Last trug, hinter die Leiber der Pferde.

Die Wegelagerer keuchten waffenschwingend heran und waren nun so nahe, dass Francesca die Gier in ihren glänzenden Augen erkennen konnte. Die Gier auf Chigis Waren und Dukaten, aber auch auf sie, wie ihr plötzlich bewusst wurde. Für Männer, die als Ausgestoßene in den unwegsamen Wäldern hausten, war jede Frau ein Freiwild, das es zu erlegen galt. Und in ihrem Trupp war sie mit der dunkelhäutigen Alaya das einzige weibliche Wesen.

Auch Bastiano stand die Angst ins Gesicht geschrieben. Dennoch legte er ihr zwischen den Leibern der unruhig gewordenen Lasttiere den Arm schützend um die Schultern. Vorsichtig spähten sie über den Sattel eines Pferdes nach den Wegelagerern.

Chigi brüllte den *bravi* zu, sie sollten die Angreifer abfangen. Als die Männer zögerten und zu fliehen drohten, rief er mit überschnappender Stimme, er erhöhe ihren Sold um das Doppelte. Dies spornte ihre Kampfeslust an, sie verständigten sich kurz und ritten dann direkt auf die heranstürmenden Wegelagerer zu, die ihnen ihre Mistgabeln entgegenstreckten. Kurz vor dem Zusammenprall rissen die *bravi* ihre Pferde zurück, ließen sie hochsteigen und ausschlagen und umrundeten die Angreifer dann. Die Räuberbande wusste nicht recht, was sie tun sollte; einige rannten weiter auf Chigis Trupp zu, andere versuchten, die kurzen Attacken der Reiter abzuwehren. Dies schien genau der Taktik der *bravi* zu entsprechen. Sie vereinzelten die Angreifer und streckten einige nieder. Als den Wegelagerern doch gelang, eins ihrer Pferde zum Straucheln zu bringen und den Reiter abzuwerfen, machten sie sich sofort über ihn her. Genau dies nützten die restlichen *bravi* aus, ihnen von hinten das Schwert auf den verfilzten Schädel zu schlagen oder mit einem Speer nach ihnen zu werfen.

Drei Wegelagerer hatten den *bravi* ausweichen können und rannten mit nach vorne gereckten Spießen auf die Pferde zu, hinter denen die Leibwächter mit gezückten Waffen warteten. Drei von ihnen spannten ihre Bogen, zielten ruhig, die Spannseile sirrten zurück, und schon stürzten zwei der Angreifer mit einem Pfeil in Brust und Hals zu Boden. Der Dritte bliebt abrupt stehen, warf dann seinen Spieß nach einem der Pferde und rannte davon.

Und plötzlich war auch von der restlichen Wegelagerertruppe nichts mehr zu sehen, bis auf drei Männer, die blutverschmiert und regungslos am Boden lagen, und bis auf einen vierten, der laut schreiend die Arme hochreckte, bevor einer der *bravi* ihm seine eigene Mistgabel in den Bauch rammte und ihm dann noch den Kopf abtrennte, um ihn triumphierend in die Höhe zu halten.

Vor Schreck sprachlos und gebannt, hatte Francesca das Geschehen beobachtet. Als alles vorbei war und Chigi mitsamt seinen Männern in erleichtertes Gelächter ausbrach, zitterte sie derart, dass Bastiano sie halten musste. Erst jetzt begriff sie richtig, was geschehen war, und brach in hemmungsloses Weinen aus.

Die *bravi* hatten sich mittlerweile um Chigi versammelt, der den Befehl zum Weitermarsch gab. Er warf ihnen einige Münzen zu, die sie zwischen ihren Zähnen prüften und dann einsteckten. Sie verständigten sich mit Gesten, die Francesca nicht verstand.

Es dauerte eine Weile, bis sie sich beruhigt hatte. Chigi gab einem seiner Leibwächter den Befehl, ihr Reittier zu führen, und als sie dann erneut unterwegs waren, die *bravi* laut und aufgedreht gestikulierend, die anderen eher still und in sich gekehrt, schaukelte sie hilflos und immer wieder aufschluchzend auf dem Sattel hin und her.

Am Abend machten sie Station in einem Kloster bei Terni.

In der Nacht rauschte Regen nieder, begleitet von einem Gewitter, das, wie ein Nachklang zum Überfall, ein wildes und gespenstisch leuchtendes Feuerwerk entfaltete. Francesca, die mit Alaya in einer Zelle schlief, sehnte sich nach der Wärme eines schützenden Körpers. Zu Hause hätten sich die Schwestern zusammengekuschelt … aber sie war nicht mehr zu Hause. Sie befand sich in der Fremde. Unter Menschen, die sie kaum kannte. Selbst Alaya stammte nicht aus ihrer Heimatstadt, sondern war als Kind irgendwo aus dem fernen Osten hergebracht worden. Dies war das Einzige, was sie von ihr wusste. Sie sprach auch nicht mit den weichen, verschleifenden venezianischen Lauten, sondern mit harten, kratzigen Rachenlauten, wenn sie überhaupt sprach.

Als das Gewitter direkt über ihnen tobte und die krachenden Einschläge nicht nachlassen wollten, schob sich Francesca auf der Pritsche zu Alaya hin. Als wäre sie ihr kleines Kind, nahm die Dienerin sie in ihre Arme.

Während das Gewitter in sich zusammenfiel und nur noch das Rauschen des Regens und die sich überlagernde Rhythmik herabfallender Tropfen zu hören war, befreite sich Francesca wieder aus der Wärme, die durch die Nähe der beiden Körper entstanden war. Um tief durchatmen zu können, stand sie sogar auf und tappte auf nackten Füßen in der Zelle auf und ab, bis sie sich an einem Hocker die Zehen stieß. Als sie wieder auf dem Stroh lag, überfiel sie plötzlich ein quälendes Einsamkeitsgefühl, verbunden mit intensivem Heimweh.

»Alaya, schläfst du?«, flüsterte sie.

»Ich bin bei dir, meine Kleine«, antwortete die Dienerin, und das Weiß ihrer Augen bewegte sich in der Dunkelheit.

»Hast du auch manchmal Heimweh?«

»Ich kenne meine Heimat nicht. Als kleines Mädchen wurde ich von Sklavenhändlern geraubt und nach Damaskus, später nach Zypern und Venedig verkauft. Am längsten blieb ich in Venedig.«

»Hast du eigentlich Kinder?«

»Sie wurden mir weggenommen.«

»Oh, das ist grausam.«

Alaya antwortete nicht mehr, und Francesca griff nach ihrer Hand und drückte sie.

Irgendwann glitt sie in Schlaf, und im Traum begegnete ihr wieder das hilfreiche Wesen, das sie aus zahlreichen nächtlichen Begegnungen kannte, nahm sie, ein kleines Kind, auf den Arm, und alles löste sich in einem Lichtschleier auf.

Morgens strahlte die Sonne über einer gewaschenen und im sanften Licht leuchtenden Landschaft, Alaya richtete bereits die Kleidung, und Francesca vergaß rasch die Ängste und Träume der zurückliegenden Nacht, denn sie näherten sich der Ewigen Stadt.

15. Kapitel

Bevor sie Rom durch die schmale Porta Nomentana betraten, ließ Francesca ihren Blick über die hoch aufragenden und wuchtigen Mauern gleiten, mit der sich die Ewige Stadt schützte. Sie kam sich winzig und unerwünscht vor und war froh, dass Chigi sie bei der Hand nahm und dann, als er mit dem Zollaufseher und dem obersten Wachhabenden sprach, Sebastianos Obhut anvertraute. Ihr fielen sofort die zahlreichen bewaffneten Männer auf und die aufgeregte, ja, sogar aggressive Stimmung. Der Zollaufseher, den Chigi offensichtlich kannte, berichtete ihm etwas, was nicht für alle Ohren bestimmt war, denn sie steckten lange die Köpfe zusammen. Sie wartete mit Sebastiano und dem Rest seiner Leute, den müde kauenden Maultieren und den nervös tänzelnden Pferden, denen die Reitknechte Wasser besorgten.

Schließlich kam Chigi wieder zu ihnen und klärte sie über den Stand der Dinge auf: Während ihrer letzten Tage in Venedig sei Papst Julius nach der Eroberung von Bologna durch die Franzosen in enttäuschter Wut und großer Verzweiflung nach Rom geeilt, wo ihn ein heftiges Fieber ergriffen habe. »Er wurde derart krank, dass ihn der gesamte Vatikan und auch die römischen Barone samt der Bevölkerung sterben sahen, und schon begann das Plündern seiner Gemächer …«

»Das Plündern der päpstlichen Gemächer?«, fiel ihm Francesca ins Wort. »Sie vergreifen sich an einem … Toten, gar an dem Heiligen Vater! So etwas gibt es aber nicht in Venedig, wenn der Doge stirbt.«

»Tja, Rom ist Rom, und Venedig ist Venedig«, kommentierte Sebastiano mit einem ironischen Lächeln.

»Seid ihr nun daran interessiert, was in eurer neuen Heimat los ist, oder nicht?«, fragte Chigi ungeduldig.

Francesca nickte, und Sebastiano grinste.

»Das ist hier in Rom Sitte, wenn ein Papst stirbt. Seine Diener bedienen sich an seiner persönlichen Habe. Und außerdem steigt die Verbrechensrate auf den Straßen, weil am Ende einer Sedisvakanz jeder neugewählte Papst eine allgemeine Amnestie verkündet.«

Er unterbrach sich, weil ihm der Zollaufseher erneut etwas ins Ohr flüsterte. Chigi nickte.

»Und ist der Papst nun gestorben?«, fragte Francesca, als sich Chigi ihnen wieder zuwendete.

Sein Gesicht hellte sich auf. »Es geschah ein Wunder. Seine Heiligkeit erhob sich vom Totenbett, von seinen Ärzten klug behandelt, und wurde wieder gesund. Aber sein Zorn ist schrecklich. Mit einigen Plünderern machte er kurzen Prozess und ließ sie hängen. Andere werden folgen. Er wird auch gegenüber den römischen Adelsgeschlechtern seine Autorität wiederherstellen.«

Francesca fragte sich, warum Chigi plötzlich so feierlich-gestelzt sprach, sie dachte an Venedig, wo es keine Plünderungen und Morde gab, wenn ein Doge starb, im Gegenteil. In ihrer Geburtsstadt war alles wohlgeordnet und im Gleichgewicht, die Adligen wählten die Regierung aus ihren Reihen, sorgten aber auch für die Menschen und gaben ihnen Arbeit. Nur wenn ein Krieg die Stadt bedrohte, wie während der vergangenen Jahre, kehrten Armut und Verbrechen zurück, und selbst so fleißige Männer wie ihr Vater konnten ihre Familien nicht mehr richtig ernähren.

»Na, da erwartet uns ja etwas!«, rief Sebastiano.

Chigi schaute ihn mit Stirnrunzeln an. »Arbeit wartet auf uns, Sebastiano Luciani. Vor allem auf dich.«

Man zog weiter auf einer staubigen Straße, die von Weingärten, Obsthainen und den abweisenden Mauern eines Klosters gesäumt war. Dann wurde die Bebauung dichter, große, schwere Palazzi ragten aus einem Meer ineinandergeschachtelter Häuser und Hütten heraus, und das Gewirr der Straßen, Gassen und Gässchen erinnerte Francesca an die dichten, immer wieder geflickten Fischernetze ihrer Heimat.

Chigi führte sie zum Ponte Sant' Angelo und zum Tiber, zeigte ihnen das Castello der Päpste, das alte Grabmal des Hadrian, wie er erläuterte, mit seinen vorgebauten Bastionen und dem Engel auf dem Turm und ließ sie schließlich in der Via dei Banchi, vor dem Hauptsitz seiner Bank, warten, weil er seine Ankunft melden und die schweren Eisenkästen und Schatullen mit seinen Reichtümern in Sicherheit bringen wollte.

Nach einer Weile kehrte er zurück und führte sie durch die Via Papale und erläuterte, was es zu sehen gab. Trotz ihrer Erschöpfung nach der langen Reise nahm Francesca fasziniert die Bilder, Geräusche und Gerüche der Stadt in sich auf. Chigi ließ es sich nicht nehmen, sie bis zum alten Forum Romanum und zum Colosseum zu führen, von dem er zuvor schon geschwärmt hatte.

Das Colosseum mit dem angrenzenden verwilderten Ruinenfeld brachte sie in der Tat zum Staunen. Ein riesiger Bau, wie es ihn in Venedig nicht gab. Und auf dem Forum Romanum weideten Kühe und Schafe neben Säulen, die nur zum Teil freigelegt waren. Überall buddelten Männer in der Erde und brachten Kapitelle, Reliefs, Inschriften und abgeschlagene Marmorköpfe zum Vorschein.

Als Francesca interessiert ihr Maultier anhielt, erläuterte Chigi gewichtig: »Wir graben das kostbare Erbe unserer Vorfahren aus dem Schutt der Jahrhunderte, finden wunderbare Marmorfiguren voll stiller Einfalt und edler Größe. Die Investition lohnt sich. Was glaubst du, was Papst Julius für den *Laokoon und seine Söhne*, die man vor fünf Jahren ausgegraben hat, erhalten würde! Jetzt ziert der so vergeblich gegen die Würgeschlange kämpfende Laokoon den Belvedere, und der Papst kann jeden Morgen an ihm vorbeispazieren und sich so seine Gedanken machen.« Er lachte leise vor sich hin. »Auf jeden Fall verspricht der Markt für Altertümer hohe Gewinne. Jeder Gernegroß will sich seinen Palast damit ausstaffieren. Auch ich bin natürlich an den Ausgrabungen beteiligt.«

»Natürlich«, echote spöttisch Sebastiano.

Dann ging es wieder zurück am Kapitol vorbei, über das Chigi eine Geschichte von wachsamen Gänsen erzählte, in ein Labyrinth von Gassen und Gässchen, Hinterhöfen und Außentreppen, bis sich vor ihnen ein stark belebter Platz öffnete, der Campo de' Fiori, auf der allerdings keine Blumen verkauft wurden, sondern Vieh, wie ihnen Chigi erklärte. Ein hoher Galgen ragte vor ihnen auf. »Außerdem werden hier noch ein paar Volksbelustigungen abgehalten«, fügte er an.

Die Menschen drängelten sich jetzt derart dicht, dass sie kaum vorankamen. Francesca musste von Sebastiano, Chigi und seinen Leibwächtern flankiert werden, um nicht von allerlei Gesindel angefasst und ununterbrochen angebettelt zu werden. Obwohl das Gedränge zunahm, schien Chigi ihnen unbedingt etwas zeigen zu wollen. Sie ließen die Tiere und auch Alaya bei zwei Pferdeknechten zurück und kämpften sich durch die Menschen, bis sie vor einem Gerüst standen. In diesem Augenblick ging eine heftige Bewegung durch die aufstöhnende Menge, und Francesca sah nur noch, wie die Klinge einer schweren Axt aufblitzte und ein Kopf, der auf einem Holzbock lag, abgetrennt wurde. Der Schrecken nahm ihr Atem und Stimme. Der Körper des Hingerichteten wurde beiseite gestoßen, ein Blutstrom sprudelte aus dem Hals, der Kopf rollte zur Seite, bis er von einer Gruppe Jungen an sich gerissen wurde. Mit triumphierendem Johlen warfen sie ihn sich zu und besprenkelten sich auf diese Weise von oben bis unten mit Blut.

Ein zweiter Mann, dessen Arme schlaff herunterhingen, wurde zum Bock geschoben, während er wie ein Ochse vor Schmerz brüllte. Francesca schaute nicht mehr hin. Wieder das Aufstöhnen der Menge, und als sie blinzelte, lag erneut ein abgetrennter Kopf auf dem Podest.

»So geht es allen, die sich am Papstbesitz vergreifen, bevor dieser gestorben ist. Der Heilige Vater reagiert auf seine Entweihung unerbittlich. Aber er ist auch ein großer Liebhaber der Kunst.«

Weder Francesca noch Sebastiano sagten etwas. Eine Weile stand Chigi unschlüssig im Gedränge, aber als der dritte Mann auf das Podest bugsiert wurde, wandte er sich ab und kämpfte sich den Weg frei.

Francesca folgte ihm, hinter ihr Sebastiano.

In den Gassen wurde es ein wenig ruhiger; die Handwerker vor ihren Werkstätten schauten neugierig und riefen etwas, was sie nicht verstand. Dem einen oder anderen winkte Chigi zu. Bald passierte man einen großen Palast, den Chigi als den Wohnsitz von Kardinal Farnese und seiner Familie vorstellte, und dann stieß man auf den Tiber und schob sich durch die Tore des Ponte Sisto. »Zwischen der Piazza und der Brücke gibt es zahlreiche Bordelle«, erklärte Chigi noch, »keine gute Gegend für eine sittsame Jungfrau. Aber es residieren hier auch einige unserer erfolgreichen Kurtisanen, die dir gerne mal Modell sitzen werden, Sebastiano – insbesondere, wenn ich dich empfehle.«

»Das ist schön.« Sebastiano blieb in Ton und Gebärde lässig und spielte den welterfahrenen Mann, während Francesca noch dabei war, das blutige Schauspiel des Campo de' Fiori zu verdauen. Zugleich schaute sie sich um und staunte. Die Stadt unterschied sich, so fand sie, stark von Venedig. Die Menschen schubsten sich aggressiver, rücksichtsloser durch die Gassen, und ganz offensichtlich hatten sie die Hinrichtungen genossen. Es gab zwar den Tiber, der breiter war als der Canale Grande, aber darüber hinaus keine Kanäle, und daher roch die Stadt anders, stickig, trübe und hitzig. Die hohen Mauern fielen ihr auf, die abweisenden, strengen Häuserfronten, natürlich auch die breiten gepflasterten Straßen auf der einen und die verwinkelten Gässchen auf der anderen Seite. Venedig schien ihr viel leichter, lockerer, verspielter gebaut zu sein, die Menschen verhielten sich lockerer und höflicher, Rom zeigte seine Muskeln wie ein angeberischer Gondoliere. Im Zentrum war es in ein viel zu enges Kleid gepresst, an den Rändern fransten die Säume in Weingärten und verwilderte Hecken aus. Neben den ruppigen Passanten traf man auf zahlreiche schwarze Gewänder und Kutten der Prälaten und Benediktinermönche. Bettler und verschwitzte Pilger mit fiebrigen Augen voller Reue gab es an allen Ecken. Dazu Huren in jedem zweiten

Hauseingang, umgeben von frechen Kindern und heftig gestikulierenden Müttern. Oder Kupplerinnen. Neben Maultieren, die Karren zogen, und Eseln, die unter schweren Tragesäcken ächzten, wühlten Schweine im Abfall, und Hühner pickten nach Maden und Würmern.

Auf dem Ponte Sisto ging es ebenso eng und laut zu wie auf dem Rialto. Auf der anderen Tiberseite fand Francesca kaum Zeit, sich zu orientieren. Sie warf einen Blick zurück auf den Fluss, wo Lastkähne unter schlaffen Segeln den Fluss abwärts trieben oder gegen die Strömung gerudert wurden, musste dann aber aufpassen, weil einige Männer ohne Rücksicht auf die Passanten Obstbäume fällten, so dass ihre Äste den Weg versperrten. Chigi wies sie darauf hin, dass der Papst zur Zeit den Weg verbreitern und pflastern lasse. »Alles zur Verschönerung der Ewigen Stadt!«, rief er aus – ob stolz oder ironisch, war Francesca nicht klar. Ein Schafherde zog blökend vorüber, umrundet von mehreren wild bellenden Hunden.

Ein verängstigtes Schäfchen sprang Francesca direkt vor die Füße, und da die Herde bereits weitergezogen war und sich niemand um das Lamm kümmerte, nahm sie es auf den Arm.

»Dafür haben wir jetzt keine Zeit«, rief ihr Chigi zu und winkte sie weiter.

»Ich möchte es behalten«, rief Francesca zurück. Diese Idee war ihr ganz plötzlich gekommen. Zu Hause hatte sie nur einen Stieglitz besessen, und manchmal hatte sie Katzen gefüttert, die über die Dachfirste kletterten – sie wünschte sich auch in Rom ein Tier. Und das Lämmchen schaute so hilflos, dass sie es sofort in ihr Herz schloss.

Sebastiano lächelte und streichelte dann den Kopf des Tiers. Auch Alaya lächelte und sprach ein paar Worte in ihrer fremden Sprache.

Sie stolperten gemeinsam über Äste und Pflastersteine und folgten Chigi. Bevor sie sich noch richtig orientieren konnte, standen sie in einem Park vor der mächtigen Fassade eines Palasts. Offensichtlich Chigis *Villa*, die sie sich kleiner, bescheidener vorgestellt hatte.

»Endlich sind wir da«, sagte Chigi. Er wischte sich den Schweiß von der Stirn und wurde von seinen Hunden mit wildem Geheul und tobenden Sprungeinlagen begrüßt. Nachdem sie von ihm angemessen beachtet worden waren, durften sie an Francesca schnüffeln und das Lämmchen in Todesangst versetzen, doch dann schickte Chigi sie mit einem Bediensteten fort, damit sie Francesca nicht weiter belästigten.

Sie konnte sich nun in größerer Ruhe umschauen. Zahlreiche Bäume des Parks waren neu angepflanzt und noch klein, aber ein paar alte Schirmpinien warfen breite Schatten, mächtige Weiden, Pappeln und Eichen verbargen den Tiber, vor ihnen blühten Astern und Rosen intensiv blau und rot, überall plätscherten Springbrunnen, spien Delphine, Tritonen und Trinkhörner Wasser, dazu tänzelten halbnackte Nymphen auf weißen Säulen, streichelten Jagdhunde oder ließen sich von bocksfüßigen Faunen umarmen. Auch das Lämmchen schien zu staunen und war ganz still.

Und dann die *Villa* in ihrem frühabendlichen Goldbraun: Ihre Vorderansicht wirkte eher abweisend, doch Chigi führte sie an den Blumenrabatten vorbei zur Gartenfront: zwei vorspringende Flügel und in der Mitte der säulengestützte Eingang, hinter dem sich eine lange Loggia erstreckte.

Francesca stieß einen Laut der Bewunderung aus.

Chigi flüsterte ihr zu, als befinde man sich an einem heiligen Ort: »Die Villa ist nicht gebaut, sie ist geboren.«

Diese Äußerung fand sie allerdings etwas übertrieben.

Nach der Begrüßung durch den Majordomus und eine Reihe von Dienstboten, führte Chigi sie weiter durch das Gebäude. In den meisten Innenräumen standen noch Gerüste, auf denen gearbeitet wurde, doch was sie an Fresken und Dekorationen sah, überwältigte sie derart, dass sie nach dem ersten flüchtigen Durchgang allein ein Durcheinander an Farben, Fabelwesen, Blumengirlanden, nackten Körpern, Rundbögen und Säulen im Gedächtnis behielt. Am intensivsten erinnerte sie die Farbe Blau in all ihren Schattierungen: meeresdunkel und himmelshell, Aquamarin und Azur, Kobalt und Indigo, dazu Sterne und allerlei mythologische Personen, die Chigi ihr erläuterte, wobei er ihr seinen Arm väterlich auf die Schulter legte und flüsterte: »Schön, nicht? Ein Wunderwerk! Wenn die Villa mit ihren Fresken erst einmal fertig ist, wird es in Rom nichts Vergleichbares geben, nicht einmal im Vatikan.«

Sie nickte stumm, und das Lämmchen meckerte ein leises Mäh.

Er schaute sie beide forschend an, sie nickte stärker, bis er zufrieden schien, ihr einen Kuss auf die Wange drückte und sogar das Tier streichelte.

Als ihr Nacken schon fast steif vom Schauen war, sagte Chigi: »Hier verwandelt sich Geld in Schönheit, Geschäft in Kunst. Dies ist die höchste Form der *Metamorphose*, die ich anstrebe.«

Als sie nicht antwortete, fragte er nach: »Verstehst du mich?«

»Nicht ganz. Was ist eine *Metamorphose*?«

»Eine *Metamorphose* ist das, was mit dir im Augenblick geschieht. Aus der Puppe wird ein Schmetterling.«

Sie verstand ihn noch immer nicht richtig, musste gleichwohl an ihr Elternhaus am Rande des Castello-Viertels in Venedig denken, an die schmalen, knarzenden Treppen, den Modergeruch und die Enge, ihr fielen auch wieder die blutigen Bilder des Überfalls vor Terni und der Enthauptungen auf dem Campo de' Fiori ein – sie wagte hier in den großen, hohen und kunstvoll ausgemalten Räumen kaum zu atmen. Sie fühlte sich versetzt in eine Traumwelt voller Pracht und Gewalt und wusste nicht, wie sie sich zurechtfinden sollte. Sie war doch nur ein einfaches Mädchen, die Tochter eines armen Krämers. Auf dem Meer noch hatte sie sich mutig gefühlt und Rom voller Neugier herbeigesehnt, aber jetzt? *Aus der Puppe wird ein Schmetterling* – konnten sich Schmetterlinge nicht in die Lüfte erheben? Aber sie, sie war doch gar nicht in der Lage wegzufliegen.

Francesca drückte das Lämmchen an sich und blieb stumm.

Sebastiano hatte die ganze Zeit die Fresken intensiv studiert und rieb die Handflächen aneinander, als wollte er unverzüglich eine große Aufgabe anpacken.

Auf einen Wink von Chigi hin wurde Alaya von dem Majordomus, der sie im Hintergrund begleitet hatte, weggeführt. Bevor Francesca noch etwas sagen konnte, war sie schon verschwunden.

Noch am Abend brachte Chigi sie persönlich ins Kloster Santa Maria in Campo Marzio. Ihr Schäfchen durfte sie nicht mitnehmen, doch Chigi versprach ihm einen Platz im Park und ordentliche Pflege. Als sie das kleine Tier einem Pferdeknecht in den Arm drückte, flossen die Tränen, und nach all dem Geschehen der letzten Tage überfiel sie eine namenlose Erschöpfung, so dass sie sich nicht einmal richtig von Bastiano verabschieden konnte.

16. Kapitel

Die erste Nacht nach seiner Rückkehr schlief Agostino Chigi, gegen all seine Gewohnheit, äußerst schlecht. Er sah immer wieder Francescas Tränen vor sich, als sie das Lämmchen zurücklassen musste, und während er sie dann im Kloster der Mutter Oberin und Schwester Afra übergab, wirkte sie so verloren, dass ihn das große Erbarmen packte. Aber zu ändern war nichts mehr, er hatte alles gut durchdacht, und auf lange Sicht gesehen hatte Francesca den großen Gewinn gezogen. Dennoch quälten ihn ein schlechtes Gewissen und selbstkritische Einsicht: Er fragte sich, ob seine venezianische Verliebtheit nicht im heißen Verführungsklima Roms dahinwelken würde. Ob ihm genügend Kraft zur Verfügung stand, seinem vielfältigen Leben noch einen weiteren Fixpunkt hinzuzufügen: Francesca. Er musste sich um seine Geschäfte kümmern und seinen Gewinn vermehren, musste die Ausgestaltung der Villa vorantreiben, dabei ununterbrochen mit schwierigen Persönlichkeiten umgehen wie Papst Julius und dem Maler Raffaello, durfte Imperia und ihre Ansprüche nicht vernachlässigen – ja, blieb da noch Raum für die Entfaltung der Liebe zu einem jungen Mädchen? Hätte es nicht genügt, er hätte sich mit Imperia zufriedengegeben, irgendwann einmal sein Treuegelöbnis Margherita gegenüber vergessen und Imperia geheiratet? Es würde nicht mehr lange dauern, bis sie reif für eine Ehe war, bis sie ihm als Frucht seiner zahlreichen Geschenke, seiner langjährigen Besuche und seines liebevollen Charmes in den Schoß fiel.

Aber wünschte er sich wirklich den Genuss einer reifen Frucht? Der Gefühlssturm in Venedig hatte ihm doch gezeigt: Er lechzte nach einer frischen, noch nicht ganz reifen und ihren Geschmack erst entfaltenden Frucht.

Kurz nach Sonnenaufgang erhob er sich, ließ sich ankleiden, machte einen Rundgang durch die Villa, um bei Tageslicht die Fortschritte der Maler zu besichtigen, und verlor sich dann im Park, der ihn mit einem schweren Spätsommerduft umfing. Sein Morgengang endete in der Loggia des Tiber, wo er sich niederließ, um die Frühsonne über dem Wasser zu genießen.

Wieder drängten seine Gedanken zu Francesca und dem Nonnenkloster, in dem er sie untergebracht hatte. Kein Zweifel: Sie befand sich dort in guten Händen. Santa Maria in Campo Marzio galt als nicht allzu strenger Aufbewahrungsort, gleichzeitig als erfolgreiche Erziehungsanstalt für Töchter aus besten Familien, die sich Bildung aneignen sollten. Er selbst hatte Imperias Tochter Lucrezia dort untergebracht und anfangs auch ihre gemeinsame Tochter Margherita, diese allerdings, nachdem ihm Gerüchte über gewisse Freizügigkeiten zu Ohren gekommen waren, nach Santa Cecilia in Trastevere gegeben.

Viel gab er gleichwohl nicht auf diese Gerüchte. Es handelte es sich um die typische Fama: Es werde im Kloster Unzucht getrieben. Die Beichtväter und Lehrer würden keineswegs alle abends das Klostergelände verlassen, sondern die Verehrung ihrer weiblichen Zöglinge ausnützen. Sogar die Beichtstühle sollten Zwecken dienen, zu deren Offenlegung und Absolution sie geschaffen worden seien.

Meist wurde solcher Klatsch von anderen Klöstern ausgestreut, die nicht so einträglich mit Zöglingen ausgestattet waren. Selbstredend geschah in den Klöstern so einiges, was nicht ganz den strengen Regeln des heiligen Benediktus gehorchte; besonders mit der Keuschheit nahmen es die Mönche und Nonnen nicht so genau, dies war allgemein bekannt und nicht erst seit heute ein

Zeichen der Zeit. Gern rief man aus *O tempora o mores!*, zeigte auf diese Weise Bildung und Entrüstung zugleich, fand darüber hinaus aber, dass allzu strenge und einschnürende Moral hinderlich für ein angenehmes Leben sei.

Und welcher Prälat gab nicht zu, zumindest hinter vorgehaltener Hand, dass das Zölibats- und Armutsgebot nun wirklich nicht mehr in die Zeit passe, die sich in ihrer Verehrung und Wiedergeburt der antiken Kultur und Lebensart und nach der Entdeckung neuer Kontinente mit ihrem sagenhaften Reichtum aus den Fesseln beengender Moral- und Sittenvorstellungen befreit habe. Speziell das Zölibatsgebot für Priester lasse sich ohnehin nicht wirklich schlüssig aus der Bibel ableiten, und ein mutiger Papst werde es in baldiger Zukunft, so sei zu hoffen, endgültig über Bord werfen.

Chigi auf jeden Fall kümmerte die Moralheuchelei wenig, und er wusste sich in diesem Punkt einig mit den meisten hochgestellten Kirchendienern. Er brauchte nur an Kardinal Farnese zu denken, dessen Konkubine Silvia Ruffini ihm bereits vier Kinder geboren hatte. Selbst die Päpste und ihre Sitten zeugten nicht gerade von apostolisch strenger Lebensführung: Hatte nicht der erst vor acht Jahren verstorbene Alexander VI. Borgia skrupellos zahlreiche Todsünden begangen? Und Papst Julius, weniger geldgierig und machtbesessen – zumindest, was ihn persönlich betraf –, hatte trotz seiner anders gerichteten Neigungen drei Töchter gezeugt, sie allerdings nicht legitimiert und auch weitgehend aus seinem Lebensumfeld entfernt. Dabei war seine Tochter Felice eine gebildete und handfeste, ja, energische Frau, die ihr Vater mittlerweile mit einem Orsini von Bracciano verheiratet hatte.

Nicht mit ihm, dem *banchiere* Agostino Chigi, leider!

Das Hochzeitsfest war im übrigen bescheiden gewesen, ebenso die väterliche Mitgift, die Agostino als *banchiere* sowie als Freund und mittlerweile sogar als Namensmitglied des Hauses della Rovere vorgeschossen hatte, um später weitgehend auf eine Rückzahlung zu verzichten. Kleine oder größere Geschenke erhielten die Freundschaft, eine alte Regel. Die sich dann ja auch bei der

Erneuerung diverser Pachtverträge durch Seine Heiligkeit als gewinnbringend erwies.

In diesem Punkt wollte er sich nicht beschweren, wenn natürlich die Einheirat in die päpstliche Familie seinem gesellschaftlichen Aufstieg die Krone aufgesetzt hätte.

Chigis Blick lag noch immer auf dem ruhig dahinfließenden Tiber, während seine Gedanken ihn davontrugen. Als er jedoch, regelrecht gegen seinen Willen, begann, die Papsttochter Felice – mittlerweile wie Imperia über dreißig Jahre alt und nicht mehr ganz taufrisch – mit Francesca zu vergleichen, erhob er sich entschlossen, um die Sackgassen seiner Morgengedanken abzubrechen. Er ließ sich ein Pferd satteln und ritt über die Lungara zum Borgo und von dort über den Ponte Sant' Angelo zur Via dei Banchi. In seinem Kontor wurde aufgeräumt und geputzt. Sein Prokurator und all die Sekretäre, Buchhalter und Schreiber schienen noch zu schlafen. Es brauchte niemanden zu verwundern, dass er der *capo* war und sie seine Angestellten. Wer früh aufstand, die Gelegenheit beherzt am Schopf fasste und zudem unter einem Glücksstern geboren war, der wurde reich, unabhängig und angesehen. Die Spätaufsteher, die Zauderer, die Ängstlichen – sie blieben im Leben zurück.

Chigi machte sich daran, die umfangreiche Sammlung aller Briefe, Berichte und Mitteilungen durchzusehen, die sich während seines Venedigaufenthalts angesammelt hatten, gab aber nach kurzer Zeit auf, weil er Tage gebraucht hätte, sie sich alle genau anzuschauen. Er wollte sich lieber den wichtigsten Inhalt berichten lassen, wie er es gewöhnlich hielt. Dies war ökonomischer und gab ihm mehr Zeit für die schönen Seiten des Lebens: für die Kunst der Malerei und Skulptur – und für die Kunst der Liebe. Er strich mit der Fingerspitze an seiner Adlernase entlang. Imperia durfte er nach seiner langen Abwesenheit nicht warten lassen, sie sah seinem Besuch sicherlich bereits mit ungeduldiger Vorfreude entgegen. Außerdem hatte er ein wertvolles Geschenk für sie in Venedig gefunden.

Unschlüssig ließ Chigi den Papierstapel fallen und ging wieder zu seinem Pferd. Ein kräftiger Ausritt zum Monte Mario hoch würde ihm guttun, seinen Kopf durchlüften.

Er schwang sich in den Sattel, winkte dem Pferdeknecht und dem Leibwächter, ihm zu folgen, und auf ging's! Er kam nicht schnell genug voran, denn mittlerweile strömte jede Menge Volk durch die Stadttore und war ihm im Weg. Kaum hatte er die Porta Angelica hinter sich gelassen, kehrte er wieder um. Es trieb ihn zurück in die Stadt. Er wollte Francesca einen schönen Morgen wünschen und mit ihr in Ruhe ein paar Worte wechseln.

In Santa Maria angekommen, stieß er auf höfliche Begrüßung – schließlich hatte er erst kürzlich dem Kloster eine größere Summe gestiftet –, musste aber eine Weile warten, weil die jungen Zöglinge und Novizinnen mitsamt ihren betreuenden Nonnen die Morgenandacht besuchten.

Ungeduldig marschierte er in dem karg eingerichteten Besuchsraum auf und ab.

Schließlich erschien Schwester Afra, Francescas Klostermutter und ihre wichtigste Lehrerin, und berichtete ihm, Francesca sehe übernächtigt aus, mache aber einen gefassten Eindruck. »Sie wird sich sicherlich rasch eingewöhnen, Signor Chigi. Ihr wisst ja, dass wir nicht sehr streng sind. Selbst Imperias Lucrezia hat sich hier eingelebt.« Schwester Afra deutete ein Zwinkern an. Agostino überging ihre Vertraulichkeit, obwohl er Schwester Afra aus Zeiten kannte, in denen sie die Sünden begangen hatte, die sie jetzt abzubüßen versuchte.

»Ich möchte, dass du dich besonders gut um Francesca kümmerst, nachsichtig bist, ihr ein offenes Ohr leihst – und mir dann deine Erkenntnisse berichtest. Sei wie eine gute Mutter zu ihr! Sie hat ihre Eltern … verloren, wenn man so will.«

»Sollen wir ihr denn ermöglichen, nach Hause zu schreiben?«

Chigi dachte kurz nach. »Erst einmal nicht. Sie braucht Abstand. Ich glaube ohnehin, dass sie ein Mädchen ist, das nach vorne schaut – und von einer großen Zukunft träumt. Die sie verdient.«

Bald darauf wurde Francesca hereingeführt, und Chigi winkte Afra aus dem Zimmer.

Sie sah in der Tat übernächtigt aus, lächelte schwach. Er wollte sie väterlich umarmen, aber sie wich ihm aus, setzte sich ihm gegenüber an den Tisch und versteckte ihre Hände unter der Tischplatte, so dass er sie nicht ergreifen konnte.

Eine Weile herrschte Schweigen zwischen ihnen. Francesca starrte auf die leere, rohe Tischplatte. Sie wirkte so hilflos und alleingelassen, dass sie ihm wirklich leid tat. Erneut drängte es ihn, aufzuspringen und sie in den Arm zu nehmen, er beherrschte sich jedoch.

»Ich weiß«, begann er schließlich, »es ist schwer für dich, aber bald wirst du Freundschaft schließen …«

»Wie geht es dem Lämmchen?«, unterbrach sie ihn und schaute kurz auf.

»Es springt lustig am Tiber entlang und hat schon eine neue Mutter gefunden.« Er musste sie beruhigen, auch wenn er nicht ganz die Wahrheit sprach, und in der Tat, Francesca schien eine Sorge los zu sein. Dennoch schien sich das kesse Mädchen, das sie auf dem Schiff gewesen war, in der Nacht verloren zu haben.

»Liebste Francesca«, hob er erneut an, »ich habe dir versprochen, dass du in Rom glücklich wirst.«

Ihr Blick verriet nichts als Skepsis.

»Und ich bin sicher, du *wirst* dein Glück finden, aber *per aspera ad astra*, wie die alten Römer sagten, der Weg dorthin mag anfangs steinig sein.«

»Ich kann kein Latein.«

»Das wirst du bald lernen – und dazu Laute spielen und noch schöner singen und Verse schmieden. Aber nicht nur das: Du sollst einen Haushalt führen, ein Fest ausrichten und einen Papst empfangen können und natürlich lernen, wie man sich schön macht. Du wirst hier nicht eingesperrt, damit wir eine Betschwester aus dir machen.«

Francesca schien noch immer nicht überzeugt. »Es ist nur …«, stammelte sie. »Ich weiß nicht … Ich habe Angst.«

»Angst wovor?«, fragte er so väterlich wie möglich.

Sie hob die Schultern. »Vor allem. Vor der Zukunft.«

Nun musste er doch aufstehen, zu ihr gehen. Weil sie sich vor ihm abwand, nahm er nur ihre linke Hand und hielt sie fest, auch als Francesca sie zurückziehen wollte. Das schlechte Gewissen, das ihn am Morgen bereits geplagt hatte, meldete sich verstärkt zurück, und er wusste nicht, was er tun sollte. Er verstand, dass dieser plötzlich Eintritt in das Kloster einer fremden Stadt für ein junges Mädchen wie Francesca eine beängstigende Herausforderung darstellte, doch er war sich sicher, dass Angst und Einsamkeit vorübergehen würden.

»Hör zu, Francesca«, sagte er leise und eindringlich, »das Schicksal hat uns in Venedig zusammengeführt, und ich habe mich in deiner Heimatstadt trotz meines Alters in dich verliebt. Daher ließ ich dich auf das Schiff entführen, nachdem dich dein Vater nicht hatte gehen lassen wollen. Ich will wirklich nur, dass du hier etwas lernst, mit dem du dich später in bester Gesellschaft bewegen kannst. Damit du die Ruhe zu lernen findest, musst du im Kloster leben – mit anderen Mädchen zusammen. Aber du bist ganz frei ... Wenn du wirklich zurück ... nach Hause ... zu deinen Eltern ...«

Er stockte. War ihm wirklich ernst, was er sagte: Würde er sie wieder nach Venedig gehen lassen?

»Du bist ein tapferes, starkes Mädchen voller Neugier, das weiß ich, du bist ...«

Sie deutete ein Nicken an. Dann ein Kopfschütteln. »Ich kann nicht nach Venedig zurückkehren«, flüsterte sie. »Vielleicht hätte ich mich mehr wehren sollen ... Jetzt ist es zu spät.«

Und dann schaute sie ihn so verloren und zugleich liebenswert an, dass er sich nicht zurückhalten konnte, seine Arme um ihren Oberkörper zu legen und ihren Kopf an seine Brust zu drücken. Er gab ihr einen Kuss auf den Scheitel. »Ich liebe dich wirklich, und wenn du erst einmal erwachsen bist, keine Puppe mehr, sondern ein Schmetterling, *mein* Schmetterling, dann wirst du nicht davonflattern, dann werden wir ...« Er stockte und beendete seinen Satz nicht.

17. Kapitel

Zuerst hörte Imperia es von ihrer Mutter: Diana fiel wie häufig am späten Vormittag im Haus ein, lärmte mit ihrer hässlichen Sägestimme, herrschte Bella an, weil diese sie angeblich nicht rasch genug zu Imperia vorließ, und platzte in das Ankleidezimmer, in dem sich Imperia soeben schminkte.

»Chigi ist wieder in der Stadt«, rief sie noch in der Tür und ließ sich sofort in einen samtigen Sessel hinter Imperia sinken, nicht ohne einen Schwall unangenehmen Geruchs zu verbreiten.

»Was glaubst du, wie Papst Julius wütet. Der Henker hat auf dem Campo de' Fiori jede Menge zu tun, einige seiner Diener haben dran glauben müssen. Zum Glück hat sich Trotti zurückgehalten. Die Chorsinger haben in den Räumen des Papstes ohnehin nichts zu suchen, aber der eine oder andere bedient sich dann doch, wenn er sich unbeobachtet glaubt. Ich muss deinem Vater immer auf die Finger klopfen – mir ist unser guter Ruf zu wichtig.«

»Trotti ist nicht mein Vater«, sagte Imperia kühl. »Außerdem habe ich keine Zeit. Ich empfange nachher Besuch.«

»Und wer hat heute die Ehre, dein Bett mit dir teilen zu dürfen.«

Imperia überging die Frage.

Diana nahm ein Flakon in die Hand und roch an der Essenz. »Nelken und Jasmin – wie verführerisch! Kann ich mir nicht mehr leisten, seitdem du uns so sträflich undankbar vernachlässigst.«

Imperia überging auch diese Bemerkung, nahm ihrer Mutter den Flakon aus der Hand und stellte ihn mit einer betonten Bewegung zurück.

Ihre Mutter griff dafür nach einem Paar parfümierter Handschuhe, streifte sie sich über und roch ebenfalls an ihnen.

»Chigi ist auf jeden Fall wieder da – hat er sich bei dir schon gemeldet?«, fragte sie wie nebenbei.

Imperia wartete eine Weile, bis sie mit einem knappen »Nein« antwortete.

Sie widmete sich nun besonders intensiv ihren Augen, aber weil sie leicht zitterte und ihre Lider zu verschmieren drohten, nahm sie das Döschen mit dem zyprischen Puder und betupfte sich die Wangen.

Kurz glitt die letzte Nacht mit Angelo an ihrem inneren Auge vorbei, Sehnsucht füllte ihr Herz mit trauriger Wehmut – aber zugleich hoffte sie auf einen baldigen Besuch von Agostino. Es war auch ihr schon zu Ohren gedrungen, dass er wieder in der Stadt weilte, und es wurde Zeit, dass sich etwas tat. Dass eine Entscheidung fiel. Angelo hatte sich verabschiedet, ohne ihr Hoffnungen zu machen, auf Enea Piccolominis Angebot musste sie noch eingehen – aber nach reiflichen Überlegungen während eines langen Nachmittags in ihrer *vigna* war in ihr der endgültige Entschluss gereift, dass Agostino der richtige Mann für sie sei. Ein Ehemann, wie sie ihn sich wünschen konnte. Und wünschen musste.

Dass sie dann allerdings auf Angelo zu verzichten hatte, war ihr klar. Nicht klar war ihr, wie sie dies über sich bringen konnte.

Dennoch: Unerbittlich schlugen die Glocken der heiligen Magdalena und erinnerten sie mit Krähenfüßen und Orangengrübchen an das Gesetz des Alterns.

Und wenn sie in das verwüstete Gesicht ihrer Mutter schaute, wusste sie, dass sie *so* nicht enden wollte. Nicht mit diesem Gesicht, nicht mit einem geldgierigen und armseligen Madrigalensänger wie Paolo Trotti an ihrer Seite und einer Tochter, die sie lange als Altersversorgung missbraucht hatte. *Ihre* Töchter sollten auf jeden Fall mal ein ehrbares Leben führen.

»Du bist nicht gerade gesprächig heute«, sagte Diana vorwurfsvoll.

»Ich muss mich für Chigi schön machen«, antwortete Imperia.

»Aha, oho! Warum sagst du es nicht gleich? Na, dann will ich mal wieder gehen. Viel Erfolg, meine liebste Tochter, und vergiss deine alte Mutter nicht. Der Goldesel kann auch mal einen Dukaten in meine Hände scheißen.«

»Warum sollte er?«, schickte Imperia ihr nach.

Natürlich war die Ankündigung von Agostinos Besuch gelogen,

aber auf diese Weise gelang es ihr am leichtesten, die Mutter loszuwerden. Wie zu erwarten war, hatte Diana die Handschuhe nicht wieder abgestreift.

Am Abend erschien Enea Piccolomini und erneuerte sein Angebot, wirkte drängender, kam ebenfalls wie die Mutter auf Agostino Chigi zu sprechen. »Man hört von ihm so einige Neuigkeiten«, betonte er mit gewichtigem Augenaufschlag.

Imperia hatten soeben ihre Mahlzeit beendet, verspürte wenig Lust, auf der Laute herumzuklimpern oder gar schmachtende Lieder zu singen, schon weil sie viel zu satt war. Sie hatte plötzlich einen Heißhunger auf kandierte Mandeln verspürt und sich mit ihnen den Bauch vollgeschlagen. Eigentlich hatte sie auch auf Liebe wenig Lust.

Dennoch führte sie Enea direkt in ihr Schlafzimmer.

Er ließ sich nicht zweimal bitten.

»Was hört man von Chigi?«, fragte sie, als er sich entkleidete.

»Er hat einen Maler aus Venedig mitgebracht. Und Reichtümer. Hört man.«

Schon schwoll sein *cazzo*, und sie öffnete bereitwillig ihre Schenkel.

»Was für Reichtümer?«

Enea war für eine Weile abgelenkt.

»Was denn nun für Reichtümer?«

Er war für Fragen gar nicht mehr zu haben und stöhnte auf. Schwitzte heftig. Sank bereits erschöpft auf ihr nieder. »Meine Liebe zu dir ist so groß, dass ich immer überfließe, wenn du mich empfängst«, flüsterte er und saugte an ihren Brüsten.

»Du wolltest mir von Agostino Chigis neuen Reichtümern erzählen.«

Noch einmal versuchte Enea, wieder in Stimmung zu kommen, aber nach einer Weile brach er enttäuscht seufzend seine Bemühungen ab.

»Man munkelt, er habe die Juwelen von San Marco mit nach Rom gebracht. Er ist wirklich ein verdammter Glückspilz. Was er anfasst, wird zu Gold. Aber er sollte an Polykrates denken. Eines

Tages schlägt seine Stunde. Fortuna ist eine untreue Hure. Das wissen wir alle.«

Imperia strich Enea über den Kopf und schob ihn zur Seite.

»Willst du mir nicht noch etwas vorsingen, Liebste?«, bat er.

»Ich bin zu müde und habe zu viel genascht.«

Sie bedeckte ihre nackten Schenkel und auch ihre Brust und schaute an die Decke. Enea zog sich wieder an. Während er seine letzten Schnüre verknotete, ließ er seinen Blick auf ihr ruhen. Sie erwiderte ihn und entdeckte den Glanz demütiger Liebe in seinen schimmernden Augen. Dafür mochte sie ihn, und zugleich tat er ihr leid.

»Man hört so einiges über Chigi … Er will alles.«

»Er bekommt alles«, antwortete Imperia und begleitete Enea hinaus.

18. Kapitel

Noch bevor Imperia eine Botschaft an Agostino Chigi schicken konnte, erhielt sie von ihm ein duftendes Briefchen in einem verzierten Silberzylinder, das seine Ankunft in Rom, seine ungebrochene Liebe zu ihr und den Termin seines ersten Besuchs vermeldete.

Bereits am nächsten Abend stand er vor der Tür.

Er küsste sie auf die Hand und dann auf den Mund, nahm sie in den Arm, und diesmal senkten sich ihre Lippen ineinander, seine Hand glitt über ihren Rücken tief hinunter, er flüsterte ihr ins Ohr, wie sehr er sie vermisst habe, und ließ seine Lippen schließlich über ihren Nacken gleiten.

»Oh, Agostino, mein Liebster!«, hauchte sie.

Dennoch merkte sie, wie verspannt sie war. Zuviel stand auf dem Spiel. Sie musste nach dieser langen Pause Agostino das Gefühl geben, ohne sie nicht leben zu können, musste ihn süchtig nach ihrer Liebe machen – und schwanger werden.

Er selbst wirkte müde, trotz seiner Begrüßungszärtlichkeiten, die ihr aufgesetzt erschienen.

Natürlich gehörten seine Worte und ihre übertriebene Reaktion zum Spiel. Dennoch spürte sie einen haarfeinen Riss.

Sie lachte künstlich auf, als er erneut ihre Hand nahm und sie mit vorgestülpten Lippen küsste. Seit langem fiel ihr wieder sein scharfgeschnittener Adlerzinken auf. Vermutlich lag es an ihr und ihrer Anspannung, an dem langen Warten, an der Unsicherheit über die Zukunft, dass sie diesen Riss spürte. Agostino hatte nach dem Tod seiner Frau häufig Trost bei ihr gesucht und gefunden, eine gemeinsame Tochter verband sie, und nie hatte sie sich bisher veranlasst gesehen, an seiner Verehrung und Liebe zu zweifeln. Daher galt es jetzt, die Ernte einzufahren. Enea Piccolomini behielt sie in der Hinterhand, die Nächte mit Angelo ließ sie sich zumindest bis zu einer Heirat nicht nehmen.

Agostino erkundigte sich nach seiner Tochter Margherita.

Sie bringe wohlversorgt im Kloster Santa Cecilia in Trastevere ihre Tage mit Singen und Beten, mit Bibellektüren, schweigenden Mahlzeiten und Sticken zu. »Und vermutlich mit sehnsüchtigen Träumen. Als Tochter einer Kurtisane hat sie es manchmal schwer; als Tochter des Agostino Chigi ginge es ihr besser.«

»Mach dir keine Sorgen, Imperia, ein Agostino Chigi vergisst seine Kinder nicht, nicht einmal seine illegitimen Töchter.« Mit großer Geste überreichte er ihr sein Geschenk.

»Wollen wir nicht zuerst essen?«, fragte sie, nachdem sie ihm einen Dankeskuss auf die Stirn gedrückt hatte.

Er schüttelte den Kopf. »Hier, öffnen! Ich habe lange gesucht. Eine absolute Kostbarkeit, einzig in Rom. Vorsicht beim Auspacken. Zerbrechlich.«

Als sie den großen Karton öffnete, sah sie zuerst nur Blau. Beinahe wären ihr wieder die Tränen gekommen. »Oh, wie schön, danke!«, rief sie. Blau, das war die Farbe, die sie seit Angelos Besuch nicht mehr ausstehen konnte, weil sie in ihr nur Betrübnis auslöste.

»Du hast das Geschenk ja noch gar nicht angeschaut.« Er fasste in den Karton und entnahm der Verpackung einen Pokal aus blauem Glas, auf dem ein Frauenkopf und weitere Motive angebracht oder eingebrannt waren. So genau konnte sie die Motive nicht erkennen, sie hätte ihre Augengläser nehmen müssen, die sie allein zum Lesen benutzte.

Als sie nicht weiter reagierte, weil sie ihren inneren Kampf gegen die Farbe Blau auskämpfen musste und weil sie die Form des Pokals hässlich fand, meinte Agostino sein Geschenk erklären zu müssen.

»Ein Hochzeitspokal aus Murano, aus der Glasbläserei Barovier. Sie ist berühmt. Ein altes, seltenes Stück, sicher vierzig Jahre alt: blaues Glas, verziert mit mehrfarbiger, aufgeschmolzener Emaille und Blattgold. Hier, eine Schöne mit einer mittlerweile vergangenen Haarmode, der sogenannten burgundischen, dort ein Bild Adam und Evas, bevor er sie *erkennt*« – er lächelte anzüglich –, »und hier eine Säule mit einem Jungbrunnen.«

Er grinste nun regelrecht.

»Eine ziemlich spitze Nase hat die Frau«, kommentierte Imperia, »und die Frisur macht sie nicht gerade schöner. Ich möchte dich mal sehen, wenn ich so erschiene: alles straff nach hinten gekämmt und spitz zulaufend. Zumindest ihr Busen ist mächtig. An ihm würdest du deine Freude haben. Wenn er nicht gerade nach unten sackt.« Sie hatte vergebens versucht, zumindest im Ton nicht so kritisch und enttäuscht zu klingen.

»Schade«, sagte Agostino und stellte den Pokal auf den Wandsims. »Die Kostbarkeit hat mich eine Menge Geld gekostet. Und Sucherei, ich sagte es bereits. Aber für dich …«

Nach dieser Einleitung schmeckten Imperia weder der Wein noch die Pistazientorte, und eine Weile ging es ziemlich stumm zu.

»Erzähle doch mal von Venedig«, forderte sie ihn auf. »Du warst so lange weg. Ich habe dich schmerzlich vermisst!« Es sollte echt klingen. Auf ihre Art hatte sie ihn auch vermisst.

Während er die Artischocken lutschte, war es untunlich, viel zu sprechen.

Imperia war mittlerweile der Hunger gänzlich vergangen.

»Und du?«, fragte er und sog die Sauce schlürfend ein.

»Das Übliche. Zumindest gesund bin ich geblieben, nicht einmal ein einziger Fieberschub hat mich diesen Sommer vom Arbeiten abgehalten. Vielleicht liegt es an meiner kleinen *vigna*, die ich mir von meinem Geld gekauft habe und mit Bella genieße. Wir beide ganz allein. Mit Ovid. Ich lese ihr die Verse vor, all die klugen Liebesanweisungen, da galoppieren die Daktylen. Herrlich.«

»Soso, die Daktylen galoppieren.«

Das Fischragout schmeckte ihm vorzüglich, wie man sah.

Sie verzichtete darauf.

»Manchmal lesen wir auch Ovids Elegien, die Briefe an den fernen Geliebten, und müssen unsere Tränen unterdrücken. Aber diese Distichen: Hexameter, Pentameter! Diese Kunst! Nie könnte ich so dichten.«

Sie hörte sich selbst zu wie einer Fremden.

»Leider bin ich nicht so gebildet wie du«, sagte Agostino, nachdem er das Ragout heruntergeschluckt hatte, »ich weiß nicht einmal mehr genau, was ein *Distichon* ist. Ich kenne mich mehr mit *Dukaten* aus.«

»Dafür liebe ich dich ja auch so.«

Das reinste Schauspiel! Und um die Wirkung ihres Satzes zu erhöhen, strich sie ihm über den Kopf und küsste ihn.

Er nickte kurz und aß weiter.

Als er bei den Feigen angelangt war, griff sie ebenfalls die eine oder andere Frucht.

Er begann nun, von Venedig zu erzählen: Lange ließ er sich über den komplizierten Vertrag und die mehr als schwierigen Vertragspartner aus, betonte aber, letztlich mache er auf jeden Fall seinen Gewinn. »Einen Haufen Alaun zu einem guten Preis verkauft, und die Sicherheiten, die ich für das Darlehen erhielt, sind kaum mit Dukaten aufzuwiegen: Ein Teil des Juwelenschatzes von San Marco. Das musst du dir mal vorstellen: Das Allerheiligste der Serenissima. Sozusagen ihr Hochzeitsgeschmeide. Und jetzt in meinen Händen.«

Also stimmte es, was Piccolomini berichtet hatte. Imperia war neugierig geworden und hätte die Juwelen gerne gesehen, wie sie betonte.

»Ich werde dich bald durch meine *Villa deliziosa* führen, dann zeige ich sie dir. Überhaupt möchte ich, dass du für ein paar Motive Modell sitzt. Du weißt ja, ich will die schönsten Frauen Roms täglich an meinen Wänden sehen, und gibt es eine schönere Frau als dich?«

Nun klang Agostino schmeichelnd wie immer.

Sie konnte gerade noch unterdrücken zu antworten: Es wäre mir lieber, wenn ich selbst zwischen deinen Wänden umherwandelte. So plump wollte sie Agostino nicht kommen, es wäre auch untunlich.

Er drückte ihr eine Feige in den Mund, das Zeichen, dass sie bald zu den intimeren Phasen des Besuchs kommen sollten. Dabei hatte sie ihm ihre neuesten Gedichtvertonungen, die ihr nach Angelos Besuch eingefallen waren, noch gar nicht vorgesungen, nicht einmal auf der Flöte gespielt und ihn auf diese Weise zum Träumen gebracht und eingestimmt.

Stattdessen erzählte er vom Erdbeben in Venedig, von Giovanni Bellini und seinem Gehilfen und Mitstreiter Sebastiano Luciani, den er für das Ausmalen der Villa mitgebracht habe.

»Dieser Luciani hat also alles so stehen- und liegengelassen und ist dir gefolgt?«

»Tja, mich zeichnet eine unwiderstehlich anziehende Kraft aus.«

»Der ich bis zur Selbstaufgabe erlegen bin.« Sie wollte genauso selbstironisch klingen wie er. Und dann rutschte ihr noch heraus: »Du musst ihm viel geboten haben.« Dies klang nun weniger ironisch.

»Genug. Entscheidend sind die Frauenporträts, die ich sah. Umwerfend. Er wird dich in all deiner göttlichen Pracht an meine Wände zaubern, und deine ruhmvolle Schönheit wird noch in Jahrhunderten die Menschen erfreuen.«

Imperia schüttelte den Kopf. Ihr ging es zur Zeit weniger um ihren Ruhm bei zukünftigen Generationen als um die Versorgung und Sicherheit im Alter. Viel spitzer als eigentlich gewollt, erklärte sie: »Damit wir uns nicht missverstehen, Agostino: Ich sitze nicht jedem jungen Mann, den niemand in Rom kennt, Modell. Für mich kommt nur Raffaello Santi in Frage. Wenn ich Modell sitzen soll, dann allein dem Größten.«

Agostino reagierte eine Weile verstimmt.

Dann bat sie ihn, noch ein Glas Wein zu trinken und einen Augenblick auf sie zu warten. Sie zog sich in ihr Ankleidezimmer zurück, ließ sich von Bella den letzten Schliff geben und entkleidete sich, um ihre völligen Nacktheit nur mit dem Fuchspelz zu verdecken. Nicht nur Angelo, sondern auch Agostino liebte diesen Übergang von einem zum anderen Stadium der Vorspiels. Andere Männer bevorzugten, sie langsam und umständlich zu entkleiden, aber häufig verhedderten sie sich dabei, Imperia musste Bella rufen, und die Stimmung war dahin. Dies konnte mit dem Pelz nicht geschehen.

Als Bella noch einmal über ihre Haare kämmte und die Zöpfe locker zusammenlegte, zog Imperia unwillig die Augenbrauen zusammen. »Es stimmt etwas nicht«, stieß sie leise aus. »Er ist nicht wirklich bei der Sache, ich spüre das. Er ist ein anderer geworden.«

Bella schüttelte den Kopf. »Das glaube ich nicht. Aber natürlich müsst ihr die lange Unterbrechung überwinden. Vielleicht hat er auch ein schlechtes Gewissen, weil er Euch in Venedig mit anderen Kurtisanen ›betrogen‹ hat.«

Imperia wollte Bellas Worten gerne Glauben schenken. In der Tat hatten sie sich lange nicht gesehen, und kleine Verstimmungen gab es in den besten Ehen. Sie wollte sich auf jeden Fall anstrengen: Vielleicht wurde sie ja wirklich ein zweites Mal schwanger von Agostino und brachte einen Jungen auf die Welt. Legitimierte er das Kind, hätte er einen Erben. Immer wieder kam sie zurück auf diese Lösung des Problems.

Sie hatte sich von einer Kräuterhexe ein angeblich hundertprozentig wirksames Mittel geben lassen, Blätter von Frauenmantel und Mönchspfeffer, die sie aufgebrüht und heiß getrunken hatte. Und nun hoffte sie. Aber die Hoffnung verkrampfte sie.

»Ich kann nur beten, dass die Kräuter wirken«, flüsterte sie, und weil ihr heiß war, öffnete und schloss sie den Mantel wie einen Fächer.

»Ihr werdet ihn schon in Raserei versetzen«, sagte Bella. »Irgendwann wird sein Feuer genügend Glut gebildet haben, er wird Euch heiraten, und wir ziehen in seine Villa.«

19. Kapitel

Agostino Chigis Besuch nach ihrer ersten Nacht im Kloster hatte Francesca mehr Zuversicht beschert und ihre Verunsicherung abgeschwächt. Nachdem er gegangen war, fand sie keine Zeit mehr für Grübeleien, denn Schwester Afra, ihre Mentorin, deren Wange eine tiefe, mittlerweile weißliche Narbe durchzog, erklärte ihr die Regeln des Klosters, führte sie zur Mutter Oberin, die mit ihr ein Gebet sprach und ihr ans Herz legte, fleißig zu lernen und eine sittsame Jungfrau zu bleiben. Anschließend wurde sie den anderen Zöglingen vorgestellt, den Novizinnen und Nonnen des Klosters, und schließlich auch ihren zukünftigen Lehrern. Insbesondere der vatikanische Skriptor Umberto werde sich um sie kümmern, erklärte Afra und ließ sie dann mit ihm allein, damit er ihr den zukünftigen Lernstoff vorstelle. Umberto, kein tonsurentstellter Mönch, sondern ein gutaussehender junger Mann mit langen Wimpern und einem schwärmerischen Blick, stammte aus der adligen Familie der Caetani, so erfuhr Francesca. »Und darauf bin ich stolz, liebes Mädchen. Als Caetani gehe ich natürlich lieber auf die Jagd, als dass ich in verstaubten Skriptorien auf Pergamenten herumkritzele. Doch als Zweitgeborener bleibt mir nur die Kirchenlaufbahn.«

Sein Blick verlor nun seinen schwärmerischen Ausdruck; er lag unverwandt auf Francesca, schien sie abtasten zu wollen, bis sie errötete.

»Weil ich mich so selten im vatikanischen Skriptorium sehen ließ, hat man mich in dieses Kloster geschickt, damit ich Euch Latein beibringe, mit Euch die Bibel lese und Euch ein wenig über die Geschichte der alten Griechen und Römer erzähle«, ließ er schließlich noch verlauten.

Zum Glück erschien wieder Schwester Afra und führte Francesca zur nächsten Andacht. Während sie zu beten versuchte, kicherten die Mädchen neben ihr und flüsterten sich etwas zu, reichten sogar kleine Zettel herum.

Am Nachmittag durfte sie sich ausruhen. Weil sie in der Nacht nur wenig geschlafen hatte, wollte sie auf dem schmalen Bett in ihrer Zelle dösen. Doch zu viele Bilder, Gedanken und Erinnerungen durchkreuzten ihren Sinn, sie sah das Lämmchen vor sich und hörte sein trauriges Rufen, ihr Vater tauchte kurz auf und gab ihr einen Gutenachtkuss. Als sie sich in wehmütiger Trauer der Erinnerung an ihren Vater und ihre Heimat hingeben wollte, hörte sie jedoch die Befehlsstimme ihrer Mutter, die einen Putzlumpen schwang, ihr kleiner Bruder heulte, und dann krachten plötzlich wieder die Balken, und das Erdbeben brach rumpelnd und knirschend über sie herein. Entsetzt riss Francesca die Augen auf. Über ihr die kahle Decke, an der Wand ein Kruzifix, auf einem Nachtschränkchen eine Kerze – nichts bewegte sich. Aber dann meinte sie doch wieder Venedig zu riechen, diesen ganz eigenen Geruch aus Seetang und Moder, aus Pech und frischer Brise.

Irgendwie musste sie eingeschlafen sein, denn als sie die Augen aufschlug, stand Schwester Afra vor ihr, schien sie bereits eine Weile beobachtet zu haben. Sie sagte jedoch nichts, lächelte immerhin und führte sie zum abendlichen Gemeinschaftsmahl. Während eine Nonne einen Bibeltext vorlas, durften die Mädchen nicht sprechen, schnatterten anschließend umso lauter. Der Platz neben Francesca blieb frei; sie fing allerdings verstohlene, zugleich neugierige Blicke auf, lächelte dennoch freundlich. Schließlich hockte sich ein hübsches Mädchen zu ihr, eine Lucrezia, wie sie erfuhr. Bevor Francesca ihren Namen nennen konnte, wurde das Mahl aufgehoben, die Mädchen stürmten davon, rissen auch Lucrezia mit, schienen sie dabei zu schubsen und sogar an den unter der Haube hervorquellenden blonden Locken zu ziehen.

Auch in der nächsten Nacht schlief Francesca nicht besonders gut, obwohl Schwester Afra ihr eine Karaffe verdünnten Weins in die Zelle gestellt hatte. Weil sie befürchtete, von Angstattacken überfallen zu werden, ließ sie ein Talglichtchen brennen. Seit der Entführung aus Venedig weckte sie jedes ungewohnte Geräusch. In der Tat hörte sie ein piepsendes und kicherndes Umherhuschen, als feierten ganze Rattenkolonien Karneval. Ängstlich lauschte sie, zog dann die Decke über den Kopf und tauchte irgendwann erneut in einen traumschweren Schlaf, in dem sie der auf Duftwolken schwebende, seidenumrauschte Mutterengel an die Hand nahm und in ein blendendes Licht geleitete.

Am zweiten Tag im Kloster begann der Unterricht in Latein, Singen, Lautespielen und Sticken und setzte sich, bis auf Sonntag, täglich fort. Umberto, ihr Lateinlehrer, war erstaunt und begeistert darüber, wie rasch sie verstand, was er ihr erklärte. Überhaupt lobten alle Lehrer ihr ungewöhnlich begieriges, ja, begeistertes Lernen. Je schneller sie ihr Lernziel erreichte, davon ging sie aus, desto schneller würde sie das Kloster wieder verlassen können. Ihre Kenntnisse und Fähigkeiten würden das Tor zur Welt öffnen – und wenn sie bald ins heiratsfähige Alter kam …

Während der Andachten und Gebetsstunden schweiften ihre Gedanken immer wieder ab und drifteten in eine Zukunft, die, so vage und undurchsichtig sie blieb, ihre Neugier wachhielt.

Gelegentlich besuchte Chigi sie, hörte sich ihre Berichte an und lauschte dem ersten Geklimper auf der Laute, wirkte aber abgelenkt und verabschiedete sich bald wieder.

Nachmittags, während einer längeren Unterrichtspause, saß Francesca gern im lichtdurchfluteten Innenhof des Kreuzgangs unter einem Orangenbaum, während vor ihr ein Brünnlein plätscherte und die frechen Spatzen tschilpten. Die Strahlen der tiefstehenden Sonne ließen die Tropfen der Springsäule wie eine Kette aus Diamanten glitzern. Ihre Mitzöglinge tanzten gemeinsam und spielten Ball, plauderten untereinander oder unterhielten sich mit den Nonnen, die Aufsicht führten, oder sogar mit den Lehrern in ihrer Mönchs- oder Kirchentracht. Francesca gesellte sich nur selten zu ihnen. Häufig machten sie sich über ihren venezianischen Dialekt lustig und versuchten, ihn nachzuahmen, kicherten und flüsterten sich hinter vorgehaltener Hand etwas zu. Irgendwie schien Francesca nicht in ihren Kreis zu gehören, was vielleicht daran lag, dass sie im Gegensatz zu den anderen in der Regel Einzelunterricht erhielt. Vielleicht spielte auch eine Rolle, dass die meisten Mädchen Töchter alteingesessener Adelsfamilien waren oder illegitime Töchter von Kardinälen und Bischöfen. Afra hatte sie einmal kurz darüber aufgeklärt und dabei auch erwähnt, dass ihre Tischsitten noch des Schliffs bedürften. Francesca war vor Scham errötet, hatte genickt und Besserung versprochen.

Leider war es ihr bisher nicht wieder gelungen, mit der blonden Lucrezia zu plaudern. Dafür dehnte sich der Lateinunterricht aus. Umberto lobte weiterhin ihre Lernfortschritte. Er saß nah neben ihr, wenn sie mit einem Kohlestift in Schönschrift Latein schreiben sollte. Gern führte er dabei ihre Hand. Oder er legte sie auf eine aufgeschlagene Bibel, während er mit ihr Wörter und Stammformen übte, und sie konnte seine halbmondförmigen Fingernägel studieren, die von ein paar weißen Flecken durchtüpfelt waren.

Zur Belohnung ihrer Lernfortschritte las er ihr aus der Bibel vor, und zwar meist aus dem *Hohelied Salomos*. Selbstverständlich könne sie diese Verse noch nicht in Latein verstehen, doch schon ihr Klang müsse jedes junge Mädchen erschauern lassen. Umberto schaute ihr tief und lange in die Augen, so dass ihr ganz anders wurde. Dann betonte er, die Verse des *Hohelieds* seien die gefühlvollsten, bildstärksten, kurz: die schönsten der gesamten Bibel und träfen tief ins Herz jeder jungen Frau. Schließlich las er sie selbst vor, zuerst in Latein. Dann übersetzte er die Verse, und seine Worte klangen wie eine Liebeserklärung.

Nach ein paar Wochen hatte Francesca sich an das Leben im Kloster gewöhnt. Sie schlief besser und machte weiterhin erfreuliche Lernfortschritte. Ja, sie spielte sogar mit ihren römischen Mitzöglingen Ball oder sang gemeinsam mit ihnen. Umberto vernachlässigte zunehmend die lateinischen Stammformen, nahm sich dafür immer häufiger das *Hohelied* vor, schmachtete »Schön bist du, meine Freundin, und lieblich, deine Augen sind wie Taubenaugen«, ergriff dabei ihre Hand und hätte sie einmal beinahe geküsst. Sie konnte es gerade noch verhindern, obwohl sie sich durchaus geschmeichelt fühlte.

Mit Lucrezia, die ganz überdreht wirkte, hatte sie einige Worte wechseln können, aber kaum hatten sie sich zusammen an den Brunnen im Garten des Kreuzgangs gesetzt, eilte Schwester Afra zu ihnen und rief Lucrezia zur Mutter Oberin.

Eines Abends, nach einem Tag voller schwärmender Verse aus dem *Hohelied*, ebenso schwärmender Blicke unter langen Wimpern und einem fröhlichen Ballspiel, sank Francesca müde und zufrieden ins Bett. Warum sie sich so wohl fühlte, wusste sie nicht, das Kloster blieb noch immer Kloster, sie lebte eingesperrt in einer Übergangswelt, auch Chigi hatte sie einige Zeit nicht gesehen. Sie fragte sich, ob sich ein Mann, der sich wirklich in sie verliebt hatte, nicht anders verhalten würde. Sie sah wieder Bastiano vor sich, wie er sie zeichnete, wie er ihr zuzwinkerte, wie er ihre Hand ergriff – und fühlte plötzlich ein überwältigendes Sehnen in ihrem Unterleib, seit ihrem Eintritt ins Kloster das erste Mal. Ohne sich beherrschen zu können, ließ sie ihre Finger dorthin wandern, wo die Sünde wohnte, aber ebenso die Süße der Versuchung unwiderstehlich lockte.

Ihr ganzer Körper verspannte sich in einem lustvollen Gefühl, bis er plötzlich zu explodieren schien und sie laut aufstöhnte. Sie musste sich heftig auf die Lippen beißen, um die Spannung nicht in einem Schrei enden zu lassen. Erlöst lag sie anschließend auf ihrem Bett.

Im Licht ihrer Kerze griff sie nach ihrem Silberspiegel, dem geheimnisvollen Geschenk ihres Vaters, und betrachtete sich. Eine sanfte, hübsche und entschlossene junge Frau schaute sie an. Sie fühlte sich wie wachgeküsst, weil sie erahnte, dass die Liebe eines Mannes ihr die Lust bereiten würde, die sie soeben erlebt hatte. Stärker als je in Venedig sehnte sie sich nach einer solchen Liebe – um sofort einen Warnruf zu hören. Waren solche sehnsüchtigen Gedanken nicht Sünde? Standen sie nicht in Widerspruch zu aller Sittsamkeit und Keuschheit? Und führten sie sie nicht auf einen Weg, vor dem ihre Mutter sie immer gewarnt hatte?

Mit offenen Augen starrte sie an die Decke, legte den Spiegel zur Seite und nahm ein paar getrocknete Lavendelblüten in die

Hand, die in einer kleinen Schale neben ihrem Bett vor sich hin dufteten, zerdrückte sie und roch an ihnen. Ein süßherber, wunderbarer Geruch, den sie nie in Venedig gefunden hatte, strich durch ihre Nase. Wo hatte es so intensiv gerochen? Jetzt erinnerte sie sich wieder: auf den Berglichtungen, während ihrer Reise von Ancona nach Rom. Dort hatte jeder knackende Tritt auf einen Busch und jeder Griff nach einem Zweig Weite und Freiheit verströmt, und der offene Himmel versprach Hoffnung und Abenteuer.

Je länger sie am Lavendel roch, desto stärker durchfloss sie ein von brennender Neugier gespeistes Glücksgefühl. Obwohl sie noch eingeschlossen war in ein Kloster und im Kloster selbst in einer Zelle, obwohl sie umgeben war von Mädchen, die sie immer wieder abzulehnen schienen, lag vor ihr eine unbekannte, doch große, reiche, schöne Welt anregender Menschen und ungewöhnlicher Erlebnisse. Sie schien zu schweben, nichts konnte sie mehr erschrecken. Ein solches Gefühl der Erfüllung hatte sie bisher allein auf dem Schiff erlebt – wenn sie am späten Abend in die unendliche Ferne schaute, in der sich Himmel und Meer vermählten, wenn sie am Bug stand, Agostino sich hinter sie stellte und er seinen Arm auf ihre Schultern legte. Jetzt hörte sie auch wieder seine Worte: *Dort wirst du dein Glück finden*. Ja, sie war überzeugt: In Rom würde sie noch ihr Glück finden, wenn sie keine *Puppe* mehr war, sondern ein *Schmetterling*.

Bald war sie in einen tiefen Schlaf gesunken. Als sie wieder die Augen öffnete, wusste sie zuerst gar nicht, wo sie sich befand. Die Kerze flackerte auf dem letzten Rest eines Stummels, draußen wisperte, fiepte und kicherte es.

Wieso kicherten während der Nacht die Mäuse und Ratten des Klosters?

Sie nahm allen Mut zusammen, stand auf und tappte zur Tür, um zu lauschen. Jetzt war Ruhe. Vielleicht noch ein Wispern in der Ferne. Vorsichtig öffnete sie die Tür und schlich aus der Zelle. Es dauerte eine Weile, bis ihre Augen sich an die kaum durchdringliche Nachtschwärze gewöhnt hatten. Im Klostergang und zwischen den Büschen des Innenhofs schienen Schatten umherzuhuschen. Der Mond war nicht zu sehen, die Sterne funkelten unverständliche Botschaften.

Francesca tastete sich an der kühlen Wand entlang und näherte sich einem aufgeregten Gewisper. Da sie kaum etwas erkennen konnte, schob sie sich langsam mit ausgestreckten Armen zur Säulenbalustrade, die den Gang vom Innenhof trennte. Schwach hoben sich die Linien der Säulen vom besprenkelten Himmel ab. Auf einer Balustrade schien ein Sack zu liegen. Als sie vorsichtig nach ihm tastete, bewegte er sich plötzlich, etwas quiekte auf, und Francesca hätte beinahe vor Schreck aufgeschrien.

Dann ging alles so schnell, dass ihr die Stimme wegblieb. Sie begriff anfangs gar nicht, was sie da angestoßen hatte. Erst als etwas Helles aufblitzte, eine Hand vermutlich, verstand sie, dass das Bündel ein Mensch war, nein, zwei Menschen, die sich über die Balustrade und zugleich übereinander beugten. Und dann blitzte noch etwas Helles auf, halbmondförmige Rundungen mit einem dunklen Streifen in der Mitte, verschwand sofort wieder wie hinter einem Vorhang. Noch bevor sie sich fluchtartig zurückziehen konnte, griffen zwei Hände nach ihr, drückten sie gegen den kalten Stein und zugleich an einen hinter dunklem Tuch versteckten Körper.

Starr vor Überraschung, wehrte sie sich nicht.

Wieder ein ängstliches Quieken, etwas stieß ihr schmerzhaft in die Seite, ein Ellenbogen vermutlich, das Gebilde neben ihr löste sich auf, verschwand – doch die beiden Hände verschwanden nicht, der Körper hinter ihr ebenfalls nicht, mit einem Griff wurde ihr Nachthemd hochgerissen, und sie spürte nackte Haut auf ihrer nun ebenfalls unbedeckten Haut. Und nicht nur weiche Haut …

Jetzt wich die Lähmung. Sie trat nach hinten, stieß mit den Ellenbogen zu, explodierte in ein zuschlagendes, kratzendes Wesen. Erst als ihre Hand schmerzhaft gegen eine Säule prallte, hielt sie inne. Das Wesen, das sie so unsittlich angefasst hatte, war verschwunden. Auch ihr Nachthemd war wieder nach unten gerutscht und hatte ihre Blöße bedeckt. In wildem Wirbel schlug ihr Herz bis hoch in den Hals, und als sie lauschte, schien ihr Keuchen den gesamten Kreuzgang auszufüllen.

Kaum hatte sich ihre Aufregung ein wenig gelegt, tastete sie sich vorsichtig zurück. Ein schwacher Lichtstreifen zeigte ihre Zelle an. Die Tür war nicht verschlossen. Sie sprang in die Zelle, in Sicherheit, schloss die Tür hinter sich, verriegelte sie sorgfältig und wollte sich auf ihr Bett fallen lassen.

Diesmal konnte sie ihren Entsetzensschrei nicht unterdrücken. Auf ihrem Bett hockte eine dunkle Gestalt.

20. Kapitel

Seit seiner Rückkehr aus Venedig hetzte Agostino Chigi von einem Termin zum anderen. Er musste die Maler und Handwerker in seiner Villa antreiben, pünktlich und zuverlässig zu erscheinen, hatte im Vatikan eine Unterredung mit dem Datar und einen Informationsaustausch mit dem Thesaurar. Von einem Anlagegespräch mit Kardinal Riario eilte er zur Unterzeichnung eines Darlehensvertrags mit Kardinal Farnese, anschließend traf er sich mit dem *fattore* der Fuggerbank, Johannes Zink, um über gegenseitige Risikoabsicherung zu verhandeln. Auf dem Weg zur Villa gab er ein Geschenk für Imperia ab und wollte eigentlich im Kloster Santa Maria vorbeischauen, doch die Zeit drängte zu sehr, so dass er sich diesen Besuch schenkte. Wieder in der Villa angekommen, fand er die Maler bei Brot, kräftigem Schinken und Wein sitzen, statt sich um die Ausgestaltung der Fresken zu kümmern. Sie palaverten über die Gestaltung der Galatea und ihrer Begleiterinnen und schienen sich nicht an seinem Stirnrunzeln zu stören. Raffaello hockte mit Baldassare Peruzzi, dem Architekten und Maler der Deckengewölbe zusammen, mit Giovanni aus Udine, der für die Blumen- und Fruchtgirlanden zuständig war, und Giulio Pippi, den alle *Romano* nannten und der das vollendete, was Raffaello nur skizziert hatte. Etwas abseits beugte sich Sebastiano über einen Karton und zeigte Sodoma den Entwurf einiger Szenen aus den *Metamorphosen* des Ovid.

Es hatte bereits einige mehr oder weniger offene Eifersüchteleien zwischen Raffaello und Sebastiano gegeben, sogar harsche Worte, und Chigi befürchtete, ein Streit unter seinen Malern könnte die Fertigstellung der Loggia und der Galleria hinauszögern und damit das Einweihungsfest der Villa gefährden. Vermutlich hatte er Raffaello und seine Mannschaft nicht geschickt genug auf den Neuankömmling aus Venedig vorbereitet und Sebastiano nicht ausreichend vor Raffaellos Eitelkeit gewarnt. Jetzt lief alles nicht mehr wirklich rund. Baldassare Peruzzi, der die Oberaufsicht führte, hatte sich bereits mehrfach beklagt.

Ganz rund schien es auch nicht im Vatikan zu laufen, denn Chigi war bisher noch nicht zum Heiligen Vater vorgelassen worden, obwohl er mehrfach im Vatikan verhandelt und um eine Audienz gebeten hatte. Schließlich war er auch im Auftrag des Papstes in Venedig gewesen – und jetzt schien Papst Julius nicht an den erfolgreichen Ergebnissen seiner Arbeit interessiert zu sein. Ob man allerdings wirklich von einem Erfolg sprechen konnte, würde sich erst später herausstellen, denn die Serenissima hatte sich ein Rücktrittsrecht vom Vertrag ausbedungen und schien nicht glücklich über die wichtigsten Abmachungen. Wie Chigi Venedig und seine wenig durchschaubare Regierungsmannschaft einschätzte, würden sicher einige Herren aus dem Kreis der *Pregadi, Savi* und *Prokuratoren* versuchen, ihn nachträglich aufs Kreuz zu legen oder auf die eine oder andere Weise Misstrauen gegen ihn zu säen.

Doch Venedig lag hinter ihm, er hatte seine Zeit dort genützt, hielt einen Teil des San-Marco-Schatzes in den Händen – und hatte sein zukünftiges Glück gefunden.

Hatte er es wirklich gefunden, fragte er sich immer wieder. Müsste er in diesem Fall nicht viel mehr Zeit für Francesca aufbringen – schon damit die Flamme der Liebe nicht erlosch?

Dann erreichte ihn der herrische Ruf des Heiligen Vaters, der ihn zu einer Audienz in den Vatikanspalast einbestellte.

Er kleidete sich in eine edle, doch schlichte Robe, setzte sein rotes Lieblingsbarett auf und ritt nach einer Besprechung mit allen Malern von der Villa zum Borgo und weiter zur Piazza San Pietro, übergab dort seinen Pferdeknechten die Zügel und meldete sich am Eingang des päpstlichen Palasts. Die Männer der Schweizergarde, einer Errungenschaft des Heiligen Vaters, der sich geschützt sehen wollte von den besten Kämpfern Europas, ließen ihn mit einer Verbeugung ein.

Papst Julius empfing ihn in der Stanza d'Eliodoro. Grimmig saß er unter seinem eigenen Konterfei und forderte die strenge Form der Reverenz. Auf den ersten Blick hatte Chigi ihn kaum erkannt: Offensichtlich hatte sich der Papst seit dem Beginn seiner Krankheit nicht mehr rasiert und trug nun einen langen eisgrauen Bart, der seine *terribilità* noch unterstrich.

»Die Ratten nagten schon an meinen Kleidern, aber ich habe ihnen gezeigt, wer hier der Herr im Haus ist!«, rief er nach Chigis Fuß- und Handkuss ohne Begrüßungsformel und sonstige einleitende Worte aus. »Aber das war gestern. Jetzt gilt es, das gesamte Land von der Franzosenpest zu befreien. Sie haben mich nicht nur aus Bologna geworfen, *meiner* Stadt, haben sogar ein Konzil nach Pisa einberufen, wollen mich absetzen, nehmen ein Schisma in Kauf – und ich habe ihnen und ihrem König vertraut! Auch die römischen Barone verhalten sich aufmüpfig, der Borgia hat sie ganz offensichtlich noch nicht ausreichend genug dezimiert, das muss ich nachholen. Rom ist nicht ihr Eigentum, wenn sie das nicht begreifen, werde ich sie aus Rom vertreiben, wie einst die Engel des Herrn den räuberischen Heliodor aus dem Tempel vertrieben haben …«

Sein Bart zitterte, während er seine Worte auf Chigi abschoss, und die kleinen dunklen Augen bewegten sich unruhig hin und her. Sein Zeigefinger hatte auf das noch nicht vollendete, aber in seinem Entwurf erkennbare Fresko gezeigt, dann krallten sich die Hände um die hölzerne Armlehne seines mit rotem Samt bezogenen Sessels, und sein Blick sog sich an Chigi fest, als er sich mitten im Satz unterbrach.

»Egal, die Rache des Herrn wird mit mir sein, was hast du in Venedig erreicht, Agostino, lange genug warst du ja weg.« Er winkte einen Kammerdiener herbei und ließ sich ein Glas Wasser reichen, trank hastig und forderte ein zweites.

»Ich blieb so lange, weil die Verhandlungen schwierig waren und die Serenissima immer wieder Vertragsänderungen forderte. Außerdem weile ich nun schon eine Weile wieder in Rom und meldete mich bei Euch …«

»Ist Loredan zuverlässig?«, fiel ihm Papst Julius ruppig ins Wort. »Kann man ihm vertrauen? Und was ist mit dem Alaunmonopol? Wird sich Venedig daran halten oder nicht? Das ist die Frage, deren Antwort über den Erfolg deiner Mission entscheidet. Der Rest ist Pistazienspeise, ist Eigennutz des Agostino Chigi.«

»Nun, Heiliger Vater, so würde ich es nicht ausdrücken, doch wie dem auch sei: Noch schwebt das Schwert des Damokles über dem Haupt der Serenissima, die Franzosen stehen östlich von Mailand, die Kaiserlichen bei Verona, also benötigt Venedig jeden Bundesgenossen …«

»Ich werde mit der Stadt eine Heilige Liga gegen die Franzosen bilden, den Kaiser hole ich ins Boot, sogar die Engländer. Dafür brauche ich Geld.«

»Das denke ich mir, Heiliger Vater.«

»Sie sind Verräter, die Franzosen, sie machen sich in unserem schönen Italien breit, suchen uns mit ihrem *morbo gallico* heim und saugen das Land aus, beanspruchen Mailand und auch noch Neapel, ich verfluche den Tag, als ich sie in blindem Vertrauen in unsere Heimat rief.«

Nun unterbrach Papst Julius seinen Redestrom für längere Zeit nicht. Chigi verzog keine Miene, um dem Papst keinen Anlass für falsche Vermutungen zu geben. Auf jeden Fall hatte Papst Julius mit seinen selbstkritischen Worten recht: *Er* hatte in seiner Auseinandersetzung mit dem Borgia-Papst die Franzosen angestachelt, in Italien einzufallen. Dies lag zwar siebzehn Jahre zurück, war gleichwohl der Beginn einer kriegerischen Auseinandersetzung, die eine lange Phase des Friedens beendet hatte und nicht enden wollte. Er, Agostino Chigi, verdiente zwar am Krieg, doch die Gefahr großer Insolvenzen nahm zu, und außerdem war ihm lieber, wenn die Herrscher ihr Geld für Kunst ausgaben. Kriege zerstörten, nährten den Wolf im Menschen, hinterließen Trauer und Tod, während Künstler für die Ewigkeit schufen, der Schönheit zum Ruhm verhalfen und als Ebenbilder Gottes um Vollendung rangen.

Papst Julius sprach noch immer. Als hätte er Chigis Gedanken lesen können, kam er auf die Kunst zu sprechen und zeigte erneut auf die Fresken in dem Raum. »Hier lasse ich Raffaello malen. Hat er mich nicht fabelhaft getroffen? Ein Genie, dieser Mann!« Es war Chigi nicht klar, wen er meinte: sich selbst oder den Maler. »Und dann habe ich ein großes Grabmal für mich bei Michelangelo Buonarroti bestellt. Dieser florentinische Meißelklopfer will unverschämt viel Geld. Man müsste ihn im Tiber versenken. Dennoch lasse ich ihn auch die Decke der Sistina ausmalen, er wird bald fertig sein. Was ich da bisher gesehen habe, lässt den Atem stocken.« Er ließ seine Augen auf dem schweigend zuhörenden Chigi ruhen, und sie wurden noch schmaler, als sie ohnehin waren. »Raffaello kommt nicht so schnell voran, wie ich will, nimmt zu viele andere Aufträge an, zum Beispiel die eines gewissen Agostino Chigi. Für ihn soll er nackte Weiber malen, höre ich.«

Seine Augen blitzten.

»Nun, in seiner freien Zeit widmet Raffaello sich weniger biblischen Themen, das ist richtig«, erklärte Chigi, »allerdings nicht er allein, ich beschäftige eine ganze Reihe erstklassiger Künstler …«

»Ja, mir ist zu Ohren gekommen, dass du sogar einen Maler aus Venedig mitgebracht hast.«

»Einen hervorragenden Porträtisten, Heiliger Vater, Sebastiano Luciani mit Namen, ihm prophezeie ich eine steile Karriere in Rom.«

»An Raffaello kommt niemand heran, und Michelangelo ist als Bildhauer unübertroffen. Und seine Fresken – diese Männerkörper, so muskulös und stark, so entschlossen ...«

»Dies will ich nicht bestreiten ...«

Papst Julius hielt kurz inne, bevor er weitersprach: »Und dann sollst du ein hübsches Mädchen mitgebracht haben, fast ein Kind noch ...«

Erstaunt blickte Chigi auf. Dass er Francesca nach Rom geführt hatte, sollte geheim bleiben. Er hatte der Mutter Oberin von Santa Maria eingeschärft und mit Geldentzug gedroht, falls durchsickere, durch wen – und wie – Francesca nach Rom gekommen sei. Der Papst schien gleichwohl seine Spitzel überall zu haben. Er wartete keine Antwort ab.

»Hast du nicht bereits eine Favoritin? Imperia, unsere große Hetäre? Man spricht sogar davon, dass du sie heiraten willst.«

Chigi zuckte regelrecht zurück. Offensichtlich hatte er Rom zu lange den Rücken gekehrt. Während seiner Abwesenheit hatte die Gerüchteküche so manchen Klatsch zusammengekocht.

»Eine Kurtisane!« Der Papst lachte spöttisch auf. »Mit der du ein Kind hast. Und jetzt holst du dir ein weiteres Kind ins Haus – ins Bett. Mir machst du nichts vor, alter Lüstling, du brauchst einen Jungbrunnen, was?«

Chigi spürte einen leichten Ärger in sich aufsteigen. »Hättet Ihr Eure Tochter Felice *mir* zur Frau geben und nicht einem vertrottelten Orsini ...«

Die dunklen Augen des Papstes bohrten sich in ihn, und es entstand eine kurze Pause, in der Chigi vor Spannung den Atem anhielt. »Warst du denn interessiert, Agostino? Gab es nicht eine kleine Margherita?« Papst Julius machte eine Pause.

Chigi merkte, dass er die Papsttochter nicht hätte ansprechen sollen. Julius war auf diesem Ohr äußerst empfindlich. Seine Töchter gehörten zu seinen Jugendsünden und waren vielleicht auch nur der Ausdruck eines Versuchs, ihn von seinen wahren Neigungen abzubringen. Nicht zufällig liebte er Michelangelo und seine nackten Männer so. Da hatten sich zwei gefunden, die an muskulösen männlichen Hinterbacken eine ganz besondere Freude empfanden.

»Nun, vielleicht sollten wir zu geschäftlichen Fragen zurückkehren«, sagte Chigi.

Papst Julius' Mundwinkel verzogen sich höhnisch. »Der Orsini ist zwar ein Trottel, aber ich hätte meine Lieblingstochter doch nicht einem hergelaufenen Krämer und Schacherer zur Frau gegeben, da musste schon eine Adelsfamilie mit uraltem Namen und Einfluss her. Geld ist nicht alles! Hast du das noch immer nicht begriffen? Den Namen der Orsini kann auch ein Agostino Chigi nicht kaufen. Da bin ich sicher. Sonst hättest du es längst getan.« Sein Gesichtsausdruck verzog sich regelrecht gehässig. »Aber sei's drum, lieber Agostino, wir wollen keine alten Geschichten aufwärmen, entscheidend ist, dass du mit deinen Frauen glücklich wirst, mögen sie nun Imperia oder … Wie heißt dein venezianisches Kätzchen noch?«

Als Chigi mit betont beleidigtem Gesichtsausdruck nicht antwortete, fuhr er fort: »Hauptsache, da ist alles mit rechten Dingen zugegangen, nicht dass Klagen aus Venedig kommen, so jung, wie sie ist. Du verstehst mich schon, oder?«

Chigi musste tief durchatmen und erhob sich entschlossen.

Sollte Papst Julius etwa auch wissen, dass er Francesca auf eine eher ungewöhnliche Weise aus dem Haus ihrer Eltern geholt hatte? Sollte er, Agostino Chigi, sich doch erpressbar gemacht haben? Konnte es sein, dass Francescas Vater raffinierter und rachsüchtiger war, als es den Anschein hatte? Und über ungewöhnliche Beziehungen verfügte? Hatte er sich vielleicht an den päpstlichen Legaten in Venedig gewandt, und dieser hatte nichts Besseres zu tun, als solche privaten Dinge nach Rom zu melden? War es gar möglich, dass er, das Glückskind Agostino Chigi, dem bisher nahezu alles gelungen war, in eine Falle getappt war?

»Wo willst du hin?«, fuhr ihn der Papst an. »Willst du zu deinen Weibern? Ich brauche Geld für den Feldzug gegen die Franzosen, und zwar umgehend. Wieviel kannst du mir geben?«

21. Kapitel

Als Francesca die dunkle Gestalt auf ihrem Bett sitzen sah, war ihr erster Gedanke: Jetzt bist du dran. Das Kloster war eine Falle, aus der es kein Entrinnen gab.

Nach dem ersten Erschrecken über die dunkle Gestalt spannte Francesca alle Muskeln an. Sie würde sich erneut wehren, nicht nur um sich schlagen und treten wie noch vor wenigen Augenblicken, sondern schreien, bis das gesamte Kloster zusammenlief. Da der Eindringling in ihrer Zelle sich nicht rührte, blieb sie sprungbereit stehen. Sie überlegte, ob sie fliehen und um Hilfe rufen sollte. Aber wenn es hier Sitte war, dass man sich nachts ungehemmt der Unzucht hingab, dann würde man sie nur auslachen und in eine andere Zelle zerren …

Francesca zuckte zusammen, als sich die dunkle Gestalt bewegte. Über ihren Kopf hatte sie ein Tuch gelegt – oder eine Kapuze gestülpt. Im schwachen Licht des Talglichts erkannte Francesca jetzt eine Hand, die sich am Matratzenrand festklammerte.

»Tu mir nichts, bitte!«, flüsterte eine Stimme.

Es war eine weibliche Stimme! Eine Stimme, die sie kannte … Francesca verlor nun jegliche Angst, vor Staunen blieb sie stumm.

»Ich sah Licht und dachte …«

Jetzt schob die Hand diesen seltsamen Überwurf, der ebenso ein Bettbezug sein konnte, aus dem Gesicht, und Francesca sah, wer sich da auf ihrem Bett niedergelassen hatte: das Mädchen, das sich als erste zu ihr gesetzt hatte.

»Lucrezia!«, rief sie.

»Francesca! O Gott sei Dank!«

In Lucrezias Augen standen noch immer Angst und Entsetzen. Aber nun sprang sie auf und umarmte Francesca so heftig, dass sie beinahe gemeinsam auf das Bett gefallen wären.

Schließlich beruhigte sie sich, und Francesca legte den Arm um ihre Schultern, so wie sie es mit einer verschreckten Schwester getan hätte.

»Warst du es, gegen die ich soeben im Kreuzgang gestoßen wurde?«

Lucrezia nickte und schniefte kurz, als wollte sie in Tränen ausbrechen.

Es dauerte nun nicht mehr lange, bis die beiden Mädchen ihr Erschrecken überwunden hatten und endlich Gelegenheit fanden, miteinander zu sprechen.

»Meine Mutter hat mich hier untergebracht«, berichtete Lucrezia stockend, »weil ich bei ihr zu Hause nicht leben darf ... weil sie will, dass ich anständig erzogen werde ...« Plötzlich brach sie in hemmungsloses Schluchzen aus.

Es dauerte eine Weile, bis sich Lucrezia wieder verständlich ausdrücken konnte. »Ich soll hier eine keusche und bescheidene Jungfrau bleiben und Latein lernen, Laute spielen, Verse schmieden und sticken ... und natürlich beten, die Bibel lesen, damit ich einmal eine gute Ehefrau werde ...«, erklärte sie. »Meine Mutter möchte mich anständig verheiraten, aber das ist nicht einfach, weil ... meine Mutter ... und ich habe auch keinen Vater, oder ich weiß von keinem, meine Mutter hat Iacopo Sadoleto erwähnt und einmal auch Angelo del Bufalo, den sie liebt, das weiß ich, mehr als alle anderen liebt sie ihn, und einmal fiel der Name Agostino Chigi, den alle nur *il Magnifico* nennen, er ist der Vater meiner Schwester Margherita, die eine Weile auch hier erzogen wurde, wir teilten uns eine Zelle, bis ihr Vater sie nach Santa Cecilia in Trastevere schickte, ich weiß nicht warum, vielleicht weil ... weil ... manche Lehrer können aufdringlich werden, obwohl sie die Tonsur tragen ...«

Erneut brach Lucrezia in Schluchzen aus und wollte sich nicht beruhigen.

»Hat dich jemand ... im Kreuzgang?«, fragte Francesca vorsichtig.

»Nein ... doch ... nicht richtig ...«

»Was wollte denn der Mann von dir – es war doch ein Mann?«

Was für eine dumme Frage! Natürlich wusste Francesca, was er wollte.

Lucrezia antwortete nicht.

»Und wie kommt es, dass du nicht in deiner Zelle warst?«

Lucrezia schluchzte auf. »Ich weiß es nicht. Ich glaube, ich schlafwandle.«

Francesca hielt Lucrezia noch immer im Arm. »Und hast du deiner Mutter von den … Aufdringlichkeiten erzählt?«

Lucrezia schüttelte den Kopf.

»Warum nicht? Sie könnte dich doch auch nach Santa Cecilia schicken, zu deiner Schwester.«

»Das möchte ich nicht, weil es dort ganz streng zugehen soll, nur beten und lernen, und wer gegen die Regeln verstößt, wird bestraft, mit Karzer und trocken Brot, das habe ich gehört … Und außerdem: Meine Mutter möchte keine Betschwester, sie wünscht sich eine gebildete Tochter, die nicht nur Latein lesen kann, sondern auch weiß, wie man sich schön macht.«

»Ist deine Mutter eine …?«

»Ja, die berühmteste und teuerste von Rom, alle Männer beten sie an.«

»Und Agostino Chigi ist einer ihrer Liebhaber?«

»Ja, wieso, kennst du ihn?«

»Und ob ich ihn kenne!«

Und dann erzählte Francesca von dem Erdbeben, von ihrem Retter und Entführer. Lucrezia blieb der Mund vor Staunen offen.

Sie sprachen noch lange miteinander, bis sie vor Müdigkeit aufs Bett sanken und einschliefen.

Francesca träumte wirr und bedrohlich, sah sich laufen, während schwarze Gewänder sie umflatterten und zu Fall bringen wollten. Als sie einmal kurz aufwachte, hatte sich Lucrezia wie ein kleines Kind an sie geschmiegt. Vorher musste sie den Bettbezug, mit dem sie sich eingehüllt hatte, weggetreten haben, denn nun lag sie fast ganz nackt in ihren Armen.

Vorsichtig löste sich Francesca von ihr, weil sie auf den Nachttopf gehen musste. Lucrezia atmete tief durch und stöhnte auf, schien zu träumen, strampelte kurz mit den Beinen und legte ihren Körper nun gänzlich frei.

Francesca nahm das Talglicht, um Lucrezia zu betrachten. Auf ihrem Bett lag ein schlanker Körper, so schön, so vollkommen, so engelhaft, dass sie ihren Blick nicht abwenden konnte. Zuerst wollte sie ihn zudecken, doch dann konnte sie sich nicht von dem Anblick losreißen, und weil sie nun wach war, holte sie den alten Spiegel aus ihrer Truhe, das kostbare Geschenk ihres Vaters, das einen so heftigen Streit zwischen den Eltern hervorgerufen hatte, und betrachtete sich selbst.

Eigentlich sah Lucrezia ihr gar nicht einmal unähnlich. Zumindest hatte Francesca dies anfangs gedacht. Doch jetzt, während sie ihre Gesichtszüge studierte, soweit dies das Funzellicht zuließ, fand sie sich … irgendwie gröber, rundlicher, und auch ihr Kinn war zu groß. Lucrezia allerdings schien nicht viel zu essen: Zwar rundeten sich ihre Brüste wohlgefällig, *wie Gazellenzwillinge*, hätte ihr bibelkundiger Lateinlehrer Umberto wohl gesagt, aber ihre Schenkel waren knabenhaft schlank.

Francesca hätte beinahe über sich selbst gekichert. Woher wusste sie, wie Knabenschenkel aussahen? Ihr kleiner Bruder war soeben erst den Windeln entwachsen, und Bastiano war weder ein Knabe, noch hatte sie bisher seine Schenkel gesehen …

Eine kurze Röte überzog ihr Gesicht, dies merkte sie selbst, und sie legte den Spiegel zur Seite. Obwohl es draußen bereits dämmerte, kroch sie wieder zu Lucrezia aufs Bett, drückte sich an ihren Körper und zog die Decke über sich.

Beide verschliefen sie das Morgengebet.

Francesca wachte auf, als jemand an ihre Zellentür pochte. Sie kleidete sich rasch an und schaute nach draußen. Der Gang war leer. Vermutlich hatte Schwester Afra geklopft. Francesca fand sie im Refektorium und fragte flüsternd nach Lucrezias Zelle. Sie müsse deren Klosterkleid holen, erklärte sie und erntete einen fragenden, misstrauischen Blick.

Schwester Afra wollte sie begleiten. Es war ihr nicht auszureden. Als sie beide die Kleidung geholt hatten und Francescas Zelle betraten, saß Lucrezia gähnend auf dem Bett und versteckte sich dann erschrocken unter der Decke.

»Das fängt ja früh an«, sagte Schwester Afra trocken, warf das Kleid aufs Bett und bemerkte noch beim Gehen: »Eure Lehrer warten bereits auf Euch. Ihr müsst heute auf nüchternen Magen lernen.«

Als sie gegangen war, brachen beide Mädchen in prustendes Gelächter aus. Rasch warfen sie die Tunika über und zogen dann das hochgeschlossene, mit einem schlichten Gürtel zusammengehaltene schwarze Kleid an.

Sie halfen sich, die Haare streng nach hinten zu kämmen, wie im Kloster üblich, zu flechten und mit einer Haube zu bedecken. In diesem Aufzug sahen sie fast schon wie hässliche Nonnen aus, und sie prusteten wieder vor Lachen.

»Schwester Afra ist gar nicht streng«, flüsterte Lucrezia, »sie ist eine Büßerin, eine Bekehrte, du weißt schon, das hat sie mal verraten. Sie weiß, wie man sich schminkt und die Haare färbt und gut duftet.«

»Und wieso hat sie *das*?« Francesca zeigte auf ihre Wange.

»Darauf darf man sie nicht ansprechen. Wahrscheinlich kommt die Narbe von einem *sfregio*.« Lucrezia klang jetzt sehr altklug.

»Und was ist ein *sfregio*?«

»Wenn ein enttäuschter oder betrogener Liebhaber eine Kurtisane oder eine Hure zeichnen, entstellen will, aus Rache, das kommt häufig vor, hat mir meine Mutter erzählt. Manchmal zusammen mit einer Massen… also, wenn einundreißig Männer sich … über dich … hermachen.«

»Wieso einunddreißig und nicht dreißig oder vierzig?«

»Weiß ich nicht, es sind eben einunddreißig, und daher nennt man das auch *trentuno*.«

»So was passiert in Venedig nicht«, bemerkte Francesca und war sich nicht mehr so sicher, ob ihre Neugier auf Rom wirklich so berechtigt war.

22. Kapitel

Die Monate zogen sich bis zum Frühjahr hin, ohne dass Imperia eine Entscheidung traf. Ihre alten Verehrer besuchten sie regelmäßig, Angelo leider nur zweimal, häufiger Enea Piccolomini und Agostino, der hauptsächlich von der Vollendung seiner Villa sprach, von der unzuverlässigen Serenissima und von unersättlichen Geldforderungen des Papstes, dessen Krieg gegen Frankreich, obwohl er bereits im Winter begonnen habe, nicht wirklich erfolgreich vorankomme.

»Jetzt hakt er sich an Bologna fest, aus dem ihn die Franzosen vertrieben haben«, erklärte er bei seinem jüngsten Besuch. »Da geht es hin und her. Und ob wirklich die Schweizer rechtzeitig eingreifen können … Geld will der Mann, unglaublich, da muss selbst ich Risiken eingehen, und wenn ich nicht zu allem ja und amen sage, kriegt er einen Tobsuchtsanfall.«

Imperia griff nach ihrer Laute und spielte ein paar Akkorde.

»Seit seiner Krankheit ist Julius ein anderer, noch sturer und herrischer als früher, noch jähzorniger – wirklich anstrengend.« Agostino nahm sich die letzte Feige. »Jetzt habe ich gar keine mehr für dich übriggelassen.«

Dann liebte er sie eher nachlässig und rasch, und für den zweiten, meist ausgedehnteren Gang fühlte er sich zu müde.

»Liebst du mich eigentlich noch?«, fragte sie ihn.

Er wirkte erstaunt. »Ob ich dich liebe? Wie kannst du so etwas fragen? Natürlich! Du bist die Größte, du bist Imperia!«

»Ich meine *mich*, nicht die Kaiserin der Kurtisanen.«

»Du bist doch die Kaiserin der Kurtisanen.«

»Liebst du mich auch dann, wenn ich nicht mit dir im Bett liege?«

»Ich liege aber mit dir im Bett.«

»Du willst mich nicht verstehen«, sagte sie und drehte ihm gespielt schmollend den Rücken zu – den nackten Rücken. Bald merkte sie, dass ihr wohlgeformtes Hinterteil seine Wirkung nicht verfehlte. Als er seine Zähne spielerisch in ihren Nacken schlug, dann aber nicht nur knabberte, sondern bis zur Schmerzgrenze zubiss, drehte sie ihren Kopf nach hinten und hauchte: »Ach, Agostino, du bist der Einzige, den ich wirklich liebe!«

Plötzlich stimmte wieder alles zwischen ihnen. Wie Roms berühmtester und erfolgreichster Reiter, ihr Angelo, ritt er sie im Gleichklang ihrer Bewegungen, so dass sie seit langem mal wieder und für diesen Abend völlig unerwartet von einem Höhepunkt zum anderen sprang.

Schließlich sanken sie gemeinsam auf die Seidenlaken.

»Lass uns für immer zusammenbleiben!«, flüsterte er ihr ins Ohr.

»Meinst du das ernst?« Sie drehte sich unter seinem Körper, zog ihn aber wieder auf sich und umschlang ihn mit ihren Beinen. In ihr jubelte es. Es sah fast so aus, als würde er sogar ein drittes Mal … Aber dann legte er doch nur seinen Kopf wie ein Kind zwischen ihre erschöpft zusammengefallenen Brüste und sagte, ebenfalls flüsternd: »Natürlich meine ich das ernst. Wie es ist, soll es bleiben.«

Bald schlief er ein, halb auf ihr liegend, und sie konnte eine gewisse Enttäuschung nicht überwinden. Im Gegensatz zu ihren Erwartungen hatte er an eine *Heirat* nicht gedacht. Auf die Dauer, wenn ihre Fältchen zu Falten und schließlich zu Runzeln wurden, würde er sie trotz seiner vollmundigen Ankündigungen gegen eine Jüngere austauschen. Sie musste ihm noch deutlicher die Vorteile der Ehe vor Augen führen: *Jeden* Abend die Freuden der Liebe genießen dürfen, dazu gewärmt werden von treuer Fürsorge und, was das Wichtigste war: legitime Kinder in den Schoß gelegt bekommen. Legitime Erben. Und wenn ihn dann tatsächlich mal nach frisch aufgeworfener Krume gelüstete, durfte er auch eine Nacht ausbleiben und eine andere Furche beackern.

Um Agostino von den Freuden familiärer Gemeinsamkeit zu überzeugen, überlegte sich Imperia für einen der ersten warmen Frühlingstage Anfang April etwas Besonderes. Sie wollte ein Picknick in ihrer *vigna* veranstalten, mit ihm, ihrer gemeinsamen

Tochter Margherita und ihrer zweiten Tochter Lucrezia, die womöglich ebenfalls von ihm stammte.

Agostino, der sie während der letzten Monate trotz seiner Sorgen und gelegentlicher innerer Abwesenheit häufiger als früher besucht hatte, sagte zu!

Von ihren Töchtern hatte sie den Winter über wenig gehört, war selbst zu träge gewesen, um Briefe zu schreiben oder die Mädchen zu besuchen. Zumal sie beide in guten Händen wusste. Dies galt vor allem für Margherita: Santa Cecilia galt als strengster Hort weiblicher Zucht, unterrichtet wurde nur in Anwesenheit von weiblichen Aufsichtspersonen, und selbst die Beichte war zeitlich begrenzt. Zu beichten gab es, davon war die Äbtissin überzeugt, ohnehin kaum etwas. Die Folge war, dass sich Margherita durch stille Frömmigkeit auszeichnete und nur selten die Fröhlichkeit junger Mädchen zeigte.

Über Santa Maria in Campo Marzio wurde dagegen viel geklatscht: Manche ihrer Kolleginnen, so die dürre Camilla Senese aus der Via Giulia, hielten das Kloster für ein einziges *bordello*, doch dies glaubte sie nicht. Die eine oder andere Sünde gab es überall, insbesondere in Rom, wo die Herren der Geistlichkeit ihre so widernatürlich im Zaum gehaltene Brunst ja irgendwo ausgaloppieren lassen mussten. Vielleicht kam es im Kloster mal zu der einen oder anderen unzüchtigen Handlung, doch ihre Tochter Lucrezia würde allen Versuchungen widerstehen: Sie war ein sittsames Mädchen, ernsthaft, zugleich fröhlich – all diese Eigenschaften musste sie mit der Ammenmilch eingesogen haben. Von ihr, ihrer Mutter, konnten sie auf jeden Fall nicht stammen, von Angelo auch nicht, falls er ihr Vater war, am ehesten von Iacopo Sadoleto.

Lucrezia hatte ihr anfangs berichtet, wie schwierig es sei, Latein zu lernen. Während der vergangenen Weihnachtstage jedoch, in denen Lucrezia und Margherita sie besucht hatten, erzählte sie, dass sie jetzt gemeinsam mit einer Freundin lerne. Ihre Lehrer seien zufrieden mit ihr und ihren Fortschritten. Als Imperia sie lobte, strahlte sie vor stolzer Freude und gab ihrer Mutter einen

Kuss, las dann freiwillig Ovid vor, hüpfte dabei locker über die Daktylen und stolperte nur selten über die Jamben. Später spielte sie fehlerlos die Laute und sang mit engelhaft reiner Stimme. Zahllose Bibelverse beherrschte sie auswendig, insbesondere das *Hohelied Salomos*, das sie mit schwärmerisch verlorenem Blick vortrug.

Imperia freute sich über die Entwicklung ihrer Tochter. Lucrezia war nicht nur begabt und gebildet, sondern auch jetzt schon zum Verlieben schön, nur zu dünn. Die Männer mochten keine mageren Frauen mit vorstehenden Knochen. Also gab Imperia ihr toskanische Wildschweinwürste und Pökelfleisch mit ins Kloster.

Entscheidend war, dass beide Mädchen mal ordentlich verheiratet werden konnten und nicht den Beruf ihrer Mutter ergreifen mussten. Auch dabei sollte Agostino helfen.

Als der Tag des Picknicks gekommen war, lachte die Sonne vom Himmel, die Blumen strahlten in freudiger Blüte, und die Weinstöcke ließen ihre Triebe eifrig wachsen. Jeder musste also bester Stimmung sein.

Imperia hatte sich von einem Koch, der meist im Vatikan arbeitete, ein kaltes Mahl bereiten lassen und ihre Töchter sogar in Sänften von den Klöstern abholen lassen. Agostino wollte später am Nachmittag kommen, und gemeinsam wollten sie die Nacht verbringen. Sie hatte beschlossen, ihn davon in Kenntnis zu setzen, dass er nicht nur Margheritas, sondern auch Lucrezias Vater sei. Eine solche Augenweide wie Lucrezia musste der Stolz jedes Vaters sein. Vielleicht würde ihm die Annahme, dass er zwei so gelungene Mädchen mit Imperia gezeugt hatte, Lust auf einen Imperia-Sohn machen!

Bevor Agostino erschien, empfing sie ihre Töchter mit großem Hallo und ausgestreckten Armen. Beide Mädchen weinten vor Freude. Margherita wirkte ein wenig bedrückt und verquollen, sah zu bleich aus und sprach kaum. Lucrezia dagegen sprach umso mehr, hatte zwar nicht zugenommen, strahlte gleichwohl eine übertriebene Fröhlichkeit aus. Imperia sah in ihr das Zeichen einer möglichen Verliebtheit. Auf ihre diesbezügliche Frage hin lachte Lucrezia, während Margherita leidend unter sich schaute.

Wieso solle sie verliebt sein?, fragte Lucrezia dann, die Mutter Oberin sei »toll«, und die Schwester Afra, die sich seit letztem Winter um sie kümmere, sei »spitze«, so verständnisvoll, und »am tollsten« sei ihre Freundin, mit der sie gemeinsam lerne. »Sie ist eine Venezianerin, das musst du dir mal vorstellen, Francesca heißt sie, übers Meer ist sie gesegelt und hat dann unter unglaublichen Gefahren die Berge überquert, Wegelagerer und so, sie lernt nun alles, was man so lernen muss, sogar noch schneller als ich, und fast täglich wird sie von jungen Malern besucht, weil sie so schön ist. In einen scheint sie verliebt zu sein, man könnte richtig eifersüchtig werden. Aber es ist ein wirklich sympathischer, gutaussehender Mann, und er malt toll. Mich hat er auch schon gezeichnet.«

Imperia hatte ihre Tochter reden lassen, war allerdings unruhig geworden. Schon als Lucrezia von einer Venezianerin sprach, hatte sie aufgehorcht, und als sie dann die Maler erwähnte, wurde sie gänzlich misstrauisch. Sie tauschte mit Bella einen kurzen Blick aus und goss Lucrezia Wein nach. Lucrezia schien Durst zu haben.

Margherita hingegen trank nur Wasser, legte sich auf den Rücken und starrte in den Himmel.

»Wie heißt er denn?«, fragte Imperia.

»Sebastiano Luciani, und er kommt ebenfalls aus Venedig. Dort malt man genauso gut wie in Rom. Und dann ist auch ein anderer gekommen, der heißt Giovanni Antonio Bazzi, wird aber von allen nur *Sodoma* genannt, stellt sich selbst so vor …« Lucrezia brach in typisches Backfisch-Gekicher aus, und Imperia warf Bella erneut einen vielsagenden Blick zu.

»Sogar Raffaello Santi sollte vorbeischauen, aber er hat zu wenig Zeit. Er muss für deinen Agostino Chigi malen und natürlich für Papst Julius.«

Margherita hatte bei der Erwähnung ihres Vaters kurz aufgeschaut, ließ dann jedoch ihren Kopf wieder zurücksinken und bedeckte ihre Augen mit einem Arm.

»Wieso sagst du *dein* Agostino Chigi?«, fragte Imperia.

»Ich dachte immer, er sei dein liebster Verehrer, der reichste ist er auf jeden Fall, und außerdem ist er Margheritas Vater, das hast du uns zumindest erzählt.« Lucrezia klang ein wenig spitz und frech, aber dann sprang sie auf und hüpfte durch die Reihen der Weinstöcke, so dass sich Imperias Vermutung, sie sei verliebt, verstärkte.

Bisher hatte sie den Mädchen noch nichts von Agostinos Besuch erzählt, es sollte eine Überraschung werden. Aber nun fühlte sich Imperia verwirrt, und sie musste unbedingt ihrem Verdacht nachgehen, bevor Agostino auftauchte.

Sie winkte Lucrezia herbei und fragte: »Wieso kommt ein junges Mädchen deines Alters von Venedig nach Rom? Ist ihr Vater ein Botschafter – oder ein hoher Prälat?«

»Nein, er ist ein armer Krämer.« Lucrezia lachte wie im Triumph.

»Und wie kann er all die Kosten bezahlen?« Imperia war nun wirklich neugierig geworden.

»Das darf ich nicht sagen.« Lucrezia setzte sich wieder neben sie und schlang ihre Arme um die Knie.

»Ich bin deine Mutter!«, sagte Imperia streng.

»Gerade dir darf ich es nicht sagen. Nein, überhaupt niemandem. Die Entführung soll ein Geheimnis bleiben.« Erschrocken über das, was sie verraten hatte, schlug sich Lucrezia auf den Mund. Imperia fragte sich, ob ihre Tochter die Wahrheit sagte oder nur schauspielerte.

»Entführung?« Imperias Stimme sollte nicht drängend oder empört klingen, nur sachlich.

Nun konnte Lucrezia nicht mehr an sich halten, die Neuigkeiten platzten förmlich aus ihr heraus: »Wisst ihr, wer sie während des Erdbebens in Venedig auf eine Gondel getragen und gerettet hat, wer sie aus ihrem Schlafzimmer entführt und dann mit nach Rom genommen hat, wer offensichtlich ihren Vater bestochen hat oder vielleicht auch nicht, Francesca weiß es nicht so genau …«

»Ja, wer denn nun?«, unterbrach sie Imperia.

Lucrezia reckte einen Finger in die Höhe, faltete dann theatralisch die Hände und hielt sie wie anbetend vor ihre Gesicht: »Agostino Chigi, dein Agostino! Unser aller Agostino, *il Magnifico*!«

Imperia war schon nicht mehr überrascht und dennoch schockiert. Ja, sie war mehr als schockiert: entsetzt. Konnte es sein, dass Agostino … Sie wagte nicht, ihren Gedanken zu Ende zu führen. Und sie durfte ihn nicht einmal fragen, wenn er bald auftauchte.

Ihr Agostino hatte sich eine junge Frau mitgebracht, hatte sie sogar entführt, vermutlich den Eltern abgekauft, anders war dies gar nicht vorstellbar, nicht in Venedig, wo es geordneter zuging als im gesetzlosen Rom; er hatte vermutlich die Entführung vorgetäuscht, damit die Eltern vor ihren Nachbarn nicht zugeben mussten, sie hätten ihre Tochter wie eine Liebesdienerin verhökert, zur zukünftigen Hure gemacht – nichts anderes konnte Agostino im Sinn haben.

Jetzt holte er sich seine Konkubinen bereits als Jungfrauen aus der Fremde! Oder vielleicht hatte er mit ihr bereits in Venedig … Daher also seine raren Briefe, seine gefühlsarmen Mitteilungen … Aber ein junges Mädchen! Eine Vierzehnjährige, die nicht einmal das Heiratsalter erreicht hatte.

Vielleicht waren die venezianischen Mädchen von heute frühreifer als die römischen.

Dies konnte sie sich allerdings nicht vorstellen.

Und jetzt versteckte Agostino sie im Kloster, damit sie den letzten Schliff als seine Konkubine erhielt. Ein Dummerchen, das nichts als vögeln konnte, würde ihn der Lächerlichkeit preisgeben! Pasquino wäre vor lauter Hohngedichten kaum noch zu sehen, und das Gelächter im Vatikan wäre *homerisch*. Diesen Ausdruck benutzte sie gern, nachdem ihn einmal Sadoleto verwandt hatte, der, wie ihr zugetragen worden war, Roms elegantestes Latein sprach.

Mit brechender Stimme, sich mehrfach räuspernd, brachte Imperia schließlich heraus: »Und warum hast du deine neue Freundin nicht mitgebracht? Ich hätte sie gerne kennengelernt.«

»Aber ich konnte doch nicht einfach …« Lucrezia schaute sie unschuldig an. Zu unschuldig. Oder war sie wirklich noch ein naives Kind?

Imperia riss sich mit aller Kraft zusammen. Ihre Töchter ahnten nichts von ihrem Verdacht und sollten auch nichts von ihm wissen. Mit mühsam geglätteter Stimme sagte sie, ohne weiter auf Lucrezias Venezianerin einzugehen: »Habe ich euch eigentlich schon erzählt, dass uns heute Agostino Chigi – dein Vater, Margherita! Euer Vater! – mit seiner Anwesenheit beehren will?« Als ihre Töchter erstaunt aufblickten, fügte sie rasch an: »Ich war mir nicht ganz sicher, daher habe ich dich nie über deinen Vater aufgeklärt, Lucrezia. Aber jetzt weiß ich es: Agostino Chigi ist dein Vater. Wenn ich euch so anschaue …«

»Aber ich habe doch überhaupt nicht diese große Nase wie er – und wie Margherita«, rief Lucrezia.

Margherita sprang auf. »Das ist gelogen! Meine Nase ist nicht so groß wie die von Chigi. Unsere Äbtissin hat gesagt, sie sei *klassisch*, und eine klassische Nase zu haben sei schön, zeuge von Adel.«

Imperia hatte sich nun ebenfalls erhoben und nahm die empörte Margherita in den Arm. »Mein Kind, du hast Agostinos *klassische* Nase, Lucrezia hat dafür meine abbekommen, ich liebe euch beide, das wisst ihr, auch Agostino soll euch lieben – als Töchter, versteht ihr? Das ist für uns alle ganz wichtig.«

Lucrezia setzte eine hochmütige Miene auf: »Mir ist egal, wer mein Vater ist, die meisten Männer sind sowieso doof, und auch Agostino Chigi …«

Sie konnte ihren Satz nicht vollenden, weil Margherita sie anschrie: »Agostino Chigi ist nicht doof, er ist unser Vater, ja, auch deiner, Lucrezia, und er soll Mamma heiraten.« Noch bevor sich Imperia einmischen konnte, heulte sie auf: »Verstehst du denn nicht? Er soll Mamma heiraten!«

23. Kapitel

Francesca saß im Klostergarten unter dem Orangenbaum, ihrem Lieblingsplatz, und las Apuleius' zum Träumen einladendes Märchen von *Amor und Psyche*, das ihr Chigi zum zweiten Mal geschenkt hatte. Umberto hatte genickt, als sie ihm die kostbare Ausgabe zeigte, und versprochen, ihr zu helfen, wenn sie Wörter nicht wisse oder mit dem Satzbau nicht zurechtkomme. Bald schien ihm das Märchen so gut zu gefallen, dass er es Francesca selbst vorlas und sogleich übersetzte.

Heute hatte sie alle Unterrichtsstunden bereits hinter sich, für ihre Verhältnisse auch ausreichend den Rosenkranz gebetet und sich am Ballspiel der anderen Mädchen beteiligt. Lucrezia, ihre Busenfreundin, war abgeholt worden, weil ihre Mutter mit ihr und ihrer Schwester einen schönen Nachmittag in ihrer *vigna* verbringen wollte.

Noch während Francesca las, erschien Schwester Afra, strich ihr über die Haare und meldete Besuch: Agostino Chigi. Sie hatte ihn während der Wintermonate immer seltener gesehen, und häufig fragte sie sich, was ihn eigentlich getrieben habe, sie aus Venedig zu entführen – nicht dass sie sich wirklich wünschte, was sie mit Lucrezia unter vorgehaltener Hand und in blumigen Umschreibungen besprach, aber dennoch kam sie sich von ihm vernachlässigt vor.

Zum Glück gab es ihre Freundin Lucrezia, mit der sie oft in einem Bett schlief. Sie erzählten sich dann ihre Träume und kicherten, oder Francesca berichtete von ihrer Familie und ihrem früheren Leben in Venedig. Und zum Glück gab es Schwester Afra, die zu fast allem, was sie ihr erzählten, verständnisvoll nickte und die immer großen Wert darauf legte, dass sie sich pflegten, deutlich sprachen und damenhaft aßen, was Francesca schwerfiel. Hingegeben lehrte sie die Mädchen die Kunst des Schminkens und zugleich die Kunst weiblichen Verhaltens. *Weibliches Verhalten* – so nannte sie Augenaufschläge, über die Schulter schauen, lächeln, Lippen anspitzen und noch vieles andere, was

Francesca regelmäßig rot werden ließ. Eigentlich ging es Afra mehr um die Kunst der Verführung und der Liebe, um die *ars amatoria*, wie sie mit bedeutendem Augenaufschlag, zugleich aber mit einem leicht ironischen Lächeln erklärte – nichts sei wichtiger für das Glück einer guten Ehe.

Selten endete ihr Unterricht ohne den Hinweis: »Seid nie leicht zu haben, gleichgültig, ob verheiratet oder nicht, ein wohldosierter Widerstand macht euch begehrenswerter und gibt dem Mann das ihm schmeichelnde Gefühl, euch erobert zu haben.«

Sprach sie im übrigen mit Agostino Chigi, tat sie sehr vertraut. Dies war Francesca mehrfach aufgefallen. Offensichtlich kannten die beiden sich seit langem.

Schwester Afra warf einen kurzen Blick auf ihre Lektüre und führte Francesca dann zum Besucherraum des Klosters. Agostino Chigi wartete bereits mit einem Mann, den er als Raffaello Santi vorstellte, Roms berühmtesten und teuersten Maler.

»Und besten«, ergänzte Signor Santi sofort.

»Natürlich, verehrter Maestro!«

Francesca fand Chigi unangemessen kriecherisch.

Sie schaute nicht scheu unter sich, sondern lächelte die beiden an, als eine Pause entstand. Raffaello betrachtete sie unterdessen wie eine junge Stute, die zum Rennpferd ausgebildet werden sollte. Oder wie eine junge Kurtisane. Ja, so war es: wie eine Kurtisane. Er fasste sie sogar am Kinn und drehte ihren Kopf ein wenig, strich ihr über die Wangen und ließ seinen Blick über ihr Kleid gleiten. Es hätte nur noch gefehlt, dass er ihre gleichmäßigen Zähne geprüft hätte – oder dass sie alle Hüllen hätte fallen lassen sollen.

Mittlerweile war sie so einiges gewöhnt. Nicht dass sie sich vor ihren Lehrern ausziehen musste, aber Umberto kam ihr häufig reichlich nahe, und Schwester Afra betonte seit geraumer Zeit verstärkt den Wert von Reinlichkeit, ließ Lucrezia und sie dabei entkleiden und zeigte ihnen, wo eine gründliche Wäsche mit anschließendem Einpudern oder Ölen oder Beduften wichtig sei. Und wo die Haare entfernt werden mussten. Beide Mädchen wurden dabei regelmäßig rot.

»Das Glück eurer zukünftigen Ehe steht auf dem Spiel«, bemerkte Afra dabei und überging ihre peinvollen Schamgefühle.

Kaum hatte sich Chigi mit seinem *Maestro* verabschiedet, tauchte Bastiano mit *Sodoma* auf. Francesca wurde von Afra in einen abgelegenen Raum geführt, in dem eine Art Bett mit einer samtbedeckten Matratze stand und in dem die Maler sie zeichnen wollten. Afra schleppte Kleider heran, teure Seidenstoffe und sogar Schmuck, kämmte sie ausgiebig, schminkte sie, und Bastiano, der zuschaute, war begeistert. Auch Sodoma schnalzte anerkennend mit der Zunge, berichtete gleichzeitig, sein kleiner Sohn habe die ganze Nacht geschrien und ihn nicht schlafen lassen.

Dann arbeiteten die beiden um die Wette.

Nach einer Weile sollte Francesca sich nackt ausziehen. Schwester Afra, die ungerührt in einer Ecke hockte, schleppte einen durchsichtigen Schleier herbei. »Ja, mit Schleier, das ist vielleicht noch besser. Bevor sie *erkannt* wird – in der Hochzeitsnacht … von *Alessandro Magno … Magnifico*«, erklärte Sodoma grinsend. Bastianos Lippen wurden ganz schmal, er sagte aber nichts.

Nackt war Francesca noch nie gezeichnet worden, und sie schüttelte den Kopf. Sodomas anzügliches Grinsen stieß sie schon gar ab. »Auf keinen Fall!«, protestierte sie.

Schwester Afra atmete tief durch, wie über ein ungezogenes Kind, Bastiano lächelte verständnisvoll, Sodoma verzog die Augenbrauen.

»Signor Chigi will an den Wänden seiner Villa nicht nur Frauen in Seide, Samt und Brokat sehen. Und es geht ihm auch weniger um Marienbildnisse, mein Kind«, sagte Afra nun betont verständnisvoll-mütterlich und begann schon, ihren Gürtel aufzunesteln.

In diesem Augenblick fiel es Francesca wie Schuppen von den Augen, und sie begriff, warum Chigi sie nach Rom gebracht hatte: Sie sollte nicht nur seine Geliebte oder auch Frau werden, sondern auch ein Modell für seine Maler. Für die berühmtesten Maler von Rom, die sie dann an die Wände seiner Villa pinselten und in ihrer unschuldigen Jugend verewigten.

Dies schmeichelte ihr natürlich – sie, ein so junges, naives Mädchen, das bisher noch nie mit einem Mann gemeinsam in einem Bett gelegen hatte, und keine berühmte Kurtisane wie Imperia hatte Agostino Chigi ausgewählt. Wenn es so war, musste sie wohl endgültig die moralischen Vorstellungen ihrer Mutter über Bord werfen.

Francesca überwand nun ihre Scham und ließ zu, dass Afra ihr das Überkleid, die Tunika und schließlich auch die Camicia, das Unterhemd, herunterstreifte.

Sie fröstelte, und unwillkürlich bedeckte sie ihr dunkles Dreieck mit den Händen.

»Nun zier dich nicht!«, sagte Afra. »Du bist nicht die erste nackte Frau, die die Signori Luciani und Bazzi sehen.«

Dennoch waren Francesca die Blicke der Männer, die sie regelrecht abtasteten, unangenehm. Das hieß, insbesondere Sodomas Blick stieß sie ab, seine Augen hatten sich geweitet, und kurz glitt seine Zunge über seine Lippen. Er sollte lieber an seine Frau und sein schreiendes Kind denken ….

Bastiano dagegen lächelte sie liebevoll an und widmete sich dann seinem Karton und den raschen Strichen, die er mit Stift und Kohle darüber zog.

Afra warf ihr nun einen durchsichtigen Schleier über. Sie solle züchtig nach unten schauen, forderte Sodoma sie auf.

»Am besten streckst du die Hand nach vorne«, ergänzte Bastiano seine Aufforderung. »Zögernd, unsicher, wie zum Empfang eines wertvollen Geschenks.«

Obwohl es nicht sehr warm in dem Raum war, schwitzte Francesca jetzt.

»Nein!«, korrigierte ihn Sodoma. »Sie soll sich auf den Bettrand setzen, mit der Rechten aufstützen und mit der Linken die Schleier über die Schenkel ziehen. Afra, hol doch mal eine safrangelbe Decke, die schöne Falten wirft! Mit der kann sie ihre Scham bedecken. Ich muss sehen, wie es aussieht, wenn sie die Decke hochzieht … Welcher Mann kann da widerstehen … Welchem Mann steht er dann nicht.« Er brach in ein keckerndes, schmutziges Lachen über sein Wortspiel aus, so dass Francesca von sich aus nach unten schaute, weil sie die ganze Modellsitzerei und schon gar solche Bemerkungen peinlich fand.

Bastiano hatte ebenfalls nicht gelacht, im Gegenteil, er schüttelte unwillig den Kopf. Auch Afra setzte eine abweisend ernste Miene auf.

»Ich meine ja nur, sie soll doch verführen!«, warf Sodoma ein.

Als noch immer niemand reagierte, widmete er sich seinem Entwurf.

Keiner sprach jetzt mehr, die beiden Maler zeichneten Francesca erst einmal in der von Sodoma gewünschten Pose. Dann sollte sie ihnen den Rücken zudrehen. Sodoma hatte begonnen, sie in die ihm passende Lage zu schieben oder zu drücken. Aus den Augenwinkeln sah sie, wie Bastiano fast unmerklich die Augenbrauen zusammenzog.

Kaum hatte sich Sodoma wieder gesetzt, hörte sie ihn »Nein, so nicht!« rufen. Nun versuchte Bastiano, sie zurechtzurücken. Seine Hände glitten über den Schleier, berührten ihre Haut, dass es sie kitzelte. Sie drehte den Kopf – und plötzlich schaute er ihr offen in die Augen. Es war ein so verliebter Blick, dass Francesca regelrecht erschrak. Auch er schien zu erschrecken – weil sie seinen Blick so bereitwillig, so auffordernd erwiderte? Weil sie nicht ablassen konnte, in seine Augen zu schauen?

In diesem Augenblick begriff Francesca, dass sie sich in Bastiano verliebt hatte. Und nicht erst jetzt. Bereits auf dem Schiff … Hatte sie da nicht schon Feuer gefangen, unmerklich – und war die Glut nicht trotz aller Versuche Chigis, sie zu ersticken, am Leben geblieben?

Francesca wurde noch etwas anderes deutlich: Längst wartete sie auf etwas, vor dem jede Jungfrau Unsicherheit und Angst empfand, nach dem sie sich zugleich sehnte, was sie erst zur richtigen Frau machte, sie wartete auf die Befreiung aus dem *Gefängnis der Unschuld*, wie Afra sich einmal ausgedrückt hatte. Und natürlich glaubte sie, dass Agostino derjenige sei, der sie in absehbarer Zeit *befreien* würde. Aber jetzt …

Die Modellsitzerei zog sich in die Länge. Francesca sollte nun wieder stehen und bescheiden nach unten schauen, ihre Beine wurden schwer. Bastiano warf verliebte Blick auf sie, während Sodoma gähnte und seine Utensilien zusammenpackte. »Kinder können einen kaputt machen«, sagte er, erneut gähnend, »aber wenn die Weiber nicht mit ihnen beschäftigt sind, kommen sie in ihrer Unersättlichkeit auf falsche Gedanken.«

Bastiano zeichnete weiter und sagte nichts.

»Wollt Ihr schon gehen, Signor Bazzi?«, fragte Afra.

»Wie alt ist denn Eure Frau?«, fragte Francesca gleichzeitig.

»Siebzehn Jahre, halb so alt wie ich, ein gutes Mädchen«, antwortete er, klopfte Bastiano auf die Schulter, nickte anerkennend über die Entwürfe seines Kollegen, sagte noch: »Mir reicht das, was ich habe, der Alte lässt mich ja doch nur Nebenfiguren ausführen, Engel vermutlich und Putti, ich höre immer nur Raffaello hier und Raffaello da. Da vergeht einem die Lust.«

Bastiano nickte.

»Er malt ja wirklich nicht schlecht, der Raffaello, aber dieses hochnäsige Gehabe und zugleich die eifersüchtige Missgunst Michelangelo gegenüber ... Er wird uns alle noch aus Chigis Villa drängen.« Brüderlich legte er Bastiano den Arm auf die Schulter. »Deine Porträts sind genauso gut wie die von Raffaello, das weiß auch Chigi – aber pass auf, dass sich da keine Intrige anspinnt, gib dir keine Blöße!«

Bastiano schaute kurz auf und schüttelte den Kopf. »Ich bin in der al-fresko-Technik ungeübt, Raffaello hat das sofort bemerkt.«

»Ja, das glaube ich. Vergiss daher nicht, dass du auf Putz vorzeichnen musst. Punktiere deinen Papierentwurf, halte ihn an die Wand und streiche dann Kohlestaub über die Löcher, schon hast du die entscheidenden Linien auf Putz. Hast du mal geschaut, wie Michelangelo das macht? Wenn der den Pinsel ansetzt, sitzt jeder Strich. Mit Öl kannst du nachkorrigieren, auf Putz geht das nicht.«

Er winkte Francesca einen Abschiedsgruß und ließ sich von Afra nach draußen begleiten.

Nun war Francesca, nackt unter ihrem Schleier, mit Bastiano allein.

»Ich muss mich setzen«, sagte sie und ließ sich auf den Rand des Bettes gleiten, bedeckte Brust und Schenkel mit dem safrangelben Stoff, den Afra, wie von Sodoma gewünscht, besorgt hatte. Sie lächelte Bastiano an, ein wenig zögerlich, schlug aber die Augen nicht nieder.

Ihm glitten die Stifte aus der Hand. Er bückte sich nicht, um sie wieder aufzuheben, schien von ihrem Blick festgenagelt zu sein. Doch die Erstarrung dauerte nicht lange, er stürzte regelrecht auf sie zu, bedeckte ihre Hand mit Küssen, stammelte ihren Namen, drückte sie an sich und küsste sie.

Schwester Afra muss bald hereinkommen, wollte sie noch sagen, aber seine Lippen verschlossen ihren Mund. Ein Kuss wie süßer Pfirsichsaft. Bastiano war so ungestüm über sie gekommen, dass sie nach hinten gesunken war; er lag nun halb auf ihr und befreite ihre Schenkel von Stoff und Schleier.

»Was machst du da?«, flüsterte sie, ohne sich ernsthaft zu wehren.

Vielleicht wusste Schwester Afra ja Bescheid oder sprach noch ein paar Augenblicke mit Sodoma oder wurde von den Mitschülerinnen aufgehalten …

Francesca fühlte ihren Körper glühen. Sich öffnen. Bastiano entgegenfließen …

Vor lauter Aufregung verhedderte er sich, während er an seinen Beinkleidern herumnestelte.

»Wenn wir erwischt werden …«, flüsterte Francesca, hin und her gerissen zwischen Angst vor Entdeckung und Sehnsucht nach Erfüllung.

In dem Moment, in dem sich Bastianos Schamkapsel endlich öffnete, schaute sie zur Seite. Er würde ihr wehtun, das wusste sie, zumindest anfangs, ihre Mutter hatte sie schon früh davor gewarnt, aber dann …

Aber dann öffnete sich laut und vernehmlich die Tür.

24. Kapitel

Als Agostino Chigi in die reich geschmückte Sala Regia eintrat, tobte Papst Julius zum Gotterbarmen. Er hatte soeben von der verlorenen Schlacht bei Ravenna erfahren und brüllte die gesamte Prälatenschar mitsamt den anwesenden Kardinälen und Bischöfen zusammen, raufte sich Bart und Haare, verfluchte die Franzosen, drohte ihnen mit der Exkommunikation, flehte den Herrn aller Heerscharen um Hilfe an, in einem Ton, der weniger flehend als fluchend war, glaubte, auf der Stelle tot umsinken zu müssen, trat aber sogleich nach einem seiner Sekretäre, der zufällig den Fuß auf den Saum seiner Robe gesetzt hatte.

Die Franzosen hatten bei Ravenna das Heer der Liga vernichtend geschlagen, mit einem schweren Blutzoll auf beiden Seiten. Zudem war Kardinal Giovanni de' Medici, der dickliche, aber lebenslustige und dem Kriegshandwerk abholde Gesandte des Vatikans, gefangengenommen worden. Wie es hieß, werde er nach Mailand verschleppt und in den Kerker geworfen.

Als Papst Julius in seiner *terribilità* Chigi sah, hielt er kurz inne, winkte ihn herbei, umarmte ihn heftig, schrie ihn dann aber an: »Das Geld hat nicht gereicht, du geizige Krämerseele, jetzt brauche ich mehr, sonst geht Rom unter, die Franzosen werden hier einfallen, ich überlebe diese Schmach nicht, erst Bologna, jetzt Ravenna, nein, ich überlebe sie nicht!«

Agostino Chigi wollte den Heiligen Vater beruhigen, wollte von einem ephemeren Erfolg der Franzosen sprechen, der bisher immer in sein Gegenteil umgeschlagen sei, von Gottes Gerechtigkeit, aber Papst Julius ließ ihn nicht zu Worte kommen und brüllte: »Die Franzosen haben Michelangelos Bronzestatue von mir, die wir in Bologna aufstellen ließen, eingeschmolzen, um daraus eine Bombarde zu gießen, das ist ein ungeheures Sakrileg, ich bin der Stellvertreter Christi, Gottes rechte Hand, und Michelangelo ist unser größter Künstler, einfach eingeschmolzen für eine Scheißkanone, sie auch noch *La Giulia* genannt, um mich zu verhöhnen …«

Vor lauter Erregung blieb ihm die Stimme weg, er schwankte und musste gestützt werden, und einen Augenblick sah es so aus, als würde er in Ohnmacht fallen, ja, als würde der Schlag ihn treffen. Sein Kopf war hochrot, die Augen blutunterlaufen, die Hände zitterten.

Zum Glück ließ er sich von seinen Kammerdienern, nach denen er gleichzeitig schlug, in seine Privatgemächer führen.

Chigi stand nun inmitten eines aufgeregt durcheinander redenden Haufens von Kirchenmännern. Als er sich schon zum Gehen wandte, nahm ihn Giulio de' Medici, der Vetter des verschleppten Kardinals, beiseite.

»Der *terribile* macht es nicht mehr lange«, sagte er mit gedämpfter Stimme, »ihn holt jetzt seine eigene Abenteuerpolitik ein, aber um unseren Giovanni mache ich mir Sorgen.« Er führte Chigi noch ein Stück zur Scala del Maresciallo, so dass niemand seine Worte aufschnappen konnte. »Ihr wisst, dass er nicht gerade ein Held ist und zur Weinerlichkeit neigt, wenn er nicht seinen täglichen Wein, die Süßspeisen und die Pasteten bekommt. Vermutlich verspricht er den Franzosen sofort ein viel zu hohes Lösegeld, mit Geld konnte er nie umgehen, schon als junger Mann, noch bevor ihn sein Vater Lorenzo nach Rom schickte, floss es nur so durch seine Finger … Also, kann ich mit Euch rechnen?«

Chigi blieb auf der Treppe stehen und schaute den Medici fragend an. »Braucht Ihr ein Darlehen für ein mögliche Lösegeldzahlung?«

Giulio de' Medici näherte sich ihm noch mehr und flüsterte fast: »Das vielleicht auch, aber mir geht es um viel mehr. Die Zeit ist gekommen, in Florenz wieder die Macht zu ergreifen, das Vermächtnis von Onkel Lorenzo zu erfüllen, verstehst du?«

»Noch nicht ganz.«

Giulio wedelte nervös mit der Hand. »Julius war schon einmal sehr krank, beim nächsten Mal wird er nicht wieder vom Totenbett auferstehen, es geht uns Medici nicht nur um Florenz, sondern auch um den Vatikan.«

Natürlich hatte Chigi längst verstanden, worauf der Medici

hinauswollte, aber er musste ihn hinhalten, schon, um anständige Konditionen für die zu erwartenden Darlehen herauszuschlagen. »Nicht ganz, verehrter Prior.«

Giulio de' Medici war zur Zeit Prior des Johanniterordens, strebte jedoch, dies war ein offenes Geheimnis in Rom, nach Höherem.

»Tu nicht so, Agostino, wir kennen uns seit langem, die Medici haben schon früh Geschäfte mit dir gemacht und dir geholfen, dich hier richtig zu etablieren, ohne uns wärst du ein kleiner Teilhaber bei den Spannocchi geblieben …«

Chigi überschlug die Chancen, die Giovanni, der noch recht junge Lorenzo-Sohn, bei der nächsten Papstwahl hatte. Es gab einige Konkurrenten, zum Beispiel Alessandro Farnese, der trotz seiner vier Kinder antreten wollte und sicherlich der bessere Papst würde.

»Dein Vetter braucht für das nächste Konklave Geld, nicht wahr, Giulio? Die Überzeugungskraft seiner Argumente und seiner Person steigt, wenn sie die Farbe von Dukaten annimmt.«

Erleichtert atmete der Medici auf. »Das hast du gut ausgedrückt, Agostino. Genauso ist es. Ich wusste, dass du auf unserer Seite stehst. Wir müssen gewappnet sein, um die Konkurrenten aus dem Rennen zu schlagen. Schon bei der Wahl della Roveres haben klingende Münzen, die aus der Hand eines gewissen Agostino Chigi flossen, eine entscheidende Rolle gespielt. Du warst der Papstmacher.«

»Das stimmt«, sagte Chigi selbstbewusst.

»Und hast davon reichlich profitiert.«

»Auch dies stimmt.«

Giulio grinste schief. »Natürlich geht es nach der nächsten Papstwahl wieder um die Pacht der Alaunminen, um Weiderechte, Zölle – du willst sicher der erste und reichste *banchiere* Roms bleiben, wo du eine so schöne teure Villa baust, und Imperia ist ja ebenfalls nicht billig, von anderen … Ausgaben ganz zu schweigen.«

Chigi bewegte sich langsam die Treppe hinunter. Er wusste,

dass der Medici neben ihm, der Bastardsohn des bei der Pazzi-Verschwörung ermordeten Lorenzo-*il-Magnifico*-Bruders Giuliano, viel raffinierter war als sein Vetter, der noch über den blödesten Witz lachen konnte. Die Medici rechneten offensichtlich fest mit dem nächsten Pontifikat in ihren Händen und mit der erneuten Machtübernahme in Florenz. Damit würden sie im Politikspiel Italiens mit Abstand die Rolle eins spielen – und er, Agostino Chigi, musste ihr Freund und *banchiere* bleiben.

»Wenn wir erst wieder in Florenz einziehen und dort unsere Geschäfte fortsetzen«, fuhr Giulio fort, »dann sieht die Lage schon ganz anders aus, aber bis dahin brauchen wir eine sichere Basis, und die könnten die Sauli liefern – oder du.«

»Die Sauli? Genueser? Mit Papst Julius' Tod werden sie in der Versenkung verschwinden. Zudem ist ihre wirtschaftliche Potenz … nun, sagen wir, begrenzt.«

»Die Fugger sind auch noch da. Sie gieren nach der Ausweitung des Ablasshandels nördlich der Alpen und sind bereit …«

»Wirklich? *Tedeschi*? Ein Medici will sich von Geldverleihern aus Augsburg seine Wahl finanzieren lassen? Wenn das unter den Römern ruchbar wird … Außerdem habt Ihr Alessandro Farnese vergessen.«

»Mit dem hat Giovanni bereits gesprochen.«

»Er wird überall als *papabile* gehandelt und ist zudem fähig und hochbeliebt. Ein glänzender Kopf.«

»Zweifelsohne, und deswegen ist er auch unser Freund. Seit langem. Er lebte drei Jahre bei uns in Florenz, besuchte mit uns die *Accademia Platonica*, mein Onkel Lorenzo liebte ihn, aber natürlich liebte Onkel Lorenzo mehr noch seinen eigenen Sohn … Erst der eine, dann der andere, das lässt sich alles regeln.«

»Der Farnese ist älter als Giovanni, das spräche für eine umgekehrte Reihenfolge.«

»Aber wir sind die Medici, während er aus einem kleinen Condottiere-Geschlecht stammt.«

»Seine Mutter ist eine Caetani!«

»Gott, Farnese stammt aus irgendeinem Kaff in Lazio! Seine

Schwester Giulia hat für ihn und seinen Aufstieg ihren Körper an den geilen Borgia verkauft.« Giulio de' Medici wirkte leicht ungeduldig. »Du weißt, Agostino, dass die päpstliche Schatulle einige Schätze bietet, trotz der Kriege, die Julius unbedingt führen musste. Es gilt, die Schätze des Vatikans richtig zu verteilen.«

Chigi hatte längst eine Entscheidung getroffen. »Ich denke, wir können uns einig werden«, erklärte er. »Ich sprach im übrigen bereits mit Eurem Vetter.«

Sie waren am Ende der Treppe angekommen, und Chigi bewegte sich zielstrebig nach draußen, um endlich Imperias Einladung zu ihrer *vigna* folgen zu können.

»Also, wir Medici rechnen mit dir. Es soll dein Nachteil nicht sein!«, rief ihm Giulio zu, als er sein Pferd bestieg und ihm einen Abschiedsgruß zuwinkte.

25. Kapitel

Nach einem eiligen Ritt durch Roms Menschengedränge – es ging nicht ohne Flüche und Schläge mit der Reitpeitsche ab – gelangte Agostino zu Imperias *vigna* an der Via Appia, wo er schon von weitem sah, dass auch ihre Töchter anwesend waren. Es sollte offensichtlich eine Art Familientreffen werden; zum Glück fehlten Imperias Mutter, die alte Kupplerin Diana, und ihr kriecherischer und geldgieriger Vatikansänger Trotti.

»Papa, Papa!«

Schon lief ihm, aufgeregt winkend, seine Tochter Margherita entgegen. Er sprang vom Pferd, übergab seinen Leibwächtern die Zügel und streckte ihr die Arme entgegen. Sie freute sich offensichtlich, ihn wiederzusehen, und auch er fühlte plötzlich eine warme Zuneigung zu dem bleichen Mädchen, das seit ihrem letzten Treffen gehörig gewachsen war. Allerdings sahen ihre verschatteten Augen nach versteckter Trauer aus. Ob Santa Cecilia doch ein zu strenger Ort für sie war?

Er drückte sie an sich, küsste sie auf Kopf und Stirn und trug sie dann sogar ein Stück.

»Warst du fleißig beim Lernen und hast brav gebetet?«, fragte er mit einem Lächeln, das eine gewisse Distanz von seiner Frage ausdrücken sollte.

»Ach Papa«, sagte sie leise und drückte ihm einen Kuss auf die Wange. »Wir beten wirklich dauernd, aber wir singen auch viel, das liebe ich sehr. Und heimlich schreibe ich Sonette – fromme Sonette, über Jesus und die Jungfrau Maria und so.«

Agostino brummte ein kaum verständliches »Das ist ja schön«.

»Wann heiratest du endlich wieder? Vielleicht kann ich dann zu dir ziehen, Mamma will nicht, dass ich bei ihr wohne.«

»Du weißt doch, dass deine Mutter eine Kurtisane ist, du sollst aber einmal anständig heiraten.«

»Aber Mamma könnte doch auch noch *anständig* heiraten.«

Er nuschelte ein »Im Prinzip ja«.

»Und wenn *du* sie heiratest? Dann könnten wir alle zusammen in deiner neuen Villa leben.Wäre das nicht schön?« Sie gab ihm zur Verstärkung ihres Wunsches einen Kuss.

Zum Glück standen sie nun vor dem knorrigen Olivenbaum, unter dem Imperia in ihrer glänzenden Schönheit lagerte, er setzte Margherita ab, nicht ohne ihr ebenfalls einen Kuss auf die Wange zu drücken, und sah sich einer Antwort enthoben.

Hinter Imperia stand Bella, noch immer ohne die typischen Bedienstetenschlampereien, zum Vernaschen rund und fest, neben ihr Lucrezia, schlank, sehr schlank, aufreizend stoffarm gekleidet, erstaunlich für eine Klosterschülerin – und auffallend schön.

Das Mädchen war in der Tat das Urbild jugendlicher, noch knospender Schönheit.

Auf ihre Art wie Francesca. Wobei Francesca stärker, bestimmender, draufgängerischer wirkte, im gewissen Sinn herber, was ihm ja gerade an ihr gefiel.

»O Gott, Venus und Diana mit zwei Nymphen – welcher Mann hält das aus, ohne vor Bewunderung auf die Knie zu sinken.« Chigi breitete die Arme zum Gruß aus.

»Jetzt übertreib nicht, Agostino«, rief Imperia lachend und streckte ihm die Hand entgegen. Er fiel vor ihr auf die Knie, küsste die Fingerspitzen, nahm dann Lucrezia in den Arm und tätschelte Bella die Wange.

Seufzend ließ er sich neben Imperia fallen. »Ich komme soeben aus dem Vatikan – deswegen habe ich mich verspätet, reich mir doch ein Glas Wein, Bella! –, der Heilige Vater tobt, denn seine Truppen haben eine empfindliche Niederlage bei Ravenna erlitten. Er ist regelrecht zusammengebrochen. Man muss sich nun wirklich Gedanken um seine Nachfolge machen.«

Doch weder Imperia noch ihre Töchter schien Politik zu interessieren. Sie beobachteten ihn prüfend, nicht einmal wirklich freundlich, eher verkrampft. Vielleicht hatte er sie zu lange warten lassen. Aber in der Welt der Männer gab es wirklich Wichtigeres als ein nachmittägliches Picknick in einem Weingärtchen.

»Ich werde bereits bedrängt – darf natürlich nicht darüber reden.«

Niemand fragte nach, wer ihn wozu bedränge. Imperia räkelte sich auf ihrer Decke, Lucrezia schaute ihn an, als wollte sie ihm eine ganz wichtige Frage stellen, und Margherita kletterte auf einen knorrigen Ast über ihnen.

»Und gefällt es dir noch in Santa Maria?«, fragte er Lucrezia.

Lucrezia schaute ihn nun regelrecht böse an.

»Sie hat eine neue Freundin aus Venedig«, rief Margherita von oben.

Imperia lächelte nicht mehr, sondern blickte unter sich.

Ihm wurde klar, was eingetreten war. Er hatte die Gefahr durchaus gesehen, als er Francesca nach Santa Maria gab: Obwohl dort eine ganze Menge junger Mädchen erzogen wurden, war es durchaus möglich, dass Lucrezia mit der fast gleichaltrigen Francesca ins Gespräch kam und auf diese Weise die eine oder andere Information zu ihrer Mutter drang. So war es offensichtlich geschehen.

Sollte er einen Fehler begangen haben?

»Was schaust du so finster?«, fragte ihn nun Imperia und kitzelte ihn mit ihrem nackten Zeh. »Auf dein Wohl, lieber Agostino, auf uns alle – deine Familie!«

Agostino verzog seinen Mund zu einem schiefen Grinsen und hob sein Glas. Als er es absetzte, goss ihm Bella nach. Imperia bot ihm verzuckertes Obst und Marzipan an, aber ihm war nicht nach Süßem zumute, er war überhaupt nicht hungrig, fragte sich, zu was diese ganze Veranstaltung eigentlich dienen sollte.

Margherita ließ sich nun von ihrem Ast herunterfallen, umarmte ihn erneut. »Papa, warum heiratest du Mamma nicht? Dann können wir alle zu dir ziehen. Ich werde beten und zur Beichte gehen, noch fleißiger Latein lernen und dir jeden Tag auf der Laute vorspielen und singen.«

»Margherita!«, rief Imperia tadelnd. Sie schaute ihn jedoch an – mit einem Blick, den er so noch nie an ihr wahrgenommen hatte. Es war nicht der überlegene und zugleich kühle Blick der Kurtisane, die vorgab, den Mann zu verachten, bevor sie ihn in Feuer versetzte. Nein, sie lächelte leicht, liebevoll, fast mütterlich. Obwohl sie ihre makellose Schönheit pflegte, konnte man erahnen, wie sie in zehn oder zwanzig Jahren aussehen würde.

»Und was ist das für eine Francesca, die du da aus Venedig mitgebracht hast?«, fragte Margherita, scheinbar völlig naiv.

Jetzt ließen die Weiber also die Katze aus dem Sack. Bella hatte sich abgewandt und holte eine neue Flasche Wein aus dem Korb, aber die drei anderen schauten ihn forschend an – und nicht gerade freundlich.

»Soll ich hier verhört werden«, antwortete er unwirsch und schüttelte Margherita ab.

Seine Laune sank nun wirklich auf den Tiefpunkt. Er musste sich Papst Julius' Tobsuchtsanfälle anhören, sich mit den geldgierigen und intriganten Medici auseinandersetzen, zugleich überlegen, welche finanziellen Verluste die Niederlage bei Ravenna wohl nach sich ziehe, warum Venedig noch immer nicht den Vertrag von 1511 endgültig abgesegnet hatte, welcher mögliche Papst ihm mit größerer Sicherheit die Pacht der Alaunminen übertrug, er musste sich mit launischen, größenwahnsinnigen und zugleich überempfindlichen Künstlern herumschlagen und dafür sorgen, dass sie seine Villa endlich fertig malten, tausend andere Dinge musste er bedenken – und jetzt wurde er hier verhört, weil er sich ein Modell für die Fresken seiner Villa mitgebracht hatte! Weil er der jungen Tochter eines ärmlichen Krämers eine reiche Zukunft ermöglichte! Und weil er … ach, das ging die Weiber wirklich nichts an!

Wortlos erhob er sich, winkte den Leibwächtern und verließ das Gärtchen, ohne Imperia und ihre Töchter noch eines Blickes zu würdigen.

Als er am frühen Abend in seiner Villa erschien, fand er Sodoma im zukünftigen Schlafraum wieder. Nach den Kartonentwürfen, die nebeneinander am Boden lagen, skizzierte der Maler mit groben Strichen das Fresko.

»Erfolgreich?«, fragte Chigi, wortkarg und noch immer schlecht gelaunt.

»Eine wunderbare Roxane, jung, verführerisch, unschuldig – ich hoffe, sie gelingt mir. Schaut selbst!« Und er wies auf seine Kartons.

Chigi betrachtete sie kurz und nickte. »Und wo ist Luciani?«

Sodoma grinste. »Vermutlich zeichnet er sie. Ihr wisst ja, dass das Porträtieren seine Stärke ist. Daher studiert er seine Modelle gern länger.«

Irgendetwas gefiel Chigi an Sodomas Grinsen nicht. »Er wird sicher seine Zeichnungen und Entwürfe mitbringen. Ich entscheide dann, wer Roxane und Alexander ausführen soll. Vielleicht teile ich auch die Personen oder Bildteile auf.«

Sodoma schwenkte skeptisch den Kopf.

Chigi ließ ihn allein und ritt noch in die Via dei Banchi, um dort mit seinem Prokurator den finanziellen Spielraum auszuloten, der ihm für die zu erwartende Papstwahl zur Verfügung stand, und etwaige Neuigkeiten von seinen Unternehmungen zu erfahren.

Aus Venedig schrieb Befalù, dass die Serenissima über die Niederlage von Ravenna zutiefst betrübt sei, der Doge aber von ihm nicht mehr auf den Darlehensvertrag angesprochen werden dürfe. Aus Lyon wurde Chigi berichtet, dass in Frankreich nach dem Sieg von Ravenna die Zinsen stark gefallen seien, weil man mit keinem weiteren Widerstand in Italien rechne und daher weniger Geld benötige. Eins seiner Schiffe war in einen Frühjahrssturm geraten und südlich von Genua auf den Strand getrieben, wo es gründlich ausgeplündert worden war. Die Franzosen hatten den größten Teil der Getreideernte von Siena aufgekauft. Und in den Tolfa-Minen herrsche schlechte Stimmung, so erfuhr er aus einem Eilbericht, weil die kleinasiatischen Arbeiter sich nicht mit den einheimischen vertrügen. Zugleich habe der Leiter der Minen einen weiteren Plan zur effizienteren Ausbeutung erarbeitet und würde ihn gerne Signor Chigi vortragen.

»Ich brauche Ruhe in Tolfa. Und an kostspielige Änderungen denke ich erst, wenn nach dem Tod des Papstes ein neuer Pachtvertrag mit seinem Nachfolger abgeschlossen wurde. Sonst investiere ich jetzt, und in einem Jahr hat jemand anderes die Vorteile.«

Der Prokurator nickte.

»Dann überlegt euch mal, was wir den Medici an Sicherheiten abknüpfen können, wenn sie ihre Bestechungsgelder brauchen. Und wie wir die Zinsen verkleiden.«

Als Chigi sein Bankgebäude verlassen wollte – es war bereits später Abend –, hielt ihn ein dunkler Schatten am Eingang an. Eine Nonne! Sie wollte vermutlich für ihren Orden betteln. Als er genauer hinschaute, erkannte er Afra. Da sie aufgeregt wirkte, setzte er sich mit ihr auf die Steinbank vor dem Gebäude und ließ sie reden.

Zuerst empfahl sie ihm nur, Francesca, die nun genügend gelernt habe, aus dem Kloster zu nehmen. Er runzelte die Stirn. »Ich will erst die Villa fertiggestellt sehen, und das Mädchen muss zumindest fünfzehn sein, heiratsfähig.«

»Man muss das nicht so genau nehmen. Platz ist doch genug.«

Chigi wurde immer unwirscher. »Es geht nicht um den Platz«, fuhr er sie an.

Afra schien aber nicht locker lassen zu wollen und schaute ihn an, als verberge sie ein Geheimnis, das sie nicht für sich behalten konnte.

»Was ist noch, Afra? Du kümmerst dich um Francesca und sorgst dafür, dass sie Wachs in meinen Händen wird. Die Bezahlung ist gut, und bei Erfolg werde ich dir einen Betrag aussetzen, mit dem du ausgesorgt hast.«

Er wollte aufstehen, aber Afra hielt ihn fest, sagte nur vier Worte: »Sebastiano Luciani, der Maler …«

Was wollte sie mit dem Namen sagen? Chigi erinnerte sich an den ersten Tag ihrer Überfahrt und an das seltsame Grinsen Sodomas … Sollte der Maler wirklich wagen …?

»Ich konnte gerade noch verhindern«, berichtete Afra, »dass die beiden … Ihr versteht mich?«

Er verstand sie sehr wohl. Blieb vor Erstarrung sitzen, schloss kurz die Augen, um die Beherrschung zu behalten. »Du hast aber verhindert …«

»Ja.«

»Wie konnte es überhaupt soweit kommen?«, fuhr er sie an.

»Ich begleitete Signor Bazzi aus dem Kloster.« Sie klang zerknirscht.

»Da nährt man die Natter an seiner Brust und zum Dank …« Eine heftige Wut flammte in ihm auf, fiel aber rasch wieder in sich zusammen.

»Was soll ich tun?«, fragte er schließlich. »Sebastiano zum Teufel jagen, auf die Gefahr hin, dass ich mich zum Gespött Roms mache?« Er zählte die Möglichkeiten seines Verhaltens an den Fingern ab. »Soll ich Francesca wieder nach Venedig zurückschicken?«

»Dies wäre eine Möglichkeit.«

Er schüttelte den Kopf. »Kommt nicht in Frage, aus verschiedenen Gründen nicht.«

Afra sah ihn prüfend an. »Dann würde ich mich bemühen, Francesca nicht weiter zu vernachlässigen und bei ihr der Erste zu sein!«

26. Kapitel

Es war schrecklich, was Francesca an diesem Nachmittag hatte erleben müssen. Zuerst das anstrengende Modellsitzen, das ihr jedoch Bastiano näher brachte – und die Erkenntnis, dass nicht nur er in sie, sondern auch sie in ihn verliebt war. Das Überwältigtwerden von einer Neugier, von einer Sehnsucht nach Erfüllung, nach *seiner* Nähe – und dann platzte Afra in den Raum. Francesca hörte zuerst nur ihre herrische Stimme: »Was macht ihr da? Seid ihr wahnsinnig?«

Bastiano fuhr zurück, fiel fast auf den Boden, hatte sich abgewandt, um seine Blöße zu bedecken. Sie zog die safrangelbe Decke über sich.

Schwester Afra stand wie ein blitzender Cherubim neben ihr, wie ein Engel, der sie aus dem Paradies vertrieb. Bastiano packte wortlos seine Malutensilien zusammen, nahm die Kartons und verschwand. Francesca hatte noch einen flüchtigen Blick von ihm erhaschen können, einen erschrockenen Blick der Angst und Enttäuschung, aber auch der Liebe.

Afra ließ sie sich ankleiden, brachte sie in ihre Zelle und sperrte hinter ihr ab.

An diesem Nachmittag war nicht einmal Lucrezia im Kloster.

Francesca weinte, doch nach einer Weile beruhigte sie sich.

Die Glocken läuteten zum Komplet, ohne dass jemand die Türe öffnete. Sie verspürte Hunger und Durst, aber niemand kam, und nach einer Weile verging der Hunger.

Ihr Kopf war leer von Gedanken, ihr Herz brannte gleichwohl vor Liebe.

Jetzt umso mehr.

Und vor Verlangen.

In tiefer Nacht öffnete sich dann knirschend das Schloss, und Afra trat ein. Sie brachte eine Kerze mit, so dass Francesca sie trotz der Dunkelheit in ihrem Zimmer sofort erkannte. Sie sah auch, dass Afra nicht böse mit ihr war, im Gegenteil, dass sie verständnisvoll lächelte.

Beide setzten sich auf das Bett, Afra legte mütterlich den Arm um ihre Schultern, Francesca schluchzte kurz auf.

»Ich weiß, dass du dich danach sehnst«, sagte sie mit samtweicher Stimme.

»Ich liebe Bastiano.«

»Du sehnst dich nach einem Mann, das ist etwas anderes.«

Francesca schüttelte trotzig den Kopf.

»Ich liebe ihn.«

»Du liebst ihn als ersten Mann, der dir nahegekommen ist, aber in Wahrheit sehnst du dich danach, *erkannt* zu werden. Aufgenommen zu werden in den Kreis derer, die ihre Rolle als Frau vollgültig erfüllen können. Glaub mir, ich weiß, wovon ich spreche.«

Francesca musste noch einmal aufschluchzen. »Ist Lucrezia wieder im Kloster? Ich möchte mit ihr reden.«

»Jetzt redest du mit mir«, sagte Afra streng, »und hörst mir gut zu. Du weißt, dass ich nur dein Bestes im Sinne habe – und ich denke nicht allein an morgen oder übermorgen, sondern an die gesamte Zukunft deines jungen Lebens. Weißt du das?«

Francesca nickte, wagte nicht, Afras strengen Blick zu erwidern. Ihr schwante bereits, dass von nun an die Nähe zu Bastiano schwierig, wenn nicht unmöglich sein würde. Und natürlich bedachte sie die Möglichkeit, dass sie wieder nach Venedig zurückgebracht würde. Zu ihren Eltern, denen sie bisher nicht einmal hatte schreiben dürfen und von denen sie nichts gehört hatte.

Sie spürte den Hauch eines Heimwehgefühls. Doch dann sah sie das Gesicht ihrer Mutter vor sich, unzufrieden, kalt und höhnisch, sie fühlte regelrecht den Putzlappen in ihrer Hand, roch den feuchten Lagunennebel, roch Moder und faulende Holzstämme. Sie musste schlucken und fasste sich an die Kehle, weil die Erinnerung sie zu ersticken drohte.

Afra sagte etwas, was sie nicht verstand, denn in diesem Augenblick schwebte ihr Chigis Villa vor Augen, der blühende Park umgab sie, und sie fühlte wieder das Lämmchen, das sie aufgelesen hatte, in ihren Armen. Es musste erwachsen sein. Ob es sie wiedererkannte?

Nun brachen die Bilder, Gedanken und Gefühle über sie herein, die sie mit ihrem neuen Leben verband, mit der Erwartung auf ihr Leben in Rom – an der Seite von Agostino Chigi.

Es war seltsam: Während der letzten Monate hatte sie ihn kaum gesehen. Sie traf täglich Lucrezia und Afra und auch Umberto, spielte gelegentlich mit den anderen Zöglingen und musste sich anhören, in welche Adelsfamilie die Mädchen später vermutlich einheiraten würden und in welche auf keinen Fall und dass eine Heirat mit einem Mann ohne Stammbaum nicht in Frage komme, sie betete mit den Schwestern, lernte weiterhin Latein und das Verseschmieden, las Petrarca und Ovid, übte Laute und seit neuestem auch Flöte, sang mit Lucrezia und schlief mit ihr zusammen oft in einem Bett – aber wenn sie nachdachte, wenn sie ihre Gedanken schweifen ließ, was meist während der Messen und Andachten geschah, sah sie sich an Agostino Chigis Seite in seiner Villa. Als reiche, verwöhnte Frau in einem Traum von Haus und Park, umgeben von berühmten Malern, von Schriftstellern und Kirchenfürsten. Begleitet und geschützt von Dienern, durfte sie durch Rom ziehen und seine Altertümer bewundern, ja, vielleicht durfte sie sogar Agostino auf seinen Reisen begleiten. Umberto hatte ihr von Florenz vorgeschwärmt, ja, angeblich hatte er auch als *Scholar*, wie er sagte, die Länder nördlich der Alpen bereist. Agostino würde ihr ein Leben nicht nur in Luxus, sondern auch in abenteuerlicher Freiheit ermöglichen. Dies hatte sie sich doch immer gewünscht!

Noch allerdings war nichts davon in Sicht, und außerdem war ihr Bastiano in die Quere gekommen. Sie hatte ihn von Anfang an gemocht. Er war viel jünger als Agostino, wenn auch bereits siebenundzwanzig, sah besser aus, wirkte unbeschwerter – und er liebte sie.

Diese Liebe steckte an. Sein Blick hatte sie überwältigt. Wie ein plötzliches Fieber. Vorhin hatte sie regelrecht geglüht …

»Ich liebe ihn«, sagte sie mit schwacher Stimme.

»Du bist läufig wie eine junge Hündin«, antwortete Afra. »Du entflammst bei jedem jungen Mann – aber du wirst denjenigen lieben, der dich reich macht. Reich in vielerlei Beziehungen. Der dir und deinen Kindern Sicherheit bietet, ein schönes Leben ohne Sorgen, ein wunderbares Heim, die Bekanntschaft großer Männer, ihre Bewunderung …« Afras Stimme färbte sich schwärmerisch, ihr Blick verlor sich in Sehnsuchtsfernen. »Agostino Chigi ist ein Mann, der einer Frau alles geben kann. Er hat dich auserwählt – du solltest nicht nur dankbar sein, sondern musst sein Angebot ergreifen: Ein solches Glück kann man nicht aufs Spiel setzen, nicht für einen verantwortungslosen Maler, der sich in jedes seiner Modelle verguckt!«

Diese Bemerkung saß. Sie fraß sich in Francesca hinein, ob sie nun der Wahrheit entsprach oder gelogen war. Während der nächsten Tage fand Francesca viel Zeit nachzudenken. Sie besuchte zwar noch die Kirchgänge und traf dort auf eine stille, ja, traurige Lucrezia, doch Umbertos Unterricht fiel aus, und nachts durfte Lucrezia sie nicht besuchen. Dafür setzte sich Afra jeden Abend an ihr Bett, betete mit ihr, sprach über das Leben und die Liebe, über die leichtsinnigen und die ehrenwerten Männer, das Glück und den Reichtum …

»Weißt du eigentlich, dass Agostino Chigi verwitwet ist? Dass seine über alles geliebte junge Frau – sie hieß Margherita – im Kindbett so tragisch starb, dass er ihr bis heute die Treue hält. Und auch der Neugeborene starb. Erst du schenkst ihm die Freiheit wieder, sich neu zu binden. Er will Kinder, er braucht einen Erben. Die Zeit wahlloser Abenteuer hat er längst überwunden, verstehst du?«

»Glaubst du denn, dass ich seine neue Margherita werden kann?«

»Dies glaube ich allerdings.«

»Lucrezia hat mir erzählt, dass er und ihre Mutter …«

Afra fiel ihr ins Wort: »Lucrezias Mutter ist eine Kurtisane … eine *Kurtisane*!«

»Ganz Rom liegt ihr zu Füßen, sagt Lucrezia.«

»Noch! Sie ist bereits über dreißig – wenn man nicht rechtzeitig den Absprung schafft, wird es für eine Kurtisane sehr traurig.« Afras Stimme klang so trüb, dass Francesca sie spontan an sich drückte. »Und wenn dann noch *so was* passiert …« Sie zeigte auf die Narbe im Gesicht. Entschlossen erhob sie sich. In der Tür drehte sie sich um: »Ich möchte, dass du glücklich wirst. Mir hat das Schicksal keine Kinder am Leben gelassen, mein Junge starb noch im Wickelalter, mein Mädchen, als es so alt und hübsch war wie du … Dir soll es mal besser gehen als uns.« Leise schloss sie die Tür und schob den Riegel vor.

Und dann plötzlich geschah es. Fast wie in Venedig. Afra erschien spätabends, befahl ihr, sich wieder anzukleiden, kümmerte sich selbst um ihre Haare, strich eine sanft nach Ambra duftende Salbe auf ihre Haut. Gemeinsam schlichen sie zum Eingang des Klosters, und eine verschwörerisch schauende Schwester ließ sie heraus, wo eine Sänfte wartete, die sie beide aufnahm. Vier Männer trugen sie durch die noch immer belebten Straßen. Den Ponte Sisto erkannte sie – sie hielten kurz an, Afra verließ die Sänfte und sprach mit einem Mann, die Sänftenträger wurden abgelöst, Afra kehrte zurück, und bald standen sie vor dem Eingang von Agostinos Villa, die im Schein zahlreicher Fackeln wie ein Traumschloss in den Himmel wuchs.

Er kam ihr sogar entgegen, als sie die Sänfte verließ, und führte sie wie eine Prinzessin in die Loggia. Schattenhaft sah sie die Gemälde an den Decken, Frauen in üppiger Nacktheit. »Die Geschichte von Amor und Psyche«, erläuterte Chigi.

Afra flüsterte ihr ins Ohr, was sie längst wusste: »Psyche besteht alle Prüfungen, zu den Göttern aufzusteigen, und erreicht ihr Liebesglück.«

Dann begrüßte sie auch wieder Alaya. Sogar ein ängstliches Lämmchen wurde herbeigetragen. Sie durfte es streicheln. Es war so groß wie das Lämmchen damals, musste also ausgetauscht worden sein.

Zur Begrüßung – in ihrem neuen *Heim*, wie Agostino betonte – wurde ihr ein goldener Pokal gereicht, in dem roter Wein funkelte.

Bald ging es wieder hinaus in den Park, durch eine fackelgeschmückte Allee hinunter zu einer großen, säulengerahmten Loggia direkt am Tiber. »Hier feiern wir in lauschigen Sommernächten unsere Feste. Aber hier können wir auch allein sitzen und wie Amor und Psyche unser Glück genießen. Auf unsere Zukunft!«

Er ließ sich und Francesca erneut einen goldenen Pokal reichen, trank den Wein in einem Zug und warf dann den Pokal in den Tiber. Francesca hätte sich fast verschluckt. Sie nippte nur. Agostino nahm ihr den Pokal ab, trank seinen Inhalt und warf auch ihn in den Fluss. Francesca erinnerte sich an die Goldmünze, die er auf dem Canale San Marco ins Wasser geschnippt hatte, und wollte etwas sagen.

Er schnitt ihr jedoch das Wort im Mund ab: »Vor deiner Schönheit glänzt Gold nur wie billiges Messing.«

Francesca fand, dass er jetzt übertrieb. So schön war sie nun wirklich nicht. Außerdem hätte er die im Fluss versenkten Pokale lieber Bastiano oder Afra oder auch ihren Eltern schenken sollen!

Er nahm ihre Hand und führte sie, begleitet von Afra und Alaya, in einen großen, reich geschmückten Saal. In einem durch große Teppiche abgetrennten Teil sah sie kurz den Baldachin eines Bettes.

Erst einmal musste sie weiterhin Wein trinken – trinken und nicht nur an ihm nippen – und irgendetwas Unbekanntes essen, dann süße Feigen.

In ihrem Kopf wurde es zunehmend neblig.

Sie schien auch ihren eigenen Willen zu verlieren. Kurz streifte sie der Gedanke an Bastiano, und sie wusste, dass sie ihn festhalten wollte. Überall kokelten Dufthölzer, im Halbdunkel entdeckte sie jetzt leicht bekleidete Dienerinnen. Alaya und Afra blieben im Hintergrund, aus Alayas dunklem Gesicht leuchtete das Weiß ihrer Augen und die Reihe ihrer lächelnden Zähne.

Auch Agostino Chigi lächelte. Er sprach nicht viel.

Ja, und dann – in ihrem Kopf wurde es immer nebliger – wurde sie von Alaya und Afra zu dem Baldachin gebracht, entkleidet, bis Agostino hinzutrat, sich über sie beugte, vorsichtig auf die Stirn küsste, auf die Wangen, auf den Mund … Er drückte sie in die Kissen …

In ihrem Kopf zerfiel ihre bisherige Welt in tausend Fragmente, blitzten Gedanken auf, Befürchtungen streiften sie, doch zugleich umkreiste ihre Aufmerksamkeit den Teil ihres Unterleibs, der zu glühen schien, der sich angstvoll verschloss und dann wieder erwartungsvoll öffnete. Sie spürte Agostinos Hände, die über ihren Körper glitten, wie ein Feuer, das keine Schmerzen verursachte, seine Lippen senkten sich auf das Tal ihrer Brüste, wanderten nach unten, umkreisten ihren Nabel, verloren sich in den Tiefen dessen, was bisher immer verschlossen geblieben war.

So empfindlich wie jetzt war ihr Körper ihr noch nie erschienen.

Zuerst erschrak sie, dann fühlte sie plötzlich einen scharfen Schmerz. Sie zuckte nicht nur zusammen, ihr ganzer Körper bäumte sich auf, der Schmerz wiederholte sich, aber nun hatte Agostino sein Ziel erreicht. Sie hatte ihn in sich aufgenommen.

Eine Weile verharrten sie bewegungslos, bis der Schmerz seine Schärfe verlor, abebbte, sich mit der Lust verband, die sie erwartet hatte.

Es war so dunkel, dass sie Agostino kaum sehen konnte, lediglich riechen. Er roch gut, nach Zeder. Er roch männlich und stark. Und nun begann er sie nicht nur auf die Brust und auf den Mund zu küssen, sondern bewegte sich wieder.

Der erneute Anflug von Schmerz verlor sich mit der Zeit und machte ganz anderen Empfindungen Platz. Sie seufzte auf, unwillkürlich stöhnte sie, ihr Körper wand sich und stemmte sich ihm entgegen, er zog sich kurz zurück, dann verschmolzen sie wieder und wurden eins, *erkannten* einander.

TEIL III

27. Kapitel

Der Sommer Anno Domini 1512 brachte nach einem feuchten Frühjahr zahlreiche heiße Tage, eine schreckliche Mückenplage und schwüle Nächte, in denen Imperia wenig Lust verspürte, sich anstrengender Liebe hinzugeben. Sie wurde auch wieder vom Dreitagesfieber erfasst und lag anschließend ermattet auf der Dachloggia ihres Hauses in der Via Giulia, um Kräfte zu gewinnen. Gelegentlich hörte sie Musik herüberklingen von der anderen Seite des Tiber, vielleicht sogar von Agostinos Loggia, die er sich als Ort der Lustbarkeiten in den Park seiner *villa suburbana* direkt an den Fluss hatte bauen lassen – wie ihr von Raffaello Santi zugetragen worden war. Dort mussten allerdings die Mücken besonders gnadenlos über die Menschen herfallen, und die mephitischen Dämpfe aus den Tiberniederungen würden für Krankheiten sorgen, dessen war sich Imperia sicher.

Dennoch: Eigentlich hätte sie dabei sein müssen. Dieser Meinung war auch Raffaello, der eine Ganzkörperstudie und einen Rückenakt von ihr anfertigte, »für Chigis *Palazzo d'amore*«, wie er betonte.

Seit seinem missglückten Besuch in ihrer *vigna* vernachlässigte Agostino sie. Mittlerweile war ihr einiges über Francesca zugetragen worden; allerdings wollte keiner ihrer Verehrer, nicht einmal Enea Piccolomini, so recht mit der Sprache heraus. Doch dumm war sie nicht: Auf Raffaellos Ausdruck *Palazzo d'amore* konnte sie sich durchaus einen Reim machen – und dieser Reim klang schmerzhaft und enttäuschend.

Da Agostino sie vernachlässigte, empfing sie Enea um so häufiger, und jedes Mal wiederholte er sein Angebot, ihr ein Haus im Borgo zu bauen und sie darüber hinaus mit Mehl und Brennholz zu versorgen. Sie sagte nicht nein und nicht ja, er nickte verständnisvoll und küsste dann wie unabsichtlich die Krähenfüßchen neben ihren Augen.

Eines Tages meldete sich – nach längerer Pause – Angelo. Er werde zum päpstlichen Heer geschickt, um dort Gelder abzuliefern, dies sei eine gefährliche Mission, vielleicht schlage schon bald die letzte Stunde seines bisher noch kurzen Lebens, und daher wolle er seiner Königin der Liebe Lebewohl sagen.

»Auf Wiedersehen!«, korrigierte sie ihn.

Es wurde eine leidenschaftliche Nacht, die sich weit in den Morgen hinzog, eine Nacht, in der ihre Kunstfertigkeit, eine bockige Stute zu spielen, von seiner Kunst, sie zu zähmen und anschließend in allen Gangarten zu reiten, wie so häufig übertroffen wurde. Als er sie verlassen hatte, schmerzten ihre Glieder, und sie war so erschöpft, dass sie die nächsten zwei Tage keinen ihrer Verehrer empfangen mochte.

Während Bella ihre kostbarsten Körperteile pflegte, schwärmte sie: »Das Feuer, das Angelo in mir erweckt, ist nie zu löschen. Er braucht mich nur anzufassen, so glühe ich schon – selbst ich! Ist das nicht erstaunlich … und wunderbar?«

Bella walkte sie nun fester als gewöhnlich, zwickte sie regelrecht, sagte schließlich nach einer Weile: »Angelo del Bufalo ist verheiratet, nicht wirklich reich und außerdem ein unzuverlässiger Gockel. Er kann Euch auf die Dauer nicht glücklich machen.«

Imperia wurde nun wirklich ärgerlich. Vor allem über den Ausdruck *Gockel.* Sie schlug und trat nach Bella, die ihr geschickt auswich und sie sogar auslachte. Dann warf sie eine Vase mit duftenden Rosen nach ihr. Das Glas, ein Geschenk von Agostino, zerbrach.

»Ich lasse Euch dann mal mit den Scherben und den nun welkenden Rosen allein«, sagte Bella kühl und verließ den Raum.

Imperia hätte sie am liebsten eigenhändig ausgepeitscht, und zwar auf ihren nackten Hintern, aber sie wusste natürlich, dass Bella recht hatte. Bis auf den Ausdruck *Gockel.* Angelo war schön, mit seinen welligen Haaren, seinen großen dunklen Augen, seiner geraden Nase und dem starken Kinn, er bewegte sich elegant und beherrschte als großer Reiter seinen Körper, war in der Liebe ausdauernd und in allen Lebenslagen charmant. Gelegentlich schauspielerte er ein wenig, aber ein *Gockel* war er nicht!

Im Spätsommer erschien dann Agostino nach längerer Pause wieder, und sie schlug vor, die Liebe auf die Dachloggia zu verlegen, was ihm genehm war. Er beklagte das in diesem Jahr besonders häufig auftretende Dreitagesfieber und überhaupt die *mal aria*, die unter seinen Leuten schon einige Tote gefordert hätte. »Warum bin ich diesen Sommer in der Stadt geblieben? Nur weil ganz Rom meine Villa sehen will, die Menschen können nicht auf die Einweihungsfeier warten. Selbst Papst Julius meldete sich an, kam dann doch nicht, weil Krieg und Krankheiten seiner altersschwachen Gesundheit zusetzen. Ich hätte in mein Landhaus nach Frascati gehen können, Kardinal Farnese ist dort mein Nachbar, du weißt, das alte Anwesen der Ruffini ...«

Er verlor sich in Erinnerungen, die Imperia langweilten. Als sie wegzudämmern begann, reichte sie Agostino schläfrig ihre Hand, damit er sie küsse, dachte noch: Warum heiratest du mich nicht, alter Mann, bin ich nicht die berühmte Imperia, die die Liebe beherrscht wie keine zweite?

Als Agostino von Kardinal Farneses beeindruckendem römischen Palazzo sprach, statt ihr die Hand zu küssen, zog sie sie wieder zurück. Ihre Gedanken wanderten zu Francesca: Sollte wirklich ein so junges Mädchen sie als Konkurrentin ausstechen? Agostino auf die Venezianerin anzusprechen wagte sie jedoch nicht. Dann würde er womöglich erneut wortlos verschwinden, ohne ein einziges Dukatenstück zu hinterlassen.

Es gelang ihr trotz der Hitze, die sogar auf dem Dach noch herrschte, und trotz der Stechmücken, die auch durch die besten Räucherstäbchen nicht ganz zu vertreiben waren, Agostino zu einer weiteren Liebesrunde anzuregen. Männer liebten das von der Kirche Verbotene, liebten Abwechslung, fielen gern von der Vergewaltigerpose in die Pose des Besiegten, und wenn sie dann in weichen Schwingungen auf ihm ritt wie Angelo auf seiner besten

Stute Cleo, mit der er die meisten Rennen gewonnen hatte, erreichten sie beide gemeinsam ihr Ziel. So auch heute.

Anschließend erzählte Agostino nichts mehr von Kardinal Farnese, sondern sprach erneut von der *mal aria*, die besonders junge Mädchen aus dem Norden, wo die Krankheit nicht so verbreitet sei, befalle und sogar Fehlgeburten auslösen könne.

Diesmal hörte Imperia genau hin. »Von wem sprichst du?«, fragte sie interessiert und doch wie nebenbei. Agostino sollte sich nicht wieder *verhört* vorkommen.

»Ich meine das allgemein.« Er schien sich jedoch wirkliche Sorgen zu machen.

»Ja, das ist traurig«, sagte Imperia. »Auch ich verlor auf diese Weise ein Kind«, log sie. »Es ist bereits eine Weile her, und ich sprach auch nicht darüber, insbesondere bei dir nicht, es war ein Junge …«

Aufmerksam geworden, schaute Agostino sie fragend an.

»Ja, von dir!«

»Wirklich? Ein Junge? Warum hast du mir nie davon erzählt?«

»Ich wollte dir keinen Schmerz bereiten – außerdem wäre der Junge für dich ja nur ein Bastard gewesen, nicht legitimiert wie unsere Margherita.«

Er wirkte nun noch nachdenklicher, schwieg eine Weile, sagte leise: »Ja, ein Bastard … dennoch …«

»Und wie geht es der Mutter?«, fragte sie.

»Welcher Mutter?« Seine Stimme klang misstrauisch.

»Vermutlich ein Mädchen aus deiner *famiglia*, von der du soeben sprachst. Ich weiß, dass du ein mitfühlender Mensch bist, der sich um jeden einzelnen Menschen Glied seiner *famiglia* kümmert.«

»Ja, ein Mädchen aus meiner *famiglia*«, bestätigte er ihre Aussage. »Man muss sich schon Sorgen machen.«

Bald darauf verabschiedete er sich.

28. Kapitel

Francescas Leben bestand aus freudiger Erwartung, unruhigem Schlaf und morgendlichem Erbrechen.

Es gab keinen Zweifel: Sie war schwanger. Seit Monaten blieben ihre Blutungen aus, leicht wölbte sich ihr Leib, und ihre Brüste hatten sich auffällig vergrößert. Agostino hatte sich begeistert gezeigt und sie mit seiner Freude angesteckt, doch seine Lust an körperlicher Liebe nahm von Woche zu Woche mehr ab, und sie wälzte sich schlaflos von einer Seite auf die andere, weil sie diffuse Ängste und darüber hinaus eine seltsame Mischung aus unbefriedigter Liebessehnsucht und Widerwillen vor der Vereinigung irritierten.

Dann setzte die morgendliche Übelkeit ein. Sie konnte nichts bei sich behalten, ihr Magen verkrampfte sich immer wieder, bis sie nur noch beißende Galle spuckte. Anschließend fühlte sie sich so schlecht und schlapp, dass sie sich hinlegen musste.

Weil sie Agostino nicht mit ihrer nächtlichen Unruhe stören und sie sich auch nicht in ihrem gemeinsamen, noch provisorischen Schlafzimmer erbrechen wollte, bezog sie mit Alaya ihre eigenen Schlaf- und Aufenthaltsräume im ersten Stock. Agostino äußerte keine Einwände gegen ihre Entscheidung.

Tagsüber brütete die Sommerhitze, kein Windchen wehte. Alaya kühlte mit einem nassen Tuch ihre Stirn und hielt ihre Hand, während sich die Übelkeit langsam davonschlich. Agostino schaute gelegentlich nach ihr, mit einem Gesichtsausdruck zwischen Mitleid und Tadel, strich ihr über die Stirn, küsste ihre Hand und verabschiedete sich wieder.

Ging die Sonne unter, kamen die Stechmücken. Kein Fenster hielt sie auf, die Räucherstäbchen bewirkten nur wenig, nicht einmal die Netze verhinderten, dass einige einen Durchschlupf fanden und sich dann blutgierig auf Francesca stürzten. Da die Temperaturen abends kaum kühler wurden und Linderung versprachen, die Wände jedoch die Hitze speicherten, glaubte sie unter ihrem Netz zu ersticken.

Alaya, die selten von ihrer Seite wich, hatte sich mit einer Essenz eingerieben, doch der Erfolg blieb aus. Sie versuchte, die Stechmücken von sich wegzuwedeln und sich gleichzeitig frische Luft zuzufächern.

Francesca schlug wild um sich, wenn sich das Sirren ihr wieder näherte, und musste sich heftig kratzen, wenn anschließend die Quaddeln wuchsen und heftig juckten.

Erst am frühen Morgen überwältigte sie ihre Erschöpfung, und sie fand ein wenig Schlaf.

Als die ersten Sommergewitter Linderung versprachen, ohne viel Abkühlung zu bringen, überfiel sie das Fieber. Sie schlotterte und glühte, ihr Körper war schweißbedeckt, und rasch stieg das Fieber so stark, dass sie das Bewusstsein zu verlieren drohte und die Welt um sie herum ins Wanken geriet. In der Tat schien sich das Haus wie ein Schiff in schwerer See zu bewegen, ihr Bett schwankte wie während des Erdbebens in Venedig, sie schrie auf und wollte ins Freie stürzen, konnte sich jedoch nicht auf den Beinen halten und wurde von Alaya gestützt. Alaya selbst schien sich schemenhaft aufzulösen, bevor für eine Weile alles schwarz wurde.

Als Francesca wieder zu sich kam, lagen kühle Tücher auf ihrer Stirn, und Alaya umwickelte ihre Waden mit nassen Lappen. Auch Agostino saß am Bett, hielt ihre Hand und sprach beruhigend auf sie ein.

»Die *mal aria* hat dich erwischt, Roms typische Sommerkrankheit, unsere mephitischen Dämpfe bringen die Krankheit«, erklärte er, während es ihr etwas besser zu gehen schien. »Wir hätten uns in die Albaner Berge verziehen sollen, dort ist es kühler, die Luft ist besser, und die Stechmücken plagen uns nicht so sehr – aber ich habe hier in Rom so viel zu tun.«

»Bleib bei mir!«, flüsterte sie. »Ich habe Angst.«

Agostino drückte ihre Hand. »Du bist noch jung und wirst Roms Heimsuchung überstehen. Wir haben das Dreitagesfieber alle überstanden. Wer es einmal besiegt, wird es immer wieder besiegen.«

Sie sah, wie bemüht besänftigend er klang, doch aus seinen Augen sprach die Angst.

Er winkte den Dienern zu, ihnen stärker Luft zuzufächern. Francesca sah erst jetzt, dass mehrere Männer mannshohe Wedel hin und her schwenkten, und in der Tat brachten sie Erleichterung.

Alaya flößte ihr Wasser ein.

Als Francescas Kopf wieder erschöpft auf die Nackenrolle sank, stieß sie leise aus. »Ich habe Angst um unser Kind.«

Agostino und Alaya tauschten einen kurzen Blick aus.

Später erschien Agostinos Arzt aus dem Judenviertel jenseits des Flusses. Er gab ihr einen bitteren Saft und schwenkte besorgt den Kopf, als er sich mit Agostino zu einer kurzen Besprechung in die Zimmerecke verzog. Francesca sah dies genau, und nun musste sie weinen.

»Du hast heute Nacht nach deinem Vater gerufen und nach einer Caterina und einer Camilla«, sagte Alaya.

»So heißen meine Schwestern. Ich habe sie lange nicht gesehen.« Francesca versuchte sich aufzurichten.

»Bleib liegen, meine Kleine.«

»Sehnst du dich nicht auch nach deiner Familie, deinen Kindern?«

Fast unhörbar flüsterte Alaya: »Ja.«

Am letzten Tag ihres Fieberschubs verlor Francesca ihr Kind; sie weinte tagelang, fühlte sich sterbenselend und schwach. Lange saß Agostino an ihrer Seite, mit tiefen Sorgenfalten, sprach kaum. Der Arzt reagierte gleichwohl weder über den Verlust des Kindes beunruhigt noch über ihre todunglückliche Stimmung. »Ihr seid jung und stark«, erklärte er. »Bald habt Ihr das Fieber überwunden, und noch vor Jahresende seid Ihr wieder guter Hoffnung.« Er nickte auch Agostino aufmunternd zu, verabreichte ihr schließlich einen Saft aus thebaischem Mohn, der grässlich bitter schmeckte, sie aber beruhigte und gut schlafen ließ, riet ihr, bald viele Artischocken zu essen und Liebstöckelaufguss zu trinken. Überhaupt anständig zu futtern.

Der September verwöhnte sie mit angenehmen Temperaturen, so dass sie wieder zu Kräften kam. Alaya führte sie durch den Park, und anschließend saßen sie lange in der Loggia am Tiber, Francesca schaute auf das graue Wasser und die sich unter seiner Oberfläche wie Aale schlängelnden Pflanzen; als ihr schwindlig wurde, schloss sie die Augen, aber nun tauchten aus dem Dunkel die Kanäle von Venedig auf, sie hörte die Rufe der Gondolieri, ihre Schwestern kicherten und zogen sie auf, mit Sprüchen wie »Du bist verliebt«, und ihre Stimmung drohte wieder abzustürzen.

Um sich abzulenken, suchte sie ihr Schäfchen, das mittlerweile kräftig gewachsen war und in der Nähe der Loggia graste. Sie wusste natürlich, dass man ihr nach dem Klosteraufenthalt nur ein Ersatzlämmchen gebracht haben konnte; es hatte herzzerreißend nach der Mutter gejammert und nicht gemocht, wenn sie es auf den Arm nahm. Nie hatte sie es so liebgewonnen wie das erste. Auch jetzt schaute es nicht einmal herüber, als sie ihm winkte!

Am späteren Nachmittag schrieb sie ihren Eltern einen Brief, zerriss ihn jedoch wieder, weil er gar zu trüb und trist klang und sich in Jammereien erschöpfte. Sie wollte ihrem Vater keine zusätzlichen Sorgen bereiten und ihrer Mutter keinen Anlass für Moralpredigten liefern.

In den nächsten Wochen gewann sie weiterhin an Kräften, der Glanz ihrer Augen nahm zu, sie zog abends wieder zu Agostino, fast jede Nacht liebten sie sich, manchmal rauschhaft, manchmal unaufgeregt, bis im Spätherbst erneut ihre Monatsblutungen ausblieben.

Als sie dies Agostino das erste Mal mitteilte, strahlte er vor Freude, und auch sie fühlte sich nun wieder zufriedener. Nachdem sich nach weiteren Wochen die Blutungen noch immer nicht zurückgemeldet hatten und da ein deutliches Ziehen in ihren Brüsten keinen Zweifel mehr an ihrer Schwangerschaft aufkommen ließ, wartete sie auf das Wiedereinsetzen der morgendlichen

Übelkeit. Sie erbrach sich auch ein paar Mal und zog wieder in ihr eigenes Reich, doch bald schon ebbte die Übelkeit ab und verschwand dann gänzlich.

Fröhlich teilte sie dies Agostino mit, der eine etwas bemühte Freude zeigte, zugleich seine Stirn in skeptische Falten zog und sie auch nicht aufforderte, in sein Schlafzimmer zurückzukehren. »Du solltest dich schonen«, sagte er nur, bevor er wieder zu seinen Geschäften aufbrechen musste.

Die Schwangerschaft zeigte bald deutliche Spuren an ihrem sich wölbenden Leib, und dennoch fühlte sie sich diesmal nicht unruhig, schwach oder gar krank, sondern zunehmend stärker. Und sie begann sich zu langweilen, sich eingesperrt zu fühlen wie in einem goldenen Käfig. Am meisten Abwechslung brachten noch die Maler, die auf den Marmorböden und den Gerüsten die Farben mischten, ihre Kartonskizzen auf die Wand übertrugen oder höchst konzentriert *al fresko* malten. Raffaello Santi lächelte ihr freundlich zu, kümmerte sich darüber hinaus wenig um sie, Baldassare Peruzzi und der Früchtemaler Giovanni aus Udine erläuterten dagegen in freundlicher Geduld ihr Tun und die Bildmotive. Allein Sebastiano grüßte sie nur knapp und schien dann so absorbiert von der Freskomalerei, die er auf einem Gerüst ausführen musste, dass sie schließlich tief enttäuscht den Raum verließ, zumal, wie auch Peruzzi ihr einmal zuflüsterte, häufig »dicke Luft« herrsche. Er wies mit seinen Augen auf Raffaello und Bastiano. »Künstler sind empfindliche Wesen«, fügte er an und begleitete Francesca zur Treppe, wo Alaya bereits wartete, um mit ihr durch den Park zu spazieren.

Die Spaziergänge durch den Park kräftigten zwar Francescas Gesundheit, langweilten sie jedoch zunehmend, und auch die Träumereien in der Loggia am Tiber brachten wenig Abwechslung, sie brachten stattdessen wehmütige Erinnerungen an ihre Familie. Francesca sehnte sich nach ihrem Vater und natürlich nach ihren Schwestern, die bald ins Heiratsalter kommen mussten, nach den kleinen gemeinsamen Geheimnissen, den Spötteleien und dem Gelächter.

Weil ihr Zeit und Muße im Überfluss zur Verfügung standen, entschloss sie sich jetzt erneut, ihrer Familie zu schreiben. Sie berichtete von ihrer Zeit im Kloster, von der Schwangerschaft, von Agostino und den Malern, zerriss diesmal den Brief nicht, sondern versiegelte ihn sorgfältig und wollte ihn Alaya anvertrauen.

Alaya schaute sie skeptisch an und fragte: »Soll ich ihn dem Herrn geben oder ins Kontor bringen?«

Francesca war sich nicht sicher, ob ihn Agostino nicht aufbrechen würde, und ihr fiel Bastiano ein, der ihn vielleicht weiterleiten könnte.

Seit dem peinvollen Ereignis im Kloster hatte Sebastiano vermieden, mit ihr zu sprechen, was ihr ganz recht war. Doch langsam, so fand sie, war genügend Zeit verstrichen, und es musste möglich sein, ihm wieder direkt in die Augen zu schauen, ohne vor Scham und unterdrückter Zuneigung rot zu werden. Ja, sie stellte sogar fest, dass sie sich nach einem vertrauten Wiedersehen mit Bastiano unter vier Augen sehnte. So passte sie ihn ab, als er nach getanem Tagwerk die Villa verlassen wollte, winkte ihn zu sich in die Tiefen des Parks. Zögernd folgte er ihr. Schließlich setzten sie sich gemeinsam auf eine Bank im Buchsbaumlabyrinth, während das Licht der tiefstehenden Sonne die kahlen Bäume golden übermalte.

»Ist dir nicht zu kalt?«, fragte er besorgt und legte ihr seinen Umhang über die Schultern, nicht ohne zugleich verstohlen auf die leichte Wölbung ihres Bauch zu schauen.

Sie schüttelte den Kopf, lächelte, sagte leise: »Ja, es ist wieder soweit«, errötete leicht und holte den Brief aus den Tiefen ihres Seidenkleids.

»Kannst du diesen Brief nach Venedig weiterleiten?«, fragte sie, ohne Sebastiano in die Augen zu schauen. »Du hast doch sicherlich noch Kontakt zu deinem alten Lehrer Bellini oder deiner Familie. Vielleicht reitet ein Bote … Ich möchte nicht, dass Agostino … Verstehst du?«

Bastiano schaute zuerst skeptisch, nahm dann den Brief und

murmelte: »Das geht schon in Ordnung. Ich habe einen alten venezianischen Auftrag fertiggestellt und schicke das Bild in ein paar Tagen los. Da kann ich den Brief mitgeben.«

Dann schwiegen beide. Am liebsten hätte Francesca seine Hand ergriffen, aber sie wagte es nicht.

»Bist du zufrieden mit deiner Arbeit?«, fragte sie schließlich.

»Eigentlich nicht.« Weitere Erläuterungen folgten nicht.

Als das gegenseitige Schweigen zu quälend wurde, stellte sie erneut eine Frage: »Willst du wieder nach Venedig zurückkehren?«

Es dauerte eine Weile, bis er antwortete: »Hab' ich mir überlegt, bin aber zu dem Entschluss gekommen: Nein!« Auch diesmal folgten keine Begründungen.

»Das ist schön«, sagte sie.

»Glaubst du wirklich?«

Nun suchte sie seinen Blick. »Ja, das glaube ich.«

Er wagte noch immer nicht, ihr in die Augen zu schauen.

»Es war schrecklich damals – im Kloster, meine ich«, sagte sie unvermittelt.

Kurz nur streifte sie sein Blick, dann stand er auf. »Lange her«, murmelte er. »Aber so sind die Frauen.«

Auch sie erhob sich, weil sie nicht wollte, dass er sich einfach davonstahl, griff sogar nach seiner Hand. Er ließ sie ihr, wandte sich jedoch ab. »Sag so was nicht!«, sagte sie leise, flehend. »Und vergiss nicht, was du tun wolltest. Es hätte unser Leben zerstören können. Wir mussten vernünftig sein. Wir *hätten* vernünftig sein müssen.« Sie glaubte ihren Worten selbst nicht.

»Dann lass uns vernünftig sein.«

Langsam entzog Bastiano ihr seine Hand und floh aus dem Labyrinth, über das sich die Dämmerung senkte. Einen tief verwundeten Blick hatte Francesca noch auffangen können, und sie sank weinend auf die Bank, bis Alaya sie, als es fast dunkel war, wortlos ins Haus führte.

Zum Glück hielt sich Agostino im Kontor auf, und auch am Abend sah sie ihn nicht.

Um sich in den folgenden Wochen ein wenig Abwechslung zu verschaffen, bat sie ihren alten Lehrer Umberto, sie doch in der Villa zu besuchen und mit ihr gemeinsam das Märchen von *Amor und Psyche* zu lesen, das Agostino so liebte und das er in seiner Villa hatte abbilden lassen. Umberto verhielt sich äußerst ehrerbietig und höflich und bewunderte auch weidlich die künstlerischen Schöpfungen an den Wänden und Decken der Villa, soweit sie bereits zu besichtigen waren.

Auch Afra erschien auf Francescas Wunsch, walkte und knetete sie, sprach von dem Wunder des werdenden Lebens, strich ihr vorsichtig über den sich nun deutlicher wölbenden Leib. Später spielten sie sogar gemeinsam Laute, dichteten und sangen. Als Francesca einmal Bastiano vorbeistreichen sah, rief sie ihn herbei und bat ihn, zu dem Gedicht eine neue Melodie zu komponieren. »Du bist doch auch ein großer Musiker«, sagte sie und erklärte, an Afra und Umberto gewandt: »Er war in ganz Venedig berühmt für sein Lautenspiel und seine Kompositionen.«

Afras Miene blieb abweisend, Umberto verzog spöttisch seinen Mund.

Bastiano verbeugte sich höflich und antwortete: »Leider bleibt mir für solche Tändeleien im Augenblick keine Zeit, Signorina.«

Francesca konnte nur traurig den Kopf schütteln, während Afra sie prüfend beobachtete.

Während der Winter sich langsam seinem Ende zuneigte und die ersten Mandelbäume blühten, sah sie Agostino immer seltener. Als er sich einmal kurz zu ihr setzte, berichtete er mit Sorgenfalten, Papst Julius gehe es nicht gut, in absehbarer Zeit sei wohl endgültig mit seinem Ableben zu rechnen.

»Du musst mir alles haargenau erzählen«, bat sie ihn.

Er nickte, gab ihr einen flüchtigen Kuss, erklärte: »Ich habe zur Zeit wirklich viel zu tun.«

»Agostino macht sich rar«, beklagte sich Francesca bei Alaya. »Er lässt mich immer allein schlafen. Wer weiß, wo er sich herumtreibt.«

Alaya schüttelte unwillig den Kopf. »Was erwartest du? Er hat Angst um dich und das Kind. Eins hast du bereits verloren. Man schläft nicht mit einer Schwangeren, sonst beschwört man ein Unglück herauf.«

Die beiden waren dabei, sich, wie so oft, in der Loggia am Tiber niederzulassen. Francesca starrte auf das Wasser und schwieg eine Weile gedankenverloren. Seit Wochen fühlte sie sich gesund, doch überfielen sie gelegentlich auch düstere Stimmungen, und immer wieder fühlte sie sich vernachlässigt.

»Und wenn es ein Mädchen wird?«, fragte sie, nicht ganz ohne Jammerton in der Stimme.

»Dann wird es ein Mädchen, und beim nächsten Mal kriegst du einen Jungen.«

»Agostino will aber einen Erben.«

»Jeder Mann will einen Erben, aber du bist ein Mädchen, ich bin ein Mädchen …«

»Eben. Wir sind gar nichts wert, außer zum Kinderkriegen – oder als Kurtisanen. Wie Imperia, bei der sich Agostino holt, was ich ihm jetzt angeblich nicht geben kann.«

»Woher weißt du das?«

»Das hat mir die Köchin erzählt.«

Alaya runzelte nun die Stirn. »Wieso sprichst du mit der Köchin?«

»Manchmal gehe ich in die Küche, wenn mich ein Heißhunger überfällt.«

»Die Köchin ist eine üble Klatschtante und wirklich kein Umgang für dich.«

»Sie ist auch kein ›Umgang‹, ich sehe sie nur manchmal.«

»Und ihr sprecht über den Herrn und über Imperia …«

Francesca antwortete nicht, sondern ließ ihre Augen über den Tiber wandern und versenkte sich in die Lichtspiele, die auf dem Wasser tanzten, bis ihr ganz schwindlig wurde. Sie schloss die Augen und seufzte tief. Sollte sie nicht eigentlich glücklich sein? Umgeben vom Glanz des Reichtums, von Kunst und Künstlern und zahllosen Bediensteten, führte sie ein Leben in Luxus und

Sorglosigkeit. Ihr Leib war gesegnet, und mittlerweile regte sich ihr Kind. Alles war gut.

Und doch, immer wieder meldete sich in ihr eine unbestimmte Sehnsucht.

29. Kapitel

Der Herbst und Winter hatten Imperia einen ungewöhnlich intensiven Besucherverkehr beschert. Auch Agostino und der gesund zurückgekehrte Angelo ließen sich von ihr gelegentlich verwöhnen, Enea Piccolomini meldete sich regelmäßig an, außerdem die Gruppe um Sadoleto, Inghirami und Beroaldo, die gern über den Krieg der Liga gegen die Franzosen sprachen, von dem starken Heer der Schweizer, aber auch davon, dass Papst Julius nicht mehr der alte sei, ein Schatten seiner selbst, selbst die berüchtigten Tobsuchtsanfälle würden in sich zusammenfallen, bevor sie überhaupt begonnen hätten.

Sie sollten recht behalten: Im Februar 1513 führte *il terribile* seinen finalen Kampf und verlor. Noch während er die Letzte Ölung für sich erbat, ging das Geschachere um die Nachfolge los.

Agostino tauchte nun nicht mehr bei Imperia auf, sandte ihr jedoch eine Botschaft: Zur Zeit gehe es um die Papstnachfolge und wer da zu unterstützen sei, zahlreiche Kardinäle riefen nach einem Darlehen, er müsse klug taktieren und kalkulieren und finde daher keine Zeit für die angenehmen Seiten des Leben, »auf, neben oder unter dir, liebste, göttliche Imperia«.

Von solchen Sprüchen konnte sie sich nicht einmal eine Gänsefeder kaufen.

Während der Sedisvakanz ließ Imperia nur wenige ausgewählte, langjährige Verehrer ein, denn die Anarchie tobte dieses Jahr besonders stark, zumal noch Karneval die Stadt in den Taumel andauernder Feste stürzte, und die Gefahr, dass der eine oder andere ihrer Kunden die zu erwartende Amnestie ausnützen wollte und sich ohne Bezahlung davonstahl, war groß. Außerdem musste man damit rechnen, dass ein betrunkener Mob aus verwöhnten Adelssprösslingen ins Haus einfiel, weil er glaubte, sie ungestraft vergewaltigen zu können.

So blieb ihre Eingangstür immer verriegelt, und zudem hatte sie drei zuverlässige *bravi* als Leibwache eingestellt.

Als das Volk durch die Via Giulia tobte und *palle! palle!* brüllte, wusste sie, dass der junge Kardinal Giovanni de' Medici gewählt worden war, die dickliche Wohllebe in Person, ein Freund der Dichter und Harlekine, ein Mann mit allerlei unangenehmen Krankheiten des Körperteils, für das er, so munkelte man, eine gewisse verbotene Vorliebe empfand.

Giovanni de' Medici, der Sohn des mittlerweile zur Legende gewordenen Lorenzo *Il Magnifico*, nannte sich als Papst Leo X. Wie er sofort verlautbaren ließ, wolle er, der die Gefangenschaft der Franzosen nur mit Mühen überlebt habe, ein Papst des Friedens werden. Andere seiner Sprüche wurden ebenfalls kolportiert: *Da uns Gott nun einmal zum Stellvertreter Christi gemacht hat, wollen wir diese Stellung genießen*, so oder so ähnlich habe er sich geäußert, berichtete Sadoleto, während er mit Imperia kandierte Früchte verspeiste. Dann erkundigte er sich nach seiner Tochter Lucrezia.

Lucrezia sei leider noch schlanker geworden, erklärte Imperia. Seitdem ihre Freundin Francesca, der »Schützling« des Agostino Chigi, das Kloster verlassen habe, hungere sie regelrecht und sei in einen nicht nachlassenden Betwahn gefallen. Außerdem sei sie vermutlich Chigis Tochter.

»Wie bedauerlich«, sagte Sadoleto und trank einen Schluck Malvasier. »Früher hast du immer etwas anderes behauptet.«

Imperia zuckte nur mit den Achseln. Sie hoffte, ihm eine Äußerung über Francesca, von der er sicherlich gehört hatte, zu entlocken, doch Sadoleto wiederholte lediglich »wie bedauerlich« und fügte an: »Du solltest sie möglichst bald verheiraten. Irgendein anständiger Krämer wird sich schon finden. Chigi kennt doch Gott und die Welt ... Was ich noch sagen wollte: Ich werde bald Papst Leos persönlicher Sekretär. Er weiß mein elegantes Latein so zu schätzen, dass er sich damit in seinen Briefen schmücken will. Eine einträgliche Pfründe!«

Ein letztes Mal versuchte Imperia, von ihm etwas über Francesca zu erfahren, auch diesmal vergeblich. Dafür fragte Sadoleto sie nach einem eher nachlässigen und kurzen Liebesspiel, wo sie sich denn den großen Umzug des neuen Papstes, den *possesso*, anschaue und das Pferderennen auf der Piazza Navona, »an dem auch unser Angelo del Bufalo, Roms unbesiegbarer Reiter, teilnimmt«.

Imperia hatte zahlreiche Einladungen von ihren Verehrern erhalten, den Festzug am Tag von Papst Leos symbolischer Inbesitznahme der Stadt zu erleben. *Eine* allerdings hatte gefehlt: die von Agostino Chigi. Daher hatte sie schließlich Enea Piccolominis Einladung angenommen, der ein Haus in der Via dei Banchi besaß, ganz in der Nähe von Chigis Kontor.

»Nicht in deinem Haus, Iacopo«, antwortete sie knapp und schickte Sadoleto weg.

Bevor der große Festzug startete, war sie in Eneas Begleitung noch ein wenig durch die duftende und mit Blumen und Kräutern bestreute Via Triumphalis geschlendert – soweit man bei dem Menschengedrängel von *schlendern* sprechen konnte – und hatte all die Skulpturen, die Teppiche und den Girlandenschmuck bewundert, die bemalten Triumphbögen mit ihren griechischen Göttern und Göttinnen. Überall Huldigungen an die Venus – Imperia konnte dies nur freuen, denn das Pontifikat des jungen Medici versprach gute Zeiten für all diejenigen, die mit und von der Liebe lebten.

Enea grüßte immer wieder seine vatikanischen Bekannten und winkte den Wartenden in den Fenstern und auf den Balkonen zu, und dann standen sie, als die *sbirren* bereits mit Macht und Peitschenschlägen die Menschen an den Rand der Via Triumphalis drängten, vor Chigis Triumphbogen. Natürlich war er der größte und prächtigste, entworfen, bemalt und hergestellt von Raffaello Santi. Nachdem Imperia bereits diverse nackte Venusgöttinnen gesehen hatte, die sie an die eine oder andere ihrer Kolleginnen erinnerten, erwartete sie nun, auf Chigis Triumphbogen sich selbst zu entdecken – in Überlebensgröße, als *Venus Imperia triumphans*. Wozu war Raffaello denn bei ihr gewesen und hatte sie nackt gezeichnet!

Sie ließ suchend ihren Blick über den Bogen und seine Figuren gleiten, starrte dann auf die nackte Schönheit über ihr. So sehr sie schaute, sie fand sich in dem Bild der Venus nicht wieder. Auch in keiner anderen Göttin. Die Venus sah deutlich jünger aus als sie, trug nicht einmal blonde Haare, wie alle Kurtisanen in Rom und alle adligen Damen, die etwas auf ihr Aussehen hielten. Nein, Chigis und Raffaellos Venus war sie *nicht*!

Enea Piccolomini, der schon ein Stück weitergegangen war, kehrte wieder zurück.

»Wer ist denn das?«, fragte sie ihn, noch immer entgeistert, und zeigte auf die Venusdarstellung.

»Aber Imperia, die Göttin der Liebe natürlich!«

»Das weiß ich selbst!«, fuhr sie ihn an. »Ich meine das Vorbild, das Modell! Wer ist diese Hure?«

Enea fasste sie am Ärmel und zog sie weiter. »Komm, wir sind fast da. Lass uns von meinem Balkon den Umzug anschauen!«

»Wer ist diese Hure?«, zischte sie.

»Was weiß ich, vermutlich Raffaellos neue Geliebte oder sein Idealbild von Schönheit.«

Imperia blieb der Atem weg, sie stolperte über die Lorbeerzweige am Boden, ließ sich von Enea in sein Haus ziehen. Ihr Kopf war leer, zugleich tobte in ihr ein Sturm aus Enttäuschung und hilfloser Wut. Sie stand auf dem Balkon, unter ihr tröteten die Fanfaren und schlugen die Trommler, Männer in allen Farben zogen vorbei, Pferde trappelten, Roben wehten, die Zuschauer riefen »Soldi!« und »Scudi!«, winkten und klatschten. Sie bekam kaum etwas mit, sah sogar den Papst selbst in seiner Sänfte nur schemenhaft vorbeiziehen. Allein bei den Reitergruppen aus Roms verschiedenen Stadtvierteln schaute sie aufmerksam hin: Unter ihnen ritten auch die Männer, die am folgenden Tag das Pferderennen auf der Piazza Navona austragen sollten. Sie sah *ihn*, ihren Angelo, winkte ihm zu, und er winkte ihr tatsächlich zurück!

»Der Medici-Jüngling auf dem Papstthron wird Julius' Kirchenschatz rasch verprassen!«, rief Enea, als er sah, wie die Männer des Papstes sogar Goldmünzen unters Volk streuten. Als der letzte Fanfarenstoß im Lärm der Massen unterging, zog Enea sie in den Raum. »Komm, lass uns einen fetten Kapaun genießen und einen ordentlichen Roten trinken.«

Imperia aß kaum etwas und nippte nur an ihrem Glas.

Enea hatte gehofft, sie während der Nacht in seinem Bett beglücken zu dürfen, aber sie musste ihn enttäuschen; sie ließ sich bald nach Hause bringen, schloss sich ein und war für niemanden, nicht einmal Bella zu sprechen.

Am nächsten Tag blieb sie lange im Bett liegen, ließ sich dann aber doch – nach einer ausführlichen und gründlichen Schminksitzung – wie abgesprochen von Enea zur Piazza Navona führen, wo er auf der Tribüne einen besonders guten Platz für teures Geld ergattert hatte. »Wir werden nicht nur die Reiter sehen, sondern auch den Heiligen Vater und all die, die in seiner Nähe sitzen«, erklärte er begeistert, während er sich den Schweiß von der Stirn wischte.

Kurz bevor die Aprilsonne hinter den Dächern verschwand, erschien der Heilige Vater und wurde mit *palle-palle*-Gebrüll begeistert empfangen. Die meisten Ränge auf den Tribünen hatten sich mittlerweile gefüllt, und ganz in der Nähe des Papstes entdeckte Imperia Agostino. Neben ihm saß eine junge Frau, fröhlich, unbekümmert, aufgekratzt … Imperia sah genauer hin: Sicherlich war sie nicht seine aufgeputzte venezianische Venus. Was er sich auch nicht hätte erlauben können: dem Papst und *tutta Roma* zur Feier des Pontifikatbeginns eine *concubina nulla* zu präsentieren. Es wäre eine ungeheure Provokation gewesen. Aber vielleicht hätte Agostino gerade diese Geste geliebt, um allen zu zeigen: Ich bin der Größte!

Die junge Frau und Agostino unterhielten sich angeregt mit einem bärtigen älteren Mann, lachten laut; nur die Frau neben dem älteren Mann unter einer unbekömmlichen turbanartigen Kopfbedeckung blieb ernst, blickte regelrecht missgelaunt und zugleich gelangweilt in die Runde.

»Wer sitzt denn da neben Chigi?«, fragte sie Enea.

»Du kennst sie nicht? Das ist Gianfrancesco Gonzaga, der Marchese von Mantua, und seine Gattin Isabella d'Este, die gebildetste Frau Italiens, die größte Kunstliebhaberin, allseits bewundert und verehrt, natürlich auch von Papst Leo und deinem Chigi ...«

»Er ist nicht *mein* Chigi! Und wer ist die junge Frau?«

»Ja, so genau kenne ich die Familie nicht. Ich kenne nur Federico, den Sohn, der zurzeit in Rom lebt, im Vatikan; das Mädchen wird wohl eine Tochter sein. Ähnelt es nicht der Mutter?«

»Die junge Frau neben Chigi sieht der Mutter *nicht* ähnlich. Sie ist viel zu hübsch für diese gebildete Schrulle.«

Imperia beobachtete, wie der Marchese seinen Arm um die junge Frau legte und ihr einen Kuss auf die Stirn drückte. Die Markgräfin neben ihnen verzog ihr Gesicht in tiefster Verachtung.

»Vielleicht ist sie die Konkubine des Marchese.« Enea lachte kurz auf. »Nein, natürlich nicht, das traut er sich nicht. Sie könnte auch eine illegitime Tochter sein. Wie man sich erzählt, soll Isabella d'Este nur ihre Söhne, Philosophen und Pferde lieben und ihre Töchter drangsalieren.«

Imperia hörte nicht mehr auf den Klatsch, den Enea erzählte, sondern beobachtete Agostino. Er unterhielt sich angeregt mit dem Marchese, beugte sich dann über das junge Mädchen zu Isabella d'Este, um ihr etwas mitzuteilen. Isabella lächelte knapp und antwortete, das hübsche Bastardmädchen lachte so laut auf, dass die glockenhelle Stimme bis zu Imperias Platz drang, auch Agostino lachte, wies dann auf die sich aufstellenden Reiter.

Der Lärm ebbte ab, Papst Leo eröffnete das Rennen. Er schien bereits heftig zu schwitzen; setzte sogar seine Tiara ab, kratzte sich am Kopf und ließ sich eine leichte Kappe reichen.

Als Letzter hatte sich Angelo auf seiner schwarzen Stute Cleo aufgestellt. Alle ritten sie ohne Sattel, dies erforderte mehr Geschick.

Angelo!

Imperia hätte ihm fast zugewinkt und wäre in den ausbrechenden Jubel eingefallen, als der Startbefehl gegeben wurde.

Und dann trieben die Reiter ihre Pferde an, es flogen die Hufe, Mähnen und Schweife wehten.

Bereits in der ersten Kurve wurde ein Pferd herausgetragen, und sein Reiter stürzte kopfüber in die Menge.

Die nächste Gerade. Manche Reiter schwangen schon ihre Peitschen. Gleichzeitig hockten sie, nach vorne gebeugt, mit zusammengepressten Beinen auf den Pferden oder wurden von den Rücken der Pferde immer wieder hochgeworfen, so dass sie sich nur mühsam halten konnten.

Wo war Angelo? Imperia sprang auf und suchte ihn. Ja, dort ritt er, noch im Mittelfeld, natürlich ohne Peitsche, seine Stute gab unter seinen Schenkeln freiwillig alles. Als die Reiter unter ihrem Tribünenplatz vorbeidröhnten, winkte sie ihm so heftig zu, dass sich ihre Frisur aufzulösen begann. Sie hatte heute absichtlich keinen Kopfschmuck tragen wollen, außer einem Netz aus hauchdünnen Goldfäden mit einer Perle auf der Stirn, aber bereits in dem Gedränge vor der Tribüne hatte ihr jemand das Netz vom Kopf reißen wollen. Als sie aufschrie, verdrückte sich der Dieb blitzschnell. Zum Glück ohne das Netz, das sie dann abzog und sicher verstaute.

Ihr Blick glitt nun, während die Pferde ihr das Hinterteil zukehrten und die Hufe den Sand nur so aufwirbelten, über die Tribünenplätze in der Nähe des Papstes. Agostino schaute nicht nach den Reitern, wie alle anderen, sondern nach ihr. Sie fiel wieder auf ihren Sitz zurück. Nun winkte er ihr sogar zu. Freundlich, durchaus freundlich. Aber nicht mehr. Und die junge Frau neben ihm beobachtete ihn dabei. Skeptisch. Dabei lächelte sie – überlegen, mehr noch, hochmütig. Was für ein Gesichtsausdruck bei einer so jungen Frau!

Schon rasten die Reiter wieder heran. Das Volk tobte und brüllte: »Angelo! Angelo!«

In der nächsten Kurve rutschten und stürzten erneut zwei

Pferde, einer der Reiter stieß mit seinem Kopf an die Seitenbande und blieb regungslos liegen. Die Menge hatte einen Schrei aus lustvollem Erschrecken ausgestoßen, wandte sich aber rasch wieder den Reitern zu.

Angelo hatte sich an die Spitze der Gruppe gesetzt und baute langsam seine Führung aus. Wieder sprang Imperia auf und schrie: »Angelo! Angelo!« Winkte, hätte beinahe ihr goldenes Haarnetz geschwenkt. Cleo, die schwarze Stute, reckte, Schaum vor dem Maul, ihren schlanken Kopf, und ihr Schweif flatterte. Angelo hatte sich soweit vorgebeugt, dass sein Gesicht fast von der Mähne berührt wurde. Es sah so aus, als wollte er den Hals des Tiers liebevoll umarmen. Hielt er überhaupt noch die Zügel in der Hand? Oder flüsterte er der Stute etwas zu? Schweiß bedeckte ihre Flanken, ihre Hufe flogen über den Sand, näherten sich der letzten Kurve, sehr steil, viel zu steil, wie Imperia fand. Auch sie war früher geritten, gern sogar, sie wusste, wie es war, wenn ein Pferd außer Kontrolle geriet.

Cleo rutschte, und einen Augenblick sah es so aus, als würde sie stürzen. Angelo schlug sie plötzlich, nein, nicht mit der Peitsche, mit der flachen Hand, und in der Tat, Cleo fing sich wieder, hatte aber eine Länge Vorsprung verloren, so dass sie jetzt nur noch knapp in Führung lag.

Sie galoppierten in die Zielgerade. Vor lauter Durcheinander von Köpfen, Vorderbeinen, hektisch antreibenden Reitern und sich drängelnden Pferdeleibern konnte Imperia Angelo kaum finden. Jetzt schien er sich jedoch aus dem Pulk lösen zu wollen, lenkte Cleo zur Seite, auf den baldachinbeschattenen Platz des Papstes zu, auf sie zu, ja, auch auf sie. Irgendwie schien dies Cleo zu irritieren, was und wie genau es geschah, konnte Imperia in der Geschwindigkeit gar nicht erkennen, auf jeden Fall schien sich Angelo seines Sieges schon sicher, er kniete sich, wollte sogar einen Arm triumphierend hochreißen, da rutschte er aus, und sein ganzer Körper prallte mit Wucht auf Cleos Rücken, die sofort über ihre Vorderbeine stolperte und zusammenbrach. Angelo flog über ihren Kopf in den Sand.

Die Rotte der Reiter staubte an ihnen vorbei, und das Aufstöhnen des Volks vermischte sich mit dem Jubel über den Sieger.

Es herrschte ein unglaublicher Lärm, sogar Papst Leo war aufgesprungen.

Angelo lag noch vor seinem Pferd, erhob sich schmerzgekrümmt, riss an den Zügeln, doch Cleo konnte sich nicht aufrichten. So sehr sie es auch versuchte.

Er musste ihr das Rückgrat gebrochen haben.

Angelo zerrte noch einmal an den Zügeln, trat dann sogar nach Cleo. Als seine Pferdepfleger endlich bei ihm waren und auf ihn einsprachen, schien er sich zu besinnen, fiel auf die Knie, umarmte den Kopf des Pferdes, als wollte er sich entschuldigen.

Imperia sah, wie er sich schließlich tränenüberströmt erhob und, ohne dem Papst einen Blick zuzuwerfen, aus der Rennarena humpelte.

Cleo wurde an Ort und Stelle getötet.

Imperia beobachtete nicht mehr, wie Papst Leo die Sieger zu sich hochwinkte. Die Fanfaren waren vor Jubel und Toben der Menge kaum zu hören, alles drängte auf die Rennfläche.

Kurz erhaschte Imperia einen Blick von Agostino, der bereits mit den Gonzaga aufbrach. Der Marchese klopfte ihm wie einem alten Freund auf die Schulter.

Imperia wollte nur noch nach Hause. Allein sein. Sie konnte die Tränen nicht mehr unterdrücken.

Enea versuchte sie zu trösten. »Es ist ihm doch nichts passiert«, wiederholte er unablässig. »Nächstes Jahr siegt er wieder, Angelo lässt sich nicht unterkriegen, er nicht!«

»Nein, nein«, schluchzte sie, »er erträgt die Schmach nicht, er ist wie ich, er wird nie mehr …« Ihre Stimme versagte.

Es schien ihr, als sei eine Welt zusammengebrochen.

30. Kapitel

Agostino Chigi konnte seinen Blick nicht von dem Unglück lösen. Kurz vor dem erwarteten Ausgang des Rennens war Angelo del Bufalo, der Favorit und Liebling des Publikums, gestürzt, und sein Pferd musste in aller Öffentlichkeit getötet werden. Papst Leo wandte sich ab, als der Schlächter das Messer in den Hals der Stute senkte und das Blut nur so spritzte. Selbst hartgesottene Männer stöhnten auf und schlossen die Augen. Das Pferd schlug noch einmal hilflos aus und verendete. Der so unnötig gestürzte Reiter hatte sich bereits verzogen.

Chigi, der mit den Gonzaga in der Menschenmenge steckengeblieben war, wollte nicht mehr zusehen, wie das Pferd abtransportiert wurde. Er ließ seinen Blick über die Zuschauer, die in der Nähe gesessen hatten, schweifen und entdeckte Imperia. Sie starrte ihn an, schaute allerdings betont weg, nachdem sich ihre Blicke getroffen hatten. Zugleich schlug ihm der Marchese auf die Schulter. Es war eine betont freundschaftliche Geste, und Chigi wandte sich ihm lächelnd zu, wusste aber nichts anderes zu sagen als »Rom wie es leibt und lebt – oder wie es siegt und stirbt«.

Der Marchese lachte. Seine Frau Isabella blieb ernst, rümpfte fast unmerklich die Nase, die Tochter zog die Augenbrauen hoch.

Nun ruckte es vorwärts, der Marchese klopfte Chigi erneut auf die Schulter und lud ihn zum abendlichen Mahl und einem kleinen Trunk in seinen römischen Palazzo ein. Chigi konnte nicht nein sagen, und so speiste man ordentlich, wenn auch die Unterhaltung unter den strengen Augen Isabellas etwas steif verlief. Als sich die Markgräfin zurückzog, wollte Chigi ebenfalls aufbrechen, doch Gonzaga füllte selbst sein Weinglas und zwang ihn, sich wieder zu setzen.

Eine Weile leisteten ihnen noch sein Sohn Federico und die hübsche Margherita Gesellschaft.

Margherita! Schon ihr Name hatte bewirkt, dass Chigi sie mochte. Obwohl Isabella sie als »natürliche« Tochter ihres Gemahls nur mit Herablassung behandelte und Federico der Erbe und nächste Marchese war, glänzte sie mit schlagfertigen Sprüchen und ließ sich zu hochmütigen Kommentaren über das römische Volk und seine bäurischen Barone hinreißen. Sogar die Medici bekamen ihr Fett ab, insbesondere Giovanni, Papst Leo, dessen übergewichtige Hässlichkeit sie regelrecht geißelte, während ihr Bruder Federico seine Generosität hervorhob, die er am eigenen Leib erleben durfte. Da er *Generasität* gesagt hatte, verbesserte sie ihn und betonte herablassend, er solle lieber *Freigebigkeit* sagen, da blamiere er seine noch ausbaufähige Bildung nicht so leicht.

Federico wurde rot und presste verkniffen die Lippen zusammen.

Margherita ließ ein perlendes Lachen ertönen, und ihr Vater gab ihr einen schmatzenden Kuss. Er trank einen weiteren Schluck und lobte seine klugen Töchter, die er über alle Maßen liebe, ob sie nun legitim seien oder nicht. Margherita sei nur deshalb von einer anderen Frau, erklärte er offenherzig, weil kurz zuvor eine eheliche Margherita als Säugling gestorben sei und Isabella eine Zeitlang jeden Verkehr verweigert habe.

»Da musste ich mir doch eine andere suchen, und es ist dieses Prachtkind entstanden!« Er umarmte Margherita erneut, die geschmeichelt lächelte und ihrem Vater einen spitzen Kuss auf die Wange drückte.

Dann trank er weiter und schickte nacheinander Tochter und Sohn ins Bett.

Und trank noch immer.

Chigi wollte sich endgültig verabschieden, doch Gonzaga goss weiterhin die Gläser voll. Dann beklagte er sich mit schwerer Zunge über seine zimperliche und zugleich anspruchsvolle Frau, die keine Freude im Bett aufkommen lasse. »Wenn überhaupt, dann geht es Beine-breit und rein, ruckzuck und Lass-mich-schlafen! Kennt Ihr das auch?«

Ein Schluck folgte, eine Antwort wartete er gar nicht ab. »Natürlich kennt Ihr das nicht, denn Ihr seid nicht verheiratet und könnt Euch die Liebchen aussuchen. Ich hörte von Eurer Favoritin Imperia. Auch ich würde gerne mal selbst bei ihr anklopfen, aber Isabella ... Ihr versteht. Wenn die ihre Stimme erhebt, da wackeln die Wände unseres *castellos*. Will sagen: Sie schrillt, und ich brülle. Letztlich siegt ihr Schrillen. Das kommt daher, weil ich ihr zu Dank verpflichtet bin, wie ich in solchen Fällen immer hören muss. Sie hat mich nämlich aus dem Kerker geholt, in den die verfluchten Venezianer mich wegen angeblicher finanzieller Untreue und Verrat gesteckt haben, nachdem ich als Condottiere mein Leben für sie in die Schanze geworfen hatte. Mich, den Sieger von Fornovo, warfen diese verlogenen Krämerseelen in den Kerker! Aber Ihr versteht: Wenn ich Isabella allzu deutlich in die Schranken weise und ihr ein paar Ohrfeigen verpasse, lege ich mich mit der gesamten Este-Sippe an. Das wäre ungut. Außerdem will ich Herzog werden. Wie der Este, ihr Vater.«

Als Gonzaga noch mehr getrunken hatte, ging es ums Geld. Alles koste: die teuren Steckenpferde seiner Frau; ihr Dichtergeschwerl am Hof; die übermäßig teuren Maler; die Teller, Gläser, Skulpturen; natürlich auch der Ausbau des *castellos*. Und dann die Kosten, die ihm Rom beschere. Langsam müsse ein Kardinalshut in seiner Familie getragen werden, er denke da an seinen Sohn Ercole, und natürlich koste auch die standesgemäße Erziehung Federicos im Vatikan jede Menge Geld. Zu welchen Bedingungen ihm denn Agostino wieviel Geld leihen könne?

Chigi zeigte sich nicht abgeneigt, erklärte, dem Marchese natürlich Sonderkonditionen zu gewähren, was dieser mit schmerzhaften Freundschaftsbekundungen quittierte.

Endlich gelang es Chigi, sich zu verabschieden.

In den darauffolgenden Tagen wurde er noch zweimal eingeladen, führte mit Isabella lange Gespräche über die Maler, die er beschäftigte, berichtete von Raffaello, Baldassare Peruzzi und Sebastiano Luciani, den Schüler und Freund Bellinis und Giorgiones, schwärmte von den wunderbaren Frauenakten in seiner Villa und den Girlanden aus allen nur vorstellbaren Frucht- und Gemüsesorten, brachte Federicos Augen zum Leuchten und Margheritas Mund zum spöttischen Lächeln. Isabella hatte bei der

Erwähnung der Akte nur »soso« gesagt und dann nachgefragt, von welchen Pflanzensorten er spreche.

»Sogar Mais und Kürbisse sind darunter«, erklärte Chigi.

Federico kannte sie nicht.

»Sie sind erst kürzlich aus dem neuentdecken Kontinent jenseits des Ozeans importiert worden«, belehrte ihn Margherita, und ihre Mutter musste ihr zustimmen.

»Und wie heißt der Maler?«, fragte Isabella.

»Giovanni di Francesco Ricamador, aus Udine«, sagte Chigi.

Der Marchese lud ihn nach Mantua ein, Chigi revanchierte sich umgehend, indem er betonte, es sei ihm eine ganz besondere Ehre, den illustren Marchese, den Sieger von Fornovo, und seine in ganz Italien hochverehrte Frau Gemahlin samt ihren lieben Kindern auf der Einweihungsfeier seiner *villa suburbana* begrüßen zu dürfen. »Erwartet allerhöchste Kunst«, rief er aus, »nicht nur Kürbisse, sondern auch griechische Göttinnen, Sternbilder und den großen Alexander …«

»Aber hoffentlich nicht den Borgia-Alexander, den katalanischen Stier«, fiel ihm der Marchese ins Wort und lachte über seinen Beitrag, dass seine langen dunklen Haare wippten.

»… und natürlich wird auch unser Malerfürst Raffaello Santi anwesend sein und sogar der Heilige Vater.«

»Wie schön!«, sagte Isabella. »Für den Fall, dass wir noch in Rom weilen, nehmen wir die Einladung gerne an.«

»Sie hat gesprochen! Wir kommen!« Der Marchese schlug ihm erneut auf die Schultern, Isabella lächelte sogar und nickte, Federico zeigte sich begeistert, und Margherita schürzte skeptisch ihre Lippen.

Als Chigi spätabends nach Hause in die Villa kam, empfing ihn Francesca schon auf der Treppe, barfuß und mit wirren Haaren. Sie trug lediglich ihr Nachtkleid und hatte offenkundig geweint, denn ihre Wangen waren verschmiert vor Tränen.

Seit Tagen schon, genauer: seit er ihr erklärt hatte, dass er mit dem Marchese Gonzaga und seiner Familie den *possesso* feiere und auch das Rennen auf der Piazza Navona besuche, *ohne* sie, war sie nah ans Wasser gebaut. Sie tat ihm leid, aber sich bei den Gonzaga und in aller Öffentlichkeit mit seiner jungen und zudem noch schwangeren Konkubine zu zeigen war einfach nicht möglich. Dies musste Francesca einsehen.

Sie sah es auch ein, aber sie vergoss dennoch jede Menge Tränen und wirkte tieftraurig.

»Warum schläfst du noch nicht?« Chigi umarmte sie auf der Treppe, ohne eine Antwort zu erhalten. Scheinbar willenlos ließ sie sich in ihr Zimmer zu ihrem Bett führen. Alaya tauchte auf, wollte sich um Francesca kümmern, doch Chigi winkte sie aus dem Raum.

Als Francesca im Bett lag, strich er ihr über die Wangen. »Bist du immer noch traurig?«

Sie antwortete nicht, starrte an ihm vorbei ins Leere.

»Ich weiß, es ist nicht einfach für dich.«

Als sie noch immer nicht reagierte, begann er, in lockerem Ton von den Gonzaga zu erzählen und sich insbesondere über den Marchese und seine so adelsstolze Gemahlin lustig zu machen.

Francesca starrte noch immer ins Leere. Von Zeit zu Zeit lief eine Träne die Wangen hinab. Offensichtlich versuchte sie, ihn durch ihr stummes Leiden unter Druck zu setzen, ein Verhalten, das er nicht leiden konnte. Ohne dass er es beabsichtigt hatte, drängte sich ihm der Vergleich zwischen ihr und der selbstbewussten Adelstochter Margherita auf, ein Vergleich, den er zurzeit lieber nicht anstellen sollte.

Nach einem knappen Seufzer erhob er sich. »Morgen sieht alles schon wieder ganz anders aus«, sagte er, gab Francesca einen Kuss auf ihre Stirn und winkte ihr gute Nacht.

Bevor er kurz darauf in sein Bett schlüpfte, warf er einen Blick auf das unterdessen fertiggestellte Fresko von Alexanders Heirat mit Roxane. Er musste lächeln, weil die Tochter des persischen Großkönigs so unverwechselbar Francesca ähnelte und der große Welteneroberer noch so jung war – so viel jünger als er!

Tief seufzend legte er sich ins Bett, schloss die Augen – blieb aber hellwach. Zu viele Gedanken und Fragen durchkreuzten seine Sinne, zu lebendig standen die Szenen der letzten Tage, die er mit den Gonzaga verbracht hatte, vor seinem inneren Auge. Nun gesellten sich auch die Bilder von Francesca hinzu, der zurzeit ungesund blassen Francesca – und dann tauchte sogar Imperia auf, wie sie in ihrer *vigna* unter dem Olivenbaum lagerte. Er spürte ihren Körper, die Fülle ihrer Formen und die geschickten Finger, die ihn in Phasen der Ermüdung nicht ruhen lassen wollten.

Chigi öffnete wieder die Augen, weil an Schlaf nicht zu denken war. Zurzeit gab es für ihn ein Problem, das er nicht lösen konnte. Francesca erwartete ganz offensichtlich von ihm, dass er sie heirate, auch wenn sie ihn nicht direkt darauf ansprach. Seitdem sie erneut schwanger geworden war, spürte er jeden Tag ihren Wunsch, und da er sie liebte und sich ihr verpflichtet fühlte, fiel es ihm schwer, ihr mitzuteilen, dass im Augenblick noch nicht der richtige Zeitpunkt für eine Heirat gekommen sei – aus mehreren Gründen.

Zum einen fühlte er sich an den Treueschwur gegenüber seiner unvergessenen Margherita gebunden. Zum anderen gab es da ja auch Imperia, der er ebenfalls zugetan war – sie liebten sich bereits so lange wie ein altes Ehepaar und hatten immerhin eine gemeinsame Tochter. Imperia war zwar lediglich eine Kurtisane, doch ihre Liebeskunst wurde von allen Dichtern, ja, von ganz Rom gerühmt. Leider stand die betörend duftende Blüte ihrer Schönheit kurz vor dem Verwelken.

Auch Imperia erhoffte sich, dass er sie heirate. Bei seinem Besuch in ihrer *vigna* war ihr Wunsch unüberhörbar gewesen.

Chigi stand auf, wanderte in seinem Zimmer umher, ging sogar hinab in die Küche und holte sich eigenhändig einen Krug Wein mit einem einfachen irdenen Becher, stellte sich wieder ans Bett, trank und betrachtete Alexander und Roxane.

Insbesondere Roxane.

Warum konnte er sich nicht entschließen, das Mädchen zu heiraten?

Für seine junge Roxane sprachen ihre Schwangerschaft, ihre unverbrauchte Jugend und charmante Frische, sie war ein Jungbrunnen, der ihm noch lange Labsal versprach, und außerdem erinnerte sie ihn noch immer an seine erste große, unvergessene Liebe. Doch sprach nicht auch das eine oder andere gegen sie? Zum Beispiel, dass sie eine kleine, unbekannte Krämerstochter aus Venedig war, die immer wieder in ihren heimatlichen Dialekt fiel und ihre gelegentlichen Heißhungerattacken nicht in geordnete Bahnen lenken konnte! Bei all ihrem Bemühen merkte man, dass sie nicht in einem markgräflichen Schloss aufgewachsen war.

Über die Heirat mit einer gepriesenen Kurtisane würde Rom sich in einer Mischung aus Neid, Hochmut und Missgunst das Maul zerreißen, über die Heirat mit einer Krämerstochter indes, die bisher weder ihre verschliffenen Konsonanten noch ihre ungeschliffenen Tischsitten gänzlich abgelegt hatte, würde man mit hochgezogenen Augenbrauen höhnische und verächtliche Kommentare austauschen.

Weder Imperia noch Francesca erhöhten also sein Ansehen – und seine gesellschaftliche Stellung. Allerdings: War dies entscheidend? Hatte er dies nötig? Sollte nicht eher die Stärke seiner Liebe den Ausschlag geben? Oder war er gar eine moralische Verpflichtung eingegangen?

Er trank einen kräftigen Schluck Wein und prostete dann seinem Alexander an der Wand zu.

»Nein!«, beantwortete er laut seine Frage. Eine Verpflichtung zur Versorgung und Unterstützung gab es, nicht jedoch eine Verpflichtung zur Heirat.

Letztlich sollte die Stärke der Liebe entscheiden.

31. Kapitel

Als Agostino Chigi erwachte, gurrten die Tauben, die Singvögel schmetterten ihre Gesänge in den Maimorgen, und die Sonne stand bereits hoch. Er hatte verschlafen! Mit einer heftigen Bewegung warf er die Decke zurück, sprang aus dem Bett und rief nach dem Kammerdiener, der ihm die Waschschüssel und seine Kleidung bringen sollte. Kurz nur wusch er sich Gesicht und Hände, ließ sich rasieren, einduften und schließlich ankleiden. Es erwartete ihn ein volles Programm. Die Einweihungsfeier stand bevor und erforderte letzte Vorbereitungen. Zudem sollte Sebastiano heute Morgen der gesamten Mannschaft seinen gestern fertiggestellten *Polyphem* erläutern und etwaige Kritikpunkte ausräumen.

Eigentlich hatte Sebastiano die *Galatea* malen sollen, aber Chigi hatte den Auftrag dann doch an Raffaello vergeben. Sebastiano mochten hübsche Porträts in Öl gelingen, in der Freskotechnik war er unerfahren, dies sah man. Raffaello dagegen wurde zurzeit im Vatikan und in ganz Rom als großer Meister gefeiert, der sich sogar anschickte, den Ruhm des Michelangelo Buonarroti in den Schatten zu stellen. Mit Raffaello als Maler war also im Moment deutlich mehr Staat zu machen.

In der Tat war ihm mit der *Galatea* ein Meisterstück gelungen. Sinnlich, tugendhaft, eine perfekte Verkörperung sittlicher Schönheit – da ließ sich keine Kritik äußern. Den Auftrag, die Hochzeitsnacht von Alexander dem Großen und der persischen Königstochter Roxane an der Wand seines Schlafraums darzustellen, hatte Raffaello nicht auch noch erledigen können, dazu beschäftigte ihn der Vatikan in diesen Tagen zu sehr. Obwohl Chigi wusste, dass Sebastiano gerne das Schlafzimmerfresko gemalt hätte, hatte er den Auftrag an Sodoma gegeben. Schon aus Strafe für Sebastianos ungebührliches Verhalten.

Chigi konnte sich noch jetzt aufregen über die Frechheit, mit der es Sebastiano gewagt hatte, im Kloster über Francesca herzufallen. Er hätte sie vergewaltigt, wenn Afra nicht eingegriffen hätte. Freiwillig hatte Francesca sich sicherlich nicht unter diesen Taugenichts mit seinem geschwollenen Pinsel gelegt.

Zum Glück war das Schlimmste verhindert worden. Aber Strafe musste sein, und Sebastiano konnte von Glück reden, von ihm, seinem nachsichtigen Auftraggeber, nicht mit Schimpf und Schande davongejagt worden zu sein.

Im Übrigen war diese Strafe auch in Hinsicht auf das künstlerische Ergebnis richtig gewesen. Sodoma hatte sich selbst übertroffen. In Alexander konnte sich Chigi als jungen Mann wiedererkennen, als Eroberer von Roms Handels- und Geldmärkten, als Herrscher über Niederlassungen in ganz Europa und Besitzer einer starken Flotte – und Roxane ... Chigi lächelte. Wer da nicht das Vorbild erkannte!

Sebastiano hatte sich über die Auftragsverteilung so geärgert, dass er seine Mitarbeit aufkündigen wollte. Dann besann er sich jedoch und gab sich damit zufrieden, die *Metamorphosen*-Serie auszumalen und darüber hinaus den der unerreichbaren Galatea nachtrauernden Polyphem.

Chigi wurde nun ein kleines Frühstück gebracht. Er trank lediglich einen Schluck Milch und brach auf, um die Maler zu begrüßen. Weil die Zeit drängte, verzichtete er darauf, Francesca aufzusuchen. Vermutlich würde sie doch nur schweigend und verheult im Bett liegen.

Als er die Treppe zur Galleria hinunter eilte, hörte er bereits Raffaello und Sebastiano heftig streiten.

Die Eifersüchteleien zwischen den Malern gingen ihm mittlerweile auf die Nerven! Dieses weibische Verhalten! Ein echter Mann kämpfte, siegte – oder akzeptierte seine Niederlage. Und wenn er dazu nicht der Lage war, ging er hocherhobenen Hauptes unter.

»Er klaut mir meine Bildidee, Euer *Maestro*«, rief Sebastiano ihm entgegen. »Er darf schon die Galatea malen und die drei nackten Grazien, und jetzt will er auch noch ...«

Mitten in seinen Protest hinein verstummte Sebastiano, als wäre ihm eingefallen, dass er ein Geheimnis verrate. Er fuhr dann aber doch fort: »Jetzt will er mir meinen *Violinspieler* klauen.«

Raffaello lächelte überlegen, fuhr sich durch sein langes, dunkles Haar und verdrehte seine Augen. »Schöne Frauen und Männer zu porträtieren ist das Recht jeden Malers. Bastiano kann soviele ... Klosterschülerinnen malen, wie er will, so viele hässliche Männer mit Bart oder Fiedel, ich bin auf der Suche nach der idealen Schönheit, der inneren Schönheit, die Güte, Tugend und Leidenschaft zugleich ausdrückt, sei sie weiblich oder männlich. Ich möchte die himmlische Liebe, wie sie in Maria verkörpert ist, vereinen mit der irdischen Liebe, wie in …«

»… der Bäckerstochter Luti aus Trastevere!« Sebastiano brach in höhnisches Gelächter aus.

Raffaello ließ sich nicht aus der Fassung bringen. »… wie in … ja, in Imperia.« Er warf einen knappen, prüfenden Blick auf Chigi, der jedoch die Anspielung, falls sie denn als solche gemeint war, überging.

»Papperlapapp!«, rief Sebastiano. »Er klaut die Bildideen von uns allen und setzt sogar seinen Namen unter Werke, die Giovanni oder Sodoma gemalt haben, und was seine ideale Schönheit angeht: Er schaut nur nicht genau hin. Er ist so verliebt in sich selbst und seine dickbackigen Weiber, dass ihm seine lebenden Modelle egal sind.«

»Schluss jetzt!«, fiel ihm Chigi ins Wort. »Ich will von diesen Zänkereien nichts mehr hören. Sebastiano, zeig uns deinen Polyphem!«

Er marschierte mit ihm zu der Stelle in der Galleria, an der Sebastiano den *Polyphem* und Raffaello die *Galatea* vollendet hatten.

Chigi stellte sich vor das Fresko, neben ihm platzierte sich der sichtlich nervöse Sebastiano, hinter ihnen, im Halbkreis, Raffaello und alle Maler, die zur Zeit in der Villa beschäftigt waren, samt ihren Gehilfen.

Auf den ersten Blick sah Chigi nur einen zottelbärtigen Bettler oder Schafhirten mit einem Stock und einer Panflöte in der Hand und Eichenblättern im Haar, eine Art Satyr oder Faun, halbnackt, immerhin muskulös, bekleidet mit einer ungewöhnlich geschnittenen blauen Bekleidung. Er schaute sehnsüchtig auf eine von Büschen halb versteckte Flusslandschaft mit Kirchturm und einem seltsam überdimensionierten Gebäude, in dem Chigi seine Villa kaum wiedererkennen konnte. Zugleich schaute Polyphem auf das Nachbarfresko, in dem die halbnackte Galatea auf ihrem von

Delphinen gezogenen, von Putten umspielten Muschelkahn über die Wogen glitt.

Chigi ließ sich keine Reaktion anmerken, trat einen Schritt zurück, um den Polyphem genauer zu betrachten, trat dann wieder näher an das Fresko, um die Blätter in Polyphems Haar zu studieren: Es waren in der Tat Eichenblätter, wie sie sich in seinem eigenen Wappen fanden. Hinter ihm begannen die Maler miteinander zu tuscheln, Chigi sah sie regelrecht die Köpfe zusammenstecken und grinsen.

Er ahnte, worüber sie tuschelten. Nein, er wusste es.

Dann schaute er noch einmal zu den Bogenfresken hoch. Auch Dädalus und insbesondere Boreas waren hässliche, bärtige Männer, sie ähnelten einander mit ihren spitzen Nasen – sie ähnelten Polyphem ... und *ihm*. Wobei sein Gesicht keine spitze Nase zierte, sondern eine stolze Adlernase.

Sebastiano hatte sich dafür gerächt, dass er nicht die wichtigsten Aufträge erhalten hatte, so musste man die Gestaltung des Einäugigen deuten. Vermutlich wollte Sebastiano sich auch dafür rächen, dass ihm Francesca vorenthalten worden war, und stellte seinen Auftraggeber daher als sehnsüchtigen, traurigen Hirtentölpel dar. Damit die Ähnlichkeit nicht ganz so auffiel, hatte er sie durch den Bart und die Zottelhaare ein wenig vertuscht.

Chigi räusperte sich, fasste sich kurz an die Nase – die ihm Mutter Natur zugegebenermaßen ein wenig zu groß hatte wachsen lassen, die Nase eines Angelo del Bufalo war zweifelsohne schöner – und drehte sich zu den Malern um. »Und was haltet ihr von diesem Polyphem?«

Grinsen.

»Die Landschaft ist ganz schön«, sagte jemand.

Eine weitere Antwort erübrigte sich.

Sebastiano begriff natürlich, worüber sie grinsten, das sah Chigi genau. Um auch etwas anzumerken, sagte Chigi: »Und das hier unten, ziemlich versteckt, ist Polyphems Hund. Man muss genauer hinschauen, will man ihn erkennen.« Er zeigte auf einen dunklen Teil des Freskos.

Sebastiano antwortete nicht, ging stattdessen zur Wandtafel der *Galatea* und zeigte auf den bärtigen Triton, der dabei war, sich an einer von Galateas Begleiterinnen zu vergreifen. »Hier, seht Ihr, den hat Raffaello gemalt, *nach* mir, kopiert! Geklaut!«

Für einen kurzen Augenblick durchflog Chigi der Gedanke, dass sowohl in diesem Triton als auch in dem Kentaur, der bereits eine Nereïde geschultert hatte, Anspielungen versteckt sein könnten – er selbst griff sich die nicht ganz unwillige Francesca, Angelo del Bufalo, der mit seinem Pferd verschmolzene Reiter, schleppte Imperia ab …

Nein, nein, solche Gedanken waren nichts als Unsinn und grenzten an Verfolgungswahn! Wer war er denn, dass er sich von pinselführenden Handwerkern, die er viel zu fürstlich bezahlte und denen ihr Erfolg zu Kopfe stieg, vorführen ließ!

Sodoma auf jeden Fall hatte in seinem Alexander-Roxane-Bild auf alle Andeutungen von Spott verzichtet, natürlich auch Peruzzi in seinem astrologischen Gemälde und in seiner genialen *prospettive*-Wand – dennoch, immer und überall grinsten ihn, Agostino Chigi *den Prächtigen*, Neid und höhnische Herablassung an, sogar in seiner eigenen Villa. An die Säule des Pasquino wollte er gar nicht denken. Dort hingen häufig Gedichte, die nicht umhin konnten, mit seinem Namen als Verkleinerungsform von *Augusto*, dem *erhabenen* Kaiser der Römer, ihre albernen Wortspielchen zu treiben. Und wenn er an Isabella d'Este dachte, dann begegnete er in ihren Verhalten der Arroganz des alten Adels, der faul und einfallslos von seinen Kuhweiden und Wildschweinwäldern, von dem Auspressen der Bauern und Bürger lebte, sich ihm gegenüber aber überlegen dünkte.

Chigi hatte eine Weile vor der *Galatea* gestanden und sich seinen Gedanken hingegeben, als draußen im Garten ein ungewöhnlicher Lärm zu hören war, Hunde schlugen an, der Majordomus rief laut nach ihm. Chigi schaute hinaus: Mehrere meist schwarz gekleidete Prälaten standen am Fuße der Treppe, dazwischen wehten Bischofsroben und Kardinalsgewänder, und da reckte

Papst Leo selbst sein rundliches Haupt und ließ seine Glupschaugen staunend über die Villa gleiten!

Chigi stürzte nach draußen, rief »Welch unerwarteter Glanz in meiner bescheidenen Hütte!«, fiel in betonter Reverenz vor dem Heiligen Vater auf die Knie, küsste seinen Ring.

»Nun lass mal gut sein, Agostino, ich komme hier vorbei, weil ich deinen Traum von einem Gartenhaus sehen möchte.« Bevor ihn Chigi geleiten konnte, schritt er die wenigen Stufen zur Säulenreihe hoch und betrat die Loggia, in der die Maler sich ehrerbietig verbeugten. Er winkte ihren Fußfall ab, begrüßte betont herzlich Raffaello, schaute sich kurz um und stieß ein bewunderndes »Oh!« aus, nicht ohne anschließend seine Lippen spöttisch zu verziehen. »So etwas kann man sich offensichtlich von der Pacht des päpstlichen Alauns leisten. Interessant! Du bist und bleibst ein alter Gauner, lieber Agostino, und willst jetzt sogar noch die päpstlichen Gemächer übertrumpfen. In einem Punkt hast du jetzt schon gewonnen: So viel weibliche Nacktheit hat selbst der Borgia nicht bestellt. Und Michelangelo widmet sich hauptsächlich männlichen Muskeln und anderen Körperteilen.«

Die Prälatenrunde tauschte ein wissendes Lächeln aus, während sich der Papst, ohne eine Antwort abzuwarten, in den nächsten Saal begab und zielstrebig die *Galatea* ansteuerte. Er bewegte seine Hände, als wollte er sie um den Leib fassen, ließ seinen Blick zu den anderen Frauenfiguren wandern und blieb bei dem angrenzenden *Polyphem* hängen. Dann schaute er prüfend und mit hochgezogenen Augenbrauen den Hausherrn an.

»Aber den da hast du nicht gemalt, Raffaello?«, wandte er sich an den Maler, indem er auf den Polyphem zeigte.

»Eure Heiligkeit erkennt mit sicherem Blick … den Unterschied.« Raffaello, alles andere als unterwürfig, sprach nicht ohne ironischen Unterton.

Papst Leo ließ sich seine Augengläser reichen und studierte die Fruchtgirlanden des Giovanni aus Udine. »Genial! Man möchte reinbeißen.«

Chigi wies auf den Maler, der sich bescheiden verbeugte.

Dann studierte Papst Leo die drei nackten Grazien.

»Dass Roms Frauen so schön sein können! Selbst ich möchte mich da verführen lassen …«

Seine schwarzgewandeten Begleiter blickten sich erneut vielsagend an, und der zwischen ihnen versteckte Zwerg, den Chigi erst jetzt bemerkte, ein in ganz Rom bekannter *buffo*, hampelte mit vorgeschobenem Becken herum und deutete mit seinen Fingern obszöne Tätigkeiten an.

Papst Leo schlug scherzhaft nach ihm und wandte sich erneut Chigi zu: »Wann lädst du uns zu deiner Einweihungsfeier ein?«

»Bald, Heiliger Vater.«

»Am besten noch im Mai, wenn die Abende noch nicht so schwül sind. Höchstens Anfang Juni. Ich werde selbstverständlich erscheinen, lieber Agostino, und bringe meine kunstliebende Mannschaft mit. Sie kann hier etwas lernen, dies muss ich dir zugestehen. Und dann wünsche ich mir, dass auch die Vorbilder für all diese schönen Frauen anwesend sind. Du verstehst mich, nicht wahr? Die Schönen und Gebildeten, mit denen man klug parlieren kann, sie sollen mit Gesang, Flötenspiel und Schleiertanz das Fest auflockern. Ich will nicht allein von vertrockneten Krämern, kracherten Condottieri und humorlosen Betbrüdern umgeben sein. Haha! Ein kleines Schauspiel wäre auch nicht schlecht, eine *commedia* … Nicht nur der Borgia konnte Feste feiern, von denen man heute noch spricht. Auch ich …«

Sein Blick hakte sich an Sebastianos Bogenfresko fest, auf dem der Windgott Boreas die Nymphe Oreithyias in geiler Umarmung entführte. Er lachte erneut kurz auf. Chigi wollte gerade Sebastiano, den Schöpfer des Freskos, vorschicken, als sich zahlreiche Blicke zur Tür drehten: Wie eine liebliche Erscheinung der Göttermutter Juno stand dort Francesca. Ein wenig bleich, in einem langen azurblauen Seidenkleid. Deutlich wölbte sich ihr Leib.

Chigi erschrak, weil er sie nicht erwartet hatte. Weil sie so ernst blickte, so forschend – und gleichzeitig so verlassen. Und schön! *Alle* Blicke hatten sich auf sie gerichtet – in diesen Blicken spürte er Überraschung, Bewunderung, Neid. Auch Papst Leo war einen Augenblick stumm, schien überwältigt. Er winkte sie herbei und ließ sich den Ring küssen. »Welch Schmuckstück in deinem Reich, Agostino, eine *benedicta*.« Er holte Luft und sah sich kurz nach seinem Vetter Giulio um, der sich bisher im Hintergrund gehalten hatte. »*Maria Veneziana*, nehme ich an, ja, liebster Chigi, auch zu mir sind so einige Gerüchte gedrungen, Anschuldigungen sogar, haltlose vermutlich – doch muss ich gestehen: Was immer auch geschah, ich kann dich verstehen. *Ego te absolvo.*« Nach dem Kreuzeszeichen strich er Francesca über den Kopf, als wollte er sie segnen. »*Maria Veneziana*«, wiederholte er versonnen.

»Francesca Ordeaschi«, korrigierte sie ihn leise.

Er hob die Augenbrauen. »Mit welchem Geschlecht, wenn ich fragen darf, sind die Ordeaschi verwandt? Oder kümmert sich dein Vater nur um Pfefferhandel, Flottenausrüstung oder Tuchherstellung? Giulio«, wandte er sich an seinen Vetter, »was sagt uns der Name Ordeaschi?«

Bevor Kardinal de' Medici antworten konnte, erklärte Francesca offen, ohne schamhaftes Niederschlagen ihrer Augen, fast stolz: »Mein Vater ist ein kleiner Händler, Heiliger Vater, wir waren sehr arm und gehören nicht zu den Nobili von Venedig.«

»Ein kleiner Händler, soso«, antwortete Papst Leo, schaute lächelnd seinen Vetter an, suchte Raffaellos Blick, wandte sich dann Chigi zu. »Bezaubernd, lieber Agostino, ich sehe, du möchtest deinen Witwerstand beenden und hast, wie immer, ins Schwarze getroffen. Ich hoffe, du hast zumindest auf die Mitgift verzichtet – bei einem *armen Händler*.«

Manche seiner Begleiter sahen sich ironisch schmunzelnd an.

Chigi wollte auf keinen Fall seine Beherrschung und auch nicht seinen Humor verlieren, obwohl er und Francesca hier verhöhnt wurden. »Ich danke, Heiliger Vater, für Eure schmeichelnden Bemerkungen. Francesca ist ...«

»Ich verstehe, noch ist nichts offiziell«, fiel ihm der Papst ins Wort. »Am Tag der Einweihungsfeier möchtest du ganz Rom deinen Entschluss verkünden. Und alle werden begeistert sein, bis auf die eine oder andere *imperiale* Schönheit natürlich. Aber *ich* stehe zur Verfügung. Wenn mein alter Freund und Krösus Agostino Chigi sich vermählt, reiche ich ihm und seiner bezaubernd jungen Braut selbstverständlich die Ringe.« Mit Blick auf den sich wölbenden Leib fügte er an: »Zumal es eilt!«

32. Kapitel

Nach einem nicht wirklich entspannenden Aufenthalt in ihrer *stufetta*, dem Dampfbad, saß Imperia vor ihrem Spiegel, hatte sich eine Gesichtsmaske aus Gurkenwasser, Schneckensirup, Quittensamen und Melonenkernen legen lassen, anschließend aber auf alle Bleichmittel verzichtet, weil diese ihre Gesichtshaut regelrecht anfraßen. Nach gründlicher Augenbehandlung mit Belladonna, Lidschatten und nachgezogenen Lidstrichen war sie noch immer nicht mit sich zufrieden. Schließlich bat sie Bella, ihr die Haare zu einem Zopf zu flechten und ihn dann eng um den Hinterkopf zu legen.

Bella schaute sie zweifelnd an. »Dann hat Signor Piccolomini aber viel zu tun. Er liebt offene Haare.«

»Es ist mir egal, was er liebt.« Hektisch fuhr sie sich mit der Hand in ihre goldblonden Haare und brachte sie durcheinander. »Schick einen Boten zu ihm und lass ihm sagen, ich kann ihn heute doch nicht empfangen, ich fühle mich unpässlich«, sagte Imperia unwirsch, während sie sich zugleich im Spiegel anstarrte.

Dort saß eine schöne Frau, ja, die schönste Frau Roms, mit der Mähne eines Löwen, wild, ungezügelt … Doch etwas fehlte dieser Frau: der Schmelz der Jugend.

Dafür war sie … vermutlich … vielleicht … schwanger!

Seit zwei Wochen wartete sie auf ihre sonst regelmäßige Blutung. Sie hatte Eneas Wunsch nach einem Abend mit Lautenspiel, Gaumenfreuden und raschelnder Seide nur unter der Bedingung zugestimmt, dass er sich mit dem Vorspiel zufrieden gab. Die Liebe war zwar möglich, doch falls sie wirklich schwanger sein sollte, wollte sie die Empfängnis keinem Risiko aussetzen. Zumindest nicht, wenn das Risiko Enea hieß.

Sie verspürte weder Hunger noch Durst, die Finger fühlten sich steif an, ihre Stimme klang krächzig – ihre Stimmung rutschte auf einen Tiefpunkt, obwohl sie eigentlich voll Optimismus sein müsste.

Auf jeden Fall hoffte sie, schwanger zu bleiben, und wäre das Kind dann ein Junge, sollte es von Agostino sein und ein wirksames Mittel, ihn doch noch einzufangen.

Gleichwohl fühlte sie sich nicht gut. Nicht nur, weil – durch den Papstsekretär Sadoleto – bis zu ihr gedrungen war, dass auch Agostinos junge Konkubine schwanger war, und zwar im Gegensatz zu ihr im fortgeschrittenen Stadium, sondern auch, weil sie trotz ihrer Hoffnungen immer wieder – und dies seit Tagen – Angelos Sturz vor sich sah, sein Weghumpeln, das Blut, das aus dem Hals der Stute emporsprudelte, sie sah auch noch, wie der Marchese Gonzaga seinen Arm kumpanenhaft auf Agostinos Schulter legte und wie Isabella d'Este mit den Kindern an ihrer Seite hochmütig über die Menschen hinwegsah. Diese Bilder verfolgten sie wie die Drohung eines bösartigen Gottes, der seine Rache ankündigen wollte. Um Angelo ein wenig zu trösten, hatte sie ihm kurz nach dem Rennen eine Mitteilung geschickt und ihn gebeten, er möge sie doch besuchen. Der Bote sollte ihn auf der Straße abfangen und ihm den Brief in die Hand drücken – angeblich war ihm dies auch gelungen. Aber Angelo war nicht erschienen, und jetzt, Wochen später, wartete sie noch immer. Nicht einmal ein Briefchen hatte er ihr geschickt. Sie machte sich große Sorgen. Sie *musste* ihn sehen.

Am nächsten Tag – noch immer war die Blutung ausgeblieben, und Enea hatte sich in der Tat ausladen lassen, sie liebte ihn für seine Ritterlichkeit und Rücksicht – hielt Imperia es nicht mehr aus. Sie musste sich selbst auf den Weg machen. Hinter einem

Schleier verborgen, würde sie in der Via dell'Anima vor Angelos Haus so lange auf und ab gehen, bis er auftauchte.

Bella zeigte hinhaltenden Widerstand, als es galt, Imperia entsprechend anzukleiden. »Dies ist ein unwürdiges Verhalten für eine Imperia«, sagte sie. »*Ich* gehe!«

Imperia hätte beinahe losgeheult. »Dann gehe du!«

»Jetzt fangt nicht auch noch zu flennen an! Wer seid Ihr? Roms begehrteste Kurtisane oder ein verlassenes Waschweib?« Bellas Worte klangen nach Verachtung, in ihren Augen jedoch stand Mitleid.

»Ja, du hast recht, aber ich kann nicht anders! So schlimm wie jetzt war es noch nie! Vielleicht liegt es auch an der beginnenden Schwangerschaft. Wenn ich Angelo nicht sehe, sterbe ich.«

»So leicht stirbt man nicht. Schon gar nicht wegen eines Mannes wie …« Sie ersparte sich eine nähere Bezeichnung, aber ihre Miene sprach Bände.

»Dann geh jetzt!«, bat Imperia. »Ich werde noch verrückt.« Und wieder zuckten ihre Mundwinkel.

Kaum hatte sich Bella auf den Weg gemacht, meldete der Hausdiener ihre Mutter Diana. Bevor Imperia noch einen Grund vorschieben konnte, sie nicht einzulassen, stand Diana bereits in ihrem Schlafzimmer und fuhr sie an: »Warum arbeitest du nicht? Hast du deine unreinen Tage? Es gibt Männer, die dies mögen.«

Imperia, die soeben erst die Spuren der Tränen getilgt hatte, hätte sich beinahe zu einem unflätigen Fluch hinreißen lassen. Sie biss sich jedoch auf die Zunge und sagte nur: »Was willst du? Ich empfange heute niemanden, weil ich mich krank fühle.«

Ihre Mutter schaute sie prüfend an, ergriff ihre Hand, zog ihr Lid herunter, bis Imperia sie unwillig wegschob. Diana kniff die Augen zusammen. »Du wartest, das sehe ich dir an.«

»Nicht auf dich!«

»Du könntest wieder schwanger sein.«

Imperia antwortete nicht, starrte an die Decke.

»Ich wusste es.«

»Selbst wenn es so wäre, geht es dich nichts an. Ihr habt mich lange genug ausgenutzt.«

»Und wer ist der Vater? Chigi? Piccolomini? Oder wieder der Schönschwätzer Sadoleto? Del Bufalo sicher nicht, der muss seine Wunden pflegen, und außerdem kränkelt seine Frau.«

Imperia richtete sich auf. »Was sagst du da?«

»Letztlich ist egal, wer der Vater ist. Du solltest dich an Chigi halten, falls er der Vater sein könnte.«

»Er könnte es sein.« Imperia ärgerte sich sofort über ihre Antwort. Noch immer gelang es ihrer Mutter, sie zu übertölpeln. Als sie ihr einen verärgerten Blick zuwarf, umspielte Dianas Mund ein Lächeln.

»Mein Kind, ich meine es nur gut mit dir. Es wird Zeit, dass du an deine Zukunft denkst, gerade auf dem Höhepunkt deines Erfolgs. Wenn sich Chigi auf nichts einlässt, dann halte dich an Piccolomini. Ein Haus im Borgo ist auch nicht schlecht, nicht ganz so gut wie die Villa bei Trastevere, von der man viel hört – aber ein Spatz in der Hand ist besser als die Taube auf dem Dach.«

Als Imperia nicht antwortete, seufzte sie laut und wiederholte: »Ich will wirklich nur das Beste für dich.« Sie warf ihre Lippen auf, kratzte sich am Kopf, zupfte an einem ihrer dunklen Kinnhaare. »Man hört so einiges über Chigi.«

Imperia interessierte nicht, was ihre Mutter gehört hatte. Es war ohnehin nur halbwahrer Tratsch.

»Man hört, dass er eine Konkubine hat.«

»Davon habe ich nichts gemerkt. Während der letzten Monate hat er mich häufig besucht – und verhielt sich sehr leidenschaftlich. Dies lässt nicht auf eine Konkubine schließen.«

»Aha«, sagte Diana. »Vielleicht stimmt das Gerücht auch nicht. Dann stimmt vielleicht ein anderes, das im Vatikan ausgestreut wird, wie Paolo berichtet hat.«

Imperia verdrehte gereizt die Augen.

»Chigi soll bald eine Hochzeit verkünden, seine eigene natürlich, mit einer jungen Dame aus bestem Hause.«

»Chigi kann heiraten, wen er will«, schrie Imperia ihre Mutter an. »Und geh jetzt bitte. Ich fühle mich elend.«

»Soll ich dir einen Kräuteraufguss zubereiten? Ich habe immer ein Päckchen dabei, für alle Fälle, sehr wirksam.«

»Lass mich allein!«

Diana ging dann wirklich, nachdem Imperia aufgehört hatte, noch ein einziges Wort mit ihr zu sprechen.

Imperia legte sich auf ihr Bett und fror, obwohl es warm war. Nach einer Weile bedeckte sie ihren Körper mit einem Seidenbezug. Wieder musste sie an Angelo und seinen Sturz denken. An das arme Pferd, Cleo, die edle Stute, die ihm schon soviel Ruhm gebracht hatte. Und an seine Frau. An seine kränkelnde Frau. Vielleicht war sie wirklich ernsthaft krank. Und an Agostinos Konkubine mit ihrer sichtbaren Schwangerschaft musste sie denken. Auch an Agostino selbst. An den Mann, der sie heiraten sollte, der der Vater des zu erwartenden Kindes sein sollte, der vermutlich wirklich der Vater war.

Während der letzten Monate hatte es zahlreiche leidenschaftliche Nächte mit Agostino gegeben. Obwohl sie sich wie ein altes Ehepaar kannten, ein gemeinsames Mädchen hatten und er auch nicht mehr der Jüngste war, steigerte er sich zwischen ihren Schenkeln zu ausdauernder Hochform ... An der Kunst ihrer Worte, Lippen und Hände allein konnte es nicht liegen. Blüte seine Manneskraft noch einmal zur Unersättlichkeit auf, bevor sie in sich zusammenfiel? Oder durfte er sich zurzeit nur nicht an seiner Konkubine abreagieren? Sehr rücksichtsvoll von ihm!

Imperia hämmerte mit den Fäusten an ihre Stirn; als ihre Schläge zu schmerzen begannen, traktierte sie ein Kissen, das nachgab wie ein fetter Weiberarsch.

Im Grunde war Agostino für sie nur zweite Wahl, Vernunftwahl. Würde ihr Herz allein entscheiden, flöge sie in Angelos Arme. Sogar dann, wenn er ihr nicht viel mehr als seine Liebe zu geben in der Lage war. Auf Reichtum und Luxus könnte sie verzichten, der tiefste Kern des Glücks bestand aus Liebe.

Dies hatte sie schon tausendmal durchdacht. Aber sie fand

keine Lösung. Angelo war verheiratet, Agostino dachte nicht an Heirat, sie wurde älter …

Wenn allerdings Angelos Frau starb und er frei würde? Wie leicht konnte das Dreitages- oder Viertagesfieber oder die Pest oder verseuchtes Wasser oder eine komplizierte Geburt den Tod bringen …

Vorsichtig ließ Imperia ihre Finger über ihren Leib gleiten. Seit zwei Wochen keine Blutung – sie sollte zum augenblicklichen Zeitpunkt wirklich alles vermeiden, was möglicherweise … Dazu gehört auch Angelo … Aber sobald sie an ihn dachte, stieg die Erregung in ihr, sie vergaß jegliche Vernunft, und wenn gar noch die Möglichkeit bestand, dass seine Frau …

Während sie auf dem Bett lag und die Augen schloss, fühlte sie regelrecht, wie er sich über sie beugte, wie sich seine Lippen ihrem Mund näherten.

Sie musste eingeschlafen sein, denn als sie aus erregenden Träumen erwachte, stand Bella an ihrem Bett, mit skeptisch heruntergezogenen Mundwinkeln.

»Angelo wird am Abend vorbeischauen. Er hat sich intensiv nach Euch erkundigt, mit allem Überschwang, Ihr kennt ihn ja, und dann berichtet, dass er nach dem Sturz bei dem Rennen und dem Tod seiner geliebten Cleo am liebsten gestorben wäre. Um seiner Verzweiflung Herr zu werden, habe er sich erst einmal aufs Land zurückgezogen, in die Einsamkeit, um seine Wunden zu lecken.«

»Der Arme!«, hauchte Imperia mitfühlend.

»Nach Wunden sah er jedoch nicht aus«, fuhr Bella fort, »er wirkte aufgeräumt und abenteuerlustig. Ihn bringt nichts um.«

»Vielleicht liebe ich ihn ja deswegen.«

»Vielleicht … Aber hört lieber auf Eure Vernunft. Und die heißt Agostino Chigi!«

»Wenn die Vernunft sich wenigstens eindeutig äußern würde!«

Abends erschien Angelo tatsächlich. Imperia hatte sich mit aller Sorgfalt einkleiden lassen und geschminkt, überall Räucherstäbchen angesteckt und ihre Haut mit aphrodisischen Salben weich und glatt machen lassen. Die Erwartung versetzte sie in einen Zustand höchster Bereitschaft. Nicht einmal ein Vorspiel wäre nötig …

Angelo war bester Laune und hungrig, genoss die Taubenpastete und den Ochsenhoden, garniert mit Artischocken, und zum Nachtisch die obligaten Feigen.

Seine Frau erwähnte er nicht, berichtete nichts von einer Krankheit.

Natürlich sprach Imperia ihn nicht auf das Pferderennen an.

Obwohl sie – trotz aller Bedenken – dem Ritt im Schlafzimmer entgegenfieberte, wollte er erst einmal ihrer »samtigen Stimme lauschen«, wie er betonte, und noch ein wenig schweren sizilianischen Wein trinken.

Doch während sie sang, nahm er ihr unerwartet die Laute aus der Hand, und als sie sich in erwartungsvollem Erschrecken erhob, schob er sie ungestüm an einen Wandteppich, riss ihr langes Seidenkleid hoch, griff nach ihren Hinterbacken, hob sie gegen die Wand, bis sie in der Lage war, ihre Beine hinter seinem Rücken zu verschränken.

Kurz dachte sie an ihre Schwangerschaft. Er hatte jedoch seinen Glücksbringer bereits freigelegt und schob ihn zum empfindlichsten Punkt ihrer Seligkeit. Sie stimmte sofort in den Chor der Engel ein. Merkte nicht einmal, wie eine kostbare Vase aus Murano vom Sims fiel und zu Bruch ging. Wie in einem verwischten Traum sah Imperia Bella eintreten, die Scherben beiseiteschieben und wieder verschwinden. Angelo grub sich immer tiefer in sie ein, dann umfasste er sie noch fester und trug sie hinüber in ihr Schlafzimmer, ließ sich mit ihr aufs Bett fallen – und diesmal gewann er das Rennen um den *possesso*, um *ihre* Besitznahme.

Er gewann nicht nur ein Rennen, sondern mehrere, und diesmal gelangen ihm auch die Kunststückchen beim Reiten.

Sie unterwarf sich all seinen Wünschen.

Erst als die frühen Sonnenstrahlen ihren Weg in das Zimmer

fanden, ließ er von ihr ab und schlief ein. Auch sie dämmerte weg.

Gegen Mittag erwachten beide. Sie umarmte ihn sofort, doch er entzog sich ihr und kleidete sich an. Wirkte ernst und nachdenklich. Alles war noch feucht zwischen ihren Schenkeln.

»Wir gehören zusammen«, flüsterte sie. »Seitdem du mich vor vielen Jahren erweckt hast – und Lucrezia, unsere schöne Lucrezia, ist auch von dir, nicht von Sadoleto oder Chigi, das spüre ich. Du wirst einmal stolz auf sie sein.«

Er runzelte die Stirn, schaute sie aber nicht an.

Schließlich nahm er ihre Hand, hauchte einen Kuss auf sie, räusperte sich, drückte seinen Rücken durch. »Du weißt, Imperia, dass ich dich immer verehren werde – und lieben, auf *unsere* Weise … Aber du weißt auch, dass ich verheiratet bin, mein Reichtum äußerst begrenzt ist …«

Imperia wurde es plötzlich kalt, und alles Blut wich aus ihrem Gesicht. Sie wollte etwas sagen, brachte aber keinen Laut über ihre Lippen. Wenn ein Mann seine Reden so begann …

»Du solltest Chigi heiraten, und ich dachte, dies sei auch deine Absicht. Ja, *eure* Absicht. Ganz Rom führt euch im Munde: Imperia, die *Kaiserin der Kurtisanen*, und Chigi, den *Kaiser der Dukaten*. Ein Traumpaar … Papst Leo wird euch sicher die Ringe reichen. Für mich bleibt da nur der Verzicht.« Er machte eine übertrieben tragische Geste. »Das Schicksal steht zwischen uns, liebste Imperia, wir müssen uns ihm fügen. Natürlich werde ich auf eurem Fest erscheinen, ganz bescheiden und leidend im Hintergrund, dir zuliebe, unserer gemeinsamen Liebe willen, die nicht hat sein dürfen, ich werde mich in Trauer und Schmerz in Chigis Traumvilla begeben, von der ganz Rom in den höchsten Tönen schwärmt, voll Bewunderung und Neid.«

Imperia hatte sich jetzt wieder so im Griff, dass ihre Stimmwerkzeuge nicht nur Gekrächze von sich gaben. »Und was ist mit Chigis heimlicher Konkubine und ihrer Schwangerschaft?«

Er lächelte spöttisch. »Mit so einem jungen Mädchen wirst du fertig werden. Bei deiner Erfahrung! Männer lieben Frischfleisch, fühlen sich gut, wenn sie den ersten Stich machen können, aber dann stellen sie fest, dass die Raffinesse fehlt, die Kunst – Jugend ist eben nicht alles. Und die Schwangerschaft? Wie rasch kann die enden.«

Er hauchte ihr noch einen Kuss auf die Stirn, flüsterte »Du bist und bleibst die Schönste«, verbeugte sich in einer übertriebenen Abschiedsgeste, winkte ihr noch kurz zu und verließ den Raum.

Imperia schloss die Augen. *Jugend ist eben nicht alles*, klang in ihr nach, und *Du bist und bleibst die Schönste*.

»Nein, du wirst nicht mehr lange die Schönste bleiben« – kaum hörbar bewegte sie ihre Lippen –, »du bist nicht einmal mehr die Kaiserin der Kurtisanen, du trägst nur noch ihre Kleider.«

Zurzeit nicht einmal sie, dachte sie stumm.

Während Bella mit einer Waschschüssel dampfenden Wassers und einem Schwamm zu ihr trat, schob sie ihre Hand erneut zwischen ihre Schenkel, um die letzten Spuren seiner siegreichen Männlichkeit zu spüren. Alles war feucht!

Bella stieß einen unterdrückten Schrei aus.

Imperia öffnete die Augen und entdeckte an ihren Fingern Blut.

33. Kapitel

Agostino Chigi saß am frühen Morgen, während Francesca noch schlief, in seiner Loggia am Tiber, über den die Sonne Gold ausgoss. Er liebte diese Stunden, denn der Fluss, obwohl auch vor der Einmündung der *cloaca maxima* nicht immer sauber und wohlriechend, schien pure Goldströme zu transportieren, bis er sich auf Silber verlegte, blitzte und glitzerte, dass man kaum hinschauen konnte.

Aber heute nützten alle Goldströme und Silberadern nichts, seine Stimmung war im Keller. Chigi war sauer auf Papst Leo. Außerdem bedrückten ihn Sorgen. Je näher die Einweihungsfeier seiner *Villa suburbana* rückte, der *Chigiana*, wie er sie gern nannte, desto weniger konnte er sich eigentlich solche Stimmungen leisten. Ärger und Sorgen führten zu falschen Urteilen und verhinderten, dass er beherrscht, optimistisch und gutgelaunt den Menschen begegnete.

Aber zurzeit war es mit der guten Laune nicht weit her, obwohl Francescas Bauch weiter wuchs, sich ihre morgendliche Übelkeit verloren und sie kürzlich voll tränenreicher Begeisterung von den ersten Bewegungen des Kindes berichtet hatte.

Natürlich hatte er sich darüber gefreut, sie innig geküsst, war frohgemut aufgebrochen, begegnete dann aber Raffaello, der für die zuvor ausgehandelten Preise nicht mehr malen wollte. Schon war die gute Laune dahin.

Kaum hatte er Raffaello mit einem »Ich werde darüber nachdenken« gehen lassen, musste er Sebastiano besänftigen. Zu diesem Zweck gab er ihm einen neuen Auftrag für eine große Leinwand, Thema: *Der Tod des Adonis*. Im Vordergrund sollten die Göttinnen stehen, in der Darstellung sinnlicher Weiblichkeit sei Sebastiano unübertroffen, betonte er, zottelbärtige Männer habe er genügend gemalt, in dem Adonis könnte er sich auch selbst porträtieren, und für die Frauenfiguren gebe es genügend Auswahl im Haus und in Rom. Jede Tür würde sich ihm öffnen, sogar Imperias Tür. Und natürlich werde er ihn weiterempfehlen an die Herrn Kardinäle und Kaufleute, die Wert legten auf ein einfühlsames und treffendes Porträt.

Sebastiano zeigte sich mehr oder weniger zufrieden, auf jeden Fall milderte sich sein Groll. Dafür forderte er einen unverschämten Preis für den toten Adonis und die nackten Weiber.

Aber die finanziellen Unverschämtheiten der Maler waren im Moment nicht Chigis eigentliches Problem.

Es war der undankbare Papst. Aus dem Vatikan gelangten Gerüchte an sein Ohr, bei der anstehenden Erneuerung der Pacht aus den Tolfa-Minen zögere Leo und denke darüber nach, dass es sinnvoll sein könnte, die Pacht auf verschiedene Anbieter aufzuteilen.

Chigi war wirklich wütend. Wem verdankte der Medici eigentlich das Geld, mit dem er diverse Stimmen für seine Wiederwahl gekauft hatte? Weder den Sauli noch den Ghinucci oder den Rucellai, nicht den Altoviti, den Fuggern nur ein wenig – in der Hauptsache ihm.

Die Überlegung des Papstes, die Alaun-Pacht nicht wie bisher zu verlängern, sondern Chigi nur einen Teil zu überlassen, war ein offener Affront. Auch deshalb, weil er jede Menge Geld in den Ausbau der Minen investiert und erfahrene Männer aus Kleinasien angeworben hatte. Und jetzt sollte er die Gewinne mit anderen teilen? Dies war eine Kriegserklärung!

Wer hatte dem Papst diese Idee eingeflüstert? Leo kümmerte sich doch kaum um die Geschäfte des Vatikans, sah man davon ab, dass er seiner Familie und zahlreichen Florentinern Pfründe verschaffte und für seinen Neffen sogar nach der Herrschaft von Urbino greifen wollte. Nein, um die Geschäfte des Vatikans kümmerte sich sein Vetter, der erst kürzlich ernannte Kardinal Giulio de' Medici.

Wollte dieser Bastard ihn, den reichsten Mann Roms, vielleicht ein wenig dämpfen? Stand *er* hinter dem Affront?

Aber warum?

Ein Affront ihm gegenüber war auch, dass die Fugger das Ablassgeschäft in den Gebieten nördlich der Alpen weiterbetreiben konnten. Sogar noch ausweiteten. Da wurde richtig Geld gemacht. Ein Drittel der Einnahmen erhielt der Vatikan, ein Drittel die örtlichen Bischöfe und ein Drittel die Fugger. Überhaupt wuchsen sich die Fugger zu ernstzunehmenden Rivalen in Rom aus. *Tedeschi!* Er, Chigi, machte zwar mit diesen *barbari* gute Geschäfte, und die Handwerker aus dem Wald-und-Regen-Dunkel des Nordens lieferten beste Ware und erwiesen sich als zuverlässige Schuldner, die ihn nicht dauernd betrügen wollten wie die Spanier – aber ein florentinischer Papst hatte seine Geschäfte mit einem ehemals sienesischen *banchiere* abzuwickeln, nicht mit genuesischen Gaunern wie den Sauli, nicht mit den längst am Bankrott vorbeischrammenden Spannocchi und schon gar nicht mit den Fremden aus dem Norden.

Aber bereits beim *possesso* hatte jeder sehen können, dass die Fugger mit ihrem gerissenen *fattore* Zink und dem *capo* aus Augsburg durch einen pompösen Triumphbogen ihn, Agostino Chigi *il Magnifico*, hatten übertrumpfen wollen.

Und wie die launische Hure Fortuna es wollte: Die Arbeiter in den Tolfa-Minen machten zurzeit ebenfalls Schwierigkeiten. Nach ein paar Toten durch Einstürze der Stollen verweigerten sie die Arbeit. Außerdem wehrten sich die Faulenzer aus Lazio gegen die kleinasiatischen Fachleute, die er angeworben hatte.

Die Tolfa-Minen mit ihrer üppigen Produktion von Alaun hatten sich während der letzten dreizehn Jahre als sprudelnde Quelle seines Reichtums erwiesen. Dies vor allen Dingen, weil er wusste, wie man sie kostengünstig und ertragreich ausbeutete. Da wurden die mageren Stollen stillgelegt und die fetten Stollen weiter in den Berg getrieben. Da wurde der Transport durch Wege, die zu allen Zeiten begehbar waren, verbessert. Und die kleinasiatischen Fachleute wussten, wo Alaun unter Tage zu finden war, wie der Erdaushub am raschesten verwitterte und das Auslaugen am sichersten und ohne Verluste vonstattenging. Sie hatten ihn viel Geld gekostet, aber die Investition lohnte sich, denn sie fehlten jetzt natürlich in Kleinasien, wo die Produktion stockte.

Auch mit der Anschaffung neuer großer Bleipfannen hatte er die Produktion verbessert und sich anschließend um den Vertrieb gekümmert. Er besaß mit Porto Ercole seinen eigenen Hafen, wo er seine eigenen Schiffe bauen ließ und die Waren in alle wichtigen Häfen Europas transportieren konnte, ohne dass ein anderer daran mitverdiente. Er hatte Niederlassungen an allen wichtigen Handelsorten in Europa und dem osmanischen Reich gegründet und achtete dort darauf, dass auch die Vertriebswege in seinen Händen blieben. Ja, insbesondere durch das vom Papst immer wieder sanktionierte Monopol gelang es ihm, die Preise hochzutreiben, bis es manchen Händlern und ihren Landesherrn zuviel wurde. Gelegentlich hatte er nachgeben müssen und dann großzügig die Preise gesenkt, aber einmal hatte sogar Kaiser Maximilian persönlich dafür gesorgt, dass die Verträge eingehalten wurden und die Preise stimmten. Nur die Venezianer blockierten nicht mehr wirksam, wie vertraglich vereinbart, die Einfuhr des kleinasiatischen Alauns. Die Serenissima hatte sehr wohl gemerkt, dass nach Julius' Tod ein anderer Wind aus Rom wehte.

Aber Chigi ärgerte sich nicht nur über die wenig entgegenkommende Behandlung der Alaun-Pacht durch den Medici-Papst und seinen Vetter. Ihn ärgerte zudem, dass Leo ihn unmissverständlich aufgefordert hatte, nicht nur ein rauschendes Einweihungsfest zu feiern, sondern ein spektakuläres mit allen bekannten Kurtisanen Roms, mit Theaterstücken und Harlekinen, mit den teuersten Speisen und den besten Schönschwätzern. Natürlich alles auf seine Kosten.

Er musste den Wünschen des Papstes nachkommen, sonst würden die Fugger oder gar Florentiner wie die Rucellai im Vatikan noch mehr Land gewinnen. Er durfte sich als Roms Krösus nicht knickerig zeigen, er musste seinen Reichtum sogar verschleudern, um zu zeigen, dass er davon im Überfluss besaß. Außerdem galt es, Leo bei Laune halten, denn der Papst war ein Verschwender und benötigte daher immer wieder Geld, gelegentlich um jeden Preis.

Und Agostino Chigi stand bereit, ihm dieses Geld gewinnbringend zu leihen.

Aber konnte dies auf Dauer gutgehen?

Der Papst beherrschte zwar das riesige Reich der christlichen Seelen, sein weltliches Reich jedoch, das Patrimonium, war äußerst bescheiden. Er konnte den Christenmenschen allerlei Geld für ihr Seelenheil abnehmen, sich Dispense bezahlen lassen, Ämter und Titel verkaufen, aber darüber hinaus ließen sich seine Einnahmen nicht nach Belieben vermehren. Es fehlten dem Patrimonium – bis auf das Alaun – Bodenschätze, es fehlten Handwerker, die für den Export produzierten. Hinzu kam: In Mailand und Venedig, in Augsburg und Nürnberg, in Antwerpen, Lyon und London wurde gearbeitet – in Rom wurde gefeiert und geprasst.

Chigi starrte auf den Tiber, der mittlerweile leichte Wellen warf und die Sonne in tausend Diamanten widerspiegelte. Die Weiden ließen ihre Zweige ins Wasser hängen und säuselten sanft im noch angenehm kühlen Wind.

Was geschah, wenn der Papst seine Zahlungsunfähigkeit erklärte?

Dann stürzte sein größter Gläubiger, das Bankhaus Chigi, in tiefste Tiefen.

Chigis Blick verlor sich auf dem glitzernden Wasser. Nach einer Weile glitt er zu den Bäumen, die am Ufer standen und die ihren Stamm in die Höhe wachsen ließen. Prachtvolle Exemplare standen hier, immer mit Wasser versorgt. Nicht nur Weiden, auch Pappeln, Eichen und Ulmen, dazu Platanen mit ihren weitgeschwungenen Ästen.

Erneut musste er an Tolfa und die dortige Arbeitsverweigerung denken. Erst gestern hatte er mit Francesca darüber gesprochen, und sie hatte Verständnis gezeigt für die Nöte der Arbeiter, für die Familien, die einen Ernährer verloren hatten.

Zuerst hatte er ihr heftig widersprochen.

Sie schwieg jedoch nicht eingeschüchtert, sondern erklärte, er solle lieber Mitleid zeigen und sich überlegen, ob es ihm nicht doch möglich sei, die armen Witwen großzügig zu versorgen und generell den Arbeitern mehr zu zahlen. Noch bevor er ihr das Wort im Mund abschnitt, sagte sie mit Nachdruck: »Verstehst du denn nicht? Man wird dich dann nicht nur preisen als *il Magnifico*, sondern auch als *il Misericordioso*, *den Barmherzigen*. Die Menschen werden dich lieben und verehren, dir vertrauen. Und geht es in deinem Geschäft nicht auch um Vertrauen?«

Einen Moment lang war er sprachlos. Sie lächelte ihn an. Dies machte ihn noch sprachloser, und er lächelte zurück. Doch dann musste er richtigstellen, dass man sich für das Vertrauen der Arbeiter nichts kaufen könne, für das Vertrauen der Kardinäle aber sehr wohl.

»Das verstehe ich nicht«, antwortete sie voll Widerspruchsgeist.

»Ich will sagen: Das Vertrauen hochgestellter Kardinäle bedeutet, dass sie bei dir Geld leihen oder dir ihr Geld anvertrauen, damit du es vermehrst.«

»Aber ohne die Arbeit der Minenarbeiter kannst du kein Alaun fördern, es kann nicht verkauft werden und dir Geld bringen, das du dann wiederum verleihst, damit es sich auf die eine oder andere Weise verzinst oder sonstwie vermehrt.«

Er schaute sie mit ihrem dicken Bauch an und konnte nur den Kopf schütteln. Woher hatte sie nur diese klügelnden Gedanken? So etwas brachte doch kein Jungmädchenkopf hervor?

»Wer hat dir denn diese altklugen Weisheiten beigebracht?«, fragte er mit bemüht klingendem Spott.

»Du selbst. Du redest doch seit Tagen über nichts anderes.« Da hatte er es. »Statt dich über unser Kind zu freuen.«

Darauf wusste er nichts mehr zu sagen.

Im Grunde hatte sie recht. Er wollte auf jeden Fall die Witwen nicht darben lassen. Und sich über Francescas Kind freuen. Falls sie es nicht wieder verlor.

Das Wasser schimmerte und glitzerte, sandte Lichtblitze aus und ließ sanfte Wellen an die Kaimauer schwappen.

Nein, sie durfte das Kind nicht ein zweites Mal verlieren! Vielleicht wuchs in ihr sein Erbe heran.

Aber was konnte er tun, außer dass er Francesca bestens versorgen ließ?

Das Wasser gluckste und gurgelte leicht, und seine Lichtblitze blendeten ihn regelrecht. Dennoch starrte er weiter auf die Wellen, bis seine Augen schmerzten.

Papst Leo hatte ihn aufgefordert, seine Hochzeit mit Francesca anzukündigen. Dies war eine bewusste Provokation. Meinte er wirklich, er, Agostino Chigi, müsse Francesca noch vor ihrer Niederkunft heiraten? War dies nicht zuviel verlangt an Sitte und Moral?

Er liebte sie, ja, ohne Zweifel, hatte sie seit dem Erdbeben geliebt, aber dennoch sollte Francesca erst einmal beweisen, dass sie in der Lage war, ihm einen gesunden Sohn zu schenken. Dies war doch recht und billig, gerade in seinem Alter.

Agostino schloss die Augen, und er sah Francesca vor sich, lächelnd, mit ihrem gewölbten Leib, wie sie seine Hand nahm …

Sie durfte auf keinem Fall erneut ein Kind verlieren! Jede Aufregung war zu vermeiden, jede Gefahr für ihre Gesundheit.

Das bedeutete aber auch, ihr die Aufregungen eines ausgelassenen und anstrengenden Fests zu ersparen.

Wäre sie auf dem Fest nicht anwesend, könnte niemand verlangen, er solle seine Hochzeit mit ihr verkünden.

Er wollte auf jeden Fall nur das Beste für sie und das Kind. Sie, die kleine Krämerstochter, brauchte nicht vor Hunderten hochgestellter Prälaten und Adliger eine gute Figur zu machen; sie brauchte auch nicht all den Kurtisanen Roms zu begegnen, schon gar nicht Imperia.

Kaum stellte sich Agostino vor, wie Francesca auf Imperia traf, wie die beiden Frauen sich anschauten, abschätzig, hochmütig, verächtlich, schmeichlerisch oder wie auch immer, beschlich ihn ein ungutes Gefühl.

Entschlossen stand er auf.

Für Francesca war es am besten, für eine Weile wieder ins Kloster zurückzukehren.

34. Kapitel

Francesca wollte nicht glauben, was Agostino ihr da verkündete: Auf Grund ihres angegriffenen Zustands und ihrer fortgeschrittenen Schwangerschaft solle sie sich bis zur Geburt wieder ins Kloster Santa Maria begeben, damit sie dort in Ruhe und guter Pflege, ohne Aufregung und Lärm seinen ersten Sohn auf die Welt bringen könne.

»Aber mir geht es doch gut«, protestierte sie. »Mein morgendliches Erbrechen hat längst aufgehört, ich fühle mich gesund und stark …«

»Und was ist mit deinen geschwollenen Beinen und den Rückenschmerzen?«, unterbrach er sie. »Es ist doch nur die Sorge um dich.« Er umarmte sie und legte dabei seine Hand auf ihren dicken Leib, tastete ihn vorsichtig ab. »Ich spüre meinen Sohn«, rief er mit geradezu kindlicher Freude. »Er will mir etwas sagen! Hier ist der Bauch ganz fest, hat einen richtigen Knubbel.«

Ohne dass sie etwas dagegen tun konnte, traten ihr die Tränen in die Augen und rannen über die Wangen. Mit einer hektischen Bewegung wischte sie sie weg und schob Agostinos Hand zur Seite.

»Soll ich auch während des Fests im Kloster bleiben?«

»Ich befürchte, ja.«

Eigentlich wollte sie explodieren vor Enttäuschung und Zorn, doch wieder machte ihr die schwankende Stimmung einen Strich durch die Rechnung. Sie schluchzte nur laut auf. Wie häufig hatte sie sich vorgestellt, dass Agostino sie, mit dem Kind auf dem Arm, den Gästen seiner Feier präsentierte. Sie träumte davon, dass der Heilige Vater ihnen vor aller Augen die Ringe reichen und dann das Kind taufen würde. Und jetzt sollte sie weggesperrt werden in ein Kloster!

»Dann verschieb' doch das Fest, bis ich unser Kind auf die Welt gebracht habe«, jammerte sie. »Im September sind die schwülen Sommernächte vorbei, wir können wunderbar in der Loggia feiern …«

»So lange kann ich nicht warten«, erklärte er bestimmt. »Der Sommer ist von Stechmücken verseucht, im August leiden viele Menschen unter Fieberschüben und sterben dann im September, nein, ich will das Fest hinter mich bringen. Seine Vorbereitung beansprucht zu viel meiner Zeit und Aufmerksamkeit. Das musst du verstehen. Es wird noch andere Feste geben, auf denen du wie eine Königin gefeiert werden kannst, das verspreche ich dir, und nun sei vernünftig.«

Er umarmte sie wieder, aber sie schob seinen Arm zur Seite. Sie wollte weder vernünftig sein noch warten, bis Agostino auf irgendeinem anderen Fest geruhte, sie als seine *Königin* ganz Rom vorzustellen. Er hatte sie ja noch nicht einmal geheiratet, er würde sie auch nie heiraten, sonst würde er der Aufforderung des Papstes Folge leisten und sie nicht verstecken. Für ihn war sie nichts als eine junge Konkubine, die man jederzeit wegschicken konnte. Und vermutlich schämte er sich auch für sie – weil sie nur eine arme Krämerstochter war und keine Schönheit wie die allseits gepriesene Imperia.

Aber warum hatte er sie dann eigentlich aus Venedig entführt? Und was hatte er ihr nicht alles versprochen!

Als Agostino abends zu ihr kam, um ihr gute Nacht zu wünschen, hatte sie sich noch immer nicht beruhigt. Sie wehrte seine Umarmung ab, und als er sie fragte: »Was hast du denn?«, fuhr sie ihn an: »Ich fühle mich hier wie in einen goldenen Käfig eingesperrt, und jetzt soll ich mich auch noch in eine Klosterzelle verkriechen.«

Wieder fiel ihm nichts Klügeres ein als das schon dutzendmal gesagte »Es ist ja nur zu deinem Besten«.

Und weil der Zorn sie packte, fuhr sie ihn an: »Hast du nicht versprochen, mir ein wenig von der großen Welt zu zeigen? Waren wir ein einziges Mal in den Albaner Bergen – oder am Meer? Und dein Kontor kenne ich auch nicht. Ich würde gerne mal einen Blick auf die Stapel deiner Schuldscheine und Wechsel und in deine Gold- und Edelsteintruhen werfen, ich hätte auch gerne mit dir die Minen im Tolfagebirge besucht und gelernt, wie das Alaun gefördert wird, ja, und dann würde mich Porto Ercole interessieren, dein Hafen, schließlich bin ich in Venedig in der Nähe des Arsenale aufgewachsen, mich faszinieren Schiffe.«

Agostino schaute sie verwundert an. »Seit wann interessieren sich Frauen für das Bankgeschäft? Das langweilt euch doch nur.«

»Woher weißt du, was mich langweilt? Hast du mich das schon einmal gefragt? Ich kann doch nicht immer nur Ovid und Boccaccio lesen. Afra hat mir erzählt, dass es in Rom genügend Frauen gibt, die ein Geschäft betreiben. Und ich spreche jetzt nicht von Kurtisanen. Manche Witwen führen die Geschäfte ihrer verstorbenen Männer weiter, vermieten Häuser, lassen sogar Handwerker für sich arbeiten.«

»Zum Glück lebe ich noch«, versuchte er, ihre Vorwürfe im scherzhaften Ton zu widerlegen, »und kann meine Geschäfte selbst führen.«

Nun füllten wieder Tränen ihre Augen. Agostino wollte sie nicht verstehen. Wie er sie anschaute!

»Ich habe so rasch Latein gelernt!«, erklärte sie, nachdem sie ihre Tränen erfolgreich unterdrückt hatte. »Ich würde ebenso rasch die Regeln des Bankwesens lernen. Und dann wünsche ich mir einen klugen Lehrer, am besten jemanden von der Accademia Romana, der mit mir Cicero und Seneca und die florentinischen Philosophen studiert. Ich könnte dann im Kreis gebildeter Männer mitdiskutieren, das tun andere Frauen doch auch, Isabella d'Este zum Beispiel, von ihr hat mir schon Afra erzählt, Elisabetta Gonzaga und sogar Lucrezia Borgia. Warum lädst du nicht einen Kreis kluger Männer und Frauen ein, und wir diskutieren unten am Fluss über die Liebe und den Tod und die Weisheit und was eine gute Lebensführung ist.«

Agostino seufzte tief, erhob sich und stellte sich ans Fenster, um in die dunkle Nacht zu schauen. Nach einer Weile sagte er: »Nun, ich dachte, du wolltest erst einmal ein gesundes Kind auf die Welt bringen. Alles andere läuft uns nicht weg, und ich war der Meinung, dass ich dir schon einmal Rom gezeigt habe.«

»Ha, sogar zweimal. Rom ist meine Welt«, versuchte sie zu höhnen. Dann jammerte sie: »Ich wäre auch gern mehr mit dir ausgeritten. Du hast so edle Pferde.«

»In deinem Zustand wirst du kaum reiten wollen«, sagte er in die Nacht hinaus.

»Verstehst du mich denn gar nicht?«, schluchzte sie auf.

Er starrte in die Dunkelheit. »Doch, ich verstehe dich«, antwortete er schließlich leise. »Aber verstehst *du* denn nicht, dass ich mir um dich und deine Gesundheit Sorgen mache.« Noch leiser fügte er an: »Ich habe schon einmal meine Frau und ihr Kind sterben sehen. Dies soll nicht wieder geschehen.«

Ebenso leise erwiderte sie: »Ich bin ja nicht deine Frau.«

35. Kapitel

Alle Proteste hatten nichts genützt: Francesca zog mit Alaya wieder ins Kloster Santa Maria in Campo Marzio, und zwar in einen am Rande gelegenen Trakt. Schwester Afra versorgte sie, und jeden Tag schaute eine Hebamme vorbei und bereitete alles für die Geburt vor.

Anfangs quälten sie Enttäuschung und Schwermut, doch dann hatte sie sich mit ihrer Situation abgefunden. Vielleicht hatte Agostino ja recht. Es gab genügend Frauen, die im Kindbett starben, gerade bei der ersten Geburt. Und sterben wollte sie wirklich noch nicht.

Außerdem freute sie sich darauf, Lucrezia wiederzusehen. Sie hatte gehofft, sie noch am ersten Tag im Kloster begrüßen zu können, doch Lucrezia tauchte nicht auf, obwohl sie Afra mehrfach nach ihr gefragt hatte, ohne eine Antwort zu erhalten. Überhaupt war Afra nicht mehr die alte. Sie verhielt sich kühl und distanziert und erklärte schließlich auf Francescas insistierendes Fragen, Lucrezia sei krank. An welcher Krankheit sie litt, konnte Afra nicht sagen.

Nach einer Woche hatte Francesca sich an ihre neue Umgebung gewöhnt, machte ihre Spaziergänge im Kreuzgang und beobachtete die Ball spielenden Klosterschülerinnen und ihre Tanzgesänge, die sie mit rhythmischem Tamburingeklingel begleiteten. Natürlich konnte sie, insbesondere an heißen Tagen, nicht mittanzen. Immer wieder erntete sie neugierige Blicke, und die Mädchen steckten dann die Köpfe zusammen und tuschelten. Francesca lächelte freundlich und versuchte, sich möglichst gravitätisch zu bewegen.

Jeden zweiten Tag schaute Agostino vorbei, erkundigte sich nach ihrem Befinden und berichtete ein wenig von den Festvorbereitungen und den Eifersüchteleien unter den Malern. Bevor er sie wieder verließ, musste er lange Zeit seine Hand auf ihrem sich wölbenden Leib ruhen lassen, »um ein paar Worte mit meinem kleinen Sohn zu wechseln«, wie er lächelnd bemerkte.

Sie fragte ihn, ob denn endlich mal ein Brief von ihren Eltern an sie abgegeben worden sei.

Er schüttelte den Kopf, versprach aber, ihn ihr ungeöffnet vorbeizubringen.

Dann gab er ihr einen zärtlichen Kuss auf die Stirn, drückte sie an sich, soweit dies möglich war. Manchmal glaubte sie seine Augen feucht schimmern zu sehen.

Als sie schon gar nicht mehr damit rechnete, tauchte Lucrezia auf. Francesca war gerade dabei, nach einem kurzen Mittagsschlaf hinaus in das Laub einer Platane zu schauen, die das Sonnenlicht weich filterte, als es klopfte.

Francesca öffnete die Tür und stieß einen Freudenschrei aus, der ihr im Hals steckenblieb. Lucrezia stand vor ihr wie eine hungernde Bettlerin. Die Augen waren unnatürlich groß, die Wangen eingefallen, die Haare stumpf. Die Hände knochig. Den restlichen Körper hatte sie mit einer schwarzen Nonnentracht verhüllt.

Francesca streckte ihre Arme aus, doch Lucrezia wagte nicht einzutreten, und so musste sie ihre alte Freundin in die Zelle ziehen. Sie gab ihr einen Kuss, Lucrezia erwiderte ihn heftiger als erwartet und brach dann in Tränen aus. Nach einer Weile beruhigte sie sich und lachte, nahm immer wieder ihre Hand und bedeckte sie mit Küssen. Das Eis schien gebrochen, die Entfremdung durch die lange Trennung überwunden.

Die beiden Freundinnen setzten sich auf das Bett, und Lucrezia wollte wissen, wie es Francesca während der vergangenen Zeit ergangen war.

Von der so schmachvoll beendeten Liebesszene zwischen ihr und Sebastiano hatte Lucrezia offensichtlich nichts gehört. Als Francesca ihr davon unter dem Siegel der Verschwiegenheit berichtete, reagierte Lucrezia unerwartet ungehalten. »So hat es bei meiner Mutter auch begonnen«, sagte sie nicht ohne tadelnden Unterton.

Francesca fühlte einen Stich der Kränkung und wollte in Zukunft das Thema meiden. Da sie jedoch weiterhin das Bedürfnis zu reden verspürte, erzählte sie von den wunderbaren Fresken der *Villa Chigiana*, von dem Schäfchen, das mittlerweile längst ein Schaf geworden sei, von den Brunnen und Blumen des Parks, sogar von den wunderbaren Kelchen der Tulpen, die aus den fernen flämischen Landen eingeführt worden seien, dann wechselte sie das Thema und berichtete von ihrer schweren Krankheit und der Fehlgeburt, von der Schwangerschaftsübelkeit, der bevorstehenden Feier, an der sie leider nicht teilnehmen könne. »Agostino sorgt sich zu sehr um meine Gesundheit. Wir hatten einen heftigen Streit.«

Lucrezia hatte sie reden lassen, zwischendurch ihre Hand ergriffen, sie dann jedoch wieder losgelassen. »Wie ist es eigentlich so, wenn man die Konkubine eines Mannes ist, der eigentlich ihr Vater sein könnte?«, fragte sie schließlich unvermittelt spitz.

Francesca schaute Lucrezia verständnislos an. »Vielleicht heiratet er mich ja, das hoffe ich zumindest«, sagte sie nach einer Weile, »wenn ich ihm einen Sohn schenke.«

Lucrezia schwieg nun und senkte ihren Blick.

Als sich das Schweigen hinzog und langsam quälend wurde, erklärte Francesca: »Ich bin mir allerdings nicht sicher.«

Plötzlich brach Lucrezia in Tränen aus, drückte ihre Hand immer wieder an ihre nasse Wange und presste ein schluchzendes »Ich wünsche es dir ja so!« zwischen den Lippen hervor.

Francesca nahm sie in den Arm, und nun schien alles wieder so wie früher.

»Sehnst du dich eigentlich manchmal nach deinen Eltern und nach Venedig?«, fragte Lucrezia, als sie beide nebeneinander auf dem Bett lagen und ihre Tränen endlich versiegt waren.

»Manchmal. In der letzten Zeit häufiger. Aber ich glaube nicht, dass ich zurückkehren möchte. Ich habe meinen Eltern geschrieben, bisher jedoch keine Antwort erhalten. Hoffentlich geht es ihnen gut.«

»Ich habe auch keine Eltern mehr«, sagte Lucrezia.

»Du hast doch deine Mutter.«

»Sie kümmert sich kaum um uns Mädchen, hat nur ihre Männer im Kopf, und ich weiß nicht einmal, wer mein Vater ist.« Lucrezias Stimme zitterte leicht.

»Ich kann dich verstehen. Ich bin mir nämlich auch nicht sicher, ob meine Mutter meine richtige Mutter ist.«

»Wieso?« Lucrezia blickte sie verständnislos an.

»Sie hat mal so etwas Seltsames zu meinem Vater gesagt, und dann hat sie mir immer meine Geschwister vorgezogen.«

»Meine Mutter liebt Margherita auch mehr als mich. Margherita ist ja auch Chigis Tochter, die Tochter *deines* Agostino.«

Francesca wollte nicht auf diese Bemerkung eingehen. »Ich habe immer wieder so eine seltsame Erinnerung«, sagte sie nach einer Pause. »Vielleicht ist es auch nur ein Traum, der sich häufig wiederholt. Ich sehe mich an der Hand einer schönen Frau gehen, einer Kurtisane vielleicht … In der letzten Zeit hatte ich diesen Traum wieder häufig.«

Lucrezia kicherte leise. »Dann wären wir ja beide Kurtisanenkinder. Schwestern sozusagen. Ach, Francesca, ich habe dich so vermisst. Du bist der einzige Mensch, den ich liebe.« Sie bedeckte Francescas Hand mit Küssen.

Weil sich das Kind in diesem Augenblick heftig bewegte und weil sie nicht recht wusste, wie sie auf Lucrezias Gefühlsausbruch reagieren sollte, wollte sie Lucrezias Hand auf ihren Bauch legen. »Hier, fühl mal!«, forderte sie sie auf. »Es tritt mich gerade ganz heftig.«

Lucrezia schüttelte jedoch nur den Kopf.

Francesca presste die Hand auf ihren Leib und schob die Verhärtung zur Seite. »Jetzt liegst du wieder richtig«, flüsterte sie. Das Kind schien sie zu verstehen, denn es zog sein Füßchen zurück, um dann mit einer sanften Bewegung erneut gegen die Bauchdecke zu treten. Ein Gefühl seligen Glücks durchströmte sie. Sie liebte jetzt schon ihr Kind, und sie wusste, dass auch ihr Kind sie liebte.

Als Lucrezia mit erloschener Stimme etwas Unverständliches äußerte, schaute sie fragend auf. Lucrezia wiederholte ihre Worte: »Kannst du mich nicht mitnehmen, wenn das Kind geboren ist? Vielleicht ist Chigi nicht nur der Vater meiner Schwester, sondern auch mein Vater. Die Villa ist sicherlich groß. Da haben wir alle Platz. Ich bin hier so allein.«

Und wieder Tränen.

»Ich will Agostino fragen«, versprach Francesca und nahm Lucrezia tröstend in die Arme.

Lucrezia kuschelte sich an sie wie ein kleines Kind. Dann lagen sie beide nebeneinander auf dem Bett, und jetzt wagte Lucrezia, vorsichtig Francescas sich wölbenden Leib abzutasten – erneut durchflutete Francesca ein warmer Glücksstrom. Alle Ärgernisse und Unsicherheiten der letzten Zeit schienen verflogen, auch das Fest, von dem Agostino sie ausgeschlossen hatte, interessierte sie nicht mehr. Viel wichtiger war, dass sie Lucrezia wiedergefunden hatte, und gleichzeitig spürte sie, dass das Kind jetzt das Wichtigste in ihrem Leben war und sie stark machte. Stark für eine glückliche Zukunft.

36. Kapitel

Am Morgen des großen Einweihungsfests erschien Agostino noch einmal bei Francesca, kurz nur, wie er sofort betonte, die letzten Anordnungen seien zu treffen, heute sei einer der schönsten Tage seines Lebens. »Wie geht es unserem Jungen?«, fragte er lächelnd und gab ihr einen Kuss, hielt dann sein Ohr an ihren Bauch, als könnte er eine Antwort erwarten. »Alle werden sie kommen, hörst du, mein Kleiner, alle, und werden deinen Vater und seine Villa preisen!«, rief er triumphierend aus.

»Nur wir nicht«, antwortete Francesca.

»Ja, nur ihr nicht«, echote er gedehnt, nicht ohne betontes Bedauern. »Aber beim nächsten Mal seid ihr dabei.«

Sie lächelte. »Wie viele Häuser willst du noch bauen?«

»Für jedes deiner Kinder eins.« Er lachte wie ein stolzer Bub. »Zum Trost habe ich dir etwas mitgebracht«, fuhr er fort und zog einen Briefzylinder aus seinem Wams.

»Ein Brief meines Vaters?«, rief sie. »Endlich!«

Mit großer Geste übergab er ihr den Zylinder. »Er wird dich darüber hinwegtrösten, dass du nicht mit dem Heiligen Vater plaudern darfst. Der eigene Vater ist auf jeden Fall wichtiger.«

Francesca wusste nicht, wie ernst Agostino seine Bemerkung meinte.

Er umarmte sie noch einmal, gab ihr einen letzten Kuss und schaute sie dann liebevoll an: »Es muss bald soweit sein, oder?«

Sie nickte. »Freust du dich?«

Er winkte ihr lächelnd zu und verschwand.

Sie schaute ihm eine Weile nach, ließ sich von Alaya ein Glas Wasser und ein weiteres Kissen reichen. Ihr Bauch war mittlerweile so schwer, dass die Rückenschmerzen kaum noch nachließen und jeder Schritt alles andere als leichtfüßig war.

Umständlich brach sie das Siegel und entfaltete den Brief regelrecht zeremoniell. Es waren die ersten Zeilen ihres Vaters, seit sie Venedig verlassen hatte. Ein leichtes Ziehen im Unterleib wies sie darauf hin, wie aufgeregt sie war.

Sie überlegte, ob sie Lucrezia rufen sollte, aber sie war sich nicht sicher, ob der Brief nicht vielleicht Nachrichten enthielt, die sie erst einmal ganz allein verdauen musste. Daher schickte sie auch Alaya aus dem Raum.

Noch einmal strich sie das Papier glatt, roch sogar daran, weil sie hoffte, ein wenig von dem heimatlichen Geruch erschnuppern zu können. Doch das Papier roch nach gar nichts. Dann vertiefte sie sich in die lange und langersehnte Botschaft ihres Vaters:

»Meine liebste Tochter Francesca«, schrieb er, »ich vermisse Dich sehr und war daher überglücklich, dass mich nach langer Zeit ein Lebenszeichen von Dir erreichte. Ich wähnte Dich schon bei den Engeln. Nun lebst Du nicht mehr im Kloster, sondern bei dem reichen römischen *banchiere* Chigi, erwartest sogar ein Kind von ihm, ohne verheiratet zu sein, scheinst mit Deinem Leben in der *famiglia* dieses Mannes aber nicht ganz zufrieden zu sein. Von Deinen Lernzeiten im Kloster erfuhr ich wenig. Ich hoffe, die Versprechungen Deines römischen Entführers waren keine leeren Worte. Anna Maria auf jeden Fall hat nach Deinem Verschwinden viel für Dich und Dein Seelenheil gebetet. Auch ich bete noch immer täglich, flehe den Herrn an, er möge Dir das Glück bescheren, das er anderen Menschen versagt hat.

So schwer es mir fällt, ich muss Dir mitteilen, dass meine Anna Maria nicht mehr beten kann; sie vermag mir auch nicht mehr zu helfen, die Bürde des Lebens zu tragen. Letzten Spätsommer befiel sie die Pest, die seit langem Venedig heimsucht, und rasch erlag sie ihr. Ihre Beten hatte nicht geholfen. Mit mir und Deinen Geschwistern hatte Gott ein Nachsehen. Er verschonte uns.

Er ersparte mir jedoch nicht einen Schmerz, der mich noch immer täglich quält. Es ist jetzt an der Zeit, Dir seine Ursachen mitzuteilen. Ohne Umschweife sei es gesagt: Anna Maria, Gott sei ihrer armen Seele gnädig, war nicht Deine wahre Mutter. Vielleicht hast Du selbst gespürt, dass sie Dich nicht so liebte wie Deine anderen Geschwister. Es lag an mir und einer Sünde, die ich mir nicht verzeihe, obwohl ich damals, zu ihrer Zeit, glücklich und zugleich verzweifelt war. Ich liebte eine junge Frau, die etwa so alt war, wie Du heute bist. Eine schöne Frau, viel zu schön für Ehe, Bescheidenheit und Verzicht, eine Frau voller Ansprüche und Lebenslust. Sie liebte mich ebenfalls, doch ich kleiner Krämer konnte ihr nicht das bieten, was sie vom Leben erwartete. So gab es viel Streit und dann wieder eine tränenreiche und innige Versöhnung. Hätte sie mich geheiratet, hätte manches anders verlaufen können. Sie wollte mich jedoch nicht heiraten, nicht einmal, als sie schwanger wurde und dann ein gesundes Kind auf die Welt brachte – Dich. Im Kindbett weinte sie nur noch, wollte Dich nicht stillen, wollte überhaupt nichts von Dir wissen. Ich hätte Dich weggeben können, in ein Kloster vielleicht, aber ich liebte Dich zu sehr und suchte eine Amme. Diese Amme hatte eine Schwester mit Namen Anna Maria, die bereit war, mich zu heiraten und sogar mein Kind als ihr eigenes aufzuziehen. Auch wenn sie Dich später, als sie eigene Kinder bekam, nicht mehr so lieben konnte, wie ich gehofft hatte, so blieb sie eine fromme und treue Frau.

Deine wahre Mutter traf ich später gelegentlich in der Kirche, in der sie, aufgeputzt und umgeben von reichen Kavalieren, Hof hielt. Meist übersah sie mich, doch einmal entdeckte sie Dich an meiner Hand und stürzte sich auf Dich. Tränen standen in ihren Augen. Von nun an musste ich ihr erlauben, dass sie an Sonntagen mit Dir spazieren ging. Sie verwöhnte Dich sehr, und schließlich bat sie mich sogar, Dich behalten zu dürfen. Anna Maria war nicht abgeneigt, doch ich brachte es nicht übers Herz, Dich Deiner wahren Mutter zurückzugeben.

Nachdem ich ihre Bitte abgelehnt hatte, sah ich sie nie wieder. Ich weiß lediglich, dass sie Venedig den Rücken kehrte, um in Rom ihr Glück zu suchen. Papst Alexander VI. Borgia saß damals auf dem Stuhl Petri, und es begann eine goldene Zeit für schöne Frauen wie Deine Mutter. Darüber hinaus vermute ich, dass sie es nicht aushielt, ihre eigene Tochter, die sie nicht aufziehen durfte, in ihrer Nähe zu wissen. Ich möchte an das Gute im Menschen glauben, und ich glaube, ich tue recht daran.

Leider muss ich Dir ein weiteres Geständnis machen. Nach dem Tod Deiner Stiefmutter entdeckte ich eine Schatulle mit zahlreichen Goldstücken, die sie immer vor mir verborgen hatte. Nun wurde mir klar, warum sie sich von Zeit zu Zeit teure Kleider leisten konnte. Es hatte viel Streit um diese Kleider gegeben, von denen ich wusste, dass ich sie nicht hatte bezahlen können, Verdacht entstand und Misstrauen. Deine Stiefmutter lachte mich nur aus, als ich ihr Vorhaltungen machte, als müsste ich wissen und akzeptieren, woher sie das Geld nahm.

Ich wusste es nicht – oder wollte es nicht wissen. Doch angesichts der Goldschatulle gab es keine Zweifel mehr. In der besagten Nacht vor langer Zeit, im Jahr des Erdbebens, hatte ich abends viel Wein getrunken, Deine Stiefmutter goss mir nach, vielleicht streute sie auch ein Pulver in den Wein. Später, als Du verschwunden warst, versuchte sie, mich davon abzuhalten, Agostino Chigi vor der Quarantia anzuklagen. Es sei nichts bewiesen, erklärte sie immer. Ich schickte den Dogen dennoch einen Bericht, und als ich dann dem Sieneser Kaufmann Franci begegnete und er mir davon erzählte, dass Agostino Chigi ihn wegen angeblicher Schulden ins Gefängnis hatte werfen lassen, wusste ich, dass es hier einen Mann gab, der auf Rache an Chigi sann. Vielleicht, so sagte ich mir, kann auch ich jetzt dem Römer heimzahlen, dass er mir die Tochter genommen hat. Das Wenige, das ich mir erspart hatte, gab ich Franci, der mit Hilfe eines weiteren Mittelsmanns versuchen soll, Agostino Chigi dort zu schlagen, wo er am verwundbarsten ist. Ob er Erfolg hat, kann ich Dir bis jetzt noch nicht sagen. Aber vielleicht erfährst Du selbst davon. Vergiss bitte nicht, ich tat es nur, weil ich Dich so sehr liebe.

Die Goldmünzen, die Deine Stiefmutter vor mir geheimhielt, werden mir helfen, Alter und Krankheit in Würde zu bestehen. Sie sollen auch später Deinem Bruder helfen, denn ich werde ihn einem Goldschmied anvertrauen, damit er bei ihm dieses schöne Handwerk lernen kann. Der Goldschmied nimmt ihn natürlich nicht für ein *Vergelt's Gott*. Auch Deinen Schwestern werde ich eine ordentliche Mitgift geben können. Sie sollen keine armen Arbeiter des Arsenale heiraten, sondern ordentliche Männer: Mit einem kleinen Wollhändler aus der Nachbarschaft habe ich bereits gesprochen, auch mit einem *tedesco* aus Nurembergo, der regelmäßig in unsere schöne Stadt kommt, um im Fondaco Handel zu treiben.

Ich möchte Dich bitten, Deiner Stiefmutter zu verzeihen. Du warst nicht ihr Fleisch und Blut, doch sicherlich wollte sie nur das Beste für Dich, als sie sich auf den Plan des *banchiere* einließ. ›Geheiratet hätte Francesca ja doch‹, sagte sie immer, wenn ich Dein Verschwinden beklagte und Chigi verdächtigte, Dich entführt zu haben. Einmal fügte sie an: ›Auch wenn sie vermutlich nur eine Konkubine oder Kurtisane wie ihre Mutter ist: Jetzt lebt sie in Luxus und muss nie wieder einen Putzlumpen auswringen – wie ich, die ehrbare, fromme Ehefrau.‹ Und weil sie dann weinte, wollte ich ihr nicht widersprechen. Vielleicht konnte ich ihr auch nicht widersprechen, denn sie hatte die Wahrheit ausgesprochen.

Dennoch möchte ich Dir sagen: Glück kann selbst in der kleinsten Hütte sein, wenn man im Frieden mit dem Herrn, mit sich selbst und seinen Lieben lebt.

Ich bete dafür, dass Du mehr Glück im Leben findest als Deine Stiefmutter.

Und auch mehr Glück als Deine wahre Mutter.

Ja, liebste Francesca, Gottes Wege sind unerforschlich. Wer hätte gedacht, dass mir nach dem schweren Verlust, den mir Anna Marias Tod bereitet hat, noch einmal das Glück winken würde: Deine wahre Mutter, meine erste und größte Liebe, war nur eine gewisse Zeit in Rom geblieben. Nach dem Tod von Papst Alexander Borgia verließ sie Rom, um sich in Florenz und später dann in Padua niederzulassen. Von dort haben der Krieg und die Unruhen der letzten Jahre sie wieder in die Lagunenstadt gespült. Die Soldateska hat ihr nach der Eroberung Paduas übel mitgespielt. So übel, dass sie als kranke Bettlerin in Venedig ihr Dasein fristen musste.

Als Bettlerin, ein Wunder des Herrn, entdeckte ich sie dieses Frühjahr vor San Marco, dem Stadtheiligen sei ewiger Dank. Ich erkannte sie nur an der unzerstörbaren Schönheit ihrer Augen. Ihr Gesicht war von Krankheit entstellt. Sie folgte mir in mein kleines Haus, und dort leben wir nun – geschlagen vom Schicksal, aber doch noch einmal davongekommen und glücklich mit dem Los, das uns beschieden ist. Jeden Tag gehen wir zur Messe und danken dem Herrn, dass er uns zusammengeführt hat. Vielleicht hat er unsere nie erloschene Liebe belohnen wollen.

Und so wünsche ich auch Dir, dass sich Deine Wünsche, wenn nicht heute, so doch später einmal erfüllen werden. Glaube an Deine Liebe – und unser Heiland wird Deinen Glauben belohnen.

Der Herr sei mit Dir, liebste Tochter, und Deinem Kind,

Dein Vater, der Dich immer geliebt und nie vergessen hat.«

Als Francesca die Zeilen zu Ende gelesen hatte, versank sie in eine bodenlose Trauer. Sie las den Brief dennoch mehrfach, ohne zu merken, wie sich das Ziehen in ihrem Unterleib verstärkte. Erst als zwischen ihren Beinen alles nass war, rief sie Alaya, die sofort die Hebamme benachrichtigte. »Die Fruchtblase ist gesprungen«, rief sie, »es geht los!«

Und schon begannen die ersten Wehen.

37. Kapitel

Agostino fühlte sich wie der König Roms. Alle waren sie gekommen, alle, die Rang und Namen hatten, die etwas auf sich hielten und etwas galten! Allen voran der Heilige Vater mit seinem Kardinalsvetter und seiner geiernasigen Schwägerin Alfonsina aus dem Geschlecht der Orsini, die ihre Kinder, denen ihr ganzer Ehrgeiz galt, im Schlepptau mit sich führte. Im Gefolge von Papst Leo erschien würdevoll ein Großteil seiner Kardinäle, der Farnese und der Riario, der gestrenge Carvajal und der allen weltlichen Genüssen zugeneigte Sauli aus der Familie der genuesischen Geldleiher-Sippe, Soderini, Cornaro und Schinner, natürlich auch die im Vatikan als Sekretäre oder Bibliothekare tätigen Dichter und Diplomaten, Pietro Bembo, Iacopo Sadoleto und Tommaso Inghirami, die sich bereits bei der Begrüßung in ciceronischen Langsätzen verloren, Baldassare Castiglione in lässig-vollkommener Höflichkeit und der Botschafter von Venedig, dessen Namen Chigi vergessen hatte. Der Dichterkardinal Bernardo Dovizi da Bibbiena erschien mit großer Geste, begleitet von seiner noch sehr jungen Nichte, die er an Raffaello verkuppeln wollte – im Vatikan ein offenes Geheimnis. Auch Enea Piccolomini fehlte nicht, nur Angelo del Bufalo hatte sich entschuldigen lassen.

Besonders freute Chigi sich über die Anwesenheit des Marchese von Mantua, der mit Frau Isabella, Sohn und Nachfolger Federico und illegitimer Tochter Margherita erschienen war; ihm folgte seine Verwandtschaft aus Ferrara und Urbino. Noch während der Begrüßung raunte er Chigi zu: »Wir müssen uns nachher noch einmal unterhalten!« und setzte eine gewichtige Miene auf. Seine Gemahlin hatte zusammen mit ihrer Schwägerin Elisabetta Gonzaga bereits die ersten Fresken in Augenschein genommen und war nicht in der Lage, den Ausdruck von Bewunderung und Neid aus ihrem Gesicht zu tilgen, als sie die *Galatea* betrachtete. Raffaello begrüßte sie, ihre Schwägerin und Margherita umgehend, überaus charmant und formvollendet höflich. Isabella nahm die Begrüßung gnädig entgegen, während ihre Stieftochter Margherita tiefdunkelrot anlief.

Irgendwann drohte Chigi die Übersicht zu verlieren und die Namen seiner Gäste nicht mehr auf der Zunge zu haben, doch bisher hatte er noch jeglichen *lapsus* verhindern können. Erleichtert atmete er auf, als die Schönen der Stadt erschienen, allen voran Imperia in aufbauschender roter Seide, behängt mit Gold und Edelsteinen, Geschenken aus seiner Hand. Ihren in verwunschene Träume tief hinabführenden Ausschnitt umrahmte eine Goldborte, ihr Haar zierte ein Goldnetz mit großen Perlen und Diamanten sowie Federn exotischer Vögel aus den neuentdeckten Kontinenten. Hinter ihr Camilla *La Magra* und die noch sehr junge Ambrosina de Pironibus, außerdem Lucrezia Veronese, Albinia und Fiammetta, eine schöner und blondierter als die andere, duftend, tief ausgeschnitten und mit verführerisch geweiteten und in allen Farben umschatteten Belladonna-Augen.

Als Chigi schließlich die Gäste begrüßt, Papst Leo ein paar Worte des Dankes und der Freude geäußert sowie, nicht ohne ironischen Unterton, seinen Segen erteilt hatte, bildeten sich in den Empfangsräumen, in Galleria und Loggia, auf der Treppe und im Park und ganz besonders in der säulenumrandeten Loggia am Tiber kleine Grüppchen, denen die ersten Happen gereicht wurden.

Chigi atmete erleichtert auf, denn Papst Leo hatte nicht auf die angeblich anstehende Ankündigung einer Hochzeit mit Francesca hingewiesen, vermutlich weil ihm entfallen war, was er bei seinem Besuch angekündigt hatte. Es wäre peinlich geworden, schon gar, wenn er auch auf Francescas Zustand hingewiesen hätte.

Über ihre Abwesenheit war Chigi wirklich froh. Insbesondere ihr hochschwangerer Zustand hätte zu allerlei unguten Spekulationen geführt, die er kaum an einem solchen Tag hätte aufklären oder zerstreuen können.

Die Musikanten fidelten und flöteten bereits, Gaukler zeigten ihre Kunststückchen, ein Moreskentanz wurde aufgeführt, und die ersten Kastraten näherten sich dem hohen C.

Nachdem die Gäste ausreichend Park und Villa bewundert hatten, mussten sie mit einem verführerischen Gastmahl in Stimmung gebracht werden. Es gab neben Kalbsnieren auf geröstetem Brot, Tortellini mit Schweinefleischfüllung und einer Pilzsuppe Fische, die lebend aus dem osmanischen Reich herbeigeschafft worden waren, und als Höhepunkt kein scheinbar lebendes Einhorn, nicht einmal einen Schwan oder Pfau, sondern Papageienzungen im eigenen Sud, etwas, das in Rom noch nie gegessen worden war. Dementsprechend war die Begeisterung, und wie oft *lukullisch* gerufen wurde, ließ sich nicht zählen.

Während der Verdauungsphase nach der abschließenden Dattelrolle und dem Feigenmus führten die Schauspieler Bernardo Dovizis äußerst freizügige Verwechslungskomödie *Calandria* auf, über die besonders der Heilige Vater immer wieder in wieherndes Gelächter ausbrechen konnte, das sein *buffo*-Zwerg hampelnd und kreischend nachzuahmen versuchte.

Mittlerweile war es dunkel geworden, und tausend Fackeln beleuchteten Park und Villa. Am besten besucht war die Loggia am Tiber, und da der Mai trocken gewesen war, ließ sich die Stechmückenplage aushalten, zumal überall Dufthölzer kokelten. Die ersten Kurtisanen hatten nach ihrem Chorgesang des Ave Maria und mehrerer selbst komponierter Madrigale ihre Verehrer gefunden und hielten körperenge Konversation mit schwarz gekleideten Prälaten auf Marmorbänken, die sich in lauschig säuselnde Lorbeerhecken schmiegten.

Chigi war überall und nirgendwo, wie bei solch großen Festen üblich. Er musste mit jedem ein paar Worte wechseln und von ihm die Komplimente über seine Villa, die Fresken, den Garten und Park und natürlich über das Glück seines reichen Lebens entgegennehmen. Unaufhörlich wurde er mit Mäcenas verglichen. Allen versuchte er irgendein Kompliment zurückzugeben, was keine leichte Aufgabe darstellte, doch in der Erfindung von Schmeicheleien war er ein erfahrener Meister. Am leichtesten fiel es ihm noch bei Imperia, die heute schöner war, als er sie jemals in Erinnerung hatte, und die ihm in aller Öffentlichkeit einen Kuss auf den Mund gab, was er allerdings als wenig angebracht empfand. Genügend Gäste hatten diesen Kuss wahrgenommen, denn es wurde ihm applaudiert, und eine vorlaute Stimme rief: »Das Idealpaar unserer wunderbaren Stadt.« Wieder dachte Chigi, wie gut es war, dass Francesca den Abend im Kloster verbrachte.

Als die Glocken der Stadt Mitternacht läuteten, wurde ein Feuerwerk auf dem nahen Ponte Sisto gezündet, und anschließend bat Chigi seine Gäste in die Villa, wo sie an einem Spiel teilnehmen sollten, das, vom Heilige Vater persönlich vorgeschlagen, einiges an Vorbereitung gekostet hatte, aber noch mehr Improvisation benötigte.

Es ging um die nackten Nymphen und Göttinnen an den Wänden der *Galleria della Galatea* und der *Loggia di Psiche* und um die Frage, wer ihre Vorbilder seien. Chigi sollte »Galatea!« rufen, auf ihren Körper weisen, den Maler nennen, und anschließend spazierten, aus einem abgetrennten und durch Leinwände vor neugierigen Blicken geschützten Raum kommend, die schönsten Kurtisanen an dem Fresko vorbei. Ihr Gesicht verbarg eine Maske, aber der Körper war nackt wie Galatea und ihre Genossinnen, wie Venus und die Grazien, Juno, Diana und all ihre Dienerinnen. Nicht einmal die Scham sollte bedeckt sein.

Chigi selbst durfte natürlich nicht teilnehmen an dem Wettbewerb; wer zutreffend geraten hatte, dem bezahlte der Gastgeber eine Nacht mit der jeweiligen Schönen. Gewann ihn eine der anwesenden Gattinnen oder Töchter, so gab es stattdessen einen Gutschein für ein Porträt durch den jeweiligen Künstler.

Als die ersten Nackten durch die Gäste promenierten, wurde es für kurze Zeit ganz still, dann erhob sich ein Gemurmel und schwoll an, übertönt von Zurufen und begeistertem Applaudieren. All die Namen der anwesenden Kurtisanen wurden gerufen, am meisten jedoch *Imperia*.

Raffaello winkte bei der Galatea pausenlos ab und erntete enttäuschtes Raunen und Tuscheln, nicht einmal bei den drei Grazien traf jemand auf Anhieb ins Schwarze. Als endlich die ersten Treffer gelandet wurden, stieg die Stimmung wieder. Der junge

Florentiner Bindo Altoviti aus der Familie reicher Bankherrn, die Chigi zunehmend Konkurrenz zu machen versuchten, erriet Matrema, die den Scherznamen *non vole* trug, und bat sich von Raffaello noch ein zusätzliches Porträt, Kardinal Farnese fand *La Magra* am Tisch der Götter und erntete begeistert-spöttisches Gelächter, als *La Magra* ihn auf der Stelle aus dem Saal ziehen wollte.

Schließlich war der Spaß vorüber, und die meisten Gäste strebten aus den stickig gewordenen Räumen ins Freie, hinunter an das Ufer des Tiber. Derweil führte Chigi die Kunstinteressierten durch weitere Räume seiner Villa, insbesondere in sein Schlafzimmer mit Sodomas großem Fresko von der *Hochzeit des Alexander und der Roxane*. An die Nächte, in denen hier sein bald das Licht der Welt erblickender Sohn gezeugt worden war, erinnerte er sich wie an einen fernliegenden, halb vergessenen Traum, zu sehr drängten sich seine Gastgeberpflichten in den Vordergrund.

Zu der kleinen Gruppe der Neugierigen und an allen Fresken des Hauses Interessierten gehörten Marchese Gonzaga, seine Gemahlin und seine Schwägerin sowie Sohn Federico und Tochter Margherita. Der Marchese, dessen Kopf vom Wein bereits gerötet war, nickte bedeutungsvoll, als der Gastgeber den geschichtlichen Hintergrund des Freskos erläuterte, stieß ihn dann in die Seite und grinste, während die Augen seines Sohnes Federico leuchteten und Tochter Margherita spöttische Kommentare über die Fügsamkeit der im Bild dargestellten Frauen äußerte.

»Nur die Dienerinnen hier am linken Rand verlieren sich nicht in Demut und Unterwürfigkeit«, sagte sie und wurde dafür von der Markgräfin milde getadelt. Als man sich wieder in den Garten begab, hörte Chigi, wie der Marchese seiner Frau zuflüsterte: »Die Roxane sieht ja aus wie meine Margherita. Kann sie aber kaum sein.«

»Nein, das kann sie nicht!«, erwiderte Isabella mit streng gefurchter Stirn. »Zum Glück.«

Chigi, der hinter ihnen ging, warf einen kurzen Blick auf die Tochter des Marchese, die den Austausch der Eltern nicht mitbekommen hatte, weil sie, plötzlich in sich versunken, ja, regelrecht verträumt, als letzte die Treppe hinunterschritt. Ihre Blicke trafen sich kurz, Margherita tauchte aus ihren Träumen wieder auf und blitzte Chigi herausfordernd und zugleich abweisend an, als habe er sie bei etwas Geheimem ertappt.

Mit der Entschuldigung, kurz austreten zu müssen, entfernte er sich von der Gruppe und zog sich für einen kurzen Augenblick zurück. Noch immer hörte er Gonzagas Bemerkung und musste an Francesca denken, aber auch an Margherita: An *seine* so unendlich geliebte Margherita, die ihn mit dem gemeinsamen Söhnchen alleingelassen und der er die Treue bis in den Tod versprochen hatte. Eine überwältigende Sehnsucht ergriff ihn, so dass er am liebsten dem Fest entflohen wäre.

Aber schon wurde nach ihm gerufen, weil er den Männern die Pferdeställe zeigen sollte. Die Pferde reagierten ungehalten und unruhig, als ihre Boxen geöffnet wurden, die Fackeln sie beleuchteten und all die neugierigen Gesichter hineinschauten. Dafür war das Erstaunen umso größer, denn die reitbegeisterten Kardinäle und Adligen sahen die Pferde nicht nur *in natura*, sondern auch *in effigie*: Chigi hatte ihre Abbilder an die Wände ihrer Boxen malen lassen.

»Das ist der Gipfel!«, hörte er rufen. Und: »Hier wäre der richtige Ort für die arme Cleo!« Dazu ein bewunderndes »Agostino Chigi *il Magnifico*!« Es wurde ihm auf die Schulter geklopft. Selbst Domenico Massimo, der der Meinung war, er entstamme direkt dem altrömischen Geschlecht der Fabier, schien beeindruckt. »Das hat Rom noch nicht gesehen, so etwas könnte meinen Vorfahren eingefallen sein, unter denen sich der *größte* Augustus befand.«

Als Chigi den Stall wieder persönlich abschloss und den Schlüssel dem Stallmeister übergab, spürte er, wie Müdigkeit ihn überfiel. Dennoch begab er sich zur Loggia am Tiber. Auf dem Weg gesellte sich Marchese Gonzaga zu ihm, sonderte ihn verschwörerisch von den anderen ab und sagte mit gedämpfter Stimme: »Ihr müsst in den nächsten Tagen bei mir vorsprechen.

Es geht um einen großen Auftrag in Mantua, den es zu finanzieren gilt, und Ihr sollt mein Geldgeber sein.« Es klang wie eine besondere Ehre, und Chigi musste innerlich laut lachen, trotz seiner Müdigkeit.

»Es ist mir eine große Ehre, verehrter Marchese.«

»Ich muss Kanonen kaufen, mein Schwager in Ferrara macht es mir vor, in den Kanonen liegt die Zukunft, und außerdem unser *castello* erweitern. Vielleicht lasse ich auch noch eine Villa im Grünen bauen, nach deinem Muster hier. Was ihr Krämer könnt, das müssen wir alten Nobili doch auch noch auf die Beine stellen können. Was hältst du davon?«

»Mein Bankhaus steht Euch mit all seinen Mitteln zur Verfügung, und ich bin sicher, dass Eure Sicherheiten über alle Zweifel erhaben sind.«

»Da ist er wieder, der Krämer mit seinen jüdischen *Sicherheiten*. Ihr seid doch alle gleich, der kleine Jude und der große Chigi. Mein Weib will außerdem bei Raffaello etwas bestellen, der hat sie allerdings bereits an seinen Schüler Giulio, den *Romano*, verwiesen. Das kostet auch. Also, ich darf dich bald empfangen!«

Er verließ Chigi abrupt, weil er seinem Sohn Federico nacheilte, der soeben im Arm einer jungen Kurtisane im Buchs-Labyrinth verschwand.

Als Chigi ihm noch nachschaute, tauchte plötzlich Gonzagas Tochter Margherita aus dem Dunkel auf, rief mit spöttischem Schalk: »Na, erhabener, prächtigster Kaufmann von Rom, zufrieden? Alle Welt bewundert Euch, sogar die Medici beißen vor Neid die Zähne zusammen, dass es knirscht.«

Offensichtlich hatte die junge Frau dem Wein zugesprochen, denn sie verhielt sich plötzlich anders, als er sie bisher erlebt hatte, lockerer, weniger distanziert. Sie hakte sich sogar bei ihm unter und führte ihn ein paar Schritte aus dem Licht einer Fackel den Kiesweg entlang. »Sogar meine Stiefmutter ist beeindruckt«, hauchte sie ihm ins Ohr. »Und dies besagt etwas.«

»Und bist du auch beeindruckt?«, fragte er, nachdem er seine Überraschung im Griff hatte.

»Von dir, deiner Villa oder den vielen nackten Weibern?« Sie klang frech, aber auf eine nette Weise frech, und er wollte sich auf ihren Ton einlassen.

»Von mir natürlich!«

Sie lachte auf, ein wenig zu laut und schrill. Sie hatte wirklich zu viel Wein getrunken.

»Die Villa würde mir gefallen.« Und dann näherte sich ihm ihr Mund derart, dass er sie beinahe geküsst hätte. Doch rechtzeitig zog sie sich zurück.

Zum Glück standen sie an einer dunklen Stelle des Parks, und niemand beobachtete sie.

»Aber du bist auch nicht schlecht«, sagte sie noch, lachte auf und eilte der Gruppe nach, zu der Isabella d'Este und der Malerfürst Raffaello Santi gehörten.

Der Himmel im Osten zeigte seine erste Violettfärbung, und Chigi fühlte verstärkt seine Müdigkeit, spürte aber auch, wie der Druck von ihm abfiel. Das Fest war gelungen und würde in die römischen Annalen eingehen. Zahlreiche Gäste waren unterdessen gegangen, auch Papst Leo mit seinem Vetter und der schrillen Alfonsina. Jetzt winkte ihm die Familie Gonzaga zum Abschied.

Als er langsam zum Tiber hinunterschlenderte, um zu schauen, welcher Standhafte noch in der Loggia ausharrte, spürte er erneut die leichte Berührung der Hand, mit der ihn Margherita angefasst hatte, sah ihre sanft geschwungenen Lippen und hörte: *Du bist auch nicht schlecht*. Eine junge Frau aus höchstem Adelsstand hatte dies zu ihm gesagt – und durch ihr Verhalten angedeutet, dass sie ihn mochte.

Bevor er seine Gefühlsreaktion recht begreifen konnte, fasste ihn ein maskiertes Wesen am Arm und zog ihn in das Dunkel des Labyrinths. Er begriff sofort, wer sich hinter der Maske verbarg.

»Ich habe mich von Raffaello verleugnen lassen. Er und die anderen haben überhaupt ein wenig geschummelt«, flüsterte sie ihm ins Ohr. »Diese Nacht ist mein Geschenk für dich!«

Imperia nahm ihre Maske ab, ließ sie fallen, umarmte Agostino und küsste ihn leidenschaftlich. »Komm, führe mich in dein Brautgemach!«

Alles, was ihn noch vor wenigen Augenblicken beschäftigt hatte, sogar die Begegnung mit Margherita Gonzaga, fiel plötzlich von ihm ab. Auch die Anspannung war verschwunden. Das gloriose Fest endete im sanften Dämmer des Morgens, die Fanfaren des Triumphs waren verklungen, der Tag und die Nacht mussten in der Erlösung münden – aber nicht der Psyche, eher des Amor. Kurz nur streifte ihn der Gedanke an Francesca.

Wie willenlos ließ sich Agostino aus dem Labyrinth in den offenen Park führen, vorbei an niedergebrannten Fackeln. Der Himmel färbte sich blassrosa, und die ersten Sonnenstrahlen sammelten sich wie Trompetenstöße, die den Wagen des Helios mit seinen vier feurigen Rössern ankündigten. Er winkte noch ein paar letzten Gästen zu, dem harten Kern der Dichter, die den Rest der Kurtisanen auflasen. Als er mit Imperia in die Villa trat, die Loggia durchschritt auf dem Weg in sein Schlafzimmer unter dem großen Fresko, stürzte plötzlich Alaya wie ein schwarzes Gespenst aus dem Dunkel auf ihn zu und stieß aus: »Es ist so weit!«

Er zögerte, doch Imperia zog ihn durch die Türe.

»Die Hebamme ist bei ihr«, rief ihm Alaya nach, »Francesca wünscht, dass Ihr Euer Kind in den Arm nehmt, sobald es das Licht der Welt erblickt.«

Er blieb stehen, doch der Gedanke an eine sich vor Schmerzen windende Frau, an ihre Schreie, an den Schmutz und das Blut einer Geburt, an ein schreiendes Neugeborenes – all das lockte ihn nicht. Im Gegenteil: Er musste an das quälende Sterben von Mutter und Kind vor vielen Jahren denken.

»Ich komme – später!«, rief er Alaya zu. »Sorgt dafür, dass mein Sohn gesund auf die Welt kommt. Das ist das Wichtigste.«

Sie ergriff seine rechte Hand, während die linke Imperia hielt. »Bitte, Signore, sie braucht Euch. Sie war so lange eingesperrt, sie wird Euch ein gesundes Kind schenken.«

Imperias Hand glitt unter sein Wams und umfasste die Schamkapsel. Heftig drängte sein männlichstes Teil gegen die Wände der zu eng werdenden Behausung.

»Ich komme später.«

Schon eilte er mit Imperia die Treppe hoch. Sein Bett war bereits gerichtet. Es brannten nur wenige Kerzen. Kurz blickte er auf Alexander, der zu Roxane trat. Imperia hatte sich auf die weichen Kissen gleiten lassen, wie unabsichtlich war die Seide ihres Kleides über die Knie gerutscht. Weil sie ihn zog, verlor er das Gleichgewicht und ließ sich halb auf sie, halb neben sie fallen. Sie lachte, und dann ging alles sehr schnell.

Als die Sonne ihre ersten Strahlen ins Zimmer schickte, erreichten sie ihren Höhepunkt, der sie kurz sich aufbäumen ließ, bevor er sie in eine erlösende Entspannung schickte. Imperia rührte sich nicht mehr, und Agostino, noch in ihr, senkte seinen Kopf auf ihre Brust und schloss die Augen. Bilder vom Fest blitzten vor seinem inneren Auge auf, verschwommene Gedanken kreuzten seine Sinne, er flüsterte »Ich liebe dich«, dachte aber in diesem Augenblick an seine Margherita, an ihre letzten Stunden, an die letzte Liebesnacht mit der Schwangeren, die in Glückstränen verlosch.

Er warf einen kurzen Blick auf Imperias Gesicht. Sie hatte die Augen geschlossen und schien zu schlafen. Ihr Antlitz strahlte zufriedenes Glück aus, und einen Augenblick dachte er: So sieht eine langjährige Ehefrau aus, wenn sie sich geliebt und noch immer begehrt fühlt.

Er dachte an Francesca und das Kind, das blutig aus dem Mutterleib gepresst und gequetscht wurde, und er schüttelte unwillkürlich den Kopf.

Zum Aufstehen fehlte ihm jegliche Kraft. Auch wollte er Imperia nicht wecken. So schloss er ebenfalls die Augen und tauchte übergangslos in die befreiende Leere traumlosen Schlafs.

38. Kapitel

Als Imperia aus verwirrenden Träumen aufwachte, fiel blendendes Sonnenlicht in den Raum. Agostino hatte sich bereits erhoben und die Fensterläden geöffnet, sein angegrautes Haar leuchtete im Licht, überhaupt schien sein ganzer Körper übergossen vom strahlenden Glanz eines Frühlingstags.

Als er sich zu ihr umdrehte, streckte sie ihm die Arme entgegen und öffnete ihre Schenkel, auf eine Weise, die eigentlich für eine Kurtisane wie sie viel zu plump war, doch sie wollte keine langen Vorspiele mehr, zumindest nicht heute. Sie kannte Agostino zudem gut genug, dass er nach einer Liebesnacht nur für einen kurzen Nachtisch zu haben war, da er an dem Nachtmahl noch zu verdauen hatte. Agostino war eben kein Angelo.

Sie verhielt sich richtig. Agostino trat ans Bett, beugte sich zu ihr herunter, sie sah den Stolz jedes Mannes wachsen und zielstrebig in ihr verschwinden.

Bevor sie so richtig in Stimmung kam, erreichte er bereits sein Ziel und schlief anschließend über ihr ein.

Nun, das Fest war anstrengend gewesen, dies verstand sie. Worüber sie sich wunderte, was sie jedoch nur erfreuen konnte: Seine junge venezianische Konkubine hatte er offensichtlich bereits in die Wüste geschickt oder zumindest als nicht präsentabel unter Verschluss gehalten. Nicht einmal zur Geburt seines Kindes war er geeilt. Dies gab ihrer Hoffnung Nahrung.

Langsam glitt ihr Blick über das Fresko, das sie bisher noch gar nicht richtig hatte studieren können. Der Gruppe der Kunstinteressierten hatte sie sich gestern nicht angeschlossen, weil sie keine Lust verspürt hatte, sich den verächtlichen Blicken der Adelsweiber aus dem Norden auszusetzen, und als sie mit Agostino ins Bett sank, war es zu dunkel, um Einzelheiten zu erkennen, und außerdem hatte sie Lustvolleres zu tun.

Natürlich interessierten sie der junge Alexander und seine Braut am meisten. Der Welteroberer erinnerte, wenn überhaupt, nur an den *jungen* Agostino, und Roxane …

Imperias Gedanken stockten und stürzten dann in ein schwarzes Loch. Sie versuchte, noch genauer hinzuschauen. Ganz scharf sah sie nicht mehr, aber eins hätte sie sogar als Halbblinde erkannt: Nach *ihr* war diese Roxane nicht modelliert. Sie war ein sehr junges Mädchen, keine Kurtisanenschönheit. Viel eher konnte sie sich in Roxanes Mutter wiedererkennen, die vor Alexander kniete und den Eroberer um Milde anflehte. Zumindest hatte diese Mutter eine klassisch gerade Nase wie sie.

Einige Männer hatten bei dem Ratespiel sie als Vorbild der Galatea gewähnt, was sie verwunderte, denn diese rundbackige Galatea sah ihr nun wirklich nicht ähnlich, nicht einmal der Körper der Nymphe. In den Venus- und Göttinnendarstellungen dagegen tauchte sie mehrfach auf, zumindest hatten Raffaello und seine Männer sie aufgesucht und ihre Schönheit abgepinselt.

Imperia starrte auf den Samtbaldachin ihres Bettes.

Sah seine venezianische Konkubine so wie diese Roxane aus? War sie wirklich noch so jung? Es war ja nichts Neues, dass sich alternde Männer, Witwer insbesondere, junge Frauen suchten – aus Gründen, die auf der Hand lagen. Dennoch: Agostino näherte sich den fünfzig! Dieses Mädchen konnte kaum älter als ihre gemeinsame Tochter sein. Bedeutete diese Roxane an der Wand seines Schlafgemachs wirklich, dass sie, Roms gepriesene Imperia, mit ihren nur wenig über dreißig Jahren ihm, dem *magnifico* Agostino, für eine gemeinsame Zukunft zu alt war?

Sie musste schlucken, und jeglicher Nachhall der nächtlichen und morgendlichen Lust verschwand. Am liebsten hätte sie den leicht schnarchenden Agostino zur Seite geschoben. Wenn das Bild etwas aussagte, dann konnte sie ihre Hoffnungen endgültig begraben.

Sie war zwar noch immer Roms Imperia, sie trug nicht nur ihre Kleider, dies hatte sie am gestrigen Abend erst wieder unter Beweis gestellt, denn vor ihren Kolleginnen, selbst vor den deutlich jüngeren, brauchte sie sich nicht zu verstecken, keiner sah ihr das Alter an, als sie unter ihrer Maske, aber darüber hinaus völlig nackt an der Galatea vorbeischritt, den trübsinnigen Polyphem ein wenig kitzelte und sich unter dem nackten Fleisch der Göttinnen an den oberen Wänden und an der Decke drehte und wendete. Sie war weder zu dick noch zu dünn, die leichten Grübchen ihrer Orangenhaut verdeckte das gnädige Kerzen- und Fackellicht, und die wenigen Falten hatte sie überschminkt. Noch immer bewegte sie sich leichtfüßig und wiegend, und die Erfahrung aus ihren zahllosen Liebesnächten ließ sie alle Techniken perfekt beherrschen, jegliche Stellung, so ungewöhnlich sie auch sein mochte, sie war erfinderisch in den begleitenden Worten, falls sie einen Liebhaber anstachelten, sie konnte wilde Leidenschaft und Ausbrüche ungehemmter Lust mimen, ließ sich leicht schlagen oder schlug selbst, falls dies erwünscht war, ihre Hände fanden jede entscheidende Stelle, und ihre Zunge war das feinste Instrument überhaupt.

Die wichtigste Pforte ihrer Lustgaben war zwar nach dem anhaltenden Ansturm ihrer Bewunderer breit geworden, doch sie beherrschte die Technik, sie künstlich zu verengen. Manche Männer ließ sie ohne Widerstand eintreten und tanzen, eine Engführung hätte nur bewirkt, dass der Spaß zu rasch endete, andere liebten es, sie mit dem Rammbock zu erstürmen und immer wieder an anderen Stellen der scheinbar ummauerten Festung anzugreifen. Meist mochten diese Männer keinen Gegenangriff, sie wünschten auch nicht, überlistet und geführt zu werden oder gar die Pferdepeitsche zu spüren, im Gegenteil, sie wollten Widerstand brechen, am liebsten mit brutaler Gewalt, niederzwingen, demütigen. Schrie sie dann wie vor Schmerzen auf, stachelten sie ihre Schreie nur an. Sie musste höllisch aufpassen, dass aus dem Liebesspiel nicht handfeste Gewalt wurde.

Zum Glück gab es auch die anderen, die sich vor ihr fallen ließen, und darauf warteten, dass sie ihre Männlichkeit aus ihnen herauskitzelte, bis sie sich aufbäumte; ja, es gab Kunden, die wünschten, dass sie ihren stolzen Hahn umschmeichelte, hegte und pflegte und so lange anbetend besprach – bis er bereit war, sich als Opfer darzubringen und das Dunkel geheimnisvoller Gewölbe zu betreten.

Wie immer sie ihr Können auch ausspielen musste, die unübertroffene und in ganz Rom besungene Raffinesse ihrer Liebeskunst erreichte kein junges Mädchen, das gerade erst die Jungfräulichkeit eingebüßt hatte. Was konnte ein solcher Backfisch einem erfahrenen Mann denn geben?

Ein unschuldiges Lächeln? Das reichte nicht aus. Ihr enges, williges Becken? Dies langweilte rasch. Eine glatte, von Natur aus weiche Haut? Sie war durch entsprechende Pflege auch von Älteren zu erreichen.

Natürlich: ein Kind.

Wie ein Schock fuhr Imperia in die Glieder, was ihr erst jetzt wieder bewusst wurde: Offensichtlich sollte Agostinos Konkubine vergangene Nacht sein Kind auf die Welt bringen. Agostino musste die Nachricht der schwarzen Dienerin vergessen haben, als er den Fensterladen öffnete.

Wäre er sonst nicht zu ihr geeilt?

Er hätte es auf jeden Fall tun sollen. Diese Meinung vertrat sie als zweifache Mutter ebenfalls. Das junge Mädchen wartete doch. Bisher hatte Agostino nicht einmal erfahren, dass alles gutgegangen war.

Die junge Konkubine tat ihr jetzt leid. Sie quälte sich durch Wehen und ließ sich den Leib zerreißen, und der Verantwortliche vergnügte sich mit einer anderen Frau.

Aber so waren die Männer!

Als hätten ihre Gedanken ihn geweckt, öffnete Agostino die Augen, lächelte sie an, räkelte sich, küsste noch einmal ihre Brüste und Lippen und stand auf. Wenn sie ihn so nackt betrachtete, konnte sie einen Vergleich mit Angelo nicht unterdrücken. Doch zumindest gegen Enea behauptete er sich hervorragend.

Ach ja, Enea war ebenfalls auf dem Fest gewesen, hatte aber nicht *ein* Wort mit ihr sprechen können. Der gemütliche, dickliche, treue Enea Piccolomini. Der vermögende, wenn auch nicht wirklich reiche Großneffe eines Papstes. Er ließ das Haus im Borgo bereits bauen. Wenn sie ja sagte, konnte sie bald einziehen. Aber dieser *Palazzo d'amore* hier war natürlich unvergleichlich attraktiver. Selbst wenn man täglich über die junge Roxane hinwegsehen musste.

Agostino schaute jetzt in den Park, wo einiges Treiben zu hören war. Die Dienerschaft räumte auf und stopfte sich die Reste in den Magen.

»Komm, lass uns am Tiber frühstücken«, forderte er sie auf, zog sich ein Hemd über und rief nach einem Diener, der ihn ankleiden sollte.

Rasch schlüpfte sie in die *camicia*, die Tunika und die Seidenrobe, die sie gestern getragen hatte, überlegte, ob sie ihn an sein Kind erinnern sollte.

Gott, wie konnte er nur so vergesslich sein!

Die Geburt war ihm offensichtlich noch immer nicht eingefallen, als sie am Fluss saßen und den ersten Wein des Morgens tranken. Agostino hatte es sich nicht nehmen lassen, sich zwei Kelche aus purem Gold für den Roten aus seiner Heimat Siena bringen zu lassen.

Besonders gesprächig war er allerdings nicht. Im Gegenteil: Er sagte eigentlich gar nichts. Trank nur. Stierte auf das Wasser.

»Es ist schön hier«, sagte sie. Mehr fiel ihr auch nicht ein. Ein wenig dröhnte ihr noch der Kopf von den Lastern des gestrigen Abends.

Ich muss ihn haben, dachte sie, Agostino muss mich heiraten, um jeden Preis. Ich werde kämpfen. Ganz Rom erwartet, dass er mich heiratet und nicht dieses junge Nichts aus Venedig. Er will sich doch nicht lächerlich machen. Und ich bin noch lange Jahre fähig, ihm ebenfalls Söhne zu schenken. Er muss es nur wollen!

Vielleicht hatte es sogar letzte Nacht geklappt. Die Enttäuschung über ihre so leichtfertig herbeigeführte Blutung hatte heftig an ihr genagt.

Agostino hob nun seinen Pokal, als wollte er ihr gegenüber einen Trinkspruch ausbringen. Als auch sie ihren Pokal ihm lächelnd entgegenhielt, schleuderte er ihn plötzlich in die Fluten. Erschrocken sprang sie auf, wäre ihm beinahe nachgesprungen, aber zu schwer war das Gold, der Pokal sank sofort und hinterließ einen blutroten Fleck, der sich in einem kleinen Wirbel ausdünnte und verschwand, als wäre er aufgesogen worden.

»Was hast du getan?«, rief sie entsetzt aus.

Er lachte auf und machte eine Geste lässiger Gleichgültigkeit. Doch dieses Lachen klang eigentlich nur verzweifelt.

Er starrte dem versunkenen Kelch nach, fasste sich an die Stirn, als fiele ihm etwas Wichtiges ein, sprang auf und eilte, ohne ein einziges Wort der Erklärung, den Weg zur Villa hoch. Zwischen den Säulen sah sie ihn verschwinden.

Wie gelähmt blieb sie sitzen. Ins Wasser jedoch konnte sie nicht mehr schauen. Ihr Blick heftete sich auf ein Schaf, das ruhig am Ufer Gras rupfte, es in gleichmäßigen Mahlbewegungen zerkaute und von Zeit zu Zeit gleichgültig zu ihr herüberschaute.

39. Kapitel

Die Schmerzen hatten nachgelassen, Wellen der Freude überschwemmten sie, unterbrochen von seltsamen Trauergefühlen, die ihr Tränen in die Augen trieben; dann dämmerte sie weg. Vor ihr stand noch das Bild, das die Nonnen des Klosters in ihren Raum gebracht hatten, ein fast mannshohes Bild der Muttergottes, eine schwebende Madonna mit dem Jesusknaben im Arm … Während sie in den Schlaf abtauchte, nahm sie dieses Bild mit, Männer knieten vor der Muttergottes, und schließlich reichte die Madonna ihr, die soeben geboren hatte, das Kind.

Es war aber nur ein Mädchen.

Francesca wachte wieder auf, als man ihr das winzige Neugeborene, bereits gesäubert und gewickelt, in den Arm legte. Die Augen waren noch geschlossen, die Lippen schürzten sich, als hätten sie Durst, und der ganze Mund verzog sich, als wollte er lächeln.

Sie hielt ihr kleines Lämmchen im Arm.

Glücksgefühle überschwemmten sie erneut, und dann flossen die Tränen wieder.

Vor ihr die schwebende Madonna mit ihrem lieblichen Antlitz, beruhigend, tröstend, ein Versprechen …

Die Hebamme räumte die blutigen Tücher und die Waschschüsseln zur Seite, und zwei Nonnen brachten sie heraus.

Francesca wollte etwas sagen, aber ihre Stimme blieb weg, und beim zweiten Versuch brachte sie nur ein mühsames Krächzen heraus.

»Du hast lange und laut geschrien, mein Kind«, sagte die Hebamme ruhig, fühlte ihre Stirn, nickte zufrieden. »Alles in Ordnung.«

Die Madonna schien ebenfalls zu nicken, und wieder entschwebte Francesca in Traumgefilde und fühlte sich von ihr an die Hand genommen. Sie blinzelte, schien nicht zu träumen, denn sie wusste, dass sie diesen Traum schon so oft geträumt hatte, bereits in Venedig, schon als Kind, eine liebende Mutter herzte sie.

Als sie die Augen aufschlug, hielt in der Tat jemand ihre Hand.

Nein, keine Mutter, auch nicht Agostino, der Vater des Kindes, sondern Bastiano.

Sie lächelte ihn an.

»Gratuliere!«, flüsterte er, streichelte dem kleinen Mädchen über die Stirn und küsste ihre Fingerspitzen. »Es ist ein Engel.«

»Danke«, krächzte sie. »Weiß es Agostino schon?«

Kurz umwölkte sich Bastianos Blick, er zuckte die Achseln.

Dann musste Francesca wieder eingeschlafen zu sein, denn ein herrisches »Raus hier!« weckte sie auf. Afra war eingetreten und scheuchte Bastiano aus dem Raum. Er winkte Francesca einen Abschiedsgruß und verschwand. Afra beugte sich zu ihr, strich ihr über das Haar und berührte die Wange des Kindes.

»Ein Mädchen«, konstatierte sie, nicht ohne skeptischen Unterton.

Endlich erschien Agostino. Mit ihm die Mutter Oberin. Auch Afra und Alaya standen jetzt im Raum, hinter ihnen die Hebamme und eine junge Frau, die ihr vor der Geburt bereits als zukünftige Amme vorgestellt worden war.

Agostino trat ans Bett, schaute lächelnd auf sie herab und schickte erst einmal die fünf Frauen hinaus.

»Ich freue mich, dass alles gut gegangen ist und ihr gesund seid.« Er beugte sich herunter, küsste sie auf Stirn und Augen, küsste vorsichtig das noch immer schlafende Kind, setzte sich auf einen Hocker und nahm ihre Hand.

»Müde und angestrengt siehst du aus; war es sehr schlimm?«

Sie schüttelte den Kopf.

»Du bist ein tapferes Mädchen.« Er machte eine Pause. »Jetzt habe ich drei Töchter.« Er schien sie an den Fingern abzählen zu müssen und ergänzte: »Mit dir eigentlich vier.« Und lächelte.

»Wie war das Fest?«, fragte sie krächzend.

»Gelungen. Großartig. Aber auch anstrengend. Ich konnte wirklich nicht mehr kommen gestern Nacht – oder heute Morgen. War todmüde. Das musst du verstehen. Tut mir leid.«

»Ist nicht schlimm. Jetzt bist du ja da.«

Er nickte, erklärte: »Ich kann nicht lange bleiben.«

Sie schwieg, schloss die Augen.

Als er sich bewegte, sagte sie: »Schade. Es ist ja auch nur ein Mädchen.«

»Naja«, sagte er.

»Wie sollen wir sie nennen? *Margherita* wäre schön, aber du hast bereits eine Tochter, die so heißt.«

»Ja«, sagte er.

»*Lucrezia* ist ebenfalls schon vergeben, so heißt … meine Freundin, ich meine, Imperias Tochter.«

»Dann lieber *Maria* wie die Muttergottes. *Maria* ist nie falsch.«

»Meine Mutter, das heißt: meine Stiefmutter heißt … hieß *Anna Maria*, aber eigentlich möchte ich nicht …«

»Ganz wie du willst, es ist ja dein Kind«, sagte er.

»*Mein* Kind?«

»Nun, ich meine, unser Kind, rechtlich gesehen dein Kind, du verstehst, ich muss es erst legitimieren.«

»Ja, das wäre schön. Es ist ja unser erstes Kind.«

»Ich freue mich wirklich, dass ihr gesund seid. Aber ihr müsst auch gesund bleiben. Wieso hast du übrigens deine Mutter *Stiefmutter* genannt?«

»Mein Vater hat mir geschrieben. Meine richtige Mutter war eine Kurtisane, ich bin gar nicht das Kind von Anna Maria, die du kennst und … der du viel Geld gegeben hast, damit sie die Entführung deckt. Sie ist übrigens an der Pest gestorben.«

»Es tut mir leid, dass deine Stiefmutter gestorben ist. Und was schreibt dein Vater sonst noch?«

»Er lebt jetzt mit meiner richtigen Mutter zusammen.«

»Dann ist es ja gut.«

Es entstand wieder eine Pause.

»Ich möchte bald nach Hause«, flüsterte sie.

»Nach Venedig?« Er klang erschrocken.

»Nein, nicht nach Venedig, sondern zur dir, in die Villa. Und ich möchte meine Freundin Lucrezia mitnehmen, du weißt, Imperias Lucrezia, sie ist hier im Kloster so unglücklich. Es wäre mein größter Wunsch. Wenn dann noch Margherita zu uns zöge, deine Margherita – dann hättest du deine drei Töchter beisammen. Oder vier.«

»Nein, nicht Margherita, sie ist ungewöhnlich fromm – ich meine, als Tochter einer Kurtisane –, sie will im Kloster bleiben, die vielen nackten Frauen an den Wänden der Villa könnten sie verwirren … Vielleicht ziehen wir ja auch in die Via dei Banchi, die Villa ist eigentlich hauptsächlich gebaut, damit man dort feiert.«

»Aber man kann in ihr auch leben. Es ist hier viel schöner als in der stickigen und lauten Via dei Banchi. Ich kann die Kleine im Park spazierenführen, oder wir werfen Steinchen ins Wasser.«

»Das kann sie wohl noch nicht«, sagte er. »Ich meine, erst einmal muss sie laufen lernen.«

Sie spürte, wie sich ihre Augen wieder mit Tränen füllten. »Darf Lucrezia nun mitkommen? Agostino, bitte! Ich habe meine ganze Familie aufgeben müssen, es ist mein größter Wunsch. Ich fühle mich manchmal so allein.«

Agostino ließ ihre Hand los, und plötzlich schien es ihr, als glitte sie davon, als fiele sie, stürzte hinab in eine bodenlose Tiefe.

Sie machte eine unwillkürliche heftige Bewegung, so dass das Neugeborene aufwachte und zu schreien begann.

»Schwester Afra hat bereits eine tüchtige Amme ausgesucht«, erklärte Agostino und stand auf.

»Ich möchte das Mädchen selber stillen.«

Er schüttelte unwillig den Kopf, sagte aber nichts.

»Wir haben noch immer keinen Namen. Wie hieß denn deine Mutter?«, fragte sie. »Du hast es mir nie verraten.«

Agostino ging ein paar Schritte im Raum auf und ab. »*Caterina* – wie die heilige Caterina von Siena, Roms Schutzheilige.«

»Wir nennen sie *Caterina*«, sagte Francesca entschlossen.

Nun lächelte Agostino wieder. »Ich habe eine bessere Idee. Wir nennen sie *Dorothea*, ein *Gottesgeschenk*, wie die heilige Dorothea mit ihrem Korb voller Rosen und Äpfel.«

Francesca verstand Agostino nicht. Ob Agostino mit dem Hinweis auf *Gott* an sich selbst dachte?

»Wenn du meinst«, sagte sie gedehnt.

»Ja, und dann will ich dir einen Mantel mit einem Pelzbesatz schenken und dich in diesem Mantel malen lassen, mit einem Korb voller Rosen und Früchte – von Sebastiano. Das soll mein zweites Geschenk sein.«

Francesca wunderte sich. Ob Afra ihm nicht erzählt hatte von der grässlichen, peinvollen Situation, zu der sie sich hatten hinreißen lassen und in der sie erwischt worden waren? Aber Bastianos Verehrung für sie musste Agostino bemerkt haben! Bereits auf dem Schiff hatte er sich eifersüchtig gezeigt. Oder war er großzügig geworden? Wollte er ihre Treue auf die Probe stellen? Sie vielleicht sogar loswerden – an Bastiano?

Es gelang ihr nicht, die noch immer fließenden Tränen zu unterdrücken.

Das Kind, die kleine Dorothea, war jetzt wieder eingeschlafen.

Agostino beobachtete sie.

Sie versuchte zu lächeln.

»Lass Lucrezia zu uns ziehen, sie ist so unglücklich«, bat sie erneut.

»Aber Lucrezia ist Imperias Tochter, ich muss zumindest die Mutter fragen. Ich bin mir nicht sicher …«

Nun flossen die Tränen verstärkt, Francesca schluchzte leise vor sich hin.

»Also, gut, ich werde Imperia fragen. Wenn sie zustimmt, kann Lucrezia bei uns wohnen – als deine Freundin.«

Er holte ein Tüchlein aus seinem Wams und tupfte ihr die Tränen ab.

»Liebst du mich eigentlich?«, fragte sie.

»Natürlich liebe ich dich«, antwortete er.

»Und wirst du mich einmal heiraten?« Als er nicht sofort antwortete, fügte sie noch an: »Auch wenn ich dir bisher nur ein Mädchen geschenkt habe?«

Er erhob sich und seufzte. »Ich habe meiner Margherita, bevor sie starb, geschworen, ihr immer die Treue zu halten, verstehst du …« Er gab sich dann selbst die Antwort: »Nein, das kannst du nicht verstehen.«

Sie drückte ihre kleine Dorothea vorsichtig an sich und gab ihr einen Kuss. Beide schwiegen sie lange.

Schließlich erhob sich Agostino und verabschiedete sich mit einem Blick voll trauriger Zärtlichkeit. Bevor er die Tür hinter sich schloss, sagte er noch: »Im Übrigen heiratet Sebastiano bald. Er hat ein handfestes Mädchen kennengelernt, das keine Zicken macht.«

40. Kapitel

Auf dem kurzen Weg vom Kloster zur Via dei Banchi fand Chigi wenig Zeit nachzudenken. Er spürte, wie der Druck zu heiraten wuchs, aber genauso spürte er, dass er sich noch nicht entscheiden konnte. Und er wollte sich auch nicht drängen lassen.

Im Vestibül seines Bankhauses warteten zwei Männer auf ihn, die sofort aufsprangen, als er eintrat. Er winkte ihnen zu, sich noch eine Weile zu gedulden, und eilte ins Kontor, wo ihn ein aufgeregter Prokurator empfing und ihm, kaum hatte er die Tür hinter sich geschlossen, zurief: »Habt Ihr mit ihm gesprochen?« Bevor Chigi etwas antworten konnte, zog der Prokurator ihn zur Seite und erklärte aufgeregt: »Papst Leo hat Andrea Bellanti, der draußen wartet, achtzig Prozent der Tolfa-Pacht gegeben, unser Haus Chigi erhält nur zwanzig. Außerdem wartet im Vestibül ein Bote des Marchese von Mantua mit einem Brief, den er nur Euch persönlich überreichen will – um sofort eine Antwort nach Mantua zu bringen.«

»Was hast du da gesagt?«, fuhr Chigi seinen Prokurator an, und alle Gedanken, die ihn gerade noch beschäftigt hatten, waren zurückgedrängt. »Zwanzig Prozent für uns, nachdem wir dreizehn Jahre lang hundert Prozent hatten, und das von einem Papst, der ohne uns nie gewählt worden wäre? Das ist ja unglaublich! Und dieser Bellanti, den kennen wir doch von früher. War das nicht so ein windiger, erfolgloser Geselle?«

Der Prokurator zuckte die Schultern. »Wir haben immer mal mit ihm zu tun gehabt, nichts Bedeutendes.«

»Und dieser Mann soll achtzig Prozent der Alaun-Pacht erhalten? Da stinkt etwas zum Himmel, ich rieche regelrecht das Rattenpack, das sich gegen mich verschworen hat.«

Chigi warf einem seiner Sekretäre den Befehl zu, Andrea Bellanti hereinzurufen, und eilte voraus in den Empfangsraum.

Als Bellanti eintrat, begrüßte er ihn mit einem knappen Nicken und wies ihn an, sich zu setzen. Bellanti bestand jedoch darauf, stehen zu bleiben.

»Wir kennen uns aus Siena«, sagte Chigi.

»Ja – und jetzt sind wir wieder Geschäftspartner: Partner der Pacht an den einträglichen Alaunminen von Tolfa«, erwiderte Bellanti kühl und sichtbar verkrampft. »Ich konnte Kardinal de' Medici und natürlich dem Heiligen Vater ein solch verlockendes Angebot unterbreiten, dass er mir den Zuschlag für die Pacht gab. Da der Heilige Vater sich Euch verpflichtet fühlt, überlässt er Euch zwanzig Prozent.«

Chigi war noch nicht in der Lage, mit klaren Sinnen und Gedanken zu reagieren, so sehr regte ihn auf, was er da hören musste. Erst gestern hatten sich die Medici auf seinem Fest den Bauch vollgeschlagen und sich in jeder Hinsicht vergnügt, hatten ihm mit ihren Wünschen Kosten ohne Ende aufgehalst – und jetzt dies! Ohne ihn mit einem Wort vorher zu informieren. Notfalls hätte er sein Angebot für die Pachtzahlung erhöht.

Da war etwas oberfaul.

Aber was?

Chigi räusperte sich, blätterte in seinen Papieren, holte auch die Berichte über die Arbeitsniederlegungen in den Alaunminen aus einer Schublade. »Woher habt Ihr das Geld?«, fuhr er Bellanti an.

»Zu einer solchen Auskunft bin ich keineswegs verpflichtet«, war die zu erwartende patzige Antwort.

»Ich werde Euer Angebot überbieten«, presste Chigi zwischen seinen Lippen hervor.

»Der Vertrag ist bereits unterzeichnet, der päpstliche Thesaurar hat das Geld erhalten.«

Dies durfte alles nicht wahr sein!

»Ihr wisst, dass ich Euch vernichten kann«, sagte Chigi mühsam beherrscht.

»Wollt Ihr mir drohen? Ich sprach bereits mit Kardinal de' Medici über die Möglichkeit, dass mir etwas zustoßen oder dass mir etwas angehängt werden könnte. Er hat mich beruhigt: Einen zweiten Fall Franci werde es in Rom nicht geben. Außerdem werde er den *bargello* beauftragen, mir zwei *sbirren* zum Schutz zur Seite zu stellen.«

Chigi war eiskalt geworden. Dieser aufgeblasene Dummkopf hatte die Sau herausgelassen und ihm einen Namen genannt, der offensichtlich hinter der ganzen Sache steckte. Franci wollte sich an ihm rächen für die Zeit, die er wegen des Darlehensbetrugs in Venedig im Kerker gesessen hatte. Aber Franci trieb sich irgendwo im Norden oder in der Toskana herum, wohl kaum in Rom, und besaß auch nicht den Einfluss, sich mit einem Agostino Chigi ernsthaft anlegen zu können.

Er hatte sich, so wurde Chigi klar, während der letzten Wochen zu sehr um sein Fest und die Ausschmückung der Villa gekümmert und zu wenig ums Geschäft, dies rächte sich jetzt. Irgendeine Intrige lief gegen ihn, und er musste auf jeden Fall herausfinden, wer dahintersteckte!

Einen kurzen Augenblick überfiel ihn die Befürchtung, er könnte stürzen, tief stürzen, der Papst neide ihm seinen Palast und wollte ihn sich selbst unter den Nagel reißen – aber dann fühlte er sich doch stark genug, es mit diesem Bellanti aufzunehmen und letztlich auch mit dem kränkelnden Sodomiten Leo aus dem nimmersatten Geschlecht der Medici.

Nachdem Chigi begriffen hatte, dass er erst einmal Zeit gewinnen musste, vertröstete er Bellanti in mühsam gespielter Freundlichkeit auf die nächsten Tage. »Gemeinsam werden wir die Sache schon schaukeln, wenn der Heilige Vater es so will. Ihr habt mich überboten, gratuliere, Geschäft ist Geschäft! Ihr seid ein geschickter Bursche«, erklärte er. Scheinbar nachdenklich rieb er sich die Nase. »Ihr achtzig Prozent, ich zwanzig, in den Tolfa-Minen ruht zwar zur Zeit noch die Arbeit, die Arbeiter verweigern sie einfach, sie drohen sogar, die Stollen einstürzen zu lassen und auf diese Weise lahmzulegen, ja, zu zerstören, dann sind wir unseren Vorschuss an die Kurie los – nun denn, ich verliere in diesem Fall nur zwanzig Prozent. Aber sicherlich habt Ihr genügend Kapital im Hintergrund, reiche Geldgeber, die einen solchen Verlust verschmerzen können … also, bis nächste Woche, lieber Bellanti!«

Die dümmliche Betroffenheit in Bellantis Gesicht zeigte ihm, dass dieser nützliche Idiot keine Ahnung von der Alaunförderung hatte. Mit Sicherheit standen Drahtzieher hinter ihm. Der Trottel hatte verstanden, dass ein Totalverlust der überhöhten Zahlung an die Kurie möglich war – und damit eine böse Überraschung für alle Kapitalgeber im Hintergrund. Es würde ein Bauernopfer geben, und dieses Bauernopfer hieß im Falle eines Falles Andrea Bellanti.

Kaum hatte Chigi Bellanti hinauskomplimentiert, überreichte ihm der Prokurator ein Schreiben Befalùs aus Venedig mit der Bemerkung: »Es kam erst gestern, scheint mir aber wichtig zu sein und auch mit der *causa* Bellanti zusammenzuhängen.«

Nervös winkte Chigi ab. »Was schreibt er? Fasst das Wichtigste zusammen, ich muss in den Vatikan.«

»Entscheidende Kräfte der venezianischen Regierung, insbesondere die fünfzig bürgenden Adelsfamilien, so schreibt Befalù, haben sich noch immer nicht mit dem Vertrag aus dem Jahre 1511 abgefunden. Weiterhin wird gefordert, die Juwelen von San Marco einzulösen. Allerdings ist das Geld noch nicht eingesammelt. Aus Rache unterläuft Venedig mittlerweile unser Alaunmonopol und führt wieder kleinasiatischen Alaun ein.«

»Was ist mit Bellanti und Franci, der uns noch immer Geld schuldet? Stecken die mit den Venezianern unter einer Decke? Deutet Befalù da etwas an?«

»Nicht direkt. Ende des Winters schrieb er allerdings einmal, Franci habe nach seiner Entlassung aus dem Schuldgefängnis geschworen, Agostino Chigi zu vernichten – worüber man in Venedig allerdings nur lächle. Im letzten Brief berichtet er zudem von einem zu Geld gekommenen Krämer aus dem Castello-Viertel, der sich von Euch hereingelegt fühle und der sich mit Franci zusammengetan habe.«

»Gib mal den Brief Befalùs! Ich will ihn selber lesen.«

Der Prokurator reichte ihm das Papier und wies auf eine Stelle.

»Über diesen Krämer möchte ich nicht viel schreiben«, las Chigi. »Ihr wisst selber am besten, wer hier gemeint sein könnte und woher der Hass dieses Mannes stammt. Immerhin hat sich sogar der Doge seine Geschichte bereits vor längerer Zeit angehört, die allerdings reichlich phantastisch klingt, wie mir aus gutunterrichteter Quelle zugetragen wurde. Aus dem Fondaco dei Tedeschi hörte ich zudem, dass möglicherweise auch *fattore* Zink des Augsburger Bankhauses der Fugger mehr wisse. In Venedig sei es ein offenes Geheimnis, dass die Fugger auf dem römischen Geldmarkt wieder mehr Einfluss gewinnen wollen, nachdem sie das Monopol der vatikanischen Münzprägung an die Florentiner verloren haben.«

Chigi legte den Brief zur Seite, schaute den Prokurator fragend an. »Weißt du von Fink etwas?«

»Ein *tedesco,* er liegt mir nicht! Aber er ist genauso gerissen wie wir Römer, hat hier sein Handwerk gelernt. Die Fugger beherrschen den Ablasshandel im Norden zu hundert Prozent, verdienen dadurch mehr als wir durch Tolfa. Ich könnte mir vorstellen, dass Kardinal de' Medici auch die Fugger anzapfen will. Der Heilige Vater hat die päpstliche Schatulle längst geleert und plant zugleich, Urbino seinem Neffen zuzuschanzen. Dies wird nicht ohne Krieg abgehen. Zudem ist der Krieg mit den Franzosen noch nicht beendet. Und seine Vergnügungen schränkt der Heilige Vater ebenfalls nicht ein. Irgendwann ist der Vatikan finanziell am Ende.«

Chigi wusste nun, was er als Erstes zu tun hatte. Es galt, keine Zeit zu verlieren. Er eilte direkt zur benachbarten Bank der Fugger, wo ihn Johannes Zink bereitwillig empfing. Er lächelte süffisant, erklärte dann aber, auf Bellanti angesprochen, in erstaunlicher Offenheit: »Bellanti ist natürlich ein Strohmann, lieber Chigi, auch Franci ist nur ein kleiner Fisch ohne viel Kapital. *Wir* haben die Pachtsumme vorgeschossen.«

Chigi beherrschte sich nur mühsam. »Ist das eine Kriegserklärung? Wollt Ihr den römischen Markt aufrollen?«

»Nein, verehrter Signore, wir kennen uns doch bereits so lange! Wir sind zwar Konkurrenten, aber ebenso Kollegen, wie unser Vertrag zur gegenseitigen Absicherung zeigt. Bei uns in deutschen Landen sagt man: Eine Krähe hackt der anderen kein Auge aus. Ihr versteht, was ich sagen will, und ich kann Euch versichern, dass ich ganz im Sinne des *Regierers* in Augsburg handele. Der vatikanische Kuchen ist – langfristig gesehen – fett, er bietet für mehr als einen ein gutes Stückchen. Man sollte sich nur nicht ins Gehege kommen. Dies habt Ihr, wie wir sehr wohl registrierten, mit den Sauli beherzigt, die im übrigen als Genueser zurzeit schlechte Karten haben. Auch *wir* sollten gemeinsam diese Taktik verfolgen.«

Chigi konnte nur den Kopf schütteln. »Und warum greift Ihr mich dann auf meinem ureigenen Gebiet an? Während des gesamten Pontifikats von Julius II. besaß ich die Tolfa-Pacht zu hundert Prozent.«

»Ja, das Pontifikat des kriegerischen Julius, Eure große Zeit! Aber ein wenig haben sich die Zeiten geändert, das wisst Ihr wie ich.« Zink grinste jetzt, und Chigi wurde immer klarer, was er von diesem römischen Vertreter seines Herrn halten sollte.

»Ich will Eure Frage beantworten«, fuhr Zink nach einer kurzen Pause fort. »Wir sollten eine klare Interessenabgrenzung vertraglich festlegen. Ihr könnt die Alaunpacht haben, wenn eindeutig niedergeschrieben ist, dass Ihr Euch nicht in den Ablasshandel nördlich der Alpen einmischt und auch kein Auge auf die Münzprägung werft, die uns Papst Leo vertragswidrig abgenommen hat. Diese beiden Kuchenstücke gehören uns. Was den Krieg mit den Franzosen angeht, so überlassen wir Euch gern, dem Heiligen Vater unter die Arme zu greifen. Uns ist diese Angelegenheit zu heikel. Wir müssen aber gemeinsam auf Kardinal de' Medici ein Auge haben. Er wird sicher bald Vizekanzler, entscheidet ohnehin schon über die päpstlichen Geschäfte und handelt als gerissener Fuchs gern nach dem Grundsatz: *Divide et impera*.«

Chigi nickte knapp. »Kardinal de' Medici kenne ich gut. Darüber hinaus bin ich bereit, Euren Vorschlag zu überdenken. Ja, anzunehmen. Ich bin ein friedlicher Mensch, der nach dem Motto verfährt: Leben und leben lassen. Zurzeit geht es mir überhaupt mehr um Kunst und private Angelegenheiten. Wenn wir uns bekriegen, verlieren wir beide, dies sehe ich wie Ihr und Euer *capo* in Augsburg. Welchen Zugriff habt Ihr überhaupt auf Bellanti?«

Zink lachte. »Wir haben ihm, wie gesagt, den größten Teil des Geldes geliehen, mit dem er die Pachtsumme an den Vatikan bezahlt hat. Der Rest kommt von Franci und aus irgendwelchen venezianischen Quellen. Der Vertrag enthält eine Klausel, die besagt, dass bei Produktionsengpässen die Darlehenssumme von unserer Seite fristlos gekündigt werden kann. Wenn wir dies tun, ist der Mann erledigt, das heißt, Ihr könnt ihn fressen. Seine achtzig Prozent sind dann Eure. Ich glaube aber, dass bereits die Drohung ausreicht, dass er tut, was Ihr sagt und Euch die Einnahmen überlässt. Natürlich erwarten wir eine angemessene Verzinsung. Ist das eine Abmachung unter Ehrenmännern?«

Er hielt ihm die Hand hin, und Chigi schlug ganz nach deutscher Sitte ein.

»Der Vertrag kommt später. Es sollte ein Geheimvertrag bleiben, der allein uns beiden, Eurem Prokurator und natürlich dem *Regierer* in Augsburg bekannt ist.«

Chigi nickte und verabschiedete sich mit einem reservierten Lächeln.

Der Tag war noch keineswegs zu Ende.

Kaum wieder im Kontor angekommen, stellte sich ihm ein geckenhaft gekleideter Mann in den Weg und sagte im beleidigten Ton, ohne ihn zu begrüßen: »Ihr habt mich warten lassen, Signore!«

»Mit wem habe ich die Ehre?« Chigis Worte klangen gereizter, als er beabsichtigt hatte. Jetzt fiel ihm ein, dass neben Bellanti noch ein anderer Mann gewartet hatte und ihm ein Legat aus Mantua angekündigt worden war.

»Conte Polirone. Ich komme im Auftrag des Marchese von Mantua mit dieser Botschaft.« Er hielt ihm ein versiegeltes Schreiben hin. »Der Marchese bittet Euch um eine sofortige Antwort. Ich soll noch heute nach Norden aufbrechen und kann die Antwort auch mündlich überbringen. Marchese Gonzaga vertraut mir in jeder Hinsicht.«

Chigi nahm den Brief, dessen fettrotes Siegelwachs das Wappen des Marchese trug. »Eigentlich muss ich sofort in den Vatikan, zum Heiligen Vater – er erwartet mich.«

Der Conte aus dem Norden schaute noch beleidigter.

»Na gut, dann lasst mich lesen«, sagte Chigi mit gerunzelter Stirn.

Chigi riss das edle Pergament auf; der großspurigen, schwungvollen und wenig gleichmäßigen Schrift war zu entnehmen, dass Gonzaga den Brief selbst geschrieben hatte. Er las:

»Hochverehrter Signor Chigi, lieber Agostino, wie bereits bei unseren letzten Treffen angedeutet, möchte ich mit Euch einen Darlehensvertrag über einen beträchtlichen Betrag abschließen (mit hervorragenden Sicherheiten) und bitte Euch daher, möglichst bald nach Mantua zu kommen, wo ich die Freude habe, Euch als meinen hochgeschätzten Gast bewirten zu dürfen.

Mit allen guten Wünschen für Euch und Euer Geschäft und Dank für die Einladung zur Einweihung Eurer prächtigen, ja, fürstlichen Villa. Auch mein Sohn und Nachfolger Federico war begeistert, und meine Tochter Margherita, die ein durchaus eigenes Wesen ihr eigen nennt, sprach von Euch mit Hochachtung und Verehrung, sogar, so darf ich sagen, mit Zuneigung – Gott mit Euch, lieber Agostino, und bis bald in Mantua,

Marchese Gonzaga

P. S. Wir mussten heute in aller Frühe Rom verlassen, daher seid so freundlich und teilt Conte Polirone mit, wann Ihr aufbrechen könnt und in Mantua zu erwarten seid.

Mein Schwager, der Herzog von Ferrara, möchte Euch ebenfalls kennenlernen. Der norditalienische Markt sucht einen zuverlässigen Geldgeber für seine hochfliegenden Rüstungen.«

Was für ein aufgeblasener und von sich selbst überzeugter Mann dieser Gonzaga doch war! Chigi musste ein Kopfschütteln unterdrücken. Er würde sich einen lächerlichen Betrag von ein paar tausend Dukaten leihen wollen, würde dann tagelang um die Konditionen feilschen, und schon um seine Ehre nicht zu kränken, musste man nachgeben und dann darauf achten, dass die Sicherheiten stimmten. Vermutlich wollte ihm Gonzaga ein paar wertlose Bauernhöfe oder Glasperlen aufschwätzen und sich dabei noch als gerissener Verhandlungspartner fühlen, der einen reichen *banchiere* über den Tisch zog.

Und dafür sollte er nach Mantua reisen!? Da war er zehn Tage unterwegs, benötigte jede Menge *bravi.* Seit Julius' Tod hatte die Wegelagerei wieder enorm zugenommen.

Conte Polirone trommelte nervös mit den Fingern seiner rechten Hand auf die Knöchel seiner linken Hand.

»Kein guter Zeitpunkt«, erklärte Chigi kurz angebunden.

»Wichtige Verhandlungen mit der Kurie stehen an, ich bin soeben Vater geworden ...«

»Oh, meinen Glückwunsch und Gottes Segen für Euren ... Erben?« Der Graf zog verächtlich die Augenbrauen hoch.

»Es ist ein Mädchen.«

»Ach so.«

»Und Eure Frau Gemahlin ist wohlauf?« Der Hohn war kaum noch zu verbergen.

»Sie ist bei bester Gesundheit.«

»Und ich hätte wetten können, dass Marchese Gonzaga Euren Junggesellenstand erwähnte – noch gestern auf Eurem prächtigen Fest – und sagte: ›Das Einzige, was dem Hausherrn fehlt, ist die liebliche Blume einer jungen Gattin.‹ So drückte er sich aus. Da muss er sich wohl geirrt haben.«

Chigi hatte keine Lust, auf diese hochnäsige Provokation zu antworten. Am liebsten hätte er den Grafen mit einem Fußtritt aus seinem Kontor geworfen, aber das konnte er sich nicht erlauben. Er starrte auf das Postscriptum des Briefs. Steckte da wirklich ein großes Geschäft dahinter? Vielleicht versuchte der Kaiser als Lehnsherrn des Marchese auf diese Weise Kontakt? Und was sollte der Hinweis auf die *Zuneigung* der Tochter, die Gonzaga bei seinem Aufenthalt in Rom immer mitgeschleppt hatte? Wollte er sie vielleicht verkuppeln?

»Also gut« – Chigi faltete den Brief wieder zusammen –, »ich habe noch einige wichtige Aufgaben zu erledigen, aber ich werde mich beeilen und verspreche dem hochverehrten und geschätzten Marchese, möglichst bald aufzubrechen. In drei oder vier Wochen kann ich in Mantua sein.«

Conte Polirone verbeugte sich steif. »Ich werde also Marchese Gonzaga berichten, dass er Euch in drei Wochen erwarten darf. Verbindlichsten Dank und gehabt Euch wohl!« Nach einer zweiten Verbeugung drehte sich der Graf abrupt um und ließ sich zum Ausgang führen.

Chigi starrte ihm nach. Ihn erfasste plötzlich eine derartige Erschöpfung, dass er sich in sein *studiolo* zurückziehen musste, um sich kurz zu legen. Sein Kopf brummte ihm noch vom gestrigen Weingenuss, die Augen brannten vom kurzen Schlaf, auch hatte die leidenschaftliche Nacht mit Imperia ihn ausgelaugt – offensichtlich wollte ihm die Hure Fortuna nach der triumphalen Feier und der Geburt seiner Tochter zeigen, dass er sich ihrer nicht zu sicher fühlen sollte.

Er ließ sich ein Glas verdünnten Weins reichen, schüttete seinen Inhalt herunter und ließ sich nachgießen. Die unverschämte Bemerkung des Conte über seinen Junggesellenstand hatte sich in ihm wie mit Widerhaken festgesetzt. Und dann musste er auch an Gonzagas Zeilen und seinen Hinweis auf die *Zuneigung* seiner Tochter Margherita denken. Konnte man hier nicht zwei und zwei zusammenrechnen?

41. Kapitel

Imperia war am Tag nach dem großen Fest in Chigis *Palazzo d'amore* nicht daran interessiert, Kunden zu empfangen. Sie wartete auf Agostino, auf die Klärung seines Verhaltens. Die ruhmreichste Nacht seines Lebens verbrachte er mit ihr, der Mutter seiner ältesten Tochter, mit der er seit Jahren in intimer Liebe verkehrte, dann warf er vor ihren Augen einen Pokal in den Tiber, einen Pokal, mit dem er ihr zugeprostet hatte, als wollte er ein altes Bündnis besiegeln. Und besiegeln hieß: heiraten!

Aber warf man in einem solchen Fall einen goldenen Pokal ins Wasser?

Ja, wenn man ein Agostino Chigi war, der reichste Mann Roms und vielleicht ganz Italiens. Wenn man soeben die schönste Villa der an schönen Villen und Palazzi reichen Stadt eingeweiht hatte. Wenn man mit der schönsten Frau Roms, ja, ganz Italiens, geschlafen hatte. Wenn man glaubte, Verschwendung erhöhe das Ansehen und beweise nur den unermesslichen Reichtum.

Ja, dann warf man einen Pokal ins Wasser.

Dennoch, Zweifel blieben.

Als Imperia, begleitet von Bella und einem ihrer Diener, zu Fuß die wenigen Schritte über den Ponte Sisto zur Via Giulia ging, verfolgte sie das Bild des grasenden Schafs. Und der Gedanke, dass Agostinos junge Konkubine während der letzten Nacht entbunden hatte. Ob Mutter und Kind wohlauf waren? Wie oft starb gerade eine junge Mutter bei oder in Folge ihrer ersten Geburt!

Imperia fühlte sich sehr müde. Zu Hause in der Via Giulia angekommen, genehmigte sie sich ein ausführliches Bad, legte sich anschließend ins Bett und verschlief den restlichen Tag.

Am frühen Abend erreichte sie eine Botschaft ihrer Tochter Lucrezia, sie möge sie doch bitte im Kloster aufsuchen, es gebe etwas Wichtiges zu klären. Zeitgleich mit dieser Botschaft erschien Enea Piccolomini, um sich nach ihrem werten Befinden zu erkundigen und ein wenig über das gestrige Fest des »kunstsinnigen Krösus Chigi« zu plaudern.

Für eine Liebesnacht sei sie keinesfalls zu haben, erklärte sie ihm.

»Ein Plauderstündchen, Liebste, mehr wünsche ich nicht.«

Erst einmal müsse sie sich herrichten und ankleiden.

Er könne warten.

Während sie sich im Vorzimmer schminkte, sprach er durch die halb angelehnte Tür, lobte die Festivitäten, fand das Erkennungsspiel mit den nackten Kurtisanen »gewöhnungsbedürftig, um nicht zu sagen: ungewöhnlich gewöhnlich«, wies darauf hin, dass er Imperia mehrfach erkannt habe. »Allerdings war ich zu vornehm, mir auf diese Weise eine Nacht mit dir zu erschleichen.«

»Du bist ein wahrer *gentiluomo*, Enea!«, rief sie ihm durch die Türe zu. »Du hast eine Nacht frei.«

Dann ging er noch einmal die umfangreichen Tafelfreuden des Abends durch und lobte besonders die Papageienzungen. Ohne Übergang berichtete er von der nahen Fertigstellung des Hauses im Borgo: In ein paar Wochen könne sie einziehen. »Und ein wenig fürstlicher als hier wohnst du dort allemal. Ich werde dir zusätzlich jährlich fünfhundert Ster Holz liefern lassen, dazu hundertzwanzig Scheffel Weizen und acht Fässer Wein pro Jahr, du sollst nicht darben.«

»Deine Liebe, liebster Enea, wiegt mehr als *tausend* Ster Holz, mehr sogar als *zehn* Fässer Wein.«

Er lachte. »Ich weiß, Geliebte, die vergoldete Pforte einer Kurtisane ist zwar weit und für jeden Großzügigen offen, aber der Weg zu ihrem Herzen ist schwer zu finden und labyrinthisch, das Herz selbst gleicht einer kleinen gemütlichen Kammer, in der nur zwei Liebende Platz finden.«

Darauf antwortete sie nicht.

Nach einer kurzen Pause begann er, wieder über das Fest zu sprechen und die Anwesenden zu kommentieren. Besonders lange hielt er sich bei der Familie Gonzaga aus Mantua auf, betonte die joviale Condottiere-Art des Marchese, wies auf den scharfen Kunstverstand der Marquesa Isabella hin, vergaß nicht, ihren stadtbekannten Adelsdünkel zu erwähnen. »Schließlich entstammt sie einem uralten Herzogshaus. Aber stell dir vor: Sie betet ihre Söhne an, insbesondere Federico, den zukünftigen Marchese, was nichts Ungewöhnliches ist, zugleich jedoch verachtet sie ihre Töchter, behandelt sie schlechter als ihre Hunde. Es ist eine Schande. Die jüngste soll den Grafen von Montalto heiraten, dabei kann sie mit ihren zwei Jahren noch nicht einmal richtig sprechen. Latein müssen ihre Töchter natürlich auch lernen, da ist sie unerbittlich. Laute spielen ebenfalls, und wenn ein Finger danebengreift, setzt es Hiebe. Wurde mir zumindest zugetragen. Und ihren Mann verachtet sie. Er ist ihr nicht vornehm genug.«

»Warum schleppt der Marchese dann immer seine illegitime Tochter mit sich herum, wo er doch die anderen Töchter zu Hause gelassen hat?«, fragte Imperia, während sie den letzten Strich unter ihre Augen zog.

»Diese Frage habe ich mir auch schon gestellt, Liebste. Sie ist seine Lieblingstochter, hörte ich, gerade weil sie *nicht* von Isabella ist – damals begann der *morbo gallico* zu grassieren, du erinnerst dich, der Marchese war heftig betroffen, Isabella verlor eine Tochter kurz nach der Geburt und ließ ihren Gianfrancesco eine Weile nicht ran, wenn ich es mal so ausdrücken darf – da musste er sich nach Ersatz umschauen.«

»Was du alles weißt! Korrespondierst du mit Isabellas Kammermädchen?«

»Seit wann können Kammermädchen lesen und schreiben, Liebste? Nein, mich verbindet noch eine lockere Freundschaft mit der Herzogin von Ferrara, mit Lucrezia, früher mal Borgia, Isabellas Schwägerin, aus alten Tagen, es war rein platonisch, du verstehst.«

»Ich verstehe. Und warum nun schleppt Gonzaga seine illegitime Tochter mit sich herum?«

»Ich gehe davon aus, dass er sie in Rom verkuppeln möchte«, sagte er langsam und betont.

Imperia hatte bei seiner Antwort gezuckt, den Lidstrich verschmiert und musste ihn wieder entfernen.

»Ja, ein reicher Schwiegersohn wäre so einem Marchese sicher hochwillkommen«, rief Enea durch die Türe.

Imperia antwortete nicht, sondern versuchte, sich auf das Schminken ihrer Augen zu konzentrieren. Doch auch beim zweiten Versuch blieb ihre Hand nicht ruhig genug, so dass sie Bella herbeirief und verärgert aufforderte, ihren Augen endlich den letzten Schliff zu geben.

»Aber für wen?«, fragte Bella.

»Für mich!«, fuhr Imperia sie an. »Frag nicht so dumm!«

Bella richtete ihren Kopf. »Stillhalten!«

»Ja, und weißt du, wen ich gestern vermisst habe?«, hörte Imperia aus dem *salone*. »Ich fragte bereits Kardinal de Cupis nach seinem Schwager.«

Imperia presste die Lippen zusammen und antwortete nicht.

Bella zog ihr einen sauberen Lidstrich.

»Angelo del Bufalo! Ob er noch immer an der Schmach des so unglücklich verlorenen Rennens zu beißen hat?«

Imperia sprang auf, schob Bella zur Seite und riss die Tür zum *salone* auf. Erschrocken starrte Enea sie an. »Du musst jetzt leider gehen!«, fuhr sie ihn an. »Auf der Stelle.«

»Oh, wenn ich dir Schmerzen zugefügt habe, Liebste, dann bitte ich dich um Verzeihung.« Enea wollte ihre Hand ergreifen, aber sie stieß ihn heftig zurück. Mit trauriger Miene verbeugte er sich.

Kaum hatte er den Raum verlassen, tat er ihr schon wieder leid. Sie hatte sich gehen lassen.

Aber zurückrufen wollte sie ihn auch nicht, denn nun brach sie in Tränen aus, und die gesamte mühsame Schminkarbeit war umsonst.

Nachdem sie sich wieder beruhigt hatte, brach sie mit Bella, obwohl es bereits dunkelte, zum Kloster Santa Maria in Campo Marzio auf. Sie musste außerhalb des Klausurbereichs eine Weile warten, bevor Lucrezia zu ihr geführt wurde. Das Mädchen warf sich sofort an ihren Hals, schluchzte: »Bitte, bitte, Mamma, du musst ja sagen!«

Es dauerte eine Weile, bis Imperia verstand, worum es ging.

»Sie ist meine beste Freundin«, bettelte Lucrezia.

»Du hast mich also verraten«, sagte Imperia kalt.

Befremdet und verwirrt schaute Lucrezia sie an. »Mamma, ich weiß nicht, was du meinst.«

»Bist du wirklich so naiv?«, fragte Imperia. Aber nun tat ihr ihre dürre Lucrezia doch leid. »Also gut, du darfst deine Freundin Francesca in die Chigi-Villa begleiten, aber nur, wenn du mir versprichst, dass du mehr isst. Als dürre Bohnenstange findest du nie einen Mann. Vielleicht kann ja Agostino einen für dich suchen.«

Lucrezia umarmte sie wild, küsste sie immer wieder auf die Wangen und die Hände, bis es Imperia zuviel wurde und sie ihre Tochter aufforderte, mit ihr gemeinsam Francesca und das Kind aufzusuchen.

Als sie in den Raum traten, in dem Francesca, ihren Säugling im Arm, leise vor sich hinsummte, vermochte Imperia das Gefühl der Rührung nicht zu unterdrücken. Francesca war nur wenig älter als ihre Lucrezia, aber viel weiblicher und entsprechend üppiger. Eigentlich konnte man sie nicht schön nennen, fand Imperia, ungeschminkt, aufgedunsen und mit wirren Haaren, die nicht einmal blondiert waren. Ihr starkes Kinn fiel auf den ersten Blick auf, erweckte den Eindruck eines starken Willens, eines entschiedenen Wesens.

Francesca hob jetzt ihren Blick und lächelte sie an.

Imperia fühlte sich getroffen: Francesca lächelte seltsam verführerisch und zugleich geheimnisvoll. Und ihre großen, leicht verschleierten Augen verstärkten diesen Eindruck.

Der Säugling lag an ihrer Brust wie ein friedlich schlafender Engel.

Obwohl Imperia keine Vertraulichkeiten aufkommen lassen wollte, zwang Francescas Lächeln sie, ebenfalls zu lächeln. Lucrezia war bereits bei dem Säugling, nahm ihn vorsichtig hoch und brach in einen hohen Singsang aus.

Francesca schien sofort begriffen zu haben, wen sie vor sich hatte. Mit einer Geste bat sie Imperia, sich an den Bettrand zu setzen, ergriff sogar ihre Hand. »Eure wirkliche Schönheit übertrifft noch den Ruhm Eurer Schönheit, der Euch vorauseilt«, sagte sie seltsam gestelzt, aber mit auffallendem venezianischen Akzent.

Obwohl diese Äußerung wirklich nichts anderes darstellte als ein plumpes Kompliment, fühlte sich Imperia geschmeichelt. Vielleicht deshalb, weil Francesca unverstellt klang.

Sie tätschelte ihre Hand. »Das macht die Schminke, mein Kind, allein die Schminke.«

»Ihr seid viel schöner als die Nymphen und Göttinnen in Chigis Villa.«

Schon wieder ein Kompliment ohne jeglichen Unterton. Die junge Konkubine meinte wirklich, was sie sagte. Was sie in einer Stadt der Lügner und Heuchler sympathisch machte.

Imperia begriff, dass sie Francesca nicht hassen konnte. Schon gar nicht, wenn sie wie die gebenedeite Gottesmutter ein so süßes Engelchen im Arm trug. Sie erhob sich, schaute kurz zum Fenster hinaus, wandte sich ihrer Tochter zu und streichelte dem Säugling über den Kopf.

Es war seltsam: Plötzlich hatte der Gedanke an ihre Nebenbuhlerin alle Schrecken für sie verloren. Agostino blieb nicht bei dieser Krämerstochter aus Venedig mit dem starken Kinn, der geheimnisvollen Ausstrahlung und dem venezianischen Akzent. Davon war sie überzeugt. Agostino fand immer wieder Gründe, sich nicht zu binden, denn in der tiefsten Kammer seiner Herzens trieb ihn nicht die Liebe, sondern der Ehrgeiz. Hatte nicht Enea davon gesprochen, dass der Marchese aus dem hochadligen Geschlecht der Gonzaga seine illegitime Tochter verkuppeln wollte? Hatte nicht bereits beim Pferderennen auf der Piazza Navona Agostino neben dem Mädchen gesessen? Was gab es da noch zu zweifeln?

Imperia setzte sich erneut auf Francescas Bettkante und ergriff ihre Hand. »Ach, mein Kind«, seufzte sie mitfühlend. »Wer liebt, muss leiden.«

42. Kapitel

Für Agostino Chigi galt es, keine Zeit zu verlieren.

Er setzte sich mehrfach mit Johannes Zink, dem *fattore* der Fugger, zusammen und arbeitete den Geheimvertrag hinsichtlich der Minen von Tolfa aus. Als Bellanti von der jederzeit fälligen Kündigung der Kredite aufgrund der Produktionsengpässe erfuhr und Chigi andeutete, er habe sich bereits mit den Fuggerleuten abgesprochen und geeinigt, wurde er blass und ergab sich ohne Gegenwehr in sein Schicksal. Er durfte vorerst offiziell Pächter bleiben, hatte aber nichts mehr zu sagen; machte er irgendwelche Schwierigkeiten, würden ihm unverzüglich die Kredite gekündigt. Chigi erklärte kühl, die Fugger würden nicht zögern, ihn als zahlungsunfähigen Schuldner in den Kerker werfen zu lassen. »Aber vielleicht hilft euch ja Franci aus der Patsche«, merkte er noch höhnisch an.

Nachdem dieses Problem gelöst war, brach Chigi zu den Minen im Tolfagebirge auf und führte mit den Rädelsführern der Arbeitsniederlegung eine Unterredung, ebenso mit den kleinasiatischen Fachleuten, versprach, niemanden zu entlassen, versprach sogar Sonderprämien für besonders gute Arbeit, verteilte Dukaten an die Witwen der Verunglückten, betonte, dass sie alle im gleichen Boot säßen, dass auch er einmal klein angefangen und sich durch Fleiß hochgearbeitet habe, lobte die einen für ihren bisherigen unermüdlichen Arbeitseinsatz, die anderen für besonderes Wissen, erreichte, dass die Arbeit wieder aufgenommen wurde, und reiste nach Rom zurück.

Dort sorgte er dafür, dass Francesca mit der kleinen Dorothea und Lucrezia aus dem Kloster abgeholt wurde und in die Villa einziehen konnte.

Imperia bat ihn um ein Gespräch und versprach ihm gleichzeitig eine Nacht, aber er fühlte sich zu abgelenkt für die Liebe und zu beschäftigt für ein längeres Gespräch, so dass er sich von ihr eine kurze schriftliche Einverständniserklärung erbat, dass ihre Tochter Lucrezia in seiner Villa wohnen dürfe. Er erhielt sie, wobei in den Zeilen, die sie geschrieben hatte, Enttäuschung und Kränkung durchklangen. Imperia bat ihn, sich insbesondere um die Gesundheit von Lucrezia zu kümmern und zugleich Ausschau zu halten nach einem anständigen, liebevollen und treuen Ehemann. Sie kam auch kurz auf Margherita zu sprechen, ihr gemeinsames Kind, das nicht im Kloster »verdorren« dürfe. Am liebsten sei ihr natürlich, es würde von ihm legitimiert. Dann wäre sie als Mutter die wichtigsten Sorgen los und könnte ihrem Leben eine neue Wendung geben, die ihr mehr Glück als bisher bescheren würde.

Chigi fragte sich, was sie mit diesem Ausdruck meinte. Nachdenklich strich er den Brief glatt und verstaute ihn in dem Geheimfach seines Sekretärs, das er für private Korrespondenz vorgesehen hatte.

Am darauffolgenden Tag wurde er vom Heiligen Vater und Kardinal de' Medici empfangen.

Papst Leo begrüßte ihn mit größter Freundlichkeit, verbat sich jegliche Reverenz, erhob sich sogar und umarmte ihn, pries noch einmal überschwänglich das Fest, ergoss sich in Lobeshymnen über die Villa und ihre Ausmalung und ließ es sich nicht nehmen, Chigi durch die von Raffaello und seiner Werkstatt neu ausgemalten Räume zu führen.

Von den Tolfa-Minen und dem Pachtanteil und sonstigen Pachtverträgen war nicht die Rede, nicht einmal von neuen Darlehen.

Stattdessen sprach Leo davon, dass die wiedergewonnene Herrschaft über Florenz, um die sich zurzeit insbesondere sein lieber Vetter kümmere – Kardinal Medici neigte leicht den Kopf und lächelte –, nicht ausreiche, »um den Machterhalt der Medici langfristig zu sichern«.

Chigi schaute auf, weil er solch deutliche Worte nicht gewöhnt war.

Der Papstvetter räusperte sich vernehmlich.

»Der Heilige Vater will sagen«, erläuterte Kardinal de' Medici, »dass unser Neffe Lorenzo in absehbarer Zeit Herzog von Urbino werden soll. Der della-Rovere-Nepot Francesco Maria muss weichen.«

Chigi setzte eine absolut neutrale Miene auf und sagte nichts. Was ging ihn die machtgierige Medici-Politik an, solange sie ihn nicht darben ließ oder gar das Geschäft verdarb.

Von Tolfa war noch immer nicht die Rede.

Beim weiteren Durchgang durch die päpstlichen Räume begegneten sie Raffaello, der Chigi mit lässiger Geste begrüßte, und Chigi musste die erst kürzlich fertiggestellten Teile der Fresken erneut gebührend bewundern.

»Raffaello ist Roms größter Maler«, rief Papst Leo aus und wies mit einer ausgreifenden Armbewegung auf die großflächigen Gemälde. Dann legte er seinen Arm auf Chigis Schultern und fuhr mit gedämpfter Stimme fort: »Er soll Kardinal Dovizis Nichte aus Bibbiena heiraten. Sie ist noch nicht im Heiratsalter, aber ein süßer Fratz. Wenn so ein Maler aus dem Volk in eine Kardinalsfamilie einheiratet, dann hat er die höchste Stufe der Anerkennung erreicht. Dann ist er jemand. Das Gegenteil gilt natürlich ebenso. Bäckerstöchter sind ein Aufstiegshindernis für einen Maler*fürsten*. Das siehst du doch genauso, lieber Agostino, oder?«

Papst Leo führte Chigi schließlich hinaus auf die Loggia und wies auf die Dächer des Borgo, die im winterlichen Schein der untergehenden Sonne leuchteten, wies auf die Engelsburg und den

Campo Marzio. »*Caput mundi, Roma aeterna* – und wir sind die Herrscher, von Gottes Gnaden. Wenn mein Vater uns hier so sehen würde, er wäre glücklich. Er hat immer davon geträumt, dass seine Söhne einmal Großes leisten.«

Es entstand eine Pause. Chigi dachte an Tolfa und die Pacht, wollte schon das Thema wechseln, doch Papst Leo fragte ihn: »Was machen eigentlich deine Söhne, lieber Agostino?«

Vetter Giulio unterdrückte die Andeutung eines Lächelns.

»Aber Heiliger Vater, Ihr wisst doch, dass ich noch keine Söhne habe – leider.« Chigi entwand sich dem Arm, den Papst Leo auf seine Schulter gelegt hatte.

»Dann wird es aber Zeit! Ihr seid nicht mehr der Jüngste. Und wer soll Euer Imperium weiterführen? Ihr braucht einen Erben!«

Das Gespräch, fand Chigi, nahm eine falsche Wendung.

»Dies ist richtig«, erklärte er, »aber im Moment habe ich andere Sorgen.«

»Das denke ich mir!« Der Papst kam ihm erneut so nahe, dass Chigi einen Schritt zurücktrat. Zu süßlich war der Geruch.

»Ihr wollt, nein, Ihr müsst heiraten – und wisst nicht, wen. Wollt mich um Rat fragen.«

Chigi hätte ihm am liebsten ins Gesicht geschleudert: Dich am allerwenigsten! Natürlich unterdrückte er diesen Ausbruch. »Nun«, begann er gedehnt, »es geht mir zurzeit eher um die Pacht der Alaunminen von Tolfa. Ich habe für den Vatikan den günstigen Vertrag mit Venedig ausgehandelt, für unsere Monopolstellung gesorgt und die Minen in Schuss gebracht, und jetzt wurden mir, ohne dass ich von der Konkurrenz erfuhr, nur zwanzig Prozent zugestanden. Lächerliche zwanzig!«

Der Papst runzelte die Stirn und wies auf seinen Vetter. »Um Einzelheiten kümmert sich unser zukünftiger Vizekanzler, das Angebot der Gegenseite war zu verlockend, aber was Venedig angeht und diesen ominösen Vertrag, da höre ich doch nur Klagen von der Serenissima, die ja jetzt unsere Verbündete ist. Venedig sei über den Tisch gezogen worden von einem gewissen Agostino Chigi im Auftrag des Papstes, höre ich, und darüber hinaus … Chigi, jetzt mal heraus mit der Sprache! Was ist da vorgefallen? Man spricht sogar von verbrecherischen Akten. Der Doge drückt sich diplomatisch aus, aber als ich unseren Botschafter nachhaken ließ, hörte ich davon, dass Signor Chigi bei seiner Abreise eine junge Frau entführt habe, die jetzt als seine Konkubine in seiner Villa lebe ... Ich lernte sie als *benedicta* kennen, entdeckte sie bei Eurem Fest jedoch nicht, und überhaupt, Ihr wisst doch: Kurtisanen ja, aber Konkubinen, im selben Haus, bei einem Mann, der in der Öffentlichkeit steht, bei einem *mercator curiam sequens*, das sieht nicht gut aus. Da fällt ein falsches Licht sogar auf die höchste Instanz christlicher Moral und kanonischen Gehorsams, auf *mich*.«

»Die junge Frau hat kürzlich einem Mädchen das Leben geschenkt«, ergänzte Kardinal de' Medici sachlich.

»Umso besser – oder umso schlechter, lieber Agostino.«

Chigi sah sich nicht in der Lage, darauf zu antworten. Es war auch nicht nötig, denn Papst Leo fuhr fort: »Eigentlich hatte ich gedacht, dass du am Einweihungsfest die Heirat mit dieser jungen Frau bekannt gibst – oder mit Imperia.« Er schaute Chigi mit spöttisch verzogenen Lippen an. »Ich meine, wenn nicht das Krämerstöchterlein – was ich hinwiederum verstehen kann –, dann Imperia, welche die Verehrung aller wichtigen Männer dieser Stadt genießt, eine Zierde der ewigen Stadt ist, und außerdem ...« – ein kleines bösartiges Glimmen stahl sich in seine Augen – »außerdem passen eure Tätigkeiten zusammen, die eine verkauft ihren Körper, der andere verschachert sein Geld ...«

»Eure Heiligkeit haben wohl vergessen, auf welche Weise Eure Familie reich geworden ist und welches Geld Euch geholfen hat, den Thron Petri zu besteigen.« Chigi beherrschte sich nur mühsam, aber sein Ton war scharf geworden. Seine Stimme zitterte vor verhaltener Wut.

»Nun, lieber Agostino, du hast recht, *pecunia non olet*, Imperia dagegen duftet wie die Blume des Orients, ich wollte dich natürlich nicht kränken, da du unser Freund bist, ein langjähriger Geschäftsfreund unserer Familie – aber wie steht es: Willst du nun Imperia heiraten?«

Chigi schwieg.

»Wenn nicht Imperia, dann doch diese … Wie heißt sie nochmal?«

»Francesca Ordeaschi«, half ihm sein Vetter.

»Dann diese Francesca, deine Konkubine, die Mutter deines Töchterchens, ein nettes, frisches Mädchen. Und wirklich jung.«

Chigi schwieg eisern.

»Es geht dem Heiligen Vater weniger um Fragen der Moral«, erläuterte nun Kardinal de' Medici, »als um diesen leidigen Verdacht, der uns immer wieder aus Venedig vorgetragen wird. Wenn Ihr Eure Francesca Ordeaschi ordnungsgemäß heiratet, kann Euch niemand mehr etwas nachsagen. Auch Venedig wird schweigen. Wenn Ihr Imperia heiratet, wird sich das Problem vermutlich ebenfalls lösen, denn in diesem Fall werdet Ihr die junge Frau kaum weiterhin in Eurer Villa beherbergen, sondern nach Venedig zurückschicken.«

»Daran dachte ich bisher keinesfalls«, sagte Chigi, so abweisend er konnte.

»Es war auf jeden Fall ein wunderbares Fest, lieber Agostino, deine Villa ist eine Zierde für Rom, ich kann mich nur wiederholen, selbst ich kann sie nicht übertrumpfen. Sie ist zwar kleiner als der Vatikan, aber auch feiner – überall diese nackten Göttinnen, Nymphen und Grazien, die ich mir als Stellvertreter Christi nicht leisten kann, dieser heidnische Kult, diese unkeuschen Szenen … Und jetzt musst du uns entschuldigen.«

Damit war Agostino Chigi entlassen.

Langsam und wie betäubt schritt er, begleitet von einem Sekretär des Papstes, die Treppen des Vatikans hinab zum Eingang. Dort warteten zwei Pferdeknechte und zwei *bravi* auf ihn. Er schwang sich in den Sattel, schickte die Männer nach Hause. Er wollte allein sein, allein in Roms Umland reiten, auf den Monte Mario, er musste losgaloppieren und dahinfliegen, bis aus seinem Kopf der ganze Dreck, den er gehört hatte, herausgeweht war, bis er wieder klar denken konnte.

Chigi verließ den Borgo durch die Porta Angelica und gab dem

Pferd die Sporen. Als es zu schwitzen begann, ließ er es in Tritt fallen. Kaum hatte er den Monte Mario erreicht und schaute zurück auf die Stadt, fühlte er sich schon besser. Er war der reichste Mann Roms und damit der mächtigste. Das sollte jedem Medici klar sein. Kündigte er seine Kredite, war der Papst bankrott oder musste den Vatikan an ihn verkaufen. Und wie er, Agostino Chigi *il Magnifico*, sein Privatleben regelte, war ganz allein ihm überlassen.

Nun wusste er auch, wie: Er heiratete weder Francesca noch Imperia. Er heiratete eine andere. Er heiratete das junge Mädchen, das ihn schon seit ihrer ersten Begegnung fasziniert hatte. Ihm wurde endgültig klar, was der Gonzaga die ganze Zeit im Sinn hatte. Er wollte seine Tochter verkuppeln und dafür jede Menge Geld einstreichen. Sonnenklar! Um von vorneherein aus einer günstigen Position zu verhandeln, wartete er auf seine Initiative. Damit er, Chigi, die Initiative ergriff, wurde ihm Margherita als Köder hingehalten. Wurde ihre *Zuneigung* erwähnt. Und damit sich der Marchese überlegen fühlen konnte, sollte er, sein erwünschter Schwiegersohn, wie ein Bittsteller in Mantua vorsprechen.

Chigi schüttelte den Kopf darüber, dass er nicht von Anfang an Gonzagas Strategie durchschaut hatte.

Aber der Adelskopf sollte sich nicht wundern: Er, Agostino Chigi, würde den Köder schlucken, aber keineswegs am Haken bleiben.

43. Kapitel

Der Abend warf ein weiches Licht über den Tiber und ließ die ockerfarbenen Fassaden der Villa golden aufglühen.

Francesca saß mit Lucrezia und Sebastiano in der Loggia am Wasser, schaukelte mit ihrem Fuß leicht die Wiege, in der die kleine Dorothea hinter einem dichten Schleier schlief, und summte ein venezianisches Wiegenlied vor sich hin. Lucrezia, die deutlich zugenommen hatte und nun einen jugendlichen

Schönheitsschmelz ausstrahlte, stickte, während Sebastiano die beiden Mädchen aus immer neuen Blickwinkeln zeichnete und sie zwischendurch aufforderte, ihn lächelnd anzuschauen oder in die Ferne zu träumen oder gar marienhaft flehend die Augen gen Himmel zu wenden.

»Ich liebe Madonnenbilder«, erläuterte er seine Bitten. »Im tiefsten Herzen bin ich ein frommer Mensch, im Gegensatz zu all den römischen Prälaten und Kardinälen, die mich aufsuchen, weil sie von mir porträtiert werden wollen.«

Lucrezia kicherte und schrie dann kurz auf, weil sie sich gestochen hatte und sich ein Blutstropfen auf ihrer Haut bildete. Sebastiano sprang hinzu und wollte ihn ablecken, doch Lucrezia verscheuchte ihn mit einem scherzhaft gemeinten Schlag und streckte Francesca den Finger entgegen.

Francesca zögerte und lachte kurz auf, nahm ihn dann jedoch und schob ihn sich in den Mund. Lucrezia schloss genießerisch die Augen.

Anschließend wachte die kleine Dorothea auf und musste gestillt werden. Francesca warf einen skeptischen Blick auf Sebastiano, entblößte dann jedoch ihre Brust und ließ den Säugling saugen. Sofort griff Sebastiano nach einem Karton und skizzierte in raschen Strichen die Szene. »*O mater benedicta*!«, rief er voll gespielter – oder vielleicht auch echter – Begeisterung.

»Jetzt übertreib nicht, Bastiano!« Francesca lachte erneut. »Außerdem hast du mich nicht gefragt, ob du mich zeichnen darfst. Wenn uns Agostino so sieht, gibt es Ärger.«

»Dein Agostino weilt weit im nebligen Norden, in Mantua, wie du weißt, buhlt um einen Auftrag des Marchese und muss gleichzeitig die dreimalgescheite Isabella unterhalten.«

»Nicht zu vergessen die Töchter des Marchese«, ergänzte ihn kichernd Lucrezia, »insbesondere Signorina *illegittima* Margherita.«

Francesca pustete über Dorotheas Härchen, die unter ihrer Haube hervorlugten, und überhörte die Bemerkungen der beiden.

»Der buhlt nicht nur um den Marchese, sondern hat eine andere *Buhlerei* im Sinn, das glaubst du doch auch, Bastiano?«, wandte sich Lucrezia an den Maler. Sie hatte ihren Stickrahmen zur Seite gelegt, begutachtete seine Zeichnungen und beugte sich dann über Francescas Schulter, um ihr einen Kuss auf die Wange zu drücken und die gierig schmatzende Dorothea zu streicheln.

Natürlich verstand Francesca, was ihre Freundin meinte, und ihr war auch klar, dass sich in solchen Bemerkungen eine kleine Spitze an Eifersucht meldete, aber sie nahm dieses Verhalten nicht krumm. Sie selbst glaubte nicht recht daran, dass Agostino in Mantua eine Frau suchte, aber sie glaubte auch nicht mehr so recht an eine Heirat. Er würde sein Gelübde nicht brechen. Außerdem hatte sie ihn nach dem Fest und der Geburt kaum noch gesehen. Er hatte sie und sein Töchterlein regelrecht gemieden.

Was sie ihm hoch anrechnete, war die Tatsache, dass Lucrezia mit ihr in die Villa ziehen durfte. Lucrezia war wie eine Schwester, mit der sie alle Geheimnisse teilen konnte. Oder fast alle.

Seitdem Agostino nach Mantua abgereist war – er hatte sich im Übrigen beim Abschied ungewöhnlich unruhig und gereizt gezeigt –, tauchte Bastiano wieder häufiger in der Villa auf und leistete ihnen Gesellschaft, natürlich nur, um seine Modelle zu studieren. In der Tat schien er seine verhinderte Liebe zu ihr gut überwunden zu haben, was Francesca ein wenig kränkte. Er sprach nicht über seine unterdrückten Gefühle, sondern in erster Linie über Raffaello, der zwar ein großer Maler sei, dies wolle er unumwunden zugeben, aber auch ein Dieb der Bildideen seiner Kollegen. Außerdem sei er, Sebastiano Luciani aus Venedig, auch ein großer Maler. »Raffaello malt mir zu gefällig, zu selbstgefällig auch, zu süßlich. Ich schätze Michelangelo Buonarroti von Tag zu Tag mehr und suche seine Nähe, seine Freundschaft – was äußerst schwierig ist, denn er ist ein jähzorniger, abweisender Charakter. Aber ich glaube, seine Freundschaft ist es wert, dass man um sie kämpft.«

Francesca hörte ihm geduldig zu, ohne Einwände und Kommentare.

Über seine zukünftige Frau sprach Bastiano von sich aus nie. Francesca hatte ihn bisher noch nicht auf sie angesprochen, aber jetzt, während sie ihre kleine Göttin über die Schulter legte, damit sie ein Bäuerchen machen konnte, verlockte sie es doch, ihn zu einer Äußerung zu veranlassen – schon, um Lucrezia davon abzuhalten, weiterhin von Agostinos *Buhlerei* zu phantasieren.

Die kleine Dorothea machte pflichtschuldig ihr Bäuerchen und wurde abgeküsst. Francesca stieß ihre Nase gegen die Nase der Kleinen, lachte auffordernd, pustete in ihre Öhrchen und babbelte ihr in Säuglingsart etwas vor, musste sie dann jedoch Lucrezia abgeben, die bettelte, »Thealein« ein wenig umhertragen zu dürfen.

Francesca gab sie ihr, Lucrezia setzte das Spiel zur Zufriedenheit der aufquietschenden Kleinen fort und lief mit ihr, sie umherschwenkend, durch den Park.

Francesca wollte ihre Brust wieder bedecken – eigentlich hätte sie dies sofort tun sollen, nachdem Dorothea genug getrunken hatte –, aber Sebastiano forderte sie auf, sie noch eine Weile unbedeckt zu lassen, er müsse sie ein weiteres Mal so ganz entblößt, in ihrer prallen Schönheit zeichnen, »für ein Madonnenbild«.

»Ja, ja, für ein Madonnenbild, das glaub ich wohl.« Sie schlug nach seiner Hand, die sich sogar erdreistete, den geöffneten Ausschnitt ein wenig zur Seite zu schieben, und die ihre Brust dabei berührte.

Als sie merkte, wie ein heißer Strahl lustvollens Begehrens sie durchfuhr, verhüllte sie ihre Brust, und Sebastiano stöhnte in lautem Bedauern auf.

Dann saßen sie sich beide schweigend gegenüber, während Lucrezia, hinter Buchshecken verborgen, der kleinen Dorothea etwas vorsang. Francesca warf einen kurzen Blick auf Sebastiano und fragte schließlich sehr leise: »Warum heiratest du eigentlich?« Weil ihr diese Frage dumm erschien, schob sie noch leiser nach: »Du hast mich rasch vergessen.«

Sebastiano legte seinen Zeichenkarton zur Seite, stand auf und schaute, ihr den Rücken zudrehend, auf den Tiber, der sich träge, von kleinen Strudeln markiert, an ihnen vorbeiwälzte. Schließlich wandte er sich um, blickte ihr jedoch nicht in die Augen, sondern stellte sich hinter sie und legte seine Hände auf ihre Schultern.

»Ich glaube eher, *du* hast mich vergessen«, flüsterte er ihr fast unhörbar ins Ohr. »Nachdem ... nach diesem ... Vorfall hast du dich sofort Chigi hingegeben. Aber er hat dich ja gekauft – wie er auch mich gekauft hat.« Er atmete nun ganz nahe an ihren Haaren, und sein Atem streichelte warm und weich ihr Ohr. »Ich will heiraten, damit ich dich leichter vergessen kann. Damit ich ohne Sehnsucht nach dir malen kann. Ich will in Rom mein Glück finden. Wie du.«

Nun war sie es, die seine rechte Hand von ihrer Schulter zog und auf ihren Schoß legte. Weil ihm die Haltung unbequem wurde, setzte er sich neben sie auf den Boden und nahm ihre beiden Hände, ohne sie loszulassen. Jetzt fand er sogar den Mut und die Kraft, ihr in die Augen zu schauen.

Sein Blick war schwer auszuhalten. Die ganze enttäuschte Liebe lag in ihm, und sie fand sich schuldig, weil sie diesem Maß an Liebe nicht das gleiche Maß hatte entgegenbringen können. Als er kurz davor stand, ihr im Kloster die Unschuld zu nehmen, hatte sie ihn in einem heißen Auflodern ihrer Gefühle geliebt – aber dann wurde das Feuer sofort erstickt. Es kam ihr so vor, als hätte sie einfach einen Mann durch einen anderen ersetzt. Nur die Masken waren verschieden.

Genauso hatte sie es damals empfunden: Plötzlich sah sie in den Gesichtern der Männer nur Masken. Das, was Agostino mit ihr tat, was auch Sebastiano hatte tun wollen, der Liebesakt, der war doch mehr oder weniger mit allen Männern gleich. Ihre Sehnsucht hatte sich damals auf Chigi übertragen, und Chigi hatte ihr Lustempfinden bis zum Äußersten angespannt und befriedigt.

»Wenn ich mich weiterhin nach dir verzehren würde«, erklärte Sebastiano zögernd, »könnte ich nie ein großer Maler werden. Vielleicht hat die unerfüllte Sehnsucht Petrarca zu seinen Sonetten inspiriert, mich lähmt sie. Ich möchte die Freude der Erfüllung erleben. Und anschließend fröhlich aufstehen und an die Arbeit gehen.«

Francesca spürte, wie ihr ein Träne über die Wange lief.

»Du könntest Lucrezia heiraten«, sagte sie. »Sie ist das schönste Mädchen, das ich kenne.«

»Ich glaube nicht, dass Lucrezia uns Männer liebt.«

»Man muss sie davon überzeugen, dass diese Liebe es wert ist«, fiel sie ihm ins Wort.

»Außerdem bin ich meiner zukünftigen Frau schon versprochen – die im Übrigen schwanger ist. Ich könnte sie nicht verlassen. Ich will sie auch nicht verlassen.«

Er hielt noch immer ihre Hände. Nun schwiegen beide. Francesca schaute kurz auf, um Lucrezia und ihr Töchterchen im Auge zu behalten, doch die beiden waren nicht zu sehen, nur zu hören. Und es klang nach gemeinsamer Freude.

»Wie heißt eigentlich deine Braut?«, fragte sie.

»Proserpina.«

»Oh, was für ein seltsamer Name. Wie die Göttin der Unterwelt.«

Sebastiano zuckte mit den Achseln. »Ich bin nicht abergläubisch. Vielleicht verbirgt sich ein Geheimnis hinter dem Namen. Sie liebt mich auf jeden Fall und lässt mich malen. «

»Willst du mit ihr nach Venedig zurückkehren?«

Er schüttelte den Kopf. »Ich kann die Aufträge gar nicht alle erfüllen, die anstehen. An zwei Kardinälen bin ich dran, dazu kommen mehrere junge Adlige. Und Aufträge für Madonnenbilder gibt es ebenfalls. Selbst dein Chigi lässt mich den Tod des Adonis malen.«

»Den Tod des Adonis? Ist das eine Anspielung, die ich nicht verstehe?«

»Ich weiß es nicht. Adonis, der schöne Jüngling, wurde von zwei Göttinen begehrt, von Aphrodite, der Göttin der Liebe, und Persephone, der Göttin der Unterwelt, und durfte mit ihnen nach dem Urteil der Götter abwechselnd leben.« Er stockte kurz. »Die alten Römer nennen Persephone *Proserpina*.« Er kratzte sich stirnrunzelnd am Kopf.

»Das hört sich aber sehr wohl nach einer Anspielung an«, sagte

Francesca. »Ich werde die Geschichte in den *Metamorphosen* nachlesen.«

»Du magst recht haben. Chigi liebt in den Bildern, mit denen er sich umgibt, die Anspielungen. Die Geschichte der Psyche ... ist wohl auf dich gemünzt, und wenn Boreas, der Gott des Nordwinds, sich die Nymphe Oreithyia schnappt, nun, sie raubt, also entführt und mit ihr sozusagen davonsegelt ... also ...« Er stockte.

»Ich weiß, lieber Bastiano, dass du das Fresko gemalt hast. Jedermann hat gesehen, wer mit Boreas und der Nymphe gemeint war. Aber zurück zu deinem Adonis, der zwischen zwei schönen Frauen steht.« Sie schaute ihn fragend an.

»Nun, in dem Bild soll es um den *Tod* des Adonis gehen.«

»Ja und?«

»Chigi will das Bild wohl der Imperia schenken, hat mal so eine Andeutung fallen gelassen. Mein Adonis bleibt samt dem wilden Eber auf jeden Fall im Halbdunkel, während ich zugleich in nackten Weibern bade. In nackten Göttinnen natürlich. Wenn man will, kann man Imperia erkennen.«

»Hast du mit ihr denn nackt gebadet?«

»Natürlich nicht, aber sie schritt doch nackt an der Galatea vorbei.«

Francesca dachte kurz nach, schaute auf den Tiber, wandte sich dann wieder Sebastiano zu. »Imperia trauert also um Adonis, wenn ich dich richtig verstehe. Aber will sich Agostino wirklich mit Adonis vergleichen, mit dem *sterbenden* auch noch? Das kann ich mir nicht vorstellen. Oder geht es nur um die ›nackten Weiber‹, die ihren *salone* oder ihr Schlafzimmer zieren sollen?«

»Ich glaube, dass Chigi an etwas anderes denkt.« Sebastiano hatte nun wieder seine Unsicherheit verloren und sprach rasch. »Weißt du nicht, dass Imperia einen in ganz Rom bekannten Adligen namens Angelo del Bufalo wie eine Besessene liebt? Das ist ein offenes Geheimnis.«

»Im Kloster hat man sich solche Geheimnisse nicht erzählt, nicht einmal Agostinos Köchin hat darüber geplaudert. Ich weiß nur, dass Agostino Imperia sehr verehrt – oder sogar liebt. Würde er sie heiraten, hätte er gleich zwei Töchter, mit seiner richtigen Tochter Margherita sogar drei Töchter um sich. Und mit einer der Töchter hat er sogar ein Kind.« Ihr Ton sollte sarkastisch klingen, aber er klang eher traurig, wie sie selbst bemerkte.

»Er wird *dich* heiraten.«

Während sie den Kopf schüttelte, schaute er ihr fragend in die Augen. Sie wich seinem Blick nicht aus. Schließlich legte er ihre Hand an seine Wange. »Vielleicht hätte ich mehr um dich kämpfen sollen.«

»Ja, vielleicht.«

»Es ist zu spät.«

»Ist es wirklich zu spät?«

TEIL IV

44. Kapitel

Agostino Chigi verließ Rom durch die Porta del Popolo und eilte mit seiner Mannschaft in ausdauernden Tagesritten gen Norden. Je weiter er vorankam, desto besser gelang ihm, *nicht* an Francesca und seine kleine Tochter Dorothea zu denken. Als er in Siena, seiner Heimatstadt, Station machte und dabei in seinem alten Elternhaus übernachtete, bedrückte ihn die enge Welt, die er vor langer Zeit verlassen hatte. Die kurze Station am Ort seiner Kindheit und Jugend fühlte sich an wie die Rückkehr eines Geschlagenen, Besiegten, Verarmten, und so reiste er am nächsten Tag weiter. Nachts, als der Schlaf ihn mied, versuchte er, die Freuden, die er mit und bei Imperia genossen hatte, lebendig werden zu lassen: Doch die Erinnerungen an die Nächte zeigten ihm nur ein Fest erotischer Völlerei, das bezahlt werden musste mit Unwohlsein und einem Anflug von Überdrussgefühlen.

Während Chigi auf seinem Fuchswallach unter den weitausgreifenden Bäumen des gefährlichen Apenningebirges einem heftigen Spätsommergewitter zu trotzen versuchte, das den Tag zur Nacht verdunkelte und schwergewichtige Eichen durch Blitzeinschläge spaltete, befiel ihn eine plötzliche Angst, nicht Wegelagerer könnten seinem Leben ein Ende bereiten, sondern eine aus den Fugen geratene Natur.

Die Blitze erhellten das Walddunkel, der Donner krachte, grollte, platzte und zersprengte fast seine Ohren, der Regen verschleierte die Reiter vor ihm zu bewegten Schemen, die sich immer wieder auflösten, und der Sturm ließ nicht nur Blätter regnen, sondern auch schwere Äste zu Boden krachen – und in zunehmender Angst flüsterte er immer wieder einen Namen vor sich hin.

Nein, er rief nicht den Herrn des Himmels an, nicht den barmherzigen Schmerzensmann, der für sie alle am Kreuz gestorben war, nicht einmal Maria, die Hilfreiche, oder Sankt Christophorus, er flüsterte, presste zwischen den Lippen hervor, schrie schließlich nur einen Namen: *Margherita*!

Als endlich das Gewitter in sich zusammenfiel und unerwartet goldsatte Sonnenstrahlen durch niedergemähte Baumwipfel fielen, dämpfte er seine Stimme, flüsterte gleichwohl noch immer den Namen seiner unvergessenen Frau, die Freude seiner jungen Jahre, die Erinnerung an Jugend und frische Verliebtheit, an einen wachsenden Leib und strahlende Augen, an erste wirtschaftliche Erfolge, überbordende Hoffnung und überwältigende Glückstage.

Margherita!

Tränen schossen ihm aus den Augen und vermischten sich mit den Wassertropfen, die von den Bäumen auf seinen durchnässten Reisehut fielen, so dass sie nicht einmal der neben ihm reitende Sekretär bemerken konnte.

Margherita! Warum hatte sie nur so früh, zusammen mit dem gemeinsamen Söhnchen, sterben müssen? Damals glaubte er an den Fluch eines unbarmherzigen Gottes, der ihm weder Glück noch Erfolg gönnte. Nach einer Phase der Zerknirschung schwor er sich jedoch, dass er diesem und jedem anderen neidischen Gott zeigen wollte, wie stark und erfolgreich auch ein kleiner *banchiere* sein konnte. Ja, er träumte sogar davon, dass er einmal in den Ruhmestempel unvergesslicher Männer aufgenommen werde.

Chigi und seine Begleiter erreichten die Ebene vor Bologna, von wo sie nach Modena weiterzogen. Das erste Herbstunwetter war mittlerweile nur noch eine unangenehme Erinnerung, doch *Margherita* füllte mehr und mehr seinen Gedanken. Nun hatte jedoch eine Metamorphose stattgefunden: Er sah nicht mehr seine erste Frau vor sich, auch nicht seine Tochter, sondern die Tochter des Marchese.

Während sie sich Mantua näherten, flüsterte er den Namen des unvergessenen Glücks und der trotzigen Hoffnung immer wieder vor sich hin, und je länger er dies tat, desto faszinierender erstrahlte das Bild des Mädchens vor seinem inneren Auge, desto klügere Antworten gab sie, freche und provokante, aber auch schwärmerische und verliebte, er sah einen herausfordernden Blick und brechende Augen, ja, die brechenden Augen der höchsten Lust, er hörte ihr Aufstöhnen, das aus ihr herausbrach, als er ihr mit vorsichtigen, dann jedoch entschiedenen und kraftvollen Bewegungen die Jungfräulichkeit nahm.

Die Ankunft in Mantua verlief anders, als Agostino Chigi sie sich vorgestellt hatte. Als er, verschwitzt und eingestaubt, vor den Gewässern stand, die die Stadt an drei Seiten umgaben, ging soeben die Sonne unter, und dunkle Wolken hingen über den Seen. Zuerst hatte er in ihnen Rauchschwaden gesehen, doch es handelte sich um Schwärme angriffswütiger Stechmücken, die ihn und seine Männer erst einmal einhüllten und böse zerstachen.

Wie ein Hampelmann schlug er um sich, sein Pferd scheute und hätte ihn beinahe abgeworfen, bis ihm schließlich ein mitfühlender Kaufmann, der ihm begegnete, ein durchsichtiges Netz reichte, das er über seine federbuschgekrönte Kopfbedeckung warf, so dass es ihn ein wenig vor dem Ungeziefer schützte.

Kurz darauf stand er vor dem Castello San Giorgio, das mit seinen vier wuchtigen Ecktürmen wie eine alte, abweisende Burg vor ihm aufragte. Ein seltsames Gefühl überkam ihn, das er jedoch nicht einordnen konnte, weil er zu abgelenkt war. Schreiende Händler und Bauern wiesen seiner Truppe den Weg zur großen Piazza und zum kolonnadengesäumten Eingang des riesigen Palazzos.

Eigentlich hatte er erwartet, dass der Marchese ihm, kaum hatte er die Nachricht seiner Ankunft erhalten, freudestrahlend entgegeneile und mit offenen Armen begrüße, doch dem war nicht so. Er wurde nicht einmal sofort eingelassen, schon gar nicht mit offenen Armen empfangen. Die Wache am Tor musste nachfragen, ob ein Agostino Chigi aus Rom erwartet würde, dann winkte man sie durch, die *bravi* mussten ihre Waffen abgeben und wurden mitsamt den Pferden, Pferdeknechten und sonstigen Dienern durch ein Portal ins Freie geführt und entschwanden Chigis Blick. Er fühlte sich nun ungeschützt, in einer fremden Welt, in der ihn niemand kannte. Mit seinem persönlichen Sekretär wurde er durch mehrere kahle Gänge geführt, durchquerte einen Kreuzgang und trat dann auf einen Hof, der so groß war, dass auf ihm gut und gerne Turniere und andere Spektakel abgehalten werden konnten. Hier begrüßte ihn Conte Polirone vor einem Halbrund: höflich zwar, doch so betont höflich, dass die Herablassung unübersehbar Mienenspiel und Gestik bestimmte.

Die fremde Welt wurde immer fremder, labyrinthischer, bedrohlicher. In diesem für einen simplen Marchese geradezu anmaßend großen Palazzo sollte er offensichtlich erst einmal eingeschüchtert werden – und zudem zeigte man ihm, dass er in der Welt adliger Herrscher, mochten ihre Vorfahren auch nichts anderes als machtgierige, aufrührerische Totschläger gewesen sein, nicht viel galt. Man benötigte seine Dukaten, aber kaum hatte man sie in der Tasche, spuckte man dorthin, wo er soeben noch gestanden hatte.

Chigi war nah daran, die Reise bereits jetzt zu bereuen.

Auf der anderen Seite fühlte sich sein Siegeswillen herausgefordert. Er war nicht drei Wochen durch Hitze, Staub, Gewitter und Gefahren geritten, um sich von einem Gonzaga und seinem hochnäsigen Adlatus vorführen oder gar einschüchtern zu lassen. Nicht einmal dem venezianischen Dogen Leonardo Loredan war dies gelungen, und Loredan war ein Mann ganz anderen Kalibers. Er, Agostino Chigi della Rovere, würde ein beinharter Verhandlungsgegner sein und dem Marchese Sicherheiten abpressen, mit denen er auf jeden Fall einen Gewinn erzielte. Der Zinssatz wuchs mit jedem blöden Grinsen des Conte Polirone. Und würde es tatsächlich um mehr als nur Dukaten und Sicherheiten, versteckte Zinssätze und Rückzahlungstermine gehen, um einen ganz besonderen Gegenwert – selbst in diesem Fall war er nicht mehr bereit, sich finanziell auszuziehen für ein Mädchenlachen.

45. Kapitel

Nach der Begrüßung durch Conte Polirone durcheilten sie dunkle und erstaunlich kühle Gänge, es ging nach rechts und nach links, dann durch eine Galerie zu einem Wassergraben und schließlich in das Castello selbst, über dessen abweisende Wucht er sich bereits gewundert hatte.

Conte Polirone trieb ihn regelrecht an.

Chigi fand jedoch, es sei nun genug mit dieser Form des unangemessenen Empfangs. Er blieb vor einer Serie von Frauenbildnissen stehen und ließ sich auch durch die Bemerkung, der Marchese warte bereits, nicht davon abhalten, die mehr oder weniger hässlichen Gesichter in ihrer aufgeputzten Adelsverkleidung zu betrachten. Die Frauen, behängt mit kostbarsten Roben, schauten ihn von oben herab an. Üppige Seidenschleppen sprengten fast den Bildrahmen, die brokatverzierten Ausschnitte und weit wallenden Ärmel gaben den Blick frei auf glattgeschminkte Haut, Diamanten und Perlen glitzerten, Goldgehänge glänzten, und über madonnengleich verschleierten Augen führten ausrasierte Stirnfluchten zu abenteuerlichen Kopfschmucktürmen.

Chigi nickte mit Kennerblick. Die nackten Nymphen und Göttinnen seiner Villa sagten ihm auf jeden Fall mehr zu.

»Der gnädige Herr Marchese ist begierig, Euch zu begrüßen«, rief ihm Conte Polirone erneut zu.

Chigi studierte dennoch weiterhin die vornehmen Frauen. Manche trugen ein Buch, vermutlich die Bibel, in ihren behandschuhten Händen, andere einen Fächer oder einen Rosenkranz.

»Wer ist hier abgebildet, verehrter Conte?«, fragte er.

»Die weiblichen Vorfahren und Verwandten des Marchese aus den Häusern Gonzaga, Este, Brandenburgo, Bavaria – alles kluge und äußerst gebildete Frauen, verehrt von den Dichtern, gesegnet mit einer umfangreichen Zahl jagdversessener Söhne und fruchtbarer Töchter, hochbegehrt in europäischen Adelshäusern.«

Chigi schob sich, zum zunehmenden Missfallen des Conte, langsam an den Porträts vorbei. Die hochbegehrten Mütter und

Töchter schauten abweisend, als missfalle ihnen sein neugieriger Blick – und dann schien auch ihre Robe sie zu zwicken.

Schließlich folgte er dem Conte langsamen, gemessenen Schrittes.

Der Empfangsraum überraschte ihn mit atemberaubendem Wandschmuck, mit Familienbildnissen, von denen er bereits in Rom gehört hatte: Andrea Mantegna hatte als Hofmaler der Gonzaga hier die Familie von Gianfrancescos Großvater Luigi dargestellt, etwas steif allesamt, würdevoll, bedeutend.

»Der große Luigi«, tönte eine volle Bassstimme, und mit weitausgestreckten Armen trat der Marchese in den Raum, um Chigi zu begrüßen. »Mein *nonno* Luigi mit Barbara, seiner Frau, einer *tedesca*, gutes, fruchtbares Becken, mit der ganzen Familie, wie Ihr seht, und dem ersten Sekretär Marsilio Andreasi, dem Hauslehrer – ein solches Fresko habe ich in Eurer Villa vergeblich gesucht. Die Tradition einer alten, bedeutenden Familie. Bei Euch ist alles mythologisch, märchenhaft, symbolisch – doch man muss auch an das Reale denken, den Errungenschaften der Vorväter Respekt zollen, ihre Ehre hochhalten, verehrter *banchiere*.«

Er ergriff Chigis Hand und schüttelte sie, dass Chigis Arm nur so schlenkerte. »Aber was nicht ist, kann ja noch werden, mein lieber römischer Freund, der Segen einer großen Kinderschar, das ist etwas, was uns alte Geschlechter stark macht.« Mit großer Geste wies er auf die Figuren der Fresken. »Ich nenne diese *camera picta* gern *camera degli sposi*, wenn Ihr versteht, was ich meine.« Er lachte laut auf, wie über eine äußerst witzige Bemerkung.

Hinter dem Marchese war sein Sohn Federico ins Zimmer getreten und begrüßte Chigi mit ausgesuchter, ja, beflissener Höflichkeit.

»Mein Sohn ist hin und weg von Eurer Villa, insbesondere von den schönen Frauen, er hat sofort die Geschichte der Psyche nachgelesen und drängt mich, ebenfalls solch eine Villa zu bauen. ›Ich bin kein Krösus‹, habe ich ihm gesagt, ›wir sind nichts als kleine Landbesitzer, treue Vasallen des Kaisers, ja, wäre ich ein stinkreicher *banchiere*‹, habe ich gesagt, aber mein Sohn will nicht hören. Naja, die Jugend, wenn die einen Weiberschenkel sieht, reckt sich gleich etwas, nicht wahr, bester Freund, so ist es doch?«

Es folgte ein Prankenschlag auf die Schulter, und sein von langem wallenden Haar eingerahmtes Gesicht verzog sich zu breitem Grinsen.

»Meine Gemahlin lässt sich entschuldigen, sie ist unpässlich heute, der Kopf, die Glieder und was bei Frauen noch alles unpässlich sein kann, na, Ihr wisst ja, Ihr seid ein Frauenkenner, ein wählerischer Wolf, der nur die teuersten Früchte pflückt. Ich meine natürlich: der die elegantesten Hirschkühe reißt. Also, Euer Fest, Chigi, noch heute schwärmt mein Sohn davon, und auch ich …«

Die Begrüßung zog sich noch eine Weile hin, es wurde der »fruchtige« Wein Mantuas gereicht, schließlich durften sich Chigi und sein Sekretär, der von dem Marchese übersehen worden war, nach einer weiteren anstrengenden Wanderung durch das mantuanische Labyrinth vom Staub der Reise befreien, sich kurz ausruhen und umziehen.

Abends wurde gespeist, bescheiden, wie Chigi fand, ohne Sekretär und sogar ohne Conte Polirone, doch immerhin war das Gespräch geistreich; es drehte sich in erster Linie um Kunst und Künstler, da Marchesa Isabella, eingerahmt von ihren Kindern, ihre Unpässlichkeit überwunden hatte, den Raum mit dezenten Nelkendüften füllte und das Gespräch beherrschte.

Während sie sprach, schwiegen der Marchese und ebenso die Kinder, sogar die wortgewandte Margherita, die Chigi irgendwie anders in Erinnerung hatte. Er schaute immer wieder zu ihr hinüber, fragte sich, was sich verändert habe. Sie hatte leicht an Gewicht zugelegt, war fraulicher geworden und trug ein schweres schwarz-gelbes, hochgeschlossenes Seidengewand mit Brokatapplikationen, das sie bei dieser Septembertemperatur glühen ließ. Schweißtröpfchen standen auf ihrer Stirn. Die Haare waren locker geflochten, erstaunlich locker, und sie wischte sich immer wieder den Schweiß aus der Stirn und fuhr dann nervös durch die Haare.

Bei der Begrüßung hatte sie gelächelt, später allerdings schwieg sie eisern und unbewegt.

Isabella d'Este sprach von Raffaello und Michelangelo und wer für sie der größere Künstler sei, von Madonnen und Märtyrern, von Goldgrund und Firnis, von venezianischem *sfumato* und florentinischem *disegno*. Ihr Gemahl, der das Gespräch auf Kanonen lenken und dem Gast den Unterschied zwischen Bombarden, Scharfmetzen und Kartaunen erläutern wollte, wurde unterbrochen, weil sich Isabella unterdessen mit leicht verächtlichem Zungenschlag ihrer Schwägerin Lucrezia aus dem Hause Borgia annahm, die von ihrem Papst-Vater dem ferraresischen Hause Este aufgedrängt worden sei und sich jetzt als Förderin der Künste sowie als »nimmermüde« Mutter auszeichne. »Manche ihrer dichtenden Verehrer mussten den Hof verlassen, weil sie dem Objekt ihrer schwärmenden Zeilen zu nahe gekommen waren. Aber was kann man von einer bereits einmal verheirateten und ganz speziell beleumundeten Borgia anderes erwarten? Ich riet meinem Bruder immer ab, diese vatikanische *Kurtisane* zu heiraten …«

»Aber, meine Liebe, wie kannst du so etwas sagen. Sie ist die Tochter eines Papstes und eine untadelige Mutter … geworden«, warf Gonzaga ein, doch Isabella wischte seine Bemerkung mit einem Schlenker ihrer Hand zur Seite. »Der Borgia-Papst, dieser machtgeile Katalane, um nicht zu sagen: Marane, erpresste damals regelrecht meinen Vater.«

»Meine liebe Gemahlin kann ihre Schwägerin nicht leiden«, meinte der Marchese Isabellas Äußerungen erläutern zu müssen. »Und jetzt zähmst du mal dein Mundwerk!«, fuhr er sie unwirsch an.

Isabellas Miene vereiste, ihr Oberkörper reckte sich und leise, aber unüberhörbar stieß sie »Du ungehobelter Bauerntölpel!« aus und verstummte dann mit zusammengepressten Lippen.

Der Marchese überhörte ihre Bemerkung und kam auf Florenz zu sprechen, auf die erneute Medici-Herrschaft allerorten, den

Medici-Ehrgeiz, der sicher bald auch nach Urbino greife, »so etwas rieche ich«.

Schließlich wandte er sich den Schweizern zu, die bei Novara den Franzosen eine herbe Niederlage beschert hatten. »Und ich sage Euch etwas, Chigi: Trotz aller schweizerischen Piken und Hellebarden, in Zukunft werden die Kanonen und Arkebusen die Siege bringen. Dies habe ich als Sieger von Fornovo bereits vor fast zwanzig Jahren begriffen. Mit Kanonen schießt du jeden Feind in den Boden, bevor er dich aufspießen kann. Die schwergerüsteten Ritter sind viel zu unbeweglich und von vorgestern, und selbst die Karrees der Schweizer Reisläufer werden in Zukunft von den Schusswaffen niederkartätscht werden.«

»Wechseln wir das Thema«, warf Isabella ein, noch immer mit beleidigter Miene.

»Gerade *dein* Bruder ist doch ein Kanonenkäufer.«

»Daher fehlt ihm ja auch das Geld an allen Ecken und Enden. Was glaubst du, worüber Lucrezia in jedem ihrer wortreichen Briefe klagt?«

»Ach, du korrespondierst mit deiner so verachtenswerten Schwägerin?«

Isabella hob ihre Nase noch ein wenig höher.

Als Chigi seinen Blick zu Margherita wandern ließ, deutete sie ein Lächeln an, das erste Lächeln des Abends. Sie lächelte mit spöttisch heruntergezogenen Mundwinkeln, um sich von dem Geplänkel ihrer Eltern zu distanzieren, zugleich jedoch mit geweiteteten Augen, die sie unverwandt auf Chigi richtete.

Er war entzückt. Dieses Lächeln fing ihn regelrecht ein. Nun fand er das Mädchen noch reizvoller als vor Monaten in Rom. Allein dieser so widersprüchliche Blick, dieses Lächeln, das ein Geheimnis barg! Zwar war sie – nach römischen Kurtisanenmaßstäben – nicht einmal schön zu nennen, die Nase war zu stark, die Backenknochen zu hoch, die Augen lagen zu nahe beieinander und waren nicht groß genug, die Haare hatte sie auch nicht gefärbt … Doch schon, wie sie ging, stand und saß. Wie sie ihren Busen trug. Gerade, herrschaftlich, siegessicher.

Und siegessicher, wie sie sich trug, schaute sie auch. Lächelte sie. Bewegte sie ihre Finger, als wollte sie ihm eine geheime Botschaft zuspielen.

Sie war die richtige Frau für ihn. Seine Überlegungen während der Reise hatten ihn nicht getäuscht, und jetzt spürte er, dass seine *intuitio* gesprochen hatte. Jetzt wusste er, warum er sich in Rom nicht zwischen Imperia und Francesca entscheiden konnte: Weil er nach einer anderen jungen Frau suchte.

Mit Margherita würde er zudem das erreichen, was ihm noch fehlte: den Adelstitel.

Agostino Chigi della Rovere, *Conte della Santa Margherita Gonzaga*, dachte er und lächelte in sich hinein.

Der Marchese sprach Chigi nun direkt an, und man plauderte über das beschwerliche Reisen, die zunehmende Wegelagerei und die politische Situation in Florenz, die im Grunde nichts anderes als politische Wegelagerei der Medici sei, wie Gonzaga meinte. Dann äußerte er sich erneut tief zufrieden über die Niederlage des französischen Königs bei Novara und seinen Abzug aus Mailand. »Tja, wer hätte das nach Ravenna gedacht? So ändern sich die Zeiten. Mir kann es nur recht sein, jetzt bedrohen die Franzosen wenigstens nicht mehr mein liebes Mantua, und ich muss mich auch nicht wieder als *condottiere* verdingen. Wisst Ihr, Chigi, mir geht es jetzt mehr um die Wohlfahrt meiner Bürger und um den Ausbau des Castellos.«

»Und um Kanonen«, ergänzte ihn Margherita mit unüberhörbarem Spott.

Marquesa Isabella zog sich nun zurück, weil ihr Kopf schmerzte.

Als der Marchese genug gegessen hatte, führte er den Gast durch weitere Gänge, Säle, Treppenhäuser und Galerien. Chigi schaute sich immer wieder nach Margherita um und wollte sie in ein etwas persönlicheres Gespräch ziehen, aber als er in einem Raum von dem Marchese auf ein altes, nicht mehr sehr ansehnliches Fresko, angeblich von Pisanello, angesprochen wurde und ihm seine Aufmerksamkeit schenken musste, verschwand Margherita plötzlich, und wie auf einen spontanen Einfall hin schickte der Marchese auch seinen Sohn Federico weg. »Ich will mit unserem *banchiere* alleine sein.«

Sie gelangten zu dem Innenhof eines Kreuzgangs, in dem sie sich – mittlerweile im Schein hell leuchtender Fackeln – unter Lorbeerbäumen niederließen.

Chigi war müde nach der langen Reise und musste sich überall jucken, weil die Stiche ihn quälten, was Gonzaga allerdings nur ein höhnisches Gelächter entlocken konnte. »Ja, so sieht es bei uns aus – und kein Mittel der Quacksalber hilft wirklich. Manchmal ziehe ich im Sommer ins Gebirge, um meine Ruhe zu haben.«

Chigi konnte nur nicken und sich erneut kratzen.

Gonzaga trank und nötigte Chigi, mitzuhalten.

»Euer Geschäft hat Euch kaum aus Rom weggelassen, lieber Chigi«, begann der Marchese nach einer Reihe stoßartiger Seufzer, »ich weiß das, Ihr seid ein vielbeschäftigter Mann, daher schätze ich ganz besonders, dass Ihr die weite Reise nach Mantua ... Also, ich sage Euch: Ihr werdet es nicht bereuen.«

Und dann sprach er von einem Darlehen von fünfzigtausend Dukaten.

Chigi konnte nicht umhin, die Luft pfeifend durch seine Lippen streichen zu lassen. »Diese Summe ...«

»... holt Ihr aus Eurer Reiseschatulle, das weiß ich. Ihr seid der reichste Mann Italiens, selbst die Fugger können Euch nicht das Wasser reichen. Mit ihnen sprach ich bereits, aber mir ist doch ein Landsmann lieber, *Ihr* seid mir lieber, wir kennen uns, schätzen uns, Ihr seid ein *banchiere* von wahrhaft edler Gesinnung, kein mieser Schacherer, Ihr verdient eigentlich, in den Adelsstand erhoben zu werden – habt Ihr schon einmal daran gedacht, eine Baronie zu erwerben?«

»So einfach ist das nicht«, sagte Chigi abwehrend und ungeduldig vor weinvoller Müdigkeit.

»Für einen Mann wie Euch ist es einfach«, dröhnte Gonzaga und schaute Chigi an, als müsse er nichts anderes tun, als jetzt und hier ein Geschäft mit Handschlag zu besiegeln.

»Heiratet doch einfach eine Contessina. Ihr müsst nur genug

Dukaten rüberschieben. Ich meine das natürlich ganz allgemein. Selbst berechtigter Adelsstolz kann schwach werden, wenn Gold glänzt.«

Chigi schaute Gonzaga an, als erwarte er weitere Äußerungen. Es war unglaublich, wie direkt dieser ehemalige *condottiere* sein Ziel ansteuerte. Ein wenig entwertete diese plumpe Kuppelei auch Margherita.

Da er nicht antwortete, trank Gonzaga mit einem Schluck sein Glas leer, erhob sich, winkte ein paar Diener herbei und befahl ihnen, Agostino Chigi in seine Gemächer zu begleiten. Zum Abschied schlug er ihm noch einmal anerkennend auf den Rücken. »Wir werden uns einig, alter Wucherbolzen!«, rief er noch, mit der Hand winkend, bevor sich sein massiger Körper durch eine der zahlreichen Türen schob.

46. Kapitel

Während der nächsten Tage begann die Jagdsaison, und Agostino Chigi musste mit Marchese Gonzaga erst einmal Wildschweine jagen. Dies war ein nicht ganz ungefährliches Unterfangen, aber natürlich konnte er nicht nein sagen, und so blieb er vorsichtig am Ende des Jagdtrupps. Zum Glück hatten die meisten Schwarzkittel ihre Verfolger bereits frühzeitig gehört oder gerochen und hatten sich davongemacht, ein paar alte, in die Enge getriebene Sauen stellten eine leichte Beute für die Hunde und die Jagdführer da, und Gonzaga stieß seinen Sauspieß dem Tier erst dann in die dicke Schwarte, als es bereits halbtot am Boden lag.

Federico Gonzaga, der zukünftige Marchese, blieb immer in Chigis Nähe und sprach ihn mehrfach auf seine Villa und die wunderbaren Fresken an und betonte, dass er davon träume, auch eine solche Villa zu bauen und auszuschmücken. »Aber mein Vater mauert, weil ihm das Geld fehlt.«

Hinter ihnen ritt Margherita. Erstaunt hatte Chigi bemerkt, dass sie auf einem Männersattel saß. Ihr Pferd war ein schlanker

Brauner mit einer Blesse auf der Stirn, ein Hengst mit unruhigen Augen, der jedes Hindernis mit Leichtigkeit nahm.

Als Chigi sich nach ihr umdrehte, schaute sie ihn lächelnd an, erneut in der ihr ganz eigenen Mischung aus Spott und neugieriger Zuneigung.

Als sie an einer Hütte ihr mageres Jagdglück um ein hochaufschießendes Feuer feierten, gelang es Chigi, neben Margherita einen Platz zu finden. Sie lehnte sich seitlich an einen Baumstamm, so dass sie niemand von der anderen Seite ansprechen konnte. Der Marchese hatte einen kurzen Blick auf sie geworfen, dann seinen Sohn Federico herbeigewinkt. Beide sprachen sie mit heftigen Gesten aufeinander ein, und Margherita, die kurz zu ihnen hin spähte, schürzte spöttisch ihre Lippen und rieb Daumen und Zeigefinger aneinander.

»Ein Dauerthema, das Geld«, erläuterte sie ihre Geste. »Mein Vater will Kanonen kaufen, Isabella teure Kunstwerke, Federico eine Villa errichten, und die Schulden steigen weiter. Die Veneziander heuern meinen Vater nicht mehr als *condottiere*, der Krieg gegen Frankreich ruht zur Zeit, der Papst hat sich dem Frieden und dem Vergnügen verschrieben – die Abgaben unserer Bauern und die Zölle sind nicht so üppig, dass davon alles bezahlt werden kann.«

Chigi fand, dass sie ein wenig altklug für ihre siebzehn Jahre klang. Auf der anderen Seite war sie kein Kind mehr: Seit zwei Jahren im heiratsfähigen Alter, wartete sie sicherlich darauf, bald ihre Rolle als Ehefrau und Mutter zu spielen. Als Tochter ihrer gebildeten Stiefmutter hatte sie sicherlich soviel Latein und Lautespielen gelernt sowie schmachtende Petrarca-Verse gelesen und geschrieben, dass sie neugierig war auf handfestere Freuden.

Sie lächelte ihn jetzt nicht mehr an, sondern schaute abwartend, ja, regelrecht prüfend. Unwillkürlich straffte er seine Körperhaltung, hob sein Kinn und erwiderte freundlich lächelnd ihren Blick. Er konnte sich nicht vorstellen, dass sie ihn ablehnte. Natürlich stammte er nicht aus einer adligen Familie, aber sie war ja auch nur eine illegitime Tochter. Die Söhne der Este oder auch der Colonna, Orsini, Medici oder Farnese – genauer: ihre Väter – suchten Frauen ohne Makel. Das musste sie wissen. Und sie wusste sicherlich auch, dass die Adelstöchter nicht nach Liebe oder Zuneigung fragen konnten, dass es allein darum ging, sie möglichst gewinnbringend zu verheiraten. Wobei *gewinnbringend* nicht allein auf eine hohe Mitgift zielte, sondern ebenso auf politische Allianzen, auf Festigung von Familienbanden ... In *seinem* Fall allerdings ging es dem Marchese vermutlich allein ums Geld.

Eine Zeitlang schwiegen die beiden. Margheritas Blick glitt über die Jagdgesellschaft und verlor sich dann in einer unbekannten Ferne. Chigi spürte das plötzliche Bedürfnis, ihr nahe zu sein, ihre Seelentür aufzuschließen – diese junge Frau barg ein Geheimnis!

»Was ist dein Lebenstraum, Margherita?«, fragte er leise. Mit solch einer Frage war sie mit Sicherheit noch nie konfrontiert worden, schon gar nicht auf einem Jagdausflug und von einem Mann, der leicht ihr Vater sein konnte. Es bestand natürlich die Gefahr, dass sie ihn spöttisch abblitzen ließ, dass sie seine Frage als unziemliche Annäherung verstand – doch ihr Blick fokussierte ihn kurz, dann verschleierten sich ihre Augen, und in einer spontanen Eingebung ergriff Chigi ihre Hand, rutschte ein Stück näher. »Warum schaust du plötzlich so traurig?«, fragte er.

Margheritas Hand zuckte, doch sie entzog sie ihm nicht. Ihr Blick traf ihn erneut, und nun empfand er ihn nicht nur als traurig, sondern als verloren und hilfsbedürftig, so dass er sie am liebsten wie eine Tochter in den Arm genommen hätte.

»Ich möchte wieder so gerne nach Rom zurück«, sagte sie leise.

Beinahe hätte Chigi gerufen: »Nichts leichter als das«, er beherrschte sich jedoch.

»Aber mein Vater möchte mich verheiraten. Obwohl ich seine Lieblingstochter bin, sagt er mir nicht, wen ich heiraten soll. Das finde ich gemein. Nicht einmal Isabella sagt es. Dazu kommt, dass meine Eltern sich dauernd streiten.«

Ihr ganzes spöttisch-freches Wesen, das Chigi bisher hatte aufblitzen sehen, hatte sie nun gänzlich verlassen, und er fand sie fast noch liebenswerter als zuvor.

Als er Gonzaga auf sie zukommen sah, hielt er noch immer ihre Hand. Der Marchese entdeckte ihre ungewohnte Vertrautheit, und ein breites Lächeln zog sich über sein Gesicht; er drehte ab, um sich den Pferden zu widmen und nach Wein zu rufen.

»Ich weiß ja«, sagte Margherita, »dass ich mir meinen Mann nicht auswählen darf ... aber ... in Rom ... einer großen Stadt mit all ihren interessanten Menschen ...«

»Ich verstehe dich«, sagte er möglichst väterlich. Am liebsten hätte er sie in den Arm genommen. Stattdessen drückte er ihre Hand, während zahlreiche Gedanken seinen Kopf füllten. Es war richtig gewesen, nach Mantua zu reisen. Hier konnte er seine Probleme lösen und sein Glück finden. Er musste nur darauf achten, dass Gonzaga nicht zuviel verlangte, normalerweise zahlte der Vater der Braut eine Mitgift und nicht der Bräutigam. Gonzaga konnte nur geschäftliches Entgegenkommen erwarten ...

Aber was würde Francesca sagen? Und Imperia?

Mussten sich beide nicht im Klaren sein, dass ein Mann wie Agostino Chigi unmöglich eine Kurtisane oder eine arme Krämerstochter heiraten konnte? Er bezahlte sie, damit sie ihm zu Diensten waren – dies war ein gerechtes Geschäft: Liebe gegen Geld; Ausbildung und ein Luxusleben gegen Liebe. Brachte er jedoch eine junge Tochter aus höchstem Adel als seine Ehefrau mit in die Ewige Stadt, würde ihm *tutta Roma* voller Neid und Bewunderung applaudieren. Die Gonzaga – ältester Adel, ein bedeutendes Geschlecht mit großen Condottieri und hochgebildeten, umschwärmten Frauen! Isabella d'Este würde dann regelmäßig in seiner Villa verkehren, Elisabetta Gonzaga und Vittoria Colonna ebenso, Margherita könnte sich zu ihnen gesellen, vielleicht sogar Imperia – nein Imperia nicht, an Bildung fehlte es ihr zwar nicht, doch Isabella würde sich nie neben eine Kurtisane setzen, nicht einmal neben Francesca ... Frauen achteten mehr auf Rang und Namen, Ruhm und Ehre als Männer, gebildete Herzoginnen sahen in gebildeten Kurtisanen die größte Gefahr, nicht in der hübschen Larve und der festen Brust eines Kammermädchens ...

Marchese Gonzaga klatschte in die Hände und rief zum Aufbruch. Erschrocken zog Margherita ihre Hand zurück und schaute Chigi seltsam schuldbewusst an.

Doch dann lachte sie, mit einer solchen unter Trauer verborgenen Lebensfreude, dass er ihr unwillkürlich über die Wange strich – sie lachte, als bräche unerwartet ein Sonnenstrahl aus einer trüben Regenwolke.

Nach einem kurzen Seitenblick beugte sie sich zu ihm und flüsterte ihm ins Ohr: »Ich habe mich nämlich verliebt. In einen Römer.«

Er war unfähig, darauf überhaupt etwas zu sagen, sah nur, wie sie tiefrot anlief.

Und schon sprang sie weg, rannte zu ihrem Pferd, schwang sich in den Sattel.

Es war kaum zu glauben! Chigi bedeckte kurz seine Augen und wischte sich mit der Hand über Stirn und Wangen. Sie hatte sich in einen Römer verliebt, in ihn! Etwas Besseres konnte ihm nun wirklich nicht passieren.

Am Abend verabschiedete er sich rechtzeitig, bevor der Marchese wieder im Weintrunk versank, und zog sich mit seinem Sekretär in sein Zimmer zurück. Er gab ihm den Auftrag, ihm ein Blatt Papier, eine Feder und ein Tintenfass zu bringen. Er wollte Francesca einen Brief schreiben, weil er sich verpflichtet fühlte, ihr reinen Wein einzuschenken. Obwohl er sie – noch immer – wirklich mochte, hatte er ihr nie versprochen, sie zur legitimen Frau zu nehmen. Sie hatte ihn nur einmal auf eine Heirat angesprochen – Imperia war in diesem Punkt aufdringlicher, obwohl sie … Sollte er auch ihr von Mantua aus mitteilen, dass er beabsichtige, die Tochter des Marchese zu ehelichen? Nein, dies war nicht nötig, eine Kurtisane konnte nicht erwarten, geheiratet zu werden, selbst Imperia nicht.

Chigi setzte sich an den Tisch, das Blatt Papier lag vor ihm, zwei Kerzen flackerten und gaben ausreichend Licht. Der Sekretär zog sich zurück. Bevor er die Anrede schrieb, stockte bereits seine Hand. Während die Feder über dem Papier schwebte, begann die Tinte einzutrocknen. Nachdenklich kratzte er sich an der Nase. War es nicht vielleicht doch besser, Francesca nach seiner Rückkehr mitzuteilen, zu welchem Entschluss er sich durchgerungen hatte? Aber vielleicht würde er Margherita gleich mitbringen! Das wäre ein Schock für seine sehnsüchtig auf seine Rückkehr wartende Francesca. Nein, er musste ihr die Wahrheit sagen – vielleicht würde sie sich entschließen, nach Venedig zurückzukehren. Als Konkubine könnte sie kaum in der Villa bleiben. Margherita würde die Nebenbuhlerin nicht dulden. Er konnte Francesca in der Via Giulia eine Wohnung mieten – oder kaufen. Regelmäßig Geld zukommen lassen. Einen Mann besorgen und die Mitgift zahlen. Ja, dies war die beste Lösung: Einen ehrlichen Kaufmann zum Beispiel. Oder einen *fattore* aus einer seiner Niederlassungen. In Genua oder Mailand oder Neapel wusste niemand von ihrer Vergangenheit – die kleine Dorothea konnte ja von einem verstorbenen Ehemann stammen. Dann bliebe ihre Ehre gewahrt.

Aber wie ihr seine Entscheidung möglichst schonend mitteilen? Spräche er von seiner Zuneigung ihr gegenüber, würde sie vielleicht doch noch Hoffnung hegen. Oder könnte glauben, er wolle sie in Zukunft als Konkubine behalten – woran im Prinzip nichts Ungewöhnliches war. Doch achtete er sowohl sie als auch Margherita zu sehr … Keine von beiden würde diese Lösung mit ihrer Ehre in Einklang bringen können.

Chigi strich sich mit der Feder über die Wangen, weil er keine angemessenen Worte fand. Schließlich entschloss er sich, die Tatsache ohne viel Wortgeschnörkel – schließlich war er kein Dichter – niederzuschreiben. Klare Taten, klare Worte! Auch in seinem Geschäft hatte er es am liebsten so gehalten: Die knappen, eindeutigen Verträge ohne Sondervereinbarungen, Ausnahmeregelungen und Rücktrittsklauseln waren die besten.

Er tunkte die Feder in das kleine Tintenfässchen und begann zu schreiben.

47. Kapitel

Am nächsten Morgen sorgte er dafür, dass sich einer seiner zuverlässigen Diener in Begleitung eines Bewaffneten auf den Weg machte, den Brief nach Rom zu bringen. Dann wartete er auf seine Gastgeber, doch weder von Marchese Gonzaga noch von Margherita sah und hörte er etwas. Mittags erschienen Federico sowie seine missgelaunte Mutter, führten ihn durch die unendlichen Labyrinthe des Palazzos und zeigten ihm die Kunstwerke, die die Familie angehäuft hatte, erläuterten ihm jede einzelne Person in der *camera degli sposi*, mit Rang und Namen, Vor- und Nachgeschichte. Federico erkundigte sich schließlich nach der *Villa Chigiana* und den Kosten, insbesondere den Kosten für die Fresken. Wenn er einmal eine solche Villa am Rande der Stadt errichte, werde er ebenfalls das Märchen von Amor und Psyche darstellen lassen.

»Mein guter Junge!« Isabella lächelte, wie eine Mutter über ihren Kronensohn mit hochfliegenden Plänen gemeinhin lächelte, voller Stolz und nachsichtiger Liebe.

»Es fehlt das Geld«, fuhr sie dann kühl fort. »Der Krieg gegen die Franzosen müsste bald fortgesetzt werden, damit sich mein Gemahl wieder als Condottiere bewähren kann und ein paar Dukaten nach Hause bringt, wie damals aus Fornovo.« Bitter ergänzte sie: »Aber das ist lange her, der *morbo gallico* hat ihm Saft und Kraft genommen, und seitdem ihn die Venezianer … Nun, lassen wir das!.«

Abends speiste Chigi mit Federico und Conte Polirone, der so gut wie kein Wort sprach und ihn nur feindlich fixierte.

Es folgte eine unruhige, traumschwere Nacht und ein trüber Morgen. Als er nicht einmal zu einem gemeinsamen Frühstück eingeladen wurde, ließ er Marchese Gonzaga durch einen Diener ausrichten, dass sich sein Aufenthalt in Mantua aus geschäftlichen Gründen nicht lange hinziehen könnte. Ende des Monats müsse er in La Maglia Papst Leo treffen, der dort, wenn die Jagd abgeschlossen sei, immer die Pachtgeschäfte für das kommende Jahr abschließe. Diese Aussage war zwar gelogen, aber er hatte keine Lust, sich über Gebühr hinhalten zu lassen. Er wollte dem Marchese einen günstigen Kredit einräumen, dafür allerdings gute Sicherheiten einstreichen – worin sie bestanden, sah er noch nicht –, den Ehevertrag aufsetzen und dann mit Margherita nach Rom ziehen, wo der Heilige Vater sie in einem krönenden Fest trauen würde. Vielleicht gelang es ihm sogar, Leo oder seinem Vetter mit Hilfe einiger Dukaten ein Breve zu entlocken, das Margherita zu einer legitimen Tochter machte. Das gleiche hatten die Medici selbst getan: Aus dem *Bastard* Giulio de' Medici – heute Kardinal und zukünftiger Vizekanzler der Kirche – hatte ein Breve den *legitimen* Sohn des ermordeten Giuliano de' Medici gemacht; seine Eltern hätten heimlich geheiratet, so konstatierte das Breve. Gelang dies auch mit Margherita, wäre der letzte Hauch eines Makels getilgt, er könnte sogar einen Adelstitel verliehen bekommen.

Erst der folgende Morgen brachte eine Antwort. Marchese Gonzaga bat Chigi mitsamt seinem Sekretär in die *camera degli sposi*, bot ihm einen guten Schluck Wein an, winkte schließlich auch Conte Polirone herbei, dazu den Bischof von Mantua sowie zwei Schreiber.

Er begrüßte Chigi mit einem kräftigen Händedruck, schlug ihm freundschaftlich auf die Schultern und trompetete in den Raum, mit Blick auf seinen *nonno* Luigi an der Wand: »Fünfzigtausend Golddukaten. Seid Ihr dazu in der Lage, verehrter *banchiere*?«

Chigi lehnte sich in seinem unbequemen Holzsessel zurück, gab seinem Sekretär einen Wink, sich für Notizen und Berechnungen bereitzuhalten, und antwortete: »Nun, dies ist eine erkleckliche Summe – nicht für mich, der ich sie leicht aufbringen kann, sondern hinsichtlich der Sicherheiten und der Möglichkeiten einer Rückzahlung.«

»Mantua ist eine der bedeutendsten Städte der gesamten Poebene, ihr Boden ist fett und fruchtbar, ihre Handwerker fleißig, wir liegen an einem wichtigen Knotenpunkt der Handelsstraßen und der Flüsse Po und Mincio, nehmen also jede Menge Zölle ein, wir sind Vasall des Kaisers und seiner höchsten Gunst sicher – wenn das nicht als Sicherheit reicht ...«

»Verehrter Marchese, warum seid Ihr dann so verschuldet?«

Einen Moment rang Gonzaga mit der Fassung, weil er eine so direkte Frage nicht erwartet hatte. »Nun, der Krieg, eine kostspielige Frau mit ihrem künstlerischen Krimskrams, ja, überhaupt, der Krieg vor allem oder auch der Frieden, den die Venezianer abgeschlossen haben, sie brauchten mich nicht mehr als Condottiere, unterstellten mir sogar ... Nun, Verleumdungen waren das, üble Anschuldigen von ahnungslosen Krämerseelen, die vom Kriegshandwerk so viel verstehen wie die Sau vom Beten ...«

»Die Grafschaft«, warf Conte Polirone mit düsterer Stimme ein.

Chigi schlug ein Bein über das andere und wartete. Gonzaga war wirklich ein lächerlich hilfloser Geschäftspartner. Er sollte lieber seine Wildschweine jagen oder sich vor Söldnern aufblähen.

»Also«, fuhr Gonzaga fort, »unser Conte Polirone hier hat Geld beim Spielen verloren, sein Sohn und Erbe starb, seine Frau ebenfalls, und dann noch teure Kurtisanen – kurz, er ist so verschuldet, auch bei mir, dass er seine Grafschaft nicht mehr halten kann. Ich könnte Euch mit seiner Grafschaft belehnen und Euch somit einen Grafentitel verleihen. Stellt Euch vor: Agostino Chigi, Conte di Polirone! Und bedenkt, dass auf seinem Land das berühmte und reiche Kloster Benedetto di Polirone liegt, vermutlich sogar das reichste Kloster ganz Italiens, Grablege unserer unvergessenen Matilde di Canossa.«

»Gehören seine Einnahmen zu den Einnahmen der Grafschaft? Das Kloster dürfte doch selbstständig sein, müsste seine Abgaben an den Vatikan direkt zahlen oder an den Bischof. Ich kann mir nicht vorstellen, dass es dem Grafen abgabenpflichtig ist.«

»Nun ...«, sagte Conte Polirone.

Der Bischof schaute undurchsichtig.

»Ja, also ...«, sagte Marchese Gonzaga. »Aber allein der Titel! Mensch, Chigi, Ihr seid doch nichts als ein Krämer und Wucherer, auf den der gesamte Adel Italiens hinabschaut. Wir brauchen

Euch, aber wir verachten Euch auch. Gerade weil wir Euch brauchen. Wenn Ihr jedoch Conte di Polirone seid, dann seid Ihr wer.«

Chigi schaute Gonzaga abwartend an, dessen Blick flackernd durch den Raum irrte, bevor er wieder wagte, seinem Gegenüber ins Auge zu schauen. »Agostino, gib dir einen Ruck! Lass uns ins Geschäft kommen. Die weite Reise muss sich doch lohnen.«

Chigi räusperte sich. »Fünfzigtausend Dukaten für eine überschuldete winzige Grafschaft, das ist überzogen, weit überzogen, aber ich bin bereit, den Titel für eine noch zu nennende Summe an Dukaten zu erwerben.«

Gonzaga atmete vor Erleichterung tief aus.

Wann kommt er endlich auf Margherita zu sprechen?, fragte sich Chigi.

»Es gibt natürlich auch Schmuck«, erklärte Gonzaga. »Die Mitgift meiner Frau kann ich nicht anrühren, nicht einmal die von ihr gekauften Kunstwerke, sie macht mir eine Szene, sie hat mir überhaupt schon eine heftige Szene gemacht, diese Este-Weiber können ihren Männern die Hölle heiß machen. Sie fordert zum Beispiel, ja, das fordert sie, und ich verstehe sie, es geht um unseren Ruf, und auch der Kaiser, also, sie fordert, dass Ihr Euren Geldverleiherberuf aufgebt und, als Graf, nun, sagen wir, standesgemäß lebt – Euch ein Schloss baut, auf die Jagd geht …«

Chigi tauschte einen kurzen Blick mit seinem Sekretär aus. »Das ist doch wohl nicht Euer Ernst!« Er sagte es leise, regelrecht zurückgenommen.

»Doch, das ist mein Ernst«, stieß Gonzaga aus und schlug mit der Faust auf den Tisch. »Isabella ist das scheißernst!«

»Ein Landedelmann soll ich werden, ein kleiner Vasall des Marchese von Gonzaga …«

»Mit Eurem verdammten Geld sollt Ihr halb Norditalien kaufen, mein Schwager aus Ferrara hat ebenfalls Land abzugeben, und vermutlich könnt Ihr Euch in Lazio einiges unter den Nagel reißen und dann in Eurer Villa mit den nacktarschigen Weibern Eure Feste feiern.«

»Ich verstehe«, sagte Chigi abweisend.

Am liebsten wäre er sofort aufgestanden und hätte Mantua verlassen. Aber was war mit Margherita? Spielte der Marchese hier den Adelstrottel, um ihn mit dem Vorschlag, seine Tochter zu heiraten, zu überrumpeln? Warum schob er seine Frau vor und machte sich zum Pantoffelhelden?

Chigi starrte auf die Tischplatte. Er merkte, wie sich Überdruss und Ungeduld in ihm ausbreiteten, wie er jegliche Lust verlor, mit diesem arroganten Dümmling um den heißen Brei zu reden. Er hatte eine Entscheidung getroffen, und diese Entscheidung war richtig.

»Verehrter Marchese, lasst uns klare Worte wählen und klare Ziele nennen.« Chigi merkte, wie sich die Worte wie von selbst reihten, wie der Handelsmann in ihm nur noch abzunicken hatte, was jetzt auf den Tisch kam. »Ihr benötigt ein Darlehen von fünfzigtausend Dukaten und bietet den Titel des Grafen von Polirone, dazu eine überschuldete kleine Grafschaft. Ich nehme den Titel und meinetwegen die Grafschaft, aber ich möchte noch etwas anderes: Eure Tochter Margherita. Mein Eindruck war seit langem, dass dies auch Eure Absicht war und ist. Ihr braucht mir keine Mitgift zu bezahlen, ich bin reich genug. Ich ziehe hier nächste Woche mit dem Grafentitel und Eurer Tochter nach Rom ab, und Ihr werdet bald Eure Dukaten haben und jede weitere Verpflichtung los sein. Ja, soweit gehe ich sogar: Ich verzichte auf Rückzahlung. Das heißt: Fünfzigtausend, nein, das ist wirklich zuviel, dreißigtausend Dukaten, ohne dass Ihr etwas dafür tun müsst, als mich, um ein altes Wort zu wählen, zum Ritter zu schlagen und mir Eure Tochter anzuvertrauen.«

Marchese Gonzaga grinste ihn plötzlich an wie ein Bauer, der seinem Herrn eine alte Schindmähre als Rennpferd angedreht hatte.

»Und was ist mit Eurer Tätigkeit als Zinswucherer? Fragt mal unseren Bischof hier, was er von einem Christen hält, der Zinsen nimmt. Das ist Sache der Juden. Und außerdem wird mir meine Frau keine ruhige Stunde mehr lassen. Ihr müsst Eure Tätigkeit aufgeben und ein richtiger Graf werden. Und dann will ich mindestens vierzigtausend.«

Gonzaga klang wenig überzeugt und wenig überzeugend, und seine Stimme war trotz ihrer Basstiefe immer zittriger geworden.

Chigi stand auf. »Wie soll ich Euch dreißigtausend Dukaten geben, wenn ich nicht mehr mit Geld arbeiten kann? Das ist absurd. Eure Margherita ist ein reizendes Mädchen, das ich gerne als Frau nach Rom führen würde. Ihr wisst, dass sie dort in Luxus und Schönheit leben wird. Und auf die Jagd gehen kann sie jeden Oktober mit dem Heiligen Vater. Kunst kann sie in größerem Stil kaufen als Eure Gemahlin und Eure Schwägerin zusammen. Mir soll sie Erben schenken, jung, wie sie ist … Ich glaube zudem, dass sie mich mag …«

»Wisst Ihr, wie alt sie ist und wie alt Ihr seid?«

»Seid wann ist dies ein Argument gegen eine Heirat? Ich bin nicht den langen und gefährlichen Weg von Rom nach Mantua gezogen, um mit leeren Händen in die Ewige Stadt zurückzukehren. Noch heute Abend erwarte ich eine klare Antwort von Euch.«

Chigi winkte seinem Sekretär und marschierte aus dem Empfangsraum. Er dachte an den Brief, den er an Francesca geschrieben hatte, und ein Anflug von Panik erfasste ihn. Lange bevor er die ihm zugewiesenen Räume erreicht hatte, verirrte er sich in den Gängen, Galerien und Höfen. Schließlich musste er einen Diener fragen, der ihn wieder einen Großteil des Weges zurückführte.

Plötzlich bog Isabella mit Margherita aus einem Gang und kam ihm direkt entgegen. Isabella schaute ihn mit zusammengekniffenen Augen an, Margherita wirkte verheult. Er wollte die beiden anhalten, ihnen mitteilen, was er soeben dem Marchese angeboten hatte, doch das Einzige, was ihm gelang, war, Margheritas Hand zu ergreifen, während Isabella mit verächtlicher Miene an ihm vorbeirauschte.

»Meine liebste Margherita!« Seine Stimme klang bittend und schwang sich zu einer ungewohnten Höhe. »Du würdest mich glücklich machen – und ich weiß, dass auch ich dich glücklich machen kann.«

»Margherita, komm her!« Isabella schoss vom Ende des Gangs ihren Befehl ab.

Das Mädchen entzog ihm ihre Hand, und er schaute in ein Miene, die ihn erschreckte: noch immer Tränen, zugleich Abwehr, Entsetzen, Ekel, Hilflosigkeit …

Hatte sie sich nicht in einen Römer verliebt, in ihn?

Sie rannte zu ihrer Mutter und wäre beinahe über ihr langes Kleid gestolpert.

Noch am Abend pochte es an seine Kammer, und der Marchese trat ein, allein.

»Diese Weiber!«, brach es aus ihm heraus. »Diese verfluchten, starrsinnigen Weiber! Wer ist denn hier der Mann im Haus! Isabella steckt sogar die Kinder mit ihrer Besserwisserei und ihrer Herrschsucht an. Ich könnte sie verprügeln, aber nicht einmal das bringt etwas, und wenn ich an Venedig denke – Isabella hat mich aus dem Kerker geholt, hat Mantua während meiner Abwesenheit regiert …«

Gonzaga ließ sich auf einen mit Löwenköpfen verzierten Holzstuhl fallen und fuchtelte mit den Armen, so dass er Chigi schon fast leidtat.

»Der *morbo gallico* hat mich ruiniert, ich habe mich nie von der Krankheit wirklich erholt, und wenn ich Euch erst Teile meiner Haut zeige … und jetzt die Schulden!«

Er starrte auf den Boden, wie abwesend. »Die verfluchten Weiber«, stieß er leise aus. »Sie machen alles kaputt.«

Chigi setzte sich ihm gegenüber auf die Tischkante, schaute auf das mächtige Häufchen Elend, den Sieger von Fornovo – und wusste nicht weiter.

»Warum ist es nicht möglich, dass Ihr Eure Tochter an einen Mann mit Erfolg und hohem Ansehen verheiratet, wie es überall auf der Welt der Fall ist? Außerdem dachte ich immer, Eure Margherita … nun, ich sagte es bereits, mag mich.« Er hörte sich selbst wie einen Fremden sprechen.

»Ja, sie mag Euch auch«, jammerte der Marchese. »Aber Ihr seid ihr viel zu alt, Ihr seid genauso alt wie ich – und sie … sie hat ihren Willen, wie ihre Mutter, ich meine: Isabella.«

»Und kann nicht die Marchesa für einen Sinneswandel sorgen?«

»Isabella will keinen … keinen *banchiere* als Schwiegersohn. Sie will einen ordentlichen Edelmann, keinen Krämer, der mit Juden handelt, der Zinsen nimmt, über den sie aus Ferrara und Venedig so einiges gehört hat – und natürlich aus Rom … Ihr versteht.«

»Nein, ich verstehe nicht.« Chigi vereiste vor der zu erwartenden Enttäuschung.

»Naja, Euer Aufenthalt in Venedig und das Mädchen, das Ihr mitgenommen habt, Eure Konkubine, das weiß mittlerweile ganz Italien und somit auch Isabella. Sie fühlt da als Mutter. Glaubt, Ihr könntet … Ach, was weiß ich, was sie glaubt. Typische Weiberängste! Sie will auf jeden Fall, dass Ihr Eure Bank verkauft, ebenso die anderen Geschäfte … Ihr könnt aber in Rom weiterhin leben, in Eurer Villa, als Conte di Polirone.«

»Und wenn ich das täte?«

»Dann will sie bei Margherita ein gutes Wort für Euch einlegen. Schließlich möchte sie ein Stück vom Kuchen der vierzigtausend Dukaten abhaben. Für ihre Kunst.«

»Mit guten Worten kommen wir nicht weiter.«

Gequält schaute Gonzaga auf.

Chigi verlor nun jegliches Mitleid mit ihm. »Ich muss noch einmal auf Margherita zurückkommen: Selbst wenn ich so alt wie ihr Vater bin, was macht das? Die meisten Frauen sterben vor den Männern. Will sie lieber einen bankrotten Conte di Polirone heiraten?«

»Natürlich nicht.«

»Die Liebe kommt mit der Zeit, bildet sich, wenn man sich besser kennenlernt. Ich habe Frauen schon immer geachtet und verwöhnt. Margherita heißt wie meine unvergessene erste Frau, die im Kindbett mit meinem kleinen Sohn starb …«

»Ich weiß das«, fiel ihm Gonzaga ins Wort. »Aus diesem Grund habe ich ja auch an Euch gedacht als Schwiegersohn, daher habe ich sie mit zu Eurem Fest geschleppt, aber dort …«

»Ja?«

»Dort hat sie sich in einen Schönling mit träumerischen Augen verliebt, der nicht einmal von Adel ist, sich dennoch wie ein Fürst aufführt, auch so behandelt wird, einen begnadeten Maler, der aber längst einem anderen Mädchen versprochen ist. Ihr wisst, von wem ich spreche. Ein Unglück ist das, eine Verirrung, wie konnte sie nur, und ich nahm sie auf Euer Fest mit, statt sie in ihrer Kammer zu lassen oder im Kloster.«

Chigi merkte, wie er zu fallen begann und wie das gesamte Gebäude, das er auf der Reise nach Mantua so kunstvoll errichtet hatte, in sich zusammenstürzte. Ihn hatte ein inneres Erdbeben erfasst, er musste aus dem Haus stürzen, sonst würde es ihn erschlagen.

»Solche Backfischverliebtheiten vergehen, das wird auch Margherita verstehen, sie ist doch bereits siebzehn Jahre alt ... Und der Maler, von dem Ihr sprecht, ist nicht nur einer Kardinalsnichte versprochen, sondern auch unsterblich verliebt in eine *Bäckerstochter*!«

»Meine Margherita ist dickköpfig wie ein Maulesel, will sich eher von den Zinnen von San Giorgio stürzen, als Euch zu heiraten.«

Für einen Augenblick schien das Erdbeben ein Ende zu finden. Chigi atmete tief ein und wieder aus. Er fasste sich an die gerunzelte Stirn. Was war er für ein unbegreiflicher Narr gewesen! Was musste er, Agostino Chigi *il Magnifico*, sich hier von einem versoffenen Marchese, seinem arroganten Ehedrachen und einem starrsinnigen Bastardmädchen demütigen und erniedrigen lassen!

Und er hatte Francesca bereits von seiner Heirat geschrieben! Eine Katastrophe!

Seit seinem gloriosen Fest lief sein Leben aus dem Ruder – und jetzt kenterte es!

48. Kapitel

Agostino Chigi reiste ohne weitere Gespräche und Verhandlungen aus Mantua ab. Kein Begleitbote des Marchese begleitete ihn bis an die Grenze des Kirchenstaats, den Fährdienst über den Po musste er sogar bezahlen. Zuerst hatte er noch gehofft, seinen Briefboten einholen zu können, doch bald erkannte er, dass dies aussichtslos war. Er hatte ihm und seinem Begleiter ausdrücklich aufgetragen, sich möglichst zu beeilen.

Das Wetter war für Oktober schwülwarm, der Himmel bleiern. Bei der Überquerung des Apennin befürchtete er ein erneutes Unwetter, aber jetzt riss der Himmel auf und strahlte so blassblau herunter, wie ihn Sebastiano und Baldassare Peruzzi in seiner Villa gemalt hatten – was Chigi für ein gutes Omen nahm. Vielleicht gelang es ihm ja doch, so überlegte er, sich bei Francesca für den voreiligen und falschen Heiratsentschluss zu entschuldigen – und ganz von vorne zu beginnen. Sie zu verwöhnen. Nein, verwöhnen allein würde nicht reichen. Ihm war klar, dass es nur eine Möglichkeit gab, aus dieser elenden Grube, die er sich selbst gegraben hatte, herauszukommen.

An keiner Station hielt er sich lange auf. Die sinnlose und tief enttäuschende Reise musste er einfach aus seinem Leben tilgen. Sie vergessen machen.

Doch während er auf seiner gescheckten Stute Dido ritt – einem seiner liebsten, weil geduldigsten und friedlichsten Pferde –, quälte ihn die Scham darüber, wie dumm und naiv er gewesen war. Ihn quälte auch der Gedanke, dass bald ganz Rom von seiner Zurückweisung erfahren würde – ein junges Bastardmädchen hatte sich mit allen Mitteln geweigert, *ihn* zu heiraten, *ihn*, den *prächtigen* Agostino Chigi. Dann schwenkten seine Gedanken zu Francesca, zu seinem Verrat, zu seinem voreiligen Brief – seine Dummheit war schändlich, peinvoll, quälend!

Es gab Nächte, in denen er daran dachte, sich in einen Fluss zu stürzen, um dem Gedanken an seine Schmach ein Ende zu bereiten.

Der Schlaf mied ihn. Nach der glücklichen Überquerung des Apennin, im Tal des Arno, fragte ihn sein Sekretär, ob er sich krank fühle: Er sehe wirklich schlecht aus.

Er winkte nur ab.

Die Schamgefühle schwächten sich ein wenig ab, dafür meldeten sich Rachegedanken, begleitet von kalter Wut. Er fühlte sich gedrängt, sich an dem Marchese zu rächen, ihn finanziell in den Ruin zu treiben, ihn in Rom als Pantoffelhelden bloßzustellen, als Betrüger – und seine Frau Isabella als hochnäsige Hexe.

Als Todi hinter ihnen lag, hatte er das Schlimmste überstanden. Die Rachegedanken flauten ab. Hatte er sich die Dummheit seiner Reise nach Mantua mit all ihren Hoffnungen nicht selbst zuzuschreiben? Jetzt musste er ihre Folgen ganz allein auslöffeln.

Während eines Abends, als sie sich wegen der lauen Abende erlaubten, am Ufer des Tiber ein kleines Lager aufzuschlagen, hockte er am Feuer, verzehrte langsam einen Hühnerschenkel und trank Wein. So leer sein Kopf war, so scharf waren seine Sinne: Er sah den orangefarbenen Schleiertanz der Flammen, sah sie sich umeinander winden, immer ähnlich, immer anders, hörte das Brausen und Knacken des Feuers und zugleich das leise Rauschen und Plätschern des Wassers, er schmeckte den Rosmarin im sanftem Fett und weichen Fleisch, der Wein brachte die nötige herbe Note, rundete alles ab, ließ ihn glücklich aufschmatzen und führte ihn zurück zu schönen Stunden.

Er sah sich in Imperias teuer geschmücktem *salone*, wie er, das Muranoglas in der Hand, ihrem Lautespiel zuhörte und ihrem Gesang, er hörte Francescas Lachen und ihren forschenden Blick, ja, er hörte sogar ihren Säugling glucksen und musste dann auch wieder an seine Tochter Margherita denken, an Imperias Tochter … Ein schwarzes Loch schien seine Gedanken aufzusaugen, doch nur kurz: Vor ihm lag *seine* Margherita. Man hatte ihr das Neugeborene in den Arm gelegt, und obwohl es bereits tot war, sorgte er dafür, dass es noch getauft wurde auf den Namen *Augusto Cesare*. Lange lag diese schmerzlichste Stunde seines

Lebens zurück, und dennoch sah er sie vor sich, als hätte er sie gestern erleiden müssen.

Als er den Blick vom Feuer abwandte, schien sich die dunkle Wand hinter Margherita zu öffnen wie das Felsentor des Wiederauferstandenen, und aus ihm trat Francesca wie eine Schutzmantelmadonna hervor.

In dieser Nacht schlief er zum ersten Mal wieder tief und fest.

Während der nächsten Abende wollte er in keinem Gasthaus oder Kloster unterkommen. Die lauen Nächte am Fluss, die Lagerfeuer, die geheimnisvollen Laute der Nacht und schließlich ein klarer sternenübersäter Milchstraßenhimmel ließen ihn beglückend schlafen, so dass er sich morgens frisch und stark fühlte. Wachte er des Nachts einmal auf, brauchte er nur in die schleiergewandete, unendliche Kuppel des Himmels zu schauen, um sich klein und nichtig zu fühlen, als lächerliches Erdenkorn im großen Welttheater des Schöpfers, als winziger Samen, der kurz wurzelte, trieb, blühte und starb.

Agostino Chigi wurde übermannt vom tiefen Glück dieser schlaflosen Stunden. Er begriff nun auch, dass die Reise ihm zwar die erste große Niederlage seines Lebens beschert, ihn aber zugleich gelehrt hatte, was wirklich wichtig war.

Er auf jeden Fall, der älter werdende römische Krösus, der Mäcenas der Künste, der Polykrates des Glücks war nicht wichtig. Nicht wichtig waren Ansehen, Ruhm, Macht und Adelsarroganz. Wichtig war die Vollendung und bleibende Schönheit der Kunst, die Frucht seiner geschäftlichen Bemühungen. Wichtig waren Kinder, ihr fröhliches Lachen, ihr freudiges Herumtollen. Erst sie füllten seine prächtige Villa mit Leben und ermöglichten, dass der Tod nicht unter sein Streben einen Schlussstrich zog. Und am wichtigsten war die Liebe, die ein Paar verband wie Philemon und Baucis.

Der Schlaf näherte sich ihm wieder in der Gewissheit, dass er sein Leben umstellen musste.

Als schließlich Monterotondo hinter ihnen lag und Rom nicht einmal eine Tagesreise vor ihnen, brach es über sie herein.

Während der letzten Tage hatte sich der Himmel bleiern und grau überzogen, ein warmer, unangenehmer Wind wehte von Westen, und dann türmten sich schwarzschwangere Wolken vor ihnen auf, in bedrohlichen Ambossformen und zugleich mit zerfasernden Schlieren.

Es war später Nachmittag, als der Wind aufbrauste, zu heulen begann. Die Pferde wurden unruhig, das Gepäck auf den Mauleseln noch fester gezurrt. Die *bravi*, die während der gesamten Reise nicht einmal ein Schwert hatten zücken müssen, tranken mal wieder zuviel.

Keiner war auf dem Weg zu sehen, jeder hatte sich vor dem herannahenden Unwetter verkrochen.

Chigi drängte es nach Rom. Es hatte eine Herberge gegeben, aber sie war überfüllt gewesen, er hätte für hartes Geld einen Großteil der Gäste, meist Pilger, hinauswerfen lassen müssen. Irgendjemand sprach von einem Kloster auf dem Weg nach Rom, und so zog er mit seinen Leuten weiter. In der Tat glaubte er in der trüben Ferne einen Turm aufragen zu sehen, das Kloster vermutlich, und so stemmten sie sich mutig gegen den gegen sie anrennenden Sturm. Der Weg führte nah am Tiber entlang, auf einem alten Treidelpfad.

Dann zeigte ihnen das Unwetter, dass es vor den Bergen des Ostens seinen ersten Tanz aufzuführen gedachte. Zuerst fuhren nur Blitze nieder, begleitet von Donnerschlägen, die Pappeln am Rande des Pfades bogen sich, der Wind heulte auf. Noch regnete es nicht, nur einzelne Tropfen peitschten durch die Luft und trafen Chigi hart. Der Donner knallte, umhüllt von einem tiefen Grollen.

Chigi hob seinen Kopf –: Wie konnte dies geschehen? Ein kurzer, halb verschluckter, scharfer Knall … War ein unter starker Spannung stehender Ast gebrochen und niedergestürzt?

Da sah er sie schon.

Eine Gruppe von Wegelagerern stürmte mit flatternder Kleidung auf sie zu. Einer hielt eine Arkebuse in seiner Hand, sie hatte den Knall verursacht, die anderen Männer schwangen Schwerter, Spieße, Hellebarden und Knüppel, einer eine Mistgabel.

Die Hinreise war friedlich verlaufen, die Rückreise bis zu diesem Punkt ebenfalls – die Räuberbanden tauchten immer auf, wenn man sie am wenigsten erwartete, so war es auch auf der Reise von Ancona gewesen, vor gut zwei Jahren. Die *bravi* reagierten aufgescheucht und versuchten sich Mut zuzubrüllen, die Pferden wieherten aufgeregt, ein Maulesel rannte bereits davon, eins seiner Reitpferde stieg hoch – da schlug der Himmel zu. Ein Blitzschlag spaltete eine Pappel vor ihnen, ein greller Blitz blendete ihn, und das Krachen des Donners ließ seine Dido einen heftigen Satz machen, so dass er im hohen Bogen aus dem Sattel flog und unsanft auf der Uferböschung landete. Die hohen Gräser und Sträucher federten den Sturz ab, dies war sein Glück. Die ersten *bravi* fochten bereits mit den Wegelagern, die wie entlaufene Irrenhäusler brüllten.

Chigi konnte kaum erkennen, wer sich da auf sie stürzte, wie viele es waren, es ging alles so schnell. Der Himmel hatte seine Schleusen geöffnet, man konnte nur noch Schemen erkennen. Einer dieser Schemen tauchte neben ihm auf, es blitzte eine Klinge, schon lag ein Mann auf ihm, riss an seiner Kleidung, schlug ihm die Faust ins Gesicht, so dass ihm einen Augenblick schwarz vor Augen wurde, die Nase schmerzte höllisch, und dann wurde er ins Wasser gedrückt. Chigi strampelte mit allen Vieren, trat nach dem Mann, der ihn angriff. Ein kurzer Schmerz durchfuhr seine Seite. Hatte das Messer ihn getroffen? Die Todesangst gab ihm soviel Kraft, dass er sich wieder aufrichten konnte, der Blitz erhellte die Szene, vor ihm dieser triefende Mann, er hielt triumphierend sein rotes, mit einem Goldband besticktes Barett in der linken, in der rechten Hand sein Messer. Als er einen Schritt auf Chigi zuwatete, rutschte er aus, konnte sich jedoch an einem Zweig festhalten und hing halb im Wasser, mit einem Arm hilflos rudernd.

Chigi wollte auf den Treidelpfad flüchten, wo noch gekämpft wurde, ein Knäuel von Menschen tobte dort durcheinander, aufeinander prügelnde und tretende Männer, aufblitzende Klingen, Schmerzensschreie zwischendurch, Wutschreie und das betäubende Krachen des Donners, das erstickende Rauschen des Regens. Chigi rutschte aus und sah sich schon in dem unglaublich rasch ansteigenden Fluss abtreiben. Da packte ihn wieder der Wegelagerer, der sich sein Barett über den Kopf gezogen hatte, so fest, dass es fast seine Augen verdeckte, er packte ihn mit der Linken, in der Rechten hielt er sein Messer und versuchte nach seinem Schnappsack zu stechen, den Riemen durchzuschneiden. Diesmal schlug Chigi zu, der Mann taumelte, die Klinge fuhr nach oben und riss den Geldsack auf, Dukaten purzelten heraus und versanken sofort im Wasser.

Der Wegelagerer schrie triumphierend und zugleich wutentbrannt auf, griff ins Wasser, um das Geld zu retten, tauchte sogar unter, aber nun packte ihn die Strömung, überspülte ihn, seine hilflos rudernde Hand erreichte noch einen Zweig, sein Kopf tauchte auf, dazu die verzerrte, nach Luft japsende Fresse des Mannes. Für einen kurzen Augenblick kämpften Chigi und der Wegelagerer am Uferrand gegen den Strom des Wassers, das sie mitreißen wollte, Chigi schlug noch einmal zu, der Zweig riss ab, und der Wegelagerer trieb davon.

Das Letzte, was Chigi von ihm sah, war sein rotes Barett. Aber nun erfasste ihn selbst ein Wirbel und ließ ihn ebenfalls untergehen. Mit schmerzenden Armen versuchte er zu schwimmen, wurde weggerissen, die Kleidung zog ihn nach unten, er japste und rang nach Luft, über das Wasser jagte aufspritzende Gischt, eine plötzliche Schwäche ergriff ihn – er trieb ab, er trieb dahin, über ihm drehten sich zuckende Blitze, schemenhaft tauchte das Antlitz der gnadenreichen Madonna auf, »ich komme«, wollte er rufen, »rette mich!«, das Wasser gurgelte in seinem Mund, er spuckte und hustete – und dann zog sich Schwärze über sein Bewusstsein.

49. Kapitel

Imperia wanderte unruhig in ihrem *salone* auf und ab. Draußen tobte ein ungewöhnlich heftiges Gewitter, starker Regen rauschte nieder. Sie befahl Bella, die Fensterläden zu öffnen, um frische Luft ins Zimmer zu lassen. Zögernd gehorchte Bella, und Imperia stürzte zum Fenster. Durch die Via Giulia gurgelten Ströme von Wasser, von oben stürzte, wie aus Eimern gegossen, Regen herab.

Obwohl sie von der hereinwehenden Gischt nass wurde, konnte sie wieder tiefer durchatmen. Bella, die ihre sich verstärkende Unruhe zu verstehen schien, legte den Arm um ihre Schulter, führte sie weg vom Fenster und dem Blick auf die in kalter Helligkeit immer wieder aufblitzende Straße. Menschen riefen sich Warnungen zu und schrien um Hilfe.

»Ich weiß nicht, was mit mir los ist«, flüsterte sie Bella zu, »ich fühle regelrecht, dass irgendetwas Schreckliches geschieht oder bevorsteht. Glaubst du, dass Lucrezia in Chigis Villa sicher ist, wenn der Tiber über die Ufer tritt?«

»Lucrezia könnte sich doch in die oberen Stockwerke retten, falls der Fluss den Park überschwemmt und ins Haus dringt.«

Natürlich, so war es, die Villa stand als mächtiges steinernes Bollwerk nicht direkt am Tiber, sondern versetzt in der Tiefe des Parks, zudem noch erhöht, sie schützte ihre Tochter auch vor den Blitzen, und wenn es Feuer geben sollte – bei diesem Regen würde es sofort gelöscht.

Imperia ließ sich einen Schluck Wein holen und ein Wolltuch, das sie über ihre Schultern legte. Bella trocknete ihr feuchtes Gesicht und die Haare mit vorsichtigen Bewegungen ab.

»Die Mädchen sind allein in der Villa, Agostino ist unterwegs, in Mantua.« Nervös fuhr Imperia mit ihrer Hand in die feuchten Haare. »Ich ahne, was er dort macht«, fuhr sie mit ersterbender Stimme fort. »Überall munkelt man, dass er … Wie konnte ich nur so naiv und dumm wie die Nacht sein in meinem Glauben …«

Bella begann, ihre Zöpfe zu lösen und die Haare auszukämmen, schwieg; massierte dann ihre verkrampften Schultern.

»Hol mir bitte etwas zu trinken!«, forderte Imperia sie auf. »Mein Hals ist ganz trocken.«

Bella besorgte einen Becher verdünnten Wein und begann dann wieder, mit ihren Fingern wie mit einem Kamm durch ihre Haare zu fahren, legte die blondierten Haare schließlich wie einen Vorhang über Schultern und Brust, nur über dem Gesicht ließ sie einen schmalen Streifen frei. Beide betrachteten sie nun sich selbst in dem großen, in Silber gerahmten Spiegel an der Wand, den ihr einmal Agostino geschenkt hatte. »Ihr seid noch immer Roms schönste Frau. Ich altere viel schneller als Ihr, schaut diese Ringe unter den Augen.«

Nicht einmal mit der Andeutung eines Lächelns reagierte Imperia auf Bellas Kompliment. »Ich kenne Agostino lange genug, er denkt nur an sich und seinen Erfolg, sein Geld, sein Ansehen …«

Bella legte ihr Kinn auf Imperias Kopf und umschlang ihren Oberkörper. »Wartet erst einmal ab, bisher haben wir lediglich Gerüchte gehört, und außerdem habt Ihr immer noch Enea Piccolomini, der Euch ein Alter in Ruhe und Würde garantiert.«

»Ja, ein Alter in Falten und Bescheidenheit«, antwortete sie bitter. »Bald werde ich vergessen sein.«

»Noch in Jahrhunderten werden die Dichter den Ruhm Eurer Schönheit besingen.«

Nun musste Imperia doch ein wenig lächeln. Im Spiegel sah sie selbst, dass es ein trauriges Lächeln war.

Für einen Augenblick hatte sie sich wieder angstfreier gefühlt, obwohl sie auf Bellas gutgemeinte Schmeicheleien wenig gab – da hörte sie von der Straße die lauten Rufe einer hellen Stimme und heftiges Klopfen an der Tür. Bella sprang zum Fenster, schrie dann »Lucrezia ist unten« und rannte aus dem Zimmer.

Jetzt war sich Imperia sicher: Es musste ein Unglück geschehen sein.

Bella erschien mit einer durchnässten, zitternden Lucrezia. Das Mädchen wollte etwas sagen, aber vor lauter Atemlosigkeit brachte sie kein Wort heraus. Bella griff sich ein großes Handtuch und begann, sie trocken zu reiben.

»O Gott, Lucrezia, was ist geschehen – doch wohl nichts mit dem Kind …«

Lucrezia fuhr in hilfloser Hektik mit ihren Händen durch die Luft, bis sie endlich wieder sprechen konnte. »Du musst unbedingt zu uns kommen«, stieß sie gepresst und stockend aus, »in die Villa, Francesca ist völlig verzweifelt, weint nur noch …«

»Beruhige dich, Lucrezia!« Bella strich ihr über den Kopf und nahm sie in den Arm.

Auch Imperia bemühte sich um ihre Tochter, ergriff ihre Hand. »Ich kann bei diesem Wetter doch nicht das Haus verlassen. Das Gewitter, der Tiber – und wie sollte gerade ich Francesca beruhigen, ich bin nicht ihre Mutter, sie wird mich hassen …«

»Nein, sie hasst dich nicht!« Lucrezia schüttelte heftig den Kopf. »Sie ist am Boden zerstört. Sie erhielt gestern einen Brief von Agostino …«

Lucrezia warf sich Imperia an die Brust. »Ihr müsst beide mitkommen, ich weiß nicht, was ich tun soll, Chigi heiratet … sie geht noch ins Wasser, mit dem Kind, der kleinen Thea …«

Kurze Zeit später verließ Imperia mit Bella und Lucrezia das Haus. Kaum waren sie auf die Via Giulia getreten, klebte ihre Kleidung bereits am Körper, und sie mussten durch Wasser waten. Der Wind peitschte den niederstürzenden Regen durch die Straße, so dass sie kaum atmen konnten. Die Blitze zuckten im wilden Tanz über den Himmel und schlugen immer wieder in die Türme der Kirchen und alten Adelspaläste ein. Auf dem Ponte Sisto kümmerte sich niemand um sie, weil alle Wachen auf den angeschwollenen und heftig an den Brückenpfeilern vorbeirauschenden und -gurgelnden Tiber starrten. Bella warf die Fackel, die im Regen sofort erloschen war, in den Fluss. Auf der Trastevereseite des Tiber gelangten sie an eine Mauer, an der sie sich im Licht der Blitze, gegen den Wind gebeugt, entlangschieben konnten.

Dann standen sie tatsächlich vor dem Eingang der Villa. Imperia konnte kaum glauben, dass sie heil durch das Unwetter gelangt waren. Laut pochten sie gegen das Eingangsportal. Der Majordomus, umgeben von unruhigen Hunden, öffnete ihnen, mit ernstem, zugleich erstauntem Gesicht. Er sagte nur: »Der Fluss steigt bedrohlich an.«

Schon stürzte ihnen Francesca entgegen.

Imperia trat einen Schritt zurück, weil die beiden Mädchen sich gegenseitig in die Arme warfen, aufheulten und sich mit hektisch ausgestoßenen Worten zu trösten versuchten.

Nach kurzer Zeit entdeckte Francesca die wartende Imperia, starrte sie verwirrt an, machte einige unsichere Bewegungen, löste sich von Lucrezia und warf sich ihr dann weinend an die Brust. Imperia wäre von der unerwarteten und heftigen Umarmung fast umgefallen. Sie strich Francesca beruhigend über den Kopf, konnte nichts anderes flüstern als »Es ist ja alles gut, ich bin bei dir«.

Lucrezia schluchzte an Bellas Brust.

Unter ihnen, auf dem Marmorboden, bildeten sich Wasserpfützen. Imperia ließ sich von einer Magd ein Tuch reichen, löste sich behutsam von Francesca und trocknete sich Gesicht, Kopf und Haare.

Als die Aufregung ein wenig nachließ und Francesca etwas sagen wollte, drang das kräftige Stimmchen der kleinen Dorothea bis zu ihnen, und sofort rannte sie die Treppe hoch; Imperia folgte ihr mit Lucrezia und Bella.

Schließlich saß man, bedeckt von wärmenden Decken, vor dem Kamin in Francescas Schlafzimmer. Sie stillte ihre kleine Tochter und schien sich wieder beruhigt zu haben. Leise sprach sie auf ihr Kind ein, das hungrig an ihrer Brust sog.

Draußen schickte das Gewitter immer neue blitzende und krachende Attacken über die Stadt, und im Nachhall des Donners hörte man den Majordomus laut und aufgeregt Befehle erteilen. Lucrezia hatte die Hand ihrer Mutter ergriffen und ließ sie nicht mehr los. Die kleine Dorothea war jetzt satt, wurde gewickelt und in die Wiege gelegt; trotz des noch tobenden Gewitters fielen ihr bald die Lider zu.

Als Francesca sich mit leeren Augen zu ihnen setzte, wusste Imperia nicht, wie sie sich verhalten sollte. »Bald wird das Unwetter vorbei sein, wir können einen Blick auf den wilden Fluss werfen …«, sagte sie, um das angespannte Schweigen zu überbrücken.

»Agostino heiratet die Tochter des Marchese von Mantua«, erklärte Francesca schließlich tonlos, ausdruckslos, verloren.

Imperia wusste nicht, wie sie auf die Nachricht reagieren sollte, die ihr Lucrezia bereits mitgeteilt hatte. Sie war ebenso von ihr betroffen, denn nun konnte auch sie endgültig ihre Hoffnung auf Agostino begraben. Die Würfel waren gefallen. Vielleicht hatte die Klarheit etwas Gutes. Aber welche Zukunft gab es jetzt für die junge Francesca, die immerhin noch einen Säugling stillte, *sein* Kind? Sie hätte Agostino wahrhaft nicht so viel kaltschnäuzige Brutalität zugetraut. Francesca tat ihr unendlich leid, schien allen Halt verloren zu haben – aber wie sollte sie ihr in diesem Augenblick helfen? Wie sollte sie ihr Trost spenden?

Francesca stand nach einer Weile wortlos auf, ging mit mechanischen Bewegungen zu einer Truhe, kramte einen Brief hervor und reichte ihn Imperia. Zögernd, als besiegelte sie mit der Entgegennahme die Endgültigkeit seiner Worte, ergriff sie ihn.

»Darf …. soll ich ihn lesen?«

Francesca nickte, nahm ihr schlafendes Kind hoch und wiegte es in ihren Armen.

Obwohl Imperia ohne Augengläser die Buchstaben nur unscharf erkennen konnte, entzifferte sie Agostinos Zeilen. »Ich schreibe Dir, liebe Francesca«, las sie, »weil ich Dich liebe und ehre und Dir dennoch mitteilen muss, dass ich aus Mantua eine junge Frau mitbringen werde, die ich zu heiraten gedenke. Es ist die Tochter des Marchese Gianfrancesco Gonzaga, Margherita, die ich bereits in Rom die Freude hatte kennenzulernen.« Imperia schaute auf, als wollte sie die Zeilen kommentieren, unterließ dann jedoch jegliche Bemerkung und las weiter. »Du wirst verstehen, dass ein Mann wie ich, der im Vatikan ein- und ausgeht und mit den höchsten Adelsgeschlechtern auf bestem Fuße steht, keine Liebesehe eingehen kann, sondern meinem Stand entsprechend meine Frau auswählen muss. Mein Ruf hängt davon ab, und der Ruf eines Kaufmanns und *banchiere* gehört zu seinem wertvollsten Kapital. Selbstverständlich werde ich dafür sorgen, dass Du nicht wieder nach Venedig zurückkehren musst oder gar in Armut fällst. Schließlich bist Du die Mutter meiner kleinen Tochter Dorothea. Ich glaube, das Beste für Deine Zukunft wird sein, wenn Du einen ehrlichen, liebenswerten jungen Mann heiratest – ich werde alles in meinen Kräften Stehende tun, dies zu ermöglichen: Ich werde für Dich Ausschau halten und Dir eine angemessene Mitgift ausstellen. Falls Du Dich aber entschließen solltest, in die Arme Deines Vaters und Deiner neuen – wahren – Mutter heimkehren zu wollen, so bin ich selbstverständlich bereit, Dir dafür alle – auch die finanziellen – Wege zu glätten. Dein Lachen und Deine Fröhlichkeit haben mein Leben bereichert – Dein Agostino.«

Imperia ließ das Papier sinken und konnte nur den Kopf schütteln.

»Wirf den Brief ins Feuer«, flüsterte Francesca, als sich ihre Blicke trafen.

50. Kapitel

Francesca beobachtete Imperia, die mit tiefem Ernst Agostinos Brief las, dabei kurz aufschaute und sie anlächelte, mitfühlend, bedauernd, liebevoll. Dieses Lächeln berührte Francesca wie ein Geschenk, ein Versprechen, ein Trost, und ohne nachzudenken forderte sie Imperia auf, den Brief ins Feuer zu werfen. Imperia schüttelte jedoch den Kopf und reichte ihn Lucrezia, die ihn zusammenfaltete und in die Truhe legte.

Langsam und vorsichtig, als könnte jeder Schritt sie einbrechen lassen, ging Francesca zur Wiege und legte die kleine Dorothea hinein, ging dann zum Fenster und beugte sich über die Brüstung in die Gischt des Regens, der weiterhin wie aus Kübeln auf die Stadt rauschte. Immerhin schien das Gewitter an drohender Gewalt verlieren zu wollen, wenn auch die Blitze weiterhin über den Himmel zuckten und die Bäume des Parks wie gespenstische Wesen aus dem Dunkel der Nacht hervortreten ließen.

Imperia hatte sich erhoben und zu ihr ans Fenster gestellt, sagte nur: »Du armes Kind!«, strich ihr über die feuchten Haare und drückte ihr einen Kuss auf den Hinterkopf. Francesca drehte sich um und umarmte sie wie ein Kind seine Mutter, versuchte, tapfer zu lächeln.

»Du musst jetzt sehr stark sein«, sagte Imperia.

Selbst dieser abgegriffene Satz wärmte Francescas Herz. Zugleich erfasste sie wieder eine bodenlose Verzweiflung. »Ich kann es nicht glauben«, stieß sie schluchzend aus. »Wir haben doch ein gemeinsames Kind! Agostino hat mir schon in Venedig seine Liebe gestanden und mich entführen lassen. Ich habe meine Familie aufgegeben, mich in ein Kloster stecken lassen und dann in diesem goldenen Käfig hier gelebt, immer in der Hoffnung, dass seine Liebe uns beide tragen wird, dass er Kinder von mir will, dass er mich heiratet … und jetzt? Was soll aus mir werden?«

Das Gewitter schien sich wieder verstärken zu wollen, als es heftig an der Tür klopfte. Der Majordomus erschien und meldete Francesca, der Tiber sei über die Ufer getreten, habe die Loggia am Fluss überschwemmt und einen Teil des Gartens. Das Wasser werde bald die Pferdeställe erreichen. »Der Herr hat mir aufgetragen, bei allen wichtigen Entscheidungen Euch zu informieren und gegebenenfalls um Rat zu fragen – was ich hiermit tue.«

Francesca riss sich aus ihrer lähmenden Verzweiflung. »Ihr wisst sicher besser, was zu tun ist – wir müssen die Pferde retten«, sagte sie leise. »Warum bringt Ihr sie nicht ins Haus, in die Galleria? Bis dorthin wird das Wasser kaum steigen.«

»Daran habe ich auch gedacht. Wir können sie bei dem Gewitter auf keinen Fall zum Gianicolo bringen. Überall fließt Wasser, und die Blitze würden die Pferde scheu machen und davonrennen lassen.«

Als wollte das Unwetter ihren Rettungsplänen einen Strich

durch die Rechnung machen, schlug ein gleißender Blitz, begleitet von einem betäubend krachenden Donnerschlag, direkt in die Villa ein. Man hörte Schindeln oder Kaminteile über das Dach poltern und, durch den Regen gedämpft, auf die Außentreppe aufschlagen.

Alle hatten sie ängstlich nach oben geschaut, die kleine Dorothea war aufgeschreckt und weinte.

»Ihr müsst sofort prüfen, ob es nicht irgendwo brennt«, befahl Francesca dem Majordomus und nahm ihr Kind hoch. »Falls der Blitz ein Loch ins Dach geschlagen hat, müsst ihr es abdichten, sonst steht hier bald alles unter Wasser. Denkt an die Fresken! An die Wandteppiche. Die kostbaren Möbel.«

Der Majordomus nickte kurz und eilte aus dem Raum, man hörte ihn nach Helfern rufen. Im Haus herrschte bald unter dem Zucken der Blitze ein wildes Hin- und Hergerenne, ein Zurufen, immer wieder unterbrochen von wilden Donnerschlägen und begleitet von dem lauter werdenden Rauschen und Gurgeln des Wassers.

»Soll ich sie nehmen?«, wandte sich Lucrezia an Francesca, die den Kopf schüttelte. Sie drückte Dorotheas Köpfchen an ihre Brust, hielt schützend die Hand über ihre Augen und summte wieder ihr Wiegenlied.

Endlich schwächte sich das Gewitter ab. Der Majordomus erschien und berichtete, den Blitzeinschlag im Dach habe man gefunden, tatsächlich hätten Balken gekokelt. »Wir haben sie mittlerweile gelöscht und das Dach abgedichtet. Die Pferde stehen in der Galleria, doch das Wasser steigt weiter. Wir müssen damit rechnen, dass es sogar das Untergeschoss überflutet.«

»Gut, ich danke Euch«, sagte Francesca. »Schafft jetzt alle wertvollen Möbel und alles, was zu transportieren ist, in das obere Stockwerk. Und führt notfalls auch die Pferde nach oben, falls dies möglich ist.«

Der Majordomus schaute skeptisch. »Sehr wohl.« Er ließ seinen Blick über Imperia und die mittlerweile an der Wand sitzende und eingenickte Bella gleiten und zog sich zurück. Man hörte ihn wieder einige Befehle rufen, hörte dann Rumpeln und Umherlaufen.

Nach einer Weile wurde es stiller im Haus. Längst war die Nacht vorangeschritten. Das Gewitter zog ab, in der Ferne zuckten noch gelegentlich Blitze auf, der Donner grummelte und grollte wie ein abgesetzter Gott. Sogar der Regen hatte plötzlich aufgehört, und als Francesca aus dem Fenster schaute, leuchtete der Mond am Himmel. Immer wieder hetzten Wolken an ihm vorbei, obwohl es hier unten kaum wehte. Unter ihr glitzerte Wasser im Mondlicht.

Mittlerweile war sie die Einzige im Raum, die noch nicht schlief. Lucrezia hatte sich auf das breite Bett fallen lassen und wie ein kleines Kind zusammengerollt. Ihre Mutter hatte noch einmal tröstend Francesca über die Haare gestrichen, hatte vorsichtig die Wange des Kindes gestreichelt und bettete sich mit der Bemerkung »Ich falle um vor Müdigkeit« neben Lucrezia. Ihre Dienerin Bella war auf dem Boden umgesunken und schnarchte leise vor sich hin.

Auch Francesca spürte jetzt die Folgen verweigerten Schlafs, eine nächtliche Schwere, die sich kaum von der bleichen Leichtigkeit eines überstandenen Unheils unterschied. Vorsichtig legte sie die kleine Dorothea in die Wiege und stellte sich wieder ans Fenster. Die Wolken flohen zum Ostrand des Himmels, der Mond sandte sein silbernes Licht ins Zimmer. Die Strahlen fielen direkt auf das Gesichtchen des Kindes; Francesca konnte sich lange nicht von seinem Anblick losreißen.

Im Haus war es nun ruhig, alle schliefen sie.

Francesca trat wieder ans Fenster und blickte hinaus in den Park, der im Wasser versunken war. In der Ferne hörte sie aufgeregte Rufe und Schreie, das Blöken von Rindern und Schafen, das Wiehern von Pferden. Das Wasser unter ihr schien dagegen ganz ruhig, schien sogar einen Sog auf sie auszuüben, den Sog stiller Erlösung aus einer Zukunft, in der sie Verstoßenwerden, Einsamkeit und Schande erwarteten.

Die Müdigkeit ließ Francesca wanken. Sie legte, wie zum Abschied, die Hand auf Dorotheas Köpfchen. Noch einmal wanderte sie zum Fenster: Unter ihr wuchs ein Feengarten aus aufgerautem, schwarzem Wasser, über das der Mond einen Silberstreifen legte.

Nun konnte sie nicht mehr stehen. Sie legte sich neben Lucrezia und Imperia auf das Bett, die sich, ohne aufzuwachen, drehte und den Arm über sie legte. Obwohl Imperia durchnässt gewesen war, roch sie noch immer gut, sie roch wieder wie die Mutter im Traum, wie ein himmlisches Duftgebilde, wie eine Madonnenschönheit, süß und zugleich frisch, besänftigend, betörend, betäubend – und dann war Francesca eingeschlafen.

Als sie wieder die Augen öffnete, drang bleiernes Morgenlicht in den Raum. Draußen war Stille. Neben ihr schliefen Lucrezia und Imperia. Francesca erhob sich vorsichtig, um niemanden zu wecken.

Ein Blick nach draußen zeigte ihr, dass das Wasser noch immer den Park überschwemmte.

Auch die kleine Dorothea schlief. Ihre Lippen zuckten, und unter den Lidern herrschte aufgeregte Bewegung. Bella war aufgewacht, wies auf das Kind und nickte Francesca versichernd zu.

Leise tappte Francesca die Treppe hinunter zur Galleria, wo sich die Pferde auf notdürftig gestreutem Stroh neugierig nach ihr umschauten. Sie tätschelte Agostinos Schimmelhengst und schob sich durch die Leiber zum Ausgang in den Garten. Das Wasser, eine schlammige und undurchsichtige Brühe, war bis über die untersten Stufen der Treppe gestiegen, hatte allerdings die Räume der Villa nicht erreicht. Francesca ließ sich nicht von ihm abschrecken; sie ging die drei Stufen hinunter, bis sie den Parkweg zur Loggia erreichte. Das Wasser bedeckte ihre Beine bis unter das Knie. Es war kalt; dennoch watete sie vorsichtig vorwärts. Etwas Unbestimmtes zog sie zur Loggia und zum Fluss – vielleicht wollte sie nur nachsehen, ob das Schaf, das dort immer graste, *ihr* Schaf, ertrunken war.

Nirgendwo konnte sie das Tier entdecken.

Als sie die säulengestützte Loggia erreichte, wälzte sich graubraun und schmutzig der Fluss vorbei. Das Wasser ging ihr jetzt bis zum Schritt.

Wagte sie sich zwei oder drei Schritte vor, würde sie die verborgene Kaimauer erreichen, den Halt unter ihren Füßen verlieren und in die Fluten sinken.

Wahrscheinlich war ihr Schaf vom Wasser erfasst und weggeschwemmt worden – in einen erlösenden Schafshimmel …

Ein bedrängender Sog erfasste sie, die Hoffnung auf eine friedliche Stille – nie wieder verstoßen werden, alleingelassen, keine Enttäuschungen und seelischen Schmerzen, nur Ruhe und Frieden … Sie spürte die Kälte des Wassers nicht mehr, eine verführerische Neugierde auf ein bürdeloses Schweben zog sie nach vorne …

Noch ein oder zwei Schritte, sich einfach dem weichen Element hingeben …

Für die kleine Dorothea war gesorgt. Agostino würde sie nicht weggeben wollen, oder Lucrezia nahm sie an sich wie ein eigenes Kind …

Die Kälte des Wassers kroch langsam ihren Leib hoch bis zu ihrem Herzen, in sanfter Traumfolge zogen die Bilder ihres Vaters und der Traummutter vorbei, sie sah Lucrezia und Sebastiano ihr zulächeln, sogar Agostino schien zu winken, alle winkten ihr …

Francesca trat noch einen Schritt vor. Die Strömung zerrte bereits an ihren Beinen, und sie drohte das Gleichgewicht zu verlieren. Ihr Blick glitt über den Tiber zum Ponte Sisto, an dessen Brüstung Männer ängstlich die reißende Strömung beobachteten. Aus den Fenstern der gegenüberliegenden Seite starrten Menschen auf den Fluss, auf dem Hölzer und andere Gegenstände trieben. Viele der Holzgebäude am Ufer, der Mühlen und Anlegestellen waren aus ihren Verankerungen gerissen und weggeschwemmt worden. Zwischen all den Holzplanken glitten Tierkadaver vorbei, aufgedunsene Körper von Kühen und Schafen und – Francesca schaute genauer hin – menschliche Leichen! Manche noch bekleidet, andere nackt und aufgedunsen, weißliche Leiber schwammen auf der braunen Brühe, sie konnte Kniee und aufgetriebene Bäuche erkennen, Köpfe, entstellte Gesichter … Manche der Leichen drehten sich in Wasserwirbeln um die eigene Achse, andere schienen auf sie zutreiben zu wollen.

Und dann schrie sie.

Sie schrie, bevor ihr noch bewusst geworden war, dass sie *sein* rotes Barett auf sich zutreiben sah. Vor ihr drehte sich ein männlicher Leichnam und näherte sich ihr, sie sah lediglich den bekleideten Rücken und das Barett, es war kein Zweifel, sie kannte sein Barett, hatte selbst sein Wappenemblem und seinen Sinnspruch *arte e guadagno* an den Rand gestickt, ein roter Fleck inmitten des schmutzigen Brauns trieb auf sie zu …

Sie schrie ein weiteres Mal und stürzte sich vornüber ins Wasser, um ihn an Land zu ziehen. Sofort wurde sie von der Strömung erfasst, drehte sich um die eigene Achse. Halb verwischt zogen die kahl gewordenen Uferbäume vorbei und auch in der Ferne die Villa, sie sah in einem der oberen Fenster jemanden winken, kurz nur, dann tauchte sie unter, strampelte, kam wieder an die Oberfläche, sah das Barett vor sich, paddelte wie ein Hund ein Stück weiter, konnte sich an einem vorbeitreibenden Holzbrett festhalten, und dann, in der Tat, bekam sie das Barett zu fassen, riss es vom Kopf, doch bevor sie auch nach den Haaren oder der Kleidung greifen konnte, trieb die Leiche ab, und Wasser schwappte über ihren Kopf. Sie strampelte wild und glaubte Boden unter den Füßen zu spüren. Etwas unter ihr gab weich nach, wankend und schwankend, drückte sie nach oben, sie spuckte und hustete, versuchte nach einem Weidenast zu greifen, der über das Wasser ragte, streckte mit aller Kraft ihre Hand aus, erneut gab der Boden nach und drückte sie wieder nach oben.

51. Kapitel

Imperia war nach einem beunruhigenden Traum aufgewacht und rief sich erst einmal ins Gedächtnis zurück, wo sie sich befand und was alles während der vergangenen Nacht geschehen war. Draußen dämmerte es, die Sonne musste ihre ersten Strahlen bereits über den Gianicolo senden. Noch bevor sie all die Mosaiksteine der augenblicklichen Situation zusammenfügen konnte, trat Bella zu ihr, Lucrezia räkelte sich und wachte auf. Sprang dann rasch aus dem Bett, rief »Wo ist Francesca?«, eilte zur Wiege, wo Dorothea ruhig schlief, rief erregt »Habt ihr sie gesehen?« und stürzte zum Fenster.

»Sie war vorhin noch da«, sagte Bella und streckte gähnend ihre Glieder. »Vermutlich schaut sie mit dem Majordomus nach den Schäden.«

»Da ist sie!«, schrie Lucrezia in höchster Erregung. »Ich sehe sie, im Wasser, sie geht unter.« Lucrezia winkte heftig, hastete dann zur Tür und stürmte die Treppe hinunter. Imperia folgte ihr mit Bella. Die Pferde in der Galleria wieherten aufgeregt und sprangen zur Seite. Imperia sah den Majordomus aus den Augenwinkeln, konnte ihm gerade noch »Ihr müsst helfen« zurufen.

Alle drei kämpften sich watend durch die Brühe. Imperia keuchte vorwärts, Lucrezia war bereits in der Loggia. Ein Stück weiter tiberabwärts trieb Francesca im Wasser, unter einem Ast, an den sie sich klammerte. Schon stürzte Lucrezia sich in den Fluss, wurde sofort mitgerissen, trieb aber zum Glück nicht in die Mitte des Stroms, sondern auf Francesca zu.

Als Imperia und Bella wankend und außer Atem die Loggia erreichten, klammerten sich beide Mädchen aneinander und schwenkten im Wasser unter dem Ast hin und her.

»Kannst du euch noch halten?«, schrie Bella.

Francesca krallte sich mit einer Hand fest, in der anderen hielt sie einen roten Gegenstand, ein Stück Stoff, ein Barett vielleicht, genau konnte Imperia es nicht erkennen.

Nun waren der Majordomus und mehrere Knechte bei ihnen,

einer hatte ein Seil um den Körper gebunden und versuchte, sich am Ufer entlang zu den Mädchen vorzukämpfen, ein anderer hielt eine lange Stange ins Wasser, eine weitere Gruppe platschte durch den Garten, um sich von der anderen Seite an die Mädchen heranzukämpfen und ihnen ein Tau zuzuwerfen. Der Mann mit dem Seil um den Körper stürzte sich in den Fluss, machte ein paar kräftige Schwimmstöße, drohte abzutreiben, das Seil spannte sich, hielt ihn, und mit heftigen Bewegungen näherte er sich den Mädchen. Zuerst griff er nach Lucrezia, schrie »Zieht!« seinen Leuten zu, und nach kurzer Zeit hielt Imperia die zitternde und heulende Lucrezia in ihren Armen.

Der Mann sprang sofort wieder ins Wasser, und nun ging alles noch schneller. Er erreichte Francesca, sie ließ den Ast los, und beide versanken erst einmal in den Fluten, schnellten dann jedoch aus dem Wasser und wurden ans Ufer gezogen. Der Majordomus nahm Francesca auf den Rücken, ein Pferdeknecht packte Lucrezia und trug sie auf den Armen, und alle wateten schreiend und rufend zur Villa zurück.

Dort warteten bereits die Mägde mit Tüchern und Kleidern.

Francesca wollte, noch triefend nass, zuerst nach ihrer Tochter sehen. Alle folgten ihr, eine lange Spur der Nässe hinter sich her ziehend.

Die kleine Dorothea schlief friedlich.

Der Majordomus hatte als Erster entdeckt, was Francesca in der Hand hielt. Was sie da so krampfhaft festhalte?, fragte er. Es war eine rhetorische Frage. »Sein Barett«, sagte er nur. Sie nickte.

Als die Sonne ihr goldenes Licht über den noch immer im Wasser ertrunkenen Park warf, waren alle trocken, hockten in der *Sala delle prospettive*, um etwas zu essen. Auch den Pferden war Hafer gegeben worden. Es herrschte eine stumme, hilflose, bedrückte Stimmung.

Kaum hatten die Männer ihren Hunger gestillt, schickte der Majordomus mehrere Gruppen los, die nach Chigis Leiche suchen sollten. Einige der Gärtner wurden beauftragt, das Ufer des

Parks zu durchkämmen, eine andere Gruppe holte sich ein Boot und wollte jenseits des Ponte Sisto suchen.

Francesca hielt ihr Kind im Arm, wiegte es, wirkte starr, als hätte sie den Verstand verloren. Lucrezia weinte still vor sich hin.

Mittlerweile waren Männer aus Trastevere gekommen und hatten von den Schäden der Überschwemmung berichtet, auch von einer größeren Anzahl von Toten. Agostino Chigi jedoch hatte noch keiner gefunden. Eine Gruppe von Chigis Kontoristen und Sekretären hatte sich sogar mit Hilfe eines Ruderbootes bis zur Villa vorgekämpft und berichtete, dass alle Papiere gerettet worden seien, das untere Stockwerk allerdings stehe noch immer brusthoch unter Wasser.

Am Ufer des Parks fand niemand eine Leiche.

»Jetzt ist alles vorbei«, stieß Francesca aus. »Warum konnte ich ihn nicht halten?«

»Aber Kind«, widersprach Imperia. »Du hast dein Leben riskiert – für ein Barett!«

»Für *sein* Barett! Und für ihn? Kannst du das nicht verstehen?«

»Jetzt ist es vorbei«, sagte Lucrezia. »Es war schon vorher vorbei.« Weil niemand antwortete, ergänzte sie: »Er war für uns schon vorher tot.«

Francesca schüttelte stumm den Kopf.

Imperia schwieg.

Die Sonne strahlte, als hätte es nie ein Unwetter gegeben, von einem blassblauen Herbsthimmel, und langsam sank der Wasserspiegel. Am späten Nachmittag erschienen die Suchtrupps, ohne eine Spur von Chigi gefunden zu haben. Hunderte von Toten seien angeschwemmt worden, von den Tieren ganz zu schweigen, die Ripa Grande sehe schrecklich aus, überall müsse widerlich stinkender Schlamm aus den überschwemmten Häusern geschippt werden.

»Es besteht große Gefahr, dass Seuchen ausbrechen«, sagte der Majordomus. »Trinkt kein dreckiges Wasser.«

Am Abend trudelten die ersten Nachrichten vom Papst ein, der den Allmächtigen um Hilfe angefleht, dem Volk von Rom seinen Segen erteilt habe und eine Messe in San Pietro abhalten wolle.

Aus der Region tiberaufwärts, insbesondere aus den Bergen, wurde von unglaublichen Regenmengen berichtet, von Tausenden Stück Vieh, die einfach ertrunken oder weggeschwemmt worden seien, von vernichteter Ernte.

Wölfe seien gesichtet worden, und schon gebe es die ersten Plünderungen. Wegelagerer versteckten sich nicht einmal mehr tagsüber. Gott strafe das Sündenbabylon Rom, brüllten die ersten Bußprediger auf den höhergelegenen Plätzen der verzweifelten Menge zu, Er habe dem sodomitischen Papst und seinem Ewigen Rom die Sintflut geschickt.

In der *Villa Chigiana* herrschte verzweifelte Stimmung. Niemand wagte dem anderen ins Auge zu blicken, niemand wusste, wie es weitergehen könnte.

Abends war das Wasser soweit gefallen, dass Imperia sich entschloss, mit Bella zu ihrem Haus aufzubrechen – trotz der nassen Füße, die sie sich holen würden.

Imperia nahm ihre Tochter Lucrezia zur Seite und bat sie, gut auf Francesca aufzupassen. Durch Chigis Tod sei für sie eine schwere Situation entstanden. Vermutlich würden bald Verwandte aus Siena erscheinen und das Haus in Beschlag nehmen, vielleicht mische sich auch Papst Leo ein. »Die Gläubiger werden sich im Kontor melden, die Schuldner glauben vielleicht, sie kommen davon. O Gott, ob Agostino überhaupt ein Testament hinterlässt? Deine Schwester Margherita hat er bisher nicht legitimiert, sie kann also nichts erwarten, die kleine Dorothea ebenfalls nicht. Falls er die junge Gonzaga bereits geheiratet hat, wird sich vermutlich auch der Marchese einmischen – wohin soll das führen!«

Lucrezias Augen weiteten sich vor Angst, und Imperia wollte gerade wieder abwiegeln, um sie nicht in Panik zu versetzen, als Francesca zu ihnen trat, ihr Mädchen auf dem Arm. »Ihr könnt mich jetzt nicht allein lassen«, erklärte sie, erstaunlich gefasst.

»Lucrezia wird bei dir bleiben«, sagte Imperia. »Sie wird dir beistehen.«

Francesca schüttelte den Kopf. »Ich bleibe nicht im Haus eines Toten. Ich war nur seine Konkubine. Bitte, Imperia, nimm mich bei dir auf! Du bist … wie eine Mutter für mich.«

»Wie stellst du dir das vor?« Imperia schüttelte den Kopf. Doch als sie die Verzweiflung in Francescas Augen erblickte, hatte sie ein Einsehen. »Gut, dann kommt mit, für ein bis zwei Nächte.«

Francesca gab ihr einen Kuss auf die Wange und hauchte ihr ein »Danke!« ins Ohr.

Während des kurzen Wegs zur Via Giulia – noch mussten sie über weite Strecken durch knöcheltiefes Wasser waten – überlegte Imperia, wie sie sich Francesca gegenüber verhalten sollte. Aus der Rivalin um Agostinos Gunst war eine Art Tochter geworden.

Als sie ihr Haus erreichten, war bereits einer ihrer Hausdiener dabei, den stinkenden Schlamm aus den ebenerdigen Vorratsräumen zu schippen. Das Wasser hatte das *piano nobile* zum Glück nicht berührt. Langsam schritt sie die Treppe hoch, als betrete sie ihre Wohnung nach langer Abwesenheit wieder, ließ ihren Blick auf den Teppichen ruhen, nahm die Muranogläser in die Hand, wischte den Staub mit dem Handballen ab, schob Ovids *Metamorphosen* zur Seite, arrangierte Laute und Flöte neu und öffnete die Fensterläden.

Francesca war ihr wie ein Hund gefolgt. »Hier ist es viel schöner als in Chigis Villa, gemütlicher – drüben war es immer kalt und leer, und selten fehlten Handwerker oder Maler. Man kann dort Feste feiern, aber Kinder …«

»Wir müssen ein Zimmer für euch drei leerräumen«, sagte Imperia, als sie mit Francesca das Schlafzimmer betrat. Sie wollte es sofort wieder verlassen, weil der erotische Wandschmuck ihr plötzlich so aufdringlich und unpassend erschien, aber Francesca setzte die kleine Dorothea auf dem Bett ab, wo das Kind sofort freudig umherrobbte, nahm dann die griechische Skulptur eines Fauns mit stolz erigiertem Penis in die Hand und schien sie studieren zu wollen.

Imperia lachte nervös auf. »So etwas hast du ja wohl auch schon gesehen. Ein Geschenk von Agostino im Übrigen.«

Francesca stellte den Faun wieder auf den Wandsims und setzte sich auf den Bettrand, um ihre Hand wie ein Mäuschen auf die Kleine zurennen zu lassen. Dann kitzelte sie das Kind, das freudig aufjuchzte.

»Ich werde bei dir bleiben«, sagte sie wie nebenbei. »Und wenn ich eine Kurtisane werde.«

52. Kapitel

Er erbrach sich ohne Ende. Jemand hielt ihm am Bauch hoch, und er spuckte, hustete, kotzte wieder. Dann lag er am Boden, jemand schüttelte ihn, drehte ihn auf den Rücken, schlug ihm auf die Wangen und rief: »Wach auf! Du lebst noch! Wach auf!« Und wieder ein Schlag ins Gesicht.

Langsam kam Agostino Chigi zu sich.

Konnte es sein, dass er doch nicht tot war? Gab es im Himmel Ohrfeigen, und erbrach man sich dort, vor den Füßen des Allmächtigen? Nein, dort umschwebten den Frommen die Engel und sangen ihren Lobpreis. Schon wieder eine klatschende, schmerzhafte Ohrfeige. Er spuckte Wasser, ein Wunder war geschehen. Irgendjemand musste ihn aus dem Fluss gezogen haben, oder er war ans Ufer getrieben worden. Langsam kehrte jetzt die Erinnerung zurück, die Erinnerung an das Unwetter, den Überfall, den Kampf im Wasser …

Als er die Augen aufschlug, schaute er in mehrere Bauerngesichter. Hinter zwei Männern tauchte eine Frau mit einem Kopftuch auf, und er hörte Hühner gackern.

»Wir haben dich aus dem Fluss gefischt«, sagte einer der Bauern. »Das heißt, du lagst wie tot am Ufer. Wer bist du? Du musst ein feiner Pinkel sein, bei uns trägt man solche Kleidung nicht.«

»Agostino Chigi«, krächzte er. »Ein Römer. Wo sind meine Männer? Und die Pferde? Wir sind überfallen worden.«

Einer der Männer lachte, der andere machte eine Geste, die zeigen sollte: Über alle Berge.

Sobald Agostino Chigi wieder die Kraft zurückgewonnen hatte zu gehen, brach er in das nahe Rom auf. Einer der Bauern begleitete ihn, nachdem Chigi ihm eine ordentliche Belohnung versprochen hatte, ohne allerdings zu sagen, dass er ein reicher *banchiere* sei.

Er wollte Rom wieder durch die Porta Nomentana betreten, weil der dortige Zollaufseher für ihn arbeitete. Es war schwer, in die Stadt zu gelangen, weil die alte Römerstraße verstopft und Rom selbst noch damit beschäftigt war, die ärgsten Schäden zu beseitigen. Als Chigi endlich – sein Retter wich nicht von seiner Seite – das Stadttor erreicht hatte, erkannte ihn der Zollaufseher nicht auf den ersten Blick. Zu heruntergekommen und zerrissen sah er aus. Auch auf den zweiten Blick glaubte der Mann nicht, dass er Agostino Chigi und soeben dem Sensenmann von der Schippe gesprungen sei. »Oder den Flussnymphen aus ihren gierigen Fängen.« Er wollte sich einen kleinen Scherz erlauben.

»Agostino Chigi ist tot«, sagte der Zollaufseher, ohne zu lächeln. »Das hat sich in ganz Rom herumgesprochen, seine Geliebte hat ihn vorbeitreiben sehen und sein rotes Barett aus dem Tiber gefischt, sein Majordomus hat dies bestätigt. Sie wäre dabei selbst fast ertrunken.«

Chigi fühlte ein nachträgliches Erschrecken über die Gefahr, in der Francesca geschwebt hatte – falls die Nachricht stimmte. Er versuchte jedoch, überlegen zu wirken und den großen Herrn herauszukehren, nickte und lachte gepresst. »Meine Geliebte … mein Barett … kaum zu glauben.« So richtig zum Lachen war ihm eigentlich nicht zumute, und auch der Bauer fand diese Auskunft nicht witzig, sondern fuchtelte ihm drohend mit der Faust vor der Nase herum und stieß wütend aus: »Wenn du mich belogen hast, haue ich dir die Fresse platt.«

Chigi fuhr mit der Hand über seine Haare, als merke er erst jetzt, dass ihm seine Kopfbedeckung fehle, winkte dem Bauern beruhigend zu.

»Das Barett … Der Wegelagerer riss es mir vom Kopf, das stimmt … Ist es soweit getrieben, bis kurz vor Trastevere?«

»Und der Mann dazu«, sagte der Zollaufseher. »Agostino Chigi.«

»Hat man ihn denn aus dem Fluss gefischt?«

Jetzt wurde der Mann unsicher. »Nein, noch hat man ihn nicht gefunden. Wenigstens weiß ich davon nichts. Aber Chigi gilt als tot, selbst der Heilige Vater hat seinen Tod ›einen unersetzlichen Verlust für die Kirche und Rom‹ genannt und will persönlich die Totenmesse halten.«

»Aber ohne Toten gibt es doch keine Totenmesse!«, rief Chigi aus. Jetzt musste er aus vollem Hals lachen.

»Du Schuft, ich schlag dich tot!« Der Bauer ballte seine Fäuste, und Chigi trat hinter den Zollaufseher.

»Nur Ruhe, Mann!«, rief er ihm zu, die Hände abwiegelnd erhoben. »Lasst uns alle zur Via dei Banchi gehen! Dort wird sich rasch aufklären, dass ich in der Tat noch lebe.« Er fand seine Aussage so witzig, dass er erneut in Gelächter ausbrach.

In seinem Kontor wurde er nach anfänglich ungläubigem Staunen tatsächlich erkannt. Spätestens als er sie auf seine Adlernase hinwies und erklärte: »Wer hat schon solch einen Zinken?«, brüllten seine Männer vor Jubel und schickten unverzüglich einen Boten zum Vatikan und einen anderen zur Villa. Man verpasste ihm neue Kleidung, holte einen *barbiere*, der ihn kämmte und rasierte. Als er wieder unter seine Leute trat, brandete erneut spontaner Applaus auf, er ließ sich ein Glas Wein reichen und prostete dem Retter im Himmel seinen Dank zu.

Sein bäuerlicher Retter zupfte ihn am Ärmel.

Auch er erhielt ein Glas, aus dem er kaum zu trinken wagte, und anschließend reichte ihm Chigi mit großer Geste mehrere Golddukaten, die der Bauer ungläubig bestaunte. Er wollte schon aus dem Kontor rennen, doch dann stotterte er: »Damit kann ich nichts anfangen, die Goldmünzen nimmt mir niemand ab. Alle werden mich für einen Räuber halten, sie bestehlen mich oder hängen mich auf!« Er starrte auf den polierten Glanz in seiner schmutzigen Hand.

»Der Mann hat recht«, rief Chigi in die Runde, mittlerweile in bester Stimmung. Dann legte er ihm die Hand auf die Schulter. »Pass auf, wir machen es so. Du gibst uns das Geld als Darlehen, wir unterzeichnen dir einen Schuldschein und zahlen dir jeden Monat oder jedes halbe Jahr, wie du willst, die Zinsen in Kupfermünzen. Wenn du dir vielleicht ein neues Haus bauen oder Vieh kaufen willst und dafür mehr Geld benötigst, kommst du zu uns und lässt dir soviel auszahlen, wie du brauchst. Hast du mich verstanden?«

»Was ist ein Schuldschein? Und lesen kann ich auch nicht.«

Chigis Schreiber und Kontoristen brachen in homerisches Gelächter aus.

»Brauchst du etwas, was du nur in Rom finden kannst?«, fragte ihn Chigi verständnisvoll lächelnd.

»Oh, da wüsste ich schon einiges.« Der Bauer grinste.

»Gut, das erledigen wir jetzt. Einer meiner Kontoristen erklärt dir noch einmal, was mit deinem Geld geschehen wird, gibt dir einige Soldi in die Hand und zieht dann mit dir los, um dich auf unsere Kosten neu einzukleiden und dir einige Wünsche zu erfüllen. Er wird aufpassen, dass du nicht betrogen wirst und deinen Spaß hast.«

Der Bauer schaute noch einmal skeptisch von einem zum anderen, nickte dann und gab Chigi einen schmutzigen Schmatzer auf die Wange. Damit war dieses Problem gelöst, und zusätzlich erhielt auch der Zollaufseher einen Dukaten. »Damit Ihr mich das nächste Mal leichter erkennt!«

Begleitet von seinem Prokurator, machte Chigi sich auf den Weg in die Villa, um endlich Francesca und sein kleines Töchterchen in die Arme zu schließen. Kurz überlegte er, ob er durch die Via Giulia und über den Ponte Sisto zur Villa gehen sollte, um bei Imperia als wiederauferstandener Heiland Chigi einen Freudenjubel auszulösen, aber er verwarf diesen Gedanken, weil er als Erste Francesca begrüßen wollte. *Seine* Francesca! Die er vor der Reise nach Mantua wahrlich vernachlässigt hatte. Die sein Barett aus dem Tiber geholt hatte – unter Lebensgefahr! Weil sie ihn liebte. Und die er ja auch liebte. Nie aufgehört hatte zu lieben –

trotz Margherita. O Gott, was war er für ein gewissenloser Dummkopf gewesen! Ob sie ihm jemals verzeihen konnte?

In der Via dei Banchi hatte sich bereits herumgesprochen, dass er wieder von den Toten auferstanden sei. Sogar Johannes Zink, der *fattore* der Fugger, kam auf die Straße geeilt, um ihn zu beglückwünschen. Auf der Brücke vor der Engelsburg brüllten die Händler: »Unser *Magnifico* lebt! Vivat!« Er winkte ihnen zu, als sei er der große Cäsar selbst. Der Ruf seines Überlebens schien sich in Rom wie ein Lauffeuer zu verbreiten, denn in der Lungara kam er nur langsam vorwärts, weil zahlreiche Menschen vor ihm auf die Knie fielen, ihm die Hand küssen oder gesegnet werden wollten. »Der Herr ist groß, ein Wunder ist geschehen«, hörte er die Menge jubeln. Noch immer konnte er angesichts der Spuren, die die Überschwemmung hinterlassen hatte, nur den Kopf schütteln. So wild hatte der Tiber sich lange nicht aufgeführt. Überall bedeckte die Straße festgebackener Dreck, und an den Baumstämmen sah er, wie hoch das Wasser gestanden hatte. Außerdem stank es gräßlich. Nach verwesenden Kadavern und nach Scheiße.

Endlich im Park der Villa angekommen, erschrak er trotz aller Befürchtungen über die Verwüstung: Die meisten Bäume standen noch, behängt mit schmutzigen Resten der Überschwemmung, einige waren zur Seite gedrückt, die Springbrunnen eingepappt, die Rosenstöcke weggeschwemmt – und es stank auch hier. Nun packte ihn die Angst, die kostbaren Fresken, Marmorböden und Teppiche im untersten Geschoss könnten beschädigt oder zerstört sein. Er wäre fast in lauten Jammer ausgebrochen, beherrschte sich aber, winkte seinen Gärtnern zu und wurde von ihnen angeglotzt, als sei er der Leibhaftige. Viele bekreuzigten sich. Er umrundete die Villa und stellte mit Erleichterung fest, dass das Wasser nicht bis ins Innere vorgedrungen war. Und dann konnte er nicht mehr an sich halten und schrie: »Francesca? Wo bist du? Ich bin wieder zurück! Ich lebe!«

Noch auf den Stufen zur Loggia stürzte ihm der Majordomus entgegen und alle Hausdiener, die Küchenmägde, die Handwerker. Chigi hob die Arme wie zum Segen, lachte, rief: »Ja, ich bin es, auch wenn mein Barett vorbeitrieb, ein Wunder ist geschehen. Gott hatte noch einmal ein Einsehen und ließ sein Glückskind am Leben.«

Der Majordomus wollte nicht mehr aufhören, seine Hand zu schütteln und fromme Sprüche zu stottern, die Weiber seiner *famiglia* heulten und lagen sich in den Armen, und dann wollte der Jubel nicht enden. Chigi tauchte in die Menge seiner Leute, versuchte, jedem die Hand zu reichen, schaute zugleich über die Köpfe hinweg nach Francesca, die bisher nicht aufgetaucht war.

»Wo ist meine Geliebte?«, fragte er schließlich den Majordomus. »Und mein Töchterchen? Und Lucrezia?«

Einen Augenblick schoss ihm der Gedanke durch den Sinn, Francesca könnte sich etwas getan haben, aus Verzweiflung über die angekündigte Hochzeit mit der Gonzaga-Tochter, über sein Ableben – und ein so schmerzhafter Anfall von liebevoller Zuneigung und Sehnsucht traf ihn, dass er zusammenbrach.

Er konnte nur noch schluchzen.

Ratlos umringten ihn der Majordomus und alle Mitglieder der *famiglia*, bis schließlich die Köchin rief: »Eure Francesca ist bei Imperia.« Sie schaute sich um, um sich Bestätigung zu holen. »Wir haben sie doch alle zusammen abziehen sehen.«

»Das stimmt«, hörte Chigi, und auch der Majordomus bestätigte die Aussage der Köchin, nicht ohne hinzuzufügen: »Ich konnte sie nicht zurückhalten.«

Chigi wollte unverzüglich in die Via Giulia reiten. Er rief nach einem Pferd; da jedoch keines gesattelt war, brach er zu Fuß auf. Auf dem Ponte Sisto war kaum ein Durchkommen, er musste erneut zahlreiche Hände schütteln. Endlich stand er vor Imperias Haus. Auch hier Gestank, festgebackener Tiberschlamm und Abfall auf der Straße. Einer von Imperias Hausdienern arbeitete vor der Tür, starrte ihn mit offenem Mund wie einen Geist an und ließ seinen Besen fallen.

Chigi tätschelte seinen Arm, lachte »Ja, ich bin's, Mund zu!«

und trampelte die Treppe hoch, mehrfach »Ich bin's, Agostino!« rufend.

Nein, sie hatten noch nichts von dem Wunder der Wiederauferstehung gehört. Eine schönere Überraschung konnte er sich nicht vorstellen. Und wieder überschwemmte ihn das Gefühl seiner Liebe wie eine Woge. Er kam nach Hause, er kehrte zu seiner Familie zurück! Er liebte sie alle.

»Imperia, Francesca, Lucrezia, ich bin's.«

Da stand sie, Francesca, auf dem Treppenabsatz, starrte ihn mit geweiteten Augen ungläubig an.

»Nein, ich bin nicht ertrunken, das Barett hat mir ein Wegelagerer entrissen ...«

Erst als er sie in den Arm nahm, wollte sie ihm glauben. Noch immer blieb ihr Mund wie versiegelt, als hätte sie nach einem Schlagfluss die Sprache verloren.

Imperia, Lucrezia und Bella waren aufgetaucht.

Er hatte Jubel erhofft, doch keiner sagte etwas, nur Lucrezia schossen Tränen in die Augen und liefen stumm die Wangen hinunter.

»Freut ihr euch denn gar nicht?«, rief er, versuchte, sie alle gleichzeitig zu umarmen, drückte ihnen Küsse auf die Wangen.

Als er sie in den *salone* zog, sagte Imperia tonlos: »Wir können es noch nicht glauben.« Und dann: »Du kannst dir nicht vorstellen, wie erleichtert ich bin.« Lucrezia weinte still vor sich hin. Bella goss einen Willkommenstrunk ein und stellte ihm einen Teller mit Brot und Salz hin, dazu ein paar Oliven.

Francesca schaute nur, forschend, unsicher, überwältigt.

»Und wo ist mein kleines Töchterchen?«, fragte er.

53. Kapitel

Francesca schaute gerührt zu, wie Agostino sein Töchterchen herzte und mit ihm scherzte. Schließlich fragte er sie, ob sie bereit sei, mit ihm in seine Villa zurückzukehren. Trotz seines Briefes, den sie sofort zerreißen müsse. »Ich war nicht bei Sinnen, als ich ihn schrieb.«

»Du wirst also keine Margherita Gonzaga heiraten?«, fragte sie ungläubig.

Er schüttelte heftig den Kopf, nahm ein Glas Wein und schüttete seinen Inhalt hinunter. Mit gesenktem Blick und gedämpfter, zittriger Stimme erklärte er schließlich: »Ich möchte die Reise nach Mantua vergessen. Ich war dem Tod so nahe …« Doch dann brach es aus ihm heraus: »Die ganze Gonzaga-Sippe ist ein verlogenes, aufgeblasenes, überhebliches Pack. Zum Teufel mit ihnen!«

Francesca schaute überrascht. Dies klang tatsächlich nicht nach der Beschreibung einer neuen Schwiegerfamilie. Imperia jedoch fragte äußerst skeptisch ein zweites Mal nach: »Also, du bist sicher, dass du keine junge Marchesina mehr heiraten willst?«

»Ja, da bin ich sicher«, antwortete er, schüttete erneut ein Glas Wein hinunter und berichtete dann in allen Einzelheiten von dem Unwetter, dem Überfall, seinem Kampf mit dem Wegelagerer und der wundersamen Rettung.

Schließlich unterbrach ihn Imperia: »Warum du die illegitime Gonzaga-Tochter nicht mehr heiratest willst, hast du uns bisher verschwiegen.«

»Es ging nicht. Sie wollten zuviel von mir. Und auch Margherita …«

Als er nicht weitersprach, warf Imperia Francesca einen bedeutungsvollen Blick zu. Eine Weile schwiegen alle. Bella verschwand in der Küche, Lucrezia folgte ihr, Francesca widmete sich ihrem Töchterchen. Nur Imperia ließ einen seltsam leeren Blick auf Agostino ruhen, bis er erneut Francescas Hand ergriff und ihr zuflüsterte: »Komm mit mir! Lass uns die letzten Wochen einfach vergessen. Es wird jetzt alles anders.«

Francesca zögerte. Sie war sich nicht sicher, ob sie nach Agostinos Brief und all den Ereignissen der letzten Tage und Wochen so einfach, als sei nichts geschehen, zur Tagesordnung übergehen konnte, ob es Sinn hatte, ihm zu folgen: als Konkubine, die irgendwann ersetzt oder weggeschickt wurde, wenn Agostino geruhte, um die Hand einer anderen Adelstochter anzuhalten oder sich in sonst eine angesehene Familie mittels Heirat einzukaufen. Auf allgemeine Versprechungen wie *Es wird jetzt alles anders* gab sie nichts mehr.

Aber was sollte sie tun? Nach Venedig zu ihrem Vater und der Mutter, die sie verstoßen hatte, zurückkehren, mit einem Kind ohne Vater? Alles sträubte sich in ihr dagegen. Oder sollte sie vielleicht Imperias Spuren folgen und Kurtisane werden? Wie vorher konnte es auf jeden Fall nicht weitergehen. Es gab nur eine wirklich akzeptable Lösung – aber sollte sie diese Lösung in der augenblicklichen Situation erzwingen? Liebe war doch ein Kind der Freiheit – und sollte nicht die Ehe ein Kind der Liebe sein, nicht des Geldes oder des Ansehens?

»Francesca«, flehte Agostino. »Bitte …!«

»Gut, ich komme mit dir.«

Kaum hatten sie die Villa erreicht, gab es für Agostino viel zu besprechen und organisieren. Francesca zog mit Lucrezia in ihre Räume und kümmerte sich um Dorothea. Beide Freundinnen sprachen wenig.

Lucrezia wirkte, je länger sich der Abend hinzog, nicht mehr erleichtert. Als Francesca ihr Töchterchen stillte, schaute sie wehmütig zu. »Und was wird aus mir?«, fragte sie.

Abends erschien Agostino und bat Francesca, die Nacht mit ihm im Alexanderzimmer zu verbringen. Lucrezia schaute nun nicht nur wehmütig, sondern schwermütig, rief ihr aber zu: »Geh nur, ich kümmere mich um die Kleine. Sie ist jetzt satt, und wickeln kann *ich* sie. Wenn sie schlecht träumt, werde ich sie trösten. Nur wenn sie Hunger hat, muss ich dich rufen.«

Francesca folgte Agostino mit schlechtem Gewissen. Sie fühlte sich noch nicht zur Liebe bereit.

Als Agostino die Decke über sie zog, betonte er, er wolle sie nicht drängen, nach den aufregenden Erlebnissen der vergangenen Zeit müssten sie ihre Liebe wieder ganz neu lernen; dann klammerte er sich derart ertrinkend an sie, dass sie kaum mehr atmen konnte. Sie hörte ihn sogar schluchzen. Wie einem verzweifelten Kind strich sie ihm tröstend über den Kopf, und er suchte zur Antwort ihre Brüste. Sie befürchtete schon, er würde an ihnen trinken wollen, er leckte aber nur die Milchtropfen ab, die häufig austraten, und küsste ihre Brustwarzen.

Fast musste sie lachen über den grauhaarig gewordenen Mann, der sich wie ein Säugling aufführte, doch rasch merkte sie, dass dem Säugling eine feste Männlichkeit wuchs. Agostino packte sie plötzlich und unerwartet mit schmerzhafter Leidenschaft. Sie wollte ihn bremsen, aber sein Sturm war nicht aufzuhalten. So ließ sie ihn gewähren.

Als sie am nächsten Morgen die Kleine stillen musste, wollte er sie nicht loslassen. Sie hatte ihm zu versprechen, wieder ins Bett zurückzukehren, was sie auch gehorsam tat, und während dann die Sonne schmale Lichtstreifen in das Zimmer schickte, über ihnen die persische Roxane züchtig nach unten schaute und die Putti frech ihre Spielchen trieben, liebten sie sich noch einmal, diesmal in seltener Einigkeit und Harmonie, wortlos, rauschhaft und beglückend.

Während sie die ausklingenden Wellen der Lust genoss, flüsterte er ihr ins Ohr: »Ich liebe dich, Francesca, mehr denn je, und ich brauche dich.« Dies hatte er noch nie gesagt.

Sie wollte die Fensterläden öffnen, um die kühle Spätherbstluft und das milde Sonnenlicht einzulassen, aber er hielt sie fest, umarmte sie und berichtete erneut von den Tagen in Mantua, berichtete ihr sogar von Margherita, die er hatte heiraten wollen. »Aber sie hat mir einen Korb gegeben.«

Francesca musste lachen. »Das kann ich nicht glauben.«

»Obwohl sie nur eine illegitime Tochter ist, hat sie Isabellas Arroganz übernommen, und Gonzaga, ihr Vater, kann sich gegen die Frauen nicht durchsetzen. Ein echter Maulaffe und Pantoffelheld.«

In die Einzelheiten ging er nicht, zu peinvoll schien ihm die Erinnerung an seine Niederlage in Mantua zu sein. Dafür schilderte er, wie bereits bei Imperia, minutiös den Überfall der Wegelagerer und seinen Kampf, den er mit unglaublichem Glück überlebt habe. »Der liebe Gott im Himmel scheint mich doch zu mögen«, sagte er nicht ohne Selbstironie.

»Verlasse dich nicht zu sehr auf ihn!« Sie imitierte seinen Ton.

Nachdenklich schwieg er und zog sie auf seinen nackten, rauen Körper.

»Was soll jetzt werden?«, fragte sie ihn nach einer Weile.

»Wir müssen den Park wieder herrichten, ich muss im Kontor jede Menge erledigen, du wirst Dorothea abstillen und mir bald einen Sohn schenken, von Zeit zu Zeit wird der Heilige Vater zu Besuch kommen, wir werden Feste feiern …«

An seiner unsicheren Stimme merkte sie, dass ihm das eigentliche Ziel ihrer Frage durchaus bewusst war.

»Liebst eigentlich auch du mich noch immer … ein wenig?«, fragte er. »Obwohl ich ein alter Mann bin und dir davonlaufen wollte?«

Sie stemmte ihren Oberkörper hoch, gab Agostino einen Kuss und berührte seine Nasenspitze mit ihrer Nasenspitze.

»Du hast recht. Einen alten Mann mit solch einem Zinken kann man nicht lieben, insbesondere dann nicht, wenn man so schön ist, dass sich alle Maler um einen reißen.«

Agostino wusste offensichtlich nicht recht, wie ernst sie ihre Antwort meinte.

»Ich will dir etwas sagen, Messer Agostino Chigi della Rovere.« Sie versuchte möglichst ernst zu klingen: »Am meisten mag ich deine Nase. Dann deine grau gewordenen Haare. Dann dein Geld. Und wenn noch ein bißchen Liebe übrig ist, auch dich.«

Er gab ihr einen spitzen Kuss auf die Lippen und nahm ihren Ton auf. »Das ist schon mehr, als ich verdiene.«

»Allzu wahr.«

Francesca legte sich neben ihn und schaute ihm ernst in die Augen. »Imperia hat mir während der letzten Tage aufopferungsvoll beigestanden.«

»Ja, sie ist eine großartige Frau, schön, klug und …«

»… du liebst sie.«

»Wie man eine schöne und kluge Kurtisane so liebt.«

»Mehr noch. Du hast mit ihr eine Tochter. Vielleicht ist ja auch Lucrezia deine Tochter.«

»Möglich wäre es, aber ich glaube es nicht. Nun lass uns von etwas anderem reden.« Er setzte sich auf. »Nein! Nicht mehr reden! Hol' doch unsere kleine Dorothea zu uns ins Bett.«

Francesca war überrascht und freute sich. Einen solchen Wunsch hatte er noch nie geäußert. Als sie die Kleine aus der Wiege nahm, schaute Lucrezia skeptisch und wandte sich dann mit beleidigt-eifersüchtiger Miene ab.

Wieder bei Agostino, wollte sie ihm Dorothea reichen, doch das Kind schaute sich erst einmal neugierig um und fand dann eine ungewohnte Freude in dem großen Bett. Sie krabbelte juchzend auf Agostino, robbte zu ihrer Mamma, kroch wieder zurück und patschte mit ihren Händchen auf ihn ein. »Siehst du«, Francesca lachte, »sie will dir mit Nachdruck etwas sagen.«

Agostino stemmte Dorothea hoch und schüttelte sie, was sie begeisterte. »Und was willst du mir sagen?«, ahmte er den Kleinkinderton nach.

»Du hast doch ein großes Haus, deine wunderbare Villa mit dem großartigen Park, der bald wieder in altem Glanz erstrahlen wird«, antwortete Francesca, jetzt ganz ernst. »Wie wäre es, wenn Imperia und deine Tochter Margherita zu uns zögen. Wir wären dann eine richtige Familie.«

Agostino musste lachen, ohne dass es wirklich echt klang. Mit gerunzelter Stirn setzte er die Kleine neben Francesca ab. »Und wer ist dann meine Frau? Du? Oder Imperia – als deine Mutter?« Er lachte noch einmal, diesmal regelrecht gepresst. »Oder soll ich in Bigamie leben? Mit zwei Konkubinen? Da wird sich Papst Leo aber freuen, und die ganze Stadt wird sich das Maul zerreißen.« Da sie nichts sagte, fügte er noch an: »Hast du mit Imperia darüber gesprochen?«

»Nein, aber es wäre mein größter Wunschtraum. Wir alle zusammen unter einem Dach.«

Die Kleine schien jetzt müde zu werden, steckte ihren Daumen in den Mund und legte sich auf die Seite.

»Die berühmte Kurtisane Imperia zieht niemals zu einem ältlichen *banchiere*«, sagte Agostino. »Sie gibt doch ihre Freiheit nicht auf.«

»Wenn du sie heiraten würdest, zöge sie sicherlich ein.«

Er lachte auf. »Ja, dann sicher. Aber was wird in diesem Fall aus dir?«

»Tja, was wird aus mir?« Sie verzog ironisch ihre Mundwinkel, doch eigentlich war es ihr todernst. »Das muss ich mir gut überlegen. Vielleicht sollte ich Sebastiano heiraten.«

»Da kommst du zu spät.«

»Das ist richtig. Ich könnte vielleicht in Imperias Fußstapfen treten.«

Sie wusste selbst nicht wirklich, wie ernst es ihr war.

Die Kleine war jetzt eingeschlafen.

»Bevor du dies tust, solltest du doch lieber meine Frau werden.«

»Bisher hast du immer Gründe gefunden, mich *nicht* zu heiraten, bist sogar nach Mantua gereist, hast um die Hand einer Adligentochter angehalten. Also lass deine Spielchen! Vermutlich wirst du mich nie heiraten.«

Nun hatte sich jeglicher ironische Unterton gelegt.

Agostino lächelte, gab Francesca einen Kuss, küsste auch sein schlafendes Kind, schob sich vorsichtig aus dem Bett und rief nach seinem Kammerdiener, der ihn ankleiden sollte. Sie zog die Decke über ihren Kopf und drückte ihr Töchterchen an sich.

Bevor er den Raum verließ, lüftete er die Decke, flüsterte: »Warte einfach ab, was geschieht – und versuche, mir zu vertrauen.«

54. Kapitel

Kaum hatten die beiden Mädchen mit der Kleinen ihre Wohnung verlassen, gedachte Imperia wieder, ihr altes Leben aufzunehmen. Doch rasch merkte sie, dass eine unüberwindliche Abneigung sie davon abhielt, irgendwelche Kunden zu empfangen. Selbst bei langjährigen Verehrern machte sie keine Ausnahme. Als sich Enea Piccolomini anmeldete, bat sie ihn, ein paar Tage zu warten, sie fühle sich nicht wohl.

In der Nacht schlief sie schlecht, und mit Bella vermochte sie nicht über ihre seelische Verfassung zu reden. Sie kommandierte sie herum, bis Bella hinhaltenden Widerstand zeigte und schließlich gar nicht mehr reagierte. Imperia schrie nach ihr. Bella tauchte schweigend auf, baute sich mit in die Hüfte gestemmten Armen vor ihr auf, schaute streng auf sie herab und sagte nach einer langen Schweigepause: »Und?«

Imperia hätte am liebsten mit einer der schweren Vasen nach ihr geworfen. Doch kaum hielt sie das kalte Glas in der Hand, änderte sich ihre Stimmung abrupt, sie verstand ihr Verhalten selber nicht mehr und entschuldigte sich wortreich. Allerdings erschöpften sich all ihre Entschuldigungen in leeren Floskeln.

Bella nickte nur.

Schminken lassen wollte sich Imperia an diesem trüben Spätherbsttag überhaupt nicht, und sie fand beim Kämmen, dass ihre Haare dünn wurden, ja, sogar erste graue Fäden meinte sie erkennen zu können. Sie warf Kamm und Bürste auf den Schminktisch, rückte ans Fenster und starrte auf die Straße, reagierte nicht einmal auf die zahlreichen Grüße, die ihr hochgesandt wurden.

Ein paar Tage später schickte sie eine Botschaft zu Angelo. Er schien ihr der einzige Mann zu sein, der ihre Bereitschaft zur Liebe wieder anfachen, der sie in ihr gewohntes Leben zurückführen konnte. Ihr Hausdiener wurde aber im Hause del Bufalo erst gar nicht eingelassen, durfte immerhin seinen Brief abgeben. Doch in den folgenden Tagen erhielt Imperia weder eine Antwort, noch tauchte Angelo bei ihr auf.

Stattdessen erschien Enea Piccolomini. Bella ließ ihn, ohne nachzufragen, eintreten und führte ihn in den *salone*. Da Imperia weder richtig angekleidet noch geschminkt war, hatte er lange zu warten – bei geschlossener Tür. Er räusperte sich mehrfach, rief aber nicht nach ihr. Als sie schließlich aus dem Ankleideraum in den *salone* trat, hatte er sich in Ovids *Remedia amoris* vertieft, in das *Heilmittel gegen die Liebe*, das aufgeschlagen am Fenster lag. Er erhob sich höflich, schaute ihr sorgenvoll in die Augen und wollte sie mit einer leichten Umarmung begrüßen.

»Heute nicht, Enea«, rief Imperia schärfer, als sie beabsichtigt hatte, und wich vor seiner Berührung zurück. »Ich hätte dir Bescheid gegeben, wir können dir nicht einmal eine anständige Pastete vorsetzen.«

»Ein paar Oliven tun es auch und ein Schlückchen Wein«, antwortete er und schaute noch sorgenvoller.

Da fiel plötzlich ihre mühsam gehaltene Maske ab. »Ich weiß, ich benehme mich unmöglich«, schluchzte sie, und nach kurzer Zeit wurde ihr Körper so geschüttelt, dass sie Enea einfach stehenließ und in ihr Schlafzimmer verschwand. Dort warf sie sich aufs Bett, schlug in verzweifelter Wut mit der Faust auf Kopfkissen und Nackenrolle und heulte sich die Seele aus dem Leib.

Als Bella nach einer Weile erschien, lag sie, die Augen geschlossen, erschöpft auf den zerkrumpelten Decken. »Wartet Enea noch?«, fragte sie mit heiserer Stimme.

»Er ist mit verständnisvollen Worten gegangen. Ein echter *gentiluomo*.«

Während der nächsten Tage schickte er regelmäßig Genesungswünsche, kam auch schon einmal vorbei und sprach mit Bella, ohne den Fuß in ihren *salone* zu setzen.

In den folgenden Wochen änderte sich nichts, und Imperia fiel in eine bodenlose und zugleich blinde Verzweiflung.

Die Weihnachtstage näherten sich. Ihre Tochter Margherita fragte, ob Imperia zu einer der großen Messen nach Santa Cecilia kommen wolle. Sie sänge im Chor und dann sogar solo. »Ich habe dich wirklich lange nicht gesehen und gesprochen.«

Zugleich bat Lucrezia sie im Namen von Francesca und Agostino, sie möge die Festtage mit ihnen in der Villa verbringen. Gemeinsam könne man das Hochamt in San Pietro besuchen, das der Heilige Vater abhalte und bei dem Agostino natürlich anwesend sein müsse. »Wir beiden Mädchen dürfen ihn begleiten«, schrieb sie. »Soweit sind wir schon.«

Imperia lehnte alle Einladungen ab, dankte ihren Töchtern jedoch und schrieb gleichzeitig einen Brief an Agostino, in dem sie sich auch bei ihm bedankte, ihn gleichzeitig bat, sie in absehbarer Zeit aufzusuchen. »Aber nicht zu einer Liebesnacht«, fügte sie im Postscriptum an.

In der Tat erschien Agostino am Tag des heiligen Stephanus, bedauerte, dass sie nicht gemeinsam die Festtage hätten verbringen können, »als Familie, nach der sich Francesca so sehnt«, und berichtete dann von dem Hochamt in San Pietro. »Die Stimme des Heiligen Vaters ist allerdings nicht sehr fest, und einen Ton kann er auch nicht halten. Seine Schmerzen scheinen ihn gequält zu haben. Aber insgesamt war es sehr weihevoll und erhebend. Der Heilige Vater erwähnte sogar in seiner Predigt meine wundersame Errettung und nannte sie in der Tat eine *Wiedergeburt*, die für das Heil der Kirche von großer Bedeutung sei. Dabei warf er mir einen Blick zu. Ich weiß schon, dass ich ihm demnächst wieder seine leeren Kassen füllen soll.«

Imperia blieb wortkarg.

»Meine Liebe, was ist mit dir?«, fragte er schließlich besorgt, ergriff ihre Hand, beugte sich zu ihr. Sie musste erst einmal ihr Glas Wein leertrinken.

»Nichts ist, nichts«, antwortete sie ruppiger als gewollt und brach dann in Tränen aus.

Als sie sich wieder beruhigt hatte, bat sie Agostino stockend, er möge doch bitte ihre gemeinsame Tochter Margherita legitimieren. »So weiß ich sie wenigstens versorgt, wenn ich einmal nicht mehr bin.«

»Was sagst du denn da?«, rief er in übertriebener Entrüstung. Doch seine Miene zeigte echte Sorge. »Du bist nicht einmal dreißig.«

»Ich bin dreiunddreißig, das weißt du genau, in einem Alter, in dem Jesus starb.«

»Aber du bist nicht Jesus, du bist höchstens Maria Magdalena, und die wurde älter. Sie erging sich in Buße, wurde fromm und vermutlich steinalt.«

Sie überhörte seinen angestrengt humorigen Tonfall. »Mir wäre es auch lieb, wenn du Lucrezia einen Ehemann besorgst. Ich möchte auf keinen Fall, dass sie einmal der Versuchung erliegen könnte, Kurtisane zu werden oder Konkubine eines reichen Prälaten. Auf der anderen Seite ist auch das Nonnenkloster nichts für sie. Jetzt ist sie noch Francescas Anhängsel, dies kann nicht ewig dauern.«

»Anhängsel?«

»Wirst du nun Papst Leo bitten, unsere Tochter zu legitimieren?«

»Meine Liebe, ich hätte es längst tun sollen.«

»Und wirst du dich um Lucrezia kümmern?«

»Wie um meine Tochter.«

Weil Imperia nach ihren Bitten an Agostino nicht mehr viel zu sagen hatte, schien er sich verpflichtet zu fühlen, die Leere zwischen ihnen durch angestrengt lebendige Erzählungen zu füllen. Er berichtete vom Gedeihen seines Töchterchens, von den harmonischen Tagen, die hinter ihnen lägen, und Lucrezias Gewichtszunahme. Dann kam er auf sein Lieblingsthema, die Kunst und Roms Künstler, zu sprechen. »Vor Weihnachten feierte ich mit all meinen Malern und Handwerkern ein Fest, Raffaello war mit seiner Bäckerstochter anwesend und glänzte vor Glück, Papst Leo überhäuft ihn mit Aufträgen, Dukaten und Ehren, auch Sebastiano erschien mit Frau und neugeborenem Sohn, er zeigte uns sogar sein fast fertiges Gemälde über den Tod des Adonis, beeindruckend, muss ich sagen, die Nacktheit der Göttinen ist wirklich, wie soll ich sagen, ergreifend, nein, griffig, anregend, das Thema natürlich tragisch, sogar Raffaello äußerte sich lobend. Ich bat Sebastiano dann auch, Francesca als heilige Dorothea mit dem Fruchtkorb zu malen, überreichte ihm schon einmal die versprochenen Dukaten. Er bedankte sich überschwänglich und berichtete stolz davon, dass sein Freund Michelangelo Buonarroti Pate seines Sohnes sei. Raffaellos Gesicht hättest du mal sehen müssen.«

Imperia interessierte der Künstlerklatsch nicht, sie zog ein hochmütiges Gesicht, doch zugleich bedauerte sie, Agostinos Einladung nicht angenommen zu haben und dabeigewesen zu sein. Dann traten ihr wieder ohne erkennbaren Grund Tränen in die Augen, und sie bat Agostino, sie allein zu lassen.

Im neuen Jahr besuchte Enea sie täglich, und einmal führte sie ihn sogar in ihr Bett. Es wurde kein berauschendes Liebesfest, doch brachte er sie zu einem ordentlichen Höhepunkt, nicht unbedingt zu einem begeisternden Gipfel, aber immerhin, nach der langen Hungerkur ein Neuanfang. Und die Nachspeise servierte er mit viel Hingabe und Sorgfalt, so dass sie ihm sogar erlaubte, die Nacht bei ihr zu bleiben.

In den frühen Morgenstunden wachte sie auf und merkte, dass auch er wach lag.

»Warum schläfst du nicht?«, fragte sie.

»Warum schläfst *du* nicht?«, antwortete er mit soviel mitfühlender Sorge in der Stimme, dass sie ihm einen Kuss auf die Stirn drückte. Er ergriff ihre Hand und legte sie auf seine Brust. »Ich möchte dir gerne helfen, aber ich weiß nur einen Weg, den du selber gehen musst.«

»Und der wäre?«

»Mein … dein Haus im Borgo ist fertig, du könntest jederzeit einziehen.«

Dieser Gedanke erschien Imperia in dieser Stunde, in dieser winterlichen Nacht, in der sie wie Philemon und Baucis nebeneinander lagen, nicht mehr unvorstellbar.

Im Gegenteil.

»Vielleicht hast du recht, Enea, ich sollte meine Tätigkeit als Kurtisane beenden, bevor ich endgültig alt werde, die Lust und meinen Ruf verliere.«

»Du würdest mich unendlich glücklich machen – ich würde dir jegliche Freiheit lassen. Eifersucht verbiete ich mir.« Er drückte ihre Hand.

»Wer weiß, wie lange ich noch lebe«, sagte Imperia. »Ich fühle mich manchmal sterbensmüde – es war alles so sinnlos.«

»Selbst wenn du dein Leben aus mir unbegreiflichen Gründen als sinnlos empfindest – ganz Rom bewundert dich, verehrt dich, die Männer träumen von dir. Noch in Jahrhunderten werden sie dich preisen als Kaiserin der Kurtisanen.«

Auch sie drückte nun Eneas Hand, seufzte »ja, ja«, musste jedoch gleichzeitig an Angelo denken, der ganz offensichtlich nicht von ihr träumte, sonst hätte er sie längst aufgesucht.

Da die Januarsonne am Rande eines azurblauen Himmels wie ein paradiesisches Versprechen leuchtete und Imperia seit der Überschwemmung ihr Haus nicht verlassen hatte, schlug sie vor, in einer Kutsche zu ihrer *vigna* zu fahren und sich dort eine Weile zu ergehen.

Enea besorgte die Kutsche, und bald schlenderten sie Arm und Arm über das raschelnde Laub, das die Wege ihres Weingartens bedeckte. Die Äste der Obstbäume reckten sich kahl in den Himmel, die Weinstöcke krümmten sich wie fremdartige Buchstaben, und die marmornen Nymphen froren vor sich hin, ohne sich zu beklagen. Es herrschte eine träumerisch ruhige und friedliche Stimmung, in die die tiefstehende Sonne ihre blendenden Strahlen sandte.

Zum ersten Mal seit langer Zeit fühlte Imperia sich innerlich befreit, doch sie empfand keine Neigung, irgendeine belanglose Unterhaltung zu führen, ja, sie genoss die winterliche Stille. Enea hatte offensichtlich begriffen, dass sie besserer Stimmung war, und da sie schwieg, meinte er sie – wie bereits vor Tagen Agostino – mit Klatschgeschichten unterhalten zu müssen. Zuerst machte er sich über Leo und seine Analleiden lustig, meinte dann jedoch selbst, dies sei eigentlich nicht fair, Leo leide schon genug und könne auf den Spott wahrhaft verzichten.

Er merkte selbst, dass diese Geschichte Imperia wenig interessierte, und wechselte zu Raffaello, Roms »Malerhäuptling«, der Kardinal Dovizi da Bibbienas Nichte heiraten solle, sich aber nicht recht entscheiden könne, weil offensichtlich seine Geliebte Margherita Luti, allgemein nur *la fornarina, die Bäckerstochter*, genannt, seine Sinne derart in Beschlag belege, dass sein Malen darunter leide. »Nicht in der Qualität, aber in der Quantität. Kannst du dir vorstellen, geliebte Imperia, dass unser verehrter Agostino Chigi sie sogar in seine Villa holen ließ, damit sie Raffaello zwischen dem Erschaffen der Galatea und der Venus mal kurz vernaschen konnte. Nein, sagen wir es treffender: Er holte sich zwischendurch Inspiration. Auf jeden Fall erzählt man sich diese Geschichte in allen Kardinalspalästen und grinst. Dabei ist die blonde *fornarina* nicht einmal besonders schön, mit dir kann sie sich in keiner Weise messen, sie hat Glupschaugen und Backen wie ein Trompetenbläser – Wangen, meine ich natürlich, über ihre Hinterbacken wage ich keine Aussage.«

Imperia schwieg, während er über seine Formulierung lachte. Sie wollte die kühle Winterluft genießen, die sie endlich wieder frei atmen ließ.

Enea ratterte weiter. »Ja, die Frauen, sie bleiben uns Männern ein ewiges Geheimnis. Sogar unser Krösus Agostino Chigi hat sich in die Falsche verguckt. Er reist nach Mantua, um dort die Bastardtochter Margherita des Fornovosiegers Gianfrancesco Gonzaga heimzuführen, obwohl er doch ein so prächtiges Konkubinentöchterchen hat – oder sollte ich von einer Tochterkonkubine reden? Auf jeden Fall reist er nach Mantua, zu Gonzaga und seiner kunstbegeisterten und bildungsschwangeren Isabella, und das Mädchen lässt ihn abblitzen! Kannst du dir das vorstellen? Ihm, dem reichsten Mann Roms, gibt ein illegitimes Töchterlein gegen den ausgesprochenen Willen ihres Vaters einen Korb – mit Erfolg! Und was das Beste ist und worüber ganz Rom lacht: Unser Agostino soll bereit gewesen sein, sein Leben als *banchiere* aufzugeben und dafür kleiner Landbaron zu werden.« Enea lachte wie zur Bestätigung seiner Worte in gutmütigem Spott, wurde dann aber wieder ernst und fügte an: »Aber eins muss man ihm lassen: Dieses Sterben und Wiederauferstehen hat er genial inszeniert. Über unseren *Magnifico* könnte man ein Epos schreiben. Hörst du mir überhaupt zu?«

Imperia zog die Augenbrauen hoch. »Deine Stimme, lieber Enea, ist nicht zu überhören.«

Enea schien ihren zarten Hinweis nicht zu verstehen.

»Und ich will dir noch etwas erzählen: Das Unwetter, das unseren *banchiere* fast die Tore zum Paradies geöffnet hätte, hat einen Teil der Minen von Tolfa unter Wasser gesetzt, den Hafen von Porto Ercole überschwemmt und einige seiner Schiffe auf hoher See zum Kentern gebracht. Er besitzt nicht einmal mehr die volle Pacht des päpstlichen Alauns, und dann hört man auch, dass die Serenissima ihn nicht nur wegen eines Darlehensvertrags verklagen will, sondern ihm auch die Entführung und Verschleppung eines venezianischen Mädchens vorwirft. Da ist was im Busch. Unseren Glückspilz Agostino *Polykrates* scheint sein Schicksal zu ereilen. Man kann nur mit dem Dichter sagen: *Da wendet sich der Gast mit Grausen*. Also, geliebte Imperia, du tust recht daran …«

»Jetzt ist aber Schluss, Enea!«, fuhr ihn Imperia an. »Du langweilst mich mit deinen bösartigen Geschichten, und du solltest dich schon gar nicht über Agostino äußern. Er ist dir in allem haushoch überlegen!«

Enea erstarrte und rang nach Worten. Er entzog ihr seinen Arm und verbeugte sich steif. »Es tut mir leid, ich wollte dich unterhalten und nicht langweilen. Und wenn du meinst, dass Chigi mir haushoch überlegen ist, dann …« Er vollendete seinen Satz nicht.

Auch Imperia entschuldigte sich jetzt, und weil Enea zutiefst getroffen schien, sie ihn aber nicht hatte kränken wollen, kamen ihr die Tränen. Da sie noch immer so nah ans Wasser gebaut war, ärgerte sie sich über sich selbst. Die ihre Stimmung so aufhellende Freude am Winterlicht, am Rascheln der Blätter und an der erfrischenden Luft war dahin.

Die Fahrt in die Via Giulia gestaltete sich weitgehend stumm. Enea schwieg in beleidigter Trauer, beantwortete ihre Fragen entweder gar nicht oder einsilbig. So hatte Imperia ihn noch nie erlebt.

Vor ihrem Haus verabschiedete er sich steif von ihr, nicht ohne stockend zu betonen, sein Angebot bezüglich des Hauses im Borgo bleibe selbstverständlich bestehen. »Ein Mann von Ehre steht zu seinem Wort.«

»Ich bin nicht auf Almosen angewiesen«, antwortete sie kühl und bereute sofort ihre Worte.

Da Enea plötzlich regelrecht einknickte, so klein er war, sich abwandte und davoneilen wollte, griff sie nach seinem Mantel, um ihn in den Hauseingang zu ziehen. Sie wollte weder ihm noch sich selbst eine solche Szene unter den neugierigen Blicken der Nachbarn zumuten. Zuerst sträubte er sich, doch dann griff sie seine Hand, führte sie an ihr Herz und flüsterte: »Ich habe es wirklich nicht so gemeint, Enea. Ich vergesse nicht, dass du mein Treuester bist.«

Enea schnäuzte sich leise in ein Seidentuch, das er aus seinem Wams zog, nickte, verließ den Eingang jedoch nach einem tränenfeuchten Handkuss und versprach, sich bald wieder zu melden.

Bella empfing Imperia mit skeptisch gerunzelter Stirn. »Und? Ziehen wir in den Borgo?«

»Ich habe ihn beleidigt.«

Bella atmete tief ein und wieder aus.

Imperia ließ sich auf die weiche Liege im *salone* fallen und starrte an die edlen Wandbehänge. Zufällig fiel ihr Blick auf das eingestickte Motto: *Mentula moechatur*.

»Ich will, dass dieser aufdringliche Spruch verschwindet. Hier wird kein Schwanz mehr huren.«

Bella schaute skeptisch, die Runzeln vertieften sich, und gleichzeitig verzog sich ihr Mund zu einem spöttischen Lächeln. »Ich weiß nicht, ob ich Euch in Eurer zurzeit zartbesaiteten Stimmung damit belästigen soll – aber ich war heute wie Ihr unterwegs und habe mich in der Nachbarschaft der de Cupis umgehört, Ihr wisst, der Schwiegerfamilie von Angelo del Bufalo.«

»Von ihm ist nichts mehr zu erwarten«, sagte Imperia abweisend. »Jetzt fange auch du nicht mit dümmlichen Klatschgeschichten an. Ich habe heute genug davon gehört.«

Bella kümmerte sich nicht um ihre Worte. »Angelos Ehefrau ist seit geraumer Zeit krank, und ihr Mann weicht nicht von ihrem Bett.«

»Ist mir gleichgültig«, stieß Imperia aus. Viel zu heftig, wie sie selbst merkte – denn natürlich war Bellas Nachricht ihr keineswegs gleichgültig.

»Sie ist *sehr* krank, erzählt man sich. Die Familie de Cupis hat sich bereits nach einer geeigneten Grabstätte in Santa Maria sopra Minerva umgeschaut.«

Imperia griff nach den *Remedia amoris*, aber die Verse tanzten verschwimmend vor ihren Augen, so dass sie kein Wort entziffern konnte. Selbst ihre Augengläser halfen nichts, so dass sie das Buch auf ihre Brust sinken ließ. Sie schloss ihre Lider, aus den Augenwinkeln lief eine einzelne Träne.

55. Kapitel

Agostino Chigi saß nachdenklich in seiner geliebten Tiber-Loggia, schaute auf den silbrigen Glanz des Wassers und verfolgte das Wechselspiel der Strudel, die zu wandern begannen, zurückkehrten, sich vertieften, um sich dann wieder abflachend zu drehen. Es war ein Wunder, dachte er wie so häufig, wenn er auf das Wasser schaute, dass der Fluss ihn letzten Herbst ausgespuckt hatte und nicht hinabgezogen in ein nasses Grab. Um ein Haar hätte ihn der Tod – nach dem Erdbeben in Venedig nun bereits zum zweiten Mal – mitten aus dem Leben gerissen, ohne Ankündigung, ohne die Möglichkeit, die noch unabgeschlossenen Verträge seines Lebens fertigzustellen. Ja, nicht einmal ein Testament hätte er hinterlassen – eine Katastrophe für seine Mädchen, für alle, die er liebte. Die Verwandtschaft in Siena hätte sich Geld, Villa und Bankhaus mit allen Aktiva und Passiva unter den Nagel gerissen … Nicht auszudenken!

Mittlerweile war er dabei, ein Testament aufzusetzen. Doch bisher war er nicht bei einem Notar gewesen, weil sein letzter Wille gründlich bedacht werden musste und er sich über grundsätzliche Fragen noch nicht im Klaren war. Diese fehlende Entscheidungsfreude kannte er nicht von sich, und sie beunruhigte ihn zusätzlich. Früher hatte ihm seine *intuitio* immer sofort gesagt, wie er zu handeln, welchen Weg er zu gehen habe. Aber jetzt?

Seitdem die Villa – die Krönung seines Lebenswerks – vollendet war, verfiel er verstärkt ins Grübeln. Konnte es sein, dass die Glückskonstellation, unter der er geboren war und die Peruzzi so genial an die Decke der Villa gemalt hatte, irgendwann einmal ein Ende fand? Dass das Schicksal, das ihn zweimal vom drohenden Tod bewahrt hatte, ein drittes Mal den Daumen nach unten drehte?

Suchend glitt sein Blick über den nach der Überschwemmung wiederauferstandenen und üppig blühenden Park zur Villa, zu den Fenstern im *piano nobile*, wo sich Francesca mit Lucrezia und dem Kind eingerichtet hatte. Bald würde seine kleine Francesca erneut niederkommen und er zum dritten Mal Vater … Wog das neue Leben nicht Ruhm und Reichtum auf?

Wenn er ehrlich war: Nein. Oder nur ein wenig.

Durch den Tod seiner geliebten Margherita und ihrem Kind hatte er erleben müssen, dass Leben und mit ihm Glück noch flüchtiger waren als Reichtum. Da er wusste, dass die Vollendung großer Kunst den Tod überwand und Ruhm wie Nachruhm gewährleistete, hatte er die Villa bauen und ausschmücken lassen. Würden er und all seine Lieben dereinst zu Staub zerfallen sein und von den Würmern gefressen, dann stand sie immer noch, und die Bewunderer ihrer einzigartigen Schönheit würden seiner gedenken.

Aus den geöffneten Fenstern, hinter denen Francescas Räume lagen, drang fröhliches Gelächter. Zurzeit empfing Francesca täglich Sebastiano, um ihm zu seiner *Dorothea* Modell zu sitzen. Chigi hörte die eher zurückgenommene Stimme des Malers, dessen Worte nicht zu verstehen waren, und dann das helle Lachen der Mädchen.

Wie alt war Francesca jetzt? Siebzehn Jahre. Lucrezia war ein Jahr jünger, Sebastiano allerdings bereits über dreißig. Dennoch: Gegen diese fidele Jugendbande kroch er mit seinen bald fünfzig Jahren als alter, grauer, runzliger Mann mit viel zu schweren Gedanken auf dem Buckel durchs Leben.

Und wieder ein Ausbruch von Gelächter! Diesmal stimmte Sebastiano ein, sie steckten sich gegenseitig an, kicherten und gackelten, jetzt krähte auch die kleine Dorothea, erschien kurz auf Lucrezias Arm im Fenster. Er winkte ihr zu, aber die beiden sahen ihn nicht, wandten sich wieder ab, und nun hörte er Francesca alleine lachen, im Hintergrund Sebastianos sonore Stimme, sie lachte aus vollem Hals und so ungebrochen, wie nur Kinder und engelgleiche Wesen lachen konnten.

Die Liebe, die er zu ihr verspürte, tat regelrecht weh.

Seufzend wollte er sich abwenden, doch sein Blick blieb am Fenster haften. Warum erschien nicht noch einmal seine kleine Dorothea? Er liebte das fröhliche Kind abgöttisch, und wenn er Zeit fand, mit ihm durch den Park zu tollen oder abends im Bett zu kuscheln, dann empfand er ein Glück, das ihm Angst bereitete, weil er nicht glaubte, dass es anhalten könnte. Kleine Kinder und ihre Mütter starben zu leicht. Um Francesca und das werdende Kind nicht zu gefährden, schonte er sie jetzt auch wieder des Nachts, obwohl sie nach einer Phase der morgendlichen Übelkeit nicht abgeneigt schien, zu ihm in sein großes Bett unter Alexander und Roxane zu steigen. Die Abstinenz fiel ihm nicht leicht, zumal Imperia im Moment jeden ihrer Verehrer abwies, sogar ihn. Ja, Imperia war in keinem guten Zustand, dies war längst bis zu ihm gedrungen.

Vielleicht sollte er ihr vorschlagen, einen Ausflug mit den Mädchen zu unternehmen. Ihre Fröhlichkeit würde Imperias Trübsinn vielleicht mildern. Es war schade, dass Lucrezia nicht auch von ihm stammte – zumindest nahm er dies an –, denn sie wurde von Tag zu Tag schöner, engelgleich durchscheinend, madonnenhaft beseelt. Francesca wirkte gegen sie handfest, aus hartem Holz geschnitzt. Selbst jetzt, in ihrer Schwangerschaft, hatte sie an Selbstvertrauen zugelegt; sie trug ihren Bauch wie eine Trophäe, stolz, siegreich, göttinnengleich.

Aber nun musste er wirklich aufbrechen, um noch vor der Audienz bei Papst Leo und seinem Vetter in der Via dei Banchi vorbeizuschauen. Entschlossen erhob er sich, wandte einen Blick zum Fenster, verwarf den Gedanken, dort oben guten Morgen zu sagen. Es könnte nach Kontrolle oder gar Eifersucht aussehen.

Im Kontor hörte Chigi sich die neuesten Berichte über die Schäden an den Tolfa-Minen an und brach anschließend zum Vatikan auf. Diesmal hatte er rasch einen Audienztermin erhalten, vermutlich, weil er erst kürzlich ein Darlehen gegen die Sicherheit zweier Tiaren ausgezahlt hatte, deren Edelsteine durch Fälschungen ersetzt worden waren. Er hatte diesen Betrug sofort gemerkt, doch nicht protestiert. Kardinal de' Medici zumindest war sein generöses Übersehen dieser Machenschaften sehr wohl bewusst.

Im Vatikan wurde er von einem Kammerherrn des Papstes und mehreren Männern der Schweizergarde durch die noch nicht gänzlich ausgemalten Räume des Palasts bis zu den Privatgemächern des Heiligen Vaters geführt. Er begrüßte kurz Raffaello, der ihm von einem Gerüst herunter die Hand reichte, und musste sich durch Gruppen von unbeschäftigten, dafür aber umso lauter schnatternden Spaßmachern, Theaterleuten und Chorsängern kämpfen.

Dann trat er ins Schlafgemach Papst Leos ein. Der Heilige Vater lag im Bett, seine fetten Wangen eingefallen, die Augen geschwollen, sein Mund schmerzverzogen. Neben ihm hatte es sich sein Vetter in einem kunstvoll geschnitzten Holzsessel bequem gemacht. Im Hintergrund reihten sich schwarzgewandete Prälaten.

»Ach, Agostino, kauf mir den besten Arzt, der mich von den Schmerzen befreit.« Mit diesen Worten begrüßte Papst Leo ihn. »Mein Herr und Vater im Himmel will mich prüfen, dabei kennt meine Frömmigkeit keine Grenzen.« Ein müdes Lächeln zog sich über sein Gesicht.

Chigi erkundigte sich mitfühlend nach Krankheit und ärztlichen Ratschlägen, Papst Leo klagte, er habe nicht einmal zum Kartenspiel Lust, und auch seine *buffoni* dürften ihn nicht erheitern. »Wenn man nicht ohne quälende Schmerzen scheißen kann – es ist die Hölle auf Erden, das sag ich dir, Agostino.«

Eine Weile zog sich das Gesprächsgeplänkel hin, der Papst beklagte mit der Andeutung eines schmerzverzerrten Lächelns die Fülle seiner Gedärme und die Leere seiner Schatztruhen und beschwor die Freundschaft mit dem reichen *banchiere* aus Siena. Seine kurzsichtigen Augen wanderten unruhig durch den Raum.

»Heiliger Vater«, eröffnete Chigi sein erstes Anliegen. »Ihr wisst, dass ich eine illegitime Tochter mit Roms großer Kurtisane Imperia habe, Margherita mit Namen. Sie ist ein gottesfürchtiges Mädchen, das ich bei den Nonnen von Santa Cecilia in Trastevere unterbrachte und das ich jetzt, da es in das heiratsfähige Alter kommt, gerne legitimieren möchte. Ich möchte Euch also bitten …«

»Schon gewährt, liebster Agostino«, unterbrach ihn der Papst. »Die Legitimierung ist deine Entscheidung, ich bin hier nur ausführendes Organ, und ich war schon seit langem der Meinung, dass du deinen Kindern, ja, all deinen Lieben den Platz einräumen solltest, den sie verdienen.« Er schaute ihn erwartungsvoll an.

»Nun, nachdem mich der gnädige Gott doch nicht abberufen hat und meine … «

Wieder fiel ihm Papst Leo ins Wort: »Also, Agostino, verkünstele dich nicht, ich bin seit langem der Meinung, dass du deine Krämerstochter« – er tauschte mit seinem Vetter einen Blick aus – »endlich heiraten solltest, zumal sie ja wieder *benedicta* ist. Du verstehst, es macht sich nicht gut, wenn ein Mann wie du, ein *mercator curiam sequens*, im offenen Konkubinat lebt. Ich betonte es bereits mehrfach. Kurtisanenbesuche versteht jeder, wir Zölibatäre und Ehemänner und natürlich auch die zölibatären Ehemänner« – Chigi lächelte pflichtschuldig über das Wortspiel – »brauchen die geistreiche Unterhaltung und das anregende Sinnenspiel unserer Schönen, auf die wir in Rom zu Recht stolz sind. Ich erinnere mich noch mit Freude an dein Fest und das Ratespiel, köstlich, köstlich, obwohl ich keinen Preis errang, erringen durfte … Nun, was ich sagen wollte, was wollte ich sagen, Giulio?«

Er blickte seinen Vetter an.

»Du wolltest sagen, dass eine Hochzeit mit Francesca Ordeaschi gewisse unangenehme Gerüchte verstummen lassen dürfte, Vorwürfe aus Venedig …«

»Ich verstehe Euch nicht«, fiel ihm Chigi verärgert ins Wort. »Was sollen immer wieder diese alten Geschichten?« Er überlegte sich, die wertlosen Tiaren doch aufs Tapet zu bringen.

»Du verstehst uns sehr wohl, Agostino!« Papst Leo ergriff wieder das Wort und klang leicht gereizt. »Wir halten hier die Hand über einen unserer wichtigsten *banchiere*, gegen den die Serenissima soeben eine Klage vor der römischen *rota* eingereicht hat und den ein gewisser Ludovico Ordeaschi beschuldigt, seine Tochter mit Gewalt entführt zu haben. Der Umsicht unseres pflichterfüllten Vizekanzlers ist es allein zu verdanken, dass diese Anklage noch … geprüft wird und bisher nicht an die Öffentlichkeit gedrungen ist.«

Chigi konnte seine Erregung nicht mehr in Zaum halten und sprang auf. »Der Mann ist ein betrügerischer Habenichts, dessen Frau ich Geld in den Arsch gesteckt habe, und außerdem habe ich von seiner Tochter gehört, dass er seine Anschuldigungen längst bereut – und Ihr, Ihr …«

»Nur Ruhe, lieber Freund!« Der Papst hob seine Hand. »Wir sind lediglich der Meinung, dass du endlich deine kleine Francesca heiraten solltest. Dann lösen sich alle Probleme in Wohlgefallen auf, und es gibt wieder ein rauschendes Fest, an dem ich selbstverständlich teilnehmen werde, um euch die Ringe zu reichen – so ich wieder gesund bin. Ist das kein Angebot?«

»Ich lasse mich nicht erpressen«, knurrte Chigi. Längst plante er, Francesca zu heiraten, wollte indes erst die Geburt abwarten, aus mehreren Gründen, aber gegen diese unverfrorene Art des päpstlichen Verschwenders sträubte sich alles in ihm.

»Nun, wie dem auch sei«, erklärte Kardinal de' Medici, »immerhin wäre da noch die Klage vor der *rota* gegen Euch. Und die Serenissima ist nicht irgendein Krämer, sondern eine unserer wichtigsten Verbündeten.«

Chigi war klar, dass die Medici-Vettern dieses Thema einsetzen würden, um weitere Darlehen unter noch günstigeren Bedingungen aus ihm herauszuholen.

Genauso geschah es.

Chigi reagierte rasch und forderte als Gegenleistung einen neuen Vertrag über die Pacht der Alaun-Minen. »Wie früher zu hundert Prozent. Und noch diesen Monat. Bellanti ist bereit, den alten Vertrag aufzulösen, seine Bereitwilligkeitserklärung werde ich vorlegen.«

Während sich Papst Leo in seinem Bett zurücklehnte und die Augen schloss, verhandelte er eine Weile mit dem Kardinal über die Höhe des neuen Darlehens, die *Provision*, mit der man den Zinssatz umging, die Auszahlungs- und Rückzahlungsmodalitäten, die Sicherheiten.

Als sich Chigi mit überzogener Höflichkeit verabschiedete, schoben sich Papst Leos Lider langsam nach oben, er lächelte ihn schmallippig und nicht ganz ohne Häme an und winkte ihn verschwörerisch zu sich, als wollte er ihm ein Geheimnis ins Ohr flüstern: »Du hast sicher schon davon gehört, dass die Ehefrau unseres großen Reiters Angelo del Bufalo, eine Nichte von Kardinal de Cupis, kurz davor steht, zu unserem Herrn abberufen zu werden. Sie ist kaum noch ansprechbar. Ihr Onkel spendete ihr bereits die Sakramente. Unser Angelo ist untröstlich. Er wird wohl nie mehr an einem Pferderennen teilnehmen. Erst kürzlich bat ich ihn um einen Auftritt im Belvedere, er lehnte indes ab. Was für ein Verlust! Rom wird trauern, alle, die Angelo verehren, werden mit ihm fühlen. Wenn es mir besser geht, werde ich sogar bei der Totenmesse anwesend sein. Unser Angelo will seine geliebte Gemahlin in Santa Maria sopra Minerva beisetzen lassen – wo auch wir Medici dereinst ruhen wollen. Vielleicht sehen wir dich dort, lieber Agostino.« Nicht ohne maliziöses Lächeln schob er nach: »An der Seite von Imperia.«

»Aber del Bufalos Frau ist doch noch gar nicht tot«, erwiderte Chigi empört und angewidert.

»Wird schon, wird schon!«

Als Chigi wieder den Park seiner Villa betrat, fühlte er sich nicht in der Lage, endlich Francesca und sein Töchterchen zu begrüßen. In ihm tobten Ärger und Wut über die Medici-Vettern und ihr Ränkespiel, so dass er sich erst einmal in der Loggia am Tiber zu beruhigen bemühte. Es war erstaunlich, so ging ihm durch den Kopf, dass sie nicht auch noch den Misserfolg in Mantua breitgetreten hatten. Vermutlich gingen seine erniedrigenden Erfahrungen mit den Gonzaga längst im Klatschbasar des Vatikans von Mund zu Mund.

Chigi presste ein gequältes Lachen zwischen seinen Zähnen hervor. Vielleicht sollte er dem Klatsch sogar ein wenig Nahrung geben und in der Tat gemeinsam mit Imperia in Santa Maria sopra Minerva erscheinen, darüber hinaus mit Francesca samt Töchterchen sowie Margherita und Lucrezia – Rom hätte wieder etwas zu schwätzen, könnte sich in Mutmaßungen und Gerüchten das Maul zerreißen. Aber im Gegensatz zu dem, was der Sodomit Leo annahm, würden ihn alle Römer, zumindest alle *männlichen* Römer, bewundern und beneiden. Wem war es schon vergönnt, so viele schöne und kostbar gekleidete Frauen an seiner Seite in die Kirche zu führen? Nur ihm, dem adlernasigen, grauhaarigen Agostino Chigi.

Er fuhr sich mit den Fingern mehrfach durch die Haare, schüttelte den Kopf und drehte dann an seinem schweren Goldring, den er an der linken Hand trug. Das Verrückte war, dass ihm der Gedanke, Familienoberhaupt der fünf weiblichen Wesen zu sein, gefiel.

Er hatte nun den Ring vom Finger gezogen, legte ihn auf die Handinnenfläche und betrachtete ihn. Es zuckte in seinem Arm. Doch dann schob er den Ring wieder über den Finger.

Eine Weile starrte er noch auf das Wasser, sein Gekräusel, seine Lichtspiele und seine Wirbel, dann begab er sich langsam und nachdenklich zur Villa zurück.

56. Kapitel

Am meisten genoss Francesca die frühen Morgenstunden. Wenn ihr Töchterchen in der Wiege die ersten Brabbellaute von sich gab, schob sich Lucrezia aus dem Bett, nahm die Kleine hoch, säuberte und wickelte sie, was Dorothea ungeduldig und ungnädig hinnahm, und brachte sie dann zu einer Amme, die Agostino bereits vor längerer Zeit mit Francescas Zustimmung geheuert hatte, damit sie abstillen konnte und rascher wieder schwanger wurde. Der Erfolg hatte seiner Maßnahme recht gegeben.

War Dorothea satt, brachte Lucrezia das Kind zu Francesca ins Bett, kroch hinterher, so dass die Kleine zwischen ihrer Mutter und ihrer »Tante« lag und mit beiden schmusen oder spielen konnte.

Draußen schmetterten die Vögel ihre Gesänge in die Mailuft, und die Nachtigall, die bereits vor Tagesanbruch ihre Melodien geschluchzt und getrillert hatte, saß nun ganz in der Nähe des Fensters und pries die Schöpfung. Francesca fühlte sich in diesem Augenblick eins mit der Welt: die Wärme und Zärtlichkeit der Körper, die unter der Decke zueinander gefunden hatten, bildeten eine scheinbar unzerstörbare Hülle. Noch lange nach dem Aufstehen spürte Francesca die Nachwehen des morgendlichen Glücks. Sie sang alte venezianische Wiegenlieder, Lucrezia kicherte viel und sprach ununterbrochen mit Dorothea, die erste Silben zu artikulieren versuchte.

Bis zum Beginn ihrer Schwangerschaft hatte Francesca meist bei Agostino im Alexanderzimmer geschlafen. In ihrem neuen Zustand jedoch wollte er sie wieder schonen und holte sie nicht mehr in sein Bett.

Nach Beginn der Schwangerschaft war sie glücklich darüber gewesen, dass er sie in Ruhe ließ, denn sie litt, wie bereits bei den anderen Schwangerschaften, unter einer heftigen Übelkeit. Doch als das Frühjahr in seine schönste Phase trat, die Narzissen ihre leuchtend gelben Glocken im Wind schwanken ließen, die Anemonen und Veilchen keck lächelten, die Sträucher sich mit einem weißen, betäubend duftenden Flor einhüllten, verlor sich die Übelkeit, und nach kurzer Zeit überfiel Francesca eine starke Liebeslust, ja, ein Lusthunger, den sie nicht zu unterdrücken wusste, den Agostino indes nicht stillen wollte, auch nachdem sie ihn in züchtiger Andeutung darum gebeten hatte.

Manchmal half sie sich selbst, sich von dem brennenden Verlangen zu befreien.

Mehr noch als seine ängstliche Abstinenz bekümmerte sie Agostinos unausgesprochenen, doch sicht- und fühlbaren Sorgen. Aus dem strahlenden Sieger Agostino war ein bedrückter Mann geworden – und damit ein alter Mann.

Dann kündigte er eine Reise zu einigen Niederlassungen in Italien an. Zum Zeitpunkt ihrer Niederkunft wolle er auf jeden Fall wieder in Rom sein. Eine Weile noch erschien er am Morgen, um sie zu begrüßen, sich nach ihrem Schlaf und den Träumen zu erkundigen und die kleine Dorothea abzuküssen. Doch der Aufbruch zu der Reise ließ sich nicht länger aufschieben, sie betete, dass nicht wieder ein Unwetter ihn überraschte oder Wegelagerer ihm auflauerten – ein letztes Mal erschien er mit melancholischen Augen und war dann fort.

Für Abwechslung sorgte immerhin Sebastiano, der bereits vor Agostinos Abreise – und auf *seine* Aufforderung hin – begonnen hatte, sie als *heilige Dorothea mit dem Fruchtkorb* zu malen. Anfangs hatte sie sich Sebastiano gegenüber befangen gefühlt, auch er wirkte gehemmt, was er durch übertriebenen Witz und betonte Fröhlichkeit zu überspielen versuchte. Lucrezia lachte viel, steckte sie an, und er fühlte sich bestätigt, noch mehr Witze zu erzählen und darüber hinaus komische Anekdoten über das eitle Gebaren der römischen Künstler.

Francesca musste sich immer wieder ins Gedächtnis zurückrufen, dass er mittlerweile ein verheirateter Mann und stolzer Vater eines Sohnes war, ein Freund des großen, schwierigen Michelangelo Buonarroti. Er fühle sich in Rom anerkannt und gelte, so ließ er nicht ohne lächelnden Stolz durchblicken, Raffaello Santi gegenüber durchaus als ebenbürtig. Sein Ehrgeiz schien Francesca ungebrochen, und weil er sich lange in der Freskomalerei unsicher gefühlt hatte, suchte er unterdessen nach neuen Techniken, die seiner Malweise mehr entsprachen. Hatte er genügend gewitzelt oder Klatsch erzählt, konnte er sich lange darüber auslassen, dass die Vorteile der Ölmalerei auch auf Putz oder Stein gelten müssten, und er glaubte, dass Schieferwände die beste Grundlage für großflächige Ölmalerei böten.

Nachdem Agostino abgereist war, dozierte Sebastiano verstärkt über Maltechniken und die verschiedenen Eigenschaften von Holz, Leinwand, Putz und Schiefer. Während seiner Ausführungen wurde Francesca von Lucrezia geschminkt sowie gekämmt und von einer Kammerfrau eingekleidet. Ein Gärtner brachte den Fruchtkorb, eine junge Kinderfrau nahm Dorothea an sich, um sie im Garten auszuführen, und dann begann die Sitzung.

Was denn mit ihrem dicken Bauch geschehe, fragte sie Sebastiano, der störe doch.

»Ich lasse ihn einfach weg.«

»Willst du nicht lieber Lucrezia als Modell nehmen? Ich sehe nicht gut aus, und Lucrezia ist das schönste Mädchen, das ich kenne.«

Sie fand sich mit nahender Geburt zu streng aussehend für ein Blumenmädchen, auch wenn es eine Heilige werden sollte, empfand die Sitzungen, bei denen sie häufig stehen musste, als zu anstrengend – und dann irritierten sie zunehmend die Turbulenzen ihres Körpers, die sie vergeblich zu unterdrücken suchte.

Lucrezia lächelte ihn auffordernd an, er jedoch wies auf die Vorgaben des Auftrags hin und vertiefte sich weiter in seine Skizzen. Keiner sprach mehr, und eine zunehmende Spannung ließ den Gesang der Vögel laut und aufdringlich erscheinen, bis Lucrezia wortlos den Raum verließ.

Eine Weile nahmen weder Francesca noch Sebastiano das Gespräch auf. Sie machte sich Sorgen um Lucrezia, wurde dann von den heftigen Bewegungen des Ungeborenen abgelenkt, und Sebastiano strichelte und wischte, holte immer neue Blätter, bat sie, andere Stellungen einzunehmen, und half schließlich selbst nach. Er nahm ihren Kopf zwischen seine Hände und richtete ihn aus, dann ergriff er ihre rechte Hand, legte sie auf ihre Brust und spreizte den mittleren und den Zeigefinger, so dass das Dreieck zwischen ihnen sich ihrem Herz gegenüber öffnete. So erklärte er zumindest die in ihren Augen künstliche Haltung.

Während er noch umständlich an der breiten Pelzborte über ihrem Kleid herumfingerte, um sie nicht so gestriegelt erscheinen zu lassen, den Ausschnitt zurechtzupfte und sogar eine unbotmäßige Haarsträhne zurechtlegte, wurde er gänzlich stumm. Natürlich fühlte Francesca sich an ihre letzte Begegnung im Kloster erinnert. Ihm schien es nicht anders zu ergehen, denn wie auf Befehl trafen sich ihre Blicke. Keiner wollte zurückweichen und diesen Augenblick gefährlicher Wiederholung abbrechen. Francesca spürte genau, wie ein kaum mehr zu bändigendes Begehren, von Sebastiano jetzt und hier sofort geliebt zu werden, wie eine Sturmwelle auf sie zurollte, und sie errötete bis in die verborgenen Winkel ihres Körpers. Natürlich konnte Sebastiano ihr Erröten nicht übersehen und strich ihr mit seinen Fingern zärtlich über die Wangen.

Zum Glück erschien Lucrezia mit Dorothea. Francesca nahm die Kleine kurz in den Arm, während Sebastiano so tat, als müsste er seine Papiere, Kartons und Stifte in Reih und Glied bringen. Als alles ordentlich beisammen lag, begann er, von seinem Sohn und dem mit Kindern äußerst ungeschickt umgehenden Paten seines Sohnes, dem großen Michelangelo, zu erzählen, und er schilderte den launischen Maler und Bildhauer erneut so lebendig, dass alle lachen mussten.

Die Spannung hatte sich gegeben, die kleine Dorothea krabbelte über den Boden zu Sebastiano, der sie hochnahm und in die Luft warf, bis sie vor Freude aufjauchzte, dann an Lucrezia weiterreichte, die mit ihr zum Fenster tänzelte und ihr die verschiedenen Stimmen der Vögel durch Nachsingen näherzubringen versuchte. Nach einer Weile verschwand sie mit der Kleinen in den Park.

Sebastiano hatte aufgehört, von Michelangelo zu sprechen, schaute Francesca an, suchte ihren Blick. Sie fühlte sich so bedrängt und zugleich verlockt, dass sie kaum mehr klar denken konnte. Immer wieder tauchten die Bilder ihrer letzten Begegnung im Kloster auf; die Scham über die damalige Entdeckung nagte an ihr, zugleich wurde ihr klar, was sie seit dem Beginn der Porträtsitzungen nicht hatte wahrhaben wollen. Sie spürte mit unabweisbarer Macht, dass sie zu Ende führen musste, was damals im Kloster so abrupt unterbrochen worden war.

Bereits vor dem Erdbeben in Venedig war sie Bastiano begegnet, zu ihm hatte sie sich ohne jegliche Überlegung hingezogen gefühlt, mit ihm hatte sie bereits auf dem Schiff gescherzt – und dass sie bereit gewesen war, ihm ihre Jungfräulichkeit zu opfern, war einem tiefen Liebeswunsch entsprungen, der bis zum heutigen Tag nicht erfüllt worden war. Sie hatte ihn auf Agostino umgelenkt, auf den Reicheren, den Mächtigeren, der sie einfach entführt, an sich genommen, an sich gebunden hatte. Der ihr ein neues Heim gegeben und ein Töchterchen geschenkt hatte

Sebastiano dagegen hatte sich von ihr abgewandt und geheiratet.

Jetzt jedoch zählte dies alles nicht mehr. Niemand brauchte etwas zu sagen. Bastiano legte seinen Pinsel beiseite, nahm ihr den Fruchtkorb ab, stellte ihn vorsichtig auf einen Tisch, und schon sanken sie auf ihr Bett. Bastiano küsste sie lange und leidenschaftlich und mühte sich dann ab, das weite und lange Seidengewand über ihren sich wölbenden Bauch zu schieben. Am liebsten hätte sie ihm in die Augen geblickt, während sie sich vereinigten, aber ihr unförmiger Leib und die aufbauschende Kleidung waren im Weg. Francesca kicherte, weil sie Bastianos hektisches Herumschieben der Stoffmassen trotz aller Spannung komisch fand. Das dunkle Rot des Samtumhangs senkte sich auf ihr Gesicht, so dass sie in ein warmes Dunkel abtauchte. Sie dachte noch: Es ist, als wollte er sich zu dem Ungeborenen begeben, und mit einem hohen Seufzer öffnete sie sich ihm.

Sie bewegten sich kaum; Francesca suchte seine Hand und drückte sie. Und dann gelang es seinen Lippen doch, ihre Lippen zu finden, und sie vermochten sich in die Augen zu schauen.

Schließlich sank er neben sie, sie streifte Kleid und Umhang über ihren Leib, hielt seine Hand. Sie spürte eine zufriedene Leere. Nach einer Weile erhob sie sich und ging zum Fenster, winkte Lucrezia und der Kleinen zu und nahm wieder den Fruchtkorb auf.

Sebastiano stellte sich hinter sie, umfasste ihren Leib und küsste sie hinter ihr Ohr.

»Wir hätten zusammengehört«, flüsterte sie.

Er antwortete nicht, küsste sie noch einmal, packte wortlos seine Utensilien und ließ sie allein, noch bevor Lucrezia zurückgekommen war.

57. Kapitel

Imperia wollte schon nicht mehr daran glauben, aber dann, im Mai, starb Angelos Frau. Eine Weile sinnierte sie in ihrer *vigna*, wo Bella sie mit der Nachricht überrascht hatte, über Altern, Vergänglichkeit und Tod, während um sie herum die Vögel ein ohrenbetäubendes Konzert veranstalteten und die Blätter im frischen Grün erstrahlten.

Sie trank eine ganze Flasche Frascati leer und beschloss, die Totenmesse zu besuchen – nicht um *ihr*, die sie nicht kannte, die letzte Ehre zu erweisen, sondern um *ihn* ihres Mitgefühls zu versichern und, natürlich, um ihn an ihre gemeinsame große und unzerstörbare Liebe zu erinnern.

Als sie eine weitere Flasche geleert hatte und die Sonne sich dem Horizont über dem Gianicolo näherte, glomm in ihr eine Hoffnung auf, die sie bereits aufgegeben hatte.

Am nächsten Morgen quälten sie Kopfschmerzen, und ihr Gesicht im Spiegel sah zerknittert aus. Dennoch beauftragte sie Bella, sich nach Ort und Zeit der Totenmesse zu erkundigen, und als es kurz darauf soweit war, begab sie sich tief verschleiert nach

Santa Maria sopra Minerva, nahm, begleitet von Bella, in einer der hintersten Reihen Platz. Kardinal de Cupis leitete die Messe und sprach in erster Linie die Familie der Verstorbenen und damit seine eigene an, während Angelo verloren am Rande saß, von der Familie der Verstorbenen deutlich abgesetzt. Die Familie del Bufalo hatte in der zweiten Reihe Platz genommen.

Imperia suchte nach ihr bekannten Gesichtern, und unter den Prälaten fand sie auch einige ihrer früheren Kunden. Doch weder die Papstfamilie war vertreten noch Agostino. Allerdings hatte sie gehört, dass er auf Reisen sei.

Nach dem Ende der Messe blieb Imperia sitzen und wartete, bis die meisten Besucher die Kirche verlassen hatten. Auch Angelo verharrte noch auf seinem Sitz, mit gesenktem Kopf, als bete er. Als er schließlich nach einem letzten Sich-Bekreuzigen vor dem aufgebahrten Sarg zum Ausgang strebte, erhob sich Imperia und ging ihm entgegen. Trotz ihres Schleiers erkannte er sie sofort und nahm sie wortlos in den Arm, dankte ihr und drückte sie heftig und intensiv. Seine Lippen berührten den Schleier über ihrer Stirn. »Ein Albtraum ist vorüber, und ich bin wieder frei«, flüsterte er, suchte ihre Hand und drückte sie.

Soviel Nähe hatte sie nicht mehr erwartet. Wie weggewischt waren alle Zweifel, die Erinnerung an die Gefühle ihrer allerersten Begegnung verscheuchte die düsteren Stimmungen der letzten Monate wie der erste Sonnenstrahl eines Frühlingstags die graue Nacht. Leise, aber mit allem Nachdruck hauchte sie ihm zu: »Komm zu mir, besuche mich, Angelo! Lass dich von mir aus ganzem Herzen trösten.«

Er lächelte leicht und antwortete: »Das werde ich tun.«

Sie drückte noch einmal seine Hand und eilte zum Ausgang der Kirche. Als sie ins grelle Licht trat, war sie trotz des Schleiers so geblendet, dass sie über ihr eigenes Kleid stolperte. Fast wäre sie gefallen, hätte nicht Bella nach ihr gegriffen und sie gehalten. Kurz sah sie Angelo nach, der ihr zuwinkte – und mit diesem Wink im Herzen eilte sie nach Hause.

In ihrem *salone* ließ sie sich auf die weich bepolsterte Ruheliege fallen. »Ich muss etwas trinken, hol mir einen schweren Toskaner«, rief sie Bella zu.

Bella servierte ihr den Wein und musterte sie forschend.

Nachts schlief Imperia schlecht, träumte von Angelo und hörte ihn laut und lange lachen. Nach dem Aufwachen versuchte sie, ihn herbeizuzaubern, den Angelo von damals, als sie beide noch viel jünger waren. Sie sah ihn genau vor sich: Er trug ein keck aufgesetztes Pelzbarett mit einer Pfauenfeder, dazu ein knappes schwarz-rotes Wams und ebenfalls zweifarbige Beinkleider mit schrägen Streifen, er fiel wirklich auf, war sich seiner Wirkung bewusst und lächelte in überlegenem Spott. Sie waren sich zufällig auf dem Campo de' Fiori begegnet, um sie herum Verkaufsbuden mit Händlergeschrei und sich drängelnde Pilger. Angelos linke Hand glitt über seine prall, vermutlich mit einer Orange gefüllte Schamkapsel, eine frech obszöne Geste, die ihr damals gefiel und über die sie laut lachen musste. So hatte alles angefangen.

Als sie nach dem Aufstehen vor dem Spiegel saß, während Bella ihre Haare auskämmte, versuchte sie, sich an möglichst viele leidenschaftliche und zärtliche Begegnungen mit Angelo zu erinnern. Sie schloss die Augen, um sie lebendiger vor sich zu sehen, dennoch gehorchte ihr Gedächtnis ihr nicht so, wie sie wünschte. Schließlich tauchte sogar das Rennen auf der Piazza Navona vor ihrem geistigen Auge auf: Wieder stürzte Angelo mit seiner Cleo, er machte keine glückliche Figur, und dann senkte sich sogar das Messer in den Hals der hilflosen Stute. Entsetzt riss Imperia wieder ihre Augen auf und starrte einer zu Tode erschrockenen Frau ins Gesicht: sich selbst.

»Ihr solltet weniger trinken«, bemerkte Bella und kämmte sie weiter, jetzt ungewohnt ruppig.

In den nächsten Wochen wartete Imperia sehnsüchtig auf Angelo. Sie schickte ihm mehrere Briefchen mit nur wenigen Worten: »Wann kommst du, mein Geliebter?«

Tagsüber spielte sie stundenlang auf der Laute wehmütige Melodien, und nachts zerwühlte sie, immer wieder aus Albträumen aufwachend, ihr Bett. Angelos Liebe, das wusste sie, war das letzte, das einzige Tor zur Erlösung.

Die sorgenvollen Briefe von Enea Piccolomini blieben unbeantwortet, ihn selbst ließ sie wegen anhaltender Unpässlichkeit abweisen.

Ihre Geldschatulle hatte sich während der langen Monate ihrer Abstinenz gefährlich geleert.

Aus der *Chigiana* hörte sie immer wieder Berichte über Francescas neuerliche Schwangerschaft. Warum Imperia sie nicht besuche, ließ Francesca nachfragen, schickte sogar Lucrezia vorbei, die allerdings eher unglücklich wirkte.

Als Imperia eines Nachmittags während einer Lektürestunde Besuch gemeldet wurde, glaubte sie mit freudigen Sprüngen ihres Herzschlags, Angelo löse endlich sein Versprechen ein. Doch es war nur Agostino, den Bella in den *salone* führte, ohne sie gefragt zu haben, ob sie bereit sei, ihn zu empfangen. Sie warf Bella einen tadelnden Blick zu, aber natürlich freute sie sich auch über Agostinos Besuch.

Er küsste sie zur Begrüßung auf die Wangen und dann auf den Mund, berichtete, er komme soeben von einer langen Reise zurück, sei noch nicht einmal in der Villa gewesen. »Du siehst, liebste Imperia, ich habe dich nicht vergessen.«

Imperia rief Bella zu, sie solle den besten Wein herbeischaffen, und ließ Agostinos Hand nicht los. »Du siehst gut aus, mein Bester«, sagte sie, »wettergegerbt und gesund. Dein Erfolg steht dir ins Gesicht geschrieben.«

Er setzte sich und suchte offensichtlich nach einem Gegenkompliment, warf einen flüchtigen Blick auf sie, drückte ihr einen Kuss auf den Handrücken und erklärte schließlich, nach einem künstlich lauten Ausatmen: »Deine Schönheit ist einfach unzerstörbar.«

Sie musste über die Zweideutigkeit dieser Aussage, die ihm vielleicht gar nicht bewusst war, lachen und erwiderte: »Ich weiß, was du meinst, Agostino. Selbst das Alter …« Ein kurzer Hustenanfall unterbrach sie, und als sie ihre Stimme nach gründlichem Räuspern wieder geglättet hatte, verzichtete sie darauf, den Satz zu vollenden. Wer nicht ganz blind war, sah, dass ihre Augen vor Müdigkeit überschattet und ihre Gesichtszüge scharf geworden waren.

Er hatte ihre Hand noch nicht losgelassen, nahm sie dann sogar in den Arm und verschloss ihre Lippen mit einem weiteren Kuss.

Anschließend saßen sie eine Weile stumm beieinander, bis sich Agostino nach ihrer gemeinsamen Tochter Margherita erkundigte und fragte, ob die Legitimationsurkunde mittlerweile angekommen sei.

»Bis das päpstliche Skriptorium so etwas ausstellt, vergeht meistens längere Zeit, es sei denn, man hilft nach.« Sie rieb Daumen und Zeigefinger aneinander. »Ich danke dir auf jeden Fall, Agostino, dass du diesen Schritt unternommen hast. Auch Margherita wird sich freuen.«

»Meine Kinder zu legitimieren war schon immer meine Absicht«, sagte er steif.

Erneut entstand eine Pause.

Nachdenklich trank Agostino von dem Roten aus Siena, den Bella ihnen aufgetragen hatte, räusperte sich schließlich und zwickte sich in die Nasenspitze, was er häufig tat, wenn er etwas Wichtiges äußern wollte. »Während ich unterwegs war, liebe Imperia, hatte ich viel Zeit nachzudenken«, begann er langsam, indem er jedes Wort sorgfältig betonte. »Ich wollte dir etwas vorschlagen. Du hast jetzt den Höhepunkt deines Ruhms erreicht und bist so schön wie nie zuvor, doch irgendwann … nun, wie soll ich es sagen …«

»Du brauchst es nicht zu sagen, Agostino, ich weiß, was du meinst.« Sie lachte kurz und gepresst.

»Nun, ich meine … also, kurz und bündig: Gib doch deine Tätigkeit als Kurtisane auf und zieh zu uns in meine Villa. Wir würden alle darüber glücklich sein … ja, auch Francesca, die dich wie eine Mutter liebt …«

Jetzt musste Imperia aber wirklich lachen. Sie wollte nicht glauben, was sie da hörte. Früher hatte Agostino ihr mehrfach vorgeschlagen, als seine Konkubine zu ihm zu ziehen, was sie natürlich abgelehnt hatte – aus vielen Gründen, und vermutlich hatte er auch nie ernsthaft angenommen, sie könnte ihr erfolgreiches und selbstbestimmtes Leben aufgeben, um sich als sein Schmuckstück und Bettwärmer zu langweilen – aber jetzt … Er *hatte* doch eine Konkubine, die er sicherlich bald heiraten würde, spätestens, wenn sie ihm einen Sohn in die Arme legte, er glaubte doch nicht wirklich, sie könnte als fünftes Rad am Wagen …

»Wie stellst du dir das vor? Als was soll ich da auftreten? Als Francescas Mutter? Als die abgelegte Geliebte des Hausherrn? Oder vielleicht willst du als eine Art römischer Sultan *mich* heiraten, Francesca als Konkubine behalten und von uns beiden Kinder haben?« Natürlich meinte sie den Hinweis auf Heirat und Kinder nicht ernst – jetzt nicht mehr. Sie schüttelte den Kopf, lachte erneut, um die Verkrampfung loszuwerden. »Bella?«, rief sie. »Hast du gehört? Wir sollen in Agostinos *Chigiana* ziehen? Was hältst du davon?«

»Warum nicht?«, bemerkte Bella trocken, als sie mit einem Teller Antipasti aus der Küche kam. »Das Problem dürfte allerdings in dem schwer zu überwindenden Gefühl der Eifersucht liegen.«

»Da hörst du es, Agostino«, rief Imperia.

»Da hörst *du* es«, erwiderte er. »Bella sagte: *Warum nicht?*«

Imperia schüttelte wieder den Kopf, heftig jetzt, flüsterte mehr zu sich als zu Bella und Agostino: »Ihr seid verrückt geworden.«

»Natürlich werden sich Roms Neider und Intriganten und die scheinheiligen Moralapostel des Vatikans das Maul zerreißen über die angebliche zur Konkubine gewandelte Kurtisane, die sich der reiche *Magnifico* ganz frech leistet«, bemerkte Agostino sachlich. »Man wird Francesca bemitleiden und meinen alternden Männlichkeitswahn geißeln – und natürlich wird niemand glauben, dass es ursprünglich Francescas Wunsch war, mit der berühmten Imperia zusammen unter einem Dach zu leben, und zwar unter dem Dach des Agostino Chigi.«

Imperia war nun wirklich perplex. »Francesca soll das vorgeschlagen haben? Ich kann es nicht glauben. Ich dachte, *du* wolltest dir nur wieder alle Rosinen aus dem Kuchen picken.«

Bella goss ihr Wein nach und erklärte wie nebenbei: »Doch, ich kann es glauben.«

58. Kapitel

Francesca war trotz ihrer geschwollenen Beine und des schweren Leibs gemeinsam mit Lucrezia, die ihr Töchterchen trug, durch den Park spaziert und hatte dann am Tiber die Enten gefüttert. Als sie zur Villa zurückschlenderten, hörte sie lautes Geschrei und Hundebellen. Seit die Geburt näherrückte, wünschte sie sehnlichst Agostinos Rückkehr herbei, und heute schien ihr Wünschen geholfen zu haben. Sie eilte ihm entgegen, soweit ihr schwerer Bauch dies zuließ, warf sich in seine Arme und wollte ihn nicht wieder loslassen. Lucrezia war ihr mit der Kleinen gefolgt und tanzte um sie herum, Dorothea schrie ganz aufgeregt und fuchtelte mit den Ärmchen.

Er sah wieder besser aus, fand Francesca, kräftig und sogar jünger, als sie ihn erinnerte, und ihre Erleichterung und Freude waren so groß, dass sie gar nichts zu sich nehmen konnte, während Agostino bei seinem Begrüßungsmahl kräftig zulangte und berichtete, diesmal sei er nicht von Wegelagerern attackiert worden, und überhaupt sei alles wieder in Ordnung. »Die Schäden, die die Überschwemmungen in den Minen von Tolfa angerichtet haben, sind beseitigt, der Alaun wird jetzt mit neuesten Techniken gefördert, was die Kosten senkt, dann auf reparierten Wegen zu meinem Hafen Porte Ercole gebracht und dort verschifft. Und mittlerweile bin ich auch wieder alleiniger Pächter der Minen. Interessiert euch das überhaupt?«

»Natürlich interessieren uns deine Geschäfte, Agostino«, antwortete Francesca. Lucrezia schaute allerdings ein wenig spöttisch und beschäftigte sich mit der kleinen Dorothea.

Er zerteilte die fette Brust des Kapauns, die ihm vorgesetzt worden war, stellte dann jedoch fest, bereits satt zu sein.

»Nur mit Venedig gibt es weiterhin Probleme. Man will mir unseren Vertrag nicht verzeihen und die Tatsache, dass ich den Schatz von San Marco anzutasten wagte. Dabei habe ich ihnen doch aus der Patsche geholfen! Und jetzt transportiert Venedig wieder entgegen allen Abmachungen kleinasiatischen Alaun, verkauft ihn nach England, sogar in großen Mengen, so dass man mir dort nicht mehr die ausgehandelten Preise zahlt und sogar eine ganze Schiffsladung konfisziert hat. Wenn diese Gesetzlosigkeit Schule macht … Der Papst müsste beim englischen König vorstellig werden und mit der Faust der Exkommunikationsdrohung auf den Tisch schlagen – Julius hätte dies getan, aber der lasche Leo, der falsche Florentiner?« Er hatte sich ereifert, nahm nun Francescas Hand, schüttelte den Kopf und lachte wie ein kleiner Junge. »Ich langweile euch wirklich. Es ist so schön, wieder bei euch zu sein.«

Agostino begrüßte dann den Majordomus und die *famiglia*, schaute nach den Pferden und schlenderte schließlich mit ihnen zur Loggia am Tiber, wo sie eine Weile saßen, mit der kleinen Dorothea spielten und auf das sich golden färbende Wasser schauten. Francesca wollte nach so langer Trennung unbedingt die erste Nacht an Agostinos Seite verbringen. Er strich ihr vorsichtig über den Leib, gab ihr zur Bestätigung einen Kuss, bestand darauf, dass auch die kleine Dorothea neben ihnen schlafen müsse.

Bald lagen sie gemeinsam unter dem Fresko von Alexander, Roxane, das Töchterchen, schlafend in ihrer Mitte, und hielten sich ganz züchtig die Hand. Agostino berichtete ihr erneut von den Alaun-Minen und seinen Schiffen, Francesca beklagte den Gleichklang der brütenden Sommertage und die Stechmückenplage am Tiber.

»Ich habe mich so nach dir gesehnt«, hauchte sie, »obwohl Sebastiano und seine Malerei ein wenig Abwechslung gebracht haben.« Eine flüchtige Röte überzog ihr Gesicht, doch zum Glück war es zu schummrig im Raum, als dass Agostino sie wahrnehmen konnte.

»Hat dich Imperia einmal besucht?«, fragte er.

Sie schüttelte den Kopf. »Ich hatte es eigentlich gehofft, auch Lucrezia war enttäuscht, hat sie besucht, über das Treffen jedoch nicht viel erzählt.«

Agostino starrte nachdenklich an das hohe Baldachindach ihres Bettes. »Von Margherita hören wir gar nichts mehr. Ich hätte sie längst aus dem Kloster nehmen müssen – aber sie hat Angst vor der Welt.«

»Es wäre schön, wenn auch sie noch bei uns lebte. Dann hätte ich zwei Schwestern, wie früher in Venedig.« Sie lachte kurz auf. »Lucrezia wird ihr die Angst vor der Welt schon nehmen.«

»Ja, und wenn dann sogar noch ihre Mutter zu uns zöge ...«

»Ist das dein Ernst?«, fiel sie ihm ins Wort. »Ich dachte immer, du seist dagegen. Außerdem glaube ich nicht, dass Imperia wirklich ... mit mir zusammen ...«

Agostino seufzte. »Nein, ich glaube auch nicht, dass sie dazu in der Lage ist.« Dann seufzte er ein zweites Mal und erkundigte sich nach Sebastiano und dem Porträt. »Es müsste doch fertig sein.«

Francesca ließ eine ungewöhnlich lange Pause eintreten und hoffte, dass Agostino ihr erneutes, nun aber stärkeres Erröten auch diesmal nicht bemerkte. »Ja, ist es«, antwortete sie schließlich, »muss es sein, er war seit einiger Zeit nicht mehr bei uns, wahrscheinlich fehlt nur noch der Firnis.« Weil Agostino nicht reagierte und noch immer an die Decke starrte, beugte sie sich über ihn, küsste ihn auf seine Nasenspitze, bettete dann ihren Kopf auf die wolligen Haare seiner Brust und flüsterte: »Ich habe dich so vermisst, Agostino.«

Sie horchte in sich hinein. Nein, sie kam sich nicht einmal verlogen vor. Sie *hatte* ihn vermisst. Was mit Sebastiano geschehen war – doch, sie erinnerte sich gut daran, wie ein Siegel hatte ihre letzte Begegnung ihren Gefühlen einen Stempel aufgesetzt und sie zugleich verschlossen.

Weil Agostino nicht antwortete, wiederholte sie ihre Worte: »Ich habe dich so vermisst, Agostino!« und ergänzte: »Und freue mich auf unser Kind. Es wird diesmal sicher ein Junge.«

Er legte den Arm über sie. »Ich werde mich über ein Mädchen genauso freuen wie über einen Jungen.«

»Ist das dein Ernst?« Sie schaute ihm prüfend in die Augen, bevor sie ihren Kopf wieder auf seine Brust bettete.

»Naja, nicht ganz – aber heiraten werde ich dich, gleichgültig, ob es ein Junge oder Mädchen wird.«

Die Freude kam über sie wie ein Sturzbach; sie konnte sich nicht mehr beherrschen und brach in Tränen aus.

»Freust du dich nicht?«

Sie schluchzte nur auf und brachte kein verständliches Wort mehr hervor.

»Es wird Zeit, dass ich meine Dinge richte«, sagte er und strich ihr über die Haare.

Erschrocken fuhr sie auf. »Wie meinst du das? Du glaubst doch nicht etwa …?«

»Manchmal kann es schneller gehen als erwartet. Das haben wir doch erst am Ende meiner Reise nach Mantua erlebt. Ich brüte bereits seit längerem über einem Testament. Nach der Geburt wird es mir vielleicht leichter fallen.«

»Und wenn es doch ein Mädchen wird?«

»Dann versuchen wir es ein drittes Mal«, sagte er; seine Worte klangen angestrengt optimistisch.

Sie schnäuzte sich gründlich. Die Tränen waren versiegt, und beide schwiegen nun. Das Schweigen zog sich hin, und Francesca wollte etwas Liebevolles sagen, fand aber keine Worte. Obwohl sie Agostino so nahe war wie seit langem nicht, spürte sie nur wieder, wie in ihr eine Erwartung stieg, wie sie eine Besiegelung seiner Worte erwünschte, wie ihr Körper sich nach einem neuen Feuerwerk lustvoller Empfindungen sehnte. Die Maler, die die geschlechtliche Liebe immer zusammen mit verspielten Amor-Knaben darstellten, hatten unrecht. Die wortlose Lust ihres Körpers war nicht das Ergebnis einer spielerischen und damit unernsten Begegnung, im Gegenteil, sie vertiefte eine Bindung, sie radierte alle bösen Gefühle aus, sie schuf mit einem wortlosen Glücksgefühl Trost und Fülle des Lebendigen zugleich.

Langsam wanderte ihr Hand über seine haarige Haut. Vorsichtig hob sie ihren Kopf und suchte seinen Blick. Er hatte die Augen geschlossen. Als sie ihn in sich aufnahm, atmete er nur leise aus, hielt noch immer die Augen geschlossen, aber seine Gesichtszüge entspannten sich zu einem reinen Ausdruck der Hingabe. Während sie sich trotz ihres massigen Leibs nach vorne beugte, um ihn zu küssen, glitten ihre Finger ineinander, und so oft sie schon bei ihm genächtigt hatte, erst jetzt hatte sie das Gefühl, dass sie wie Mann und Frau zusammengehörten.

59. Kapitel

Eine Woche nach Agostinos Rückkehr wachte Francesca morgens auf, streckte und räkelte sich und schaute nach ihm: Er lag wach auf den Rücken. Als sie ihm einen Kuss gab, sagte er unvermittelt, als hätten sie bereits eine Weile über den Tagesablauf gesprochen: »Ich werde nach Sebastiano schicken, damit er mir endlich das fertige Bild zeigt.«

»Er wird schon noch kommen. Vielleicht möchte er mir das Porträt zur Geburt schenken.«

»Ich will es jetzt sehen.«

Am Nachmittag erschien Sebastiano dann in der Tat, allerdings nicht allein, sondern mit einem schönen Mann, dessen Kleidung leichte Spuren der Vernachlässigung zeigte. Agostino zeigte sich überrascht, die beiden zusammen zu sehen, doch der Schöne erklärte mit souveräner Geste, er sei gerade bei dem Maestro gewesen, um ein Gemälde zu bestellen, als der Maestro zum großen *banchiere* Chigi habe aufbrechen wollen. »Da ich seit geraumer Zeit plane, bei Euch, großer Mäcenas, vorzusprechen, haben wir uns gemeinsam auf den Weg gemacht.« Und der Schöne verbeugte sich vor Agostino und machte einen übertriebenen Bückling vor Francesca.

»Angelo del Bufalo«, stellte ihr Agostino den Fremden vor. »Sebastiano Luciani kennst du ja bereits.«

Lucrezia, die neben Francesca stand, kicherte. Agostino wies auf sie und sagte: »Lucrezia de Cognatis.«

»Ah, die schöne Tochter der Imperia, ich verstehe!«, rief Signor del Bufalo aus und verbeugte sich erneut mit übertriebener Ergebenheitsgeste. »*Signorina*, seht in mir Euren bescheidenen und zugleich entzückten Diener.«

Francesca fand ihn ein wenig albern. Jetzt fiel ihr auch ein, wer dieser schöne Mann mit seinen langen dunklen Haaren und den glutvollen Augen war: einer der langjährigen Liebhaber Imperias.

Ein kurzer Blick zu Lucrezia ließ keinen Zweifel daran, dass Lucrezia angetan war von dem Mann, den auch ihre Mutter nach Agostinos Aussagen leidenschaftlich geliebt hatte. Lucrezia war nicht nur über und über rot geworden, sondern kicherte wieder grundlos und heftete dann ihre Augen auf den Signore, als wollte sie ihn verhexen.

»Gehen wir in die *sala delle prospettive*«, forderte Agostino sie auf.

Francesca ließ die Männer vorangehen. Lucrezia ergriff ihre Hand und gab ihr einen flüchtigen Kuss auf die Wange. Noch immer glühte sie.

Sebastiano hatte bisher gar nichts gesagt, trug nur sein mit einem Tuch verhängtes Bild. In der *sala* ließ Agostino eine Staffelei holen und bat Sebastiano, sein Kunstwerk zu enthüllen.

Umständlich stellte Sebastiano das etwa zwei Ellen lange und nicht ganz so breite Holz auf die Bildstütze der Staffelei, zog vorsichtig das Tuch zur Seite und wandte sich dann ab, als könne er nicht ertragen, die erste Reaktion der Betrachter mitansehen zu müssen.

Francesca sah sich selbst – wie eine Fremde. Älter, als sie in Wirklichkeit war, mit streng verschlossenem Mund, eng anliegendem Haar und einem Mittelscheitel, der den Eindruck einer steifen Symmetrie erzeugte. Kein freches Löckchen scherte aus, keine unbotmäßige Welle lockerte die Strenge der Madonnenfrisur. Aber ihr Blick war verräterisch: traurig, sehnsüchtig, verloren in eine auswegslose Situation. Und dann dieses seltsame

Fingerzeichen: dieses sich öffnende Dreieck vor dem Herzen. Agostino musste sofort erkennen, was geschehen war.

Verstohlen spähte sie zu ihm. Sein Blick ruhte ernst auf dem Bild.

»Die heilige Dorothea mit dem Fruchtkorb«, sagte Sebastiano, der jetzt endlich wagte, sich den Betrachtern zuzuwenden. »Dort unten kann man Quitten, Äpfel und Rosen erkennen.«

Angelo del Bufalo unterbrach ihn. Mit nach oben sich aufwerfenden und dann öffnenden Händen wies er zuerst auf das Bild, sprang mit einer eleganten Bewegung hinter Lucrezia, nahm sie am Ellenbogen, schob sie ohne erkennbaren Anlass zur Seite, strich wie unabsichtlich über ihr leichtes Sommerkleid. Seine Hände ahmten die Handhaltung der Porträtierten nach. »Göttlich«, rief er, »und diese Symbolik! Ein V, das für *virtus*, die Tugend, steht.«

Er tänzelte ein wenig vor dem Bild hin und her, bis Lucrezia erneut in unsicheres Kichern ausbrach, schoss einen glutäugigen Blick auf sie ab, den sie sehr wohl auffing, und rief: »Nein, nein, meine Finger sind zu grob, um dieses V nachzuahmen, das natürlich auch für *Venus* stehen kann, ja, die *Venus* ist die Göttin dieses Hauses« – ein knappes, spöttisches Lachen unterbrach den Schwall seiner Worte –, »aber dieser Pelzstreifen hier, jedes einzelne Haar sieht man, göttlich, wer so zu schaffen vermag … Maestro!« – er wandte sich an Sebastiano und deutete einen Kniefall an – »Ihr müsst mir ein Bildnis malen, ein Madonnenbild, und jetzt weiß ich auch, wo wir das Modell finden: in diesem Raum.« Und diesmal deutete er einen noch tieferen Kniefall vor Lucrezia an.

Agostino runzelte deutlich die Stirn. Sebastiano verdrehte die Augen, und Francesca konnte sich kaum beherrschen, in ein Gelächter auszubrechen, so albern fand sie das Getue dieses Schönlings.

Aber Lucrezia war fasziniert.

Angelo del Bufalo sprang auf, wandte sich an Agostino: »Verehrter *banchiere*, dürfte ich diese junge Dame, die offensichtlich unter Eurer Obhut steht – oder ist sie gar Eure Tochter? – mit unserem begnadeten Künstler Sebastiano Luciani zwecks der Anfertigung eines Madonnenbild entführen?« Den steifen Ausdruck begleitete ein Zwinkern, um offensichtlich irgendeine Form der Ironie anzudeuten.

Agostino, genervt, zuckte mit den Achseln. »Das muss Lucrezia selbst entscheiden.«

Lucrezia hauchte: »Gern.«

Francesca wollte nicht glauben, was sie da erlebte. Dies war doch nicht die Lucrezia, die sie kannte, die noch im verpuppten Jungfrauenstand lebte, die von Männer nicht sehr viel zu halten schien und jetzt diesem aufgeblasenen Hampelmann schöne Augen machte.

Sebastiano ließ seinen Blick von Agostino zu seinem Bild und wieder zurück wandern: »Euer Urteil würde ich gerne hören, verehrter Signor Chigi, schließlich habt Ihr bereits bezahlt.«

Angelo del Bufalo trat erwartungsvoll einen Schritt vor, so dass er Lucrezia beinahe berührt hätte, und rief: »Ihr müsst begeistert sein. Unser Maestro hier ist tief, tief in die Seele Eurer jungen … Frau Gemahlin eingedrungen.«

Als Agostino sich noch immer nicht äußerte, seufzte Sebastiano bedauernd: »Ich habe versucht, Francescas Sehnsucht nach Euch, die Ihr lange abwesend wart, einzufangen, und ich glaube, es ist mir gelungen.«

»Ja, wenn du das so siehst, lieber Sebastiano, dann ist dein Bild das Geld wert.« Agostino kratzte sich am Hinterkopf. »Wie unser Gast bereits sagte: Du bist tief in die Seele unserer Francesca eingedrungen.« Noch während er sprach, wandte er sich Francesca zu: »Und was sagst du zu dem Bild, Liebste.«

Alle schauten sie an. Sie musste schlucken. »Ich finde es sehr schön«, presste sie mühsam hervor und sah in ihrem Blick nur traurige Sehnsucht.

Sebastiano verabschiedete sich bald, Agostino zog sich mit Angelo del Bufalo zurück, der mit ihm etwas Geschäftliches besprechen wollte, und Lucrezia sprang und hampelte aufgedreht um Francesca herum, holte sich dann wieder die kleine Dorothea und tanzte mit ihr auf dem Arm durch alle Räume und hinaus in den Park. Man hörte sie singen und jubeln.

»Ist das dieser berühmte Angelo del Bufalo, dessen Frau kürzlich gestorben ist, der unschlagbare Reiter und Schwarm aller Römerinnen, Imperias große Leidenschaft, von dem du mir mal erzählt hast?«, fragte Francesca abends Agostino, als sie wieder nebeneinander im Bett lagen.

»Er ist es, und kaum ist seine Frau unter der Erde, ist er abgebrannt und wendet sich an wen? An den Krösus Chigi natürlich. Er müsse sein Haus renovieren und sich Rennpferde kaufen, damit er wieder dem Ruf des Heiligen Vaters folgen könne, und so weiter. Als Sicherheit bietet er mir die goldene Halskette seiner noch kaum erkalteten Frau. Geschmacklos, dieser Mann. Und wie er vor Lucrezia herumgockelte, wollte ich kaum glauben. Am liebsten hätte ich ihn hinausgeworfen.«

»Hast du ihm Geld geliehen?«

Er zögerte. »Ja, ein wenig. Ich konnte nicht nein sagen. Schon um ihn loszuwerden. Ich habe ihm die Kette abgekauft.«

»Abgekauft? Und er hat sie dir gegeben?«

»Mit theatralischer Geste und der Beschwörung der großen Liebe zu seiner dahingegangenen unvergesslichen Gemahlin.«

Francesca konnte nur den Kopf schütteln.

»Dann fing er wieder von Lucrezia an. Sebastiano müsse sie malen, auch Raffaello, dem er sie vorstellen wolle, Imperia wisse ja gar nicht, was für einen Schatz an Schönheit sie da in die Welt gesetzt habe. Ich konnte nicht umhin, etwas spöttisch zu lachen und zu sagen: ›Bei dem Vater!‹ Zuerst schaute er dumm aus der Wäsche, doch dann wollte er den Spieß herumdrehen: ›Ja, bei dem Vater!‹ und glotzte mich an. ›Sie ist doch Eure Tochter, verehrter *banchiere*, das hat mir Imperia immer erzählt. Ihre beiden Töchter sind von Euch – und können sich glücklich schätzen, denn der Herr hat sie gesegnet.‹«

Agostino zog die Augenbrauen verächtlich hoch. »Wie konnte

sich Imperia nur so im Geschmack vergreifen.« Sein Blick ruhte auf Francesca, aber er schaute durch sie hindurch. »Das V wie *virtus* – oder wie *Venus* – wer ergründet schon die Seele der Frauen?«

60. Kapitel

Nachdem Angelo trotz seiner Ankündigung, sie zu besuchen, nicht mehr erschien, begann Imperia schweren Herzens, ihn endgültig aus ihrem Leben zu verabschieden. Agostinos Vorschlag, zu ihr zu ziehen, hatte sie zurückgewiesen; das hieß, sie hatte sich eine Antwort erspart. Im tiefsten Herzen war es ihr sogar schwergefallen, sein Angebot *nicht* anzunehmen, doch wusste sie, dass sie nie und nimmer ertragen würde, im Hause Chigi die alternde Nummer Zwei zu spielen. Nein, dann zog sie lieber zu Enea Piccolomini. Unbedingt musste sie den Schwebezustand der Niedergeschlagenheit beenden durch einen Schritt, der ihrem Leben wieder einen klaren Rahmen gab.

Als Angelo dann gegen alle Erwartung doch vor ihrer Tür stand, trieb sie die Macht der hoffnungsglimmenden Unvernunft ans Fenster: Unter ihr stand er, charmant und zugleich schuldbewusst lächelnd, demütig winkend und irgendwelche Schmeicheleien flötend. Die Überlegung, ihn kühl abzuweisen, schwand wie Schnee in der Sonne.

Von einer unzufriedenen Bella begleitet, schob Angelo sich vorsichtig in den *salone* und küsste Imperia die Hand. Alles Schmeichlerische hatte er plötzlich verloren, seine Begrüßungsgeste war Formeltheater. Imperia fiel sofort auf, dass seine Kleidung nicht mehr ganz der Stutzereleganz des Sommers entsprach, ja, sogar abgetragen wirkte. Auch hatte er kein Geschenk mitgebracht, und es schien ihr so, als hätten sich seine Falten tiefer in sein Gesicht gegraben.

Da sie keine Mahlzeit vorbereitet hatte, musste er sich mit Antipasti und eingelegtem, zuckrigem Obst und einem kalten Hühnerschenkel zufriedengeben. Dennoch aß er mit erstaunlichem

Appetit. Nach allgemeinen Phrasen über die Sommerhitze, die Trauerphase nach dem Tod seiner unvergessenen Gemahlin aus dem reichen Hause de Cupis plauderte er über den Anstieg der Preise in Rom und die miserablen Handwerker, die seinen Palazzo mehr ruinierten als renovierten.

Es waren nicht die Gesprächsthemen, die Imperia von ihm kannte, und sie begann bereits zu bereuen, ihn eingelassen zu haben.

Er beendete seine Mahlzeit, trank aber weiterhin viel Wein. Sie hatte sich nur ein paar Häppchen Brot mit Pastete genehmigt.

Dann lächelte er sie an, ergriff ihre Hand, zog sie an sein Herz und kniete vor ihr. »Verzeih mir, dass ich dich vernachlässigte!« Nach einem auf den Handrücken gehauchten Kuss zog er sie an sich und küsste sie mit einer Leidenschaft auf den Mund, die sie wehrlos machte. Dennoch: Als er erneut vor ihr saß, fragte sie sich, ob er der alte Angelo sei oder lediglich den alten Angelo spiele.

Er stieß eine Reihe von Seufzern aus, als wolle er eine Tonleiter nachahmen.

»Angelo, bist du gekommen, um dir Geld von mir zu leihen?«

Seine unstet das Zimmer absuchenden Augen hefteten sich an sie.

Er klimperte mit den Lidern, suchte offensichtlich nach einer wohlformulierten Antwort. Er suchte allerdings so lange, bis sie die Geduld verließ und erklärte: »Wenn es so wäre, müsste ich dich enttäuschen, denn meine guten Tage sind gezählt, ich … ich gebe … ich denke, ich gebe meinen Beruf auf.«

»Aber du bist doch die unübertroffene Kaiserin der Kurtisanen, wie ganz Rom weiß. Es hat sich mittlerweile herumgesprochen, dass du eine … Arbeitspause eingelegt hast, doch ich bin sicher: Der gesamte Vatikan – bis auf Papst Leo natürlich – würde dir das Haus einlaufen, würdest du dein süßes Tor, dein Moschustöpfchen wieder öffnen. Der römische Adel stünde Schlange, dazu kämen die generösen Franzosen, sogar die plumpen *barbari* aus dem Norden …«

»Es ist am besten, man hört auf dem Höhepunkt seines Ruhms auf. Die abschüssige Bahn, die eine alternde Kurtisane erwartet, ist zu glitschig. Man kann leicht stürzen. Ich muss mir einen sicheren Hafen suchen.«

Obwohl sie Angelo seit Ewigkeiten kannte, den Blick, mit dem er sie jetzt anschaute, vermochte sie nicht zu deuten. Er löste jedoch einen sich steigernden Aufruhr in ihr aus, der sie aufstehen ließ, damit sie nicht weiter diesem Blick ausgesetzt war. Der Aufruhr nahm zu, und sie begab sich unter gemurmelten Entschuldigungsworten in ihr Ankleidezimmer. Seufzend ließ sie sich auf ihren Stuhl fallen und starrte in den Spiegel, aus dem eine ratlose und keineswegs mehr jugendfrische Imperia zurückstarrte.

Nach einer Weile erhob sie sich, weil sie den Blick in den Spiegel nicht mehr ertragen konnte, und rief nach Bella. Der Aufruhr in ihrem Innern färbte sich trüb und dunkel und nahm die Farbe der Verzweiflung an.

»Ist er noch da?«, fragte sie, nachdem Bella eingetreten war.

»Er wartet.«

»Worauf?«

»Worauf wohl?«

Imperia sah einen letzten Hoffnungsschimmer. »Gut«, sagte sie leiser, als es nötig war. »Dann schminke mich … Nein, dazu haben wir keine Zeit … Ich ziehe den Pelzmantel an!«

Schon begann sie, sich selbstständig ihrer Kleider zu entledigen.

»Seid Ihr sicher, dass Ihr ihm noch eine Chance geben wollt – für nichts?«, fragte Bella.

»Für nichts? Nein, es geht um alles!«

Als Bella die Tür zum *salone* öffnete, schaute Angelo gelangweilt und müde auf. Doch kaum entdeckte er Imperia, die einen Schritt aus dem Halbdunkel des Ankleideraums trat, weiteten sich seine Augen. Noch hielt Imperia ihren Pelz geschlossen, doch langsam, ganz langsam öffnete sie ihn, und Angelos Augen weiteten sich noch mehr.

Ebenso langsam, wie sie sich bewegte, erhob er sich, lächelte mit heruntergezogenen Mundwinkeln, um männliche Überlegenheit zu demonstrieren, ging einen Schritt auf sie zu, streckte die Hand aus, um nach der Schließe des Mantels zu greifen. Nun stand er direkt vor ihr, nahm auch die linke Hand zu Hilfe und öffnete den Pelzmantel, streifte ihn schließlich über ihre Schultern, so dass er zu Boden fiel.

Bella fing ihn auf, legte ihn sich um die Schultern und verschwand aus dem Raum.

Angelo hatte nicht reagiert.

Imperia bewegte sich einen halben Schritt zurück. Fast unmerklich folgte er ihr. Seine Hände strichen beidseitig über ihre Brüste, wobei die Daumen vorsichtig über ihre Brustwarzen glitten und ihre Härte prüften. Sie hielten kurz inne, bevor sie sich auf ihre weichen Hüftpolster zubewegten. Imperias Haut kribbelte in süßen Schauern, und ihr Verlangen wuchs.

In winzigen Schritten hatte er sich ihr jetzt so genähert, dass sein Atem über ihre Haut strich. Sein Kopf neigte sich ihr zu, die Lippen näherten sich der Stirn, berührten sie, wanderten zum linken Auge.

Nun musste sie die Augen schließen, und beide verharrten in dieser Stellung. Es schien ihr eine Ewigkeit zu dauern, in der ihre Spannung auf einen Höhepunkt zusteuerte.

Seine Hände glitten noch ein Stückchen nach unten, bis sie die Halbmonde ihrer Hinterbacken umfassten, zuerst weich und locker, dann immer fester, und je fester er zupackte, desto näher zog er sie an sich heran.

Sie meinte zu spüren, wie seine Männlichkeit ihr entgegenpochte. Aber noch war alles eingepackt.

Was erwartete er von ihr? Sollte sie nachhelfen, die Schamkapsel aufklappen?

Wollte er im Stehen …?

Dazu war sie wohl zu schwer.

Seine Lippen glitten nun über die Nasenwurzel zum anderen Auge, und eine winzige Berührung der Zunge auf ihrem Lid ließ sie zusammenzucken.

Sie hielt es kaum noch aus, und alles strömte ihm entgegen, wollte ihn umfassen, aufnehmen – oder unter ihm in dieses wiegende Gleiten fallen, das er so unnachahmlich beherrschte.

Als sie vorsichtig das rechte Lid öffnete, erkannte sie, dass er sie und sich im Spiegel betrachtete, während seine Zungenspitze über ihr linkes Lid kitzelte.

Durch einen Schritt rückwärts versuchte sie, ihn in das Schlafzimmer und auf ihr Bett zu ziehen. Er gab jedoch nicht nach.

Und wieder schien er ihre Geduld auf eine Probe stellen zu wollen, bis er eine Hand zurückzog und an seiner Schamkapsel nestelte.

Sie winkelte ihr Bein an, und was er seit Jahren nicht mehr getan und was sie ihm gar nicht mehr zugetraut hatte, geschah: Seine freie Hand griff wieder nach ihr, und eh sie sich versah, hatte er sie ein Stück hochgehoben und glitt dorthin, wohin sie ihn sich wünschte.

Doch er wankte. Sie umschlang seinen Hals, biss ihn.

Er wankte mit ihr zum Bett, sie fielen.

Er hob ihre Beine und hielt ihr die Augen zu.

Es war nicht die kunstvollste Stellung, die er bevorzugte, doch sie spürte sich bald nicht mehr, weil sich alles lustvoll verkrampfte und sie sich auszudehnen schien, er sie innen und außen und oben und unten umfasste und gleichzeitig durch sie hindurch stieß, bis sie sich auflöste in einen nicht enden wollenden Schrei, einen Schrei, mit dem sie ihre Unschuld verloren und später die Geburt ihrer Töchter begleitet hatte, der ihr letzter sein würde, wenn sie endgültig die Kontrolle über sich verlor und nie mehr aufwachen würde.

Als Imperia wieder zu sich kam, war es, bis auf den flackernden Schein einer Kerze, dunkel im Zimmer. Neben ihr lag Angelo, noch halb angezogen, und schnarchte leise. Das Stundenglas war nicht umgedreht worden, kein feiner Sand rieselte nach unten. Sie lauschte, ob eine Glocke schlug, aber nichts war zu hören, bis auf das schläfrige Bellen eines Hundes, dem ein anderer antwortete. Dann krähte ein Hahn.

Sie fuhr mit ihren Fingern durch Angelos Haar, er wachte indes nicht auf.

Wann hatte sie diese Explosion ihrer Lust das letzte Mal erlebt? Sie konnte sich nicht mehr daran erinnern. Vielleicht war jetzt doch alles gut, Angelo zwar verarmt, aber frei, frei für sie. Sie hatte nicht genug Geduld gezeigt und ihm die Möglichkeit gelassen, sich aus den Fesseln seines bisherigen Lebens zu trennen. Diese Nacht hatte ihre alte Einheit besiegelt. Und nun stand keine Ehefrau mehr im Wege.

Sie schlief wieder ein.

Am Morgen schickte die Sonne bereits ihre Strahlen durch die Ritzen der Fensterläden, als sie aufwachte. Sie hatte von ihm geträumt; doch vielleicht war es kein Traum, sondern nur das Aufwachen, denn Angelo entledigte sich seiner Kleidung und glitt widerstandslos und ohne Umstände zwischen ihre Schenkel.

Es wurde der lange Morgenritt, wie sie ihn von früher kannte. Doch wollte er sie nicht anschauen. Als sie seinen Blick suchte, entzog er sich ihr und drehte sie auf den Bauch.

Auch dies war ihr recht.

Sie balancierte und tänzelte und tanzte auf den höchsten Wellenkämmen.

Irgendwann fiel er kraftlos neben sie und schlief wieder ein. Sie dagegen musste allein zurücktreiben in ruhigere Gewässer. Es machte sie wütend, dass er sie auf dem Höhepunkt ihrer Lust im Stich gelassen hatte, sie griff nach ihm, rüttelte ihn, nahm sein erschöpftes Organ in die Hand. Er grunzte auf, drehte ihr den Rücken zu. Sie fiel, und weil sie nicht fallen wollte, schlug sie um sich, schlug auf ihn ein, bis er endlich aufwachte, ihre Hände abwehrte, mit ihr kämpfen musste und dann sogar grob wurde.

Sie bog sich ihm entgegen und wäre fast wieder ohnmächtig geworden.

Doch dann fielen beide in sich zusammen.

Jeder lag am anderen Rande des Bettes.

Irgendwann steckte Bella ihren Kopf durch den Türspalt.

Imperia winkte sie heraus. Stöhnend erhob sich Angelo, und als er sich umschaute, lächelte sie ihn an.

Er wandte sich ab und griff nach seiner Kleidung, zog sich langsam und umständlich an, ihr dabei immer den Rücken zudrehend.

»Liebster …«, flüsterte sie. »Wir haben es geschafft.«

Er antwortete nicht.

»Liebster … Angelo …«

Er seufzte nur, als müsste er das Leid der Welt tragen.

Als er sich ausreichend angezogen hatte, dass er wieder unter Menschen treten konnte, ging er um das Bett, ohne auf ihren ausgestreckten Arm zu achten, begab sich zum Spiegel im Ankleideraum, betrachtete sich, kämmte sich, zupfte seine Kleidung zurecht und kam zurück, blieb jedoch in der Tür stehen.

»Gib mir einen Kuss!«, hauchte sie, doch ihre Stimme zitterte bereits.

»Ich bin gekommen«, sagte er nach mehrfachem Räuspern, und seine Stimme klang gepresst, »ich bin gekommen, um dir zu sagen, dass ich mich in eine junge Frau verliebt habe.«

Sie hörte seine Worte, sie verstand sie, aber sie begriff sie nicht.

»Du bist noch immer die schönste Frau Roms, Imperia, zumindest für dein Alter, aber ich spüre, dass ich etwas Jüngeres benötige, ein unverbrauchtes Mädchen, das mir meine Jugend zurückgibt, das mir weitere Kinder schenken kann …«

»Ist sie reich … und von Adel?« Imperia hörte eine gebrochene Stimme, und sie begriff, dass es ihre eigene war.

»Von Adel wohl kaum – und reich? Vielleicht, vielleicht auch nicht. Aber so schön, wie du warst, als ich dich kennenlernte und du dich mir freiwillig und mit wilder Gier hingabst. Heute habe ich noch einmal ein Echo von damals erlebt. Dafür danke ich dir. Und nun Lebwohl!«

Er marschierte aus dem Zimmer, drehte sich dann noch einmal um und verbeugte sich wie ein Schmierenschauspieler, der sich nach einer Vorstellung mit weibisch geschwungenen Armen vor dem Publikum buckelte. Der Schmerz, den ihr diese theatralische

Lügengebärde versetzte, war schlimmer als der Schmerz, den ihr sein Geständnis zugefügt hatte.

Am Tag heulte sie sich die Seele aus dem Leib, am Abend glaubte sie zu sterben.

Aber sie starb nicht. Eine schlaflose Nacht lang versuchte sie sich vorzustellen, wie es wäre, wenn sie Agostinos Angebot, zu ihm und Francesca in seine Villa zu ziehen, annähme. Am Morgen hatte sie endgültig begriffen, dass ihr Stolz dies nie zulassen würde. Sie schickte Bella nach einer weiteren durchwachten Nacht zu Enea Piccolomini und ließ ihm ausrichten, sie sei bereit, sein Angebot anzunehmen.

61. Kapitel

Nachdem Imperia in das neue Haus im Borgo eingezogen war, fühlte sie sich fremd und entwurzelt, obwohl Enea Piccolomini sich verständnisvoll um sie kümmerte. »Vorerst erwarte ich nicht, dass du die Nacht mit mir verbringst«, erklärte er mit sanfter Stimme. »Abgemacht war zwei- bis dreimal die Woche, doch verstehe ich, dass du dich erst einmal auf deinen neuen Lebensabschnitt einstellen musst.«

Sie sann eine Weile über diesen seltsamen Ausdruck nach, den er gewählt hatte: *Lebensabschnitt*. Natürlich wusste sie, was er meinte, doch in ihren Ohren klang dieses Wort so drohend, nach Verlust, ja, nach Amputation.

An milden Sonntagen spazierte er mit ihr zu ihrer *vigna* und versuchte, herauszufinden, was denn ihren Sinneswandel und ihre niedergeschlagene Stimmung verursacht habe. Doch sie verriet ihm nichts.

Über eins war sie sich nach langem Nachdenken im Klaren: Angelos Abschied lag in ihrer Seele wie unverdaute Nahrung: Jedesmal, wenn sie daran denken musste, kamen ihr die Tränen, und zugleich erfasste sie eine Wut ohnegleichen. Gelegentlich wünschte sie ihm sogar den Tod. Erst wenn er nicht mehr unter den Lebenden weilte, würde sie ihn vergessen können. Dies war das Schreckliche. Sie hatte allen Grund, ihn zu hassen, doch würde er bei ihr anklopfen, sich entschuldigen und Besserung versprechen, sie in die Arme nehmen, ja, dann würde sie vermutlich abermals weich werden und Hoffnung schöpfen.

Um sie abzulenken und zu unterhalten, lud Enea alte Freunde ein, Iacopo Sadoleto, Filippo Beroaldo und Tommaso Inghirami, Baldassare Castiglione und andere kluge Köpfe des Vatikans; sie spielte ein wenig auf der Laute und sang, es wurden Gedichte vorgetragen und heiß über Petrarca und seine Vorstellung von der Liebe diskutiert. Sie hörte immer wieder Komplimente, die sie bescheiden von sich wies.

Iacopo Sadoleto erklärte mit Tremolo in der Stimme: »Roms Männer trauern um den Verlust der schönsten Frau der Stadt.«

Imperia musste lachen. »Was heißt hier *Verlust*? Bin ich denn tot? Ich freue mich über euern Besuch. Es ist wie immer: Nur das Bett fällt weg.« Sie reckte ihren Oberkörper, fuhr mit einer koketten Geste über ihren Ausschnitt. »Man muss wissen, wann es Zeit ist aufzuhören. Ihr sollt mich als schöne junge Frau in Erinnerung halten, nicht als überschminkte alternde und ausgelutschte …«

Sie konnte nicht zu Ende sprechen, denn lauthals protestierten all die klugen Männer mit Ausrufen wie »Nie wirst du …« und »Immer werden wir …«, sprangen auf, küssten ihre Hand und begannen, auch noch schmachtende Verse aus Petrarca-Sonetten zu zitieren.

Sie musste lachen. Enea saß dabei und lächelte, seine runden Backen glänzten.

Alle widmeten sich dann wieder ihren Weingläsern.

»Was sagt Agostino Chigi eigentlich zu deinem Rückzug?«, fragte Sadoleto, nachdem er davon berichtet hatte, dass er bald zum Bischof von Carpentras ernannt werde und Rom leider für eine Weile verlassen müsse.

»Er ist doch jetzt mit seinem Sohn beschäftigt, den ihm die junge Ordeaschi geboren hat«, rief der dicke Inghirami.

Imperia fing einen mitfühlenden Blick Eneas auf und verzichtete mit einem Achselzucken auf eine Antwort. Sie wollte nicht an Agostino und seinen Sohn denken, da sie sich zum ersten Mal seit langem in dieser Runde fröhlicher Männer wieder wohl fühlte. Da saßen sie mit ihren weingeröteten Gesichtern, alle sichtbar älter und würdiger geworden, aber untereinander noch wie Jungen; sie kannte ihre Vorlieben im Bett, ihre Schwächen und Stärken, aber nun musste sie nicht mehr mit ihnen schlafen – und dies war gut so. Sie beschloss, in Zukunft regelmäßig eine Gruppe kluger Köpfe zu empfangen und über die Liebe zu diskutieren. Vielleicht könnte sie sogar einmal selbst ein Traktat über die Liebe schreiben; warum sollten dies immer nur ältere Männer tun, denen die Hoden schrumpften!

»Und lebt deine Lucrezia eigentlich noch in der Chigiana?«, fragte Inghirami. Ein Seitenblick traf Sadoleto, und er fügte an: »Eure Lucrezia.«

»Ich denke, Chigi ist ihr Vater«, sagte Sadoleto, bevor Imperia antworten konnte. »Ich gönne es ihr. Er ist der Krösus, während mir die Dukaten nur so durch die Finger rinnen.«

»Dukaten *rinnen* nicht durch Finger, du berühmter Rhetor und Metaphernfreund«, unterbrach ihn Castiglione.

»Ach Gott, ihr Besserwisser, ihr wisst doch, dass es der Heilige Vater, dem ich sprachlich stets zu Diensten sein muss, nicht so genau nimmt in der Metaphernfrage, Hauptsache, man kommt ihm blumig.« Sadoleto hatte die Arme theatralisch hochgeworfen. »Auf jeden Fall verzichte ich gern auf die Ehre, Lucrezias Vater zu sein, wenn Chigi mir die Verpflichtung abnimmt, ihr im Falle ihrer Heirat eine ordentliche Mitgift zu zahlen.«

»Erst wird Chigi selbst heiraten«, warf Enea ein. »Es wird Zeit. Der Heilige Vater soll Druck gemacht haben, hörte ich.«

»Ich glaube, Agostino liebt seine Francesca wirklich«, mischte sich Imperia mit leiser Stimme in die Unterhaltung. »Ich gönne es beiden«, fügte sie hinzu, als müsste sie sich selbst davon überzeugen.

»Ja, wir werden wieder ein großes Fest erleben – unser Krösus wird sich nicht lumpen lassen, und der Tiber wird wieder einiges zu schlucken haben.«

Spöttisches Gelächter folgte.

»Der Reiche und das Krämerseelchen!«

Es wurde erneut gelacht.

»Die Schöne und das Biest.«

Es wurde noch mehr gelacht.

»Entführt, entehrt, geheiratet!«

Gewieher.

»Jetzt seid ihr aber wirklich albern«, rief Imperia, doch ihr Einwurf ging unter.

»Wird im Übrigen auch unser großer Rennreiter Angelo del Bufalo die Hochzeit mit seiner Anwesenheit beehren?«, fragte Inghirami, während das Gelächter der Männer langsam abebbte.

Enea räusperte sich, um Inghirami zu warnen, aber der glupschäugige Inghirami hörte nicht hin und kicherte: »Ich habe da was läuten hören, was, Iacopo, du doch sicher auch – wo du doch einer ihrer möglichen Väter bist?«

»Von wem sprecht ihr?«, fragte Imperia.

Alle überhörten ihre Frage, und es entstand eine Pause, in der die Männer nach ihren Gläsern griffen. »Wie geht es eigentlich deiner Margherita?«, fragte Sadoleto.

»Ich befürchte, sie wird im Kloster bleiben und den Schleier nehmen wollen«, erwiderte Imperia. »Selbst Agostino hat sie bisher nicht überreden können, zu ihm und seiner zukünftigen Frau zu ziehen.«

»Ja, wie sollen wir das verstehen – deine Nonnentochter im Haus des allen Lebensfreuden aufgeschlossenen Agostino *il Magnifico*?« Inghirami beugte sich zu ihr vor und schaute sie aus seinen schielenden Augen an.

Es war schwer, diesem Blick nicht auszuweichen. Imperia hätte am liebsten gar nicht auf diese Frage geantwortet, aber weil nun alle Blicke neugierig auf ihr lagen, sagte sie: »Ihr werdet es nicht glauben, aber Agostino würde uns alle gern in seinem Haus als seine Familie um sich haben, Francesca, ihre Kinder, seine Tochter

Margherita, Lucrezia, die auch seine Tochter sein könnte, und sogar mich. «

Sie schien den besten Witz des Abends erzählt zu haben, denn bis auf Enea brach die Runde in ein nicht enden wollendes Gelächter aus.

Als die lustige Männerrunde am späten Abend das Haus verlassen hatte, blieb Enea noch eine Weile bei Imperia sitzen. »Du hast dich gut geschlagen«, sagte er.

Er hatte wohl gehofft, die Nacht mit ihr zu verbringen, doch sie schickte ihn in seinen Palazzo und ließ sich anschließend von Bella ein Schlafpulver in einen heißen Limonensaft mischen.

Am nächsten Tag besuchte sie zum zweiten Mal Francesca und den Jungen, den seine Eltern Lorenzo genannt hatten. Francesca sah, obwohl die Geburt erst einige Wochen zurücklag, frisch und gesund aus, nur etwas müde. Auch diesmal stillte sie das Kind, das Agostino, wie bereits bei ihrem ersten Besuch, Imperia stolz als seinen Erben präsentierte.

»Mitte Oktober feiern wir Hochzeit, Papst Leo wird uns trauen, und selbstverständlich bist du zum großen Fest eingeladen.« Agostino schaute sie fragend an, und sie nickte.

Ihre Tochter Lucrezia hatte sie bisher noch nicht gesehen, was ungewöhnlich war, denn normalerweise sprang ihr Lucrezia in ihrem jugendlichen Überschwang bereits entgegen, wenn sie den Park der Villa betrat und die Hunde ihren Tanz aufführten.

Eine Weile drehte sich das Gespräch um die rosige Gesichtsfarbe des Kindes und sein nächtliches Schreien, seine Angewohnheit, an der Brust der Mutter einzuschlafen, und seine Macht, die Mutter dem Vater wegzunehmen, wie Agostino augenzwinkernd bedauerte. Als Imperia sich schließlich verabschieden wollte und Lucrezia noch immer nicht erschienen war, erkundigte sie sich nach ihrer Tochter.

Betretenes Schweigen war die Antwort. Francesca schaute unter sich, Agostino verzog sein Gesicht zu einem einzigen Fragezeichen.

Imperia hakte nach.

»Nun, seit einer Weile macht sie sich gelegentlich selbstständig«, erklärte Agostino zögernd, während sich Francesca betont um den Säugling kümmerte, »sagt uns aber nicht, wohin sie geht.«

»Ja, aber … Wie kann sie allein …?«

Eine einleuchtende Antwort war nicht zu erhalten, und in leichter Verstimmung kehrte Imperia in ihr neues und weiterhin gewöhnungsbedürftiges Haus im Borgo zurück.

Als das Hochzeitsfest sich näherte, fragte Enea, ob man es gemeinsam besuche oder ob sie bevorzuge, allein zu gehen.

Sie schaute ihn an, seinen leicht schräg gehaltenen Kopf mit der Andeutung eines fragenden Lächelns, seine zu kurz geratenen Arme, die schütteren Haare und das Bäuchlein, das er wie einen Ballon vor sich her trug. »Ich muss es mir noch überlegen.«

Er zog kurz die Augenbrauen zusammen, sagte nur: »Schade.«

Viel schärfer, als sie es beabsichtigt hatte und als es auch der Situation angemessen war, fuhr sie ihn an: »Ich sagte, ich muss es mir noch überlegen! Ich sagte nicht: nein!«

Enea verbeugte sich stumm und zog sich zurück, und sie kam sich undankbar, ungerecht und überhaupt ungehobelt vor. Fast wäre sie in Tränen ausgebrochen über ihr Benehmen.

Sie setzte sich ans Fenster, schaute nach draußen auf die Piazza Scossa Cavalli. Noch immer, bemerkte sie, hatte sie ihre trübe Stimmung nicht gänzlich überwunden. Noch immer war sie nicht in ihrem neuen *Lebensabschnitt* angekommen.

Als kurz darauf Angelo del Bufalo sich bei ihr melden ließ, zuckte sie regelrecht zusammen. Sie hatte ihn nicht erwartet, und doch hatte sie während der vergangenen Nächte oft an ihn denken müssen. Ihr fehlte seit Wochen der Rausch der Vereinigung, selbst wenn sich Enea mehrfach redlich bemüht hatte. Aber sie konnte, lag sie mit ihm zusammen, immer nur an Philemon und Baucis denken: Da liebten sich zwei alte Leute, wortlos, routiniert und ohne jeglichen Rausch. Es gab sogar Augenblicke, in denen sie nicht nur Angelo in ihr Bett wünschte, sondern sogar überlegte, ihr Leben als Kurtisane erneut aufzunehmen.

»Ich schicke den Signor del Bufalo weg!«, sagte Bella.

»Nein, ich will hören, was er zu sagen hat.« Imperia wagte nicht, Bella in die Augen zu schauen, ärgerte sich aber über sich selbst und darüber, dass Bella bestimmen wollte, wen sie empfing.

Dann stand er vor ihr, in ein neues modisches, eng anliegendes Wams gekleidet, mit einem Barett und einer Feder. Gerade konnte sie noch verhindern, dass er sich wieder zu dieser theatralischen Begrüßung verkünstelte, indem sie ihm die Hand und dann die Wange hinhielt.

Er betupfte die Wange mit seinen Lippen.

»Was führt dich zu mir?«, fragte sie ihn in distanziertem Ton, während sie auf einen Stuhl wies.

Angelo setzte sich, nahm sein Barett ab, drehte es in seinen Händen, pustete auf die Feder, als müsse er sie vom Staub befreien.

»Nun, heute erscheine ich in einer wichtigen Angelegenheit.« Er atmete tief durch, straffte seinen Körper und wich ihrem Blick aus.

»Du willst deine junge Geliebte heiraten, gratuliere. Aber mich brauchst du wirklich nicht um Erlaubnis zu fragen.« Imperia presste ein kurzes, verächtliches Lachen heraus.

Angelo überhörte ihren Satz, der ihr scharf herausgerutscht war. Sie bereute bereits, den Gockel mit seiner albernen Feder empfangen zu haben. Noch immer spürte sie zwar die körperliche Attraktion des Mannes, aber zugleich wollte sie ihn dafür verachten, dass er bloß ein adliger Mitgiftjäger war, der es im ganzen Leben zu nichts gebracht hatte als dazu, auf dem Rücken der Pferde über irgendwelche Arenen zu galoppieren.

»Liebe Imperia, wir kennen uns bereits sehr lange, unsere Liebe begann früh und hat, wie ich es heute sehe, Früchte getragen.«

Sie verstand ihn nicht.

»Ob sie Früchte getragen hat, musst du mir überlassen zu entscheiden. In meinen Augen hat sie eine einzige Frucht getragen, und die ist bitter und heißt Enttäuschung.«

»Manchmal läuft das Leben anders, als man es sich wünscht.« Er lächelte sie an, um das, was wohl als Bosheit gemeint war, zu verstecken. »Ich möchte jetzt nicht philosophisch werden, liebe Imperia, mir geht es um etwas anderes, Wichtigeres: Um deine Tochter Lucrezia … unsere Tochter Lucrezia.«

Was bildete sich dieser Gockel eigentlich ein! Noch bestimmte sie, wer Lucrezias Vater war, und nach den Geschehnissen der letzten Monate würde es ohne Zweifel nicht Angelo del Bufalo sein.

Mit zusammengekniffenen Lippen blickte sie ihn an.

»Mir ist klar geworden, das heißt, ich kann mich noch gut daran erinnern – und ich besprach die Angelegenheit auch mit deiner Mutter Diana, die ja immer sorgsam Buch führte – also, ich will sagen, dass ich dich neun Monate vor Lucrezias Geburt sehr häufig besucht habe, am meisten von all deinen Verehrern, und es von daher so aussieht, als wäre ich Lucrezias Vater. Wenn ich sie anschaue, so sehe ich auch eine Ähnlichkeit: im Äußerlichen wie im Seelischen. Ich *fühle*, dass sie meine Tochter ist. Und ich möchte mich dieser Verantwortung stellen.«

Es fiel ihr schwer, sich Angelos anmaßendes Gerede anzuhören, zumal sie nicht verstand, was er eigentlich mit dieser seiner »Erkenntnis« bezweckte.

»Ich sprach bereits mit Lucrezia, und mir schien, als freute sie sich darüber, endlich ihren Vater in die Arme schließen zu können.«

»Sag, was du von mir willst!«, fuhr sie ihn an.

»Nun, da ich mich als Lucrezias Vater betrachte und der Meinung bin, dass sie im Hause von Agostino Chigi und seiner jungen Frau nicht mehr glücklich ist, da sie, wie ich hörte, verheiratet werden soll, an einen Mann verhökert wie ein Schaf, da dies alles so ist, bin ich zu dem Entschluss gekommen, dich zu bitten, mich als Vater anzuerkennen und mir zu erlauben, sie in die Gesellschaft einzuführen, wenn man so will, also, mit ihr gemeinsam das Hochzeitsfest unseres verehrten Agostino Chigi zu besuchen. Um eine offizielle Legitimation meiner Vaterschaft werde ich dann noch den Heiligen Vater ersuchen – damit alles seine Richtigkeit hat.«

Imperia ließ langsam einen verächtlichen Blick über Angelo gleiten. »Lieber Angelo, in diese Gesellschaft ist sie bereits eingeführt, denn in Agostinos Villa wohnt sie seit geraumer Zeit, wie du weißt, und außerdem werde auch ich dort sein, so dass ich sie, wenn es nötig sein sollte, selbst einführen kann.«

Sie sah, mit welcher Mühe Angelo einen sich verstärkenden Ärger bekämpfte, und wollte noch eine höhnisch gemeinte Bemerkung draufsetzen. »Aber wenn du der Meinung bist, dass es für eine junge Frau wie Lucrezia nicht reicht, eine berühmte Mutter zu haben, wenn du glaubst, dass sie auch noch einen, nun, sagen wir: *volkstümlichen* Rennreiter als Vater benötigt« – der Hohn war nun wirklich unüberhörbar –, »dann können wir ja gemeinsam auftreten, als Familie sozusagen.«

Angelo suchte nach Worten. Dann sagte er doch tatsächlich in allem Ernst: »Dies sieht ja so aus, als würden wir heiraten. Daher muss ich diesen Vorschlag ablehnen.«

Selbstverständlich hatte Imperia ihn nicht ernst gemeint, und sie war auch keineswegs gewillt, einer angeblichen, zudem unwahrscheinlichen Vaterschaft Angelos zuzustimmen.

Doch dann fiel es ihr wie Schuppen von den Augen.

Hatte nicht Agostino berichtet, Lucrezia verschwinde heimlich aus der Villa, ohne zu sagen, wohin sie gehe? Hatte nicht einer ihrer Freunde kürzlich eine Anspielung fallen gelassen, die sie nicht verstanden hatte? Ja, war sie denn so dumm, nicht zu begreifen, dass Angelo jetzt, nachdem er sie abgelegt hatte, scharf war auf ihre Tochter und diese seine angebliche Vaterschaft nur zum Vorwand nahm, um sie aus Chigis oder aus ihrer Obhut wegzulocken und sie zu seiner Geliebten zu machen?

»Hast du sie etwa schon entjungfert, du Schwein?«, schrie sie ihn an und musste sich beherrschen, sich nicht auf ihn zu stürzen. Sie griff nach einer Murano-Vase, die auf dem Sims einstaubte, und schleuderte sie nach ihm. Geschickt wich er aus, das Glas zerschellte, und schon stand Bella im Raum.

»Kann ich helfen?«, fragte sie und baute sich vor Angelo auf.

»Schmeiß mir den Kerl aus dem Haus, sonst bringe ich ihn noch um!«

Angelo sprang auf, machte wieder irgendwelche theatralischen Bewegungen, rief in Kastratenstimme »Ich gehe ja schon!« und dann: »Das wirst du noch bereuen!« – und schon war er draußen.

In Imperia explodierte eine tödliche Wut. Bella versuchte sie zu beruhigen, aber Imperia stieß nur noch aus: »Ich bringe ihn um. Ich werde ihn umbringen.«

TEIL V

62. Kapitel

Imperia schaute in den Spiegel, und eine fremde, stark geschminkte, aber noch immer schöne Frau schaute zurück. Nicht nur eine schöne, sondern Roms schönste Frau, eine Kaiserin in rotseidenem Kleid und samtrotem Umhang, eine Kurtisane, der alle Männer zu Füßen lagen und deren Edelsteinketten und goldene Ohrgehänge, Perlenschnüre und Armbänder von der Verehrung dieser Männer zeugten.

Aber entsprach dies der Wahrheit?

Nein, aus dem Spiegel schaute keine umschwärmte Kurtisane, sondern eine *ehemalige* Kurtisane mit leisen Krähenfüßchen und beginnender Orangenhaut, mit einem trauernden und zugleich zornigen Blick aus den Belladonna-Augen. Ja, die Kaiserin der Kurtisanen war herabgestiegen von ihrem Thron, um neben dem mittelreichen, dicklichen, aber verständnisvollen Großneffen eines Papstes auf dem Stuhl einer Konkubine zu sitzen – und darauf zu warten, dass aus den Krähenfüßchen Füße wurden, Falten und Runzeln, dass die üppigen Wölbungen ihrer samtweichen Brüste zu schlaffen Ziegensäcken schrumpften, dass die Haare ausfielen oder sogar grau wurden, die Haut rau, die Augen stumpf.

Aber noch war sie schön – und nicht nur zornig, sondern hasserfüllt und getrieben von unstillbarer Rachsucht wie einst die betrogenen griechischen Heroinen.

Die vergangenen Tage hatten ihren Hass nicht gemindert, sondern genährt und verstärkt. Der einzige Mann, für den sie alles getan hätte, den sie in ihrem Leben wirklich geliebt hatte, obwohl er sich nicht aus seiner Ehe lösen wollte, hatte sie zutiefst enttäuscht, gedemütigt und erniedrigt und stieß sie in einen Höllenkerker der Verzweiflung. Er wollte sie durch ihre eigene, geliebte

Tochter ersetzen, nachdem er sich deren Vertrauen erschlichen hatte. Schnöde, verlogen und heimtückisch. Verbrecherisch. Sogar einen möglichen Inzest nahm er in Kauf.

Dafür musste sein Kopf fallen. Oder er musste sich die Seele aus dem Leib würgen, bis auch der körperliche Rest nachkam und ein ungnädiger Tod ihn verrecken ließ.

So musste die gerechte Strafe aussehen.

Es war ihm sogar gelungen, ihrer Tochter Lucrezia derart den Kopf zu verdrehen, dass sie nicht mehr ansprechbar war. Sie als ihre Mutter hatte es versucht, sie gebeten, bei ihr vorbeizuschauen. Zuerst hatte Lucrezia nicht reagiert, dann geantwortet, sie müsse Francesca bei der Vorbereitung der Hochzeit helfen. Nach der dritten Aufforderung schließlich war sie erschienen, schnippisch, frech, störrisch und natürlich undankbar.

»Ich weiß nicht, was du willst«, war sie explodiert. »Angelo kümmert sich um mich, er hört sich verständnisvoll meine Ängste und Wünsche an, er versteht sogar, dass ich mich bisher vielmehr von Frauen angezogen fühlte als von Männern ...«

»Du weißt doch, dass er behauptet, dein Vater zu sein«, unterbrach Imperia sie ungeduldig. »Und jetzt will er dich ins Bett ziehen und dir die Unschuld rauben, will dich zu seiner Konkubine machen – glaub nur nicht, er würde dich heiraten, wenn er plötzlich zugeben muss, dass er gar nicht dein Vater ist.«

»Du bist ja nur eifersüchtig. Weil Angelo *dich* nicht heiratet! Aber kann man Liebe erzwingen?«

»Liebe, Liebe!«, höhnte Imperia.

»Ja, Liebe, ich glaube daran. Ich möchte nur den Mann heiraten, den ich liebe, auch wenn dies verwegen klingt. Schon gar in den Augen einer Kurtisane. Einer ehemaligen Kurtisane.«

Es hätte noch gefehlt, dass Lucrezia mit dem Fuß aufgestampft hätte. Sie wirkte jedoch nur verstockt und zugleich nahe ans Wasser gebaut.

Bella war in den *salone* getreten, hatte mit verschränkten Armen dem letzten Wortwechsel gelauscht, und sagte zu Lucrezia:

»Ich bringe dir mal einen Becher kaltes Zitronenwasser, das kühlt Sinne und Geist.«

Lucrezia schüttelte unwirsch den Kopf und wandte sich weiterhin an Imperia: »Dabei verehrt dich Angelo. Er spricht in höchsten Tönen von dir. Aber er will seiner Verantwortung nachkommen, der Tod seiner Frau hat ihn zutiefst getroffen, er bereut sein bisheriges Leben, seinen Leichtsinn, und außerdem hat er mir nicht mehr als ein paar züchtige Küsschen gegeben.«

»So fängt es immer an!«, schrie Imperia.

Die schrille Höhe ihrer Stimme tat Imperia selber in den Ohren weh. Außerdem spürte sie eine unangemessene Verwirrung. Sollte Angelo es doch ernst meinen mit seiner Vaterschaft? Schaute man sich ihn und Lucrezia an, zwei auffallend schöne Menschen, deren große, lidbeschattete Augen sich ähnelten, konnte man durchaus auf den Gedanken kommen, dass das Blut sie verband. Angelo war irgendwann eine Tochter gestorben, davon hatte sie zufällig erfahren, nicht einmal Angelo hatte es ihr erzählt – wollte er die Tote vielleicht durch Lucrezia ersetzen?

In ihr schrie alles *Nein!* Angelo war ein verantwortungsloser Windhund, ein »Stutenreiter«, wie man im Neapolitanischen sagte, für die Befriedigung seiner Wollust würde er den Inzest in Kauf nehmen. Er musste sterben, und wenn sie ihn eigenhändig in den Orkus beförderte.

Lucrezia rannte dann einfach weg, rief noch: »Ich hasse dich!«

Seitdem grübelte Imperia Tag und Nacht darüber, wie sie es anstellen sollte, Angelo aus dem Weg zu räumen – um sich zu rächen und zugleich, um ihre Tochter zu schützen. Natürlich musste sie Bella einweihen, die ihr, ohne moralische Empörung zu zeigen, von einer solchen Tat abriet. »Warum erzählt Ihr nicht alles Agostino, der Augen im Kopf und längst begriffen hat, was sich da anbahnt. Er braucht ein paar Worte beim Papst fallen zu lassen oder selbst Lucrezia zu legitimieren und dann schleunigst zu verheiraten.«

Imperia schüttelte den Kopf. Sie würde sich schämen, Agostino mit solch einer Geschichte in Verlegenheit zu bringen. Außerdem könnte Angelo sie dann in den Dreck ziehen, sie an der Säule des Pasquino als abgehalfterte, eifersüchtige alte Vettel darstellen ...

»Aber Imperia!« Bella klang nun sehr mütterlich. »Auch enttäuschte Liebe vergeht. Selbst ich ...«

»Nein!«, schrie Imperia sie an. »Er muss weg! Ich hasse ihn! Er hat mich mein ganzes Leben lang ausgenutzt, und jetzt demütigt und erniedrigt er mich, dass ich nicht mehr weiß, wie ich weiterleben soll.«

Sie brach in hemmungsloses Schluchzen aus.

»Also gut, ich will mich mal umhören.«

Ein paar Tage später brachte Bella in der Tat ein weißliches Pulver, das sie sich, wie sie erklärte, über eine ehemalige Kurtisane besorgt habe. Einen Namen wolle sie nicht nennen.

Auch diesmal brach Imperia, die nach einem vergeblichen Versuch, sich auf ein Lautespiel zu konzentrieren, nach Petrarcas *Canzoniere* gegriffen hatte, in Tränen aus. »Ich weiß nicht, wie ich dir danken soll«, stieß sie schluchzend hervor. »Ich würde dich nie und unter keinen Umständen verraten, ich hinterlasse dir einen Großteil meines Schmucks.«

»Das ist nicht nötig«, entgegnete Bella kühl. »Sonst fällt noch Verdacht auf mich. Das Gift löst sich nach ein bisschen Herumrühren in Wasser oder Wein auf, es schmeckt nach nichts, vielleicht ein wenig bitter, die Wirkung setzt bald ein, aber nicht sofort.« Sie schaute auf Imperia. »Im Übrigen bin ich der Meinung, man sollte Angelo del Bufalo, wenn es denn wirklich sein muss, von einem gedungenen Söldner beiseite schaffen lassen. Das sieht dann nach Raubmord aus, und auf dich fällt kein Verdacht.«

»Du hast recht, kümmere dich darum.«

Noch immer starrte Imperia, die Ellenbogen auf ihren Schminktisch gestützt, das Spiegelbild an. Dieser Mensch da vor ihr, der sie selbst war, zerfiel. Man sah es noch nicht auf den ersten Blick, aber auf den zweiten. Sie war nicht einmal Mitte dreißig und trat als Kurtisane schon ab, erhoffte nichts mehr vom Leben – allein ein klein wenig Würde. Und Ruhe. Seelenruhe, wie die Philosophen sie anpriesen. Schmerzfreie Zufriedenheit. Sie wollte nicht so werden wie ihre Mutter, die nur keifen konnte und mit dem Gesicht eines ausgewrungenen Putzlumpens jeden beleidigte, der sie anschaute.

Wenn doch Bella zurückkommen würde! Sie war wieder, wie bereits mehrfach während der letzten Tage, aufgebrochen, um einen Mann zu heuern, der die Drecksarbeit für sie erledigte. Erst wenn Angelo bestraft war, würde sie wieder in Frieden schlafen können – und in seelischem Gleichgewicht altern. Das Bäuchlein von Enea mit Humor ertragen und seine eher ungelenken Versuche, bei der Liebe ein wenig Abwechslung walten zu lassen …

Ach, ihr fehlte etwas!

Endlich kam Bella, rumpelte in der Küche herum, als wollte sie sie auf die Folter spannen, trat dann in den *salone* und ins Ankleidezimmer. Ihr Gesicht sagte alles. Sie hatte keinen Mann gefunden, der sie rächte.

Bella schüttelte den Kopf. »Nein«, sagte sie. »Zu teuer, zu gefährlich. Ich habe in den übelsten Spelunken gefragt und musste mich unangenehm befingern lassen. Ein Wirt wollte bereits die *sbirren* rufen. Alle haben natürlich nach dem Auftraggeber gefragt. Unmöglich!«

»Und wenn wir versuchen, einen Diener Agostinos zu bestechen, der ihm beim Fest heimlich das Pulver ins Essen mischt? Oder Agostinos Köchin, die kennst du doch?«

»Sie wurde davongejagt, und einen Diener kenne ich nicht. Ich muss nur an den Falschen geraten, und schon sitzen wir im Tor di Nona.«

»Weißt du, ob Angelo eine meiner Kolleginnen besucht? Wenn man sie kauft?«

Bella schüttelte nur den Kopf.

Imperia schaute sich wieder im Spiegel an. War sie wirklich diese nach Rache gierende Furie geworden, die ihre Ziele unerbittlich verfolgte? Wie vertrug sich die sanfte Seelenruhe, die sie anstrebte, mit dem Hass, der in ihr loderte?

»Darf ich dir einen Rat geben, Imperia?«

Imperia schaute auf, weil Bella sie noch nie geduzt hatte.

»Bitte.«

»Lass es! Lass den grau werdenden Adonis in Ruhe, er ist es nicht wert, dass du dir dein ruhmvolles Leben ruinierst.«

»Er hat es bereits ruiniert, und ich komme nicht von ihm los. Ich träume jede Nacht von ihm, möchte ihn ermorden, und dann schläft er mit mir, er zwingt mich dazu, und es macht mir auch noch Spaß. Solange meine Rache nicht befriedigt wird, kann ich keine Ruhe finden. Und ich will meine Tochter schützen.«

»Deine Tochter lässt sich schützen, ohne dass Angelo stirbt.«

Imperia sprang auf und hätte sich beinahe auf Bella gestürzt. Aber sie hielt sich gerade noch zurück, weil sie ja wusste, dass Bella ihr wirklich helfen wollte, doch ihre Wut ließ sich nicht mehr eindämmen. Suchend irrten ihre Augen durch die Tür zum Schlafzimmer, hakten sich am Bett fest, am Ort ihrer Begegnungen, ihrer Siege, ihrer Niederlagen, schnellten zurück und begegneten sich selbst. Ohne dass sie noch steuern konnte, was sie tat, schlug Imperia mit der Faust in ihr Spiegelgesicht.

Mit schneidendem Klirren stürzte das Spiegelglas zusammen. Sie spürte keinen Schmerz, schaute nur, wie neugierig, auf ihre Hand und führte sie langsam zum Mund. Das Blut schmeckte warm, süß und beruhigend.

»Dann muss ich es selbst tun«, sagte sie kalt.

63. Kapitel

Ende Oktober nahte der große Tag. Agostino Chigi hatte alles bestens vorbereitet, die Einladungen an den Heiligen Vater, die höchsten Würdenträger der Kurie sowie an den Adel Roms und des Umlands waren verschickt, und fast alle hatten zugesagt. Das Fest schloss sich nahtlos an die Jagdsaison an, versprach noch milde Tage und Abende, keine Ungezieferplage mehr und keine mephitischen Sommergerüche.

Von nah und fern hatte man die Grundlagen edelster und teuerster Speisen herbeigeschafft, sogar aus dem von den Ungläubigen beherrschten Osten, Pfauenzungen zum Beispiel, die, in schnellen Schiffen über das Meer getragen, gerade noch rechtzeitig in Ostia ausgeladen wurden. Aus den Abruzzen rumpelten Karren große Mengen von Eis heran, damit die Speisen, insbesondere die unüberschaubar zahlreichen Fische gekühlt und somit frisch blieben.

Agostino Chigi wusste, dass ganz Rom mit ihm fieberte. Er ließ die Trommel rühren und zahlreiche Oboli unters Volks streuen, immer mit Hinweis auf das Hochzeitsfest in der Villa Chigiana, richtete eine Armenspeisung ein, stiftete den Kirchen und Klöstern größere Summen mit der Bitte, ihn und seine zukünftige Familie in die Gebete einzuschließen, beauftragte Dichter, ihm und seiner Francesca zu Ehren Hymnen und Sonette zu schreiben und sie dann an die Säule des Pasquino zu heften.

Er beauftragte Raffaello sogar, ein großes Madonnenbild auf Leinwand zu malen, in dessen Mitte Maria mit dem Jesusknaben »wie auf Wolken« schweben sollte, eingerahmt und angebetet von zwei Heiligen, einem alten Mann, der den Päpsten der della-Rovere-Familie nachempfunden sein sollte, und der heiligen Barbara. In der Madonna, so forderte er weiterhin von Raffaello, müsse seine Francesca zu erkennen sein und die heilige Barbara Lucrezias Züge tragen. Außerdem sollten seine jüngsten Kinder abgebildet werden, als Jesulein und Engelchen.

»Engelchen, hm, keine leichte Aufgabe.« Der Spott in der Stimme war nicht zu überhören.

Ein üppig bemessener Preis ließ Raffaello schließlich den Auftrag annehmen, und Agostino streute überall in der Stadt aus, welch übersinnlich schönes Bild zur Zeit vom größten Maler aller Zeiten entstehe, und zwar zu Ehren seiner zukünftigen Ehefrau und ihrer gemeinsamen Hochzeit. Da das Werk einen Namen benötigte, mit dem sich von vorneherein sein Ruhm verbinden sollte, schlug Agostino vor, es die *Chigi-Madonna* zu nennen, zu Ehren des Stifters. Raffaello verzog skeptisch seinen Mund. Der Name Chigi verbinde sich mit schnödem Mammon, erklärte er, das werte die religiöse Inbrunst seines Werks ab – eine Bemerkung, die Agostino, ohne dass er es sich anmerken ließ, heftig kränkte –, besser sei, das Gemälde *Die Sixtinische Madonna* zu nennen, zu Ehren des Sixtus-Papstes aus der della-Rovere-Familie und in Anklang an den Ponte Sisto und die Sixtinische Kapelle. »Auf diese Weise entsteht eine Dreifaltigkeit menschlichen Schöpfertums, verehrter *banchiere*, deren Ruhm die Jahrhunderte überdauern wird.«

Da Agostino den Eigensinn Raffaellos kannte, gab er schließlich nach, nicht ohne mit süffisantem Lächeln und in überdeutlicher Anspielung auf Raffaello Santis Namen hinzuzufügen: »Warum sprechen wir nicht gleich von der *Santinischen Madonna* und ersuchen den Heiligen Vater, den Saal, den Ihr im Vatikan zur Zeit so großartig ausmalt, *Sala Santina* zu nennen?« Raffaello erwiderte spürbar weniger ironisch: »Man könnte, durchaus berechtigt, auf diese Idee kommen. Doch meine Bescheidenheit verbietet mir, mich in den Vordergrund zu drängen, zumal ich nicht nur einen, sondern mehrere Säle ausgemalt habe. Der Künstler hat zu *schaffen*, und sein Werk hat zu *sprechen*. Dies war schon immer meine Maxime.«

»Aha.« Eine ausgeklügeltere Antwort fiel Agostino nicht ein. Immerhin gelang es ihm, Raffaello jovial auf die Schulter zu klopfen und anzumerken: »Dann schaffe mal, *pittore*!«

Als Geschenk für seine Braut hatte Agostino sich etwas Besonderes ausgedacht: eine edelsteingeschmückte Goldkette aus dem Schatz von San Marco, den er noch immer verwahrte und den er langsam als seinen Besitz betrachtete, da die Serenissima keine Anstalten machte, ihre Schuld zurückzuzahlen, ja, sogar weiterhin gegen ihn prozessierte. Zu seiner Sicherheit wollte er von einem der großen Goldschmiede der Stadt eine Kopie anfertigen lassen.

Um seiner so lange von ihm geliebten Imperia einen kleinen Trost für ihre gehegten und enttäuschten Hoffnungen zu spenden, beabsichtigte er, ihr nicht nur Sebastianos Gemälde vom *Tod des Adonis* zu schenken, sondern auch die Kette, die Angelo del

Bufalo ihm nach dem Tod seiner Frau verkauft hatte. Diese beiden Geschenke waren natürlich auch als symbolische Anspielung gedacht und als kleine Bosheit dem Schönling gegenüber, der sich während der letzten Zeit schamlos an Lucrezia herangemacht hatte, nur so konnte man es ausdrücken, vermutlich, weil er hoffte, eine ordentliche Mitgift von ihm, ihrem Ersatzvater und Vormund, zu erhalten.

Imperias letzter Brief hatte unglaublich wütend und zugleich verzweifelt geklungen: Unverzüglich solle er nach einem anständigen Ehemann für Lucrezia Ausschau halten, und wenn er jemanden an der Hand hätte, würde ruckzuck geheiratet. Mit oder ohne ihre Bereitschaft. Seit wann würden die jungen Mädchen denn gefragt! Schließlich gehe es um mehr als um Liebe: Es gehe um Lucrezias Zukunft und die Abwehr einer akuten Gefahr. Angelo del Bufalo, der sie zutiefst enttäuscht habe, traue sie alles zu. Da er behaupte, Lucrezias Vater zu sein, sie in Wirklichkeit doch nur in sein Bett holen wolle, möge Agostino im Notfall selbst Lucrezia als seine Tochter legitimieren. Ihre, Imperias, Zustimmung habe er auf jeden Fall, ohnehin sei es wahrscheinlich, dass er ihr Vater sei, und insgesamt danke sie ihm für alles, was er in seinem Leben für sie und ihre Töchter getan habe. Sein Angebot, sie bei sich in seiner Villa aufzunehmen, sei letztlich doch zu demütigend für sie gewesen, in ihrem neuen Haus im Borgo fühle sie sich geborgen und sehe mit Gelassenheit dem unvermeidlichen Herannahen des Alters entgegen.

Dies klang nach dem enttäuschten Zorn einer verlassenen Frau, ja, sogar nach Eifersucht auf die Tochter, zugleich nach Abschied und Resignation, was Agostino bedauerte. Er hoffte indes, Imperia in Zukunft nicht nur als Freundin behalten und sie durch Geschenke erfreuen, sondern sie auch in irgendeiner Weise in seine Familie integrieren zu können. Er glaubte, es sei noch nicht das letzte Wort darüber gesprochen, wo sie in fernerer Zukunft leben würde.

Selbstverständlich hatte er dafür gesorgt, dass seine beiden kleinen Kinder vor der Hochzeit legitimiert wurden. Papst Leo hatte – es war nicht anders zu erwarten gewesen – sofort die Hand aufgehalten. Was die Legitimierung Lucrezias anging, so wollte er sich erst einmal zurückhalten. Vermutlich würde das Mädchen bald aufwachen und erkennen, in wen sie sich da verliebt hatte. Vielleicht tauchte ja unterdessen ein ordentlicher Ehemann für sie auf.

Die Hochzeit rückte immer näher heran, und Agostino empfand von Tag zu Tag mehr Liebe zu Francesca und seinen Kindern. Er führte die beiden Kleinen durch den Garten oder trug sie durch die Villa und versuchte ihnen die Fresken zu erklären, was natürlich ein wenig verfrüht war, wie er selbst wusste. Auf der anderen Seite konnte man nie früh genug den Sinn für Kunst wecken. Denn später sollten seine Kinder mal in der Lage sein, nicht nur sein Finanzimperium weiterzuführen, sondern auch eine Kunstsammlung anzulegen, vor der die Medici neidvoll erblassen würden.

Jede Nacht liebten er und Francesca sich. Er überzeugte sie zudem, den kleinen Lorenzo einer Amme zu übergeben, damit sie rascher wieder schwanger werde. Denn zwei Kinder reichten ihm bei weitem nicht. Und da er nicht mehr ganz jung war, galt es, sich zu beeilen.

Und so steuerte sein Leben auf einen Glückshöhepunkt zu.

Während der frühen Morgenstunden des Hochzeitstages, die er nach einer erschöpfenden Liebesnacht in der Loggia am Tiber verbrachte, gedachte er seiner unvergessenen Margherita, der er ewige Treue geschworen hatte. Jetzt brach er seinen Schwur. Noch immer bereitete ihm dies ein schlechtes Gewissen, doch zu seiner Entschuldigung konnte er vorbringen, dass der Schwur ewiger Treue ihn wahrlich lange Zeit von einer erneuten Bindung abgehalten hatte.

In Gedanken verloren, schaute er auf die leisen Nebel, die über der sanften Strömung des Tiber tänzelten. Die Sonne hatte sich noch nicht über den Horizont der Stadt erhoben, und ein sanftes Dämmerlicht ließ die Konturen der gegenüberliegenden Tiberseite und des Ponte Sisto verschwommen und unwirklich erscheinen. Auch schien die Stadt noch zu schlafen. Ein schlaffes Segel hing über einer träumerisch dahintreibenden Barke, und hinter ihr ruderte ein Mann in einer dunklen Kutte, den Kopf unter einer Kapuze verborgen, ein kleines Boot über das Wasser. Das Boot, eher ein Nachen, erinnerte Agostino in Farbe und Form an eine Gondel und damit an die Tage in Venedig, an das Erdbeben, das seinem Leben eine so entscheidende Wendung gegeben hatte.

Agostino beobachtete den Nachen, von dem er noch nicht erkennen konnte, ob er von seinem Ufer zum gegenüberliegenden oder umgekehrt gerudert wurde. Ein Fischer schien der Mann in der Kutte nicht zu sein. Nun glaubte Agostino, der Mann lasse sein Gefährt auf ihn zutreiben. In der Tat, er half mit ein paar Ruderschlägen nach, und bald darauf näherte sich ihm der Nachen. Obwohl der Ruderer ihm jetzt sogar zuwinkte, war Agostino nicht in der Lage, sein im Schatten der Kapuze liegendes Gesicht zu erkennen. Er hob die Hand, um den Gruß zu erwidern. Der Nachen drehte sich und trieb in eine Nebelbank, so dass er sich samt seinem stummen Ruderer schemenhaft aufzulösen begann.

Eine heftige Beklemmung ergriff Agostino, obwohl ihm doch diese Stunde vor Sonnenaufgang Kraft und Ruhe für einen großen Tag geben sollte. Fast glaubte er, das Boot und seinen Ruderer gar nicht wirklich gesehen, sondern nur geträumt zu haben – mittlerweile hatten sich beide gänzlich im Nebel aufgelöst. Aber selbst als Traumgefährt erinnerte das Boot ihn an den Nachen des Charon, der ihn ins Reich des Vergessens hätte bringen können.

Gab es ein deutlicheres Omen?

Agostino kramte in seinem Gewand, fand dort ein paar Silbermünzen, aber auch eine goldglänzende Zechine, die er damals in Venedig eingetauscht hatte und seitdem als Talisman mit sich trug. Auf der Vorderseite kniete ein demütiger Doge vor dem Stadtheiligen Markus, von der Rückseite schaute ihm ein Christus entgegen, dessen rechte Hand halb ausgestreckt war und dessen Finger zu segnen schienen. Aber gleichzeitig wiesen sie auch zur Seite, worüber er schon häufig, wenn er die Münze betrachtete, nachgedacht hatte. In seinen Augen war Christus' Handhaltung ebenso eine *memento-mori*-Geste und bedeutete: Mein Segen soll dich daran erinnern, dass du, Sterblicher, ein Leben unter meiner Botschaft der Liebe zu führen hast.

Eine vage Angst ergriff Agostino. Seine Hand zuckte; beinahe hätte er die Münze ins Wasser geworfen. Aber er konnte sich noch zurückhalten, nahm stattdessen einen Silberscudo und schnippste ihn in den Tiber.

Agostino ließ den Blick der ins Dunkel trudelnden Münze folgen und anschließend auf dem trägen, nebelüberzogenen Wasser des Tiber ruhen. Die Sonne schob jetzt ihre gleißende Scheibe über die Dächer der gegenüberliegenden Häuser und ließ den Nebel wie einen vergoldeten Schleier schweben. Der Fluss färbte sich von Blei zu Gold, er selbst und sein langes Morgengewand aus schwarzem Samt schien von innen zu leuchten. Angenehme Wärme prickelte auf der Gesichtshaut, und er schloss geblendet die Augen.

Einen kurzen Augenblick verharrte er in diesem Zustand, in dem er die Berührung eines Gottes zu spüren glaubte, erhob sich dann entschlossen, warf noch einen kurzen Blick auf den Fluss. Der Nachen war nicht wieder aufgetaucht.

Es würde ein großer, unvergesslicher Tag werden, ein Tag für Roms Annalen, das Ziel seines lebenslangen Strebens nach Glück und Ruhm.

64. Kapitel

Bereits am Morgen ließ sich Imperia ein heißes Bad bereiten, das mit all ihren Duftessenzen angereichert war. Anschließend musste Bella sie gründlich massieren und mit feinstem Rosenöl einreiben.

Zum Frühstück aß sie nur eine Kleinigkeit und trank ein Glas Frascati.

Anschließend döste sie eine Weile, schlief wohl auch ein und träumte wirr, von Agostino, der sie zum Altar führte, aber auch von Angelo, der ihre Tochter vor ihren Augen auf diesem Altar ganz gegen alle christlichen Vorschriften liebte.

Als sie aufwachte, fühlte sie sich an, als habe er sie geliebt.

Daraufhin musste sie erneut ein Bad nehmen.

Bella hörte sich den Traum an, äußerte sich jedoch nicht, seufzte nur einmal kurz.

»Du sagst ja gar nichts.«

»Ihr hättet vielleicht doch Chigis Angebot annehmen und zu Francesca und Eurer Tochter ziehen sollen, statt hier in das Haus des Enea Piccolomini.«

Darauf antwortete Imperia nichts, dachte sich nur ihren Teil. Enea war kein Glücksversprechen, sein Haus kein weithin gerühmter Ort der Schönheit und des Ruhms, zweifelsohne – dennoch: Sie hatte sich entschieden und musste zufrieden sein. Und sich erst einmal an Angelo rächen.

Während der letzten Wochen hatte sie gründlich über ihr Leben und immer wieder über Angelo nachgedacht. Ihr Leben war nicht schlecht gewesen, unehrenhaft zwar, aber doch unabhängig und ohne Sorgen, hinzu kam der Umgang mit klugen und reichen Männern – den meisten Ehefrauen ging es schlechter, den billigen Huren, Wäscherinnen, Straßensängerinnen, Tavernenwirtinnen ohnehin. Aber … Das *Aber* äußerte sich am lautesten. Ein paar Jahre eine Tätigkeit als *meretrix honesta*, als *cortigiana curiam sequens* – und dann Jahrzehnte, in denen man alterte, von den Moralheuchlern verachtet wurde, vielleicht sogar bereute und büßend in Sack und Asche ging … Oder ausgehalten wurde, bis man endgültig zu alt war für die Liebe, bissig wurde, zänkisch, missgelaunt … Und wer war schuld, abgesehen von ihrer Mutter? Angelo! Er hatte sie verführt. Er hatte sie zur Hure gemacht. Sie blieb ihm, dumm, wie sie war, ein Leben lang verfallen – und was tat er jetzt?

Imperia erhob sich entschlossen aus der mit Marmor verkleideten Wanne und ließ sich von Bella ein Handtuch umwerfen. Jedes Mal, wenn sie an Angelo dachte, drehten sich ihre Gedanken in eine Hass- und Rachespirale hinein. Sie musste diesem Hass ein

Ende bereiten, sie musste ihm heimzahlen, was er ihr angetan hatte.

Es gab kein Zurück mehr.

Das Pulver würde ihr helfen. Sie würde auf das Hochzeitsfest gehen, dort Angelo treffen, freundlich tun, mit ihm sprechen und in einem unbeobachteten Moment das Gift in sein Weinglas mischen.

Wieso sollte da Verdacht auf sie fallen? Alle hatten sie doch freundlich miteinander plaudern gesehen. Angeblich war das Gift im Körper nicht nachweisbar. So war wenigstens Bella gesagt worden. Und in Rom starben genügend Menschen, ohne dass eine Ursache gefunden wurde.

Sie ließ sich vor ihrem Schminktisch mit dem leeren Spiegelrahmen nieder, starrte auf die weiße Wand hinter dem Rahmen und befahl Bella, sie sorgfältig herzurichten. Ein kurzer Blick auf ihre Hand zeigte ihr, dass die Schnitte noch nicht gänzlich verheilt waren, aber bandagierte sie die Hand, bestand keine Gefahr, dass die Wunden sich wieder öffneten. Sie würde sich zwar auf Nachfragen einstellen müssen, doch die Ausrede, sie habe sich an einem zerbrochenen Spiegel geschnitten, hatte schon Enea, ohne nachzufragen, akzeptiert, nicht ohne den hohen finanziellen Verlust zu bedauern.

Am frühen Nachmittag erschien er und fragte, ob sie, wie mittlerweile abgemacht, gemeinsam zum Hochzeitsfest gingen. Draußen warteten zwei Sänften.

»Ich bin noch nicht fertig«, beschied ihn Imperia knapp.

»Papst Leo erscheint zwar auch gern etwas später, aber wenn er in der Villa des Hochzeitspaares angekommen ist, wird man kaum noch auf Imperia warten wollen.« Er hatte ruhig und ohne Vorwurf in der Stimme gesprochen, und doch fühlte sie sich provoziert. »Es ist mir egal, ob der Papst wartet oder nicht, ich muss fertig und bereit sein …« Sie schaute sich nach Enea um, der zu leiden schien. Ein solches Verhalten konnte sie schon gar nicht vertragen, er wollte sie moralisch unter Druck setzen – außerdem, nur weil sie in einem Haus wohnte, das er ihr gebaut hatte, musste er nicht glauben, sie sei jetzt sein Anhängsel.

»Geh' du schon einmal vor, damit wenigstens einer pünktlich erscheint, ich komme nach«, beschied sie ihn barsch.

Er seufzte noch einmal, verbeugte sich und verschwand ohne ein weiteres Wort.

»Jetzt ist er beleidigt«, sagte Bella. »Zu recht.«

»Ist mir egal, und meckere du nicht auch noch an mir herum. Achte lieber darauf, dass die Haare richtig sitzen.«

Eine Stunde später war Imperia nach einem wiederholten Blick in den kleinen runden Handspiegel noch immer nicht zufrieden mit ihrer Frisur. Bella musste die Haare komplett öffnen, auskämmen und neu legen. Auch was ihre Bekleidung anging, konnte Imperia sich nicht entscheiden. Wie tief sollte der Ausschnitt sein? Benötigte sie eine Pelzstola gegen die abendliche Kühle? Sollte sie eine einfache oder zweilagige Perlenkette tragen? Und schwere Goldgehänge an den Ohren?

Schlussendlich war dann doch alles soweit. Sie schickte Bella nach unten, um die Sänftenträger herbeizurufen, holte sich das Giftpulver und verstaute es in einem Geheimtäschchen ihres blau-roten Seidenkleides, in dem sie gewöhnlich ein paar Münzen aufbewahrte.

Als sie vor das Haus trat, strich ihr Bella noch einmal Kleid und Mantel glatt, legte ihr eine Stola um und blickte ihr prüfend ins Gesicht.

»Soll ich wirklich nicht mitkommen?«

Imperia wich ihrem Blick aus. »Nein!«

»Und die Diener?«

»Ich habe ja die Sänftenträger.«

»Die sind doch gemietet.«

»Jetzt geh' mir nicht auf die Nerven!«

»Also gut«, sagte Bella seufzend. »Aber macht keine Dummheiten!«

Imperia zog die Vorhänge der Sänfte zu und gab, ohne Bella zu antworten oder sich von ihr zu verabschieden, den Befehl zum Aufbruch.

Kaum hatten sie die Porta Santo Spirito hinter sich gelassen, glaubte Imperia, gewürgt zu werden. Natürlich hätte sie Bella mitnehmen müssen, als Kaiserin der Kurtisanen kam man mit Bediensteten und Gefolge. Bella hatte sich zu recht gewundert – würde sie aber möglicherweise beobachten, wenn sie Angelo sein Pulver verabreichte. Nein, mit Bella im Schlepptau fühlte sie sich nicht frei, und Bella wäre dann auch eine Mitwisserin oder sogar Mittäterin, würde im Falle eines Falles gefoltert. Zerquetschte man ihr die Daumen oder kugelte man ihr in der Schaukel die Gelenke aus, dann würden sich ihre Lippen öffnen, kein Zweifel, da half dann alle Treue nichts mehr.

Imperia wurde es so heiß, dass sie sich den Schweiß von der Stirn wischen musste. Dann wurden ihre Füße und Finger plötzlich eiskalt.

Sie schloss die Augen und versuchte, sich zusammenzureißen. Heute war der Tag, an dem ihre Niederlage besiegelt wurde, sie musste ihn bestehen, tapfer wie Ariadne und zugleich rachestolz wie Deianeira, die dem scheinbar unbesiegbaren Herakles ein unrühmliches Ende beschert hatte. Sie würde Angelo heimzahlen, dass er sich an ihr versündigt hatte, verhindern, dass er sich auch noch an ihrer Tochter versündigte – und dann war alles gut.

65. Kapitel

Als Agostino nach einem kurzen Aufenthalt im Kontor Francesca aufsuchte, wurde sie bereits von einer Reihe hektisch herumwuselnder Kammerfrauen eingekleidet. Auch Lucrezia, die während der vergangenen Tage von einer extremen Stimmung in die andere gefallen war, legte Hand an und brach immer wieder in grundloses Gelächter aus, das dann von Tränen und heftigem Schluchzen abgelöst wurde.

Lange Zeit hatten die beiden Mädchen über Francescas Hochzeitskleid debattiert, bis schließlich die Braut selbst auf die Idee gekommen war, so zu erscheinen, wie Sebastiano sie als heilige Dorothea gemalt hatte, mit streng gescheitelter Frisur und einer

Seidenrolle um den Hinterkopf, einer halb ausgeschnittenen Tunika mit weißen Spitzenärmeln und rosa Oberteil, das von einem goldbestickten Band eingefasst war. Als Überkleidung wurde ihr ein dunkelroter Samtmantel mit breitem Pelzbesatz umgelegt. Ihr Hals blieb schmucklos und nackt, die Ohren ohne Gehänge, nicht einmal eine Perle sollte sie schmücken, und auch auf eine Stirnperle im Scheitelansatz verzichtete sie.

Nachdem sie hergerichtet war, begutachtete Agostino das »Kunstwerk meiner Braut«, wie er sich ausdrückte, fand sie allerdings zu schmucklos, sagte aber nichts, weil er ihr ohnehin die venezianische Goldkette und ein Diamantdiadem zu schenken gedachte.

Die Kinder wurden versorgt und ganz in Weiß gekleidet. Dorothea fand dies alles sehr lustig und beobachtete wach das Geschehen, während der kleine Lorenzo, nachdem er noch einmal gründlich gestillt worden war, nur mühsam seine Lider heben konnte.

Bereits mittags erschienen die ersten Gäste, und als die Sonne den Zenit überschritten hatte und sich dem Gianicolo näherte, drängten sie sich und bildeten eine lange Schlange vor dem Brautpaar.

Ja, alle, alle kamen. Sogar der Marchese von Mantua hatte als Abgesandten der Familie seinen Sohn Federico geschickt, der sich bereits während der Begrüßung erkundigte, ob denn alle Künstler der Villa anwesend seien. »Aber natürlich!«, rief ihm Agostino zu und wies auf Giulio Romano und seinen Namensbruder aus Udine, die im Schatten einer Pinie plauderten. »Baldassare Peruzzi ist bereits da, Raffaello wird mit Sicherheit erst in letzter Minute erscheinen, wie sich das für einen Malerfürsten gehört, und da hinten sehe ich schon Sebastiano mit seiner Frau und dem Jungen.«

Agostino begrüßte jeden Gast persönlich und stellte ihn seiner Francesca vor, die sich bald, wie sie ihm zuflüsterte, keinen Namen mehr merken konnte. Sebastiano musste ihr natürlich nicht vorgestellt werden. Er verbeugte sich tief, verhielt sich anfangs reserviert, strahlte dann aber, als er erkannte, nach welchem Vorbild sich Francesca gekleidet hatte. Er ergriff noch einmal ihre Hand und drückte einen Kuss darauf. Seine Frau nahm diese Geste mit einem gelassenen Lächeln hin, und der Bub zeigte begeistert auf einen Pfau, der gerade sein Rad schlug, und warf dann einen neugierigen Blick auf die kleine Dorothea.

Als Angelo del Bufalo herbeitänzelte, schien sich Lucrezia zuerst verstecken zu wollen, doch schließlich senkte sie nur den Kopf und faltete ihre Hände vor der Brust. Angelo rief »entzückend«. Da Agostino vom nachfolgenden Kardinal Farnese abgelenkt wurde, der mit seiner Tochter Costanza und seinem Sohn Pierluigi erschienen war, ohne Silvia Ruffini, der Mutter seiner Kinder, sah er nur noch, wie Lucrezia sich davonstahl und dem Adonis del Bufalo ins Getümmel folgte.

Nach einer Reihe von Kardinälen und Bischöfen wünschte Enea Piccolomini dem Bräutigam alles Glück der Welt und seiner Braut Fruchtbarkeit und Gottes Segen.

»Ihr kommt nicht gemeinsam mit unserer Imperia?«, fragte Agostino. Imperia hatte ihm ein kleines Briefchen zukommen lassen, in dem sie »Schmerzen und Schwierigkeiten« erwähnte, gleichwohl versprach, ihn und seine Francesca »nicht im Stich zu lassen«. Agostino hatte diese Wendung nicht verstanden, sie aber als Zusage genommen.

»Ihr kennt doch Imperia«, antwortete Enea mit höflichem Lächeln. »Sie kann sich nie entscheiden, was sie anzieht, ist nie pünktlich fertig und erscheint gern als eine der Letzten. Ich solle schon einmal vorgehen, hat sie gesagt. Einer *Kaiserin* muss man gehorchen.«

Agostino wunderte sich dennoch, auch Francesca bedauerte Imperias Verspätung, doch nun wichen die Gäste zurück, öffneten eine Gasse, weil der Heilige Vater sich ihnen mit schweren Schritten näherte, in der Hand den Bischofsstab und auf dem Kopf die edelste Mitra, die der Vatikan noch nicht versetzt hatte. Neben ihm sein Vetter im Kardinalspurpur, undurchsichtig lächelnd wie so häufig.

Der Heilige Vater unterband eine vollständige Reverenz und hielt Agostino wie Francesca nachlässig den Fischerring zum Kuss hin.

Kaum waren die restlichen Gäste im Eildurchgang begrüßt worden, begab man sich in die Galleria, wo angesichts der tugendhaften Galatea, die die irdische Liebe des Polyphem verschmäht hatte, um ihre Seligkeit in der himmlischen Liebe zu finden, die Trauung vollzogen werden sollte. Der Heilige Vater hielt unter Assistenz seines Vetters eine kleine Andacht, ein Madrigalenchor, dem auch Imperias Stiefvater Trotti angehörte, sang ein schmachtend-frommes Lied, der Heilige Vater zitierte ausführlich den Brief des Paulus an die Korinther, Absatz 13, verzichtete auf Erläuterung, weil die Worte des Apostels jedem Christen unweigerlich einleuchten mussten und er »den Laden nicht aufhalten« wolle, wie er sich ausdrückte. Er freue sich ganz besonders, dass der generöse und der Kirche so untadelig zugetane *banchiere* Agostino Chigi endlich seiner Aufforderung nachgekommen sei und mit der ihm in demütiger Liebe zugetanen Francesca Ordeaschi den Bund zum Leben schließe.

»Es wurde ja wirklich Zeit«, fügte er schmunzelnd hinzu, wies auf die Kinder, und alle lachten pflichtschuldig, doch in gebotener Diskretion.

Er stellte die obligatorische Frage an Bräutigam und Braut, und als beide ihr *Ja* gesprochen hatten, reichte er dem Paar die Ringe, segnete sie und wies dann flüsternd darauf hin, dass er hungrig und durstig sei und gerne bald am reichgedeckten Tisch sitzen würde.

Zuerst allerdings wollte Agostino sein Geschenk der Braut überreichen. Zu sehr störte ihn ihr nackter Hals. Er ließ sich das Diadem reichen und setzte es Francesca vorsichtig auf die Stirnhaare, dann nahm er die Goldkette aus dem Schatz von San Marco.

Und schon geschah das Unglück.

Er wusste selbst nicht genau, wie es hatte kommen können, auf jeden Fall glitt ihm die Kette aus der Hand, Francesca wollte sie noch auffangen, machte eine heftige Bewegung, stieß den neben ihr stehenden Papst an, der diesen Stoß nicht erwartet hatte und einen taumelnden Schritt zur Seite machte und dabei auf die zu Boden gefallene Kette trat.

Ein entsetztes Aufstöhnen der Zuschauer folgte.

Schon hatte Agostino die Kette wieder aufgehoben, doch war sie an einer Stelle zerbrochen, und die Fassung eines Smaragds war verbogen.

»Was für ein Omen!«, rief einer der Gäste. Der Papst entschuldigte sich, Francesca entschuldigte sich, Agostino versuchte verbissen, ihr trotz des Schadens die Kette umzulegen, was jedoch misslang, weil ein Glied schließlich endgültig entzweibrach.

»Eine so schöne Frau braucht keinen Schmuck. Unser Vater im Himmel schaut auf die inneren Werte«, rief Papst Leo. »Und nun lasst uns zur Tafel schreiten.«

66. Kapitel

Als Imperia aus ihrer Sänfte auf die Via della Lungara spähte, war viel Volk unterwegs. Der eine oder andere Passant warf einen neugierigen Blick auf sie, ein Wasserträger bot ihr einen Becher an, dann mussten ihre vier Träger warten, bis eine Schafherde sie durchließ. Neben ihr kam ein gockelhaft herausgeputzter junger Mann auf einer schlanken Stute ebenfalls nicht weiter. Anfangs hatte sie ihn gar nicht beachtet, doch als er unter einem schräg auf den Kopf gesetzten Barett zu ihr herunterschaute und ihr einen lächelnden Gruß zuwarf, grüßte sie unwillkürlich zurück, hoheitsvoll-überlegen, wie sie es sich als Kaiserin der Kurtisanen angewöhnt hatte. Der junge Mann mit seinen zweifarbigen Beinkleidern, deren spiralförmige Streifen sich die Beine hinab verjüngten – äußerst modisch und durchaus affig –, wandte sich nicht etwa höflich ab, sondern musterte sie unverhohlen, und langsam zog ein spöttisch-arrogantes Grinsen seine Mundwinkel nach unten.

Einen Augenblick zu lange hatte sie sich von seinen fast weiblich bewimperten Augen halten lassen; nun musste sie diesen Blick hinnehmen, einen Blick, dem sie in Zukunft vermutlich häufiger begegnete und der nichts anders besagte als »Du bist mir zu alt und ausgelutscht, Hure«.

Sie zog den Vorhang mit einer heftigen Bewegung wieder zu. Ihr Herz schlug laut und viel zu schnell. Es raste förmlich, schien ihre Brust sprengen zu wollen. Wäre sie jetzt jünger, spränge sie aus der Sänfte und würde dem Pferd einen heftigen Schlag auf die Hinterhand versetzen, so dass es den überraschten Reiter abwerfen und davongaloppieren würde. Und dann hätte sie den Schnösel noch in die Weichteile getreten.

Als es endlich voranging, brauchte sie nicht mehr lange zu warten, bis der Eingang zu Agostinos Villa erreicht war. Sie schob den Vorhang zurück und sah gerade noch eine aufgetakelte Vogelscheuche mit Bedienstetenanhang in den Park eilen. Falls sie sich nicht irrte, musste das Alfonsina de' Medici sein. Auch die Papstschwägerin kam also zu spät. Aber mit Gefolge!

Und sie?

Imperia ließ die Träger anhalten, blieb indes in der Sänfte sitzen. An der Parkmauer standen zwei Diener Chigis, welche die Gäste zum Ort des Geschehens schickten. Hinter ihnen, im Schatten hoher Bäume halb verborgen, hockten ein Grüppchen Leibwächter und sogar einige Männer der päpstlichen Schweizergarde.

Sie wollte sich erheben, aber ihr Körper schien mit Bleigewichten behaftet. Gleichzeitig fühlte sie sich gelähmt. Und alles, alles erschien ihr widersinnig und sinnlos zugleich.

»Madonna?« Der Anführer der Träger schaute sie fragend an. »Sind wir nicht da?«

Sie antwortete nicht.

Ja, sie war da, aber sie konnte unmöglich aussteigen und viel zu spät und zudem noch allein hineingehen. Vermutlich war die Trauung bereits vorbei oder fand soeben statt, alle würden sich nach ihr umdrehen – und dumm grinsen. Genauso dumm wie der arrogante Reiter. Auch Angelo würde grinsen.

Nein, so trat eine Kaiserin nicht auf. Kam sie zu spät, dann mit großem Gefolge, mit großer Geste und Tamtam und umgeben von Verehrern. Hier würde sie sich wie eine Aussätzige fühlen, wie eine Bettlerin, müsste Nachsicht ertragen und heimlichen Spott.

Aber musste sie nicht die Peinlichkeit ihrer Verspätung in eiskalter Haltung ertragen, damit sie zur Rachetat, die sie während der letzten Wochen immer wieder durchdacht hatte, schreiten konnte. Nicht durchdacht: *durchfühlt*. Doch im Augenblick, hier vor dem Eingang zum Park der Chigiana, begriff sie, dass ihr ganzer Plan vermutlich undurchführbar war. Irgendeiner würde sehen, dass sie Angelo etwas in seinen Wein schüttete, oder Angelo würde sein Glas nicht aus der Hand geben oder den leicht bitteren Geschmack des Gifts schmecken, den Wein ausspucken, sie vielleicht sogar in der Öffentlichkeit eines Mordanschlags aus hysterischer Eifersucht verdächtigen.

Ihr Körper verkrampfte sich, ihr Magen, der den ganzen Tag außer ein paar Gläsern Frascati noch nichts zu sich genommen hatte, meldete sich mit brennenden Schmerzen. Die Luft blieb ihr weg.

Ja, wollte sie wirklich als Giftmischerin und Mörderin vor dem Papst, den Kardinälen und ganz Rom, vor Agostino, Francesca und ihrer eigenen Tochter Lucrezia bloßgestellt werden? Selbst wenn ihr Anschlag gelang, könnte es sein, dass sie jemand heimlich beobachtet hatte, vielleicht ein Diener, der sofort seine Beobachtung ausplauderte, und schon schleifte man sie in den Tor di Nona und *befragte sie peinlich*. Man würde ihre Brüste mit heißen Zangen zwicken – oder hängte sie in die Armschaukel, bis die Gelenke auskugelten und die Sehnen rissen. Schon der Gedanke ließ sie erzittern. Natürlich würde sie sofort alles zugeben und kurz darauf, selbst wenn Agostino sich für sie einsetzte, auf dem Campo de' Fiori erdrosselt oder vielleicht sogar enthauptet. Die schönste Frau Roms, besungen von den Dichtern, vielfach gemalt und begehrt von den reichsten Männern der Stadt, wurde wegen eines lächerlichen Eifersuchtsfalls zur Giftmischerin und endete unter dem Schwert.

Was für ein unrühmliches Ende für die Kaiserin der Kurtisanen! Allein die bloße Vorstellung dieser öffentlichen Hinrichtung war unerträglich und versetzte sie in Panik. Und drängte ihr die Frage auf: War sie trotz ihrer Wut und ihres gerechten Zorns überhaupt ein Mensch, der töten konnte?

Ja, sie musste sich sogar fragen: Verdiente Angelo wirklich den Tod? Vielleicht war es ihm doch ernst mit seinem Vaterwunsch, und das dumme Ding verliebte sich in ihn – was ihm natürlich schmeichelte. Aber zu viel mehr würde er sich gar nicht hinreißen lassen, ein Küsschen hier, eine Umarmung dort, das war alles, schließlich war Inzest ein Verbrechen, das schwer bestraft wurde.

Kurz streifte Imperia der Gedanke, sie müsste Angelo gar nicht vergiften, sie könnte abwarten, bis er Lucrezia legitimiert hatte und ihn dann des Inzests anklagen. Half sie bei dem *bargello* mit ein paar Dukaten nach, würde Angelo vielleicht gefangengesetzt, gefoltert und gestand seine Untat. Und dann blitzte das Schwert herab und trennte diesen schönen Kopf von dem ebenso schönen Körper.

War dies eine nicht viel elegantere und gerechtere Lösung?

Aber auch diese Lösung erschien Imperia plötzlich niedrig und gemein.

Ihr ganzer Rachefeldzug, den sie noch gar nicht wirklich begonnen hatte, war niedrig und gemein. Moralisch verwerflich. Und lächerlich zudem.

O Gott, wie tief war sie gesunken!

»Madonna?« Der Ton des Trägers war jetzt drängender, ungeduldiger.

»Tragt mich wieder zurück zu meinem Haus im Borgo.«

Wortlos nahmen die vier Männer die Sänfte hoch, sie schloss die Vorhänge.

Wortlos nahm Bella sie kurz darauf in Empfang; aber kaum standen sie im *salone*, brach Imperia ohnmächtig zusammen.

Die Ohnmacht dauerte nicht lange, Bella brachte sie wieder auf die Beine und legte sie auf die weiche Liege, flößte ihr ein bitteres

Getränk ein und reichte ihr ein paar Oliven und ein Stückchen Brot.

»Ich wusste es, dass Ihr es nicht tun würdet. Ihr seid keine Mörderin.«

Imperia wollte sterben vor Scham.

»Ich bin keine Mörderin«, flüsterte sie. »Vielleicht wäre ich es geworden, wenn ich früher dort gewesen wäre, aber so …«

Ein paar Tränen rollten ihre Wangen hinunter, ohne dass sie weinen musste.

Warum setzte nicht einfach ihr Herz aus!

Sie tastete mit der Hand die Anrichte ab, wo gewöhnlich das Obstmesser lag. Bella, die auf dem Rand der Liege saß, beugte sich nach vorne und schob das Messer zur Seite.

»Nein, ich werde mir nichts tun«, sagte Imperia. »Du kannst beruhigt sein.«

Bella schwieg.

Imperia wollte aufschreien, sich ihre hasserfüllte, doch zugleich hilflose Wut, die sich jetzt gegen sie selbst richtete, von der Seele schreien, aber mehr als ein röchelndes Krächzen brachte sie nicht heraus.

Auch die Verachtung, die sie für Angelo empfunden hatte, richtete sich nun gegen sie selbst. Sie, die *Kaiserin*, war schlimmer als jede zänkische, bösartige, widerliche Kupplerin! Nicht einmal zur Giftmischerin, die in tragischer Größe ihr Ende unter dem Beil ertrug, taugte sie.

Wie sollte sie da noch leben können?

67. Kapitel

Wie eine automatische Puppe ließ Francesca die Hochzeitszeremonie über sich ergehen, reagierte, wie von ihr erwartet wurde, gelegentlich mit Verzögerung, nicht wirklich mit allen Sinnen und gespannter Aufmerksamkeit. Die Menschen um sie herum bewegten sich wie hinter einem Schleier, und als sie dann alle zur

Loggia am Tiber spazierten, der Papst vorneweg, und ihr Blick auf die langgestreckten Tische fiel, verschlug es ihr den Atem, und zugleich verging ihr jeglicher Appetit. Unter Hunderten von Kerzen auf silbernen Kerzenhaltern, die noch auf ihre Aufgabe warteten, prangte, protzte und glänzte ein Kunstwerk aus Silber- und Goldgeschirr, Muranogläsern, Karaffen, Salzspendern und Bestecken; Rosengirlanden ringelten sich auf den Damastdecken, sorgfältig geordnete und farblich abgestimmte Früchte wölbten sich über Bastkörben, die mit feinster Stickerei ausgelegt waren. Das Zentrum der Tische bildeten Schwäne, Pfauen und natürlich Tauben, die aussahen, als würden sie in aller Lebendigkeit warten, wegfliegen zu dürfen. Der Heilige Vater stieß ein *Ah* und *Oh* aus, leckte sich die Lippen und ließ sich in seinen doppelt gepolsterten Sessel fallen. Seine kurialen Gefolgsleute ahmten seine Ausrufe nach, noch begeisterter und nicht ohne die Verwendung von Worten wie *lukullisch* und *Schmaus*.

Agostino wies mit beiden Händen auf die Pracht der Tische, als wollte er sagen: »Seht her, was ich alles für euch tue«, und nahm dann an der Seite des Heiligen Vaters Platz, der eigentlich gar nicht zusammen mit Frauen an einem Tisch sitzen durfte, heute allerdings eine Ausnahme machte. Francesca winkte Lucrezia heran und setzte sich neben Agostino. Auf der anderen Seite des Papstes ließen sich sein Vetter und seine Schwägerin, die Medici-Witwe Alfonsina, nieder. Francesca erschrak regelrecht, weil niemand sie auf den Anblick dieser offensichtlich enorm einflussreichen Frau vorbereitet hatte, die erst während der Hochzeitszeremonie erschienen sein musste und daher von ihr nicht begrüßt worden war. Ihre Nase bog sich wie ein Geierschnabel, und die dick geschminkte, aber doch bereits recht faltige Stirn floh, wie von unaufhörlich ihr ins Gesicht blasenden Meeresstürmen windschnittig geformt, nach hinten, bis erst auf dem Kopfscheitel sich ein paar Haare bereitwillig an die Haut schmiegten, um über dem Nacken unter einem hochstehenden Kragen zu verschwinden. Auf ihrer flachen Brust lagen Perlen, mit denen man eine Arkebuse hätte bestücken können.

Papst Leo sprach nun drei hastige Gebetsworte und verlor anschließend keine Zeit, einen Diener herbeizuwinken und mit seinen wulstigen Fingern auf eine Pastete und anschließend auf seinen Teller zu weisen. Francesca hatte während der Gebetsworte die Hände zusammengelegt, blinzelte jedoch auf den Tisch, von dessen Mitte sie der leidende Blick eines Schwanenauges zu fixieren schien. Bevor sie sich abwenden oder die Augen schließen konnte, griff einer der zahlreichen Diener zu und hob den ganzen oberen Teil des Tieres ab: Kross gebräunt duftete ihr das Fleisch des Tiers entgegen. Aber nicht nur das Schwanenfleisch mit Füllung und all seinen Gewürzen duftete, es dufteten die Taube und der Pfau, die Fische mit ihren stumpfen, glotzenden Augen, es dufteten die Rosen und der leichte weiße wie der schwere rote Wein, und da, da wurden die Pfauenzungen schon herumgereicht.

Erst war alles nur zum Anschauen da, damit jeder wusste, was in ausgeklügelter Abfolge auf ihn zukommen würde.

Allein der Papst hatte sich bereits bedienen lassen und schmatzte mit vollem Mund.

Francesca hatte endgültig jeglichen Appetit verloren, wünschte sich einzig eine leichte Gemüsesuppe, ließ sich Frascati und frisches, eisgekühltes Wasser aus den Abruzzen eingießen. Als nach einer gewissen Zeit alle bedient waren und die Hauptgänge serviert wurden, ließ sie sich nur jeweils ein Stipschen reichen und erntete von Agostino einen besorgten, von Lucrezia einen fragenden und vom Heiligen Vater einen verständnislosen Blick. Auf die Pfauenzungen verzichtete sie gänzlich. Nur so glaubte sie das Fest überstehen zu können.

»Welch schmausendes Mahl von Kanaan«, rief ein Kardinal in die Runde. »Und das Wasser des Tiber ward zu Wein«, ergänzte ihn sein Nachbar. Sein Gegenüber meinte ebenfalls so laut, dass jeder in seiner Nachbarschaft ihn verstehen musste: »Trimalchio hätte uns nicht besser bewirten können, *vivat il Magnifico*!«

Der Heilige Vater schaute indigniert auf und wandte sich dann wieder, ohne in den Vivat-Ruf eingestimmt zu haben, Agostino zu, um seine Tirade gegen eine Reihe nicht anwesender, das gesamte heilige Kollegium in Verruf bringender Kardinäle fortzusetzen. Francesca hatte diesen Ausführungen zugehört, fühlte sich aber ein wenig vernachlässigt. Dass Agostino sich eher dem Heiligen Vater als ihr widmen musste, verstand sie, doch zu ihrer Rechten hätte Agostino jemand platzieren können, der sich mit ihr unterhielt. Eigentlich hätte seine Tochter Margherita dort sitzen sollen, das Mädchen hatte indes darauf bestanden, im Kloster bleiben zu dürfen. Auch der nächste, für Imperia reservierte Platz war noch frei. So rutschte schließlich Lucrezia neben sie und plapperte gleich drauflos, wirres Zeug von Glück und Leid, von Agostino und Angelo, von Dorothea und Lorenzo, und bevor Francesca nachfragen konnte, um überhaupt zu verstehen, was Lucrezia sagen wollte, hatte sich bereits Angelo del Bufalo herangeschlichen und Imperias Platz belegt.

Agostino, der aus dem Augenwinkel herüberspähte, wollte Einspruch erheben, doch der Papst hatte gerade seine Hand ergriffen und flüsterte ihm etwas zu. Angelo schien ihn nachahmen zu wollen, denn er ergriff Lucrezias Hand, flüsterte ihr ebenfalls etwas ins Ohr, sie kicherte und warf ihm einen verliebten Blick zu, errötete, wurde bleich, ließ ihr Messer auf den Silberteller fallen und wandte sich derart demonstrativ ab, dass Francesca kein Wort mehr an sie richten konnte.

Schräg gegenüber, etwas weiter entfernt, saß Enea Piccolomini und schaute entsetzt auf das turtelnde Pärchen. Francesca fing seinen Blick auf und zuckte hilfos mit den Achseln, er zog seine Lippen betont breit, um die Formung des I-Lautes anzudeuten – I wie Imperia, dies verstand Francesca sehr wohl –, und schüttelte dann fragend seinen Kopf. Da soeben der Heilige Vater eine Frage nach ihren Eltern an sie richtete, konnte sie nicht weiter darauf eingehen, sondern stotterte verschüchtert, ihre Stiefmutter sei leider an der Pest gestorben und ihr Vater …

»… passt nicht recht in unseren Kreis«, ergänzte Agostino.

»Verstehe«, bemerkte der Papst in trockener Süffisanz. »Wir schließen beide dennoch in unsere Gebete ein.«

Dann beanspruchte erneut der Geierschnabel Alfonsina de' Medici aus dem Hause Orsini seine Aufmerksamkeit.

»Es geht um Urbino«, flüsterte Agostino seiner Braut zu. »Das Herzogtum soll unbedingt ihrem Sohn zugeschustert werden.«

Im Hintergrund wurden Befehle erteilt, damit das Rosenwasser zum Reinigen der Hände gereicht und Nachschub herbeigeschafft werden konnte. Nun waren die Ochsen dran, die sich im Hintergrund am Spieß gedreht hatten. Zugleich sang ein Kastrat ein altes neapolitanisches Liebeslied zur Laute, zwischendurch fielen Fidel und Flöte ein. Hinter dem Gianicolo war die Sonne verschwunden, die Kerzen auf dem Tisch, dazu die Fackeln und Laternen in der Loggia und im angrenzenden Park wurden angezündet, und irgendwelche nicht sichtbaren Diener oder Gaukler ahmten Vogelstimmen nach, insbesondere Nachtigallengesang.

Das Schmausen war eine Weile abgeebbt, nahm nun aber wieder an Intensität zu. Francesca verzichtete mittlerweile auf einen noch so kleinen Bissen und wollte auch von den Süßigkeiten, sogar von dem bewunderten, in zahlreichen Farben glänzenden Eis nichts wissen. Als ihr der karg bestückte Esstisch ihrer Kindheit und Jugend in Venedig in den Sinn kam, erhob sie sich unter hingemurmelten Entschuldigungsworten und eilte zu ihren beiden Kindern. Lorenzo wurde soeben gestillt und beachtete sie nicht, Dorothea beschwerte sich durch Schreien, dass ihre Mutter nicht mit ihr spielen wollte.

Nach einer Weile fühlte sie jedoch die Verpflichtung, an die Tafel zurückzukehren. Unterdessen hatten die Gäste begonnen, sich die Beine zu vertreten und die Plätze zu wechseln. Doch bevor alle aufgestanden waren, rief Agostino die Gäste an ihre Plätze, sagte etwas von einem alten heidnischen Brauch, dem er – der Heilige Vater möge verzeihen – nachkommen wolle, die Gäste sollten es ihm bitte nachtun. Neugierig schauten sie auf ihn, manche riefen: »Hört, hört!«

Agostino nahm seinen Silberteller, und ehe sich einer versehen konnte, schleuderte er ihn wie einen Diskus in den Tiber und rief: »Lasst uns dem Flussgott ein Opfer bringen, damit er mich, meine Familie und meine Villa in Zukunft verschone.« Er griff nach seinem goldenen Weinpokal und schleuderte ihn ebenfalls in den Fluss. Ein ungeheurer Lärm entstand, alle brüllten sie durcheinander, lachten albern wie Kinder, nahmen ihre Silberteller, und Hunderte platschten ins Wasser. Es folgten die Schüsseln. Als einige Gäste begannen, auch das Besteck und die Gläser in den Tiber zu schleudern, streckte Agostino seine Hand gebieterisch aus und forderte Einhalt.

Francesca starrte auf das schaumige und mit Ölschlieren bedeckte Wasser, das hell glitzernd das Licht starker Fackeln spiegelte, die in Booten befestigt waren. Manche Teller warfen beim Absinken noch einen schwachen Lichtschimmer, als müssten sie einen letzten seufzenden Abschiedsgruß senden.

Zahlreiche Gäste hatten sich direkt an der Mole versammelt und klatschten nun. Für ein neues Gesprächsthema war auf jeden Fall gesorgt, und natürlich würde dieser Akt grandioser Verschwendung in die Annalen eingehen. Francesca hörte gerade noch Kardinal de' Medici zum Papst sagen: »Mit dem Wert dieses Silbers und Golds könnten wir ein ganzes Fähnlein Söldner ein Jahr lang Krieg führen lassen.«

»Eine halbe Armee«, antwortete der Papst. »Chigi will allen zeigen, wie sehr er in Geld schwimmt. Und doch sage ich dir voraus …« Seine weiteren Worte gingen im lauten Gelächter einer Gästegruppe unter.

Noch immer starrten zahlreiche Gäste in die undurchsichtige Flut, bis schließlich der zukünftige Marchese von Mantua, Federico, Agostino laut hochleben ließ, ebenso seine schöne Braut und natürlich auch den Heiligen Vater. Dann wollten die Vivat-Rufe nicht enden.

Francesca fand das Fest in der sich hinziehenden Nacht nur noch anstrengend. Immer wieder forderten Gaukler die Aufmerksamkeit der Gäste, um sie mit ihren Kunststückchen zu unterhalten, dressierte Hunde sprangen durch Feuerreifen, die vom Papst so geliebten *buffoni* hampelten herum, stolperten über ihre eigenen Füße und erzählten anzügliche Witze über die

Hochzeitsnacht, Arien wurden gesungen und Sonette vorgetragen. Schließlich gab Agostino den Befehl, das Feuerwerk, das von den Booten im Tiber ausgehen sollte, anzuzünden.

Und wieder nur *Ahs* und *Ohs* und »welch grandioses Fest!«

Als schließlich der letzte Stern am Himmel verglüht war, wurde wieder gefiedelt und geflötet, und Francesca wurde von Menschen angesprochen, die sie nicht kannte und deren Glückwünsche sie erneut entgegennehmen musste. Dann hängte sich Lucrezia an sie. Ihre Augen glänzten vor Wein oder Glück, sie gab Francesca mehrere Küsse auf die Wange, nahm ihr das Diadem vom Kopf und setzte es sich selbst auf, wies dann mit einer Kopfbewegung auf den Papst, bei dem Angelo del Bufalo stand. Agostino war unter den zahlreichen Menschen verschwunden.

Lucrezia setzte Francesca das Diadem wieder auf und zerrte sie durch die Menschentrauben, bis sie sich so dem Papst genähert hatten, dass sie einige Worte verstehen konnten. Angelo del Bufalo sprach auf ihn ein, es ging um Vaterschaft, soweit bekam Francesca mit, um Legitimierung, und einmal fiel sogar das Wort Imperia.

Imperia! Francesca stellte fest, dass sie noch immer nicht erschienen war. Und jetzt sicher nicht mehr erscheinen würde.

Unruhig geworden und voller Sorge, drängelte sie sich zu Enea Piccolomini durch, von dem sie wusste, dass Imperia in seinem Haus wohnte.

Er zeigte sich überaus besorgt, überlegte eine Weile und meinte schließlich: »Sie fühlte sich in letzter Zeit nicht immer gut. Vielleicht war ihr nicht nach einem solchen Fest zumute, vielleicht glaubte sie, es nicht durchstehen zu können.« Erschrocken über seine Worte und den abwertenden Ton in der Stimme legte er seine Hand auf Francescas Arm: »An Euch liegt es natürlich nicht, liebste Francesca, ich weiß, dass Imperia Euch wie einer Tochter zugetan ist.«

»Umso mehr frage ich mich, warum …«

»Seltsam, die arme Imperia«, murmelte Enea vor sich hin und hielt seinen Blick nachdenklich gesenkt.

Francesca wollte jetzt unbedingt Agostino auf Imperia ansprechen. Als sie ihn endlich nach längerem Suchen fand, vermisste auch er bereits seine langjährige Geliebte. Nun stieß Lucrezia zu ihnen und fragte nach ihrer Mutter.

»Sie hätte uns doch einen Boten geschickt, wenn sie aus welchen Gründen auch immer noch kurzfristig … unpässlich wurde«, sagte Francesca.

»Vielleicht wollte Mamma nur nicht Angelo begegnen«, warf Lucrezia in schnippischem Ton ein. Francesca schaute sich um: Angelo del Bufalo sprach gerade mit schwungvollen Armbewegungen auf Raffaello ein, wies dabei immer wieder auf Lucrezia, nicht ohne Agostino und sie selbst mit einem betont unbeteiligten Blick zu streifen.

Agostino, der an seiner Nase gezupft hatte, fixierte jetzt Angelo, der daraufhin noch expressivere Bewegungen durchführte und sich dann mit lauten »Bis-bald-« und »Denkt-darüber-nach«-Rufen von Raffaello verabschiedete.

Lucrezia eilte ihm nach. Francesca wollte sie zurückhalten, doch es gelang ihr nicht.

»Ich sollte jetzt unbedingt nach Imperia schauen«, sagte Enea Piccolomini, der wieder zu ihnen getreten war.

Agostino schüttelte den Kopf. »Bleibt hier, ich werde nach ihr schicken.«

68. Kapitel

Francesca sah, wie zwei Diener zu Imperias Haus aufbrachen. Das Fest, nun etwas ruhiger geworden, setzte sich fort und ließ sie zunehmend müder werden. Als die beiden Diener zurückkehrten, eilte sie ihnen entgegen: Niemand hatte im Haus der Imperia geöffnet.

Nun brach Enea Piccolomini auf. Falls er Imperia antreffen würde, wollte er ihnen noch in der Nacht eine Nachricht zukommen lassen, versprach er ihr und Agostino.

Nach ihm verließen die letzten Gäste das Fest, und Francesca sank fast besinnungslos vor Müdigkeit ins Bett. Zum Glück waren ihre beiden Kinder wohlversorgt.

Nach kurzem Schlaf erwachte Francesca bereits wieder. Draußen begann es zu dämmern, Agostino neben ihr schnarchte leise. Sie schob sich vorsichtig aus dem Bett, legte sich eine Stola um und schlich aus dem Raum. Seltsame Geräusche, die sie nicht einordnen konnte, drangen an ihr Ohr. Offensichtlich wurde bereits gearbeitet. Von der obersten Stufe der Treppe schaute sie in den Nebel, der über dem Park lag und den das erste Licht zu durchdringen versuchte. In der Tat wurde überall der Unrat weggeschleppt, und zugleich vertilgte die Dienerschaft die Reste des Mahls.

Fröstelnd tappte Francesca die wenigen Stufen der Treppe hinunter und ging barfuß über den Kies in Richtung Loggia. Sie wurde freundlich gegrüßt, einige Männer grinsten. Eine Magd lief ihr nach und brachte ihr warmes Schuhwerk.

Nun tauchte die Loggia aus dem Nebel auf, und was sie dort sah, wollte sie zuerst kaum glauben. Aber dann musste sie laut lachen. Was hatte sie eigentlich erwartet? Ein Mann wie Agostino Chigi warf zwar Münzen ins Wasser, gelegentlich sogar Dukaten, um ein wenig anzugeben, aber er versenkte doch nicht sein Silber- und Goldgeschirr im Tiber – auf Nimmerwiedersehen. Im Fluss waren Netze gespannt, und jetzt, beim ersten Dämmerlicht, wurden sie eingeholt und mit ihnen all das Geschirr, das Agostino und die Gäste so großspurig hineingeworfen hatten. Nun erinnerte sich Francesca auch daran, dass sie, als sie damals Agostinos Barett aus dem Wasser retten wollte, auf etwas Weiches getreten war. Es handelte sich um das Netz, das ihr Versinken verhindert hatte.

Die Silberfischer schauten sich kurz nach ihr um und arbeiteten weiter. Unter Aufsicht des Majordomus, den sie jetzt erst entdeckte, sammelten mehrere Diener die Teller aus dem Netz ein und stapelten sie.

Der Majordomus hatte ihr Lachen gehört und war zu ihr gekommen, nicht ohne augenzwinkernd zu lächeln. »*Mundus vult decipi,* die Welt will betrogen sein«, erklärte er. »Unser Herr mag allerdings nicht, dass man darüber spricht. Er möchte, dass ganz Rom, ja, ganz Italien vom versenkten Schatz des Agostino Chigi spricht. Er glaubt, dass Verschwendung Glück bringt.«

Francesca konnte nur verständnislos den Kopf schütteln, kommentierte das Geschehen jedoch nicht.

Der Majordomus ergänzte seine Worte noch: »Das Volk, vor allem diejenigen, die nicht viel zu knabbern haben, beurteilen solche Verschwendung natürlich anders. Man könnte sie auch als Herausforderung an … nun, an die Götter betrachten.«

Francesca verstand ihn. Sie hatte genügend über die alten Griechen und ihr Denken gelernt, um zu wissen, dass er an das dachte, was die Griechen *Hybris* nannten. Und menschliche Hybris bestraften die Götter gnadenlos.

Mit solchen negativen Gedanken wollte sie sich jedoch am Morgen nach ihrer Hochzeit nicht auseinandersetzen. Zumal ihre Sorge um Imperia überwog.

»Habt Ihr Neuigkeiten von Donna Imperia?«, fragte sie.

Er schüttelte den Kopf.

Francesca war nun hellwach. »Ich will selbst in den Borgo eilen. Mich lässt Imperia vielleicht ein. Kannst du mir zwei zuverlässige Männer mitgeben?«

Der Majordomus schaute sie skeptisch an, nickte dann aber. »Ihr wisst, was Ihr tut?«

Francesca eilte schon zurück ins Haus und zog sich ohne Hilfe an. Agostino wachte nicht auf, und so lief sie vor die Villa, wo der Majordomus mit zwei Männern wartete.

»Braucht Ihr eine Sänfte?«

»Ich laufe. Es ist ja nicht allzu weit.«

Sie winkte ihren Begleitern und eilte, von zunehmender Sorge getrieben, so schnell voran, dass die beiden Männer ihr kaum folgen konnten.

69. Kapitel

Natürlich hatte Imperia keinen Augenblick geschlafen.

Als sie noch mit Bella sprach, sehr ruhig und abgeklärt, hörte sie Männer auf der Straße und heftiges Klopfen. Sie verbot ihr, irgendjemandem zu öffnen, auch nicht Enea. Auf keinen Fall und unter keinen Umständen! »Hast du verstanden?«

Bella deutete ein Nicken an.

»Und nun lass uns schlafen. Vergiss meine Dummheiten, ich verstehe mich selbst nicht mehr. Ich habe das Gift bereits auf der Via della Lungara aus der Sänfte geworfen. In Zukunft wird alles gut, und wir werden in Frieden und Würde altern.«

Bella schaute skeptisch, zog sich zögernd zurück. Nach einer Weile lauschte Imperia an der Türe zu ihrer Kammer, und sie entnahm dem gleichmäßigen Atmen, dass Bella schlief.

Auf Zehenspitzen schlich sie in ihr Ankleidezimmer, verriegelte die Tür hinter sich. Im Handspiegel schaute sie sich selber an: eine überschminkte Maske, eingefallen und übermüdet, alt und bleich. Sie ekelte sich vor sich selbst, nahm ein Seidentuch und bedeckte den Spiegel.

Dann setzte sie sich und fingerte das Gift aus ihrem Kleid. Ein Glas Frascati, ihr Lieblingswein, stand schon bereit. Langsam und vorsichtig schüttete sie das weiße Pulver in einem dünnen Strahl, wie Sand in einem Stundenglas, in den Wein, so dass es sich auf seiner Oberfläche verteilte, einen Kreis bildete und zögerlich zu Boden sank. Sie nahm einen Löffel und rührte so lange im Glas, bis sich das Pulver aufgelöst hatte. Der Wein sah leicht trüb aus, soweit sie dies bei dem Kerzenlicht erkennen konnte. Er roch immer noch nach Frascati, mit leichter Bemischung eines fremden Geruchs.

Dies war nun also das Ende.

Imperia wollte gar nicht lange darüber nachdenken, auch nicht über die Gründe. Es kämen ihr doch wieder Zweifel, natürlich, der Drang zu leben war stark. Aber Leben musste Sinn haben, und einen Sinn im langsamen Hässlich- und Vergessenwerden sah sie nicht. Auch Enea und seine Fürsorge bereiteten ihr keine Lust am Leben, eher Scham. Ihre Töchter waren versorgt, Agostino würde sich um sie kümmern. Lucrezia würde spätestens an ihrem Totenbett begreifen, dass sie einen schweren Fehler begangen hatte, als sie sich in Angelo verliebte – und wäre geheilt.

Schon die Aussicht auf diesen Heilungsprozess half ihr, das Pulver zu schlucken.

Und natürlich würden Agostino und ganz Rom, sogar der Heilige Vater, erschüttert sein von ihrem Schicksal, von dem Leid, das sie nicht mehr hatte ertragen können, würden um sie trauern. Tränen würden fließen, zahlreiche Tränen. Die Dichter schrieben gefühlvolle und traurige Sonette.

Auf dem Höhepunkt des Ruhms abtreten und sich aus der Welt zurückziehen. Auf diese Weise blieb sie als Kaiserin der Kurtisanen unsterblich. Nichts würde sie mehr beflecken und in den Dreck ziehen können. Auch das langsame Vergessenwerden würde aufgehalten, sie bliebe in aller Munde. In einer Mischung aus Bewunderung, Trauer und fassungsloser Bestürzung gedächte man ihrer.

Niemand, außer Bella, erführe davon, dass Erniedrigung, Schmerz und Unglück sie beinahe zur Mörderin hatten werden lassen.

Niemand.

Vielleicht würde Agostino ihr sogar ein Grabmal bauen lassen. Einmal, vor längerer Zeit bereits, hatte er davon gesprochen. Allerdings hatte sie ihn ausgelacht, dass er solche Gedanken hege, nachdem sie beide den kleinen Liebestod *danach* gestorben waren. »Du hast es verdient«, hatte er ihr ins Ohr geflüstert, sie erinnerte sich genau.

Ja, Agostino. Warum hatten sie sich nicht zum Ehebund gefunden! Warum hatte er ihr ein junges, unschuldiges Mädchen vorgezogen? Francesca war lieb, klug und fürsorglich, aber nicht einmal wirklich schön. Und sah sie nach Feuer im Bett aus, nach Raffinesse und Ausdauer?

Nein.

Zumindest hatte sie Agostino jetzt einen Sohn geboren. So lange hatte er allerdings auch mit der Hochzeit gewartet. Ja, Frauen liebten ohne Vorbehalte und häufig genug ohne Vernunft, leidenschaftlich und besessen, Männer dagegen schauten auf ihren Vorteil oder machten Söhne zur Bedingung ihrer Liebe.

Wären Margherita oder Lucrezia Jungen gewesen, hätte Agostino vielleicht …

Hätte.

Auch Angelo hätte sie ja nach dem Tod seiner Frau heiraten können.

Obwohl Angelo ein verräterischer Taugenichts war, hatte sie sich dies sehnlichst gewünscht.

Ja, hatte.

Und eine letzte Chance hatte sie selbst von sich gewiesen: Sie hätte in die Chigiana ziehen können, zu Agostino und Francesca, zu ihren Kindern – als Ersatzmutter und Tante, als alte Freundin und lebenskluge Beraterin … Warum hatte sie es nicht getan? Aus falsch verstandenem Stolz? Hätte sie sich selbst und all den hohen Herrn, die Agostino besuchten, nicht mehr in die Augen schauen können?

Warum gab sie sich nicht mit Enea Piccolomini und stiller Alterswürde zufrieden?

Gott, sie zählte doch erst dreiunddreißig Jahre!

Nein, ihr Leben bot ihr nichts mehr. Sie würde den Frascati schlucken, sich hinlegen und einschlafen.

Imperia schüttete eine Prise Mohnpulver, das sie immer in einer Schublade aufbewahrte, in den Wein.

Einschlafen und nicht mehr aufwachen. Vermutlich würde sie nicht einmal Schmerz empfinden. Das Pulver sollte nicht den Schlund verätzen und den Atem lähmen, sondern langsam wirken. Wie genau, wusste sie nicht. Daher nahm sie auch das Mohnpulver, das für tiefen Schlaf sorgen sollte – und für Schmerzlosigkeit.

Sie legte die Hände zusammen und sprach das *Pater noster*. Und anschließend auch das *Magnificat*. Sie bat alle, denen sie Unrecht getan hatte, um Verzeihung.

Hoffentlich schlief Bella lange und tief genug.

Eigentlich müsste sie Bella für ihre treue Dienste fürstlich belohnen. Konnte sie sich wirklich darauf verlassen, dass ihre Töchter oder Agostino für sie sorgten?

Sie rührte im Glas, weil sie glaubte, das Pulver habe sich am Boden abgesetzt.

Aber finge sie noch an, ein Testament aufzusetzen, würde sie nie mehr …

Dennoch: Konnte sie wirklich Bella hinaus in die Einsamkeit stoßen, ohne sicher zu sein, dass sie für die Zukunft abgesichert war?

Plötzlich hörte sie Stimmen am Hauseingang und lautes Pochen.

Nein, jetzt nicht! Jetzt auf keinen Fall!

Ohne nachzudenken oder innezuhalten, griff Imperia nach dem Glas, das ihr einst Agostino geschenkt hatte, daran erinnerte sie sich noch, und trank seinen Inhalt in großen Zügen. Der Bodensatz schmeckte in der Tat leicht bitter. Dann goss sie sich ein zweites Glas mit dem gesamten restlichen Mohnpulver ein, trank es hektisch, legte sich auf ihr Bett und schloss die Augen.

Als die Schmerzen in ihrem Magen einsetzten, schwanden ihr die Sinne.

70. Kapitel

Agostino Chigi schreckte aus einem furchterregenden Albtraum auf. Hektisch griff er nach seiner Decke, weil er immer noch zu fallen glaubte. Der Traum, aus dem er sich gerettet hatte, bestand aus nichts anderem: aus Hinabsegeln, Fallen, Stürzen, immer schneller, atemloser und furchterregender. Eigentlich war der Traum blind, menschenleer, dunkel, nur die Angst war nicht blind oder traumfern oder schmerzlos, nein, sie packte ihn, würgte ihn, ließ ihn den Mund aufreißen zum Schrei: Doch nichts war zu hören, unmöglich, auch nur einen Laut auszustoßen.

Dann ein Stöhnen. Er hatte sich ins Wachsein gerettet. In die

Wirklichkeit der Vernunft, in die Wirklichkeit des Agostino Chigi, den ganz Rom und Italien bewunderte und beneidete, der soeben geheiratet hatte …

Wo war Francesca? Jetzt erst begriff er, dass sie nicht mehr neben ihm lag.

Wahrscheinlich begrüßte sie ihre Kinder.

Natürlich, sie musste sich bei den Kindern aufhalten.

Agostino sprang aus dem Bett, stieß die Fensterläden auf. Es war Tag, die Sonne vertrieb den Morgennebel. Der Park sah schon wieder manierlich aus. Ob das Geschirr bereits eingesammelt war?

Und nun fiel ihm mit Schrecken Imperia ein.

Er hatte nichts mehr von ihr gehört, man hatte ihn nicht geweckt, also musste alles in Ordnung sein. Am Tag des Fests hatte sie sich nicht wohlgefühlt, er verstand sie und ihre Trauer darüber, dass er Francesca und nicht sie gewählt hatte. Sie wollte sich nicht auf eine Feier begeben, bei der die meisten Gäste von ihrem Ehrgeiz wussten. Sie hätte sich gedemütigt fühlen müssen.

Einer seiner Kammerdiener trug eine Schüssel warmen Wassers ins Zimmer. Eine Schüssel würde heute Morgen, nach solch einem langen Fest, nicht reichen, eigentlich müsste er ein Bad nehmen.

»Hast du etwas vom Majordomus gehört – über Imperia?«, fragte er den Diener.

Der Mann schüttelte den Kopf.

Nun machte Agostino doch nur Katzenwäsche und ließ sich rasch ankleiden.

Im Treppenhaus begegnete er dem Majordomus, der dabei war, ihn aufzusuchen, um ihm einen Bericht über die Aufräumarbeiten abzuliefern.

»Hast du noch immer nichts von Imperia gehört?«, fragte Agostino.

»Nein. Aber Eure junge Gemahlin ist mit zwei Männern in den Borgo aufgebrochen, um nach ihr zu sehen.«

»Um diese Zeit?«

»Schon vor geraumer Zeit. Als es dämmerte …«

»Und das sagst du mir erst jetzt? Warum habt ihr mich nicht geweckt?«

»Wahrscheinlich ist alles in Ordnung.«

»Und wenn nicht?«

Der Mann sah ihn mit dem leeren Ausdruck eines Menschen an, den die Angelegenheit nicht wirklich interessierte.

»Ich will selbst in den Borgo reiten. Lass mir ein Pferd satteln. Drei Mann sollen mich begleiten.«

Noch bevor die Pferde gesattelt waren, kam Francesca aus dem Borgo zurück, außer Atem und hochrot im Gesicht. »Sie … sie …« Nun brach sie in haltloses Schluchzen aus.

Agostino nahm sie in den Arm, versuchte sie zu beruhigen.

»Sie hat Gift genommen. Windet sich vor Schmerzen, ist aber kaum bei Bewusstsein, hat mich nicht erkannt. Bella ist bei ihr.« Francesca hatte die einzelnen Worte hervorgestoßen und bettete nun weinend ihren Kopf an seine Brust.

»Tu was, Agostino. Sie wird sterben, wenn wir nichts tun.«

Agostino besann sich nicht lange. Er befahl dem Majordomus, sofort nach dem Arzt des Papstes zu schicken und außerdem noch nach einem Juden, der in ganz Rom einen hervorragenden Ruf genoss. Die beiden sollten sofort zum Haus der Imperia eilen. »Und dann schick einen Boten in den Vatikan und lass den Heiligen Vater benachrichtigen. Ein anderer soll Enea Piccolomini informieren. Ich reite unverzüglich zum Haus der Imperia.«

Francesca bestand darauf, ihn zu begleiten.

Mittlerweile war auch Lucrezia durch den Lärm geweckt worden und erschien auf der Treppe, noch im Schlafgewand und bleich. »Was ist mit meiner Mutter?«, fragte sie tonlos.

»Wir müssen zu ihr«, rief Francesca.

Kurz darauf standen Agostino, Francesca und Lucrezia an Imperias Bett, die sich erbrochen hatte, kaum Luft bekam und sich vor Schmerzen wand. Ihre Augen waren blutunterlaufen, das Gesicht fahl und totenblass.

Sie war bei Bewusstsein.

Für einen Augenblick versuchte sie zu lächeln, als sie Agostino und die jungen Frauen sah, doch dann packte sie wieder ein Schmerz, sie stöhnte auf, bis das Stöhnen in einen hemmungslosen Schrei überging, in einen Schrei, wie ihn Agostino zum letzten Mal von seiner sterbenden Margherita gehört hatte.

Er musste sich abwenden, weil er Imperias Anblick nicht ertragen konnte.

Lucrezia warf sich über ihre Mutter. »Du darfst nicht sterben!«, schrie sie, erstickte jeden weiteren Laut in den Decken, aber es schüttelte sie, sie zuckte und zitterte, als würde sie den Verstand verlieren.

Imperia hob langsam ihre Hand, um über Lucrezias Kopf zu streichen. Mühsam presste sie heraus: »Versprich mir, Angelo del Bufalo nie wiederzusehen. Er ist dein Untergang. Versprich es mir! Ich will es hören.«

Lucrezia hob ihr tränenüberströmtes Gesicht. »Ja. Nein. Ich werde ihn nie wiedersehen.«

Imperia sank zurück, schloss ihre Augen, die Schmerzen schienen nachzulassen. Agostino sah sie bereits hinübergleiten in ein friedlicheres Reich, doch Imperia hatte nur wieder das Bewusstsein verloren.

Kurz darauf erschienen die beiden Ärzte, die einen Blick auf Imperia warfen, sich wissend ansahen, Imperias Lider hoben, an ihrem Atem rochen, an ihrem Erbrochenen, sich erneut ansahen und wortlos nickten.

Bella wies auf das leere Glas, an dem sie ebenfalls rochen. »Ich habe geschlafen«, sagte sie tonlos, »und die Tür war verriegelt. Ich hätte es ahnen müssen, hätte sie nicht aus den Augen lassen dürfen …«

»Sie hat Gift genommen«, sagte der Leibarzt des Papstes, ohne auf Bellas Äußerung einzugehen. »Und Mohnpulver«, ergänzte der Jude. »Wir müssen etwas unternehmen.«

Er gab seinem Gehilfen einen Wink, der daraufhin aus einer Tasche eine stinkende Flüssigkeit holte und sie in Imperias Glas goss.

Die Flüssigkeit der bewusstlosen Imperia einzuflößen war nicht leicht. Immer wieder drohte sie zu ersticken. Agostino konnte nicht erkennen, ob sie bei Bewusstsein war oder nur unwillkürlich reagierte. Als es schließlich gelungen war, schickten die Ärzte alle Personen bis auf Bella und den Gehilfen aus dem Raum.

Agostino setzte sich mit Francesca und Lucrezia in den *salone*. Beide weinten. Sein Blick glitt über die Bilder, die Gläser und Bronzen, die Teppiche, die Bücher – vieles, ja, das meiste hatte er selbst Imperia geschenkt. Auf diese Weise hatte er sich freigekauft von jeglicher Verpflichtung. Liebe gegen Dukaten und Geschenke. Imperia war die Kurtisane, er war ihr Kunde, der sie verwöhnte, wenn sie ihn alle Höhen der Lust erklimmen ließ. Nur auf den Höhepunkten ihrer Liebe verlor sie die Beherrschung und verwandelte sich für Augenblicke in eine liebesbedürftige Frau. Danach, wenn sie wieder die Beherrschung zurückzugewinnen versuchte, mühsam um Haltung kämpfte, um die stolze Hoheit der Kurtisane, fand er gelegentlich das Mädchen wieder, das sie anfangs gewesen war, noch ein wenig unsicher, aber von einer unschuldigen Schönheit, die jeden Mann blenden musste.

Unwillkürlich fasste er sich an den Hals, weil ihm der Atem stockte.

Es war die Zeit nach Margheritas Tod gewesen. Nach dem Tod des Kindes. Er war am Boden zerstört und rettete sich in die körperliche Liebe, die ihm Imperia bot. Die er sich jedoch mit zahlreichen Männern teilen musste. Dabei war keiner für sie wichtig, abgesehen von Angelo, diesem leeren Schönling, der nur reiten konnte und darüber hinaus das Geld seiner Frau verschwendete. Nie hatte er, Agostino, begreifen können, warum sie nicht in der Lage gewesen war, sich von diesem Mann zu lösen.

Es dauerte lange, bis sie wieder zu Imperia durften. Mittlerweile war auch Enea Piccolomini erschienen, mit steinernem Gesicht, fast wortlos, aber von Schmerz und Trauer gezeichnet. Während sie das Ankleidezimmer durchquerten, warf Enea einen Blick auf den leeren Spiegelrahmen und sagte leise: »Ich hätte mich nicht alleine zum Fest schicken lassen sollen. Wäre ich bei ihr geblieben, hätte ich sie retten können.«

Die Fenster im Schlafzimmer waren aufgerissen, das Bett war notdürftig gereinigt, aber es roch widerwärtig.

Imperia war bei Bewusstsein, die Schmerzen schienen nachgelassen zu haben.

»Ich brauche die Letzte Ölung, ruft mir einen Priester!«, hauchte sie.

Lucrezia brach erneut in so lautstarkes Wehklagen aus, dass Francesca sie aus dem Zimmer führen musste.

Ein Priester brauchte jedoch nicht gerufen zu werden, denn vom Platz draußen drang Lärm in den Raum, und dann wurde heftig an die Haustür geklopft. Kurz darauf stand der Heilige Vater persönlich an Imperias Bett. Er sprach sie von ihren Sünden frei und spendete ihr dann Sterbesakrament und Segen.

Bevor er sich verabschiedete, sagte er zu Imperia: »Es lagen schon viele Menschen auf den Tod und erholten sich wieder. Denk an unseren verehrten Papst Julius. So wird es auch dir ergehen. Ich werde für dich beten, meine Tochter.«

Am Nachmittag verlor Imperia das Bewusstsein, doch abends kam sie erneut zu sich, und es gelang ihr sogar, Agostino ihr Testament zu diktieren. Er solle weiterhin der Vater beziehungsweise der Vormund ihrer Töchter bleiben, solle für Lucrezia einen anständigen Mann finden und Margherita im Kloster lassen, Bella in sein Haus aufnehmen, falls sie dazu bereit sei, oder ihr ein Haus kaufen, von ihrem, Imperias, Geld.

»Sie kann in diesem Haus bleiben«, erklärte Enea. »Solange sie will. Es ist dein Haus, Imperia, wie du weißt.«

»Lucrezia darf nie Kurtisane werden, versprich mir das, Agostino, nie! Und halte Angelo del Bufalo von ihr entfernt. Eigentlich hätte er …«

Sie sprach den Satz nicht zu Ende.

Obwohl Agostino immer wieder die Augen zufielen, blieben er

mit Francesca, Lucrezia und Bella, aber auch mit Enea die ganze Nacht an Imperias Seite.

Am nächsten Morgen, als die ersten Sonnenstrahlen ins Zimmer fielen und Imperias Antlitz wie das einer Heiligen leuchten ließen, öffnete sie die Augen.

Lucrezia schrie auf: »Mamma!«

Imperia hob ihren Kopf, ließ sich ein Kissen unterlegen, schaute sich um, lächelte. »Ich glaube, es geht mir wieder besser. Ich fühle mich so leicht.«

Noch einmal lächelte sie, versuchte, ihre Hand auszustrecken. Kraftlos fiel sie auf die Decke, ihr Kopf sank zurück, sie schloss die Augen und tat ihren letzten Atemzug.

Für einen Augenblick hielt jeder im Raum die Luft an; in den Sonnenstrahlen tanzten Staubkörnchen. Die Glocken von San Pietro schlugen die volle Stunde an.

Jeder der Anwesenden küsste Imperia Stirn und Augenlider. Enea sprach ein Gebet. Lucrezia wischte sich die Tränen von den Wangen. Agostinos trauermüder Blick ruhte auf der Toten, die jetzt, nach überstandenen Qualen, eine marmorne Schönheit ausstrahlte. »Ich werde ihr in San Gregorio Magno ein würdiges Grabmal bauen lassen«, flüsterte er. »Wir dürfen sie nie vergessen, und die Nachwelt soll ihrer in Verehrung gedenken.«

Epilog

Der Herbstwind weht die letzten Blätter von den Bäumen, sogar die Pinien neigen ächzend ihren weiten Schirm. Der Nebel der vergangenen Tage ist verflogen, und schaue ich aus dem Fenster, so kann ich nun wieder die Säulen der von Agostino so geliebten Loggia sehen und zwischen den Ästen der Bäume das bleierne Grau des Tiber.

Noch immer schlafe ich unter dem Fresko, auf dem Alexander, der griechische Eroberer eines Weltreichs, sich seiner jungen Braut Roxane nähert, um mit ihr die Freuden der Hochzeitsnacht zu genießen.

Wie lange liegt nun *unsere* Hochzeitsnacht zurück, das Ende des Wartens, der Beginn eines nur wenige Jahre währenden Glücks!

Überschattet war das Fest unserer Hochzeit vom Tod der Frau, die meine Mutter hätte sein sollen. Ich habe die Trauer der damaligen Stunden nie vergessen und werde sie wohl erst abstreifen können, wenn ich selbst hinübergehe in das Reich immerwährender Freuden.

Ganz Rom, das an Imperia sein Herz verloren hatte, wie einer unserer Dichter schrieb, wollte nicht glauben, was geschehen war: Seine berühmteste Kurtisane, noch immer schön wie keine zweite, fand keinen anderen Ausweg aus ihrer Verzweiflung, als ihre unsterbliche Seele freiwillig und vorzeitig in die Hände des Herrn zu legen. Zum Glück ihres Seelenheils wartete der Tod noch, bis sie ihren letzten Willen kundtun, bis der Heilige Vater sie von ihren Sünden freisprechen und sie mit dem Segen der Mutter Kirche dahingehen konnte.

Wir alle, die wir ihr nahestanden, aber auch jene Männer Roms, die sie verehrt und besucht hatten, fragten uns, warum sie sich zu diesem letzten Schritt der Verzweiflung hatte hinreißen lassen. Wir fanden nicht wirklich eine Antwort.

Agostino ließ ihr, wie versprochen, auf dem Monte Celio ein Grabmal errichten, das ihren Ruhm noch heute, Anno Domini 1580, verkündet. Alle unsere großen Dichter sangen Sonette auf sie, verfassten Hymnen und Inschriften in Stein gehauener Epitaphe, und jeder, den sie einmal mit ihrer Liebe hatte verwöhnen dürfen, erinnerte sich ihrer und der geschenkten Stunden mit wehmütiger Hochachtung.

Nachdem Imperia uns verlassen hatte, wurden die Zeiten nicht glücklicher. Ja, im Nachhinein, aus der Sicht meines langen, zu langen Lebens – was für eine gebrechliche, zerknitterte alte Frau bin ich geworden! – gab es keine glücklichere Epoche als die ersten Jahre von Papst Leos Pontifikat. Der Heilige Vater öffnete die vatikanischen Schatullen und verteilte in Generosität und Verschwendung die Schätze der Kirche: an Arme und Bedürftige, an Straßenbauer und Kleidermacher, an Dichter und Musiker, Spaßmacher und Maler. Ja, vor allem an Maler: Raffaello malte mit seinen Schülern und Gehilfen die Säle des Vatikans aus, Sebastiano schuf Tafelbilder und wunderbare Porträts, zugleich unübertroffene Studien des leidenden Christus, und Michelangelo Buonarroti gestaltete die Decke der Cappella Sistina.

So erhaben die Kunst war, die in jenen Jahren in gottesebenbildlicher Weise geschaffen wurde, so niedrig waren doch menschliche Habsucht und Gier, die in ihrem Schatten gediehen. Papst Leo führte einen unrechtmäßigen Krieg um Urbino. Dass er – und mit ihm sein Vetter, Kardinal de' Medici – nicht nur Roms Pracht und Größe vermehrte, sondern auch die Grundlagen schuf für Roms Untergang, gehört zu dem Geheimnis menschlichen Schicksals, das sich auch in der Doppelbedeutung von *Venus* und *virtus* ausdrückt. Man könnte auch von Gottes unerforschlichem Ratschluss sprechen, der sich immer in zwei Gesichtern zeigt wie einst der alte Gott Janus.

Der Sturz aus Höhe und Größe betraf nicht nur Rom, sondern auch Agostino Chigi. Ich durfte ihm nach unserer Hochzeit noch drei Kinder schenken – eins wurde erst nach seinem Tod geboren –, wir feierten zahlreiche Feste in unserer Loggia am Tiber oder auch in den Galerien der Villa, mit Schmaus, Tanz und den klugen Gesprächen der klügsten Geister der Stadt. Noch war Agostino ein reicher Mann, doch sein Imperium zeigte erste Risse. Der Prozess, den die Serenissima gegen ihn führte, zehrte an seinem Selbstverständnis als ehrbarem Fernhändler und *banchiere*. Venedig beschuldigte ihn betrügerischer Machenschaften und versuchte, auf der einen Seite seine Verpflichtungen Agostino gegenüber nicht zu erfüllen, auf der anderen Seite die Juwelen von San Marco wieder zurückzuerhalten. Es kam zu einem Austausch Juwelen gegen den Darlehensbetrag, doch da eine Goldkette – *die* Goldkette – leicht beschädigt war, gab Venedig sie wieder zurück – unter beleidigenden Anschuldigungen – und verlangte die Restitution des Darlehensbetrags.

Die Angelegenheit drang an die Öffentlichkeit, und Agostino musste sich schwere Vorwürfe anhören. Da er sich während dieser Jahre nicht mehr intensiv um seine Geschäfte kümmerte, sondern mehr um seine Kunstsammlungen, seine Feste und natürlich seine Familie, litt sein Ansehen in der Welt der Bankhäuser und großen Fernhandelsunternehmen, der reichen Gläubiger und Schuldner. Er war sich bewusst, dass er als jemand galt, dessen größte Zeit hinter ihm lag. Der junge Bindo Altoviti machte ihm in Rom heftige Konkurrenz, der Charme des jungen Mannes mit dem Schmollmund und den weiblich-sanften Augen tat das Seine bei Papst Leo, der für junge Männer schon immer eine besondere Schwäche empfand.

Es kam zu elenden und nicht enden wollenden Verhandlungen mit Abgeordneten der Serenissima, zu weiteren Anwürfen und Beschuldigungen, die Agostinos Ansehen verstärkt schmälerten und seine Gesundheit untergruben.

So verschied er – ebenso unerwartet wie sein Freund Raffaello vier Tage zuvor – am 10. April Anno Domini 1520. Der namenlose Schmerz, den ich – sein Kind noch unter dem Herzen tragend – verspürte, hat seine Spuren bis heute hinterlassen.

Rom erstarrte vor Entsetzen und Trauer. Zwei seiner größten Männer hatten sich unerwartet aus dieser Welt verabschiedet. Kein Trost der Kirche reichte aus, die Tränen der Trauernden zu stillen. Fünftausend Menschen versammelten sich zu Raffaellos Begräbnis in Santa Maria ad Martyres, dem alten Pantheon, und gaben ihm die letzte Ehre. Auch zu Agostinos Begräbnis in seiner künstlerisch so wundervoll gestalteten Kapelle in Santa Maria del Popolo strömten die Menschen. Der Heilige Vater, der selbst anderthalb Jahre später das Zeitliche segnen sollte, ließ es sich nicht nehmen, die Totenmesse zu leiten.

Lucrezia lebte mittlerweile, von Agostino mit einem braven Gewürzhändler verheiratet, in Siena. Selbst in großen Sorgen und ebenfalls in guter Hoffnung, konnte sie mir nicht beistehen. Allein Sebastiano besuchte mich häufig und half mir, an meinem Schmerz nicht zu zerbrechen. Bis zu Raffaellos Tod hatte er in dem Schatten des Mannes aus Urbino gestanden, doch nun wurde er – neben dem einsamen Urgestein Michelangelo, seinem Freund – der Maler Nummer eins in Rom.

Im Sommer brachte ich meinen letzten Sohn auf die Welt, den ich nach seinem Vater nannte: Agostino Postumo.

Während der folgenden Jahre musste ich versuchen, das Handels- und Bankimperium Chigi am Leben zu erhalten, für meine Kinder, die noch zu jung waren, es führen zu können. Anfangs gelang es mir mit mehr oder weniger Erfolg. Doch die glückliche Hand, mit der Agostino einst gesegnet war, ward mir nie zuteil. Und ist der Verdacht von der Hand zu weisen, dass all die Männer, die für mich arbeiten sollten, all die männlichen Gläubiger und Schuldner, die Auftraggeber und Abnehmer, mir als Frau nicht zutrauten, das Erbe des *magnifico* Agostino Chigi in seinem Sinne zu verwalten? So verlor ich bald die eine oder andere einträgliche Pacht an Konkurrenten, musste einen Teil der Niederlassungen schließen und erhielt zahlreiche Darlehen auf Grund betrügerischer Bankrotte nie zurück.

Als nach dem unglücklichen Papst Hadrian, der allen Luxus – und auch alle Sünde – aus Rom verbannen wollte, nicht Kardinal Alessandro Farnese zum Papst gewählt wurde, sondern Vizekanzler Giulio de' Medici, Papst Leos Vetter, begriffen wir noch nicht, dass mit dieser Wahl das Fundament von Roms Größe unrettbar zerstört worden war. Der neue Papst, der sich Clemens VII. nannte – ein großer Auftraggeber und Gönner von Sebastiano im Übrigen –, verfolgte eine blinde Schaukelpolitik zwischen den Franzosen und dem Kaiser, die schließlich dazu führte, dass das von wölfischer Gier ergriffene kaiserliche Heer im Mai 1527 über Rom herfiel, die Mauern erstürmte und die Stadt und ihre Menschen ausplünderte, brandschatzte, vergewaltigte und ermordete. Die Gräuel, die damals geschahen, übersteigen die Kraft jeglicher Vorstellung und lassen die Feder in der Hand erstarren.

Meine Kinder konnte ich noch rechtzeitig in Sicherheit bringen, doch was ich zu erdulden hatte, musste ich vergessen, um überhaupt weiterleben zu können. Agostinos Geschenk an die Nachwelt, seine Villa, wurde – weil *extra muros* – sofort eingenommen. Ich war so klug, sie einem Heerführer zu übergeben, um so ihre Zerstörung zu vermeiden. Noch heute kann man in der *sala delle prospettive* die Graffiti der Landsknechte lesen – wie ein Menetekel an der Wand.

Nach dem *sacco di Roma* war nichts mehr so wie vorher. Dies betraf auch das Bankhaus Chigi. Zahlreiche Schuldner waren tot, ihr Besitz zerstört oder geplündert, unser Kontor war gründlich ausgeraubt worden, die Papiere und Unterlagen wurden verbrannt oder bedeckten das blutige Pflaster der Via dei Banchi, bevor der Wind sie in alle Richtungen zerstreute.

Der *sacco* markierte eine Zeitenwende: für Rom, für das lebensbejahende, fröhliche, ja, auch sündige Zeitalter meiner jungen Jahre. Als Kardinal Farnese Anno Domini 1534 endlich zum Papst gewählt wurde, entstand noch einmal eine kleine Nachblüte – doch ohne Agostino und weitgehend ohne das Bankhaus Chigi, das 1542 in Liquidation ging.

Einen Teil unserer Vermögenswerte vermochte ich zu retten, so dass niemand von uns zu darben brauchte. Auch der Nachruhm des großen Agostino Chigi blieb noch eine Weile erhalten, bis er langsam verwehte.

Unsere Kinder heirateten und wurden selbst Eltern. Ein Teil der Enkel kehrte wieder in Agostinos Heimat Siena zurück. Keiner von ihnen war in der Lage, Agostinos Weg zu beschreiten und seinen Erfolg zu wiederholen. Sie verkauften zahlreiche Kunstgegenstände, die Agostino gesammelt hatte, und verschuldeten sich schließlich derart, dass nun auch die *Villa Chigiana*, der Ausdruck seines Lebenswerks und seines Schönheitsempfindens, verkauft wird: an den betagten Enkel von Papst Paul III., Kardinal Alessandro Farnese. Er hat bereits verkündet, dass die Villa nach dem Übergang in seinen Besitz *Villa Farnesina* heißen soll.

Zu meinem Glück haben meine Enkel und Kardinal Farnese vereinbart, mich noch bis zu meinem Lebensende in der Villa wohnen zu lassen. Und so schleppe ich jeden Tag in den frühen Morgenstunden meine müden Glieder an der noch immer jungen Galatea, am sehnsüchtigen Polyphem und der glücklichen Psyche vorbei zur Treppe und hinunter in den Park, um den Sonnenaufgang über dem Tiber zu erleben, wie ihn einst Agostino so liebte.

Nach seinem Tod, insbesondere nach den quälenden Ereignissen des *sacco*, verbrachte ich auch mit Sebastiano zahlreiche Stunden in der Loggia. Sebastiano war nicht, wie so viele andere Künstler, rechtzeitig aus Rom geflohen, sondern wurde zusammen mit Papst Clemens VII. in der Engelsburg eingeschlossen und belagert. Seine Frau überlebte das Hausen der entfesselten Kriegsmeute nicht. Diese Höllenmonate im Kerker eines alten Grabmals und der Tod seiner Frau machten aus dem lebenslustigen und energischen Sebastiano einen zerquälten Grübler, der mit der Vollendung seiner Bilder rang wie einst Jakob mit seinem Gott. Daher schuf er nicht mehr viele Werke, doch diejenigen, die ihm gelangen, atmen die Glut tiefer Leidenschaft und den Schmerz der letzten Prüfung.

Unsere gemeinsamen Stunden am Tiber ließen noch einmal unsere Jugendliebe aufflammen. Wir reisten sogar zusammen nach Venedig, wo ich nicht nur meine Geschwister in die Arme schließen durfte, sondern auch noch meinen hochbetagten Vater und meine wahre Mutter. Für die Freude über dieses späte Wiedersehen finde ich keine angemessenen Worte. Mir gelang es sogar, meinen Vater und meine Mutter trotz ihres Alters mit nach Rom zu nehmen und mit ihnen gemeinsam kurze Zeit in der *Chigiana* zu leben, bevor sie beide im Frieden mit dem Herrn verloschen.

Anno Domini 1547 verstarb auch Sebastiano. Er hat mir und der Nachwelt ein Porträt hinterlassen, das angeblich unsere verehrte Dichterin Vittoria Colonna zeigt, in Wirklichkeit jedoch mich abbildet. Schaue ich heute in dieses Spiegelbild meiner reifen Jahre, so entdecke ich eine Frau, welcher der liebende Blick des Künstlers etwas Unverdientes hinzugefügt hat: Adel des Herzens und Schönheit der Erscheinung.

Die in Treue verwandelte Liebe, so lehrt mich dieses Bild, bleibt unzerstörbar.

Die Sonne erhebt sich über den Dächern und Türmen der Stadt und verwandelt den immer fließenden, nie gleichen Tiber in flüssiges Gold. Schließe ich die Augen, sehe ich uns alle vereint hier sitzen, Agostino und Sebastiano, Imperia, Lucrezia und mich. Agostino holt eine Münze aus seiner Tasche und wirft sie in den Fluss.

Vielleicht wollte er schon lange vor seiner Zeit den Fährmann über den Fluss des Vergessens bestechen, damit er und sein Name, insbesondere aber sein Leben für Kunst und Schönheit, der Nachwelt erhalten bleiben.

Schweigsam und nachdenklich, sehen wir die Münze im Wasser versinken. Imperia reicht mir die Hand.

Bald werde ich ihr und auch den anderen wieder begegnen. Daher scheide ich von Agostinos Villa versöhnt und in Frieden.

Doch ein Wunsch bleibt: Wenn die Menschen zukünftiger Zeiten dereinst durch unsere Villa schlendern und sich an der lebensfrohen Pracht ihrer Kunst erfreuen, dann mögen sie an uns denken, an Agostino Chigi und seine beiden Frauen, deren Abbilder ihnen in *Tugend* und *Liebe* entgegenschauen.

Nachwort *

Als ich vor drei Jahren für meinen Roman *Die Tochter des Papstes* in Rom recherchierte, mietete ich eine mit Büchern vollgestopfte Wohnung in Trastevere, unweit von Bramantes *Tempietto*. Die Wohnung nebenan bewohnte eine ältere, deutschsprechende Dame, der ich zum ersten Mal begegnete, als sie mit Liebe und Sorgfalt die Pflanzen der Innenhof-Gänge pflegte. Wir kamen bald ins Gespräch, aus dem Gespräch wurde eine Plauderei, und ein paar Tage später wurde ich freundlichst von ihr und ihrem Mann zum Tee eingeladen. Mein Glück.

Meine Nachbarn, Erika und Sandro Pignatti, stellten sich als österreichisch-italienisches Ehepaar heraus, beide emeritierte Professoren der Botanik, polyglott und von herzerwärmender Hilfsbereitschaft. Professor Pignatti, Verfasser der mehrbändigen *Botanik Italiens* und Mitglied der wissenschaftlichen Accademia dei Lincei, bot mir an, mich nicht nur durch den Palazzo Corsini, Sitz der Accademia, und den angrenzenden Botanischen Garten zu führen, sondern mir insbesondere die gegenüberliegende *Villa Farnesina* zu zeigen.

Zwar war ich mit der Geschichte der Farnese-Familie, über die ich mittlerweile zwei Romane geschrieben habe, vertraut und wusste, dass die Villa ursprünglich von Agostino Chigi, Roms bedeutendstem *banchiere* der Hochrenaissance, gebaut worden war und erst um 1580 in die Hände des *Gran Cardinale* Alessandro Farnese überging, doch erst Sandro Pignatti, mein vielseitig gebildeter Führer, machte mich anregend und anekdotenreich mit der Geschichte dieser einzigartigen Villa, ihrer Architektur und dem Hintergrund ihrer atemberaubenden Fresken vertraut.

* Dies ist ein *Nach*wort, kein *Vor*wort: Wer also auf Handlungsspannung Wert legt, sollte es erst an der ihm zugewiesenen Stelle lesen.

Betritt man von der Via della Lungara den Park der Farnesina, macht die (in der Renaissance bemalte) Eingangsfassade der Villa einen eher strengen Eindruck. Ihre architektonische Faszination entfaltet erst die Gartenfront mit den beiden Seitenflügeln, dem erhöhten, säulengestützten Eingangsbereich, der direkt in die Loggia di Psiche führt. Die Faszination verstärkt sich, spaziert man durch die großen Räume der Villa. Die Sinnlichkeit und Lebendigkeit ihrer mythologisch und lebensgeschichtlich inspirierten Fresken, ihre verspielte Vielfalt und unbekümmerte Detailfreude sowie ihr Verweisungsreichtum lassen den Betrachter dieses Renaissance-Juwels erst einmal in schweigendes Staunen fallen.

Doch der kunsthistorische Hintergrund mit seinen unterschiedlichen Deutungsmöglichkeiten gewinnt erst – und natürlich ganz besonders für einen Romancier – seine Faszinationskraft durch die Geschichten, auf die er verweist und die er vermittelt. Es sind nicht nur die Anekdoten über die Künstler, welche die Villa ausgeschmückt haben, unter ihnen insbesondere Raffael und Sebastiano del Piombo (ursprünglich Luciani), sondern in erster Linie die Geschichten, die sich um den Bauherrn Agostino Chigi und seine beiden Geliebten Imperia und Francesca drehen.

Diese Geschichten sind in sich bereits romanhaft und enthalten alle Ingredienzien ergreifender Schicksale: Ein ›mittelständischer‹, noch junger *banchiere* aus Siena geht nach Rom, um dort Karriere zu machen und reich zu werden, und steigt durch ökonomisches Geschick und Glück, durch Charme und geschickte »Vernetzung« rasch zum vermögendsten Mann der Ewigen Stadt, wenn nicht ganz Italiens auf. Er ist aber kein Onkel Dagobert, der geizig seine goldglänzenden Dukaten hortet, sondern ein früher *global player*, der geschickt investiert und die ökonomischen Gesetze des Frühkapitalismus auszunutzen versteht und zugleich – als typischer Renaissancemensch – ein hochgebildeter und generöser Liebhaber aller schönen Künste, inklusive der Liebeskünste.

Während seines Aufstiegs unter dem Pontifikat von Julius II. beherrscht Imperia, die *Kaiserin der Kurtisanen*, das Reich römischer

Edelprostitution. Zu ihren Verehrern zählen die intellektuellen Koryphäen Roms, die Spitzen des Vatikans und auch der römische Geldadel, in vorderster Linie Agostino Chigi. Zahlreiche Verehrer preisen sie in ihren Gedichten und Novellen – und zeigen sich schockiert, entsetzt und ratlos über ihr frühes und unerwartetes Ende. Als Einzige unter den bekannten römischen Kurtisanen hat sie auf dem Höhepunkt ihres Wirkens, als Frau von dreißig Jahren, Selbstmord begangen.

Dieser Selbstmord, dessen Ursache auf der Grundlage der Quellen nicht eindeutig rekonstruiert werden kann, steht vermutlich im Zusammenhang mit ihrer obsessiven Liebe zu dem schönen Lebemann Angelo del Bufalo und wohl auch mit der Entscheidung Agostino Chigis, ihres reichsten Verehrers, sie durch eine jüngere Geliebte zu ersetzen. Ihr tragischer Tod ruft, gerade weil er so schwer nachvollziehbar und ungewöhnlich bleibt, geradezu nach einem Erzähler, der ihn narrativ begründet und damit in einen sinnhaften Zusammenhang stellt.

Noch »romanhafter« ist Agostino Chigis Verhalten als Privatmann und Liebhaber bzw. fester Kunde Imperias: Am Ende seines *business*-Aufenthalts in Venedig, der gut dokumentiert und von Felix Gilbert im einzelnen rekonstruiert wurde (in seinem Büchlein *Venedig, der Papst und sein Bankier*, dem ich Wichtiges verdanke), entführt er Francesca Ordeaschi, eine noch sehr junge Frau, bringt sie nach Rom, lässt sie in einem Kloster »erziehen«, um sie dann als Konkubine zu sich in seinen *Palazzo d'amore* zu holen, wo sie schließlich insgesamt fünf Kinder auf die Welt bringt. Erst nach Jahren kann er sich, wohl auch auf Drängen des Papstes, dazu entschließen, sie zu heiraten.

Hier haben wir die klassische Romankonstellation *ein Mann zwischen zwei Frauen*. Aber es kommt noch besser: Chigi sucht gleichzeitig nach einer Ehefrau, die seinen gesellschaftlichen Status erhöhen könnte, konkret: nach einer Adelstochter. Er glaubt sie in Margherita gefunden zu haben, der illegitimen Tochter des Marchese von Mantua, Gianfrancesco Gonzaga. Er wirbt unermüdlich um sie, auch noch, als Gonzaga von ihm verlangt, er müsse seine nicht standesgemäße Tätigkeit als *banchiere* aufgeben. Selbst dazu ist er wohl bereit. Aber die junge Dame weigert sich, ungewöhnlich genug für die Verhaltensweisen ihrer Zeit, den alternden Chigi zu heiraten – mit Erfolg.

Wie man an den bisherigen Ausführungen sieht, sind wichtige Handlungsaspekte des Romans historisch belegt, die Protagonisten haben alle gelebt und ihre Namen behalten, auch die Maler und ihre Arbeit in der Villa entsprechen den Forschungen der Kunsthistoriker, und die geschäftlichen Zusammenhänge sind nach den Quellen dargestellt. Die Realität liefert noch immer die beste Vorlage für lebenspralle Romane, man muss sie nur zu nutzen wissen.

Dennoch sah ich mich gezwungen, in diesem Roman aus dramaturgischen Gründen einem Prinzip untreu zu werden, das ich gewöhnlich strikt befolge: Statt mich streng an das Gerüst vorgegebener Zeitdaten zu halten, musste ich einige Datierungen leicht verschieben: Imperia stirbt im Roman ca. drei Jahre später als in Wirklichkeit, die Werbung um die Gonzaga-Tochter Margherita zog sich über einen längeren Zeitpunkt hin und fand meist brieflich statt, Chigi heiratete seine Francesca erst 1519. Auch war die künstlerische Ausschmückung der Villa 1513 (vermutlich) noch nicht abgeschlossen.

Bei diesen Aspekten habe ich auf die innere Logik der Handlung Rücksicht nehmen müssen. Es galt, die Mosaiksteine der Daten und Fakten so miteinander zu verknüpfen, dass sie das Bild einer in sich stimmigen, motivierten und dramatischen Geschichte ergaben, einen Roman und nicht nur eine Sammlung lose miteinander verbundener Anekdoten.

Ein Porträt des goldenen (oder treffender: auf Pump vergoldeten) Renaissance-Zeitalters unter Leo X. habe ich bereits in meinem Roman *Die Tochter des Papstes* entworfen: Dort wende ich mein Augenmerk auf das Schicksal der Kardinals- und späteren Papstfamilie des Alessandro Farnese vor dem Hintergrund des italienischen und europäischen Kräftespiels, das letztlich zur Katastrophe des *sacco di Roma* führte.

In den *Schwestern der Venus* geht es mir weniger um das Milieu des hohen Adels und der Kurie, der Condottieri und ihrer Söldner als um das Milieu der großen Bankherrn und Fernhandelskaufleute auf der einen, der Kurtisanen und der Konkubinen auf der anderen Seite. Zugleich interessiert mich die Variation der uralten Geschichte des Mannes, der sich nicht zwischen zwei Frauen entscheiden kann. Die damals wie heute immer neu zu stellende Frage nach den Formen und Möglichkeiten der Liebe wird im Strukturmuster unterschiedlicher »Wahlverwandtschaften« erzählt.

Obwohl Agostino Chigi ein für damalige Verhältnisse gigantisches Handelsimperium beherrschte, sind von seinen Briefen und Lebenszeugnissen nur ein Bruchteil erhalten geblieben. Von mir benutzt wurden die erste biographische Darstellung, die sein Urgroßneffe Fabio Chigi, der spätere Papst Alexander VII., verfasste, die Dokumentensammlung von Cugnoni (1879) sowie die annotierte Briefsammlung, die Ingrid D. Rowland 2001 herausgegeben hat (*The Correspondence of Agostino Chigi*).

Über Chigis Privatleben ist wenig bekannt. Noch weniger weiß man über Francesca Ordeaschi. Imperia, die *Kaiserin der Kurtisanen*, hat ebenfalls so gut wie keine schriftlichen Zeugnisse hinterlassen. Ihre Zeitgenossen haben sich allerdings über sie (oft in fiktionaler Verkleidung) geäußert.

Ich konnte mich, was ihr Leben und generell das Leben römischer Kurtisanen zur Zeit der Renaissance angeht, insbesondere auf Monica Kurzel-Runtscheiners materialreiche und generell hervorragende Monographie *Die Töchter der Venus* und auch Georgina Massons *Kurtisanen der Renaissance* stützen; darüber hinaus liefern natürlich die *Kurtisanengespräche* und der *Zoppino* des Pietro Aretino authentisches Material über das Leben der damaligen Venusschwestern oder -töchter. Hinzu kommt, dass Aretinos überbordende Sprachphantasie und damit sein O-Ton Renaissance zu mancher Metapher und manchem Vergleich die Vorlage lieferte.

Zur Darstellung Raffaels zog ich mehrere der neueren Darstellungen heran, auch Antonio Forcellinos kürzlich in Deutsch erschienene Biographie (*Raffael*). Über Leben und Werk Sebastiano del Piombos, den Agostino Chigi 1511 aus Venedig mitgebracht hatte, erfuhr ich

Entscheidendes aus Kia Vahlands Darstellung *Sebastiano del Piombo, ein Venezianer in Rom* sowie aus dem Ausstellungskatalog zu seinem Werk (*S. d. P., Raffaels Grazie, Michelangelos Furor*). Die einzelnen von mir verwendeten Darstellungen und Informationen zur Villa Farnesina, zur römischen Renaisssance unter den Päpsten Julius II. und Leos X., zum wirtschaftlichen Hintergrund usw. kann ich hier aus Raumgründen nicht aufzählen. Wie immer bieten die vielbändigen Werke von Ferdinand Gregorovius (*Geschichte der Stadt Rom im Mittelalter*) und Ludwig von Pastor (*Geschichte der Päpste seit dem Ausgang des Mittelalters*) reichhaltiges Material.

Ein historischer Roman spielt zwar in einer vergangenen Epoche, ist aber in der Gegenwart entstanden. Er stellt eine Verbindung her zwischen dem Vergangenen, Fremdgewordenen und in seiner Fremdheit Faszinierenden auf der einen und dem Gegenwartsbewusstsein auf der anderen Seite und hilft auf diese Weise, das Heute im Kontrast zum Damals zu verstehen. Häufig sind vergangene Epochen uns so unverständlich geworden, dass wir Vermittler brauchen, die sie erneut in ihrem Alltag, im Fühlen, Denken und Handeln der Menschen nachvollziehbar und damit lebendig werden lassen. Hierin besteht eine weitere, umgekehrt gelagerte Aufgabe des historischen Romans: Er hilft, das ferne Damals aus dem Verständnishorizont der Gegenwart zu verstehen.

Es gibt jedoch auch vergangene Epochen, die aus dem gegenteiligen Grund in Erstaunen versetzen: Dann nämlich, wenn wir das Gefühl haben, sie ähnelten der unsrigen. Die Fremdheitsspannung scheint hier aufgehoben zu sein. Ich verweise nur auf die immer wieder zitierte »spätrömische Dekadenz«, die eine Parallele zur heutigen (westlichen) Gesellschaft darstellen soll.

Solche Vergleiche sind allemal problematisch, weil sie viele Parameter außer Acht lassen und zugleich dazu neigen, einen wertenden Unterton einfließen zu lassen. Dennoch möchte ich auf eine historische Ähnlichkeit verweisen, die mir während des Schreibens des Romans immer deutlicher wurde und die, so vermute ich, zur Faszination am Stoff beitrug.

Die Renaissance hat in ihrem Rückgriff auf die Antike (und in ihrer Entdeckung unbekannter Kontinente) ein neues Menschenbild kreiert, das erst heute seine volle Entfaltung zeigt: Begriffe wie *Individualismus*, *kreative Offenheit für Neues*, *Loslösung von überkommenen Wertsystemen*, *Hedonismus* und *Lust am Schönen* mögen den Rahmen geben für das, was ich meine. Denkt man an den zunehmenden Individualismus, die weitreichenden Wertverschiebungen und zugleich an die »sexuelle Revolution« in den sechziger Jahren des letzten Jahrhunderts, so kann man, zumindest was die westlichen Gesellschaften betrifft, gewisse verwandte Erscheinungen entdecken. Die Befreiung der Sexualität und der auch ökonomisch bedingte Hedonismus breiter Bevölkerungsschichten erinnert an die höchst verfeinerte spielerische, von allen Moralfesseln befreite Liebeskultur, wie sie in den höchsten Kreisen der italienischen Renaissancegesellschaft gepflegt wurde. Dass diese Liebeskultur zugleich und im Gegensatz zu heute Intoleranz und Brutalität miteinschloss, zeigen Praktiken wie der *sfregio* und der *trentuno* und die nicht seltenen Gattinnenmorde aus Eifersucht. Die Nähe oder Ferne der Vergangenheit ist also immer dialektisch zu sehen und in sich widersprüchlich. Ich glaube, dies trägt zu ihrer Faszination bei.

Die Zeit raffinierter Erotik hielt allerdings nicht lange vor. Der *sacco di Roma* vernichtete nicht nur Menschenleben, materielle Güter und Kunstwerke, er zeigte auch, dass die leichtlebige Verschwendungskultur der vorhergehenden Jahrzehnte ein Tanz auf dem Vulkan war. Und mit der Reformation wehte der Wind plötzlich aus einer anderen Richtung. Die Gegenreformation, die Mitte des 16. Jahrhunderts einsetzte und die zu einem Jahrhundert blutigster Glaubenskriege führte, schuf erneut eine antihedonistische, sexualfeindliche Kultur, die – mit der einen oder anderen Unterbrechung, insbesondere in Oberschichten-Milieus – bis zur Mitte des vergangenen Jahrhunderts vorherrschte. Im Verlauf dieser Gegenreformation endete auch das goldene Zeitalter der kultivierten Kurtisanen – und mit ihm eine Form weiblicher Bildung und Emanzipation. Übrig blieben Hurerei, Hexenwahn und die verstärkte Unterdrückung der Frau.

Auf einen zweiten Aspekt sei nur kurz hingewiesen: Agostino Chigi gehörte, wie neben ihm Jakob Fugger und vor ihm schon der Toskaner Datini, zu einer kleinen Schicht von Unternehmern, die den »Geist des Kapitalismus« *avant la lettre* vorwegnahmen und als *global players* hochkomplexe Finanz- und Handelsunternehmen schufen. Mit Hilfe ihres rasch erworbenen und »sagenhaften« Reichtums konnten sie nicht nur die Künste fördern, sondern auch politisch eine wichtige Rolle spielen, die Wahl von Herrschern beeinflussen und den Erfolg von Feldzügen und Kriegen mitbestimmen. Kriege und die Politik gekrönter Hasardeure führten dann auch zu ihrem Sturz: Der *sacco di Roma* vernichtete endgültig das Imperium der Chigi, und der spanische Staatsbankrott 1557 beendete die finanzielle Vormacht der Fugger in Europa.

Wie sehr die Renaissance auch in anderen Bereichen unser Verhalten beeinflusst hat und bis in die Gegenwart fortwirkt, mögen zwei weitere Beispiele zeigen: Baldassare Castigliones *Hofmann* wurde nicht nur zum »Knigge« der Renaissance, er hat nicht nur das fortwirkende Bild des »Gentlemans« geprägt, sondern wirkt in seinem Kult der »coolen« Lässigkeit über zahlreiche Vermittlungsstufen bis in das Verhalten der heutigen Jugend hinein.

Und liest man, wie Aretinos Kurtisane Nanna ihrer Tochter Pippa Tischsitten beibringt, dann glaubt man, die traditionelle bürgerliche »Kinderstube« sei damals erfunden worden. Luthers Rülpsen und Furzen galt keineswegs als Zeichen oralgesättigter Zufriedenheit. Im Gegenteil: Wer etwas gelten wollte, unterdrückte jeden Schmatzer, gieriges Schlürfen, vermied Reden mit vollem Mund und ließ sein Glas nur halbvoll füllen.

Vielleicht haben uns die Frühkapitalisten, die feinen Kurtisanen und die lässigen Höflinge aus längst vergangenen Tagen doch mehr zu sagen, als wir glauben.

Frederik Berger